BİNNUR ŞAFAK NİGİZ

ATEŞ

YANGIN MAVİSİ

SERİSİ

II

DOKUZ

ATEŞ

Binnur Şafak Nigiz

Türü Roman

Yayın Yönetmeni Ali Osman Başkuyu
Editör Aycan Sarıahmet
Sayfa Tasarımı Binnur Şafak Nigiz
Kapak Tasarımı Gizem Ulaş

1. Baskı Ocak 2020, İstanbul

Yayınevi Sertifika No 23136
ISBN 978-625-7050-08-1

BASKI VE CİLT

MY Matbaacılık San. ve Tic. Ltd. Şti.
Maltepe Mah. Yılanlı Ayazma Sk. No: 8/F
Zeytinburnu / İstanbul
Tel: 0212 674 85 28
Matbaa Sertifika No: 34191

DOKUZ YAYINCILIK

Kartaltepe Mah. 49. Sokak No:10/A
Bayrampaşa / İstanbul
0212 640 00 35

Binnur Şafak Nigiz

Ateş

Yangın Mavisi Serisi

II

Can dostum, sığınağım,
sevgili Yağmur Gönülcan, bu kitap senin için.

1.YARA

Canımın iç kanaması, derman bulamadığım derdim, ağrıyan yerim, kanayan yaram...

Yangın mavisi...

Milyarlarca insanın arasından beni buldun sen, beni seçtin kendine düşman olarak. Her şeyin sebebi vardı, galaksiler henüz bir toz bulutuyken daha çizilmişti yıldızlarımın yolu senin için. Allah bizim kaderlerimizi yazarken, eşit davrandı ve aynı mürekkebi kullandı. Bizi birbirimize uygun gördü, koşullar ne olursa olsun birleşmek zorundaydık. Birleştik. Düşmanın olarak girdiğim hayatında, miniğin olarak yer edindim kendime.

Galaksisinde toz yuttuğum adam. Aşkı ilk kez avuçlarımın arasında somut bir şeymişçesine kavramayı bana öğreten adam. Tutarsız, sinirli, dengesiz, acımasız ama yirmi dört yaşında küçük bir erkek çocuğu. O, varlığımı kanıtladı bana. Ölüydüm ondan önce, yaşamaya başladım onunla. Şimdi onu bırakıp gidiyor muydum cidden? Henüz yaralarını saramadan, onu düştüğü çukurun içinden çıkarıp, dizlerinin üstünden kaldıramadan? Karanlık bir kuyunun içine düştüm, sesini duyamıyordum Sıraç'ın. Oysa ihtiyacım olan tek şey onun sesiydi, sesine bağladığı nefesiydi. Hissettiğim tek şey soğuktu. Üşüyordum.

Bedenim benimle miydi? Bedenimi terk etmemiştim, değil mi? Hissizliğim büyüyor, beni içine çekiyor ve ruhumu emiyordu. San-

ki vücudumun içinde değildim şu an, sanki başka bir âlemdeydim. Sahi, neredeydim? Üzerime kara toprak mı örteceklerdi? Henüz on sekiz yaşıma bile girmemiştim, bunu yaşamak istemiyordum ki. Önemli olan yaşım da değildi aslında, önemli olan oydu. Onun hayatını bir düzene sokmak, içindeki nefreti söküp almak istiyordum.

"Ölmek istemiyorum!" diye bağırdım boşluğa. Boşluğa dökülen harflerim sekerek üst üste bindi ve kendi leş yığınını oluşturdu. Bir an gözlerim açıldı, etraf bembeyazdı. Her şey beyazdı, ötesi yoktu. "Neredeyim ben?" Sesim yankılandı beyaz duvarlarda, yürüyebilir miydim? Acı yoktu, yaralı değil miydim ben?

"Mayıs."

Bu ses... Sesin geldiği yöne baktığımda, iki galaksi çarpıştı ve savrulan parçalar dünyamın göbeğine çarptı. Etten, kemikten o duruyordu karşımda. Kanlı, canlı. Babam. Fetih Karamaça, kahverengi gözlerini üzerime dikmiş, beyaz takım elbisesiyle hemen karşımda duruyordu.

"Baba!" Dudaklarımdan dökülen feryat, beyazı yarıp kanını bembeyaz duvarlara fışkırttı. Halüsinasyon gördüğüme hiç şüphem yoktu, bu gerçek olamayacak kadar güzeldi. Yıllar sonra onu görmek, bu gerçek bir delilikti. "Baba! Gerçek misin?" Sesim orta yerinden çatlamış, kırılmıştı. Özlem kabuğumu yumruklamış, sesimi yırtmıştı.

"Kızım!" dedi, hasret kokan bir sesle. Şükürler olsun ki yeniden duymuştum Fetih Karamaça'nın sesini. "Baba!" diye haykırdıktan sonra ona doğru koştum. Beyazına, babamın beyazına.

"Baba, babam!" Kucaklaştık, onun sıcağını hissettim. Ruhuma uzanan kollarını, hislerime dokunan hislerini... Sıkıca sarıldım boynuna, öyle ki aniden kaybolmasından korkuyordum. "Seni çok özledim!" Boğazıma dolan hıçkırığı yok sayamadım, bu kez yapamadım bunu.

"Mayıs, senin burada olmaman gerekiyor miniğim."

Miniğim... Babamın kollarındayken neden onu düşünüyordum ki? "Neden?" diye hıçkırdım. "Seninle gelmek istiyorum."

"Şimdi zamanı değil, miniğim," dedi babam, o güven verici sesini kulaklarımda hissetmeyeli ne kadar olmuştu?

"Baba, zaten ölmedim mi?" diye sorduğumda sesim titriyordu.

"Hayır," dedi babam ve kollarını sımsıkı sardı bedenime. Güven kokulu ilk aşkımın kollarındaydım, huzurluydum. "Henüz değil, yaşamalısın Mayıs."

"Baba, dönüş yolunu bulamıyorum. Senin yanında kalamaz mıyım?" diye hıçkırdığımda, babamın iri parmakları saçlarımın arasına daldı ve her bir tel onun dokunuşuyla buluştu. Saçlarımı okşadı, bıçağın diğer ucunda ölümü bekleyen kurbanın akıttığı kanın renginde bir geçmiş hemen ortamızda dikiliyordu.

"Yolu biliyorsun, Mayıs. Burada kalamazsın, miniğim," diye fısıldadı, güven veren sesiyle.

"Bilmiyorum," diye karşı çıktım. "Seninle kalmak istiyorum. İnsanlardan korkuyorum. Beni senden başkası koruyamaz, sensizken çok korkuyorum!"

Şefkatli parmakları saçlarımın arasından kayıp yanağıma indi ve yanağımı avuçladı. Onu hissetmek, demirden bir çubuğu tek hamlede göğsüme saplamak gibiydi. Koyu kahverengi gözler beni dikkatle izledi. "Seni bekleyen biri var, Mayıs," dedi babam, şefkatli sesi kulaklarımın içini okşamış, düşüncelerime sızmıştı.

"Kim?" Babama tekrar sıkıca sarılıp titrek nefesimi omzuna bıraktım. "Sadece seni istiyorum, baba."

"Dinle," dedi babam tok sesiyle. "Kulak ver, duy onu Mayıs."

Babamın kollarında ona sımsıkı sarılmaya devam ederken sessizliği dinledim. Oysa şu an duyabildiğim tek şey babamın nefes alıp verirken çıkardığı hırıltılardı. Bir an babamın nefes sesi, bir başkasının buğulu sesiyle birbirine girdi ve her şey karardı. Hâlâ babamın kollarındaydım ama hiçbir şey göremiyordum.

"Yangınım, aç gözlerini." Sıraç feryat ediyordu, bunu duyabiliyordum. Yüzü yoktu, zifiri bir gecede uçurumun dibini izliyordum sanki. "Ambulans nerede kaldı lan, hayatınızı siktirmeyin bana orospu çocukları! Ölmeyecek lan o, o ölürse bu şehri yakarım, hiçbiriniz sağ çıkamazsınız. Duydunuz mu lan? O ölürse kimse sağ kalmaz bu şehirden!" Gürlüyordu, çatlayan tok sesi acısını içine kafeslerken, Sıraç'ın göğsünden yükselen acı dudaklarında şekil buluyordu.

"Hastane olmaz, Sıraç. Özel bir yer buldum, onu oraya götüreceğiz. Lütfen, bırak artık onu. Ne kadar hızlı olursak o kadar çok şansımız olur. Kan kaybediyor." Bu ses Halim'in sesiydi.

"Miniğim, dayan," diye fısıldadı kulağıma doğru. Hemen ardından geri çekildiğini hissettim ama onu göremiyordum. "Çabuk lan, pezevenk, aç şu kapıyı. Çekil, dokunma ona!" Kapının açılma sesini duydum, babama sarılırken irkildim ve babamın büyük avucu kürek kemiklerimde duraksayıp beni sakinleştirdi.

"Hızlı!" diye bağırdı, Sıraç.

"Dolunay surat." Bu titreyen ses, Savaş'ın sesiydi.

"Dokunma ona lan, öldürürüm seni!" diye gürledi Sıraç.

"Senin yüzünden lan!" diye bağırdı Savaş dehşet içinde. "Senin yüzünden bu halde o, sana dedim! Onu kana buladın, kendi kanına buladın onu!"

Ve sesler bir anda kesildi, bembeyaz görüntü geri gelirken babamın kollarında sarsıldım. "Duyamıyorum, baba," dedim, korktuğumu belli eden titreyen sesimle.

"Sakin ol, Mayıs," dedi babam beni sıkıca sararken. "Her şey yolunda, küçüğüm. Ayakta kal, sen benim kızımsın, bunu unutma."

"Baba, dönemeyeceğim!" diye haykırdım, sonunda ağlamaya başlamıştım işte. Gözyaşlarım babamın bembeyaz takımını ıslatıp gri lekeler bırakırken, sadece korkuyordum.

"Dönmek zorundasın, Mayıs. Hani anneni koruyacaktın, miniğim?"

"Annemi korumak istiyorum, baba," dedim hıçkırıklarımın arasından. "Fakat bunu yapabilecek miyim, bilmiyorum. Baba, yolumu bulamıyorum. Geri dönemiyorum."

"Mayıs," dedi babam, beni geriye itip yüzüme baktı. Koyu kahverengi gözleri capcanlı duruyordu. Koyu kahve gözleri bana Sıraç'ın sert kahve kokan tenini hatırlatıyordu. "Seni seviyorum kızım ama şimdi gitme vakti. Seni en az benim kadar sevip koruyacak bir adam var. Onu bırakamazsın, değil mi?" Gülümsedi, geçmiş dudaklarında asılı kaldı ve tüm hislerimi çarmıha gerdi, parçalarına ayrılan kurak toprağım yarılırken gözlerimden boşalan yaşlar boynuma kadar akmıştı.

"Hadi git, kızım," dedi, gülümseyerek. "Kaderine git. Kaderin seni bekliyor Mayıs. Git."

"Canım babam, her şeyimsin sen benim. Seni çok sevdim ben, en çok seni."

"Sıra onda, kapat gözlerini miniğim. Gitme zamanı."

∞

Boğazıma dolan soğuk hava dalgası, ayılmam için beni zorluyor gibiydi. Ameliyatım birkaç saat sürmüştü, bana tam olarak ne olduğunu bilmiyordum; tek bildiğim vurulduğumdu. Tam olarak neremden ve ne şekilde olduğunu hatırlamıyordum ama acıyı hissediyordum. Bedenim çok uzun süre yoğun bakım ünitesinden ayrılmamıştı. Ölmek çok kolaydı fakat yaşamak gerçekten zordu.

Gözlerimi aralamak için kendimi zorladım, ilaçlardan mıdır bilinmez bunu başaramıyordum. Soğuk vücudumu ısırırken, öylece uzanıyordum. Üzerimde yeşil önlükten başka hiçbir şey yoktu, üşüyordum. Burası özel bir hastaneydi, belki de bir hastane bile değildi. Kapım tok bir sesle açıldığında gözlerimi aralayamasam da dikkatimi sesin geldiği yöne odakladım.

"Yalnızca birkaç dakika," diye fısıldadı Sıraç. "Hemen çıkacağım."

"Sıraç Bey, o gerçekten çok yorgun düşmüş. Gerçekten güçlü bir kız, bunun altından kalkabilmesi beni şaşırttı. Üstelik geldiğinde ex olduğunu düşünmüştüm. Şu an onu yormamamız gerek."

"Lütfen," diye ısrar etti Sıraç. "Yalnızca birkaç dakika, sonrasında onu yalnız bırakacağım. Söz veriyorum."

Adam, Sıraç'ın ısrarına dayanamamış olacak ki, "Peki, yalnızca birkaç dakika," dedi ve çıktı. Gözlerimi açmak ve Sıraç'ın yangın mavisi gözlerine bakarak kendime gelmek istiyordum ama maalesef bu mümkün değildi. Göz kapaklarım sımsıkı bir perde edasıyla örtülmüştü, uyuşmuş ve yorgun hissediyordum. Üstelik acım hâlâ taptaze ve dipdiri yerinde duruyordu. "Benim güçlü kızım," dedi Sıraç, ruhumu okşayan sesiyle. "Beni bırakmayacağını biliyordum."

Tam şu anda eğer halim olsaydı, bu yataktan fırlar ve onun boynuna dolardım şu çelimsiz kollarımı. Öyle çok ihtiyacım vardı ki ona sarılmaya, onu hissetmeye. Kalbimin üzerinde atan kalbinin ritmiyle kendime gelirdim anında. "Benim minik şeytanım, başardın," dedi, uzun parmakları yanağımın yüzeyinde turlarken. Damağımda patlayan şeker tadını alabiliyordum, yumuşak ve tatlıydı. "Kanını yerde bırakmayacağım, Mayıs. Söz veriyorum. Bunun bedelini ödeyecek.

Onu öldürerek kurtarmayacağım, onu süründüreceğim ve ölmek için bana yalvaracak." Sesindeki şefkati gölgeleyen nefret beni ürkütmüştü. Onun nefreti gerçekten damak yaran cinstendi.

"Seni minik şeytan, bundan böyle işemeye bile beraber gideceğiz, duydun mu?" Parmaklarını yavaşça geri çekti. Ben on yedi yaşımın sonlarına kadar yalnız bir kızdım. Tamam, arkadaşlarım vardı ama ne kadar gerçeklerdi? Yalnızlık bir kapı değildi ki, ardına kadar örtesin. Elbette birileri gelip buluyordu seni.

Kapının açıldığını duydum. "Sıraç Bey, lütfen artık çıkın. Biraz daha dinlenmeli, biliyorsunuz bu hiç yasal değil ama ben yine de elimden geleni yapıyorum. Lütfen."

"Elinden geleni yapmak zorundasın, hatta daha iyisini. Onu ayağa dikeceksin, duydun mu beni?" dedi Sıraç dişlerinin arasından.

"Elimden geleni yapacağım Sıraç Bey. O güçlü bir kız, eminim birkaç güne kendine gelecektir."

"Umarım öyle olur." Sıraç'ın dışarı çıktığını uzaklaşan kokusundan anlayabilmiştim. "İlaç zamanı, küçük hanım. Beni duyduğunu biliyorum, her şey yolunda," diye fısıldadı, doktor olduğunu düşündüğüm adam. "Bana güven, bu deli adam senin için her şeyi yapar. Lütfen güçlü olmaya çalış, seni bekleyen bir adam var." Damarıma hafifçe giren iğnenin yakıcı tadını damarlarımın içine çekerken, damarıma ne enjekte etmişti bilmiyordum ama anında uykunun kollarına çekildim.

∞

Gözlerimi araladığımda başım dönüyordu, ya da cidden deprem oluyordu bilmiyordum ama titriyordum. Şu an bir hastane odasında değil, yatak odamızdaydım. Gözlerimi kırpıştırarak etrafı kolaçan ettim, bu da bir halüsinasyon değildi, değil mi? Gözlerimi tavana, ardından da kapıya çevirdim ama kimseler yoktu. Doğrulmak istedim fakat başarısız oldum, avuç içlerimi yatağa bastırırken cidden canım yanmıştı. Doğrulmak doğru bir karar değildi sanırım. Yüzümü farkında olmadan buruştururken dudaklarımdan bir inilti döküldü. Her şey saniyeler içinde gelişti, bir anda odama dalıveren üstü çıplak, altındaysa yalnızca havlu olan sırılsıklam Sıraç'la göz göze geldim, gözlerinde telaş kulaç atıyordu.

"Sen..." Gözleri irileşti, hareleri artık has yangın rengindeydi. "Uyanmışsın."

"Uyandım," dedim kendime yabancı gelen bir sesle.

"Sen inledin ve ben..." Gözlerimin olduğu yere eğdi kafasını, Sıraç'ın havlusu eğreti bir şekilde duruyordu ve V çizgisi net bir şekilde gözler önündeydi, kasıklarındaki belli belirsiz tüyleri görebiliyordum. "Ah!" diye inledi panikle. "Pardon." Havluyu düzeltirken, bakışlarım hâlâ çıplak tenindeydi. Sonunda gözlerimi kaçırdığımda, "Önemli değil," dedim, kısık bir sesle. "Ben bakmıyorum, giyin sen."

"Giyinmeyeceğim," dedi bir anda ve hızlı adımlarla yatağa yaklaşıp üstüme abandı. "Minik düşmanım uyandı, giyinmeyi sonra hallederim." Güçlü kolları beni sardığında, etrafımızdaki bariyerler yüksek bir gürültüyle yıkıldı ve ben de güçsüz kolumu kaldırarak onun boynuna doladım, diğer kolumu acıdan dolayı kaldıramıyordum. Çıplak göğsü üstüme giydirilmiş olan bol tişörtün açıkta bıraktığı yerlerime temas ederken bunu önemsemedim. "Ben... Öldün sandım," dedi boğuk bir sesle. "Sikeyim, bu çok boktan bir histi Mayıs."

"Buradayım," diye fısıldadım, tiz sesimle. Yüzünü kaldırıp bana bakarken saçlarından damlayan sular yüzüme akıyordu ama bu umurumda değildi. "Şey," diye fısıldadım kısık bir sesle. "Artık giyinsen?"

Yataktan kalkarken yüzünde muzip bir ifade oluşmuştu. "Ölümden dönmüş bir kıza göre fazla bakiresin," dedi imalı bir şekilde.

Yüzümü buruşturup gözlerimi devirirken elbise dolabını açtı ve kendi çamaşırlarının olduğu bölümden bir şeyler çıkartıp odanın çıkışına yürüdü. "Merak etme, kutsal bakire," dedi alayla karışık bir huzurla. "Mükemmel vücudumu sana sergileyip arzudan dikişlerinin patlamasına neden olmayacağım."

Küçük bir tebessümle kapıyı izlemeye devam ettim, gözden kaybolmuştu ama bıraktığı ize bakıyordum. Aslında tam olarak buradaydı şu an. Sol köşemde ikamet ediyordu. Belki Sıraç Karayel'in kadını değildim ama minik şeytanıydım.

İlerleyen saatlerde Ümran ve Melek de ziyaretime gelmişlerdi. Ümran'ın gerçekten bir sulu gözlü olduğu kanısına varmıştım. Küçük Melek gözyaşlarını tutamamış, "Sıyaç ağabeyim yine sensiz kalacak diye çok koyktum Mayıs," diyerek gözyaşı döküp içimi dağlamıştı. Acıma aldırmadan onu kucaklayıp sıkıca sardığımda ağrım artmış olsa da o buna değerdi. Melek hemen yanımda uzanırken, parmaklarım onun saçlarında dolaşıyordu ve o çoktan uykuya dalmıştı bile. Ümran diğer elimi ovarken, Merve odanın kapısını araladı ve yaşlı gözlerle içeri daldı. "İyi misin?" dedi büktüğü dudaklarını düzeltmeye çalışırken. "Ne olur iyi olduğunu söyle, buna ihtiyacım var."

Sıraç bana insanlar katmıştı. Sıraç bana beni gerçekten seven insanlar armağan etmişti. Sıraç bana sevilmenin nasıl güzel bir duygu olduğunu öğretmişti. Ümran, Merve'yi sakinleştirdiğinde nihayet ikisinin de gözyaşları dinmişti.

"Kim yaptı? Ağabeyim hiçbir şey anlatmıyor, ruh gibi dolanıyor, diyalog dahi kuramıyorum onunla," dedi Merve endişeli bir sesle.

"Adının Şafak olduğunu biliyorum, o kadar. Başka hiçbir şey bilmiyorum, Merve."

"Derdi neymiş o piç kurusunun," dedi Ümran sesini yükselterek. Melek yattığı yerde kıpırdanınca başını iki yana salladı. "Acımasız herif, kadınlara yetiyor gücü bunların."

"Boş verin şimdi bunları," diyebildim, sırtımdaki yara beni zorluyordu.

"Yok olduğun o üç gün boyunca mahalledeki herkes birlik oldu ve seni aradılar," dedi Merve, Ümran da başını sallayarak onu onayladı. "Öylesine korktum ki, sana bir şey olacak sandım. Ki oldu da zaten."

"Özür dilerim," diyebildim. Ümran yavaşça kalkıp Melek'i kucakladıktan sonra, "Tekrar uğrayacağım," dedi ve odadan çıktı. Merve, Ümran'ın gidişini izledikten sonra kaşlarını çatarak bakışlarını bana çevirdi, gözlerinde belli belirsiz bir öfke fişeklenmişti.

"Ne diye özür diliyorsun? Saçmalama, özür dilemesi gereken biri varsa o da Sıraç Karayel, hoş özür bile telafi etmez bu olanları. Şu haline bak. Seni böyle bir hayatın ortasına getirmesi büyük bir bencillikten ibaretti."

"Beni bu hayatın ortasına Sıraç getirmedi, Merve. Ben bu hayatın ortasına kendim geldim." Merve'nin koyu renkteki gözleriyle buluşan gözlerim, bir süre sessizliğin çizdiği halede yuvarlandı. Merve derin bir nefes alırken, "Sana hiçbir şey sormayacağım, Mayıs," dedi sakin bir sesle. "İnanıyorum ki iyileştiğinde kendin anlatacaksın."

Halim'in aşağıdan duyulan sesi konuyu dağıtırken, kaşlarımı çatarak kapıya baktım. "Lan oğlum, ne var görsem birazcık?" diye ısrar ediyordu Halim fakat Sıraç'ın kabul etmeyeceğini fark etmiştim. O bir kez hayır derse, olay orada kapanıyordu çünkü.

"Siktir git lan, siktirme bana kemiğini, tirrek. Ne işin var lan senin bizim yatak odamızda?" diye hırladı Sıraç. "Başlatma şarap çanağına, ikile ağabeysi."

"Bu adam..." dedi Merve düşünceli bir sesle.

"Evet?" diye sordum kaşlarımı kaldırarak.

"Hiç, boş ver."

Israr etmedim, konuyu kapattık ve bir süre sonra da Merve beni öpüp, yanımdan ayrıldı. Odada tek kalmıştım, bu süre zarfında Sıraç bir kez bile yanıma çıkıp halimi hatırımı sormamıştı, sanırım yine aynı olmuştuk. Bir saat boyunca boş boş duvarları ve aynası çatlak giysi dolabını inceledikten sonra nihayet yatak odasının kapısı açıldı. Bakışlarımı kapıya çevirdiğimde, elinde tepsiyle bana bakan Sıraç'ı karşımda bulmayı beklemiyordum. "Hadi, yaralı bakire," dedi, yatağın üzerine dizini bastırarak otururken. "Şimdi bir şeyler yiyeceğiz." Yavaşça doğrulup belimi yatağın eski deri başlığına yasladım ve cansız bakışlarımı tepsiye çevirdim. Tavuk suyundan olduğuna emin olduğum iki kâse çorba vardı, bir de lapa şeklinde pirinç pilavı. "Doktor yalnızca bunlara izin verdi," dedi Sıraç düz bir sesle. Kaşığımı uzatırken bana bir an olsun bakmadı ve elindeki kaşığı aldığımda o da kendi kaşığını aldı. "Hadi," dedi, kaşığını çorbaya daldırırken. "Yiyelim."

"Neden burada yiyorsun?" diye sordum gözlerimi çorbaya indirip kaşığımı kâseye daldırarak çorbayla oynarken.

"Tek başına yerken sıkılacağını düşündüm." Tıpkı küçük bir çocuk gibi içiyordu çorbasını, o sert görüntüsüne rağmen o kadar masumdu ki...

"Sıkılmazdım," dedim kısık bir sesle ve çorbamdan bir yudum aldım.

"Tamam, ben sıkılırdım," diye itiraf ettikten sonra kaşığını lapa şeklindeki pirinç pilavına daldırdı ve gözlerini kaldırıp yüzüme baktı. "Seninle yemek yemeye alışmışım, sen olmadan yiyemiyorum."

"Şu dört beş gün boyunca hiçbir şey yemedim dersen emin ol inanmayacağım," dedim alaycı bir sesle.

"Beş gün boyunca hiç de yasal olmayan şeylerle beslendim ben Mayıs," dedi, kaşığını yemeğine daldırırken.

Kalbime yumruk yemiş gibi sarsılırken, "Bazen ciddi ciddi beni önemsediğini düşünüyorum Karayel," dedim çorbamdan bir yudum daha alırken. Gözlerimi ona çevirdim, yüzü eşsiz bir tablo gibiydi; özenle çizilmiş, emek sarf edilmiş, kusursuz.

"Seni önemsediğim falan yok," dedi dümdüz bir sesle. Kabul, bu cidden yaralamıştı. "Sen benim düşmanımsın, benden başkasının değil. O yüzden de sana benden başkası zarar veremez, o orospu çocuğunu perişan edeceğim."

Yemek bittiğinde kırgın gözlerimi ona değdirmemeye çalışıyordum. Sıraç tepsiyi kaldırdı ve odadan çıktı. On dakika dolmadan Sıraç tekrar odaya girdi. Elinde duran kutuyu bana doğru uzattığında, idrak edemediğimden duraksayıp ona düz düz baktım. "Ne bu?" diye sordum kaşlarımı kaldırarak.

"Aç, bak," dedi bezmiş bir ifadeyle. Uzattığı kutuyu aldım, paketi açtıktan sonra kapağı kaldırdım ve son model bir cep telefonuyla karşılaştım. Kaşlarım daha da çatılırken, "Bu ne?" diye sordum tekrar.

"Telefon," dedi çenesiyle elimdeki telefonu işaret ederken. "Sen uyurken icat ettiler."

"Hadi ya," dedim alayla. "Bilgilendirdiğin için teşekkürler."

"Rica ederim, bakire amazon." Göz kırpıp yamuk bir şekilde gülümsedi.

"Peki ne yapacağım bunu ben?"

"Yiyeceksin." Düz düz suratıma baktı. "Kızım sen ameliyat sırasında beynini mi aldırdın?"

Dudaklarım yukarı kıvrılır gibi olunca dudaklarımı birbirine bastırarak yanaklarımı şişirdim. Onu cinnete getirmek ayrı bir zevkti benim için. "Of!" Gözlerini devirip, yatağın ucuna oturdu. "Bundan böyle bu telefonu kullanacaksın, herhangi bir şekilde ayrı kalmak zorunda kalırsak bu telefon yardımıyla iletişim halinde olacağız ve asla birbirimizle bağı koparmayacağız. Gerçi seni yanımdan ayırmayacağım, kuyruğum gibi peşimde dolanacaksın ama ne olur ne olmaz."

Bakışlarım yangının en parlak kademesinde tutuşan gözlerine çevrilirken, "Beni önemsiyorsun," dedim düz bir sesle.

İfadesi buzdan parmaklıkların arkasına saklanırken, "Önemsemiyorum, şu sesini kesecek misin?" dedi sert bir sesle.

"Peki neden ağladın?" Onun ağladığını duyduğuma emindim, zihnimde birçok olay döngüsü sis altında kalmış olsa da konuşurken çatallaşan sesini hâlâ net bir şekilde hatırlayabiliyordum. Sıraç'ın kaşları bir anda çatıldı, gözleri şaşkınlığını ele verse de yüzünü ifadesiz tutmaya çalışmıştı. "Ne ağlaması?" dedi dehşet içinde. "Kim ağlamış?"

"Sen ağlamadın mı?"

"Kurşun beynine mi geldi senin?" dedi gözlerini kaçırırken. "Ağlamadım."

Gözlerini kaçırıp göz temasını sıfıra indiren ve ensesini ovalayıp, ardından da parmaklarıyla oynayan bir Sıraç'a nasıl inanabilirdiniz ki? Ağlamıştı. Gururuna yediremiyor olabilirdi, hangi erkek ağladığını kabullenirdi ki? Saç diplerime işleyen gözyaşları sanki hâlâ oradalarmış gibi saç derimi çekiştiriyordu. O, benim için ağlamıştı. Gözyaşları saçlarımı öpmüştü.

"Hım," dedim gözlerimi yüzüne dikerek. "Peki, ağlamadın."

"Ağlamadım zaten."

"Tamam koca adam, ağlamadın. Sakin ol."

"Salak," dedi, gözlerini zemine çevirirken. Bir süre zemini inceledikten sonra sırtını bana döndü ve odadan çıktı. Dudaklarımı yukarı geren gülümseme hislerime bulaşırken, onun gerçekten tam bir şapşal olduğunu düşündüm. Şapşal bir düşman.

Uykuya dalmadan hemen önce Ümran ilaçlarımı getirmiş, zorlanarak da olsa ilaçlarımı içmiştim. İlaçlarımı neden Sıraç'ın getirmediğini merak etsem de, Ümran, "Sanırım seni bu halde görmek istemiyor," diye geçiştirmiş, sonrasında da, "Seni çok seviyor," demişti. Bu beni gülümsetmişti, yalandan da olsa beni sevdiğini düşünmeleri hoşuma gidiyordu. Sıraç'ın annesinin ölümü bir hastalıktan mıydı yoksa başka bir sebepten miydi bilmiyordum ama Sıraç'a göre suçlu ben ve annemdik. Böyle düşünen bir adamın beni sevmesinin imkânı yoktu ama hayali bile güzel geliyordu işte.

Ümran gittikten sonra kaç saat uyumuştum bilmiyordum, uykumu delip geçen Sıraç'ın hiddetli sesi olmuştu. "Onun burada ne işi var?" diye bağırdığında irkilerek açtım gözlerimi. Uykunun buğusunu silemeyen bakışlarımı odanın kapısına çevirdiğimde, kapının kapalı olduğunu gördüm. "Sana diyorum, o burada ne arıyor?" diye bağırdı tekrar Sıraç. Kim gelmişti? Savaş mı?

"Dur, çıkma yukarıya! Beni bekle, sana diyorum, piç!" Bu ses Sıraç'ın sesiydi, birisi ahşap merdivenleri sarsarak yukarı çıkıyordu. Ses o kadar keskindi ki, merdivenleri kıracak kadar hızlıydı bu tırmanan kişi. "Dur diyorum lan sana!" diye bağırdı Sıraç, fakat o kişi durmadı.

Yatak odasının kapısı hızla açıldığında kapı sertçe duvara çarptı. Yorgun bakışlarımı tekrar kapıya doğru çevirdim. Gözlerimin irileşmesi ve sırtımdaki yaranın sızım sızım sızlaması aynı saniyeler içinde gerçekleşti. Nefesim daralmış, sanki yatağın ortasında bir karadelik açılmış, beni içine emmişti. Karşımda duran bir halüsinasyon değildi. Masmavi gözleri, dağınık kıvırcık saçları ve upuzun boyuyla karşımda duran Temmuz'du. Gözleri irileşmiş, bana bakarken kaşları çatılmış ve yüzüne dehşetin fırça darbesi indirilmişti. Kardeşim gerçekten burada mıydı?

Gözlerimi kırpıştırarak ona bakarken, "Abla!" diye haykırdı çatlayan tok sesiyle. Kardeşimin sesi göğsüme ateşten bir ok şeklini alarak saplanırken anladım, karşımda duran bir hayal ürünü değil, benim kıvırcığımdı.

Temmuz.

Temmuz Karamaça.

2. ÖZLEM

Özlem dalgalı bir denizdi, seni içine çekiyor ve ruhun da dahil, sana ait olan her şeyi yutmaya çalışıyordu.

Öyle ki, tuzlu suyunu ciğerlerine doldururken, içine gömdüğün insanları bile söküp alabilme derdindeydi. Kafam cam kırıklarıyla doluydu, bu nedenle düşünmeye çalıştıkça cam kırıkları beynimin kıvrımlarına saplanıyordu. Düşüncelerim acıyordu. Temmuz dehşeti gözlerinden silmeden bana doğru bir adım attıktan hemen sonra arkasında Sıraç belirdi. Gözlerinde öfke vardı, Temmuz bana doğru bir adım daha atacakken Sıraç onu kolundan tuttu ve bana gelmesini engelledi.

"Bırak lan beni!" diye bağırdı Temmuz Sıraç'ı sertçe iterken. "Siktir! Ne yaptınız lan siz ablama?" Koşarak dibimde bitti, yatağın üzerine çıkmıştı bile. Gözlerinde şu zamana dek hiç göremediğim şefkat vardı. "Abla! Ne yaptılar sana! Hepsinin hayatını sikeceğim!" diye bağırırken, bir yandan da uzun parmaklarıyla yüzümü avuçlamıştı.

"İyiyim... Ben, iyiyim," dedim titreyen sesimle.

"Ne yaptın lan ablama? Senin ecdadını sikeceğim, ne yaptın ona pezevenk?" diye bağırdı Temmuz, Sıraç'a ters ters bakarak. Kontrolsüz öfkesi damarımdaki kana sıçramıştı.

"Temmuz, sakin ol," diye fısıldadım, yavaşça doğruldum ve yanağımın üzerindeki ellerinin üstüne ellerimi koydum, elleri buz gibiydi. "İyiyim, gerçekten."

Temmuz açık mavi gözlerini bana çevirdi, gözlerinin içinde büyüyen öfke harelerine yayılmıştı. Mavi gözlerinin içinde katliam vardı, öfkesini soluyabiliyordum. "Neren iyi lan, şu haline bak," dedi yüzünü buruşturarak. "Ne yaptılar sana, söyle bana? Merak etme, artık yanındayım ve seni götüreceğim."

"Temmuz, dinlemeyi öğren seni böcek!" diye bağırdığımda elimi yanağımın üzerindeki elinin üstünden çektim ve burnuna vurdum. Temmuz ellerini geri çekip kıvırcıklarına daldırdı, dağınık saçlarını karıştırdıktan hemen sonra çatık kaşlarını yumuşatmadan bakışlarını Sıraç'a çevirdi. "Sen, o orospu çocuğu Mehmet Ali'nin oğlusun, değil mi? Seni sikmemem için tek bir sebep söyle bana."

Sıraç'ın dudakları alayla yukarı büküldü, öfkesi orada duruyordu ve ben bunu soluyabiliyordum. "Bak, küçük adam, bamya kadar sikinle bir saattir sikilmedik yer bırakmadın. O çeneni bir kapat, ablanı dinle," dedi, alayı sesine de bulaştırarak.

"Bamya kadar, ha?" diye sordu Temmuz da alayla. "Görmek ister misin bamyamı?"

Sılay aniden, "O donunu indirdiğin an ölürsün!" diye bağırdığında Temmuz bakışlarını Sılay'a çevirip, kaşlarını kaldırıp gözlerini kıstı. "Ve evet, küçük ajanımız da gelmiş."

Sılay, kardeşime kötü kötü bakarken bakışları bir an bana kaydı. Beni gördüğü an yüzündeki ifade çarpıldı, gözleri kocaman açıldı ve ağabeyini iterek içeri girdi. "Neler oldu burada?" diye bağırdı dehşet içinde.

"Şu çenenizi kapatın artık, kızın dinlenmeye ihtiyacı var. Benim de onun da beynini becerdiniz, yeter," dedi Sıraç kollarını göğsünün üstünde toplayarak.

"Ağabey!" diye bağırdı Sılay öfke dolu gözlerle. "Ne yaptın ona? Ben ne zaman yok olsam kıza bir şey oluyor. Geçen sefer de kaşla göz arasında birbirinizi bıçakladınız!"

Temmuz kısık bakışlarını Sılay'a çevirirken, "Ne dedin sen?" diye tısladı, midem kasılırken bakışlarımı hızla Sılay'a çevirdim. Sıraç hâlâ ifadesizdi.

"Şu siktiğimin kargaşasına bir son verin, hemen!" diye bağırdı Sıraç kaşlarını çatarak. "Ayrıca ufaklık..." Bakışlarını Sılay'a çevirdi. "...her şeyden önce bana açıklaman gereken bir şey yok mu? Bu herif neden burada?"

Sılay, Sıraç'ın sorusunu yok sayarak, "Mayıs'a ne oldu ağabey?" diye sordu gözlerini bana çevirerek.

Derin bir nefes alırken, "Her şeyi anlatacağım," dedim bezmiş bir sesle. "Ama lütfen biraz sakin olun."

"Abla eve gittiğimizde anlatırsın, seni götürüyorum." Temmuz'un kendinden emin çıkan sesi Sıraç'ı güldürdü ve Sıraç ellerini birbirine çarparak Temmuz'u alkışladı. "Duygulandırdın beni, bamya. Ama ablan hiçbir yere gitmiyor."

"Konuşma, pezevenk. Senin ölümün benim elimden olacak," diye hırladı Temmuz.

"Temmuz! Bilmediğin şeyler var, sakin olur musun? Sana her şeyi anlatacağım," dediğimde Sıraç önce bana, ardından da Temmuz'a kısa bir bakış attıktan sonra, "Sılay, biz çıkalım bunlar da konuşsunlar," dedi keskin bir sesle.

Sılay, gözlerini üzerimde gezdirirken, gözlerinde gördüğüm endişe içimi acıtmıştı. Alnıma dudaklarını bastırdıktan sonra, buğulu gözlerini gözlerime sabitledi. "Marula her şeyi anlat, sonra sıra bana gelecek."

"Marulmuş. Gösterirdim sana marulu da şartlar müsait değil," dedi Temmuz, dümdüz bakışlarını Sılay'a dikerek. Sılay onu umursamadan odadan çıktı ve kapıyı kapatıp beni kardeşimle baş başa bıraktı. Dikdörtgen odanın ortasında duran sandalyeyi çekti ve sandalyenin sırtını önüne alarak ters şekilde sandalyeye oturdu. Açık mavi gözleri beni taramaya başladığında, sakin kalmak için dişlerini sıktığını fark etmiştim. O, gerçekten büyümüştü.

"Seni dinliyorum," dedi dikkatle beni incelerken. "Her şeyi anlat, sansür istemiyorum."

"Yaralandım," dedim tamamen doğrulmaya çalışırken. Doğrulurken canım yandığı için yüzümü buruşturdum ve Temmuz'un da yüzünü buruşturduğunu gördüm. Bu içimi acıtmıştı. "Ama Sıraç yapmadı, bunu yapan başka bir adamdı. Beni o adamın ellerinden kurtaran kişi, Sıraç." Derin bir nefes aldım. "Yani aslında Sıraç beni burada zorla tutmuyor, ben kendi isteğimle buradayım."

"Sen burada kendi isteğinle mi kalıyorsun, abla?" diye sordu Temmuz, bakışlarına şaşkınlığın koyu renk mürekkebi düşmüş, açık maviyi koyu renge boyamıştı.

"Evet."

"Neden?"

"Zorundayım, Temmuz. Annem için bunu yapmak zorundayım yoksa annem o adamla evlenecek."

"O adamla mı evlenecek?" Ruhsuz çıkan sesindeki kasırganın büyüyüp beni yutacağını düşündüm. Bakışları durgunlaştı.

"Evet, sırf beni kurtarabilmek için o adamla evlenecekti."

Gözlerini kapattı, bir süre öylece bekledi. "Babamı bırakıp o adamla evlenecekti, öyle mi?" diye sordu, gözleri hâlâ kapalıydı.

"Babamızı bırakmayacaktı," dedim derin bir iç çekerek. "O babamızı hiçbir zaman bırakmayacak, Temmuz. Ama mecburdu, bunu benim için yapacaktı."

"Sen de sırf bunu engelleyebilmek için bu adamla kaçtın?" diye sordu, doğrulamak istercesine. Gözleri hâlâ kapalı, yüzüyse buz gibiydi, rengi çekilmişti.

"Evet." Bana kızmış mıydı? Bilmiyordum. Konuya hâkim olmadığının farkındaydım, dolan gözlerimi ondan saklamaya çalıştım. Ağlamayacaktım.

"Seni seviyorum," dedi Temmuz sandalyeden kalkıp yanıma gelirken. Açık mavi gözlerini açtığında bakışlarımız buluştu. "Her ne kadar belli edemesem de seni seviyorum, abla." Uzun kollarını boynuma doladı. "Seni çok özledim, abla."

"Ben de," dedim, güçsüz kollarımı onun beline dolarken. "Ben de seni çok özledim, kıvırcık."

"Gidebiliriz abla. Sana yardım ederim. O adama engel olabiliriz."

"Yapamayız," dedim güçsüz bir şekilde. "O adama engel olamayız, o adamı tanıyan tek kişi oğlu. Sıraç, onun nasıl hareket edeceğini biliyor. Bu yüzden Sıraç'a ihtiyacım var."

Kollarını yavaşça geri çekip, mavi gözlerini gözlerime sabitledi. "Ne dersem diyeyim vazgeçmeyeceksin," dedi, dudağının sol kısmı yavaşça yukarı kıvrıldı. "Canın acıyor mu?"

"Acımıyor, iyiyim," dedim buruk bir şekilde gülümserken.

Şakağıma düşen saç telini parmağıyla geri iterken, "Bu bıçaklama olayı ne?" diye sordu kısık gözlerle. "Kim kimi bıçakladı?"

Bakışlarımı ondan kaçırdım. "Ben Sıraç'ı..."

"Ha?" Temmuz şok olmuş gibi bana bakarken, bakışlarımı yavaşça ona çevirdim. "Sen o herifi mi bıçakladın?"

Başımı sallayarak onu onayladığımda, "Aman Allah'ım, sen harikasın!" dedi, heyecanlı bir şekilde.

"Saçmalama," dedim yüzümü buruştururken. "Bu gerçekten korkunç bir şeydi."

Eliyle yavaşça omzuma vurdu ama bu canımı yakmamıştı. "Sen mükemmelsin," dedi, alayla kaşlarını kaldırarak. "Kaç yaşına gelirsem geleyim böyle bir şey yapacağına inanmazdım. Sen... Benim ablam... Bir erkeği hakladı!"

"Temmuz..." Bakışlarımı ondan kaçırırken bir an duraksadım. "Annem nasıl?"

"Bir süre senin kayıp olduğunu bile bilmiyordum, abla. Eve uğramıyordum pek, o geceden sonra arkadaşlarla Denizli'ye gitmiştik. Döndüğümde annem perişandı, annemin yanında olamadım." Gözlerini kaçırdı. "Çok kilo kaybetti, seni çok özlüyor."

Tam dudaklarımı aralayacaktım ki, göğsümde feryat eden acı yumru olup kelimelerimi durdurdu. Sıraç kapıyı açıp kafasını içeriye uzatarak, "Konuşmanız bitti mi?" diye sordu kaşlarını çatarak.

"Siktir git," dedi Temmuz, Sıraç'a düz düz bakarak.

Sıraç kaşlarını çatıp, "Akşam yemekte bamya var," dedi iğneleyici bir sesle.

"Ablam burada olmasaydı ben gösterirdim sana bamyayı." Temmuz, tıpkı saldırgan bir köpek gibi hırlayarak Sıraç'a bakarken Sıraç yüzünü buruşturarak, "Senin bamyanı görmek isteyen kim? Pis ergen, çek ve uzat onu," dedi alay eder gibi.

"Sen çekerek uzattın herhalde?" diye sordu Temmuz, ruhsuz bir şekilde sırıtırken. "Bana akıl vermek yerine git biraz daha asıl."

Sıraç'ın surat ifadesi sertleşse de bağırıp çağırmadı. Sırtımdaki acıyı unutup ikisinin kavga etmesine engel olmaya çalışıyor olsam da beni pek umursamıyorlardı. Sıraç'ın dudakları şeytani bir kıvrımla yukarı büküldü. "Hım," diye mırıldandı, bakışlarını bana çevirirken. "Sence çekerek uzatmaya ihtiyacım var mı, minik şeytan?"

Bakışlarım dehşetin eteğine düşüp korkuyla çarpılırken, kocaman olmuş gözlerle Sıraç'a baktım. Temmuz'a ima ettiği şeyin çirkinliği yanaklarımı kızılcık şerbetine batırıp çıkarırken, kalbimin atışı da hızlanmıştı. "Ne dedin sen?" diye haykırdı Temmuz, aniden ayaklanırken. "Az önce tam olarak ne dedin sen, piç kurusu?"

Sıraç tam dudaklarını aralayacaktı ki, Temmuz ona fırsat vermedi, Sıraç'a doğru atılıp sağ yumruğunu sertçe Sıraç'ın dudağının kenarına indirdi. Sıraç geriye doğru sendelerken, Temmuz'un ona vuracağını bile bile geri çekilmemişti. Gözlerimi sıkıca yumarak acı içinde inlediğimde, Sıraç'ın dudağı patlamıştı bile. Kalbimin içinde yankı bulan acısı, onun dudağından bir dolu kan olarak dışarı aktı. Sıraç, elinin tersiyle dudağındaki kanı sildikten sonra ruhsuz bir tavırla sırıttı. "Bileğin sağlam, bamya."

Temmuz, yumruk ettiği elini ovalarken, "Bu iyi geldi," dedi boynunu çıtlatarak. "Bu herifi yumruklamak cidden iyi geldi."

Sılay, elinde kahve kupasıyla yatak odasına girdiğinde Sıraç'ın dudağını görünce gözleri kocaman açılsa da, Sıraç onun bir şey demesine fırsat bırakmadan, "Sen neden buradasın? Burayı nasıl buldun?" diye sordu kardeşime.

Temmuz çenesiyle Sılay'ı işaret etti. "Bu salak beni izlediğini zannediyordu ama kendisi izlenilen taraf oldu. Kendi ayağıyla size getirdi beni."

"Salak mı?" diye cırladı Sılay kaşlarını çatarak. "Bana mı dedin sen onu?"

"Evet," diye onayladı Temmuz. "Salak."

Sanki bir gölge gibi onları izlerken, bir an gerçekten olmam gereken yerdeymişim gibi hissedince mideme yumruk yemişim gibi hissettim. "Güzel," dedi Sıraç, bakışlarını Temmuz'a çevirirken. "En azından ortak bir düşünceye sahibiz."

Sılay'ın çakır rengi gözleri irileşti, Sıraç ve Temmuz arasında gelgit yaptırdığı bakışlarını kısarken, "Bana salak mı diyorsunuz siz?" diye hırladı dişlerinin arasından.

Sıraç ve Temmuz, aynı anda sözleşmiş gibi, "Aynen," dediğinde, birleşen ses tonları huzurlu bir melodinin kalbimin duvarlarına çarpmasını sağlamıştı.

"Ablan sana olanları anlattı mı?" diye sordu Sıraç ciddi bir sesle.

"Evet, anlattı."

"Güzel, o zaman şimdi gidiyorsun ve bizi görmedin." Sıraç'ın sesi keskin ve itiraz istemez bir tonda yükselmişti ama Temmuz anında kaşlarını çatarak bunu ifade diliyle reddettiğini ortaya koydu. "Hayır," dedi yatağın ucuna oturarak. "Gitmiyorum. Ben de yardım edeceğim ablama."

Yağlı bir urgan gibi boynuma dolanan ip, Temmuz'un kelimelerinin egemenliği altında sıkılaşmış, nefes alacak yer bırakmamıştı bana. Kardeşimle hiçbir zaman çok yakın olmamıştık, aramızda yarattığımız bir mesafe vardı ve genelde didişirdik, bu yüzden birbirimizle ilgili pek bilgi sahibi değildik. Şimdiyse buradaydı, beni sevdiğini ve özlediğini söylemiş, sonrasında da bana sarılmıştı. Onun kollarında küçücük kaldığımı fark ettiğimde, Temmuz'un büyüdüğünü de kabullenmiştim.

"Saçmalama," dedi Sıraç kaşlarını çatarak. "Yakalanmamıza sebep olacaksın, buradan gitmelisin ufaklık."

"Gitmeyeceğim, ablamı yalnız bırakamam."

Sıraç dişlerini sıkıp gözlerini devirdi ve birkaç saniye sessiz kaldıktan sonra, "Ablan yalnız değil!" diye çıkıştı. "Ben varım, onunlayım. Onu yalnız bırakmam." Bakışlarım Sıraç'a çevrilirken, onun güzelliğinden payıma düşeni soludum. İçimde yüce yapraklı bir çiçek gibi açan duygu göğsümü mengene altına alırken, gözlerimi onun üzerinden çekemiyordum.

"Senin varlığın ablamın ne kadar umurunda olabilir ki? Ona ben lazımım, bir yabancı değil," diye tısladı Temmuz, zehirli bakışlarının namlusunu Sıraç'a çevirirken. Dik başlı bir şekilde oturduğu yerde Sıraç'a kafa tutarken, Sılay gözlerini Temmuz'a dikmiş ona tuhaf tuhaf bakıyordu.

Sıraç'ın bakışları donuklaştı, yüzüne çarpılan gerçek pek de hoşuna gitmemiş gibiydi. Harelerindeki ceset mavisi genişleyip irisler boyunca yayılırken, bakışlarını bana çevirdi. Öyle ki, bakışlarıyla çizdiği harfler aramızda asılı duruyordu ve Sıraç'ın bana söylemek istediği şeyi önüme sunuyordu.

Sıraç'ın bakışlarından aldığım güçle, "Olmaz," dedim yutkunarak. "Burada kalamazsın, Temmuz. Senin yokluğun fark edilirse işler sarpa sarar. Sıraç haklı."

Sıraç'ın beklediği cevabın bu olmadığını biliyordum ama yine de yüzü aydınlanmıştı. Temmuz, ters bakışlarını bana çevirdiğinde, açık mavi gözlerinin içinde başkaldırış vardı, kemikli yüzündeki ayrıntıları keskinleştirerek dişlerini sıktı. "Abla, seni bu herifle tek başına bırakamam. Bunu bekleme benden."

"Olmaz," dedim derin bir nefes alırken. "İşi yokuşa sürüyorsun, kıvırcık."

"Anneme seni aramak için arkadaşlarla şehir şehir gezeceğimi söylerim?" dedi, kendinden emin bir şekilde. Sıraç, ıslıklı bir nefes verdikten sonra, "Bak, bamya," dedi, ciddi bir tavırla. "Biz kendi üzerimize olan hatlar kullanmıyoruz, bu yüzden bizi bulamaz ama senin telefonunun sinyalinden yerimizi tespit edebilirler. Babamı tanımıyorsun, senin ablanı aramak için şehir şehir gezeceğine inanacak kadar saf bir adam değil o. Sılay bile buraya gelirken farklı telefon kullanıyor."

Temmuz, elini ensesine götürdükten sonra bir süre öylece durup düşündü. "Ben de farklı bir hat kullanayım?" dedi sorar gibi.

"O zaman da annen şüphelenir Marul," dedi Sılay elindeki kahve kupasını dudaklarına götürerek.

"Marul deyip durma bana, beceriksiz ajan."

"Sen de bana ajan deyip durma o zaman, seni sebze halindeki marul reyonuna koysak kimse yadırgamaz be."

"Çok konuşuyorsun," dedi Temmuz yüzünü buruşturarak, ardından bakışlarını bana çevirdi. "Seninle kalmak istiyorum, seni bu herifle aynı evin içinde bırakmamın imkânı yok. Şundaki tipe baksana."

"Anneme ne olacak?" diye sorduğumda duraksadı. Bir süre bomboş gözlerle birbirimize baktık; gözleri, gözlerimin bir yansıması gibiydi. "O zaman izin ver birkaç gün yanında kalayım, telefonu kapatırım," dedi, gözlerini gözlerimden ayırmadan.

"Mümkün değil, hemen şimdi gidiyorsunuz," dedi Sıraç tok bir sesle. Bakışlarını kardeşine çevirdi. "Sen getirdin bu herifi, sen götürüyorsun."

"Bal gibi de mümkün. Aylardır ablasını görmüyor ağabey, birkaç günü ondan esirgeyecek kadar vicdansız mısın?" Sılay başını iki yana salladı. "Mayıs ve ben bu odada kalırız, sen de onunla birlikte salonda. Bu kadar basit?"

Sıraç çok diretmiş olsa da Sılay sonunda onu ikna etmişti. İlaçların getirdiği ağırlıkla uyuyakaldığımda, Temmuz'un aşağıda Sıraç'la birlikte uyuduğunu bilmek beni tedirgin etmiş olsa da uykumu bölmeye yetmemişti. Sılay şimdilik susuyor olsa da onun tarafından ayrıntılı bir sorguya alınacağımı biliyordum. Yaralandığımı öğrendiğinde ağabeyini parçalayacağını düşünmüştüm, çıldırmış gibiydi. Ertesi gün nihayet gözlerimi açtığımda, saat çoktan öğleni geçmişti. Altı gündür duş almıyor, ayriyeten ilaç gibi kokuyordum. Odanın kapısı tıklatıldıktan hemen sonra, "Abla, müsait misin?" dedi Temmuz, kapının arkasından.

"Gel."

İçeri girdi, geriye yatırdığı halde dağınık duran kıvırcık saçlarını bir kez daha geriye iterek, "Seni salona taşımamı ister misin? Burada sıkıldın bence?" diye sordu. Tüm geceyi nasıl birlikte geçirmişlerdi hiçbir fikrim yoktu ama ikisinin de sağ çıktığına sevinmiştim.

"Evet, indir beni," dedim başımı hızlıca sallayarak. "Bu yatakta çok sıkıldım."

Açık mavi gözlerini kıstı. "Yalvar," dedi alaycı bir sesle.

"Temmuz!"

"Şaka şaka," dedikten sonra beni yavaşça kucakladı ve, "Akşam kıçım dondu aşağıda," diye homurdandı. Beni odadan çıkarıp ahşap merdivenlere yöneldi, gıcırdayan merdivenleri inerken yüzümü onun güzel kokulu boynuna sakladım.

"Ne yapıyorsun lan sen?" Bu ses Sıraç'a aitti.

"Ne yapıyormuşum?" diye sordu Temmuz, son merdiveni de indikten sonra. Yüzümü yavaşça Temmuz'un boyun girintisinden çıkarttım ve uyku mahmuru gözlerle Sıraç'a baktım. Yangın mavisi gözlerinde büyüyen alevler göz çukurlarına kadar sarkarken, avına saldırmak için köşeye sinen sinsi bir kaplan gibiydi. "Nereye götürüyorsun onu?" diye sordu, kaskatı çenesini gizlemeden.

"O odada sıkıldı," dedi Temmuz agresif bir tonda. "Onu salona indiriyorum, televizyon izlesin. O evcil bir hayvan değil, onu bir odaya kapatamazsın."

Sıraç tişört giymediği için kasılan omuzlarının aldığı sert kavisli şekli görebilmiştim. Altındaki eşofman kalçalarında eğreti duruyordu, bakışları önce bana ardından da Temmuz'a kaydı. "Ver," dedi kollarını Temmuz'a doğru uzatarak. "Daha tutmayı bile beceremiyorsun, o yaralı."

"Yürü git, canımı sıkma benim," dedi Temmuz kaşlarını çatarak. Temmuz, tam yürüyecekti ki Sıraç önüne geçerek kollarını tekrar uzatıp, "Ver onu bana," diye hırladı dişlerinin arasından, boynunu kırdığı avın kanları dökülecek sandım bir an.

"Ne saçmalıyorsun sen? Çekil önümden de koltuğun üzerine bırakayım onu."

"Sana onu bana ver dedim," diye tekrarladı Sıraç, kelimelerin üzerine tek tek basarak. Kalbim göğsümün altında çırpınmaya başladığında siyah bir fırtınayı andıran mavi bakışlar üzerimizde dolaşıyordu. Temmuz onu umursamadan yanından sıyrılarak geçti ve beni yavaşça koltuğun üstüne bıraktı, yerdeki yatağı henüz toplamamışlardı ve koltukta da battaniye ve yastık vardı.

"Banyoyu kullanmam gerek," dedi Temmuz Sıraç'a.

Sıraç olduğu yerde öylece dikilirken, "Git kullan," dedi ruhsuz bir sesle.

"Kıyafetlerinden verebilir misin?"

"Odadan al istediğini." Sıraç'ın verdiği falsoya kocaman açtığım gözlerimle bakarken, Temmuz bir an duraksadı. "Siz ikiniz aynı odada mı kalıyorsunuz?" diye sordu, tehlikeli bir sesle.

"Hayır," dedi Sıraç dümdüz bir sesle. "Kıyafetlerim o odada, o kadar. Ben salonda yatıyorum."

Beni mi koruyordu? Sıraç'ın yüce bir kalbi vardı fakat benim o kalpte yerim yoktu, bunu bilmek beklenmedik bir şekilde göğüs kafesimi sarstı ve hızlıca zihnime öldürücü bir zehir gibi yayıldı. Gerçeğin kaçınılmazlığı tenime sızılar bırakırken, ruhumun gerilerine saklanmış kız çocuğu iri gözleriyle yüzümü incelemeye başladı. Temmuz ona inanmıştı ve üstelemeden üst kata çıkmıştı. Aramıza asılan sessizlik, askısının üstünde eğreti duruyordu ve aldığım her nefes buğusuyla birlikte o sessizliğin üstünü örtüyordu. Sıraç'ın yan profilini ve çıplak sırtının bir kısmını görebiliyordum. Yan profilinden bile seçilen mavilikler o kadar derindi ki, bir süre gözlerinin rengindeki o derin anlamları çözmeye çalıştım. Bu süre zarfında Sıraç bana bakmamıştı.

Derin bir nefes alırken, "Sılay nerede?" diye sordum. Bu sessizliğe balta indiren ben olmuştum, devamını o getirmeliydi ama getirip getirmek istemediğinden de pek emin değildim şu an.

"Köstebeğin yanına gitti." Sesi dümdüzdü, bakışları bana uğramamıştı. Göğsümde büyüyen göçüğün altında kalan ruhum, yaralı dizlerini göğüslerine çekti ve çenesini yaranın üstüne bastırarak kendi kanını hissetti. Sılay Merve'nin yanına mı gitmişti cidden? Birbirlerinden pek hoşlanmadıklarını düşünüyordum, her an kırmızı kar yağabilirdi. Sessizliği giyinip, sırtımı koltuğun ucundaki yastığa dayadım ve ayaklarımı uzattım.

"Sana dokunmasına neden izin veriyorsun?" diye sordu, sesi dümdüz olsa da dökülen harflerin yere düşerken çıkarttığı sesler tok ve yankılıydı.

"Anlamadım?" Bakışlarım sırtının pürüzsüz yüzeyinde dolaşırken, omzunun üstünden bana çevirdiği mekanik bakışlarının granit soğukluğunu ciğerlerimde hissettim.

"Neden sana rahatça dokunabiliyor?" Sesi şimdi daha da kısıktı, duymakta zorlansam da ne dediğini anlayabilmiştim.

"Kim?" diye sordum ona dikkatlice bakarken.

"Temmuz." Bakışları da sesi gibi kısıldı. "Sana neden dokunuyor?"

Ayak parmaklarımı farkında olmadan içeri doğru bükerken kaşlarımı çattım. Bakışları kanımı dondurmuştu, öz kardeşimin bana neden dokunduğunu sorguluyordu ve bu beni dehşete düşürmüştü. "Pardon?" dedim sorar gibi, yanlış anlamış olmayı diliyordum.

"Madem salona inmek istiyordun, bana söyleyebilirdin. Neden seni kucaklamasına izin verdin?" Yangın mavisi gözleri, gözlerimin içine püskürttüğü lavın kıvamıyla düşüncelerime erişip kelimelerimi tutuştururken öylece bakakaldım. Yangın mavisi yüzümün ortasına mavi buselerini kondururken onun bakışlarında kaybolmaya devam ettim. "Sana diyorum," diye sızlandı, sesi kısık ama sertti. "Cevap ver bana. Neden sana dokunmasına izin veriyorsun?"

"O benim kardeşim?"

"Umurumda bile değil," dedi kaşlarını çatarak. "Hiçbir erkek sana dokunamaz." Bana doğru bir adım attı. "Ben hariç."

"Neyim ben, senin malın mı?"

Sıraç birkaç adımda yanımda bittiğinde, bakışlarım hâlâ üzerindeydi. Ayakucuma oturdu, gerilen kaslarını görebiliyordum. Sert V çizgisinin üstünde iki damar belirginleşmişti. Kemikli ve tapılası bir görüntüye sahip uzun parmaklarını yanağıma uzattı, gözleri beni eleğinden geçirmeyi sürdürüyordu. "Sen benimsin." Sesinden yüzüme akıp tenime sinen harfler damarlarımı yararak kanımı içime akıtırken öylece donakaldım bir süre.

"Sen öyle san," diye fısıldadım gözlerimi sıkıca yumup yanağımı onun avucuna bastırırken. O benim içimi ısıtıyordu, bu çok yanlıştı. Ona bir şeyleri öğretmek istiyordum. Güvenmeyi... Saygı duymayı. Onun lavdan bakışları göğsümün üzerine dökülüyordu. Gözlerimi yavaşça araladığımda, bakışlarının boynumla kalbim arasında dolaştığını gördüm, irkildim ama geri çekilmedim. Tişörtüm hafif bir dekolte vermiş olsa da Sıraç'ın amacı kesinlikle cinsel yönden bir saldırı değildi. Bu duygusal yönden bir saldırıydı ve beni diğer yönden daha etkili bir şekilde göçürebilirdi. Parmakları yanağımdan süzülerek yavaşça boynuma indi, boynuma doladığı uzun ve ince parmakları zarif bir mücevher gibi duruyordu şu an boynumda. Tutuşu narindi.

Parmakları yavaşça boynumdan gerdanıma doğru aktı, evet su gibi akmıştı. Nefesim hızlanırken, göğsüm öyle hızlı inip kalkıyordu ki, bunu fark ettiğine emindim.

"Sıraç," diye inledim kısık bir sesle. Bunu hemen şimdi kesmek zorundaydı. "Ne düşünüyorsun?" diye sordum gözlerimle onu tararken.

Sertçe yutkundu, bakışları yavaşça yukarı tırmandı ve gözlerime tutundu. "Düşündüğüm hiçbir şeyi herhangi bir kelimeye dökemiyorum," dedi boğuk bir sesle.

"Merak ediyorum."

"Bana bir yaşam borçlusun," dedi aniden. Yeşil ve mavinin aykırı sevişmesi koca bir ormanı tutuştururken, tutku gözlerinden gözlerime dökülmüştü. "Yokluğunda çok öldüm."

Gözlerim irileşirken o muazzam gözlerini kapattı ve derin bir nefesi ciğerlerine doldurdu. "Seni öpmek istiyorum ama şu an bunu yapamam," diye sızlandı acı içinde. "Eğer öpersem, devamını isteyeceğim ve sen yaralısın." Sertçe yutkundu. "Ah, bir de geri zekâlı kardeşlerimiz burada."

Diz kapaklarım ezilmiş gibi sızlarken, bedenime etkili bir zehir gibi yayılan bu duygusunun tam olarak ne olduğunu merak ettim. Neydi bu? Arzu? Şehvet? Aşk? Belki de üçü birden. Gözlerini açmadan tekrar yutkundu, sert kavisli âdem elması boydan boya turladı boynunu. Uzun kirpikleri öylesine büyüleyici bir görüntü sergiliyordu ki, kirpiklerine uzanmak ve arkası kesilmeyen buseler kondurmak istedim.

"Benim hissettiğim gibi hissetmeni istiyorum," dedi gözlerini yavaşça aralarken. Mavi yine tam o noktada alev alev yanıyordu. Azgın mavi dalgalar, alev almış yemyeşil ormanı kurtarmak istercesine çarpışıyordu hareleriyle. "Cidden fazlasında gözüm yok. Benim hissettiğim gibi hisset, Mayıs."

Sesinin rüzgârı yüzümü okşarken, gözlerim benden bağımsız kısıldı. Kirpiklerimin arasından onu izliyordum.

"Senden nefret ediyorum ya zaten?" dedim sorarcasına.

Yangın mavisi gözler beni büyük bir dikkatle inceledi, ardından dudağı yavaşça yukarı kıvrıldı ve koltuktan kalktı. Elini de çekmiş, beni kimsesiz bırakmıştı. Sırtına dökülen bakışlarım, bana sırt dönmesinin getirdiği etkiyle buğulanmıştı. "Senden nefret ediyorum?" dedim sorarcasına. Cevabına ihtiyacım vardı, bu da bizim sonsuzluğumuzdu çünkü. Salonun çıkış kapısına yürürken bir an duraksadı. "Senden nefret etmiyorum," dedi kısık bir sesle. Salondan hızla çıktığında koltuğun üstünde öylece kalakaldım.

Eğer o gün beni geri döndürmeseydin şu an onun yanında olmayacaktım baba, biliyor musun? İşin ilginç yanı söylediği şeyin beni bu denli heyecanlandırması oldu. Şey, baba... Biliyorsun, ben pek deneyimli bir kız değilim aşk konusunda. Hoş, söz konusu o aptal his olunca hangimiz deneyimliyiz ki? En son âşık olduğumu sandığımda yaşadığım şeyleri de biliyorsun, yani görmüşsündür büyük ihtimalle. Yavaş yavaş öğreneceğimi biliyorum, zaten acelem de yok. O, öyle bir adam ki, onu anlayabilmek için çok uğraşmam gerekiyor.

Baba, ben senden bir parçayım. Belki de senin devamın.

Yanlış bir seçim yapmadım, değil mi babacığım? Çünkü biliyorsun... Sevdiğin kadını seven adamın parçasını seviyorum. Belki de devamını.

Bahsettiğin adamın o olmasını istiyorum baba. Lütfen, eğer bir yerlerde hâlâ beni izliyorsan... Bana yardım eder misin? Onun kabuklarını kırmam için bana güçlü bir silah verebilir misin? Seni seviyorum baba. Sen benim ilk aşkımsın ve ben bu hayatta en çok seni sevdim.

3. KADINI OLMAK

Sıraç'ın gölge yaptığı düşüncelerim, saatlerdir çişimi tuttuğum gerçeğiyle çarpışıyor, kasıklarımı zonklatıyordu. Salonda tek başıma kalmıştım, üçlü koltukta öylece kıvrılmış uzanıyordum. Sırtımdaki ağrı yüzünden ahşap merdivenleri çıkmam imkânsızdı, üstelik banyoda Temmuz vardı ve Sılay da Merve'nin yanına gitmişti. Temmuz hızlı adımlarla merdivenlerden inerken tam yerimden doğrulacaktım ki, elindeki telefonu görünce gözlerim kocaman açıldı. "Sen o telefonu kapatmadın mı böcek!" diye cırladım.

"Dur!" dedi eliyle işaret yaparak. "Sakin olur musun, şu an herkes beni İzmir'de sanıyor."

"Şey... Temmuz..." Eliyle durmamı işaret etti ve elindeki telefon sert bir melodiyle evin duvarlarında yankılanmaya başladı. Temmuz telefonu açarak hızlıca salondan çıktığında, ağzım açık öylece arkasından bakakalmıştım. Gözlerimi sıkıca yumarak, "Hadi ama, altıma işeyeceğim," diye inledim yüzümü buruşturarak. "Eğer hemen şimdi işemezsem birazdan gerçekten altıma salacağım! Saldığımda da benimle dalga geçerseniz ölürsünüz!" Kıvrandım, parmaklarımı kasıklarıma bastırarak, "Allah cezanızı versin," diye homurdandım.

Bir kıkırtı duyduğumda gözlerimi yavaşça araladım, Sıraç karşımda duruyordu ve büyük bir ilgiyle beni izliyordu. Elinde eğreti şekilde duran sigarasının külü uzamış, ölü kül yavaşça yere dökülmüştü. Yanaklarımın içini dişlerken tıpkı bir deve kuşu gibi kafamı toprağa gömmek istiyordum şu an. "Şey..." dedim gözlerimi kaçırırken. "Temmuz nerede? Şimdi çıktı ama... Onu çağırabilir misin?"

"Önemli bir telefon görüşmesi yapıyor, ayrıca o salak telefonunu kapatacağını söylememiş miydi?" diye homurdandı, ardından sinsi gözlerini üzerime dikti. "Sorun ne? Neden kıvırıyorsun sen oturduğun yerde?"

"Şey... Önemli bir şey yok."

"Söyle bana," dedi alayla. "Sana yardım edebilirim, minik şeytan."

Tek gözümü kapatıp tek gözümle ona bakarken, "Emin misin?" diye sordum yüzümü buruşturarak.

"Hayır," dedi ciddi bir tavırla. "Sıraç'ım."

Ona dehşet dolu gözlerle bakarken, "Cidden," diye homurdanıp gözlerimi devirdim.

"Sorun ne, minik şeytan?" diye sordu tekrardan. "Yoksa altına mı yaptın?"

"Henüz değil," dedim büyük bir utançla ve ellerimi yüzüme bastırdım. Parmaklarımın aralığından ona bakarken, o da dik dik bana bakıyordu ve eğlendiği her halinden belliydi. "Hadi gel," dedi kollarını açıp bana yaklaşarak. "Sana çişini yaptırayım."

"Ya Sıraç!" diye inledim parmaklarımı yüzüme biraz daha bastırırken. "Yapma şunu!"

"Tamam, tamam." Bana doğru yaklaştı, parmaklarımı yavaşça yüzümden çekerken, mahcup olmuş bir ifadeyle ona bakıyordum. "Utanma, minik," dedi kısık bir sesle ve elini yarama temas etmeyecek şekilde sırtımdan, diğer elini de bacaklarımın altından geçirerek beni tıpkı bir prenses gibi kucakladı.

"Şey, fazla yaklaşma," dedim ürkek bir tavırla. Malum, günlerdir banyo yapamıyordum. Sıraç kaşlarını kaldırarak beni bağrına basmak ister gibi içine soktuğunda, onu itmeye çalıştım ama beceremedim. "Neden yaklaşmıyormuşum?" diye sordu. "Sen yaralıyken ırzına geçecek değilim, sakin ol."

"Yaralı olmasaydım da bunu yapamazdın, emin ol," dedim kaşlarımı çatarak.

Sırıttı. "Emin misin?" diye sordu alayla. "Ayrıca neden sana yaklaşmamı istemiyorsun?"

Her bir merdiven birbirimize daha sert sürünmemize neden

oluyordu. Yüzüm utançla çarpılırken bakışlarımı ondan kaçırmaya çalıştım. Günlerdir banyo yapmadığım için koktuğumu mu söyleyecektim? Daha ne kadar rezil olabilirdim ki ona? "Şey..." Derin bir nefes alıp cesaretimi topladım. "...günlerdir banyo yapmıyorum."

Yüzümü inceleyen gözlerinin gölgesini hissedebiliyordum. "Minik şeytan..." Burnunu saçlarıma bastırdı. "Kokun hiç değişmiyor, hep aynı kokuyorsun. İlahi bir kokun var." Ilık nefesi bir rüzgâr edasıyla saçlarımın arasından zihnime saplandı ve düşüncelerimin üstüne sıtma düşürdü. Bazen öyle güzel laflar ediyordu ki, ona olan hayranlığım erişilemez bir boyuta ulaşıyordu, bazense zehir zemberekti. Belki de onu bu denli güzel kılan bu özelliğiydi, bilmiyordum. Saçlarımı ve boynumu koklayarak beni tuvaletin önüne kadar getirmişti. Kapının önüne geldiğimizde kucağından doğrulmaya çalışınca sırtıma derin bir ağrı saplandı. Sanki soğuk bir demir boydan boya içimi deşmiş, etimi sökerek ilerleyip beni parçalamıştı. Bu ağrı tıpkı bir yılanın dilinin dudaklarına sürtünmesi ve çatallı diliyle arkası kesilmeyen zehirleri derine bırakması gibiydi. Bir yılanla öpüşmek gibi...

"Ah!" diye inledim acıyla. Dudaklarımı birbirine bastırmış, dişlerimi yanaklarımın içine geçirmiştim.

"Of," dedi Sıraç acıyla. Sesindeki acı, sırtımdaki ağrıyı zehirli hançeriyle vururken, gözlerimi aralayıp ona baktım. Yüzünü buruşturmuştu. "Dikkatli ol be, minik şeytan."

Yavaşça ayakta dikilip derin bir nefes aldıktan sonra kapının kulpunu çevirdim ve içeri doğru adım atarken belim hâlâ sızlıyordu. Sıraç da arkamdan içeri girince, "Pardon?" diye sordum ona omzumun üzerinden dik dik bakarak.

"Eğilemiyorsun, altındakileri nasıl indirmeyi düşünüyorsun?" diye sordu ciddi bir şekilde. Bu kez alaycı ya da edepsiz bir tını yakalayamamıştım.

Haklıydı, eğilmem imkânsızdı. Ama bunu bir şekilde becerebilirdim. "Gerek yok, yapabilirim." dedim ve çıkması için kapıyı işaret ettim. "Çık sen."

"Hayır, tekrar canının yanmasını istemiyorum."

"Canımın yanmasını istemiyor musun?" diye sordum. Tamam biraz daha direnirsem şuracıkta altıma işeyecektim fakat ondan böyle şeyler duymak kolay değildi. Bunun tadını çıkarmalıydım.

"Altına işeyeceksin Mayıs. Sonra sor sorularını," dedi ve bana doğru yaklaşıp altımdaki eşofmanı yavaşça aşağı doğru sıyırdı. İç çamaşırıma dokunmamıştı fakat yanaklarım cayır cayır yanıyordu. Onu engellemek istememiştim nedense. Bu his tuhaf derecede edepsizdi. Eminim annem görse kemiklerimi kırardı.

"Evet, şimdi diğerini," dedi ve dizlerinin üzerinde çöküp kafasını bana doğru kaldırdı. "Merak etme, bakmayacağım. Gözlerine bakmayı tercih ederim." Parmaklarını iç çamaşırımın yan taraflarından geçirdi, aşağı doğru çekmek yerine öylece bana bakıyordu. Etime değen parmakları kasıklarımdaki yangını körüklerken, yutkunmamak için büyük bir çaba sarf ettim. Yangın mavisi bakışlar derinleşti, öyle derindi ki okyanusunda oradan oraya savrulan yeni doğmuş bir balık yavrusu gibi hissetmeme sebep oldu. Tuzlu okyanusun azgın dalgaları beni oradan oraya çarpıyor ve sonra tekrar kollarının arasına alıyordu. Dediğini yaptı, gözlerini gözlerimden bir an olsun ayırmadı ve iç çamaşırımı yavaşça aşağıya doğru çekti. İç çamaşırım kalçalarımdan sıyrılıp ayak bileklerime düşerken utançtan yerin dibine girecektim. Zihnimin perdesine yansıyan edepsiz görüntüleri silmek adına daha derin bir şekilde baktım yangın mavisi gözlerine. Yeşil ormanlara sıçrayan mavi alevler beni benden alırken, tişörtümün uzun olması beni rahatlatmıştı. Uzun tişörtüm orayı örtüyordu ve Sıraç Karayel namahremimi göremiyordu. Fakat yanlış olan bir şey vardı ki, ben Sıraç Karayel'in ılık nefesini tam olarak orada hissediyordum.

"Şey, ben çıkayım," dedi Sıraç, gözlerinin içinde küçük bir çocuğun utancı belirmişti. Bu öylesine cezbedici bir görüntüydü ki, hayranlıkla baktım ona.

"Bence de." Gözlerimi gözlerinden ayırmadan ona bakmaya devam ettim.

"Yavaş otur, işin bittiğinde beni çağır." Dizlerinin üzerinden doğrulup ayağa kalktı.

"Gerek yok, oturacağım için kendim çekebilirim."

"Peki, başaramazsan beni çağır," dedi kısık bir sesle. Son kez derin bakışlarını gözlerimin üzerine bırakıp sırtını döndü ve banyodan çıktı.

İşimi hallettikten sonra kasıklarımda oluşan büyük rahatlama sayesinde derin bir oh çektim ve zorlansam da klozetin üzerinde oturmaya devam ederek yavaşça iç çamaşırımı ve eşofmanımı yukarıya çekmeyi başardım. Canım acımıştı fakat Sıraç'ı çağırmaya yüzüm yoktu. Zaten yeterince utanmıştım, daha fazla utanmak istemiyordum. Kapıya çıktığımda Sıraç'ın hemen yan tarafımda duran duvara yaslanmış beni bekliyor olduğunu gördüm. Onunla küçük bir göz teması kurduktan hemen sonra yanan yanaklarımı ondan saklamak adına yüzümü başka bir yöne çevirdim ve küçük adımlarla yatak odasına doğru yürüdüm. Arkamdan geldiğinin farkındaydım ama aşağıya inmek istemiyordum. Bana bir kez daha dokunursa ciddi anlamda bayılabilirdim. Yatak odasının kapısını açtıktan hemen sonra kapıyı kapatmadan içeri girdim ve yatağa çıkıp uzandım. Sırtımdaki acı kendini belli etse de güçlü olmak zorundaydım. Sıraç odaya girdikten sonra elbise dolabının önünde dikildi ve, "Aşağıya indirmeyeyim mi?" diye sordu. Önce gözlerine, ardından burnuna ve onun ardından da pembe çikolatayı andıran dudaklarına baktım. Cidden, ne güzel dudakları vardı. Dudaklarına baktığımı fark ettiğimde yanaklarımdaki yangın büyüdü. Gözlerimi utançla onun üzerinden kaçırıp zemine çevirdim. Yüzümü incelediğinin farkındaydım.

"Hayır, indirme. Odada kalmak istiyorum," diye fısıldadım gözlerimle yeri eşelemeye devam ederken.

"Ama onun indirmesini istemiştin."

Kaşlarım hayretle havaya kalkarken nabzımın hızlandığını hissettim. Neydi bu? Neden böyle davranma gereği duyuyordu. Öylesine dengesizdi ki, onu çözemiyordum. "Neden böyle davranıyorsun? O benim kardeşim," dedim kaşlarımı çatarak. Göz göze gelmemeye çalıştım fakat her nedense ona bakma isteği ile dolup taşıyordum.

"Onun senin kardeşin olduğunu biliyorum," dedi sert bir sesle. Gözlerinin üzerimde olduğunun farkındaydım. "Ama o sana rahat bir şekilde dokunabiliyor, bunu sevmedim."

"O benim kardeşim, bana dokunmasında bir sakınca görmüyorum. Ayrıca öyle bir söylüyorsun ki sanırsın ensest ilişki yaşıyoruz."

"Onu öldürürüm," dedi net bir sesle.

"Ne diyorsun?" Öfkeyle pişen bakışlarımı ona çevirdiğimde bir an duraksadım. Bana olan bakışlarını gördüğümde öfkeli bakışlarım tıpkı bir balon gibi söndü. Gözlerinin içi pasparlaktı ve göz bebekleri büyümüştü. Öyle ki yangın mavisi yerini su yeşiline bırakmıştı ve bu muazzam görüntü tıpkı dibi yosunla kaplı bir gölü andırıyordu. Gözlerinin içinde kıskançlık kol geziyordu ve bu ruh okşayıcı bir güzelliğe sahipti. Allah'ım, bu adamı boş zamanında yaratmış olabilir miydin?

"Diyorum ki," dedi ve bakışlarını yumuşattı. Küçük bir çocuğun annesine baktığı gibi bakıyordu. Bu inanılmaz bir olaydı, resmetmek istiyordum bu olayı. "Seni aşağıya indirebilir miyim?"

"İndir."

"Gerçekten mi?"

"Gerçekten. Hadi, al beni kucağına."

Gözleri parladı. Yavaşça yanıma yaklaştıktan sonra beni tıpkı az önceki gibi kucakladı ve, "İndiriyorum," diyerek kapıya doğru yürüdü.

Tamam, o fazlasıyla güzeldi. Gerçek olamayacak kadar güzeldi. Tek sorunu, fazla tutarsız davranışlara sahip oluşuydu. Yüzümü boyun girintisine soktuğumda beklemediği bir şeyi yaptığım için kısa süreli kasıldı fakat hemen kendisini topladı ve yavaş adımlarla ahşap merdivenleri indi. Beni koltuğa bırakırken her an Temmuz'a yakalanma korkusuyla tetikteydim fakat yakalanmadık.

"Temmuz nerede kaldı?" diye sordum mırıldanmayı andıran yumuşak bir ses tonuyla.

"Araba yarışları ile ilgili bir telefon görüşmesi yaptığını fark ettim, onun hayatı arabalar olmuş. O yüzden sevgilisiyle konuşan bir ergen gibi dakikalardır arabasıyla ilgili konuşuyor olmalı." Sesi baygın çıkmıştı. Temmuz'dan pek hoşlanmamıştı sanırım. Gerçi, benden de hoşlandığı söylenilemezdi.

"Şey, ne zaman banyo yapabilirim?" diye sordum mahcup gözlerle ona bakarken.

"Dikişlerin çok taze, bugün üç gün oldu." Elini alnına götürüp alnını kaşıdı. "Ama doktorla bir konuşurum. Banyo olayı hakkında."

Başımı olumlu anlamda salladıktan sonra koltuğun küçük yastığını sırtıma koydum. "Teşekkür ederim."

Bir şey söylemedi ve karşımda duran tekli koltuğa oturdu. Sessizlik baş gösterdiğinde rahatsız olmuştum. Neden susuyorduk ki sanki? Yaklaşık on dakika öylece sustuk. Onun gözleri ara ara beni bulsa da genelde salonun ortasındaki siyah postta bakıyordu. On dakikanın sonunda Temmuz ile Sılay içeri bodoslama daldı.

"Kızım bir sus ya!" diye söylendi Temmuz ve gözlerini abartılı bir şekilde devirdi.

"Sen sus, kızın içine düştü ya," diye söylendi. Kaşları çatılmıştı ve sinirli görünüyordu. "Merve senin düşüp kalktığın kızlara benzemez, alırım seni ayağımın altına marul!"

Sılay, Merve'yi mi koruyordu?

Sıraç ile bakışlarımız aynı anda o ikisine döndü. Salonun kapısında durmuş didişiyorlardı.

"Nereden biliyorsun kızım? Belki ben onu evimin kadını, çocuğumun anası yapacağım. Sana ne?" diye hırladı Temmuz. "Hem bana marul deyip durma."

"Ben bilirim senin gibileri," diye kükredi Sılay, film izler gibi ikisini izliyorduk. "Kızı kandıracaksın, eğleneceksin. Yok yaa!"

"Ya hasta mısın kızım sen? Hem beni takip ediyor hem de özel hayatıma burnunu sokuyor, çattık ya!"

"Ne takip edeceğim lan seni ben? Kendini beğenmişe bak hele, ben sırf ablanın aklı kalmasın diye takip ettim seni!" diye kükredi Sılay ve ayakucuma oturdu.

Temmuz burnunu kırıştırdıktan sonra ırgalamaz bakışlarını Sılay'dan ayırıp diğer boş olan tekli koltuğa oturdu.

"Nerede ergen var hepsi başıma üşüştü Allah'ım," diye söylendi Sıraç gözlerini tavana dikerek.

Bu ergen kategorisine ben de mi dahil oluyordum? Hiçbir fikrim yoktu.

Kimse cevap vermedi, sessizliğimize kaldığımız yerden devam ettik.

"Ne yiyeceğiz?" diye sordu Sılay ve sessizliği bozmayı başardı.

"Kalk, kız gibi bir şeyler hazırla," dedi Temmuz iğneleyici bir ses tonuyla. Üstelik mavi gözleri Sılay'ın üzerinde dolanıyor, ona gıcık gıcık bakıyordu.

"Haklı," dedi Sıraç hiç beklemediğim bir şekilde. "Bir şeyler hazırla."

Sılay yanaklarının içini şişirdi. "Şu marulla bir olup ikidir beni gömüyorsun, fark etmiyorum sanma." dedi ve oturduğu yerden doğrulup salonun çıkış kapısına doğru yürüdü.

"Şşş, zehirleme bizi tamam mı?" diye seslendi Sıraç ve her nedense ortam bir anda ısındı. Temmuz, Sıraç'ın bu söylediğine gülmüştü. Dahası Sıraç da Temmuz'a bakıp gülümsemişti.

"Zehirlemeyecektim ama böyle bir fikir verdiğin için teşekkür ederim ağabey." Sılay kapıyı çarparak salondan çıktığında kısa bir sessizlik yaşandı.

"Kırdınız kızı," dedim kısık bir sesle. "Neden o kadar üstüne gittiniz ki?"

Temmuz omuz silkti ve parmaklarıyla oynamaya başladı. Sıraç ise yangın mavisi bakışlarını edepsiz bir şekilde üzerimde gezdirdi, ardından da hiç ummadığım bir anda bana göz kırptı. Midemden havalanan kelebek sürüsünden bahsetmeme gerek yoktur herhalde? Ah, ya da şöyle mi söylemeliydim: Midemde halay çeken kelebek sürüsü.

∞

Sılay'ın yaptığı makarnayı yerken herkes temkinliydi, nedense bu temkinlilik olayı bana da bulaşmıştı. Ciddi anlamda makarnanın içinde zehir olduğunu düşünmedim desem yalan olurdu. Özellikle Sıraç'ın makarnayı her çatala doladığında makarnaya olan anlamsız bakışları ve inceleme şekli beni bayağı güldürmüştü. Yemeği bitirdiğimizde Sılay söylene söylene sofrayı toparladı ve ben de zorla da olsa ayağa kalkmayı başardım. Elbette yukarıya tırmanmak çok zor olacaktı ama denemekte fayda vardı.

Küçük adımlarla ahşap merdivene yaklaştım ve bir adım atmak için hamle yapacaktım ki, uzun parmaklar bileğime dolandı ve beni kendisine doğru çekip bedenine yaslanmamı sağladı.

"Ah, minik. Yine ne yapıyorsun sen?" diye söylendi Sıraç nefesi ensemde gezinirken.

"Yukarı çıkacaktım," dedim ve bileğimi onun avuçları içinden kurtarmaya çalıştım. Fakat bu imkânsızdı, öyle sıkı sarılmıştı ki bileğime. Sanki annesiydim, beni kaybetmekten korkuyordu.

"Ben hallederim," dedi ve yine aynı şekilde bir prensesmişim gibi kucakladı beni. Temmuz'un mutfakta Sılay'a yardım ettiğini biliyordum, bu yüzden içim rahattı. Sanırım yakalanmazdık. Üstelik cidden Temmuz mutfakta Sılay'a yardım ediyordu.

Merdivenleri tırmanırken ona bu kadar yakın olup aynı zamanda nasıl bu kadar uzak olduğumu sorguladım. Onu öpmek, kokusunu içime çekmek istiyordum. Ciddi anlamda ona hasrettim.

"Sıraç," diye mırıldandım merdivenin son basamağını çıkarken.

"Hı?" dedi büyük bir ilgiyle.

"Seninle uyumayı özledim."

"Ben de," dedi ve beni kendisine bastırıp kahve kokusunu içime doldurmamı sağladı. "Çok özledim seninle uyumayı. Umarım hemen giderler." Nefesi saç diplerimi okşamıştı. Onunlayken nasıl olduğum, ne durumda olduğum umurumda değildim. Onunlayken yaşadığımı hissediyordum. Ciddi anlamda nefes aldığımı hissediyordum.

"Umarım," diye fısıldadım, ardından da boyun girintisine yerleştirdim yüzümü. Utanç bedenimi her ne kadar ele geçirmiş olsa da bu çok huzur vericiydi. Beni yatağa bıraktıktan hemen sonra alnıma küçük bir buse kondurdu, bunu yaparken göz teması kurmamış, hatta gözlerini kapatmıştı. Sonrasında hızlı bir şekilde yatak odasını terk etti ve beni yalnız başıma bıraktı.

Alnıma bastırdığı dudaklarının ısısını ömür boyu orada taşımak istedim. Adam, adının yazdığı yerden öpmüştü beni.

Alnımdan.

Tanrım, bana neler oluyordu böyle? Bunları düşünen cidden ben miydim?

∞

Aynaya yüzümü sıkıntıyla buruşturarak baktım. Saçlarım yağlıydı ve gerçekten pis hissediyordum. Şu an banyo yapıp rahatlıyor olmak yerine burada durmuş, yağlı saçlarımı izliyordum.

"Bakma öyle aynaya, çatlatacaksın valla," diye homurdandı Sılay uykulu bir sesle.

"Sorma, kesin çatlayacak. Saçımdaki yağ ile bir kilo patates kızartılır." Derin bir of çekip tekrar yatağa girdim. "Duş almak istiyorum."

Sılay histerik bir kahkaha attıktan sonra yanağıma uzandı ve sulu bir öpücük kondurdu. "Biliyor musun, Temmuz kesinlikle sana benzemiyor. O çok sevimsiz."

Sırıttım ve başımı Sılay'ın omuzuna yasladım. "Aslında o böyle değildi, yani küçükken sakin bir çocuktu. Sonradan bir haller oldu ona."

"Ne oldu ki? Acaba annen severken üç kez atıp iki kez mi tuttu?"

Kendimi tutamayıp kıkırdadığımda, "Sabah sabah ne kıkırdıyorsunuz Allah aşkına? Yatın zıbarın!" diye kükredi Sıraç hemen aşağıdan.

"Öküz gibi böğürme oradan," diye cırladı Sılay, gözleri kapıdaydı fakat ağabeyine bakıyormuş gibi yüzünü buruşturarak bağırmıştı.

"Çıkarsam gösteririm sana öküzü, sidikli. Kapayın o çenenizi, uyumaya çalışıyoruz burada."

"Öküzümsü," diye söylendi Sılay ve yatağın üzerinden doğrulup uyku mahmuru gözlerini eli ile ovaladı. "Merve seni çok özlemiş bu arada. Ağabeyi hastaymış sanırım, evden çıkamıyor. Acaba ne oldu bizim eşkıyaya?" Ve saçlarını karıştırarak odanın çıkış kapısına yöneldi.

"Neyi varmış ki?" diye sordum. Acaba ne olmuştu? Savaş kolay kolay hasta olacak bir insana benzemiyordu oysa.

"Bilmem, üşütmüş galiba. Bir şey söylemedi Merve," dedi ve odadan çıktı. Bir süre sessizce düşündüm, acaba gerçekten hasta mıydı?

∞

Hep birlikte kahvaltı yapmış, kahvaltı bittiğinde Sılay'ın da yardımıyla bulaşıkları toplamıştık ama maalesef bulaşık olayında ona yardımcı olamayacaktım. Bulaşıklar Sılay'ın elinden öperken Sıraç ve Temmuz birlikte mutfaktan çıkıp salona geçtiler, ben de onları takip ettim.

"Benim bugün gitmem gerekiyor," dedi Temmuz isteksiz bir şekilde. Kalmak istediğinin farkındaydım. "Annem arkadaşlarımı aramış birkaç kez. Telefonu kapattım gece, o yüzden bana ulaşamamış. Telefonu açtığımda mesaj doluydu. Yani valide sultan ayıkmadan toz olmam lazım."

Sıraç tekli koltuğa oturduktan sonra cebindeki Marlboro kutusunu çıkarttı ve içinden bir dal sigarayı dudakları yardımıyla çekip dışarı çıkarttı. Ateşe uzandıktan sonra sigarasını yaktı ve içine derin bir nefes çekti.

"Tamam, Sılay seninle gelecek. O seni sorunsuz bir şekilde sokacaktır İzmir'e," dedi Sıraç ve sigarasını tekrar dudaklarına götürdü.

"Gelmesine gerek yok, o sizinle kalsın." Temmuz tehlikeli bir tavırla Sıraç'a bakıyordu, ona güvenmediği her halinden belliydi.

Sıraç'ın dudağı şeytani bir şekilde yukarı doğru kıvrılırken, tapılası bir seksilikle sigaranın dumanını dışarı doğru üfledi. Gri duman odada yayılırken öylece bakakaldım. "Korkma, ablana zarar vermeyeceğim. Ama Sılay'ın sana eşlik etmesi gerek. Babamı tanımıyorsun, Sılay olmadan buradan çıkamazsın."

Sesi keskindi, bir bildiği vardı kesinlikle.

"Tamam," dedi Temmuz yarım ağızla. İstemediği her halinden belliydi. "Öyle yaparız ama sonrasında yanınıza dönecek değil mi?"

"Şüphen olmasın." Tekrar sigarasını dudaklarına götürdü.

Temmuz olumlu anlamda başını salladıktan sonra bana döndü ve buruk bir şekilde gülümsedi. "Sık sık gelmeye çalışacağım, seni yalnız bırakmayacağım," dedi güven verici bir sesle. Sıraç'ın bakışları keskinleşirken öfke kokusu almaya başlamıştım.

Sılay dağılmış bir şekilde içeri girdiğinde, "Alacağın olsun kızım, bıraktın bana bulaşıkları. Sen bir iyileş bak neler yapacağım ben sana. Kötü görümce modu etkin," diye sızlanıp parmaklarına sıcak nefesini üfledi. "Dondum lan."

"Ne?" diye sordu Temmuz ters ters Sılay'a bakarken. "Ne modu dedin sen?"

"Sana ne be marul kafalı," dedi Sılay ve dilini çıkarttı. Tamam, kesinlikle küçük bir kız çocuğu gibiydi.

Temmuz tam ağzını açmış bir şey söyleyecekti ki Sıraç araya girdi. "Sılay, bu akşam gidiyorsunuz."

Sılay'ın kaşları hayretle havaya kalktı, burnunu kırıştırdı ve bana doğru adımlayıp yanıma oturdu. "Pardon?"

"Temmuz'un gitmesi gerekiyor, sen olmadan buradan çıkamaz. Sen de hemen dönme, bir süre İzmir'de görün. Şöyle bir hafta falan. Yoksa ikinizden şüphelenirler." Bakışlarını Temmuz'a çevirdi. "Sen de İzmir'e döndükten sonra birkaç günlüğüne şehir dışına çık. Sılay ile aynı anda görülmeyin İzmir'de. İlgiyi üzerinize çekmemeye çalışın."

"Peki." dedi Sılay ve olumlu anlamda başını salladı. "Zaten tekrar İzmir'e dönersem bir haftadan önce gelemem. Babam evde olmuyor ama benimle ilgili bilgi topluyor."

"Aynen," dedi Sıraç ve sol bacağını sağ dizinin üzerine attı. "Bir süre gelme."

"Hani hemen dönecekti?" diye sordu Temmuz. "Yalnız kalmanızı istemiyorum."

Sıraç kaşlarını çattı. "Merak etme, Halim'in karısı eşlik edecek bize. Yalnız olmayacağız."

Temmuz ayağa kalktı ve bana doğru adımladı. "Bak, sana bir şey yapacak olursa bir daha bıçakla. Suçu ben üstlenirim."

Bir an bir sessizlik oldu, ardından herkes hep bir ağızdan kahkaha atınca Temmuz öylece bakakaldı. Öyle ki Sıraç bile kahkaha atıyordu.

∞

Gitme vakitleri geldiğinde ciddi anlamda içimde büyüyen bir boşluk hissettim. Tamam, neredeyse üç günümü kardeşimi görerek geçirmiştim fakat doymamıştım. Temmuz geldiğinde giymiş olduğu kıyafetleri üzerine giydikten sonra aşağıya indi ve Sılay'ın yukarıdaki işlerini halletmesi için, "Ben hazırım, sen de hazırlan," dedi. Sılay olumlu anlamda başını salladıktan sonra yukarı çıktı ve ondan beklenilmeyecek bir hızla hazırlanıp aşağıya indi. Kapıya doğru yürürken ben de onlarla birlikte adımlıyordum. Görünürlerde Sıraç yoktu. Tam onun yokluğunu düşünürken kapıda belirdi.

"Hazır mısınız?" diye sordu Sıraç, keskin bakışlarını üzerlerinde gezdiriyordu.

"Hazırız, gidiyoruz," diye homurdandı Sılay gözlerini devirerek. "Bu uyuzla yolculuk, ne mükemmel ama."

"Sen bir de bana sor," dedi Temmuz ters bir şekilde. Gözlerini kısıp cins cins baktı Sılay'a.

"Tamam, ergenler. Kavganıza yolda devam edin tamam mı? Halim size Fethiye'nin çıkışına kadar eşlik edecek. Sonra da araba değiştireceksiniz ve Aydın'a kadar birlikte gideceksiniz. Aydın'a vardığınızda ikiniz de ayrı arabalara binecek ve oradan İzmir'e geçeceksiniz. Senin İzmir'de olmadığını babam kesin ayıkmıştır, bamya. Anlaşılmayan bir yer var mı?" diye sordu Sıraç ve soru işareti dolu gözlerle onlara baktı.

"Yok," dedi Sılay ve boynuma sarıldı. "Anlaşıldı, öküzümsü varlık." Bana sımsıkı sarıldıktan sonra gülümsedi ve, "Kendine iyi bak, bir daha ki sefere geldiğimde seni sağ bulmak istiyorum. Gazi değil," diye fısıldadı gözlerini kısarak.

Kıkırdadım ve yanağına bir öpücük kondurdum, bu Temmuz'u şaşırtmıştı. Kimse ile böyle samimi olmadığımı gayet iyi biliyordu. Temmuz'a doğru yürüdüm ve kollarımı iki yana açtım. "Gel?" dedim sorarcasına. Onunla hiç olmadığımız kadar samimi olmuştuk, bu ilginç bir duyguydu.

Önce açtığım kollarıma, ardından da gözlerime baktı ve dudaklarını birbirine bastırıp gözlerini kaçırdı. "Peki," diye mırıldandı ve çekingen bir tavırla kollarımın arasına girdi.

"Seni özleyeceğim," diye fısıldadım ve kıvırcık saçlarının kokusunu içime doldurdum. Boyu benden uzundu fakat kollarıma girince küçücük kalmıştı büyük bedeni.

"Özlemene gerek kalmayacak, sık sık geleceğim. Seni bu herifle yalnız bırakacağımı düşünmüyorsun değil mi?"

Şu an siyah bir aura saçarak beni izleyen enerjinin farkındaydım. Temmuz ile ayrıldığımızda son kez onun mavi gözlerine ve bana benzeyen yüz hatlarına baktım. Buruk bir şekilde bana bakıyordu fakat fark etmemem için güçlü bir tavır çizmeye çalışıyordu. Maalesef ki başarısızdı, kesinlikle hissedebiliyordum.

"Pekâlâ, biz gidiyoruz," dedi Sılay ve ağabeyinin yanağına küçük bir öpücük kondurdu. "Kendinize dikkat edin, beladan uzak durun. Mr. and Mrs. Smith'ten beter oldunuz başıma."

Kıkırdadım, Sıraç'ın da dudakları yukarı doğru kıvrılmıştı. Kapıyı açıp dışarı doğru adım attıklarında Temmuz bir an duraksadı.

"Şu an," dedi ve kolundaki saate baktı. Saati tarih göstergeliydi. "On iki mayıs. Tam altı gün sonra senin doğum günün. Yanında olamayacağım, her sene bizimle kutlardın. Ve sen on sekiz oluyorsun, şimdiden..." dedi ve bana doğru dönüp buruk bir bakış attı. Gözleri boncuk boncuk parıldıyordu dolmuş gibi. "Doğum günün kutlu olsun, abla," dedi ve bana doğru hızlı bir adım atıp beni kendine çekti ve kollarını boynumda sardı. İçimde büyüyen her şey, yarattığım karanlıkla çarpışıp rengârenk yağmurlar yağdırdı.

"Seni seviyorum abla, hoşça kal." Göz teması kurmadan benden ayrılıp bahçeye doğru yürüdü.

Bacaklarım halsizleşti, bir hıçkırık boğazımdan yukarıya baskı uyguluyordu. Gözlerimin içinden ziyade içim yanıyordu. "Hoşça kal," diye fısıldadım onlar bahçe kapısını aralayıp gözden kaybolurken. Duymadığını biliyordum, duysun da istememiştim zaten.

Onu yaşamıştım. Yıllardır birbirimize göstermediğimiz sevgiyi göstermiştik birbirimize. Ben öylece dışarıya bakarken bir el belime dolandı ve başını omzuma yasladı. Sırtımda hissediyordum bedenini.

"Evet, bir hafta benimsin," diye fısıldadı.

Nefesi boynumu yalarken ürperdim.

"Hıhı," diye onayladım rüzgâr bacaklarımı ısırırken. "Kapıyı kapatayım." Ondan ayrılmaya çalıştım fakat iri elleri beni bırakmadı.

"Doktorunla konuştum, dikişten kırk sekiz saat sonra banyo yapabilirmişsin. Yani banyoya gidebiliriz, miniğim."

Yutkundum. "Kırk sekiz saat oldu mu?" diye sordum utangaç bir şekilde.

"Birkaç dakika sonra tam olarak kırk sekiz saat olmuş olacak," dedikten sonra beni prensesmişim gibi kucakladı. Yavaşça ilerleyip kapıyı kapattı ve kucağındaki beni narin bir şeyi taşıyormuşçasına sarmalayıp ahşap merdivenlere doğru ilerledi, birlikte banyonun kapısına ulaştık.

"Birlikte," dedi burnunu boyun girintime sürterek. "Banyo yapmak istiyorum."

Yutkundum, aslına bakarsan ben de tam olarak bunu istiyordum. Hâlâ onun kucağındayken banyonun kapısına uzandım ve duvarlarda tok bir sesin yankılanmasına sebep olacak şekilde kapının kulpunu çevirerek kapıyı açtım. Kapı yavaşça açılırken yüzümü onun olduğu tarafa çevirdim ve yangın mavisi gözlerine kısık bir bakış attım. Çakır gözler beni incelerken içlerinde umulmadık volkanlar patlıyor, mavi lavlarını yeşil toprağa akıtıyordu. Gamzemi gösterecek şekilde gülümsedim ve elimi yanağına götürüp yanağını sakince okşadım. Avucuma batan kirli sakalı beni heyecanlandırırken, edepsiz düşüncelerden ziyade onun kadını olduğum düşüncesi yer etti beynimde.

Cidden, onun kadını olabilir miydim? Sıraç Karayel'in kadını...

Sıraç gamzeme bakarken içten bir şekilde tebessüm etti ve benden daha derin olan gamzeleri elmacık kemikleri ile birlikte gün yüzüne çıktı. Cevabımı verdiğimi anlamış olacak ki cümlesini tekrarlama gereği duymadan banyoya doğru bir adım attı ve banyoya girdik.

Ardımızdan duyulan tek şey banyo kapısının kapanırken çıkarttığı tok ses oldu

4. BENİM OLAN

Bu küçük banyoda bir küvet vardı, evet ama yeraltındaki kaldığımız evdeki kadar lüks değildi. Yine de güzel bir görüntüye sahipti. Küvet beyaz taştan ve yumurtayı andıran bir şekle sahipti. Sıraç'ın kucağında öylece duruyorken, ne yapmaya çalıştığımı sorguladım.

Sıraç beni kucağından indirmeden önce gözleriyle yüzümü taramaya devam etti. "Biraz bekle minik." Ayaklarım yer ile temas etti.

Sıraç eğildi ve seramik duvardaki musluğu açıp yumurta şeklindeki küvetin içini doldurmaya başladı. Su büyük bir hızla küvete iniyordu, ben ise öylece durmuş onu izliyordum. Sıraç eğildi ve yerde duran şişenin içindeki sıvıdan küvetin içine döktü, ne olduğunu bilmiyordum ama içimi gıdıklayan kokuyu net bir şekilde alabiliyordum. Bu tıpkı akışkan, sıcak bir çikolata gibi kokuyordu. Sıraç ayağa kalktı ve omzunun üzerinden bana baktı. Üzerindeki siyah tişörtü sıyırıp yere attığında farkında olmadan yutkundum. Sıraç'ın yangın mavisi gözleri iki kat koyulaşmış, tuhaf bir renge dönmüştü.

"Gel," dedi ve elini bana doğru uzattı. Temkinli bir şekilde bana uzattığı eline ve sıyırıp yere attığı tişörtüne baktım. Ona doğru bir adım atıp elimi ona doğru uzattım. Tamam, hiçbir şey olmayacaktı. Yaralıydım, bana dokunmayacaktı.

Sıraç altındaki kot pantolonu çıkartmadan küvetin içine girdi ve elimi tuttuğu eli ile benden destek aldı. Elimi yavaşça bıraktı ve yavaş yavaş yükselen suyun içinde öylece dikelerek bana bakmaya başladı.

"Çıkarmak ister misin?" diye sorduğunda yangın mavisi gözlerdeki beklenti tenimi eşeliyordu.

"Neyi?" Dudaklarımı dişlemek, kan revan içinde bırakmak istiyordum.

"Tişörtünü." Bakışları yavaşça dudaklarıma kaydığında zaman hemen ortamızda asılı kaldı ve durdu. "Çıkaracak mısın?"

"Şey..." Elimi yavaşça enseme götürüp ovaladım. "...doğru olmaz."

"Pantolonumu çıkarmayacağım. Merak etme, sana istemediğin bir şey yapmayacağım." Sesi güven vericiydi, ona inanan tarafım onun bana ihanet etmeyeceğini biliyordu. Hatta emindi. Başımı olumlu anlamda salladıktan sonra, "Yine de tişörtümü çıkarmak istemiyorum," dedim ve altımdaki eşofmanı yavaşça aşağı sıyırdım. Gözleri önce bacaklarımdan aşağıya inen eşofmana, ardından da gözlerime döndü. Üzerimdeki tişört uzun ve beyazdı, iç çamaşırımı örtüyordu.

Beklenti dolu bir şekilde elimi ona uzattım ve gözlerimi yangın mavisine çevirdim.

Bir süre afallamış şekilde beni izledi fakat bu kısa sürdü ve elini elime uzatarak avuçları arasına aldı. Küvete doğru adım atarken beni çekiyordu ve yaramın beni zorlamaması için elinden geleni yapıyordu. Parmaklarından parmaklarıma akan elektrik o kadar netti ki, içim tıslıyordu. Yavaşça küvetin içine oturdu ve siyah pantolonu sırılsıklam oldu, beline kadar suya batmıştı. Ben de yavaşça bacak arasındaki yerimi aldım ve sırtımı ona yasladım. Su kışkırtıcı bir sıcaklığı bedenimize misafir ederken, vücudum yavaş yavaş çözülmeye başladı. Sırtıma değen çıplak göğsünü hissediyordum fakat üzerimdeki tişört onu tam anlamıyla hissetmeme engeldi. Dikişlerimin olduğu yere temas etmemeye özen göstererek bana yaslandı ve topuz halinde olan saçlarımı büyük bir dikkatle bozdu.

Saçlarım omuzlarıma dökülürken irkildim. Fakat bir şey diyemedim.

Sıcak su köpüklenmeye ve koku daha keskin bir şekilde burnumun içinden ciğerime dolmaya başladı. Su yükseldikçe sırtım biraz daha eğimleniyor ve Sıraç'a yaslanıyordum.

"İlahi bir kokun var," diye mırıldandı, nefesi ensemi okşamıştı. "Şu çikolata kokusunu bile bastırıyorsun, çıldıracağım."

Sertçe yutkundum, bazen beni şaşırtmayı başarıyordu. Bazen değil, her zaman. Cevap vermedim ve köpüklerle oynamaya başladım. Su yeterince dolduğunda Sıraç bana abanarak musluğa doğru uzandı ve suyu kapattı. Bana yasladığı kaslı göğsü, omzumun üzerinde varlığını belli ederken, çarpan kalbinin verdiği baskıyı omuzlarımda hissediyordum. Suyu kapattı fakat kendisi çekilmedi, aynı şekilde bekledi. Üstelik eli hâlâ musluğun üzerindeydi.

"Neden böyle atıyor?" diye sordu kendi kendine, soruyu bana yöneltmediği o kadar belliydi ki. "Onu hissediyor musun? Sanki göğsümün altından çıkmak ve senin göğsünün altına girmek istiyor."

Kalbinden bahsediyordu, kalbi benim göğsümün altında mı atmak istiyordu?

Köpüklerle oynamaya devam ettim, gözlerim yanıyordu. Ateş kolyem de köpük olmuştu. Elini musluktan çekti ve arkamdaki yerini aldı. Bir eliyle beni kendisine bastırırken, diğer elini alnıma koydu ve yüzüme düşen saç tellerimi arkaya itti. "Bir an hiç yalnız kalamayacağız zannettim," diye mırıldandı ve parmaklarını alnımda dolaştırmaya devam etti. "Bu beni ürküttü." Parmaklarının ılıklığını ve parmak uçlarında atan nabzını hissediyordum. Adının yazılı olduğu yerde gezdiriyordu parmaklarını. Alnımın ortasında, kader çarkımın hemen üzerinde. "Neden konuşmuyorsun?" diye sordu ılık nefesi saçlarımdan girip izinsizce zihnime sızarken. Yüzünü yavaşça saçlarıma oradan da omzuma yaklaştırdı ve tişörtümün bolluğundan mıdır bilinmez açıkta kalan omzuma bir öpücük kondurdu. "Sesini duymak istiyorum Mayıs. Konuş benimle." Bir kez daha öptü omzumu.

"Böyle bir evde küvet olması çok saçma," diye mırıldandım, belki de konuşacak konu bulamadığımdandı bu. Ama kendime göre haklıydım. Sıraç Karayel ile birlikte küvetin içindeydim ve dahası ona dayanıyordum. Bu biraz sıcak bir ortam yaratmıştı açıkçası.

Çenesini omzuma yasladı ve kıkırdadı. "Utanıyorsun, değil mi?"

"Yoo," diyebildim, kalbim öyle hızlı çarpıyordu ki şu an, duyduğuna emindim.

"Hım," diye mırıldandı ve dudaklarını omuzlarımda gezdirdi.

"Merak etme, bir şey yapmayacağım." Sesinde ufak bir tehlike sezer gibi olsam da yapmayacağını biliyordum.

"Yapmazsın," diye mırıldandım. Tekrar kıkırdadı fakat bir şey söylemedi. Saçlarımı yavaşça ıslattıktan sonra, "Şimdi saçlarını yıkayacağım," diye fısıldadı boynuma doğru.

Hayır, ben iyi bir kızım.

Hayır, etkilenmedim.

Lanet olsun, hadi ama! Kimi kandırıyorum ki?

Kemiklerime kadar âşık oldum.

Eline döktüğü soğuk sıvıyı saçlarıma sürünce bir an ürperdim. Şampuan saç derimin üşümesine sebep olurken, onun saçlarımı yıkıyor olduğunu bilmek beni alışılagelmedik duygulara sürüklüyordu. Şampuanı yavaş yavaş dağıttıktan sonra saç diplerime masaj yapmaya başladı. Büyük bir ustalıkla hem beni rahatlatıyor hem de saçlarımı temizliyordu. Güzelce köpürttükten sonra biraz daha masaj yaptı ve sonra köpüklü saçlarıma aldırmadan beni göğsüne bastırdı. Kafam göğsünün sol yanındaki yerine sığınırken kalbim akışkan bir şekilde burnumdan akabilirdi.

"İyi geliyor mu?" diye sordu fısıltı halinde. "Hıhı," diye cevapladığımda güçlü kollarını belime doladı ve çenesini köpüklü saçlarıma yasladı.

"Dayanılmazsın, bu beni ürkütüyor."

Damağımda eriyen karamelli çikolata tadı içimde her bir zerremi ziyaret ediyordu sanki.

"Çok sessizsin," diye fısıldadıktan sonra saçlarımı durulamaya başladı. Saçlarıma yavaş yavaş tuttuğu su, köpükleri bedenime sürüklerken gözlerim benden bağımsız kapandı. Büyük bir dikkatle saç diplerimi okşayarak duruladı.

"Vücudunu da yıkamak istiyorum Mayıs," diye fısıldadığında kapalı gözlerim bir anda açıldı ve irileşti.

"Hayır," diye mırıldandım. "Onu ben hallederim, sen çıkabilirsin."

"Ama," diye mızmızlandı ve dudaklarını ıslanan omzuma bastırdı. "İstiyorum."

"Olmaz." Hızla omzumu çekmeye çalıştım. Çikolata kokulu köpükler dört bir yanımızı sarmıştı ve saçımdan akan hindistan cevizli şampuan ile karışınca daha baş döndürücü bir koku çıkmıştı ortaya.

"Hani beni özlemiştin?" diye soludu, gözlerini görmek istiyordum fakat bunu yapabilecek gücü kendimde bulamıyordum. Hemen arkamdaki ılık nefesi beni fethediyordu.

"Seni özledim demedim Sıraç," diye mırıldandım ve ellerimle köpükleri dağıttım. "Seninle uyumayı özledim, dedim."

"Sonuç olarak ucu bana dokunuyor." Bedenime sardığı güçlü parmaklarını tişörtümün içine daldırdı. Elleri göbeğimden yukarıya çıkarken kasılmıştım. Tüm hisler üst üste binerek, his spazmı geçirmeme neden olmuştu.

"Lütfen bana dokunmayı keser misin?" Sesim güçsüz ama kararlı çıkmıştı. "Bana her istediğinde dokunamazsın, bu çok gurur kırıcı."

Parmakları göbek deliğimin biraz üzerinde öylece durdu. Ilık nefesi omzumu, saç diplerimi ve ensemi usul usul okşarken, acaba şu an nasıl bir yüz ifadesi takınmıştı? Kesinlikle sert olduğundan adım gibi emindim.

"Sana her istediğimde dokunamıyorum zaten," diye kükredi. Sesi banyoda yankı uyandırmıştı, bir an irkilsem de ne demek istediğini idrak edemedim. "Eğer her istediğimde dokunabilseydim siyam ikizi olurduk."

Suyun içinde kaskatı kesildim. Eli hâlâ göbek deliğimin biraz üzerinde duruyordu ve tutuşu sertleşmişti. Sanki etimi avuçlayacak ve derimi kopartmaya çalışacakmış gibi hissediyordum.

"Sıraç," diye mırıldandım ve elimi tişörtümün eteklerini kaldırarak içeri daldırdım. Elini tuttuğumda suyun içinde bile onun sıcaklığını hissedebilmiştim. "Bırak, çok ileri gidiyorsun."

"Beni durdur o zaman," diye mırıldandı ve dudaklarını ıslak saçlarımın arasına gömdü. Öpüşü ılıktı, şefkatliydi fakat nefesi için aynısını söyleyemezdim. Nefesinde tutku vardı, şehvet kucağını ikimize açmış, bizi çağırıyordu sanki. Düşersek şeytan bizi yuvarlandığımız yuvasında tutuşturacak ve biz o yuva sandığımız kuyuda cayır cayır yanacaktık. Eli yavaş yavaş yukarılara çıkmaya başladı. Kendimi toparlamaya çalışıyordum fakat beynim sıcak ortamda fazla kalmış bir sakız gibi erimişti. Allak bullak hissediyordum. Eli sutyenimin demirine ulaştı.

"Kes şunu," diye mırıldandım, sesim kesik kesik çıkmıştı. Sırtımı onun göğsünden uzaklaştırmaya çalışırken beni şiddetli bir şekilde kendine bastırdı ve sırtım onun kaslı göğsüne çarptı. Dikişimin olduğu yer kıl payı kurtulmuş olsa da bu canımı yakmıştı. Eli sutyenimin demirinin üzerinde duruyorken homurdandı. Bazen kesinlikle korkunç bir adama dönüşüyordu. "Anlasana," diye mırıldandı. "Her insanın parmak izinin farklı olması bile sana kimsenin benim gibi dokunamayacağının en büyük kanıtı. Senin tenin benim parmaklarıma göre yaratılmış."

Bunu bir yerde okumuştum sanki ama tam olarak böyle değildi. Biraz değiştirmiş gibiydi, belki de kendisine göre uyarlamıştı, bilmiyordum. Bildiğim tek şey ısınan yanaklarım, kaynayan kanım ve göğsümün içinde akışkan bir hal alan kalbimdi. Parmaklarını yavaş yavaş geriye çekti ve tekrar göbeğime indirdi. Bu kez daha narin tutuyordu fakat dilim damağıma yapışmış, beynim akışkan bir hal almıştı. Öyle ki, birazdan beynim bir sıvı halinde kulağımdan akabilirdi.

"Benden nefret etmiyor musun?" diye sordum ürkekçe ve suyun dibine batabilmek adına kayarak, bir kısmımı daha suyun içine batırdım.

"Bazen ediyorum, bazen etmiyorum," diye cevapladı net bir şekilde. Yüzünü görmek istiyordum kesinlikle yüzünü görmek istiyordum.

"Ne demek oluyor bu?" diye sordum ve elimi tişörtümün içerisinden çıkartıp suyun yüzüne bıraktım. Köpükler yavaş yavaş dağılmaya başlamıştı.

"Bazen senden nefret ediyorum, bazen seni..." Sustu.

Beynime kan gitmiyordu, şu an kan pompalama görevini kalbim dışında tüm organlarım gerçekleştiriyordu sanki. Bazen seni... Bazen seni? Ne? Bunu duymak istiyordum, beklediğim şey olmasa bile devamını duymaya ihtiyacım vardı. Suyun içinde kayarak ona doğru döndüm ve yüz yüze geldik. Bakışlarının sertliğinden ziyade ormanları tutuşturan rengi başımı döndürmüştü, dudakları aralıklı duruyordu ve öylece bana bakıyordu.

"Bazen beni?" diye sordum ve sesli bir şekilde yutkundum. "Devam et?" Ellerimi onun göğsünün üzerine koydum. Parmaklarım onun göğüslerinde duruyorken, elleri hâlâ karnımdaydı fakat mesafemiz açılmıştı.

Dudakları aralandı fakat hiçbir şey demeden tekrar kapandı. Bu kez dudakları düz bir çizgi halini almıştı fakat yangın mavisi bakışlar, kıyılarıma şiddetli dalgalar çarpıyor ve başımı döndürüyordu. Parmaklarım göğüslerinden sıyrılarak köprücük kemiğine doğru kaydı. Bu süre zarfında gözlerini gözlerime kenetleyip benim içimi görüyor gibi bakıyordu. Öyle ki, sanki şu an ruhumu keşfe çıkmıştı. Sert teninin üzerinde dolanan parmaklarım nihayet onun köprücük kemiğine geldiğinde duraksadım. Köprücük kemiğinde parmaklarımı gezdirmeye başladım sonra. "Seni anlamıyorum," diye mırıldandım, gözlerim hâlâ gözlerinin içine bakıyordu ve su yavaş yavaş soğumaya başlamıştı.

"Yağmuru pencereden izlemek yetmiyor," dedi Sıraç yüzünde zerre kas oynamazken. Şaşırmıştım fakat dinlemeye devam ettim, köprücük kemiğinde parmaklarım geziniyordu. "Elimi çıkarıp damlaların elime düşüşünü hissetmek istiyorum."

Damağımda yükselen acıyı yok saymaya çalıştım ve parmaklarımı köprücük kemiklerinden kaydırıp onun elmacık kemiklerine yerleştirdim. Ah, gerçekten müthiş bir yüz yapısı vardı.

"Görmek ile," diye fısıldadı ve küvetin içinde kayarak bana doğru yaklaştı. "Hissetmek arasındaki farka şahit olmak istiyorum." Tişörtümün eteklerinden tutarak yukarıya kaldırdı.

O tişörtümü sıyırırken dudaklarımı birbirine bastırdım. Yaralıydım, ona nasıl karşı koyacaktım? Ayrıca ben de onu hissetmek istiyordum fakat bu hiç doğru değildi. Tişörtümü çıkardıktan sonra banyonun bir kenarına fırlattı. Islandığı için ağırlaşan tişört, yere düşerken tok bir ses çıkartmıştı. Karşısında siyah bir sutyen ile öylece duruyordum. Ellerini sırtımın biraz üstüne koydu ve beni kendisine doğru bastırdı. Çıplak karnım onun kaslı karnına temas ediyordu. Göğüslerimizin birbirine değmesini engelleyen tek şey, üzerimde duran siyah sutyendi.

"Ah, Mayıs," diye fısıldadı Sıraç ve biraz daha bastırdı beni kendisine. Dokunduğu yerler cayır cayır yanarken yüzümü boyun girintisine sakladım ve gözlerimi yumdum. Burası, boynunun girintisi... Beni dünyadan soyutlayan mucizevi bir yerdi. "Çok güzelsin."

"Su soğumaya başladı," diye mırıldandım gözlerim kapalı onun boyun girintisinde saklanıyorken.

"Henüz vücudunu yıkamadım miniğim, üşüdün mü?" diye sordu ve ılık nefesini enseme bıraktı. "Üşüdüysen bu şehri yakarım. Biliyorsun değil mi?"

Yutkundum ve boynunun girintisine biraz daha sokulup burnumu ona dayadım. İçinde bulunduğumuz çikolata ve hindistan cevizi kokusuna rağmen hâlâ oradaydı kokusu. Buram buram kahve kokuyordu. Huzur verici, sakinleştirici sıcak bir kahve.

"Neden böyle davranıyorsun anlamıyorum. Ama bundan şikâyetçi değilim," diye mırıldandım, mırıldanırken dudaklarım onun boynuna baskı yaptı, bunu bilinçli yapmamıştım.

"Ben de anlamıyorum." Bir elini saçlarıma doğru çıkartıp saçlarımın arasına daldırdı uzun parmaklarını. Parmakları ıslak saç tellerimi okşarken yutkunma isteğimi bastıramadım. Bir kez daha sesli bir şekilde yutkundum.

Ah, kokusu.

"Vücudunu yıkamak istiyorum," diye mırıldandıktan hemen sonra küçük küvetin yanında duran duş jeli ve duş lifini uzanıp aldı. Bu süre zarfında ben hâlâ onun boyun girintisindeydim fakat o bana dokunmayı kesmişti. Hoş kokulu fakat kokusunu tam olarak tanımlayamadığım duş jelini lifin üzerine döktükten sonra sırtımda daireler çizerek sırtımı yıkamaya başladı. Çizdiği daireler beni gıdıklıyor olsa da bu hoşuma gitmişti. Sessizce işini bitirmesini bekledim, ayrıca kahve kokusu başımdaki amansız ağrıyı almaya yarıyordu. Ara sıra sutyenime takılan duş lifi pürüzlü bir şekilde kayıp tekrar sırtıma iniyordu.

"Hassas bir cildin var, kızardı," diye fısıldarken sırtıma doğru ılık bir nefes üfledi. "Çok bastırmamaya çalıştım ama..." Elindeki lifi bırakıp boyun girintisinden çıkmamı sağladı. Yüzünü benim yüzüme yaklaştırdı. "Canın acımadı değil mi?"

"Hayır," diye mırıldandım. "Acımadı. Bu iyi hissettiriyor."

Gözlerinin parıldadığını fark ettim, öyle muazzam görünüyordu ki. Dudakları belli belirsiz yukarı doğru kıvrıldı ve içten bakışlarını yüzümün üzerinde gezdirmeye devam etti. Çıplak göğsü hızlı bir şekilde inip kalkıyordu. Gözleri bir an olsun sutyenime inmedi, beni taciz etmeye çalışmadı. Aksine yalnızca gözlerimi izliyordu. Yüzümü, belki de dudaklarımı.

"Mayıs," diye fısıldadı fakat bunu benden çok havaya söylüyor gibiydi. Sanki Mayıs demek için demişti. Adımı zikretmek için. Lifi tekrar eline aldı ve gözlerime odaklanıp vücuduma bakmadan karnıma sürtmeye başladı. "Tenine temas eden duş lifi ne şanslı, seni temizlediğini sanıyorken asıl kendisi temizleniyor. Seninle." Gözlerini yumup uzun kirpiklerini bana sunarak göbeğimi ovalamaya devam etti.

Soluk boruma bir şey takılmış gibi hissettim. Ciğerim parçalanana kadar öksürmek ve belki de kusmak istiyordum. Ciğerimi kusmak. Mideme giren kramplar ve onun güzel, uzun kirpikleri. Alevden ok gibi göz çukurlarına uzanan kirpikleri. Kirpiklerinin kalbime saplandığını hissettim.

Gözlerini kapamasını fırsat bilerek ellerimi kaldırdım ve onun sakalları yeşermiş olan yüzünü avuçlarımın arasına aldım. Avuçlarıma batan sakal izleri bile ona dokunma isteğimi körüklüyordu. Ellerimi yanaklarında hissedince bir an gözlerini daha sıkı yumdu ve kaşları belli belirsiz hareket etti.

"Sıraç," diye mırıldandım ve yüzünü okşamaya devam ettim. "Öyle güzelsin ki."

Kaşları hayretle havalandı fakat gözlerini açmadı, bunun yerine mırıldandı fakat ne dediğini anlayamadım. Kirpikleri öyle güzel örtmüştü ki gözlerini. Ciddi anlamda kirpiklerini öpme isteği ile yanıp tutuşuyordum. Ne kaybedecektim ki sanki? Gözleri hâlâ kapalıyken, uzun kirpiklerine yavaş yavaş yaklaşmaya başladım. Ona tamamen yaklaştığımda kalbim bir yarış atı misali olduğu yerde dörtnala koşuyordu.

Dudaklarımı kirpiklerinin üzerine bastırdım.

Göğsümü tırmalamaya başlayan hisler, dudaklarıma üşüşen kelimelerin keskin uçlarıyla beni parçalarken onu hissettim. Elleri yavaşça belime dolandı ve beni kendine doğru çekti, gözlerini açmak yerine ya da şaşırmak yerine öylece bekliyordu. Dudaklarımı çekmemem için beni kendisine bastırıyordu. Uzun kirpikler dudaklarımı uyuştururken kalbim jöle kıvamına gelmişti. Neredeydim? Bulutların üzerinde? Belki de cehennemin en dibinde. Nerede olduğum umurumda değildi, Sıraç Karayel yanımda olduğu sürece bana her yer cennetti.

"Kirpiklerin," diye mırıldandım dudaklarımı kirpiklerinden çekmemek için büyük bir çaba sarf ederken. "Öylesine güzel ki."

Sıraç bir anda gözlerini açmaya çalıştı ve kirpiklerinin birkaç teli dudaklarımın arasına girdi. Kendimi yavaşça geri çekerken beni kaba sayılamayacak bir şekilde itti. Şaşkınlıktan irileşen gözlerimle ona baktığımda, ne yaptığını idrak etmeye çalışıyordum. Gözlerinde koyu bir ifade vardı, gözlerinin rengi bile üç dört ton koyulaşmıştı. "Çekil," dedi ve titreyen dudaklarını birbirine bastırdı. Bir anda hızla küvetin içinden çıkınca su etrafa taştı ve gözlerim daha da irileşti. "Çekil, yaklaşma!" diye kükreyip küvetten çıkarak çıkışa doğru yürüdü.

Ne yapmıştım şimdi? Ne oluyordu? Neden böyle bir tepki vermişti? Yoksa onu iğrendirmiş miydim?

"Sıraç, sorun ne?" diye sordum küvetin bir kenarına sinmiş onun sırtını izlerken.

Durdu, öylece durdu. Yüzünü göremiyordum fakat hızlı bir şekilde soluduğunu görebiliyordum.

"Kendime hâkim olamıyorum Mayıs," diye iç çekti ellerini saçlarının arasından geçirerek. Yüz ifadesini ölümüne merak ediyordum. "Sana istemediğin bir şeyi yapmak istemiyorum. Ama kendime hâkim olamıyorum. Lütfen, yaklaşma." Hızlı adımlarla yürüyüp kapının kolunu çevirdi. Kapı açılırken bir kez daha duraksadı ve bana bakmadan derin bir nefesi ciğerlerine doldurdu.

"Seni hissetmek istiyorum, bu beni çıldırtacak." diye mırıldandı ve çıkıp kapıyı gürültülü bir şekilde çarptı.

Tepkisi beni üzmüştü ama bir yandan da mutlu etmişti, neden bilmiyordum. Yani neticede istemediğimi düşündüğü için bana dokunmaktan çekinmişti. İstiyordum fakat buna cesaretim yoktu. Kimse kendisini sevmeyen bir adamla yatağa girecek kadar karartmazdı gözünü, aşkından ölse bile. Nedense bu düşünceli tavrı hoşuma gitmişti, aynı zamanda kırılmıştım da, duygularım karışmıştı. Ciddi anlamda anlama kıtlığım olduğunu düşünmeye başlamıştım. Sıraç benim sığınacak tek limanım olmuştu, ona sarılmak öylesine huzurluydu ki...

Küvetin içinde yavaşça kaydım ve suyun içine battım. Cidden biraz nefessiz kalmaya ve boğulmaya ihtiyacım vardı.

Gerçi... Neredeyse her gün bir çift yangın mavisinin lavdan okyanusunda boğuluyordum.

∞

Gergin fakat bir o kadar da huzurlu geçen banyo faslının sonunu yalnız başıma tamamlamış olsam da iyi hissediyordum. Banyodan çıktığımda Sıraç görünürlerde yoktu. Ben de bunu fırsat bilerek yatak odasına kapandım ve üzerimi giyindikten sonra, sıkıntıdan mıdır bilinmez, ağrımı sancımı bir kenara bırakıp komodinin kenarında duran ojeyi aldım. Oje bordoydu. Bordo. Onun bana yakıştırdığı ve bir daha kullanmamamı istediği renk. Ojeyi ayaklarıma ve ellerime sürdükten sonra kuruması için öylece oturdum ve karşımda duran giysi dolabındaki aynadan yansımamı izledim. Gerçekten zayıflamış görünüyordum. Ojeyi sürerken bir şey daha fark etmiştim, dikiş yerlerim çok fazla sızlamıyordu. Ojenin kuruduğundan emin olduğumda son bir kez aynadaki yansımama baktım. Üzerime mavi bir tişört, onun altına da siyah bir tayt giymiştim.

Hâlâ ıslak olan saçlarımı kurutmadım fakat tarak yardımıyla şekle soktum ve kurumaları için salık bıraktım. Mavi çoraplarımı da ayağıma geçirdikten sonra Sıraç'ın benim için aldığı telefonu komodinin üzerinden aldım ve taytımın arka cebine koydum. Tamam, cep dardı ama sanırım telefon düşmezdi. Sılay telefon numaramı almıştı, Temmuz'a bu konudan bahsetmemiştim bile. Ahşap merdivenleri küçük adımlarla inerken, ağrısı henüz geçmiş olan dikişlerimi zonklatmamak için elimden geleni yapıyordum. Normalde fazlasıyla sakar bir kızdım ve ne zaman dikkatli davransam işleri bok ederdim. Dikkat, bana göre değildi. Dikkatsiz yaptığım işler yolunda giderken, özen ve dikkat gösterdiğim işler her zaman boka sarıyordu. Salona indiğimde etrafa kısaca bir göz gezdirdim. Sıraç yoktu. Pekâlâ, o zaman Merve'yi görmeye gidebilirdim, değil mi?

Evden çıktıktan sonra kapıyı kilitleme gereği duymadım, Sıraç'ın buralarda bir yerlerde olduğundan adım gibi emindim. Belki de Halim'le birlikteydi, kim bilir? Yavaşça karşı tarafa yürümeye başladım, Savaş evde miydi acaba? Her nedense onu da görmek istiyordum. Bir yanım onunla yüz yüze gelmemek istiyorken, diğer yanım onu görmek istiyordu. Kapının önüne geldiğimde gecenin karanlığı sokağı sarmalamıştı ama artık karanlıktan korkmuyordum.

Zile bastım ve elimi duvara yaslayıp duvardan güç alarak Merve'nin kapıyı açmasını bekledim. Sıraç beni evde bulamayınca öfkelenir miydi? Ama telefonu yanıma almıştım, yani beni arayabilirdi. Elbette karşımda Savaş'ı bulmayı beklemiyordum. Üstelik sakalları onu yabancılaştırmıştı. Tamam, çok uzun değillerdi hatta biçimli ve güzel görünüyordu fakat yüzünü hep parlak görmeye alıştığımdan mıdır bilinmez, bir an yadırgadım.

Gözleri yavaşça beni bulduğunda siyah gözleri irileşti. Harelerinden sarkan şaşkınlık, benliğimi bir halenin içine çekip sıkıştırırken öylece donakaldık. Öyle bana bakarken ne geri adım atıyor ne de beni içeri buyur ediyordu.

"Dolunay surat," diye fısıldadı güçsüz çıkan fakat güzelliğini kaybetmeyen ses tonuyla.

"Savaş," diye fısıldadım buruk bir şekilde gülümserken. Tam şu anda saniyeler, dakikalar ve diğer tüm zaman birimleri bizi baş başa bırakmış ve bu dünyadan göçüp gitmiş gibiydiler. Ağır çekimde bana doğru uzanan beyaz eli sıkı bir şekilde beni kavradı ve kollarının arasına çekti. Genzime dolan erkeksi kokusu ve boynuma dolanan güçlü kolları beni etkisi altına almıştı. "İyisin," diye mırıldandı ve sarılmaya devam etti. "Şükürler olsun, iyisin." Sesi boğuk ve hatta ağlamaklı çıkmıştı. Bu siyah görüntüsünün altında bir beyaz vardı, bunu görmeme izin vermişti. Duyguları bembeyazdı. İnsani yanı bembeyazdı. Savaş, bembeyazdı. Ama maalesef, ben ne siyaha ne de beyaza âşıktım. Ben maviye âşıktım. Yangın Mavisi'ne.

"İyiyim."

Onun kokusunu yadırgamıştım. Ciğerlerime Sıraç'ın kokusu haricinde hiçbir şeyi kabul etmek istemiyordum. Oksijeni bile. Kahveyi seviyordum, Sıraç'ı seviyordum. Öyle ki nefret ettiğim sigaranın bile kokusunu sevdirmişti bu adam bana.

"Sen," diye mırıldandım ve başımı tişörtüne bastırdım. "Sen nasılsın Savaş? İyi misin?"

Savaş'ın kolları beni sımsıkı sarmaya devam ederken derin bir nefesi ciğerlerinin içine doldurdu. Şişen göğsü ileri doğru giderken beraberinde kafamı da götürmüştü.

"İyiyim, şimdi çok iyiyim."

Mucizevi bir şeymişim gibi beni izlemeye başladı Savaş. "Şey, Merve'yi görebilir miyim?" diye sordum ve gözlerimi kısıp sevimli bir şekilde tebessüm ettim. Tamam, buna ihtiyacı vardı. Ona soğuk davranmanın sırası değildi.

"Tabii ki." Hızlı bir şekilde başını salladı Savaş, onun bu halini cidden yadırgamıştım.

Beni içeri aldığında içeriden gelen çorba kokusu ile acıktığımı fark ettim. Mis gibi tarhana kokuyordu, cidden Durkadın Sultan'ı çok özlemiştim.

"Tarhana mı yaptınız?" diye sordum bir tazı edasıyla koklayarak yönümü bulmaya çalışırken.

Savaş'ın siyah gözlerinin ağırlığını üzerimde net bir şekilde hissedebiliyordum. "Evet," dedi, sesi hâlâ şaşkınlık kokuyordu. "Merve'nin canı çekmiş. Sever misin?"

"Çok severim."

Savaş gülümsedi ve, "O zaman yiyoruz?" diye sordu. Başımı salladım ve arsız bir şekilde "Hıhı." dedim.

Tamam, cidden yüzsüzdüm.

Merve'nin ciyaklaması ile ikimiz de büyük bir hızla mutfağa koşturduk. Koşarken sızlayan dikişli yerim haricinde iyiydim. Mutfağa girdiğimizde Merve'nin duvara dehşet dolu bir ifadeyle bakıyor olduğunu gördüm.

"Ne oldu?" diye sordu Savaş ve Merve'nin baktığı yere baktı.

"Böcek!" diye cırladı Merve ve ardından gözleri bana kaydı. "Aaa, Mayıs!"

Neden böcekmişim gibi hissediyordum şu an?

"Böcek Mayıs gibi oldu bu," dedim ve dudaklarımı büküp kollarımı iki yana açtım. "Buraya gel, böcek sever arkadaşım."

Merve hızla iki yana açtığım kollarımın arasına girdi. "Yerim! İyileşmiş arkadaşına gelmiş! Isırırım!" diye mıncırdı ve yanaklarıma öpücükler kondurdu.

"İyileştim, turp gibiyim turp."

Deniz ve diğerleri ile hiçbir zaman bu kadar yakın, samimi olamamıştım. Yıllara dayanan dostluğumuza rağmen. Oysa Merve ve Sılay... Onlar kısa sürede birçok şeyim olmuşlardı.

"Ağabey gördün mü? Sana iyi olduğunu söylemiştim," dedi Merve kollarımdan çıkarken. Savaş suskunluğunu korudu ve öylece beni izlemeye devam etti. "Ağabey hakla şu böceği. Biricik kız kardeşini korkuttu!" diye mızırdandı ve duvardaki böceği işaret etti. "Iyyy! Pis, ağabeyim şimdi gebertecek seni." Düşmanca bakışlarını böceğe dikti.

"Günah," diye mırıldandım. "Ne istiyorsun zavallıdan? Bırak yoluna gitsin."

Merve önce bana ardından da duvarda dümdüz istikamette ilerleyen siyah böceğe baktı.

"Hadi yine iyisin," diye mırıldandı böceğe bakarak. "Mayıs hayatını kurtardı. Ama hızlı olmazsan seni öldürürüm böcek."

Savaş'ın bakışlarına maruz kalmaya devam ederken taytımın arka cebinde eğreti duran cep telefonunun titremesi ile irkildim. Elimi telefona götürdüğümde Savaş ve Merve beni izliyordu. Mesaj gelmişti. Telefonun ekran kilidini kaydırırken iki koyu renk gözün de üzerimde kurduğu baskıyı ağır bir şekilde hissedebiliyordum.

Kimden: Sıraç
Neredesin sen? (19.04)

Kime: Sıraç
Mervelerdeyim. (19.05)

Merve kaşlarını kaldırdı. "Telefon yapmışız, numaranı veriyorsun."

"Numaramı bilmiyorum," diye söylendim ve sol elimde tuttuğum telefon ile sağ elime küçük küçük vurmaya başladım. "Sen numaranı ver, çağrı yapayım." Merve'nin telefonunu çaldırdıktan sonra onun numarasını kaydettim.

Kimden: Sıraç
Hemen eve geliyorsun. (19.08)

Tam cevap yazacaktım ki bir mesaj daha geldi.

Kimden: Sıraç
Ya da bekle, ben geliyorum. (19.09)

"Ne oldu?" diye sordu Savaş endişeli gözlerini üzerimde gezdirirken. "Bir sorun mu var?"

"Hayır, gitmem gerek," dedim ve telefonu arka cebime attım.

"Bir sorun mu var, dolunay surat?" diye üsteledi Savaş, gözlerinin koyu rengine kısa bir bakış attıktan sonra yutkundum ve başımı olumsuz anlamda salladım. "Hayır, yok."

"Emin misin?" diye üsteledi Savaş ve tam o sırada zil takılmış bir plak gibi çalmaya başladı. Gözlerimi korkuyla yumdum ve dudaklarımı dişledim. Ne diye evden çıkmıştım ki sanki? Savaş uzun beyaz parmaklarını, dağınık siyah saçlarının arasından geçirdi ve saçlarını avuçladı. "O, değil mi?" diye sorduktan sonra bana kısa bir bakış attı ve kapıya doğru yürüdü.

Zil hâlâ ısrarla çalıyordu, ürkütücüydü.

Savaş yavaşça dış kapıyı açtı ve Sıraç bir anda eve daldı. "Çekil lan," diye haykırdı Sıraç ve Savaş'ın göğsüne ağır denebilecek kadar sert bir şekilde vurarak onu itti. Savaş ise ruhsuz bakışlarını Sıraç'ın üzerinde gezdiriyordu. Sıraç'ın yangın mavisi gözleri beni bulduğunda, yüzünde ufacık bir rahatlama belirtisi yakaladım.

"Sen," dedi ve işaret parmağıyla beni gösterdi. "Eğer o lanet telefonu almadan çıkmış olsaydın, şimdi ölmüştün." Sesi uyarı dolu çıkmıştı fakat bu beni inadına mutlu ediyordu. Benim için panikliyor olması ruhumu okşuyordu.

"Onu daha ne kadar bu hayatın içine çekeceksin?" diye sordu Savaş, yüzündeki ifadesizliği koruyordu. Bir an pimi çekilmiş bombanın hemen önünde dikiliyormuşum gibi hissettim. Sıraç göz ucuyla Savaş'a baktıktan hemen sonra tehlikeli bir şekilde gülümsedi. "En dibe batana kadar," dedi ve gözlerini tekrar bana çevirdi. "O bana ait." Bunu söylerken sesi keskin ve kararlı çıkmıştı.

"Ne sanıyorsun onu?" diye sordu Savaş, sakinliğini koruyordu. Ölümcül bir sakinlik tüm evi etkisi altına almıştı. "Senin malın değil o."

Sıraç'ın çenesi kasıldı fakat o da sakinliğini korumayı başardı. Bunun yerine Savaş'a göz ucuyla bir kez daha baktı ve elini bana doğru uzattı. Gözleri Savaş'a bakıyordu fakat uzun parmaklı güzel elleri bana uzanıyordu. "Hadi miniğim." Savaş'a bakmaya devam ederek. "Gidelim, burada çok fazla akbaba var."

Eline yavaşça uzandım, ona hayır diyemiyordum. Tamam, Savaş'a olan tutumu gerçekten kötüydü fakat benim bunun için yapabileceğim hiçbir şey yoktu. "O sana ait değil, Karayel." dedi Savaş ve gözlerini kapıdan dışarıya dikti. Gecenin karanlığını izlerken, yüzüne vuran ay ışığı beyaz tenini gözler önüne sürüyordu. "Onun yeri burası değil." İşaret parmağı ile dışarıda net bir şekilde görünen dolunayı işaret etti. "Bak," diye fısıldadı hayranlık dolu gözlerle dolunaya bakarken. "O, oraya ait. Ne sen ne de ben ona erişemeyiz, Karayel. Unut bunu."

Sıraç ani bir hamleyle sol yumruğunu, Savaş'ın beyaz yüzünün sakalı ile örttüğü yere geçirdi. Savaş'ın yüzü ağır çekimde diğer yana savrulurken, dudağında memnun kalmış bir tebessüm oluştu. Ağzındaki kanı sildikten sonra kafasını yavaşça doğrulttu ve, "Gerçekler acıdır, Karayel," diye mırıldandı. Yüzü hâlâ ruhsuzdu, cansız bakıyordu kara gözleri.

Sıraç yumruğunu havaya kaldırdı, daha şiddetli bir şekilde vuracağı kesindi. Öldürücü darbeyi sona saklamış olmalıydı. Savaş'ın yüzünün dağılmasını istemiyordum, çünkü Sıraç'ın gerçekten çelikten yumrukları vardı. Buna inanıyordum. Bir anda ani bir hareketle Sıraç'ın kaldırdığı yumruğuna sarıldım. "Sıraç, kes şunu," diye yalvardım.

Sıraç'ın yangın mavisi bakışları bana çevrildiğinde, gözlerinin içindeki nefreti gördüm. Nefret elle tutulur derecede yoğundu. Tam olarak lavlardan oluşan okyanusunun ortasında durmuş öylece bana bakıyordu. Nefret, keskindi. "Bu orospu çocuğu resmen sende gözü olduğunu açık açık beyan ediyor. Bırak beni!" diye bağırdı ve yumruğuna sarmaladığım kolumu itti. "Sen benimsin, sana benden başka kimse bakamaz. Bu orospu çocuğu ölmeyi hak ediyor. Sana bakan her göz ölmeyi hak ediyor." Yumruğunu bir kez daha Savaş'ın yüzüne indirdi. Savaş'ın yüzü daha hızlı bir şekilde diğer tarafa savrulurken, darbenin etkisi ile ağzından püsküren kanlar beyaz duvara kalıcı bir iz bıraktı.

"Seni öldürmemem için tek bir sebebin bile yok Ankaralı," diye kükredi Sıraç. Yangın mavisi gözlerinden nefret kamçılar halinde Savaş'ın yüzüne iniyordu. Sıraç bakışları ile Savaş'ı kamçılıyordu.

Gözlerim bir anlığına Merve'ye kaydığında dolu dolu olmuş koyu kahverengi gözleri ile Sıraç'a ve ağabeyine baktığını gördüm. Biraz önce ağabeyi için söyledikleri geldi aklıma. Bir böceği bile tehdit ediyordu, ağabeyinin çok güçlü yıkılmaz olduğuna inanıyordu.

Ve Sıraç, tam şu anda Merve'nin kahramanını hırpalıyordu. Hem de Merve'nin gözlerinin önünde. Bu büyük bir hayal kırıklığıydı, bunun bilincine varmıştım.

"Öldür," dedi Savaş ruhsuz bir ses tonuyla. "Yapabildiğin en iyi şey bu değil mi zaten? Durma, Karayel. Bitir işimi. Göster ona." Beni işaret etti. "Gerçek yüzünü göster ona. Kan kokusunu almasına izin ver."

Sıraç'ın gözleri öfkeyle parıldadı. Tam beline uzatıyordu ki elini, o an anladım. Belinde emaneti ile dolanıyordu. Ve şimdi, şu anda hiç çekinmeden Savaş'ın beynini dağıtabilirdi. Gözlerinde bunu net bir şekilde görebiliyordum. Bu acı vericiydi, midemde büyüyen krampların haddi hesabı yoktu. Bir yanda Sıraç, bir yanda Savaş ve bir yanda dolu dolu gözlerle hayattaki tek varlığını, tek kahramanını izleyen Merve.

Sıraç'ın beline uzanan eline yapıştım ve dizlerimin üzerine çöktüm. Evet, dizlerimin üzerine çökmüştüm. Öyle ki, tam da şu anda Sıraç Karayel'in önünde diz çökmüş, eline sarılmıştım. Yanağımı eline bastırdım ve gözlerimi kaldırıp onun yüzüne baktım. Gözlerinde şaşkınlık kol geziyordu. Hatta gözlerindeki şaşkınlık nefretini örtbas etmeyi başarmıştı.

"Ne olur," diye yalvardım ve sol eline yanağımı sürtüp, dudağımın ucuyla küçük bir öpücük kondurdum. "Bu elin kan kokmasına izin verme, ne olur." Bir kez daha bastırdım dudaklarımı eline. Hislerim dudaklarımdan aksın istedim tenine.

Ben gurur denen gemimi çoktan yakmıştım. Belki içinde ben de vardım ve ben de yandım ama yakmıştım.

"Lütfen," diye haykırdım ve boğazımdan dışarı çıkmak için beni zorlayan hıçkırığı serbest bıraktım. "Sen kahve kokuyorsun, kan kokma yangın mavisi."

Sıraç'ın elmacık kemikleri gitgide belirginleşirken, yanağımı bastırdığım elinin avuçlarını açtı ve yanağımı avuçladı. "Orospu çocuğu," diye mırıldandı Sıraç. "Onun gözyaşına dua et, yoksa çoktan leşini yere sermiştim." Savaş'a bir an olsun bakmadım, bu benim yüzümden ikinci hırpalanışıydı. Belki de bir daha buraya gelmemeliydim. Savaş ile görüşmemeliydim.

Gözümdeki tuzlu gözyaşı Sıraç'ın avucuna akarken Sıraç dizleri üzerine çöktü ve gözyaşlarımı parmaklarıyla sildi. "Sana benden başkalarının yanında ağlamayı yasaklıyorum, taptığım," diye fısıldadı ve gözyaşlarımdan ıslanan kirpiklerime bir buse kondurdu. "Tamam, kan kokusu yok." Bir kez daha öptü kirpiklerimi. "Senin için ölene kadar kahve kokacağım miniğim."

Ve ayağa kalkarken beraberinde beni de kucakladı. Küçük bir çocuk gibi onun boyun girintisine sakladığım yüzümü Savaş'ın görmemesi için dua ettim.

Sıraç kapıya doğru yürürken, son kez karşısında bıraktığı enkaza, Savaş Sonyürek'e baktı.

"Benim olana yanlışlıkla bile bakmayacaksın," dedi tehditkâr bir ses tonuyla. Soluğundan çıkan düşmanlığı içimde hissetmiştim. "Bundan böyle Mayıs'ın nefes aldığı ortamda nefesini tutarak gezeceksin. Aksi takdirde bir daha nefes alamazsın." Hızlı adımlarla dışarı çıktı. Son kez kapının önünde durdu ve beni daha da sarmaladı. "O benim," diye ekledi. "Bana ait. Ve yukarıdaki hariç hiç kimse onu benden alamaz." Dudaklarını saçlarıma bastırdı ve yürüdü. "Hadi eyvallah."

5. ATEŞİN MAVİSİ

Eve girdiğimizde Sıraç beni kucağından indirdi ve sırtını bana dönüp benimle tek kelime konuşmadan ahşap merdivenleri tırmanmaya başladı. Belinde duran silahın gömleğine bıraktığı izi net bir şekilde görebilmiştim. Eğer ona yalvarmasaydım, ağlamasaydım belki de cidden Savaş'ın canını alacaktı. Hem de bunu Savaş'ın kız kardeşinin önünde yapacaktı. Merve'nin nasıl hissettiğini az da olsa anlayabiliyordum. Ağabeyi onun kahramanıydı ve ağabeyini ikinci kez böyle aciz görüyordu.

Acaba nasıldı şu an?

Bana kızıyor muydu?

Herkesin hayatını allak bullak etmekten başka ne işe yarıyordum ki sanki? Omuzlarımı düşürüp Sıraç'ın gidişini izledim. Bana sırtını dönüp gittiği zamanlarda ciddi anlamda beni terk ettiğini düşünüyordum, bu düşünce içimi ezerken yapabildiğim tek şey izlemek oluyordu. Engel olamıyordum, nasıl engel olacaktım ki?

Ondan korkuyordum, gerçekten korkuyordum. Fakat beni öldürmesinden ya da bana zarar vermesinden değil, beni onsuz bırakmasından korkuyordum. Sıraç tehlikenin ta kendisiydi fakat ben o tehlikeye kollarımı açmış, çıplak ayaklarıma camlar bata bata koşturuyordum. Bana kucağını açmıyordu fakat beni itmiyordu da. Ne gelmeme izin veriyordu ne gitmeme. Biz değişiktik. İlişkimiz değişikti.

Sıraç gözden kaybolduktan sonra salonun ortasındaki tekli koltuğa bıraktım kendimi. Ağrılarım dinmiş olmasına rağmen içimde bir yerlerde daha şiddetli bir ağrı ile uğraşıyordum.

Gözlerimi kısıp öylece duvarları izlerken düşünüyordum, ne yapacaktım? Ne olacaktı? Daha ne kadar böyle devam edecektik? Sıraç neden başkalarının yanındayken sevgilisiymişim gibi davranıyordu? Belki de bu beni diğerlerinden korumak için geliştirdiği bir stratejiydi. Böylelikle yalnızca onun avı olmamı sağlayacaktı.

Kim bilir?

Arkam cebimdeki telefon tekrar titrediğinde, üzerine oturduğum telefonu alabilmek için popomu biraz kaldırdım ve telefonu çekip çıkarttım. Mesaj gelmişti.

Kimden: Merve
Beni kafana taktığından adım gibi eminim. Endişelenmemen için söylüyorum, ben iyiyim. Lütfen sen de iyi ol. Seni seviyorum, iyi geceler. (19.30)

Kime: Merve
Haberdar ettiğin için çok teşekkürler, seni seviyorum. Ayrıca gerçekten özür dilerim. Savaş, iyi mi? (19.32)

Kimden: Merve
Ah, o iyi. Endişelenme. Mayıs, ağabeyimi önemsiyor musun? (19.34)

Böyle bir soruyu elbette beklemiyordum. Kaşlarımı çatmış telefonun temiz ekranına bakarken bir süre düşündüm. Savaş gerçekten iyi bir insandı, onu çok yakından tanıma şansına erişememiştim fakat beni önemsediğinin bilincindeydim. Ama önemsemek? Bilmiyordum, sanırım bu sıralar Sıraç ve annemden başka kimseyi önemsemiyordum. Ama ağabeyini önemsemediğimi söylemek Merve'nin kalbini kırabilirdi.

Kime: Merve
Elbette önemsiyorum. (19.36)

Kimden: Merve
Seni seviyorum. (19.39)

Gülümsedim. Evet, ben de onu seviyordum. Kısa sürede iyi arkadaş olmuştuk, arkadaş canlısı bir insan değildim fakat Sılay ve Merve benim kalın bir kabuğun içine sakladığım ruhumun inini bulmuş, ellerindeki çekiçleri kabuğuma indirmeye başlamışlardı ve başarıyorlardı da. Cevabı yazıyordum ki, "Kimle mesajlaşıyorsun sen?" diye sordu Sıraç, kafamı kaldırıp merdivenlerin olduğu yöne baktığımda merdivenlerin başında dikilmiş, altında düşük bir şekilde duran siyah pantolon ve çıplak üstüyle Sıraç'ı gördüm. Saçları ıslaktı ve elinde küçük bir ev havlusu ile ensesini kuruluyordu. Bakışları keskindi, tıpkı bir şahinin avına saldırmadan önceki bakışı gibi. Bu kadar kısa zamanda duş almış olamazdı ama sanırım kafasını soğuk suyun altına sokmuştu.

"Merve."

Sıraç yavaş adımlarla ahşap merdivenleri inmeye başladığında gözlerim yavaşça yukarı kalktı ve onu buldu. Gözleri hâlâ üzerimdeydi, büyük bir dikkatle beni inceleyerek iniyordu.

"Merve. Hım," diye mırıldandı ve son basamağı da indikten sonra bana doğru yürümeye başladı. "Ne konuşuyorsunuz?"

"Öyle, havadan sudan."

"Az önce olanlardan sonra havadan sudan konuşacağınıza inanacak değilim," dedi sert bir şekilde. "Ver şu telefonu." Hemen önümde dikilip elini uzattı.

"Hayatta olmaz," dedim ve başımı iki yana salladım.

"Ver şu telefonu minik şeytan," dedi, sesinde sabır kırıntıları vardı ve o kadar azdı ki, her an yok olabilirdi. İçindeki şeytanı dışarıya salabilirdi, ki az önce salmıştı da zaten.

Tekrar hızlı bir şekilde kafamı iki yana salladım ve cıkladım. "Hayır, vermeyeceğim. Bu telefonu benim için almadın mı?" diye sordum ve gözlerimi kaldırıp ona dik dik baktım. "Özel hayata bir saygın olsun, ben senin telefonunu kurcalıyor muyum?"

Kaşlarını çattı ve elindeki küçük el havlusunu yan taraftaki üçlü koltuğa fırlattı. Siyah pantolonunun arka cebinden telefonunu çıkardı ve bana doğru uzattı. "Al, kurcala."

Önce telefonuna, ardından da ona kısa bir bakış attım. Dudaklarım küçük bir 'o' şeklini alırken böyle bir şeyi cidden beklemiyordum.

"Ver şu telefonu!" diye emretti. "Ben de kendi telefonumu vereceğim. Hadi, ver minik şeytan."

Telefonundaki şeyleri görmem onu korkutmuyor muydu? Üstelik telefon şifresi doğum günümken...

"Hayır," dedim ve tekrar başımı iki yana salladım. "Senin telefonunu kurcalamak istemiyorum, sen de benim telefonumu kurcalamayacaksın." Sesim net ve itiraz istemez bir şekilde yükselmişti. Tamam, Sıraç'ın sinirlendiğini net bir şekilde görebiliyordum. Fakat Savaş ile ilgili yazdıklarımı okursa aynı anda canıma da okuyabilirdi.

"O telefonu sana alan kim?"

"Mesajları sildikten sonra vereceğim. Senin aldığın telefona ihtiyacım yok, emin ol." Mesaj bölümüne girdim. Tam mesajı silecektim ki, uzun parmaklı eli avucumun içinde duran telefonu bir anda çekerek aldı. Önümde dikilmeye devam ederken, gözleriyle telefonu tarıyordu. Mesajları okumaya başladığında kaşları daha da çatıldı, şu an kesinlikle karanlık bir aura salgılıyordu. Sıraç'ın dikildiği yerden yükselen siyah dumanları net bir şekilde görebiliyordum, korkunçtu. Dudakları düz bir çizgi şeklini alırken soğuk bakan gözlerinin içinde körüklenen öfke ateşini görebilmiştim. Yangın mavisi bakışlar yerini yeşilliğe bırakırken yutkundum. Ne yapacaktı? Belki de şimdi telefonu parçalara ayırıp ardından beni parçalarıma ayırır, bir bavula koyar ve çöp konteynırına atardı. Kim bilir?

Yüzü öfke ile çarpılırken hâlâ yaşam belirtisi göstermemişti, dudaklarının renginin yavaş yavaş koyulaştığını görebiliyordum. "Onu önemsiyorsun," dedi dümdüz bir sesle, gözleri hâlâ telefondaydı ve yüz ifadesi zerre sarsılmamıştı. "Onu önemsiyorsun," diye tekrarladı ve telefonu tutan elini boşluğa bıraktı. "Onu önemsiyorsun."

Yangın mavisi gözleri beni bulduğunda oturduğum yere çivilenmişim gibi hissettim. Gözlerinin içinde öfke değil acizlik vardı. Aciz küçük bir çocuk gibi bakıyordu bana tam da şu anda. Küçük bir erkek çocuğu gibi bakıyordu. Oyuncağı elinden alınmış, küçük bir velet gibi. Cevap vermemi, yalanlamamı, Savaş'ı önemsemediğimi duymak istiyor gibi bakıyordu. Bakışları içimde bir yerlere dokunmuştu. Onun bakışlarının dokunamadığı yer kalmamıştı içimde. Ama böyle olduğu zamanlarda fazlasıyla sarsılıyordum.

Yangın mavisi gözlerinin göz bebekleri büyüdü ve neredeyse tüm irisini kapladı. Yine mi nefret duygusu kabarmıştı bana karşı?

Nefret ettiğin ya da sevdiğin birine baktığında göz bebeklerinin büyüdüğüne dair bir saçmalık duymuştum. Koltuktan doğruldum ve ayağa kalktım. Onun yanından sıyrılıp geçerken hâlâ aynı şekilde dikiliyordu.

"Onu önemsiyorsun," diye tekrarladı fakat önemsemedim. Ahşap merdivenlere doğru yürüdüm ve dudaklarımı sımsıkı birbirine bastırdım. Bir anda güçlü kolları beni kafesledi. Merdivenin iki basamak üzerindeydim ve Sıraç yine de benden daha uzundu. Beni sımsıkı saran kolları ve saçlarıma bastırdığı dudaklarının varlığını net bir şekilde hissediyordum. Merdivene doğru bir adım attı ve bana daha çok yaklaşmış oldu.

"Onu önemsemeni yasaklıyorum," diye mırıldandı nefesini saçlarıma emanet ederken.

Göğüs kafesim hızlı hızlı inip kalkarken içeride birkaç kemiğimin kırıldığını hissettim. "Neden?" diye sordum, onun beni sarmalayan kolları başımı döndürürken biraz daha sıktı.

"Çünkü istemiyorum."

"Neden?" diye tekrarladım ve kollarından kurtulmak için çırpındım. "Neden böylesin? Neden herkese kadının olarak tanıtılıyorum?"

Kolları beni daha sıkı sardı ve sırtımı göğsüne yasladı. Güçlü kollar beni sakinleştirmeye çalışırken, onun hızlı bir şekilde çarpan kalbini sırtımda hissediyordum. Öyle hızlıydı ki, insan avucuna düşmüş küçük yavru bir kuşun kalbi gibi atıyordu. Öyle telaşlı, öyle hızlı. "Mayıs," diye mırıldandı Sıraç. Sesinde anlam veremediğim sıcak bir tını vardı. Bir şey söylemek istiyor gibiydi fakat söyleyemiyordu sanki.

"Lütfen," diye mırıldandım. "Lütfen ya açık konuş ya da bana her istediğinde dokunma."

"Açık olmamı mı istiyorsun?" diye sordu ve kolları gevşedi. Artık daha gevşek sarılıyordu bana, kemiklerimi rahat bırakmıştı.

"Evet. Açık olmanı istiyorum, kapalı bir kutu gibisin. Seni anlayamıyorum."

Beni topuklarımın üzerinden yavaşça kendisine doğru çevirdi. Yüzüm yüzüne oldukça yakın bir yerdeydi ve ılık nefesi burnumu, dudaklarımı okşuyordu. Gözlerine çevirdiğim bakışlarımı, gözlerinin içindeki yangında kaybettim. Mavi alevler beni çevrelerken yutkunmamak için büyük bir çaba sarf ediyordum. O, gerçekten ölümcül derecede güzel bir adamdı. Mavi bir gezegeni andıran gözlerinin içinde bana ait bir şeyler vardı. Buna isim koyamamak beni çıldırtıyordu, buna bir isim koyabilmek istiyordum.

"Taptığım..." dedi kısık bir ses tonuyla, nefesi tüm yüzümü yaladı. "...desem, yeterli olur mu?"

Başımı olumsuz anlamda iki yana sallarken, harelerimden ona uzanan eller yaralıydı. Bakışlarım derinleşti, söylediği kelimenin harfleri göğsüme battı.

"Bence bu açık bir cevaptı," diye mırıldanırken yangın mavisi gözler dudaklarıma kaydı.

"Açık bir cevap değildi. Üstelik 'taptığım' biraz ağır. Böyle şeyler söyleme," diye mırıldandım ve gözlerimi dudaklarından ayırmaya çalıştım. Ama başaramıyordum, gözlerim her defasında pembe çikolatalarına takılıyordu. Ölesiye güzeldi, öldüresiye şehvetli.

"Taptığım," dedi tekrar ve dudaklarımı yaladı tatlı nefesi. "Bunu söylemekten vazgeçmeyeceğim."

"Neden?" Dudaklarındaki bakışlarımı onun yangın mavisi gözlerine çevirdim. Karşımda mavi bir yangın tüm ihtişamıyla bir ormanı yakıyordu.

"Çünkü sana ağır şeyler söylemeyi seviyorum."

"Pekâlâ," diye mırıldandım ve gözlerimi tekrar pembe çikolatalarına çevirdim. "O zaman ben de inatla Savaş'ı önemsemeye devam edeceğim." Ona sırtımı dönüp ahşap merdivenleri tırmanmaya başladım. Merdivenlerin yarısına geldiğimde hâlâ beni tutmadığı için şaşırmıştım. Şu an canımı yakıyor olmalıydı, değil mi?

"Dua et yaralısın, minik şeytan..." diye söylendi Sıraç. "Yoksa tam şu anda dayağımın tadına bakıyor olacaktın."

"Biliyor musun?" dedim soğuk, buz gibi bir sesle. Yüzüne bakmadan bir basamak daha çıktım. "Bir gün seni tüm bu söylediklerine pişman edeceğim."

∞

Saat hızla ilerledi fakat Sıraç yatak odasına gelmedi. Tamam, onun gelmesini istemiyordum. Of, istiyordum. Kızdırılan taraf ben olduğum halde bana tavır mı almıştı? Bakışlarım odanın boş duvarlarında gezinirken, kafamın içindeki ağa takılan kelimelerinin keskin uçları beynime batmaya devam ediyordu. Fırtınada yan yatmış gemi gibi yan yattım ve kaşlarımı çattım, sırtımdaki sızı yok denecek kadar azalmıştı. Onun gelmesini istiyordum. Aşk ile ilgili hiçbir şey bilmemenin verdiği bir saflık mıydı bu? Konu sevdiğim adam olunca kesinlikle cahilin tekiydim. Yatakta dolanmaya devam ettim. Bir sağa bir sola öylece dönüyor ve uykumu getirmeye çalışıyordum. Hayır, uyku yoktu. Uyku tamamen yok olmuştu. Uyku bir toz bulutu halinde gözden kaybolmuştu.

Gözüm Sıraç'ın tarafında duran komodine kaydığında saatin 03:00 olduğunu gördüm. Cidden salonda uyumuş olmalıydı. Mayıs ayında olmamıza rağmen üşüyor olabilirdi. Bu ev geceleri gerçekten soğuk oluyordu, sanırım bunun nedeni rutubetti. İçim rahat etmedi, sonuçta kesinleştiremesem de onu sevdiğimi düşünüyordum. Yani üşümesine gönlüm razı gelmezdi değil mi? Avuçlarımı yatağa bastırarak doğruldum ve etrafa şapşal bir bakış attım. Oda karanlıktı, içeriyi dolduran tek parıltı kör bir şekilde etrafı aydınlatmaya çalışan eski abajurdu. Saçlarımı karıştırdıktan sonra yataktan kalktım. Küçük adımlarla, parmaklarımın ucunda örtülerin olduğu bölüme doğru yürüdüm. Bir battaniyeyi koltuk altıma aldıktan sonra yatak odasından çıktım ve ahşap merdivene doğru yürüdüm. Merdivenin başına geldiğimde salon ışığının kapalı ve odayı aydınlatan tek şeyin televizyon ışığı olduğunu düşündüğüm ışık olduğunu gördüm. Küçük adımlarla ahşap merdiveni inmeye başladığımda, üçlü koltuğun boş olduğunu fark ettim. Adımlarımı hızlandırdım ve nihayet aşağıdaydım.

Gözlerim yan tarafıma kaydığında ise o dehşet görüntü ile burun buruna geldim.

Sıraç salonun ortasında oturmuş, bacaklarını uzatmış ve sırtını koltuğun alt gövdesine yaslamıştı. Üzeri her zaman olduğu gibi çıplaktı ve altındaki siyah pantolonu üzerinde tuhaf duruyordu. Dağınık bir görüntüsü vardı. Yüzüne vuran televizyon ışığı onun cansız yüzünde patlarken, kanım dondu. Gözleri kıpkırmızıydı, öyle ki yangın mavisi isyan etmiş gibiydi. Onu terk etmiş gibi. Öylece boşluğa bakıyor ve hiçbir yaşam belirtisi göstermiyordu. Bu beni şaşırtmış, bir o kadar da korkutmuştu. Gözlerim üzerinde gezinmeye devam ederken siyah kot pantolonun hemen sol tarafındaki beyaz tozlar dikkatimi çekti. Sanki üzerine bir miktar un dökülmüş gibi görünüyordu. Ardından Sıraç beklenmedik bir şekilde ölü gibi sol elini kaldırdı ve yüzünde zerre kas oynamıyorken ön cebinden gümüş grisi bir kutu çıkarttı. Kutu parıl parıl parlıyordu, göz alıcıydı.

Gümüş grisi rengindeki parlak kutunun kapağını açtı, kutunun içerisinde un ya da toz şekeri andıran bir toz vardı. Neredeyse ağzına kadar doluydu. Sıraç, ölü balık bakışlarını toza çevirdi ve zeminin üzerinde duran beyaz kâğıdı alıp koltuğun olduğu tarafa döndü. Beyaz kâğıdı ikiye yırttı ve bir parçasını koltuğun üzerine koydu. Diğer parçası hâlâ elinde duruyorken, Sıraç beyaz tozu koltuğun üzerinde duran kâğıdın üzerine döktü. Çok fazla dökmemişti fakat hatırı sayılır bir miktar öylece kâğıdın üzerinde duruyordu. Ardından elinde kalan diğer beyaz kâğıt parçasını sardı ve rulo haline getirdi. Ah, hayır? Döktüğü beyaz tozun üzerine doğru eğildiğinde kalbim kulaklarımda atıyor gibi hissetmiştim. Düşündüğüm şey olabilir miydi? Hiç böyle bir şeye şahit olmamıştım fakat nedense tam olarak düşündüğüm şey olduğunu fark ettim.

Sardığı beyaz kâğıdı burnuna götürürken ciddi anlamda ölü gibiydi, yaşam savaşı vermeyi reddeden bir hasta gibi.

Tozu içine çekecekti ki, "Sıraç!" diye bağırdım dehşet içinde. Karanlığı yaran sesim, odanın içinde çınladığında ölü bakışları yavaşça beni buldu ve elinde tuttuğu rulo şeklinde sarılmış kâğıt öylece havada kaldı. Kan çanağına dönmüş gözleri irileşirken yaptığının bilincine yeni yeni varıyormuş gibi bakıyordu.

"Mayıs..." diye mırıldandıktan hemen sonra kan çanağı olmuş gözlerini benim üzerimden çekip, koltuktaki kâğıdın üzerinde duran beyaz toza çevirdi. Ve bir kez daha bana çevrildi ürkek bakışları.

"Kes şunu, bırak elindekini hemen!" diye bağırdım ve titreyen ellerimi yüzüme kapattım. "Nesin sen, küçük bir çocuk mu? Tüm çareyi o siktiri boktan şeyde mi buluyorsun, salak herif?" Parmaklarım yüzümü kapatırken, içimdeki duygu yoğunluğunu bastırmaya çalışıyordum fakat bu ne yazık ki mümkün değildi, dağılmış hissediyordum. Ciddi anlamda dağılmış. Elindeki rulo şeklinde sarılmış olan kâğıdı boşluğa bıraktı ve zorlanarak ayağa kalktı. Parmaklarımın arasından ona bakarken, ne kadar aciz göründüğünü fark ettim.

Kalkarken sendelemiş, hatta zorlanmıştı. Bu görüntü beni çileden çıkartıyordu.

"Mayıs..." diye mırıldandı tekrar, nihayet ayağa kalkmayı başarabilmişti.

"Salak!" diye bağırdım boğazımı yaran hıçkırığı yutmaya çalışırken. "Seni salak, ben neyim? Acın varsa gel bana anlat, o siktiri boktan şeyden daha mı değersizim?"

Halsiz ve yorgun bedenini zorlayarak bana doğru adımladığını gördüm. Parmaklarım hâlâ yüzüme örtülü duruyordu fakat aralıklardan onu görebiliyordum. Eli yavaşça bana doğru uzandı fakat yapamadan geri çekti. Yıkılmış bir harabeyi andıran vücudu tam olarak gözlerimin önündeydi.

"Acımı, acıma nasıl anlatayım?" diye mırıldandı, hemen ardından yorgun bedeni bir anda yeri boyladı. Parmaklarım yüzümü serbest bırakırken, kalbim göğsüme hakikatli bir tekme indirdi.

"Sıraç!" diye haykırdım ona doğru atılarak.

Dizlerinin üzerine çökmüş, ölü gibi bana bakmaya devam ediyordu. "Şimdi sakin ol ve beni banyoya götür," diye mırıldandı. Bilinci kapanmak üzere gibiydi fakat yine de dizlerinin üzerinde güçlü profili çizmeye çalışarak öylece duruyordu.

"Salak herif, çok fazla aldın değil mi?" Dizlerimin üzerine çöküp onun belirgin elmacık kemikli yüzünü avuçlarımın arasına aldım. Cildi çok soğuktu, teni lav gibi akan buzun terini döküyordu sanki.

"Biraz fazla yüklenmiş olabilirim," diye soludu. Avuçlarımın arasında olan yüzünü yan yatırıp dudaklarını avuç içime bastırdı. Hiçbir halta yaramıyordum, ona iyi gelmiyordum.

"İyi misin?"

"İyiyim, sadece banyoya gitmem gerek." Sesi cansızdı, sanki ruhu bir uçurumun dibinden bana sesini duyurmaya çalışıyordu. Kolunu güçsüz bir şekilde omzuma atarken, dikişlerim zerre umurumda değildi. Tek isteğim bir an önce kendine gelmesiydi, iyi hissetmesiydi. "Yaslan bana," diye fısıldadım, sesim yere düşüp parçalanan bir kavanozun zeminde tıkırdayan kırıkları gibi çıkmıştı.

"Dur." Bir anda kolunu omzumdan çekti. Bunu yapmasıyla yeri boylaması bir oldu. Yerde boylu boyunca yatıyordu şu an, öyle aciz görünüyordu ki. "Dikişlerin. Sorun yok, ben hallederim. Git ve uyu."

Dikişlerimi mi düşünüyordu gerçekten? Bu haldeyken beni düşünmesindeki amaç neydi?

"Saçmalama," diye çıkıştım ve tekrar ona doğru uzandım. Ani bir hareketle beni kendisine doğru çektiğinde ne olduğumu şaşırmıştım. Şu an Sıraç'ın üzerinde boylu boyunca yatıyordum ve yerdeydik. Ellerini yavaşça belime doladı ve derin bir nefesi ciğerlerine doldurdu. Onun kalkan göğsü ile birlikte ben de kalkmıştım ve sonrasında yavaşça sönüp eski konumumuza döndük.

"Sıraç?" diye mırıldandım. Yüzünü göremiyordum, şayet şu an gördüğüm tek şey televizyonun üzerinde bulunduğu masanın bacaklarıydı. Sıraç'ın göğsünün üzerinde yatıyordum ve kalbinin sesinin kulaklarımın içindeki patlayışlarını dinliyordum. Her atış doğrudan beynime ulaşıyordu.

"Seni hissetmek istiyorum miniğim," diye mırıldandı Sıraç, eli belimde dolanmaya başladı. "Öyle doluyum ki, sana yağmak istiyorum."

"Sıraç." Sesim fısıltı şeklinde büyümüş olsa da tınısında endişe vardı, Sıraç buna aldırmadı.

"Biliyor musun?" diye sordu derince bir nefesi daha ciğerleriyle buluştururken. Onun kalkan göğsü, beraberinde beni de havaya ulaştırıyordu. Ardından histerik bir şekilde sönüyorduk. "Seni ilk gördüğümde hiçbir şeyin kolay olmayacağını anlamıştım."

Göğsüme indirdiği darbeleri tepki vermeden izlerken, sessizliğimi korudum ve Sıraç'ın soluk alıp verişini dinledim. Kalbinin ritmi öyle keskindi ki, kulağımın içini ve zihnimi okşuyordu.

"Benim kalbimdeki yaralara hiçbir yara bandı tutmaz," diye mırıldandı tekrardan. Sesi uysaldı ve yorgun...

İçim üşüdü, öyle ki buzdan bir kalenin içinde çırılçıplak kalmış gibi hissetmiştim. Üstelik kalenin içindeki tek canlı bendim, benim dışımdaki her şey buzdandı. Buzlaşıyordum. Derin bir nefes daha aldı ve belimdeki keşfini sürdürmeye devam etti. Ustaca kullandığı parmakları belimdeki yangını körüklerken, cümleleri de kalbimdeki yangını körüklüyordu.

"Hiç mi?" diye sordum ve yanağımı göğsüne bastırdım. Çıplak göğsü yanıyordu.

İzin verse ben ona yara bandı olurdum. Beni kullanıp atması bir sorun teşkil etmezdi benim için. Yeter ki iyileşsin, her şeyi yapardım onun için. Neden böyle hissediyordum, bilmiyordum ama her şeyi yapardım. İçimde volkan gibi patlayan duygular, lavdan varlığını sızdırıyordu bedenime.

"Hiç." Sesi halsizdi ama yine de keskin.

Beni bastır yarana Sıraç, kanını içime çekeyim. Çekeyim ki dinsin acıların, bırak ben eskiyeyim.

Bunu ona söyleyebilir miydim? Hiç sanmıyordum, korkuyordum. Terslenmekten, onun tarafından itilmekten korkuyordum. Tek varlığım o'ydu şu an. Şu an tutunabildiğim tek daldı, sığınabildiğim tek liman. "Çok acıyor mu?" diye sordum ve işaret parmağım ile göğsünün üzerinde bir şeyler karalamaya başladım. Teni buz gibiydi, parmaklarım onun teninde akarken uçları donuklaşmıştı.

"Beni yaraladılar," dedi boğuk bir ses tonuyla. Vücudu kasılmıştı fakat hâlâ tüm ihtişamı ile altımda yatıyordu. "Ama ölmedim." Beni kendine bastırdı bir kez daha. Şu an tek istediğim zamanın durmasıydı, sonsuza dek böyle kalabilirdim onunla. Ne Yiğit ne de başka bir adam için hissetmediğim tüm şeyleri hissediyordum Sıraç Karayel'de.

"Ölmediysen hâlâ umut var demektir." diye mırıldandım, yanağımı göğsüne bastırdım. Göğsünün ısısı artmış, yanağıma küçük bir ter tabakası bırakmıştı. Ama bu ısı, buzlu suyun güneşin altında yavaşça pişmesi gibiydi.

"Umut kollarımın arasında." diye fısıldadı tok bir sesle, beni koltuk altlarımdan tutup biraz daha yukarı kaldırdı. Tam şu anda göz gözeydik ve dudaklarımızın arasında yaklaşık iki santimetre vardı.

"Sarhoşsun," diye mırıldandım. "Ne dediğini bilmiyorsun." Gözlerimi kaçırmaya çalıştım. Fakat zihnim tam olarak öpüştüğümüz ânı hayal etmekle meşguldü.

"Sarhoş değilim ben, alkol almadım ki." diye mırıldandı ve yangın mavisi gözlerini dudaklarıma sabitledi. "Sarhoş olan sensin, itiraf et."

"Haklısın," diye mırıldandım ve gözlerimi yangın mavisi gözlerine çevirdim. Yangın mavisi gözler anında ayaklandı ve benim gözlerimi buldu. Dudaklarımız neredeyse birbirlerine değecek mesafedeydi. Onun dudaklarının dudaklarıma çarpan sıcaklığını hissediyordum. "Kokun burnumdayken, en çok ben sarhoşum." Derince bir nefesi ciğerlerime doldurdum. Kahve kokusu içimi fethetmişti.

Yangın mavisi gözler irileşti, harelerindeki renk kapsüllerinin arka arkaya patladığını ve mavinin alev aldığını gördüm. Belimdeki eli beni biraz daha bastırdı ve başını hafif bir şekilde havalandırarak dudaklarını bana doğru yaklaştırdı.

"Sana bakarken," diye mırıldandı iç gıdıklayıcı bir sesle, bir elini belimden çekip yüzüme düşen saçıma götürdü. Saçımı kulağımın arkasına kıvırırken yutkundu. Başı hâlâ havadaydı ve nefesi doğrudan ciğerlerime gidiyordu. Geri çekilmeye çalışmış olsam da dudaklarımızın birbirine sürtünmesine engel olamadım. "Tüm yaralarımın kapandığını hissediyorum."

Kalbimde hissettiğim basınç, ruhumun açlığını yaralarıma bastırdı. Dudaklarımı onun pembe çikolatalarının üzerine kapattığımda, ruhum tırnaklarını geçirdiği göğsümü tırmalarken uluyordu.

Alt dudağımı iki dudağının arasına yerleştirirken, Sıraç ağzımın içine doğru inledi. Bu masum ve öldürücü derecede güzel bir iniltiydi. Parmaklarım Sıraç'ın yüzüne kapanırken, dilim benden bağımsız bir şekilde Sıraç'ın dudaklarını araladı ve ağzının içine yerleşti. Ağzının ıslaklığını keşfettiğim Sıraç kasıldı, altımda kaskatı kesilmiş bedenini net bir şekilde hissedebiliyordum. Dilim ağzının içinde deneyimsizce dolanırken, dudaklarımız birbirlerine kilitlenmişçesine ritmik bir şekilde hareket ediyorlardı. Sıraç derinden gelen bir sesle bir kez daha inledi ve dilimi dili ile iteleyerek dışarı çıkarmamı sağladı. Soluk soluğa kalmış olsak da geri adım atmıyorduk. Sıraç'ın uzun parmaklı eli belimden kalçama doğru inerken, diğer eli saçlarımı ensemin altından avuçlamış okşarcasına çekiştiriyordu. Dili ağzımın içinde ustaca hareket ederken uzun parmaklarını kalçamın üzerinde hissettim. Taytımı delip geçecek olan parmaklar öyle bir avuçluyordu ki beni, iz bırakacağından emindim.

"Ah, Mayıs," diye inledi Sıraç dilini ağzımın içinden çekerken, hayır bu kesinlikle iğrenç bir şey değildi. Bu bambaşkaydı. Onu hissediyordum. Çıldırtıcı derecede mükemmeldi, muazzamdı. Alnımı alnına bastırdığımda ikimizin de terlemiş olan alınları, kader çarklarını öpüştürdü. Kader çarklarımız ter tabakasından dolayı mıdır bilinmez birbirlerine kenetlenmişken, sık nefesleri dudaklarıma vuruyordu. Yangın mavisi gözler canlanmış, koyu bir petrol mavisine dönmüştü. Muazzamdı. Yutkundu, içten gelen yutkunuş sesi beynimde çınlarken aynı hızla dudaklarını bir kez daha bastırdı dudaklarıma. Bu kez başlatan oydu ve daha ateşli gelmişti bu yaklaşımı. Dili dudaklarımın üzerinde kısa bir tur attıktan hemen sonra dudaklarımı aralamak için iki dudağımın arasına baskı uygulamaya başladı. Öyle kilitlenmiştim ki, dudaklarımı aralayıp onu misafir edemedim. Deli gibi istiyordum fakat genzime bir şey takılmış gibi hissediyordum. Sıraç biraz daha yüklendi fakat başaramayınca ağzıma doğru inledi "Aç şu ağzını, çıldıracağım."

Dudaklarım sihirli sözcükleri bekliyormuşçasına aralandı, sıcak ve ıslak dil tekrar ağzımın içinde keşfe çıkmıştı. Ah, ölecek miydim? Hiç ummadığım bir anda Sıraç diliyle ağzımı istila ederken yuvarlandık ve Sıraç üste geçti. Hayır, bu fazla erotik bir hareketti. Hormonlarıma hâkim olmalıydım ama dudakları ve dili beni esir almıştı. Dikişlerime zarar vermemek adına üst tarafını bana bastırmasa da, alt tarafını tamamıyla hissediyordum. Pantolonu delip geçecek olan varlığı, varlığımın üzerindeydi ve tıpkı bir nabız gibi atıyordu. Sıraç'ın öpüşleri sertleşti, ellerimi iki yana açarak üzerime uzandı ve fazla baskı yapmadan ağzımın içini keşfetmeye devam etti. Sol bacağım benden bağımsız Sıraç'ın beline sarıldığında, Sıraç bir kez daha alt tarafını bana bastırdı ve varlığını hissetmemi sağladı. Beynim bir sıvı haline gelmiş, her an kulağımdan akacakmış gibi hissediyordum. Kendini ritmik hareketlerle bana bastırırken sürtünüyordu ve bu beynimde çakılan ateşin yangına dönüşmesine sebep oluyordu. Hislerim karnımda çalkalandı, düşüncelerimin ipi koptu ve kelimeler karmakarışık bir istikamette beynimden aşağı akmaya başladı.

Sıraç yavaşça dudaklarını dudaklarımdan ayırdı, terli alnını alnıma bastırdı. Kader çarklarımız birleşirken gözlerimi araladım ve yangın mavisine baktım. Alev alev yanıyordu. Benzin istasyonunda çıkan yangın gibi, petrol kokulu bir maviydi bu. Gece mavisi gibiydi biraz da.

"Vazgeçemiyor muyum? Yoksa vazgeçmek mi istemiyorum?" diye mırıldandı ve dudaklarını çenem ile dudağım arasında bir yere bastırdı. "Vazgeçilmeyecek bir insan mısın? Yoksa beni vazgeçemeyeceğim kadar esir mi aldın?" Nefes nefeseydi, sesi boğuktu.

Düzensiz nefes alıp verişlerim ve Sıraç'ın derime işlenen cümleleri birbirine karışmış, beni boğazlamıştı. Cennet böyle bir yer miydi? Âdem ve Havva yasak elmanın tadına bakmak uğruna cennetlerinden olmuşlardı. Cidden yasak elmayı mı istiyordum?

"Sıraç, uyumak istiyorum," diye mırıldandım, onun varlığı hâlâ bacak aramdaydı ve bu benim kasıklarımdaki havai fişeğin patlayıp, beynime hücum etmesi gibi bir şeydi. Sıraç varlığını bacak aramda hissettirmeye devam ederken, son kez bana bastırdı kendini.

"Uyuyalım," diye inledi, sesi bilincini tazeliyor gibi çıksa da hâlâ o lanet şeyin etkisindeydi.

"Uyuyalım," diye mırıldandım. "Kendine gelebildin mi? Yukarı çıkabilecek misin?" Hâlâ nefes nefeseydim, üstelik yüzü dehşet verici bir şekilde yakınımdaydı. Ben konuşurken dudaklarıma büyük bir arzuyla bakıyordu. Bir anda üzerimden doğruldu ve beni kucakladı, dudaklarımdan dökülen şaşkınlık çığlığını önemsemedi bile, biraz önceye nazaran çok daha iyiydi.

"Yukarıya çıkacak halim yok," diye mırıldandı ve zorla da olsa ben kucağındayken bir adım atıp üçlü koltuğa devrildi. Ben de kucağında, onunla birlikte koltuğa devrilmiştim. "Burada uyuyacağız."

Sırtını koltuğa yaslayıp uzanırken, beraberinde beni de götürdü. Sırtım ona dönük bir şekilde uzanmışken bedenime iyice sarıldı ve onu hissetmemi sağladı. Çok zordu, ciddi anlamda sıkış tepiştik ama sığmayı başarmıştık.

"İyi uykular miniğim," diye mırıldandı Sıraç esnerken.

"Şey," diye mırıldandım ve biraz hareket edip sırtımı tamamen ona yasladım. "Uyumasan, soru cevap oyunu oynasak? Hem bu halde uyuman tehlikeli olabilir."

"Olur," diye yanıtladı Sıraç bir an olsun düşünmeden.

"Gerçekten mi?" diye sordum ve sırtımı biraz daha bastırdım.

"Gerçekten."

"Kaç tane sevgilin oldu?" diye sordum, vereceği cevap beni korkutuyordu.

"Hiç tane," dedi Sıraç dümdüz bir sesle.

"Yalancı," diye mırıldandım ve omzumu arkaya doğru iterek onun göğsüne indirdim.

"Doğruyu söylüyorum, yemin ederim." Yüzümde patlayan televizyon ışığı haricinde karanlıkta sayılırdık.

"Neden?" diye sordum, sesimde şaşırmışlık vardı. Kesinlikle fazlasıyla şaşırmıştım, böyle bir cevap beklemiyordum. Bir yanım rahatlarken, diğer yanım korku ile kıvrandı. Belki de beklediği bir kadın vardı? Ah, hayır. Reddediyorum.

"Çünkü canım istemedi," diye mırıldandı ve dudaklarını saçlarıma bastırıp gerçi çekti. Çenesini kafama yasladı ve beni dinlemeye devam etti. Sorularımı bekliyor gibi bir hali vardı. Bu iyi hissettirmişti.

"Bakir misin yani?" diye soruverince, yanaklarıma kan oturduğunu hissettim. Çenemi dikmem gerekecekti.

"Komik olma," dedi. Çenesi hâlâ kafamın üzerinde, saçlarımın arasındaydı ama sertleşmişti, onu kızdırdığımı fark ettim.

+18 logosu olan bir film ekranda yeni başlamıştı ve başlangıç sahnesi bile tüyler ürperticiydi. "Kumandayı ver," dedim içimde bastıramadığım bir öfkeyle. Biraz da telaşlanmıştım başlayan filmden dolayı. "Çabuk Sıraç!"

"Kumanda nerede bilmiyorum, ne oldu?" diye sordu ve başını omzuma koyup televizyona baktı. "Ah, anlaşıldı." Güldü, gülerken kulağıma bıraktığı sıcak nefes beni ürpertti.

"Lütfen kumandayı bul ve kapat şu lanet kanalı."

"Neden? Bir şeyler öğreniriz işte, birlikte denemek için," dedi hınzırca.

"Yeteri kadar bilgin yok yani, öyle mi?" diye sordum. Evet, Mayıs vurdu gol oldu.

"Denemek ister misin?" diye sordu ve uzun parmaklarını kalçalarımda gezdirdi. Kafası hâlâ omzumun üzerindeydi ve ilgiyle yüzüme bakıyordu. Yüzünü gölgeler şeklinde aydınlatan televizyon ışığı eşsiz güzelliğine bir fırça darbesi daha indirmiş, onu ilahlaştırmıştı.

"Sorularıma devam edebilir miyim? Aksi takdirde ağzını yüzünü dağıtacağım," diye cırladım.

"Devam et." diye mırıldandı ve yanağını omuzuma bastırıp uzandı. Omuzuma yapışan yanağı ılıktı.

"İlk ilişkini kaç yaşında yaşadın?" diye sordum, yalnızca merak ediyordum. Boğa burcuydum ve en belirgin özelliklerimden bir tanesi de meraktı.

"On beş falan herhalde," dedi Sıraç, dalga geçer gibi söylemişti fakat ciddiyet de vardı. Bilemiyordum.

"Oha!"

"Ne var bunda bu kadar şaşıracak? Ne oldu, kıskandın mı?" diye sordu Sıraç ve yanağını omzuma sürttü. "Mastürbasyon yapmak sıkıcıydı."

"Ne kıskanması?" diye homurdandım. "Çok açık sözlüsün, ona şaşırdım." Kendimi geri çekmeye çalıştım. Fakat geri çekilmeme izin vermedi. Beni kendine çekerken yanağını omzuma sürtmeye devam ediyordu.

"Mastürbasyon doğal bir şey Mayıs," dedi sakince. "Sen de kendini tatmin etmiyor musun sanki?"

"Hayır!" diye bağırdım ve yüzümü buruşturdum.

"Gerçekten mi?" diye sordu Sıraç, sesinde inanamadığını belli eden bir tını vardı. "Kendini hiç tatmin etmedin öyle mi?"

"Şunu papağan gibi tekrar etmek zorunda mısın? Nesin sen, papağan mı?" Yanaklarım yanıyordu, kafamın içinde kıkırdayan düşünceler beni suçluyor gibi gözlerini yüzüme dikmiş, aşağılık bir gülümsemeyle benimle alay ediyordu.

"Hiç öpüşmedin, hiç sevgilin olmadı, hiç kendini tatmin etmedin. Vaov," dedi Sıraç etkilenmiş gibi.

"Hiç öpüşmediğimi nereden biliyorsun?"

"Benim dışımda seni öpen olmadı. Olsaydı şu an hayatta olmazdı emin ol," dedi keskin bir ses tonuyla. Bu, ürkütücüydü.

"Neyse," diye geçiştirdim. "Bu arada canını sıkmak istemem ama..."

"Sor," dedi net bir şekilde. "Ne istiyorsan, sor."

"Adı neydi?" diye mırıldandım.

"Annemin mi?" diye sordu anlamışçasına.

"Hıhı."

"Eylül." dedi Sıraç. "Mayıs ayına düşen Eylül. Belki de uyum sağlayamadı ilkbahara, sonbaharın kızıydı o."

Yutkundum, ağırıma gitmişti.

Eylül... Eylül Karayel... Özür dilerim, varlığım adına. Özür dilerim, oğluna duyduğum aşk adına. Her şey adına özür dilerim, rahat uyu. O bana emanet ve ben senin gibi kokuyorum.

"Uyuyalım yangın mavisi," diye mırıldandım ve gözlerimi kapattım. Şimdilik bu kadar yeterliydi, onu zorlamak istemiyordum.

Yüzünü boyun girintime soktu ve bana arkamdan sımsıkı sarıldı, sanırım o da bunu bekliyordu.

"Uyuyalım yangınımın mavisi."

6. KAR KÜRESİ

Eğer mümkün olsaydı bir kar küresinin içinde yaşamak isterdim. Aslında tam olarak olmak istediğim yerdeydim fakat bir gün her şeyin biteceğinin bilincindeydim. Neticede ben Sıraç Karayel'in kadını değildim, yalnızca düşmanıydım. Tamam, beni sahipleniyordu fakat yalnızca şu an onun yanında olduğum için böyleydi bu. Eminim birbirimize iki yabancı olduğumuzda beni zerre önemsemeyecekti.

Hayat korkunç bir incinmeydi, insanları yaralamayı seven bir canavar. Düşüncelerim beynimi kemirirken, Sıraç'ın nefes alıp verişlerini dinleyip sakinleştim. Şafak çoktan atmış, etraf yavaş yavaş güneşin ışıklarına kucak açmaya başlamıştı. Salonun içine giren az miktarda gün ışığı, içerideki küçük toz bulutunun üzerinde yansıma yaratırken yutkundum. Bu koltukta onunla uyumak, bu anı yaşamak, onu hissetmek... Hepsi bir gün son bulacaktı. Bugünleri hatırlayacaktım, tatlı bir anı olarak benimle yaşayacaklardı.

Geceden bu yana açtım fakat kollarında olduğum adamın taze nefesi beni doyuruyordu. Uyurken ciğerlerine doldurduğu nefes ve küçük bir kediyi andıran mırıltıları. Ah, nasıl huzurluydum. Hiç bitmesin istiyordum ve bu beni korkutuyordu. Bitmemesini istemem beni ölesiye korkutuyordu.

"Huzurlu hissettiriyorsun," diye mırıldandım, duymayacağı için rahattım. "Çok güzel kokuyorsun." Kahve kokusu günaydın öpücükleri veriyordu mideme.

Uyku mahmuru yüzünü görebilmek adına başımı hafifçe arkaya doğru çevirdiğimde ise ışıl ışıl bakan yangın mavisi gözler ve memnuniyetle yukarı doğru kıvrılmış bir dudakla karşılaştım. Ah, hayır! Duymuştu! Bir an burun buruna geldiğim Sıraç, benim onu gördüğümü görünce sırıtışı daha da büyüdü.

"Huzurlu hissettiriyorum," diye fısıldadı, hoş kokulu nefesi yüzüme çarpmıştı. Kaskatı olmuş, irileşmiş gözlerimle öylece ona bakıyordum. "Çok güzel kokuyorum."

İrileşen gözlerimi kırpıştırdıktan sonra Sıraç'a kısa bir bakış daha attım ve irkilerek yerimden kalkmaya çalıştım. Ah, dikişlerimi unutmuş olacağım ki ani hareket yüzünden acıyla kıvrandım. "Ah!"

Sıraç aceleci bir şekilde yattığı yerden doğruldu ve elini belime koydu. İkimiz de koltuğun üzerinde öylece oturuyorduk. "Salak! Ne diye ani hareketler yapıyorsun?" diye bağırdı.

"Ne diye sinsi sinsi beni dinliyorsun?" diye cırladım acıdan buruşan yüzümü onun yüzüne yakın bir yere getirerek.

"Salak, duyabileceğim ihtimalini düşünmedin mi? Ben seni dinlemedim, sabah sabah çen çen konuşup beni uyandıran sendin," dedi sert bir sesle, kaşları çatılmıştı. Yangın mavisi gözler ışıl ışıldı fakat çatılan kaşları onu sert bir ifadeye bürünmek zorunda bırakmıştı.

"Geri zekâlı mısın? En azından uyandığını belli edebilirdin!" diye bağırdım ve gözlerimi öfkeyle kırpıştırdım.

"Geri zekâlı mı? Sen bana mı dedin onu? Asıl geri zekâlı sensin, hangi salak kendi kendine konuşur ki?"

"Sana ne?" diye cırladım ve yüzümü geri çektim. Az daha yaklaşırsam dudaklarımız birleşecekti.

"Saman ye," dedi dümdüz bir şekilde

"Ben tokum, sen ye." diye mırıldandım ve hıhlayarak başımı farklı yöne çevirdim.

"Ben daha tokum, sen ye," dedi ve elini saçıma götürüp saçımı çekti, bu acı verici değil aksine şirin bir hareketti.

"Hayır, ben daha tokum."

"Hayır, ben." dedi ve saçımı bir kez daha asılıp ona bakmamı sağladı. Küçük bir çocuğun muzip bakışları vardı yangın mavisi gözlerinde.

"Benim, en tok benim. Dünyanın en toku benim, tamam mı?" Kaşlarımı çatıp, dilimi çıkarttım.

"Ha tabi tabi, ondan o miden öküz gibi böğürüyor değil mi? Dile gelecek yakında. Kendi özgürlüğünü eline almış," dedi alaycı bir sesle.

"Burada öküz gibi böğüren tek şey sensin, farkında mısın?" diye sordum. Yangın mavisi bakışlar beni uzunca inceledi.

"Sen benim kadar yakışıklı öküzü bulmuşsun, etinden sütünden yararlanacağına trip atıyorsun," dedi bilmiş bilmiş.

"Öküzün sütü olur mu?" diye sordum ve sırıttım. *Mayıs vurdu gol oldu.*

"Burada devreye sen giriyorsun benim sevgili ineğim. Sütünden bol bol yararlanmak isterim," dedi hain bir sesle ve gözleri tişörtümün altında varlığını belli eden göğüslerime kaydı.

"Hayvan, sübyancı pislik!" diye cırladım ve kalkmak için hamlede bulundum fakat güçlü parmakları bileğime dolandı ve kalkmama engel oldu.

"Başlatma sübyancına, otur oturduğun yerde."

"Ne diye kavga ediyoruz şimdi biz?" diye sordum afallamış bir surat ifadesiyle.

Bir an ikimiz de sus pus olduk ve asırlar sürecek bir zaman diliminde öylece bakıştık. Ardından dudaklarımı birbirine bastırdım ve gülme isteğimi geri yollamaya çalıştım. Fakat olmamıştı. Sıraç ile aynı anda kahkaha attığımızda, Sıraç beni kollarının arasına aldı ve koltuğa doğru tekrar devrilip yatar pozisyona geçtik.

Beni kollarıyla sarıp sarmaladı ve, "İneğim," diye mırıldandı.

"Ya demesene şöyle! Minik şeytanı kabul edebilirim ama inek nedir ya?" diye tısladım kafam onun göğsüne basılı bir şekilde öylece duruyorken.

"Sana taptığım diyorum," dedi ve derin bir nefesi ciğerlerine doldurup, göğsüyle birlikte havalanmamı sağladı. "İnekler kutsal varlıklar, yani Hintlilere göre. Onlar ineklere tapıyor, ben de sana. Yani inek gibi bir şeysin."

Sessizliğe gömüldüm, şimdi çemkirmek boşunaydı. Kalbimin arsız atışlarını dizginlemek zorundaydım.

"Dışarıda kahvaltı yapmak ister misin?" diye sordu ben onun göğsünde sessiz savaşımı sürdürürken.

"Gerçekten mi?" diye sordum büyük bir heyecanla ve kafamı kaldırıp ona baktım. Kafamı kaldırırken alnım, onun sakalı yeni yeşermiş olan çenesine sürtünmüştü. Yattığı yerden gözlerini bana çevirmiş öylece bakarken öyle güzeldi ki. "Gerçekten." Dudakları tekrar yukarı kıvrıldı, içtendi fakat büyük bir gülümseme değildi.

Başımı hızlıca salladım. "İsterim."

"Peki, o zaman Boğaziçi'ne gidiyoruz. Kordonda kahvaltı yapacağız minik şeytan." Sol elini kaldırıp yüzüme düşen saç telimi kulağımın arkasına sıkıştırdı.

Üzerinden yavaşça kalktım ve tekli koltuğun üzerine baktım. Beyaz tuzu andıran toz oradaydı ve rulo şeklinde sarılmış kâğıt da yerde. Hemen merdivenlerin önünde dün onun için indirdiğim battaniye vardı. Yutkundum, Sıraç bakışlarımı görmüş olacak ki aldığı nefes bile soğuklaştı. "Hadi, git giyin," diye mırıldandı ve yattığı yerden doğruldu. "Banyo yapacak mısın?" diye sordu.

"Aslında yapsam fena olmaz. Saat kaç?" diye sordum ve gözlerimi o uğursuz beyazın üzerinden çekip yangın mavisine çevirdim.

Sıraç kolundaki siyah fakat inanılmaz derecede gösterişli görünen saate baktı ve ardından alnını kaşıdı "07:00" diye mırıldandı.

O kadar geç yatmış olmamıza rağmen nasıl bu kadar erken kalkabiliyorduk ki? Yerdeki battaniyeyi aldıktan sonra hızlı adımlarla ahşap merdivenleri tırmandım, Sıraç'ın keskin bakışlarını sırtımda hissedebiliyordum fakat önemsememeye çalıştım. Büyük bir hızla bornozu ve havluyu alıp banyoya geçtim, ılık bir duş aldım. Banyodan çıktığımda tam yatak odasının kapısına gelmiştim ki Sıraç merdivenlerin başında beliriverdi. Gözleri bir iki ton koyulaşırken, bornoza sarılı olan vücuduma göz attı ve yutkundu. Yutkunurken boğazında oluşan kavisi görmemem için kör olmam gerekiyordu. Kızaran yanaklarımı ondan saklamak adına hızlı adımlarla yatak odasına girdim, tam kapıyı kapatacaktım ki Sıraç elini kapıya koydu ve buna engel oldu.

Gözleri beni incelemeye devam ederken derin bir nefesi ciğerlerine doldurdu ve yangın mavisinden sıyrılıp, koyu laciverte geçiş yapan gözlerini bana çevirdi. "Ben banyoya gireceğim. Benim havlum orada asılı. Bana bir şeyler çıkarır mısın?" diye sordu.

Burnumu kırıştırdım ve, "Ne çıkarayım?" diye sordum. Sol eli hâlâ kapıyı tutuyorken, sağ eli ile saçlarını karıştırdı. "Giyebileceğim bir şeyler çıkar işte."

Sertçe yutkundum, tıpkı evli bir çiftmişiz gibi hissettiriyordu bu.

"Kendin halletsen?" dedim sorarcasına, bornozuma sıkıca sarıldım. Gözleri zaman zaman vücuduma kayıyordu.

"Hayır, bunu senin yapmanı istiyorum. Bir kez olsun itiraz etmeden dediğimi yapamaz mısın? Senin seçtiklerini giyeceğim, tamam mı?" Derin bir nefes alıp güzel bakışlarını gözlerimden çekti. "Senin seçtiklerini giymek istiyorum."

İrileşen gözlerimle onu izlerken, o bana bakmadan kapıyı kapattı ve banyoya gitti. Giysi dolabını açtıktan sonra kendim için buz mavisi bir kot pantolon ve bebe yaka beyaz bir gömlek çıkarttım. Gömlek inceydi fakat uzun kolluydu. Beyaz iç çamaşırlarımı da çıkarttıktan sonra vücudumu son bir kez kurulayıp kıyafetleri üzerime geçirdim. Son olarak açık mavi çoraplarımı ayağıma geçirdikten sonra ıslak saçlarımın nemlendirdiği gömleğimi saçlarımdan kurtardım ve saçlarımı minik bir havlu yardımıyla güzelce kuruladım. Kuruladığım saçlarımı tepeden topuz şeklinde tutturduktan sonra Sıraç için bir şeyler bakmaya karar verdim. Giysi dolabının bir kısmı onun kıyafetleri ile doluydu fakat ikimizin kıyafetleri arasında siyah bir perde vardı.

Buz mavisi dar bir gömleği çıkarttıktan sonra bakınmaya devam ettim. Bu buz mavisi gömlek ona çok yakışacaktı, emindim. Altına da onun meşhur siyah kot pantolonlarından bir tanesini çıkarttım ve yatağın üzerine bıraktım. Ünlü bir markanın ürünü olan siyah boxerı çıkardıktan sonra siyah çorapları da çıkardım ve yatağın üzerine bıraktım. Peki, her şey hazırdı.

Tarağımı ve saç kurutma makinesini alıp yatak odasından çıktım. Ahşap merdivenleri büyük bir hızla indikten sonra, az bir sızım olduğunu fark ettim. Sanırım kendimi fazla zorlamıştım. Saç kurutma makinesinin fişini prize taktıktan sonra ısısını ayarladım ve topuz yaptığım saçlarımı bozup, kalan ıslaklığı da almaya çalıştım. Fazla kuru saçı sevmiyordum bu yüzden biraz nemli bırakmayı tercih ettim. Saçlarıma tarağı saldırdım ve hafif nemli olan saçlarımı güzelce fırçaladım. Bu arada banyoda olduğum süre boyunca Sıraç buradaki tüm delilleri karartmıştı. Yani o uğursuz beyaz şeyden eser kalmamış gibi görünüyordu.

Bu uyuşturucu meselesi cidden beynimi kurcalıyordu. Onu bundan kurtarmanın bir yolu olmalıydı, fakat neydi? Bir şeyler yapmam gerektiğini düşünüyordum.

Biraz sonra su sesi kesildi ve Sıraç'ın ıslak ayaklarının zeminde bıraktığı sesler duyulmaya başladı. Bu gerçekten huzur vericiydi, onu göremiyordum fakat varlığını duyuyordum. Bu bile iyi hissettirmeye yetiyordu.

Saçlarımı bol şekilde örüyordum ki, merdivenlerin başında Sıraç belirdi. Tüm seçtiklerimi giymiş, yüzünde memnun bir ifadeyle bana bakıyordu. Örgümün ucuna lastiği geçirdim ve onu baştan aşağıya süzdüm. Uzun bacakları siyah kot pantolonun içinde daha uzun görünüyordu, buz mavisi gömlek onun teninin parıldamasına neden olurken, gözleriyle tehlikeli bir uyum içerisindeydi.

"Doğru söyle," dedi hınzırca. "Boxerımı eline aldığında ne hissettin?"

Sert bir çarpıntı hissi tüm bedenimi ele geçirdi, bu da neyin nesiydi? Yanaklarıma doluşan kanı hissediyor, kalbimin atışına bire bir şahit oluyordum. Boxerına dokunduğum an gözlerimin önüne gelince içim gıcıklandı. Neden böyle şeyler yapıyordu ki sanki?

"Sıraç," diye tısladım ve saç kurutma makinesinin fişini çekerek salonun çıkış kapısına doğru yürüdüm. "Hareket et."

Evet, onu taklit etmeyi seviyordum.

"İçin gıcıklandı değil mi?" diye sordu yüzünü göremesem de şeytani bir şekilde sırıttığından adım gibi emindim. Ayrıca bu adam benim beynimden geçirdiğim şeyleri okuyabiliyor muydu? Beynimden geçenler sırtımdan ya da alnımdan altyazı olarak geçiyordu da benim mi haberim yoktu?

"Saçma sapan konuşma, neden içim gıcıklansın ki? Ben senin gibi sapık mıyım?" diye cırladım, sırtım hâlâ ona dönüktü ve elim salonun çıkış kapısının kulpunu öylece tutuyordu.

"Ben senin iç çamaşırlarına dokunduktan sonra neler yaptım bir bilsen..." Devam edecekti ki büyük bir hiddetle ona doğru döndüm. Gözlerim yuvalarından çıkıp, ona doğru koşturup birkaç yumruk atacak gibi bakıyorlardı. "Ne?" diye bağırdım dehşet içinde. "İç çamaşırlarıma mı dokundun?"

"Banyoda bırakmıştın, İstanbul'daki evdeyken." Sırıttı. "Ulu orta yerde bırakılır mı o seksiler?"

Olduğum yerde durmadan dibe, en dibe, derinlere gömülüyordum. "Sıraç, ne saçmalıyorsun?" diye sordum titreyen sesimle. Ciddi anlamda utanmış, yerin dibindeki yerimi almıştım.

"Utanma," dedi ve bir anda ciddiyete büründü. "Benden utanma, benim hoşuma giden şeyler seni utandırıyor. Bundan nefret ediyorum."

Bir an irkildim ve utanç dolu bakışlarımı zemine çevirdim. "Ben kolay kolay utanan bir kız değildim..." diye mırıldandım fakat devamını getiremedim.

"Biliyorum," dedi ve bana doğru bir adım attı. "Bana seni becermemi söylediğinde bunu fark etmiştim zaten."

"Kes sesini."

Bir adım daha attı ve tamamen yaklaşmış oldu. Başparmağı ile çenemi tuttuktan sonra yavaşça havaya kaldırdı ve ona bakmamı sağladı. Fakat bakamıyordum, gözlerim hâlâ başka bir yöne bakıyordu ama yüzüm onun önünde öylece duruyordu.

"Cüretkâr minik şeytan, neler oluyor sana?" diye sordu, taze nefesi yüzümü yalamıştı. "Bana bak."

Bakmadım.

"Bana bak Mayıs," dedi başparmağı ile çenemi okşarken. Sihirli sözcüğü duymuşçasına gözlerim onu buldu. İsmimi onun sesinden duymayı seviyordum. "Utanmak yok, yoksa canını yakarım." Yangın mavisi bakışlarını dudaklarıma çevirdi. "Anlaştık mı minik?"

Canımı yakmasından korktuğumu falan mı düşünüyordu? Tamam, eski Mayıs değildim fakat hâlâ korkusuz tarafım benimleydi. Onu kaybetmeye niyetim yoktu. "Canımı yakmandan korkmuyorum, utangaçlığı huy edinmiş olabilirim ama korkusuzluğum mezara kadar benimle gelecek," diye mırıldandım ve çenemi geri çekerek başparmağının hapsinden kurtardım.

"İşte benim kızım."

"Nereden senin kızın oluyormuşum?" diye sordum, tavırlı bir şekilde sırtımı ona döndüm. "Hadi gidelim, kurt gibi açım."

"Senin doyduğun gün var mı ki?" diye mırıldandı arkamdan. Geldiğimden beri ne kadar zayıfladığımın farkında değil miydi bu öküzcük? Cidden çok mu yiyordum ki? Günlerdir doğru dürüst bir şey yemiyordum bir kere, Şafak tarafından kaçırıldığımda üç gün boyunca hiçbir şey yememiştim. Bu bir boğa burcu için büyük bir başarıydı, onun haberi var mıydı bundan?

Bir şey demedim ve kulpu çevirip salondan çıktım. Hemen ardımdan o da çıktı ve hızlı adımlarla evi terk ettik. Bahçe kapısından çıkarken gözüm bir ara Mervelerin evine takılmış olsa da bunu yok sayarak Sıraç'ın arabasının park halinde olduğu yere doğru yürümeye başladım. Sıraç gösterişli arabasına bindikten hemen sonra ben de bindim ve motoru çalıştırdı. Mahallenin dışına doğru çıkarken, yandan küçük bakışlarla Sıraç'ı inceliyordum. Büyük bir dikkatle arabayı kullanırken bazen kaşlarını çatıyordu, dikkatli tavrı çok hoşuma gidiyordu.

"Tam olarak nereye gidiyoruz demiştin?" diye sordum sessizliği bozmak adına.

Sıraç çarşıyı andıran bir yerin kalabalık caddesini yararak insanların arasından geçtiğinde bir an şaşkınlığımı gizleyemedim. Ardından normal bir yola çıktık ve devam ettik. Sıraç bir süre sessiz kalıp yolu izlese de sonunda cevap verme gereği duymuş olacak ki öksürüp boğazını temizledi. "Boğaziçi'ne kahvaltıya gidiyoruz. Kordon'a."

Olumlu anlamda başımı salladıktan sonra sırtımı koltuğa yasladım ve başımı omzuma düşürerek arabanın penceresinden dışarıyı izlemeye başladım. Bugün ayın on üçüydü, on üç her zaman uğursuz geliyordu bana fakat ilk kez on üçlü bir güne iyi başlamıştım. Umarım her şey yolunda giderdi.

Yolculuk boyunca konuşmadık, zaten yolculuğumuz da öyle çok uzun sürmedi. Fethiye'deki trafik İzmir'e oranla yok denecek kadar azdı. Zaten küçük bir yerdi ama kesinlikle ufacık tefecik içi dolu turşucuk denilebilirdi.

Araba aniden durduğunda geldiğimizi anladım ve düşünceler denizinden çıkarak ciğerlerimi oksijen ile doldurdum. Dışarı adım attığımızda kordonun o muhteşem deniz havası bedenime çarptı ve tatlı bir ürpertiyi tüm vücuduma eşit miktarda yaydı. Sıraç arabayı uygun bir yere park etmişti, bir sorun çıkacağını zannetmiyordum. Ardından yan yana fakat küçük bir mesafe açarak şık görünümlü bir kafeye doğru yürümeye başladık. Canlı müzik yapıldığını anlamamı sağlayan küçük bir sahne ve pofuduk armutlardan oluşuyordu. İsteyenler için şık masalarda vardı fakat kesinlikle pofuduk armutlar daha güzel görünüyordu. Denize sıfırdı ve açık alanda olması tüm ilgiyi üzerine toplaması için yeter de artardı bile.

Sıraç yanımıza yaklaşan temiz giyimli garson çocuğa bir şeyler fısıldadıktan sonra garson çocuk saygılı bir şekilde başını salladı ve gözden kayboldu. Sıraç ise dalgaların neredeyse masaya vuracağı bir masayı seçip oraya oturmam için işaret etti. Dalgalar çok kuvvetli olmadığı için sanırım bir sorun çıkmayacaktı. Olumlu yönde başımı salladıktan sonra Sıraç'ı takip ederek tam olarak dediği masaya oturdum.

Muazzamdı, denizin tuzlu kokusu ciğerlerimi parçalayacaktı. Öylesine güzeldi ki. Masmavi deniz ayaklarımızın dibindeydi ve benim karnım zurna çalıyordu.

Sıraç da hemen karşımdaki sandalyeye oturdu ve derince bir nefesi içine çekti. Pantolonun ön cebine uzandı ve Marlboro paketini çıkarttı. "Kahvaltı yapmadan sigara mı içeceksin?" diye sordum ters bir şekilde. "Tıpkı babam gibisin."

Gözlerim boşluğa dalarken Sıraç'ın keskin bakışlarını yüzümde hissedebiliyordum. Evet, babam gibiydi. O da ilk olarak güne sigara ile başlardı. Kahvaltı masasında sigara içen bir adamdı. Sonra ne oldu? Erkenden gitti. Bizi bıraktı ve gitti.

Çocukluğum ve olgunluğum arasında sıkışıp kalmıştım. Sıraç ile birlikteyken genç bir kadın gibi hissediyordum. Ama annemin kollarında çocuktan farksızdım. Küçücük, savunmasız bir çocuk. Kadın olmak iyi hissettiriyordu, çocuk olmak masum. Kararsızdım. Sıraç'ın olmadığı bir dünya bana yabancı geliyordu. Sanırım fazla alışmıştım, belki de bu yalnızca bir alışkanlıktan ibaretti.

"Tıpkı babam gibisin, derken?" diye sordu, sesinde anlamadığını belli eden bir tını vardı.

"O da kahvaltı yapmadan sigarasına sarılırdı." Gözlerimi denize doğru çevirdim. Denizin güzelliğini izlerken babamın yüzü gözümün önüne geliyordu. Bu kalbimde bir yerleri incitirken, onun yüzünü hatırlayabildiğim için iyi hissetmeme de neden oluyordu.

"Sonra?" diye sordu ruhsuz bir ses tonuyla.

"Öldü." Bakışlarımı yavaşça ona doğru çevirdim. Yangın mavisi gözleri acıyla patlamış ve cam kırıklarını etrafa saçmış gibi bakıyordu. Bakışlarında gördüklerimi anlatabilmemin imkânı yoktu, öyle ki içimdeki tüm kasırganın sebebi yalnızca bakışları olmuştu.

"Ne kadar içersem," dedi ve marlboro paketini masaya bıraktı. "Ölürüm?"

Sersemlemiş, hatta vurgun yemiştim. Kalbimin üstündeki deriden tabaka sızım sızım sızlıyor ve atmamak için yalvarıyordu. Kalbim ilk kez atmayı reddediyordu.

"Ölmek..." diye mırıldandım ve gözlerimi yüzünde gezdirmeye devam ettim. "Kurtuluş mu sanıyorsun?"

Bakışları donuklaştı fakat gözlerindeki keder tam olarak yerinde duruyordu. "Değil mi?" diye sordu.

"Değil," diye mırıldandım buruk bir şekilde gülümseyerek. "Asıl hesap öldükten sonra başlıyor."

Duraksadı, gözlerini yüzümde gezdirdikten hemen sonra marlboro paketine çevirdi. "Ne hesabı?" diye sordu. Gözleri hâlâ paketin üzerinde geziniyordu.

"Yaptıklarının, yaptıklarımın, yaptıklarımızın," diye mırıldandım tek nefeste.

"Sen ne yaptın ki?" diye sordu, sesi şaşkındı. Hesap gününden haberi yok muydu gerçekten?

Seni sevdim demek istedim fakat diyemedim. Dilimin ucundaydı ve çıkmayı bekliyordu fakat geri yuttum. Bunu söylemek benim için kolay değildi, zor da değildi. İmkânsızdı. Dilimi parçalıyordu bekçiliğini yapamadığım yasak kelimeler.

"Yanındayım işte." Kafamı sol omzuma yatırdım. "Ortak günahlarımız var Karayel, birlikte yanacağız."

Gözleri marlboro paketinden ayrıldı ve benim yüzüme çevrildi. Yangın mavisi gözleri yerini su yeşiline bırakmıştı. Taze yosun kokulu gözler beni kucaklarken, parlaklığı beni benden aldı. Yüzü ifadesizdi fakat gözleri için aynı şeyi söyleyemezdim. Bir süredir gözleri gerçekten birçok şeyi ele verircesine derin ve anlamlı bakıyordu.

"O zaman," diye mırıldandı ve derin su yeşili gözlerini yüzüme sabitledi. "Yanmak istiyorum, tüm derim kül olup yere dökülene dek. Seninle yanmak istiyorum."

Gülümsedim, işte bu hoşuma gitmişti.

"Yanalım," diye mırıldandım, gözlerimi ellerime çevirdim. Ojeli parmaklarımı izlerken sol tarafımdaki baskıyı net bir şekilde hissedebiliyordum.

"Yanmak kulağa hiç bu kadar muhteşem gelmemişti," dedi ve gözlerini üzerimde gezdirmeye devam etti. "Gerçekten minik bir şeytana tapıyorum, sanırım yanmayı hak ediyorum, ha?"

Belli belirsiz gülümsedim fakat gözlerim onu bulmadı. Yalnızca olumlu yönde başımı sallayarak tırnaklarımı incelemeye devam ettim.

Biraz sonra garson çocuk büyük bir hızla masayı donattı. Özlediğim ve hasretini çektiğim kahvaltı sofrası tam olarak buydu işte. Servis tabaklarımıza bir şeyler doldururken, elimiz aynı reçel kavanozunun üzerinde birleşti. Bu gösterişli reçel kavanozu vişne rengindeydi. Birleşen ellerimize kısa bir bakış attıktan sonra gözlerimi ona çevirdim. Parmaklarımıza bakıyordu ve gözlerinin içinde anlam veremediğim bir parlaklık vardı. Parmak ucu ile parmak ucumu okşadı, bir anda yüzük parmağımı kavradı. Nazik bir nesneyi tutar gibi tuttuğu yüzük parmağımı incelemeye devam etti.

"Benimle yanar mısın Mayıs?" diye sordu gözleri yüzük parmağımda gezinirken. Sesi hoş bir melodi gibi yükselmişti, kalbimin okşandığını hissettim.

Her nedense bu bir evlilik teklifinden daha heyecan verici bir teklifti.

"Yanarım Karayel." Parmağımı onun parmaklarından kurtardım ve geriye çektim. "Ama şimdi bir şeyler yemek istiyorum."

Kıkırdadı fakat derin bakışları beni taramaya devam etti. Huzurlu ve onun bakışları altında güzel bir kahvaltı yaptım. O pek bir şey yemediği gibi, hep beni izledi. Bir ara tekrar vişne reçeline uzandığını gördüğümde dayanamadım ve burnumu kırıştırarak ona baktım. "Vişne ile bir alıp veremediğin mi var?" diye sordum.

Önce elindeki vişne reçeli kavanozuna, ardından da benim gözlerime baktı.

"Ben küçükken," diye mırıldandı ve kavanozu bir kenara bırakıp beni incelemeye başladı. "Bir kız çocuğu görmüştüm. Evlerinin bahçesinde oturuyordu, üzerinde bembeyaz bir elbise vardı." Derin bir nefes aldı ve kavanozu tekrar eline aldı. "Minik kızın beyaz elbisesi gerçekten çok güzeldi. Sonra minik kız etrafa ürkek bakışlar attı. Minik bir suçlu gibi, bu gerçekten görülmeye değer bir manzaraydı. Ardından önünde duran bir poşeti yavaşça kucağına çekti ve tekrar etrafa ürkek bakışlar attı. Ah, çok tatlıydı." Kıkırdadı, kavanozu incelemeye devam ediyordu. "Ardından poşetten çıkarttığı vişneleri hızlı bir şekilde ağzına atmaya başladı. Öyle hızlı yiyordu ki, boğulacak zannetmiştim. Elbisesine akıttığı vişnenin suları, bembeyaz elbisesinde kan lekesine benzer izler bırakmıştı. Sonra annesi bir anda adını seslenince minik kız korkuyla ağzındaki vişne çekirdeklerini yuttu. Ağlayacak sandım, ağlamasından korkmuştum fakat bir anda kahkahalar atmaya başladı. Öyle neşeli kahkahalar atıyordu ki, yanağında beliren koca çukurlar insanı kendisine çekiyordu."

Gözlerini kavanozdan ayırıp bana çevirdi ve derince bir nefes alıp yoğun bakışları altında ezilmemi sağladı.

"Sonra annesi geldi ve onun üzerini öyle görünce ona bağırmaya başladı. Fakat kız yine de ağlamadı, kahkaha atmaya devam etti. O gülümsedikçe yanağındaki çukurlar büyüyordu. Çok eğleniyor gibi görünüyordu. O gün anladım, vişne insanı mutlu ediyor. Asla o kız gibi gülemeyeceğimi biliyorum, ne kadar vişne yersem yiyeyim onun gibi gülemeyeceğim. Ama ne zaman vişne yesem, o kızın gülüşünü net bir şekilde görebiliyorum. Sanki gözlerime kazınmış gibi, ne zaman vişne yesem play tuşuna basıyor ve o gülmeye başlıyor."

Dudağı memnuniyetle yukarı kıvrıldı. "Annesi ona, ne gülüyorsun Ma-" diyecekti ki, "Mayıs," diye ekledim dolu dolu olmuş gözlerimi ondan saklayarak. "Ne gülüyorsun Mayıs, diye çemkiriyor fakat minik kız gülmeye devam ediyor. Sonra annesi ona üzerinde beyaz bir şey varken vişne yemeyi yasaklıyor. Ve minik kız üzerinde beyaz bir şey varken bir daha vişne yiyemiyor." Gözlerimi ondan kaçırmaya çalıştım.

Sıraç'ın kaşları çatıldı ve gözlerini vişne reçelinin kavanozuna çevirdi. "Devamını bilmiyordum," diye mırıldandı.

"Artık kalkalım mı?" diye mırıldandım oturduğum yerden yavaşça kalkarken.

"Ben hesabı isteyeyim."

Cidden, ta o zamanlar bu ana şahit mi olmuştu? Yutkundum, bu boğazımda çürük bir vişne tadı bırakmıştı. Sıraç hesabı ödeyip döndükten sonra arabaya bindik ve sessizce yolculuğumuza başladık. Sıraç'ın söyledikleri beynimde dönüp duruyordu. Vişneyi sevme sebebi gerçekten bendim yani, öyle mi? Başımı arabanın camına yaslayıp dışarıyı izlemeye başladım. Bir anda bir pazarın önünde durduk ve anlamaz bakışlarımı Sıraç'a çevirdim.

"Neler oluyor?" diye sordum.

"İn," dedi, sesinde emir vardı. İtiraz edersem zararlı çıkan ben olacaktım.

Arabadan indikten sonra Sıraç ile birlikte pazara karıştık. Sebze, meyve satan yaşlı insanlar tezgâhlarının önünde durmuş büyük bir istekle bağırıyor ve tezgâhlarına müşteri çekmeye çalışıyorlardı. Hızlı adımlarla bir tezgâhın önüne yürüdü ve elini arkasından bana doğru uzattı. Onun yüzünü göremesem de bana uzattığı eli kalbimin tüm ayarlarını allak bullak etmeye yetmişti. Elimi kaydırarak onun avuçlarının arasına yerleştirdim. Ah, sıcacıktı. Karayel'in elleri sıcacıktı.

"Abla bize bir kilo vişne tartar mısın?" Avucumun içindeki elimi daha sıkı kavradı. "Ya da hayır, iki kilo."

Yaşlı kadın vişneyi poşete koyarken içimde anlam veremediğim bir his patlıyor, tüm hücrelerime eşit şekilde dağılıyordu. Yağmalanıyordum. Sıraç elimi bırakmadan diğer eliyle vişnenin ücretini ödedikten sonra vişne poşetini kaptığı gibi beni çekerek, göz göze gelmeden yürümeye başladı. O önde, ben onun hemen arkasında ellerimiz terlemiş bir şekilde yürüyorduk. Arabaya bineceğimizi sanmıştım fakat bunu yapmadı. "Şurayı görüyor musun?" diye ileriyi işaret etti elindeki poşetle. Tam karşımızda terk edilmiş bahçeye benzer bir yer vardı fakat bomboştu. Ayrıca yüksek denebilecek bir korkuluğa sahipti.

"Evet," diye mırıldandım ve anlamaz bakışlarımı Sıraç'a çevirdim. Görebildiğim tek şey yan profiliydi.

"Güzel, hadi." Beni çekiştirerek o bahçenin içine soktu. "Zıpla," diye emretti fakat o mesafeye çıkıp oturabilmem imkânsızdı, normal şartlarda yapabilirdim belki ama sırtımdaki eriyen dikiş yarasını sızlatmaktan çekiniyordum.

"Ben oraya çıkamam."

"Ah, minik şeytan tam bir baş belasısın." Elindeki poşeti yere bırakıp hiç ummadığım anda beni kucakladı. "Hop yap kız," diye bağırdığında ciddi anlamda içten kopan bir kahkahayı dışarıya bıraktım.

"Gülme," diye mırıldandı ve beni itip korkuluğa çıkmamı sağladı. "Gülüyor bir de, koca popo."

Yüzümü buruşturup Sıraç'a düşmancıl bir bakış attım. Vişne poşetini bana uzattı ve, "Bakma öyle, yersin şamarı," diye mırıldandı.

Vişne poşetini alıp kenara koydum ve Sıraç gayet estetik bir şekilde korkuluğa çıkıp oturdu. Yerleştikten hemen sonra parmağını ileriye doğru uzattı. "Bak."

Sıraç'ın işaret parmağının hedef aldığı yöne baktığımda dilim tutuldu. Deniz manzarasını net bir şekilde görebiliyordum. Hatta bu açıdan oldukça muhteşem şekilde yerleştirilmiş olan küçük dükkânları da görebiliyordum. "Harika," diye mırıldandım. Büyülenmiştim.

"Şimdi," diye mırıldandı ve vişne poşetine uzanıp bir miktar vişneyi avuçladı. "Üzerinde beyaz gömlek varken doyasıya vişne yiyeceksin."

Üzerimdeki beyaz gömleğe baktıktan hemen sonra avucunda tuttuğu vişnelere baktım. Beni hırpalayan adam mıydı bu gerçekten? Bir an ona sarılıp hüngür hüngür ağlamak istedim. Her şey, yaşadığımız her şey film şeridi gibi gözümün önünden akıp giderken düşündüğüm tek şey onun iyi bir kalbi olduğuydu.

Evet, o birçok cana kıymıştı. Eli kanlı bir katildi fakat o aynı zamanda kedileri seviyordu, meyveli yoğurt yiyordu, Shrek izliyordu, annesinin kokusunu alınca veletleşiyordu.

Avucundaki vişnelere uzanırken içten bir şekilde gülümsedim. "Daha çok," dedi Sıraç coşkuyla. "Hadi, gülümse bana miniğim."

Gülümsemem yüzümde büyürken, ona sıkıca sarılmak istedim fakat yapamadım. Avucundan aldığım vişneleri tek tek ağzıma atarken, tüm gamzelerimi ortaya sererek büyük kahkahalarla etrafı çınlatmaya başladım. Ah, evet. Buydu! Özlediğim şey tam anlamıyla buydu! Sıraç elini tekrar poşete daldırdı ve kendi için de bir miktar vişne çıkarttı. O da ağzına götürürken şu ana dek hiç görmediğim büyük gülümsemesini benimle paylaştı. Tüm dişleri görünüyordu, beyaz ve parlak dişleri.

"Salak!" diye bağırırken daha şiddetli bir kahkahayı salıverdim dudaklarımın arasından. Sıraç'ın gülümsemesi büyüdü, gözleri kısılırken yangın mavisi gözlerindeki yangın neşeyle dans ediyor ve alevlerini etrafa saçıyordu.

"İnek!" diye bağırdı ve bir vişne daha attı ağzına. Vişneyi çiğnerken ağzının içini bana gösterdi ve boğuk kırmızı, hatta bordo renk ile karşılaşmamı sağladı.

"Ay, iğrenç," diye kıkırdadım ve ağzıma bir vişne daha götürdüm. Çiğnedikten hemen sonra dişlerimin arasında ezilmiş olan vişneyi ona gösterdim ve dilimin üzerine bırakıp dilimi dışarı çıkarttım. Hâlâ gülümsüyordum, içten çok içten. Üstelik üzerimdeki beyaz gömlek tamamıyla vişne lekesi olmuştu.

Dilimin ucunda duran çiğnediğim vişneye baktı, gülüşü yüzünde büyümeye devam ederken gözlerini dilimin ucundaki vişneye kenetledi resmen. Ve hiç ummadığım bir anda bana yaklaşarak dilimin ucundaki çiğnenmiş vişneyi, dili yardımıyla kendi ağzına transfer etti. Yüzümde asılı kalan gülücük, yerini şaşkınlığa bırakırken donakalmış öylece ona bakıyordum.

"Teşekkürler," diye mırıldandı ve vişneyi bir kez çiğneyip, çekirdeğini üfleyerek dışarı attı. "Aynı gülümsemeyi yıllar sonra tekrar canlı bir şekilde gösterdiğin için. Teşekkürler."

Sertçe yutkundum ve başımı olumlu yönde salladım. Sessiz kaldım, bu bir çılgınlıktı. Benden nefret etmediğini düşünüyordum, hatta... Hayır, tamam bu çok saçmaydı.

"Sıraç," diye mırıldandım ve korkuluktan atlayıp bacaklarımın sızlamasına sebep oldum. Sırtımda acının baş harfini bile hissetmediğim için şanslıydım, sanırım gerçekten iyileşmiştim. "Artık gidebilir miyiz?"

Kafamı kaldırıp hâlâ yukarıda oturan Sıraç'a baktım. Başını olumlu anlamda salladı ve poşeti aldı. Onun atlamasını beklemeden yürümeye başladığımdaysa, "Mayıs?" dedi sorar gibi.

"Hı?" diye sordum ve omzumun üzerinden ona baktım.

"Vişnenin üzerine oturmuş olabilir misin?" diye sordu gözleri kalçamda gezinirken.

"Yoo." diye mırıldandım ve elimi kalçama götürdüm. Bu ıslaklık?

"Hareket etme," diye bağırdı Sıraç ve hızlı bir şekilde yükseklikten aşağı bıraktı kendini. Ayaklarının üzerine sertçe bastıktan hemen sonra etrafa kısa bir bakış attı ve, "Yine kanıyorsun, değil mi?" diye sordu.

Kan olan elimi iğrenircesine kendimden uzak tutarken, temiz olan elimle yüzümü kapattım. On üç yapmıştı yine yapacağını.

"Ama geçen sefer bu zamanlar olmamıştın, daha sonraları olmuştun diye hatırlıyorum?" diye sordu ve kafasını kaşıdı.

"Evet." diyebildim ve yüzümü kapatmaya devam ettim.

"Sanırım aldığın ilaçlardan olabilir. Olabilir, değil mi?" diye sordu onaylamak istercesine.

"Olabilir." Ona bakmamaya çalışıyordum şu an.

"Merak etme, kimse görmeyecek." dedi ve bana doğru adımlayıp beni kucakladı. Ah, hayır gömleğinin kolu batabilirdi. "Benden utanma, hemen eve gideceğiz endişelenme."

Hızlı adımlarla arabasına doğru yürümeye başladı. Kucağında küçük bir kız çocuğu gibi iki büklüm olurken, utançtan yanan yanaklarımı saklamaya çalıştım. Arabaya ulaştığımızda arabayı batırmamak adına iki büklüm oldum ve lekeli yanımı Sıraç'a göstermemeye çalıştım. Beni büyük bir özenle yerleştirdiği koltukta, iki büklüm olduğumu gördüğünde öfkeyle soludu. "Koltuğun anasını sikeyim, sana bir şey olmasın."

Yüzümü buruştururken, utançtan yanan yanaklarımı görmemesi için dua ettim. Kızarmıştım. "Yayıl, bak rahatına. Sikerim izini, lekesini. Rahat ol. Seni eve bıraktığım gibi gerekenleri alacağım, tamam mı? Rahatla." Aceleci bir şekilde sürücü koltuğuna geçti. Arabayı çalıştırırken bir kez daha bana kaydı yangın mavisi gözleri. "Rahat otur, yersin dayağı," diye tehdit etti.

Sıraç'ın telefonu büyük bir gürültüyle arabanın içinde çınlamaya başladı. Sıraç bir eliyle direksiyon hâkimiyetini korurken, diğer eliyle telefonu açtı ve, "Ne var?" diye soludu. Karşı taraftaki kişinin sesini net olmasa da duyabiliyordum. Sanırım Halim'di.

"Buldunuz mu orospu çocuğunu? Bana ondan haber ver Halim," dedi Sıraç sert ve sarsılmaz bir ses tonuyla.

Bir süre karşı tarafı dinledi ve yolu izleyip kıvrımlı yolları ustalıkla atlattı. "Şu an gelemem Halim," dedi ve derin bir nefesi ciğerlerine doldurdu. Küçük bir sessizlik tekrar hâkim oldu fakat bu kez kısa sürdü. "Gelemem yavşak. Ben senin ebeni sikeyim tirrek. Piçe bak ya, oğlum gelemem diyorum gelemem." Hayretle açılmış gözlerim Sıraç'ın üzerinde geziniyordu. "Lan özel, özel." diye söylendi ve dişlerini sıktı. "Benim canım yeter ki istesin, günün her saati yatakta oluruz. İlla gece mi olurmuş o iş?" Sinirle ona baktığımda bana aldırmadan konuşmaya devam etti. "İş üstünde değilim, kadınımın bana ihtiyacı var ve gelmiyorum. Karayel şu an kadınına lazım, kusura bakma." Telefonu bırakıp arka koltuğa fırlattı

"Sorun ne?" diye sordum titreyen sesime aldırış etmeden.

"Şu orospu çocuğunun izine rastlamışlar ama ben olmadan basamıyorlar mekânı. Yolun sonu, sana yaptıklarının bedelini fazlasıyla ödeyecek. Onun anasını sikeceğim."

İrkildim, Şafak'tan bahsediyordu. Yakıcı tıraş kolonyasının sert kokusunu hâlâ net bir şekilde ciğerlerimde dolaştığını hissedebiliyordum.

"Annesi olmayan birine sövmen doğru değil," diye soludum.

Evet, o gece duyduğum kadarıyla Şafak'ın da annesi yoktu.

"Onun ben sülalesinin kemiklerini sikeyim, kes şu sesini hasta masta dinlemem indiririm şamarı. O götvereni koruma."

"Onu koruduğum falan yok, söz konusu bir anne. Çocuğu beni ilgilendirmiyor. Üstelik doğurduğu çocuğun yaptığı şerefsizlikleri annesine yükleyemezsin Sıraç."

"Peki," dedi Sıraç ve gazı kökledi. "Çok sevgili validesinden, taptığım minik şeytan huzurunda özür diliyorum, oldu mu?"

Sessizliğimi korudum ve Sıraç'ın telefonu bir kez daha büyük bir gürültüyle çalmaya başladı. Sıraç sabır dilercesine gözlerini kapattı ve tekrar açtı. Ardından telefonu arka koltuktan alıp açtı ve kulağına götürdü. "Ne var böcek?"

"Ne?" dedi Sıraç ve bir anda frene bastı.

Araba ani bir frenle dururken ön cama yapışacaktım.

"Emin misin?" diye sordu Sıraç ve kaşlarını çattı.

Bir süre karşı tarafı dinledikten sonra bakışları tamamen yoldan çıktı. Büyük bir şaşkınlık ve korkuyla bakıyordu. "Hayır, bu kadar kolay vazgeçmez." dedi ve kafasını iki yana salladı. Bir süre daha karşı tarafı dinledi ve kaşlarını çatıp anlam veremediğim acı dolu bir yüz ifadesini güzel yüzüne geçirdi. "Hayır, o benim." Telefonu kapatıp tekrar aynı yolcu koltuğuna fırlattı.

"Neler oluyor?" diye sordum, şu an yüzü hiç olmadığı kadar ürkek görünüyordu. Bir şeyden korkmuş gibiydi.

"Hiç," dedi Sıraç ve kafasını iki yana salladı. "Eve gidelim, sonra da sana gereken şeyleri alırım." Yangın mavisi bakışlarını bana çevirdi. "Seni ne olursa olsun bırakmayacağım."

"Hı?" dedim sorarcasına.

Gözleri beni izlerken arabayı tekrar çalıştırdı. Yangın mavisi gözlerde anlayamadığım bir şeyler vardı.

"Yoksa baban bizi bulmuş mu?" diye sordum korkuyla. Belki de cidden izimizi bulmuştu Mehmet Ali Karayel.

"Hayır," dedi kendinden emin bir sesle. "Başka bir konu. Seninle ilgili değil."

"O benim?" dedim sorarcasına ve gözlerimi kısıp ona baktım. Lütfen başka bir kadın olmasın, lütfen.

"Sen," dedi ve yola bakmadan yalnızca beni izleyerek arabayı sürmeye başladı. "Benimsin, minik. Bunu kimse değiştiremez. Hele babam, hiç."

O telefonda geçen konuşmayı ölümüne merak ederken, bir yandan da sahiplenilmenin verdiği mutluluğu yaşıyordum.

"Bir gün tüm bunlar son bulacak," diye mırıldandım.

"Hayır!" diye bağırdı ve bir anda bakışlarını direksiyona çevirdi. "Hayır, ben istemediğim sürece hiçbir şey son bulmayacak. Bana söz verdin, senden intikamımı alana kadar benimle kalacağına söz verdin!"

"İntikamını alana kadar buradayım, Sıraç. Ama bir gün her şey bitecek. İntikamın da, annemi kurtarma olayım da. İkimiz de rahatlayacağız," dedim net bir şekilde. Kaşlarımı çatmış, onun yan profilini izliyordum.

"Peki ya intikam isteğim hiç bitmezse? Hep kalacak mısın benimle?" diye sordu ve kaşlarını çattı. "Senden nefret ettiğim müddetçe hep benimle olacak mısın?"

Sesi... Anlatılmayacak bir ifadenin can buluşu gibiydi. Ben bile anlayamamışken size nasıl anlatabilirdim ki?

"Sıraç..." diye mırıldandım, fakat devamında bir şey söyleyemedim.

"Sus," dedi ve gözlerini sabırla kapatıp geri açtı. Yola odaklandı. "Benim nefretim dinmedikçe hiçbir yere gidemezsin."

Hani benden nefret etmiyordun?

Bunu söylemek istedim fakat söyleyemedim.

Yüreğim acıyla burkuldu. Yüreğe yara kremi sürmek mümkün müydü?

"Benden nefret ediyorsun." diye soludum. Kederimi görmesini istemesem de nefesim keder kokuyordu.

"Senden nefret ediyorum," dedi fakat sesi ile çelişen bakışları birazdan tüm camları patlatacak kadar keskindi. Duygu yoğunluğunu hissettiğim bakışları beni parçalara ayırmıştı.

"Ben de," diye mırıldandım. "Ben de senden nefret ediyorum Sıraç."

İşte buradaydı, tam boğazımda. Söyleyemediklerim, söylemek istediklerim. Kusmak istediklerim, kusamadıklarım. Öylece boğazıma takılmış, nefesimi almamda zorlanmama neden oluyordu. Kalbinden kovulmuşum gibi hissediyordum, evet onun kalbinde bir yerim olmadığının bilincindeydim. Fakat... İşte. Kovulduğum kalbin kapılarından hiç ayrılmıyordum, ayrılamıyordum. Gidecek başka kimim vardı ki? Olsa da gitmezdim. İliklerime kadar hissettim kederi, yüreğimi kavuran o kederi. Her nedense senden nefret ediyorum dediğinde, bunu seni seviyorum olarak anlamak istemiştim.

Seni seviyorum Sıraç.

Seni seviyorum Karayel.

Seni seviyorum kahve kokulum.

Seni seviyorum yangın mavisi.

Sen benden nefret etsen de ben seni nefretini yok sayacak kadar çok seviyorum.

Nasıl oldu deme bana, ben de bilmiyorum. Bildiğim tek şey, seni seviyorum.

Sen benim gecem ve gündüzüm ile birsin artık.

Araba hızlandıkça içimdeki duygular büyüdü sanki. Öylece izledim, geleceği göremediğim için yalnızca yoldaki beyaz şeritleri izledim.

7. ANLAŞMALAR

Kuşlar gökyüzünde bağırarak kanat çırparken, kırk beş dakikadan daha uzun süredir aynı noktaya bakıp içimde sorgular yaşıyordum. Sıraç beni eve bıraktıktan hemen sonra alışveriş için evden çıktı. Pencereden içeri sızan ılık meltem saç diplerime yerleşirken öylece duruyordum. Hemen karşımda Mervelerin evi vardı, acaba ne yapıyordu? Düşüncelerim beynimi işgal etme işlemine devam ederken, derin bir nefesi ciğerlerime doldurdum ve gözlerimi yumdum. Yüzümü yalayan ılık melteme kucak açarken düşündüğüm şeylerin haddi hesabı yoktu. Kafamı meşgul eden o kadar çok konu vardı ki.

Komodinin üzerinde duran, şarja taktığım telefonuma baktım. Sıraç çıkmadan önce kırk bin tembih etmiş, eğer telefonu bir an olsun yanımdan ayırırsam beni öldüreceğini söylemişti. Telefona bakmamla telefonun titremesi bir oldu. Sanırım gerçekten bakmamı bekliyordu. Komodinin yanına doğru yürüdüm ve şarja takılı olan telefonu fişinden çekmeden elime aldım.

Kimden: Merve
Huhu, birileri beni unuttu mu? (14.25)

Gülümsedim, dün son attığı mesaja cevap verememiştim. Ne cevap versem diye düşünürken, bir yandan da kasıklarımdaki hafif ağrı ile uğraşıyordum.

Kime: Merve
Mümkün mü? Elbette unutmadım. (14.26)

Kimden: Merve
Ben mi size geleyim, sen mi bize geleceksin? Eğer sen geleceksen rica ediyorum gelirken Sıraç'ın zincirini sıkı bağladığından emin ol. (14.28)

Kime: Merve
Ben gelemem, hastayım. Ama istersen sen gelebilirsin? (14.29)

İki adımlık yer olduğu doğruydu fakat gidemezdim. Bir olaya daha katlanabileceğimi zannetmiyordum. Sıraç ve Savaş'ın saçma sapan çocuk tripleri gerçekten çekilmiyordu. Neden yetişkin iki insan gibi davranmıyorlardı ki sanki?

Sırıttıktan sonra telefonu komodinin üzerine bıraktım ve küçük adımlarla yatak odasını terk ettim. Ahşap merdivenleri inerken bir yandan da Sıraç'ın neden bu kadar geç kaldığını merak ediyordum. Üstelik ciddi anlamda ona rezil olmuştum. Uğursuz sıvımla batırdığım kot pantolonu kirli sepetine tıkıştırırken hemen arkamda beni izlemişti. Her ne kadar ciddi bir şekilde beni izliyor olsa da utanmıştım. Onun bu rahatlığı utancımı körüklemekten başka hiçbir halta yaramıyordu. Merdivenleri indikten hemen sonra salondaki üçlü koltuğun üzerine bodoslama atladım ve dikişlerimin bir kez daha güzelce sızlamasına sebep oldum. Ne kadar dikkatsiz, özensiz bir kız olmuştum ben böyle? Gerçi ben hep böyleydim.

Kumandayı bulduğum gibi televizyonu açtım ve çocuk kanallarıma zapladım. Üzerimde pembe pijama takımlarım vardı. Ah, tamam benim değildi, Sılay'ındı fakat tam bana göreydi. Pembe pijamalarımın üzerinde mor ayıcıklar vardı. Tamam, pembe görünce kusan bir kız olabilirdim fakat regl döneminde gerçekten sevgi pıtırcığı oluyordum. Üstelik Sıraç bu pijamaları üzerimde görmemişti, o gidince rahat olmayan siyah tayttan kurtulmuştum. Daha doğrusu siyah taytı giymem için banyoya getiren oydu. O gidince de doğrudan pijamaların içine yerleşmiştim.

En sevdiğim çizgi film programının başladığını görünce bacaklarımı karnıma doğru çektim ve küçük bir top şeklini aldım. İlgiyle çizgi film programını izlerken, kapının zili çalmaya başladı, cidden bu evin zili var mıydı? Sıraç sağ olsun, varlığından bile bihaberdim bu kapı zilinin. Yerimden huzursuzlanarak kalktım ve paytak adımlarla kapıyı açmaya gittim. Kapıyı açtığımda elinde küçük bir kavanozla bana bakan Merve'yi gördüm. Üzerinde siyah beyaz çizgili bir tişört, altında ise koyu renkli bir kot pantolon vardı. Beni baştan aşağıya süzdükten sonra gözlerini yüzüme çevirdi. Ah, her an patlayacakmış gibi bakıyordu. Yanaklarının içini dişlediğini net bir şekilde görebiliyordum.

"Gülme, hastayız şurada," diye söylendim ve kaşlarımı çattım.

"Şu an inanılmaz tatlı görünüyorsun," dedi alaycı bir sesle.

"İçeri gel." diye mırıldandım ve elindeki kavanoza göz gezdirdim. Merve içeri doğru adımlarken, "O ne?" diye sordum kaşlarımla kavanozu işaret ederek.

"Tarhana," dedi Merve ve gülümsedi. O içeri doğru yürürken ben de kapıyı kapattım ve Merve'yi takip ettim. "Sana yapacağım, hem biraz fazla getirdim. Canın istedikçe pişirir içersin."

"Çok sağ ol." diye mırıldandım ve birlikte salona geçtik. Merve tekli koltuklardan bir tanesine otururken ben de hemen karşısında duran üçlü koltuğuma yerleştim.

"Mayıs," diye mırıldandı Merve, tırnaklarındaki siyah ojelerine odaklandı. Ojelerini incelerken benimle göz teması kurmuyordu ve nefesi sıkıntılıydı. "Seninle konuşmak istediğim bir şeyler var aslında."

İçimde anlam veremediğim bir merak duygusu tüm hücrelerime eşit miktarda dağılırken, kaşlarımı ilgiyle havaya kaldırdım ve beklenti dolu bakışlarımı Merve'nin güzel yüzünde gezdirdim. "Seni dinliyorum?"

Merve nefesini sıkıntıyla dışarı üfledikten sonra koyu kahverengi gözlerinin odak noktasına beni aldı ve yutkundu. Neden böyle davranıyordu ki şimdi?

"Mayıs, konu ağabeyim." Sesi olduğundan çok daha kısık bir tınıyla ulaşmıştı kulaklarıma.

"Evet?" dedim tekrar sorarcasına.

"Ağabeyim sana hiç adınla seslenmedi değil mi?" diye sordu ve koyu kahverengi gözlerini gözlerimin içine dikti. Gözlerinin içinde anlam veremediğim bir keder bulut şeklinde dolanıyordu ve yağmurlarını topluyordu.

"Seslenmedi sanırım," derken sesim kısılmıştı ve ellerimi koyacak yer bulamıyordum. Bu konuşmanın sonu nereye gidecekti? Merak ettiğim tek nokta buydu.

Merve buruk bir şekilde gülümsedi ve siyah ojeli narin parmaklarını birbirlerine bastırdı. "Nasıl anlatılır ki?" diye mırıldandı. Ciddi anlamda merak etmeye başlamıştım.

"Anlat Merve, merak etmeye başladım," dedim sabırsız bir şekilde. Sıraç gelmeden her şeyi öğrenmeliydim. Savaş'la ilgili olan bu konu neydi?

"Mayıs, ağabeyim çok sevdi," diye mırıldandı, kahverengi gözlerindeki köpüren denizde sakladığı bir şeyler vardı. "Çok sevdi, çok da sevildi. O zamanlar üniversite sınavlarına hazırlanıyordu, lisede son yılıydı." Duraksadı, parmaklarıyla oynamaya devam etti. "Bir kızla beraberdi, daha doğrusu birbirlerini seviyorlardı fakat beraber değillerdi. Kızın adı Dolunay'dı."

İçimde bir yerlerden vurgun yemiş gibi hissettim. Kalbime batan bu şey de neyin nesiydi? "Ee?" diye sordum merakla. Gözlerimle Merve'nin yüz hatlarını taramaya devam ediyordum. Yüzü acıyla çarpılmış, oturduğu yerde yavaş yavaş küçülmüştü.

"Kız ağabeyim yüzünden öldü."

Sertçe yutkundum, yiyecek borumdan zehir indi. Öyle acı bir tadı vardı ki, kusmak istedim. Zehri dışarıya akıtmak. Kalbimin ritmi yavaş yavaş normalin üstünde bir seviyede atmaya başlarken, gözlerim hâlâ Merve'nin üzerindeydi.

"Nasıl?" diye sordum, gözlerimin buğulandığını ve boğazımın düğümlendiğini saymazsak iyiydim.

"Ağabeyim tekin bir adam değildi, daha lisedeyken bulaştı bu işlere. Tıpkı Karayel gibi, onlar böyle Mayıs. Sevemezler. Onlara sevmek yasak."

Derime uygulanan şey tam olarak neydi bilmiyordum fakat hissettiğim acı tarifsizdi. Derim soyuluyordu. "Açık konuş. Kıza tam olarak ne oldu?"

"Öldürüldü, ağabeyim yüzünden. Hem de birbirlerine açıldıktan yaklaşık bir saat sonra."

Yutkundum, Savaş bu kadar yaralı mıydı gerçekten? "Devam et," diye mırıldandım, gözlerimdeki buğuyu ondan saklamak adına başımı önüme eğdim.

"Mayıs, ona çok benziyorsun. Yüzünüz bir sanatçının aynı eserinin kopyalanmış hali gibi." Beynimde çakan şimşekler, boğazımdaki yumru, Savaş'ın beni her gördüğünde bana ilgiyle bakan siyah gözleri... Yutkunamadığımı hissettim. "Başlarda bunu sorun etmediğini sanmıştım fakat sanırım o da bu benzerliğin farkında. Zaten fark etmemek için kör olmak gerekiyor. Siz Dolunay ile ciddi anlamda birbirinize benziyorsunuz."

Beni her gördüğünde acısını tekrardan yaşıyordu Savaş. Bir adamın acısı olduğumu sanıyorken, bir diğer adamın da acısı olmuştum. Neden böyleydim? Varlığım zarar mıydı? Enkaz bırakmaktan başka bir halta yaramaz mıydım? Sessizliğimi fark eden Merve, kahverengi bakışlarını üzerimde gezdirdi ve öksürerek boğazını temizledi. "Suçluluk duyma lütfen, senin hiçbir suçun yok. Ama ağabeyim korkuyor. Sonunun Dolunay gibi olmasından korkuyor Mayıs."

Buğulu gözlerimi yavaşça kaldırıp Merve'yi odak noktama aldım. Yüzümdeki acı elle tutulur bir şekilde varlığını ilan etmişti. Merve burukça gülümsedi ve başını iki yana sallayarak kaşlarını çattı. "Ben de sonunun onun gibi olmasını istemiyorum Mayıs."

Sonum Dolunay gibi mi olacaktı?

Sıraç beni sevmiyordu ki, evet herkes onun kadını olduğumu sanıyordu ama gerçek anlamda böyle bir şeyin varlığı dahi söz konusu değildi. Dolunay sevilerek öldü, ben sevilmeden ölecektim.

"Onun gibi olmayacağım," diye mırıldandım.

"Onun gibi olmayacak," dedi sert bir ses.

Gözlerim yavaşça sesin geldiği yöne dönerken nefesim hızlanmıştı. Merve, salonun kapısında ellerinde poşetlerle duran Sıraç'a buruk bir şekilde gülümsedi. "Umarım Karayel," diye mırıldandı. "Eğer sonu onun gibi olursa ölümün ellerimden olur."

"Ona bir şey olursa, ben de onunla gideceğim. Biz birbirimizi yalnız bırakmayız, Ankara kızı." Sıraç gülümsedi, buruktu fakat kızgınlık içermiyordu, yangın mavisi bakışlar bana çevrildi. "Biz onunla birlikte yanacağız."

Sıraç ile birbirimizi sonsuzluktan bu yana tanıdığımıza inanıyordum. Yangın mavisi gözler, sahiplenen bakışlarını yüzüme dokundururken gülümsedim. "Evet," diye mırıldandım ve başımı olumlu yönde salladım. "Sıraç beni yalnız bırakmaz. O nereye, ben oraya. Ben nereye, o oraya."

Dudaklarımdan dökülen cümleler içimde yankısını sürdürürken Sıraç ile asırlara sığmayacak bir şekilde bakıştık. Gözleri ile beni kucaklamış, hatta öpmüştü sanki. Gözlerinde bana karşı söndürülemez bir hasret yangını görmüştüm, bunun gerçekliğinden şüpheliydim. O iyi bir oyuncuydu fakat oyun bile olsa benimdi.

"Bizi dinlemeyi âdet haline getirdin Karayel," diye mırıldandı Merve ve oturduğu yerden doğruldu. "Ama biliyor musun? Mayıs'ın göremediği o şeyi öyle net bir şekilde görüyorum ki. Bakışların seni ele veriyor Karayel. O bakışları dışarıda kullanmamaya çalış. Arkadaşımın av olmasını istemem." Merve salonun çıkış kapısına doğru adımlayarak Sıraç'ın yanından sıyrılıp geçti. "Anlatabildim mi?" diye fısıldadı geçerken.

"Daha dikkatli olacağım," dedi Sıraç yüzünde zerre mimik oynamazken. Ve Merve gitti. Merve'nin ne demeye çalıştığını tam olarak anlayamasam da iyi bir şey olduğunu düşündüm. Her nedense bu anlam veremediğim kelimeler içimde bir yerleri okşamıştı.

Ah, Savaş. Dolunay'ını kaybetmiş, aşkla arasındaki savaşa mağlup olmuştu. Dolunay'ını başka bir yüzde görünce o isimi yüzüme yerleştirmişti. Buğulu gözlerim Sıraç'ı odak noktasından çıkarttı ve önümdeki televizyona döndüm.

"Tarhana mı bu?" diye sordu Sıraç, Merve'nin oturduğu yerdeki küçük komodinin üzerinde duran kavanoza doğru yürüyüp kavanozu avuçları arasına alırken.

"Hıhı," diye mırıldandım. Aklım hâlâ Savaş ve Dolunay'daydı. "Merve getirdi, canım çekmişti."

Sıraç'ın keskin bakışları bir anda bana döndü. Gözlerinin içindeki mavi lavları net bir şekilde görebilmiştim ve onu odak noktama almak zorunda kaldım. "Ne oldu?" diye sordum buğulu bakan gözlerime aldırış etmeden.

"Canın bir şey çektiğinde bana söyle, neden başkalarından istiyorsun?" dedi sert bir ses tonu kullanmıştı ve bir an irkilmeme sebep olmuştu.

"Ben istemedim, Merve getirdi." dedim üstüne basa basa.

"Nesin sen? Dilenci mi? Benim kadınımsan benim kadınım gibi davranacaksın. Bir şey istediğinde bana söyleyeceksin, hatta emredeceksin," dedi ve tarhana kavanozunu duvara fırlatıp şiddetli bir sesle patlamasına sebep oldu. Gözlerim şaşkınlıkla iri iri açılırken, Sıraç'ın öfkeden deliye dönen yangın mavisi gözleri odağını kaybetmiş deli deli bakışlarını etrafa savuruyordu. Toz tarhana etrafa savrulurken cam kırıkları da zemindeki yerini almıştı.

Hissettiğim şeyin tam olarak bir adı yoktu. Yüksek dozda şaşkınlık tüm vücudumu ele geçirirken, gözlerimi kırpıştırıp Sıraç'a baktım. Bana 'kadınım' mı demişti yani? Bu adamın sorunu neydi? Söz konusu beni şaşırtmak olunca hiç de zorlanmıyordu.

"Sen ne saçmalıyorsun?"

"Benden başka kimseden hiçbir şey isteyemezsin!" diye bağırdı ve diğer elinde tuttuğu poşetleri yüzüme fırlattı. "Duydun mu beni? Yalnızca benden bir şeyler isteyebilirsin, benden başka kimseden hiçbir bok isteyemezsin!"

Yangın mavisi gözler dehşetle odağını kaybetmiş bana bakarken irkildim. Neden böyle bir tepki gösteriyordu ki? Gerçekten günümü zehretmek zorunda mıydı? "Şu an çok saçma bir şekilde üzerime geliyorsun Sıraç," diye mırıldandım kırgın çıkan sesime aldırış etmeden. Cidden kırılmıştım.

"Ne saçması? Canın tarhana istiyor ve günlerdir bana söylemek yerine o köstebeğe söylüyorsun." Sesi hâlâ sertti fakat volümünü azaltmıştı.

"Ona söylemedim, o gün oraya gittiğimde tarhana yapıyordu. Ben de çok sevdiğimi söyleyince getirmiş işte."

"Oraya gitmiştin! Doğru ya!" diye bağırdı tekrardan ve ayaklarını sert bir şekilde zemine vurduktan sonra tekli koltuğa oturdu. Sinirden kudurmuş gibi bakıyordu, bu tuhaftı. Sanki regl olan ben değildim de Sıraç'tı.

"Çok saçma," diye mırıldandım ve önüme döndüm.

"Evet," diye mırıldandı, sert bakışlarını üzerimde hissedebiliyordum. "Çok saçma. Benden başkasından bir şeyler istemen çok saçma. Savaş yüzünden buğulu gözlerle bana bakman çok saçma. Her şey saçma siktiğimin yerinde, her şey."

Başımı önüme eğdim ve derin bir nefesi ciğerlerime doldurdum. Cidden bazen çok kırıcı ve anlaşılmaz bir insan oluveriyordu. Gözlerimi yavaşça kaldırdım ve onun çatık kaşlarının altında sinirle harlanan yangın mavisi gözlerine baktım. "Neden böylesin? Bir ânın bir ânına uymuyor," diye mırıldandım ve gözlerimi gözlerinin içinde gezdirmeye devam ettim. Yangın mavisi gözler koyu mavi lavlarını üzerime salarken, dudakları düz bir çizgi halini almıştı.

"Senin yüzünden," diye mırıldandı, sakinleşmiş ses tonunun aksine gözleri hâlâ lavlarını üzerime salıyordu. "Senin yüzünden böyleyim."

Neden her şeyin faturasını bana kesiyordu?

"Ben sana hiçbir şey yapmadım Sıraç." dedim. Sesim ruhsuz çıkmıştı, kendimi kötü hissediyordum.

"Sen bana birçok şey yaptın Mayıs." Sesi kısık çıkmıştı, yangın mavisi gözleri de sesiyle orantılı bir şekilde kısılmıştı.

"Ne yaptım?" diye sordum kalkıp ona doğru yürürken. "Ne yaptım Sıraç? Söylesene bana." Gözlerimin içindeki soru işaretlerini görmüş gibi bakıyordu. Yangın mavisi bakışlar beni tararken yüzü hâlâ ifadesizdi. "Söylesene!"

"Hayır." Dümdüz sesi bana buz üflemişti.

"Peki," diye mırıldandım ve bana fırlattığı poşete doğru dönüp poşeti aldım. Ağır adımlarla ahşap merdivenin ilk iki basamağını çıktıktan hemen sonra omzumun üzerinden ona baktım. "Söyleme, senden hiçbir şey istemiyorum. İstediklerimi yapmıyorsun sonra da bir tek benden bir şey isteyeceksin diyorsun. Yalancı." Ve adımlarımı hızlandırıp ahşap merdivenleri tırmandım.

Yatak odasına girdiğimde komodinin üzerinde duran cep telefonuna yaklaştım ve şarj makinesini prizden çektim. Yatağa gelişigüzel bir şekilde oturduktan sonra ekran kilidini kaldırdım ve iki yeni mesajla karşı karşıya kaldım.

Kimden: x
Seni çok özledim! Ağağağağaa! (15.38)

Kimden: x
Üzerinde ne var? Ağağağağa! (15.39)

Kime: x
Sen kimsin? (15.45)

Telefonu yatağın kenarına bıraktıktan sonra sabır dileyerek gözümü tavana çevirdim. Biraz sonra aşağıda bir şeylerin kırılma sesi geldi fakat ilgilenmedim. Deli dana yine bir şeyleri çarpıyordu sanırım. Ve telefon tekrar titredi.

Kimden: x
Kilimci. (15.46)

Kime: x
Sana sen kimsin diyorum, adam gibi cevap vereceksen ver. Seninle uğraşamam. (15.48)

Kimden: x
Öküzümsünün kadını seni. (15.49)

Sılay Karayel.

Kime: Sılay
Tamam, tanıdım seni... (15.51)

Ciddi anlamda hareketlerime bir anlam veremiyordum. Değişiyordum, farkındaydım. Kabuklarım kırılmış büyük bir darbeyle çatlamış ve gerçek kişiliğimi gün yüzüne çıkartmamı sağlamıştı. Sılay Karayel sanırım gerçekten tek dostumdu. Kısa zamanda varlığıyla da yokluğuyla da her zaman yanımda olduğunu hissettirmişti.

Kimden: Sılay
Evet bebeğim. Özledim! (15.53)

Kime: Sılay
Ne zaman geleceksin? (15.55)

Kimden: Sılay
Çokça kısa bir süre sonra oradayım. (15.56)

Kime: Sılay
Temmuz'u da getirecek misin? (15.57)

Kimden: Sılay
O baş belasından bahsetme. Aslında... Sana söylemem gereken bir şey var meleğim. (15.59)

Kime: Sılay
Söyle, seni dinliyorum. (16.00)

Kimden: Sılay
Mayıs sakin olacağına söz verebilir misin? (16.02)

Kime: Sılay
Beni korkutuyorsun. Ne oldu? Yoksa Temmuz'a bir şey mi oldu? (16.04)

Korku tüm bedenimi ele geçirirken merakla Sılay'ın vereceği cevabı beklemeye başladım. Maalesef cevap hâlâ gelmemişti. Yaklaşık on dakika konumumu koruyarak cevabı bekledim. Sonunda telefonum titredi fakat telefonumun titremesi ile doğru orantılı olarak Sıraç odaya daldı. Yatakta yatıyor olduğum için boynumu hafifçe kapıya doğru çevirdim ve anlamaz gözlerle Sıraç'a baktım. Yangın mavisi gözler önce bana, ardından da elimde tuttuğum telefona gitti.

"Yine kimle mesajlaşıyorsun?" diye bağırdı, evet bağırdı. Bir an yutkundum ve gözlerimi hızlıca kırpıştırdım.

"Ben..." diye mırıldandım fakat cevaplamama izin vermeden bana doğru adımladı ve dizi ile yatağa abanıp elimde duran telefonu kavradı. "Bir daha kimseyle mesajlaşmayacaksın," diye bağırdı, yüzü yüzüme çok yakın bir yerdeyken bağırması nefesini solumama neden olmuştu.

"Neden böyle davranıyorsun?" diye sordum, aciz çıkan sesimi duyunca gözleri bir an yumuşadı fakat yine de sinirli bakıyordu işte.

"Sen böyle davranmamı hak ediyorsun. İyi davranıyorum da ne oluyor? O orospu çocuğu için ağlayacaktın neredeyse." Sesi daha yumuşak çıkmıştı, yüzü hâlâ yüzüme çok yakın bir yerde duruyordu.

"Yalnızca Sılay'la mesajlaşıyordum," dedim ters bir şekilde ve yüzümü onun tersi yönüne çevirdim. Onunla bu kadar yakın olmak kalp sağlığım açısından büyük bir tehlike arz ediyordu.

"Sana bir şey söyledi mi?" diye sordu, sesi şüpheciydi.

O bunu nereden biliyordu? Yine ne dolaplar dönüyordu? Başımı tekrar Sıraç'tan tarafa çevirdiğimde burun buruna geldik. Burnunun ucu burnuma değdiğinde bir an irkilsem de geri çekilmedim.

"Hiçbir şey söylemedi," diye mırıldandım, kalbim her an ağzımdan çıkıp halay çekmeye başlayabilirdi. Burnu hâlâ burnuma temas ederken sesli bir şekilde yutkundu ve yangın mavisi gözlerini yavaşça devirdi. Benden çektiği yangın mavisi gözler yatağın diğer ucuna kayarken umutsuzluk ile sarsıldım. Neden bana bakmıyordu ki sanki?

"Sıraç, benden bir şey mi saklıyorsun?" diye sordum. Soluğum onun yanağını yalayıp geçerken bakışları keskinleşti fakat beni bulmadı. Cevap vermemesi içime kurtların düşmesine sebep olurken, güçsüz kollarımı onun boynuna doladım. Böyle bir şeyi beklemediğinin elbette farkındaydım. Öyle ki tüm vücudu ani bir şekilde kasıldı ve bakışları yavaşça beni buldu.

"Saklıyor musun?" diye sordum yangın mavisi bakışların odağına girmeyi başarmışken. Yangın mavisi bakışlar gözlerimin içine mıhlanırken sessizliğini sürdürdü. "Saklıyorsun." Ensesine sardığım kollarımı gevşetip geri çektim. Öylece bana bakıyorken yavaşça onun altından sıyrıldım ve yataktan doğrulup oturdum. Sırtımı ona dönmüştüm ve onun güzel yüzünü göremiyordum. Ona sırtımı dönmek elbette hoşuma gitmiyordu. Bir şey demedi fakat yataktan da kalkmadı. Telefonum hâlâ ondaydı ama mesajı açıp okumadı.

"Şey, telefon sende kalabilir ama beni yalnız bırakır mısın?" diye mırıldandım, sesim yorgun çıkıyordu. "Üstelik üzerimi değişmem gerek."

Bir süre sessizliğini korudu ve ardından bir el saçlarımı kavradı. Saçımı küçük bir çocuk edasıyla çekiştirirken, onun yüzünü göremesem de beni neşelendirmeye çalıştığını fark etmiştim. Bu bile beni mutlu etmeye yetiyordu.

"Pijamaların da pek seksiymiş." Sesinde alay vardı fakat aynı zamanda onun da iyi olmadığını belli eden ufak bir tını yakalamıştım.

"Öyledir," diye mırıldandım ama dönüp ona bakmadım. Saçımı çekiştiren parmaklarını düşünüp mutlu olsam da ona bakmadım. Bakarsam yine yenik düşecektim, bunun bilincindeydim.

"Peki, çıkıyorum o zaman," dedi ve parmaklarını saçlarımdan

çekti. "Bir şey istersen bana söyle, tamam mı?" dedikten sonra yatağın üzerinden kalktı.

"İstediğim hiçbir şeyi yapmıyorsun, bu yüzden söylemeyeceğim. Boşuna kendimi yormak istemiyorum," diye mırıldandım.

"Şamar mı istiyorsun minik şeytan?" diye sordu. Sesi dümdüz çıkmış olmasına rağmen kızgın olmadığının farkındaydım.

"Bildiğin tek şey şiddet," diye mırıldandım ve ona bakmadan konuşmaya devam ettim. "Lütfen artık çıkar mısın? Üzerimi değiştirmem gerekiyor."

Sessizleşti, bir süre sırtımı izlese de sonunda yatak odasının kapısı çarparak odayı terk etti. Giderken cep telefonumu da götürmüştü. Sılay'ın bana söyleyeceklerini ölümüne merak ederken, kendimi tekrar yatağın üzerine bıraktım ve yutkundum. Tavana bomboş gözlerle bakarken neden böyle bir hikâyenin ortasına düştüğümü düşündüm. Neden her genç kız gibi normal bir hayat yaşayamıyordum?

∞

Neredeyse akşam olmuştu ve ben üzerimi değiştirmiş öylece yatakta oturmaya devam ediyordum. Bu süre zarfında Sıraç yatak odasına bir kez olsun uğramadı. Zaten uğramasını da beklemiyordum. Tamam, bekliyordum.

Pencereye doğru yürüdüm ve yavaşça pencereyi açıp dışarıya baktım. Gökyüzü tatlı bir kızıla ev sahipliği yaparken, yaşlı hurma ağacının üzerindeki kuşlar şarkılarını mırıldanıyorlardı. Kasıklarımda can bulan ağrı yavaş yavaş tüm bedenimi ele geçirirken kızıl gün batımını izlemeye başladım. Gözlerim yavaş yavaş Mervelerin evini odağına aldığında, hemen pencere ile karşı karşıya olan balkon kapısı açıldı ve Savaş her zamanki gibi siyah eşofmanları ile balkon kapısında belirdi.

Gözlerim siyah saçlarını, beyaz tenini ve keskin yüz hatlarını odak noktasına alırken o beni fark etmeden balkonun korkuluklarına dayandı ve kulağının arkasında duran sigarasını dudaklarının arasına yerleştirdi. Elini siper ederek sigarasını yaktıktan sonra derince bir nefesi ciğerlerine doldurdu. Ciğerlerine dolan gri dumanın varlığı onun içini yakarken boş bakışlarını etrafta gezdirmeye başladı.

Siyah dağınık görünümlü saçları, tıraş ettiği yüzü ve keskin hatlarıyla tam olarak oradaydı. Sevdiği kadının ölümüne sebep olan adam. Savaş Sonyürek.

Kederi bundandı belki de, kim bilir? Savaş'ın gözlerinin siyahında görmeliydim, onun siyah olan tek şey bakışları değildi. Onun hayatı siyahın ta kendisiydi. Bomboş bakan gözleri benim pencereme döndüğünde göz göze geldik. Siyah bakışlarını yüzümde gezdirirken yüzündeki ifade donmuştu. Elindeki sigara öylece duruyorken beni incelemeye devam etti. Keskin, acı kokulu bakışlar yüzümü ezberlercesine beni tararken, bir yandan da hafif meltemden midir bilinmez dağınık saçları uçuşuyordu. Ne çok kısa ne de çok uzundu saçları ve yataktan yeni kalkmış gibi bir hali vardı.

İrkildim, irkilen tek kişi ben değildim. Benimle birlikte kalbim de irkilmişti. Dolunay nasıl bir kızdı? Savaş onu çok mu sevmişti? Bana baktığında acı çekiyor olabilir miydi? Savaş'a da mı acı veriyordum yoksa? Bakışlarını yüzümde gezdirmeye devam etti. Ne gülümsüyor ne de bir yaşam belirtisi veriyordu. Elimi enseme götürdüm ve utangaç bakışlarımı ona atmaya devam ettim. Bunu fark etmiş olacak ki, elinde duran ve külü neredeyse boyuna uzanan sigarasının külünü itti ve elinde kalan sarı izmariti önemsemeden yere fırlattı. Ardından boş kalan ellerini birbirlerine kenetledi ve beni izlemeye devam etti. Öylece bakışıyorduk ve bu bana asırlardır sürüyormuş gibi geliyordu. Derince bir nefesi ciğerlerime doldurduktan hemen sonra nefesimi sıkıntıyla dışarı üflerken gözlerimdeki keder dalgalarını silip ona gülümsedim. Gülümsedim fakat gülümsememeliydim sanırım. Çünkü yüzündeki ifade tamamen donuklaştı ve siyah gözler irileşti. Bana büyük bir olaymışım gibi bakarken ne olduğumu şaşırmıştım. Neden böyle bakıyordu ki sanki? Bakışlarının yoğunluğu beni utandırırken sırtımı döndüm ve pencereyi kapatmadan yatağa doğru gittim. Artık onun görüş alanından çıkmıştım. Kalbimin atışları dengesizleşirken Savaş adına gerçekten üzgün olduğumu fark ettim. Komodinin üzerinde duran dijital saate baktıktan sonra saatin 19.03 olduğunu gördüm. Evet, sanırım artık aşağıya bir göz atmam gerekiyordu. Belki de Sıraç evde değildi, kim bilir?

Oldukça yavaş bir şekilde yatak odasının kapısını açtıktan hemen sonra parmaklarımın ucunda ahşap merdivenleri indim. Karnım acıkmıştı ve olası bir Sıraç Karayel vakası ile karşı karşıya gelmek istemiyordum. Sıraç Karayel, benim sevgili düşmanım ve aynı zamanda sevdiğim adam. Beni nasıl kırdığının farkında mıydı acaba?

Ahşap merdivenleri indikten hemen sonra salona şöyle bir göz gezdirdim fakat Sıraç yoktu. Aynı zamanda cam kırıkları ve toz şeklindeki tarhana temizlenmişti.

Acaba telefonumu ne yapmıştı?

Paytak adımlarla mutfağa doğru yürürken, mutfağa uzanan dar koridordaki komodindeki kedi biblosu dikkatimi çekti. Ne zaman gelmişti bu buraya? Önemsememeye çalışarak mutfağa girdim. Sıraç üzeri çıplak, tüm kaslarını bana sunuyorken altında eğreti duran mavi bir kot pantolonla öylece duruyordu. Kalçasını mutfak tezgâhına yaslamış elinde tuttuğu beyaz kupadan tüten dumanlara bakıyordu. Mutfağa girdiğimi fark edince yangın mavisi bakışlarını bana çevirdi. Bakışlarında yumuşak bir ifade varken dudakları her zamanki gibi tek çizgi halinde öylece duruyordu. Onu belli bir ifadenin içine yerleştiremiyordum. Onu yerleştirebileceğim tek yer ifadesizlikti.

"Karnın mı acıktı?" diye sordu Sıraç, ifadesiz gözleriyle beni süzdükten hemen sonra yaslandığı mutfak tezgâhından doğruldu ve bana doğru adım attı. "Canının istediği bir şey var mı?"

İlgili çıkan ses tonu yüz ifadesinin aksine şefkat doluydu. Fakat ben bu güzel şefkati onun yüzünden de tatmak isterdim. "Canımın istediği hiçbir şey yok." Omuz silkip Sıraç'ın yanından sıyrılarak geçtim. "Kendim bir şeyler hazırlayabilirim." Buzdolabının kapağını açıp içine doğru eğildim. Buzdolabının içinde neredeyse her çeşit yiyecek ve içecek vardı.

"Neden böyle yapıyorsun?" diye sordu, sesinde anlam veremediğim bir şeyler baş göstermişti fakat önemsememeye çalıştım. Ayrıca sırtımda gezinen gözlerinin de farkındaydım.

"Ne yapıyormuşum?" diye sordum buzdolabının köşesinde gizli kalmış hazır köfte paketini çıkartırken. Güçlü ve uzun parmakları bileğime dolandı ve köfte paketini çıkartmamı engelledi. "Böyle," dedi dümdüz bir sesle. Ensemde hissettiğim nefesi gerilmeme sebep olurken, sesli bir şekilde yutkundum ve bileğimi güçlü avuçlarının arasından kurtarmaya çalıştım. Sonuç? Başarısızdı.

"Bırakır mısın bileğimi? Bileğimle ne gibi bir alıp veremediğin var anlamıyorum." dedim sertçe ve kafamı ona doğru çevirdim. Ve bum! Dudaklarımız birbirine değdi, üstelik bunu ne ben ne de o kasıtlı olarak planlamamıştık. Beklemediğimiz bu olay karşısında dolap kapağı elimden kayıp duvara çarparken, gözlerim irileşmiş Sıraç'ın yangın mavilerine bakıyordum. Aynı şekilde yangın mavileri de irileşmiş benim gözlerime bakıyordu.

Bu boşluktan yararlanmak adına sıyrıldım ve kendimi ondan kurtardım. Bir süre öylece buzdolabının önünde bekledi fakat hiçbir şey söylemedi. Ben de hemen yan tarafında mutfak tezgâhına dayanmış ona bakıyordum. Kalbim neden beynime ihanet edip duruyordu ki sanki?

"Buzdolabını kapat artık."

Sıraç buzdolabını kapattıktan sonra topuklarının üzerinden bana doğru döndü ve bomboş gözlerle gözlerimin içine baktı. "Sen benden başka herkesle iyi geçineceksin ama benimle hiçbir zaman iyi geçinemeyeceksin değil mi?" diye sordu. Gözlerinin içinde tek bir yaşam belirtisi yoktu. Yüzünde de öyle.

"Bu nereden çıktı şimdi?" diye sordum ve kaşlarımı çatıp ona umursamaz bir bakış fırlattım. Tamam, umursamıyor değildim, şu an çıldırıyordum fakat öyle bakmaya çalışmıştım.

"Benden zerre hoşlanmıyorsun, hatta ölesiye nefret ediyorsun. Zorunda olduğun için benimlesin değil mi?" diye sordu. Ses tonunda kırılmışlık sezerken, neden böyle şeyler söylediğini sorguladım. Benden nefret eden oydu neticede.

"Benden nefret eden sensin," dedim, gözlerimi ondan kaçırmaya çalışarak. Bana doğru bir adım attı ve bomboş yüz ifadesini tek bir an olsun bozmadan, yüzümü taramaya devam etti. Yüzümü tarayan yangın mavisi gözler, onlara bakmam için bana sesleniyordu sanki.

"Senden nefret etmesem, benden nefret etmez miydin?" diye sordu ve başparmağını çeneme koydu. Çenemi kavrayan başparmak, okşayacak gibi narinken acı verecek kadar da sıkıydı. "Lütfen var olan şeylerden bahset Karayel," diye mırıldandım.

"Peki, senden nefret etmiyor olsaydım?" dedi sorarcasına. Gözlerim onun yangın mavisi gözlerini bulurken, içimde patlayan havai fişeklerin bıraktığı kalıntılar organlarımı tutuşturuyordu.

"Ama ediyorsun," diye mırıldandım, gözlerim yavaşça onu buldu ve göz bebeklerimiz kucaklaştı. Bakışları beni eritirken, beynimin akışkan bir hal alıp burun deliklerimden akmasından korktum.

"Etmiyor olsaydım?" diye sordu tekrar, yangın mavisi gözleri beni taramaya devam etti. Yanaklarımın renk değiştirdiğini hissedebiliyordum, üstelik çenemde duran başparmağı kayarak yanağıma çıkmıştı. Yanağımdaki ısı artışını fark etmiş olabilir miydi?

"Karnım acıktı." diye mırıldandım, amacım konuyu kapatmaya çalışmaktı. Yoksa her an onu sevdiğimi söyleyip beni itip kakmasına sebep olabilirdim.

"Benim yanımda zorunda olduğun için mi kalıyorsun minik şeytan?" diye sordu, Sıraç.

"Evet," dedim dümdüz bir ses tonuyla. "Şimdi bir şeyler yiyebilir miyim?" Sıraç bir anda parmağını yanağımdan çekti, o kadar ani bir hareketti ki bu irkilmiştim.

"Ucube," dedi Sıraç ve sırtını döndüğü gibi mutfağı terk etti. Neden böyle yapmıştı ki şimdi? *Gerzek herif.*

"Sensin ucube," diye mırıldandım ve buzdolabından bir şeyler çıkartıp karnımı doyurdum.

∞

Karnımı doyurduktan sonra salona geçtim, kasıklarımdaki ağrının varlığı beni delirtirken gözlerim üçlü koltuğun üzerinde boylu boyunca uzanan çıplak göğüslü, güzel adama kaydı. Gözleri kapalıydı ve kolunu alnına koymuştu. Hafif aralıklı olan pembe çikolataları öpülmek için hazır da bekliyor gibiydi. "Uyuyor musun?" diye mırıldandım, arsız bakışlarım hâlâ baklavalarında ve aralıklı pembe çikolatalarında gezinirken. Ah, öylesine güzeldi ki.

Ses vermeyince uyuduğunu anladım ve ayakucuna oturdum. Ayakları gerçekten güzeldi. Normalde ayağa tiki olan bir insan olarak, onun ayaklarını gerçekten çok beğeniyordum. Biçimli parmaklara ve hoş bir ayak yapısına sahipti.

"Uyurken daha zararsızsın," diye mırıldandım ve onu izlemeye devam ettim. "Aslında cidden güzel bir adamsın ama biraz sorunlusun." diye mırıldandım tekrar. Dinliyor olamazdı, çünkü bu kez cidden uyuyordu.

Ellerim benden bağımsız bir şekilde onun kot pantolonunda dolandı. Bacakları gerçekten uzundu ve de ince. Bacaklarında dolanan ellerim, yüzümde koca bir tebessümün kabak çiçeği gibi açmasına sebep olurken o hâlâ uyuyordu.

"Bacakların da uzun, maşallah," diye fısıldadım kıkırdayarak.

"Açayım dişlerime de bakacak mısın?" diye sordu gözleri hâlâ kapalı, kolu alnını örtüyorken. Bir an kilitlenip kaldım. "Kıza bak, sanki kurbanlık hayvan seçiyor."

"Ben..." diye mırıldandım fakat hiçbir şey söyleyemedim. Ellerimi ani bir hareketle bacaklarından çekerken, kalbim yavru bir kuşun kalbi kadar hızlı çarpıyordu.

Gözlerini açmadı, hiçbir şey yapmadı. Yavaşça koltuktan kalktım ve ahşap merdivenlere doğru yürüdüm. "Ben odaya gidiyorum, sonra gelirsin." diye mırıldandım.

Konumunu bir an olsun bozmadan, gözleri kapalı bir şekilde "Bu gece burada uyuyacağım. Git zıbar," dedi dümdüz bir sesle.

Kalbim büyük bir acıyla burkulurken kendi aptallığıma acıdım. Ne diye onunla uyumak istiyordum ki sanki? Sılay gideli iki gün olacaktı fakat ben şimdiden onu özlemiştim. Neden böyle davranıyordu ki şimdi? Tekrardan başa mı sarmıştık yani? İki basamak daha çıktım ve ardından düşen omuzlarımı dikleştirmeye çalıştım. "Neden?" diye sordum gurursuzca.

"Nefret ettiğin biriyle uyumak isteyecek değilsin, değil mi?" diye mırıldandı, gözleri hâlâ kapalıydı. "Ah, tabii bir de zorunda olduğundan yanında kaldığın biri ile yatak paylaşmak zor oluyordur. Hadi git ve zıbar. Gelmiyorum işte."

"Burada uyumanı istemiyorum," diye mırıldandım.

"Niye?" diye sordu zerre istifini bozmadan. Gözleri hâlâ kapalı, kolu hâlâ alnının üzerine örtülüydü.

"Of! Tamam, zıbar burada!" diye cırladım ve hızlı adımlarla ahşap merdiveni tırmandım. Yatak odasına girdiğimde sinirle ayaklarımın üzerine vura vura yatağa atladım. Hafif bir sızıyla varlığını belli eden dikiş ve tüm varlığıyla orada duran kasık ağrısı. Tamam, çok sancılı olmuyordu fakat hatırı sayılır bir ağrıyla birlikte geliyordu regl dönemi. Sıcak tutmak şarttı fakat hava gerçekten sıcaktı. Sanırım cidden Fethiye diğer şehirlere nazaran daha sıcak bir şehirdi. Kıyafet dolabını açtım ve kısa, siyah penye bir şort çıkardım. Ardından üzerim için siyah askılı bir tişört. İçimdeki sutyeni çıkardıktan sonra tişörtümü rahat bir şekilde üzerime geçirdim. Malum şeyi de değiştirdikten sonra penye şortu giydim. Bacaklarım fazlasıyla çıplak kaldığı için rahatsızlık duymuştum. Onları bir şekilde kamufle etme gereği duydum ve dize kadar uzanan siyah çorapları giydim. Çoraplar öyle uzundu ki, diz kapağımın bile biraz üzerinde duruyorlardı.

Yatak odasını terk edip kirlilerimi kirliliğe attım ve diğer şeyi de bir poşetle sıkıca bağlayıp çöp kutusuna attım. Ardından ellerimi ve yüzümü güzelce yıkayıp, dişlerimi de fırçaladıktan sonra tekrar yatak odasına girdim. Saçlarımı bol bir şekilde örüp, lastik toka yardımıyla tutturduktan hemen sonra çarşafı kaldırdım ve yatağın içine girdim. Çarşafı çekip başımı yastığa gömerken, düşüncelerimde anında dökülmüştü yastığa.

Komodinin üzerindeki dijital saate baktığımda saatin henüz 21.00 olduğunu gördüm. Bu saatte uyumam mümkün değildi. Tamam, zihnen de bedenen de fazlasıyla yorgundum fakat yine de bu saatte uyuyabilecek türden bir insan değildim. Üstelik danacık telefonumu almıştı. En azından biraz oyun oynayıp vakit geçirebilirdim. Nereden benim telefonum oluyorsa... Abajuru kapattıktan hemen sonra yataktan yuvarlanarak kalktım ve yatak odasının çıkış kapısını açıp dışarı adım attım. Parmak uçlarımda ahşap merdivenleri inerken, aklım hâlâ Sıraç'taydı.

Görüş alanıma Sıraç'ı aldığımda, yattığı yerden televizyona doğru baktığını gördüm. Bomboş gözlerle televizyon izliyordu ve dudakları her zaman olduğu gibi dümdüz bir çizgi halindeydi. "Sıraç?" diye mırıldandım, birkaç basamak daha inip gözlerimi onun üzerinde gezdirdim. Sesimi duymuş olmasına rağmen hâlâ bana bakmamış, ilgiyle televizyonu izlemeye devam etmişti. Derdi neydi bu herifin? "Sıraç?" dedim tekrar daha yüksek bir ses tonu kullanarak. Fakat bakmadı.

Merdivenleri tamamen inip paytak adımlarla ona doğru yürüdüm. Kaşlarım benden bağımsız çatılmıştı. Onun bu yaptığına anlam veremiyordum. Televizyona doğru baktığımda, ilgiyle Shrek'i izlediğini gördüm. Ah, cidden mi? Televizyonda verilen animasyon filmini ilgiyle izleyen Sıraç, umursamaz görünüyordu.

"Shrek'i mi izliyorsun?" diye sorarken hemen ayakucuna oturdum. Yine cevap vermedi. Bir süre boş gözlerle televizyon ekranına baktım. Bana neden cevap vermediğini bir türlü anlamıyordum. Bir an canım salep çekti, ciddi anlamda salep için yanıp tutuştum. Yavaşça oturduğum yerden doğrulurken bakışlarımı Sıraç'a çevirdim.

"Salep yapacağım," diye mırıldandım. "Sen de salep ister misin?"

Cevap vermedi fakat ağır bir hareketle yattığı yerden doğrulup oturdu. Gözlerini televizyondan ayırıp bana çevirdiğinde bakışlarının boşluğu ürpermeme sebep olsa da sonunda bana bakmış olması mutlu olmamı sağlamıştı.

"Sen otur," dedi ve ayağa kalktı. Beni yok sayıyormuş gibiydi fakat en azından bir iki kelime etmişti. "Ben yaparım."

Tam salonun çıkış kapısına yürüyecekti ki, aceleci bir şekilde ayaklandım. "Hayır," diye cırladım. "Kendim halledebilirim."

Yangın mavisi bakışlar ağır çekimde beni bulduğunda gözlerinin içindeki ölümcül ifadeyi net bir şekilde gördüm. Eğer ona karşı çıkarsam alenen beni öldüreceğini açıklıyordu bakışları. "Otur oturduğun yere, çarparım şamarı," dedi ve salonun çıkış kapısının kulpunu çevirdi. Bir an afallasam da en azından yaşam belirtisi verdiği için mutlu oldum. "Bol tarçınlı olsun?" dedim sorarcasına, ah kesinlikle yüzsüzün tekiydim.

"Emredersin," diye mırıldandı. "Bol tarçınlı."

Tekrar koltuktaki yerimi alıp sırtımı koltuğa yasladıktan sonra büyük bir zevkle Shrek'i izlemeye başladım. Göz ucuyla koltuğun diğer tarafına baktığımda ise Sıraç'ın uzanırken çıkarttığı izi gördüm. Bedeninin izi koltuğun üzerinde parıldıyordu resmen. Yaklaşık on dakika sonra Sıraç elinde iki tane geniş fincan ile içeri girdi. Gözleri beni fazla süzmeden, elindeki fincanı bana doğru uzattı ve gözlerini televizyona çevirdi. "Al."

Ona öküz görmüş şehirli gibi baktıktan sonra olumlu yönde salladım ve bana uzattığı geniş fincanı avuçlarımın arasına aldım. "Teşekkür ederim."

Cevap vermedi, bunun yerine tekli koltuğa oturdu ve gözlerini televizyondan ayırmadan izlemeye devam etti. Ne diye tekli koltuğa oturmuştu ki sanki? Yanımda neden oturmuyordu? Salebimi yudumlarken, o televizyonu ben ise onu izliyordum. Bir ara göz ucuyla bana baktı fakat bakışları hemen beni odak noktasından çıkarıp animasyondaki eşeğe döndü. Sanırım eşek ona daha çekici gelmişti.

"Ağrın, sızın var mı?" diye sordu dudakları fincanı çevrelerken, gözleri televizyondaydı. Umursamaz bir görüntü çizmesine rağmen ağrımın olup olmadığını soruyordu.

"Yok," diye mırıldandım ve salebimden bir yudum daha aldım. Dudaklarımın üzerinde oluşan tarçın tabakasının farkındaydım fakat umursamadım. Şu an bıyık şeklinde orada öylece durduğunu biliyordum. "Bana neden böyle davranıyorsun?"

Bakışları beni bulmadı fakat vücudu bir an için kaskatı kesildi. Bunu net bir şekilde görebilmiştim. Hemen yan tarafında duran komodine bıraktı fincanını ve derin bir nefesi ciğerlerine doldurdu. "Nasıl davranıyormuşum?"

Sustum, bana çok güzel davranmasını beklemek elbette büyük bir salaklık olurdu. Omuz silktim ve tekrar salebimi yudumladım. İşin acı yanı, bir an olsun benimle göz göze gelmemesiydi.

"Nasıl davranıyormuşum?" diye tekrarladı sorusunu.

Sustum.

"Sana kaç defa söyleyeceğim, minik şeytan?" diye sordu, sert bir sesle. "Sorularımın cevapsız kalmasından nefret ederim."

Sert bakışlarımı onun yüzüne çevirdim ve kısa bir süre onu göz hapsine aldım. "Sıraç, farkında mısın?"

"Neyin?" Yangın mavisi gözleri nihayet beni odağına almayı başarabildi.

"Regl olan benim ama trip atan sensin. Yoksa sen de regl oluyorsun da benim haberim mi yok?" Kısa süren bir sessizlikten sonra gözlerini tekrar televizyona çevirdi. Ne diye böyle yapıyordu ki bu herif? "Niye bana bakmıyorsun?" diye sordum, gözlerim inatla onu taramaya devam ediyordu. Bana bakmıyor olması beni çileden çıkartırken, her an onun ağzının orta yerine okkalı bir yumruk yerleştirebilirdim.

"Bakamıyorum."

"Niye?" diye bağırdım ve ayaklanıp ona doğru adımladım. Tam olarak dizlerinin önünde durduğumda, dizlerim dizlerine temas ediyordu. Yukarıdan ona doğru bakarken, gözleri dizlerimden başlayarak gözlerime doğru ağır bir şekilde çıktı. Her bir noktamı özenle incelemişti.

"Göğüslerini gözümün önünden çeker misin? Sana konsantre olamıyorum," dedi gözlerimin içine dik dik bakarken. Bakışları göğüslerime kaydı. Edepsiz! Altımda sutyen yoktu ve göğüslerimin varlığı net bir şekilde gözler önündeydi. "Edepsiz," diye mırıldandıktan hemen sonra kollarımı göğüslerimin üzerinde kavuşturdum ve varlığımı sakladım.

"Dua et hastasın," diye mırıldandı bakışları tekrar gözlerime doğru tırmanırken. "Aksi takdirde canını fena yakardım minik şeytan." Sesi sinsi ve can yakıcı bir tonda yükselmişti.

"Ne yapardın?" dedim kafa tutarak, dizlerimi dizlerine iyice yapıştırdım.

"Canını yakan ellerim olmazdı," dedi ve sinsi gözlerini üzerimden çekip pantolonunun önündeki kabarıklığına çevirdi. "Değil mi oğlum?" diye sordu.

"Sorunlu herif!" diye bağırdım ve bir iki adım geri attım. "Aşağılık, sübyancı."

"Sana kendimi sunuyorum Mayıs," dedi ölümcül bir sakinlikle. Yangın mavisi gözler yüzümü tarıyordu ve bakışları deliciydi. "Ya kabul edersin ya da ömrünün sonuna kadar bakire kalırsın."

Yutkundum ve başımı olumsuz yönde iki yana salladım. "Sen kimsin ki? Ne sanıyorsun kendini? İntikamsa intikam, nefretse nefret! Tamam, hepsine kabul. Ama söz konusu vücudumsa, istediğim erkekle olurum. Bu seni zerre ilgilendirmez." Sesim sertti fakat içim bir lokum kadar yumuşak.

Yangın mavisi gözler, mavi lavlarını harladı ve çenesi kasıldı. Sıraç bir anda bileğimi yakaladı ve canımı yakabilecek bir gücü bileğime uyguladı. Acıyla gözlerimi yumdum ve dudaklarımı dişledim. "Bana bak!" diye bağırdı. Bakamadım. Bileğimi sıkan güçlü parmaklarını net bir şekilde hissediyordum, can yakıcıydı. "Sen benim kadınımsın, benden başka hiçbir erkeğin fantezi dünyasını süsleyemezsin. Benden başka hiçbir erkek seni hayal ederek bir şeyler yapamaz."

Gözlerim büyük bir şokla açılıp irileşirken, dudaklarımı ısırmayı kesip dik dik ona baktım. "Ne dedin sen?" Sesim hayret dolu çıkmıştı.

"Ne dedim ben?" dedi aynı hayretle. Bileğimi sıkan eli gevşemiş, tatlı bir telaş onun vücudundan benim vücuduma geçiş yapmıştı.

Yutkundum. "Benden başka hiçbir erkek seni hayal ederek bir şeyler yapamaz derken neyi kastettin?"

Gözlerini kaçırdı, ciddi anlamda gözlerini benden kaçırdı. "Hiç."

"Beni hayal ederek ne yapıyorsun?" diye sordum ısrarla.

"Reşit olduğunda konuşalım ufaklık." dedi ve yangın mavisi gözlerini bana çevirdi. Hiç ummadığım anda ayağa kalkıp televizyonu kapattı ve beni küçük bir prensesmişim gibi kucakladı. Böyle bir şeyi elbette beklemiyordum. Gözlerim hayretle açılırken Sıraç beni kucağına güzelce yerleştirdi ve ahşap merdivenlere doğru yürüdü. "Birlikte uyuyalım, olur mu?" diye sordu, sesi sakindi fakat nedense içimi gıdıklamıştı.

"Reşit olmayan bir kızı öpmeyi biliyorsun ama merak ettiği şeyleri cevapsız bırakıyorsun," diye fısıldadım ve burnumu boyun girintisine gömdüm. "Salak," dedim kısık bir şekilde.

"Biliyor musun?" diye sordu merdivenleri tırmanmaya devam ederken. "Gitmek istesen bile gitmene izin vermeyeceğim."

"Bu iş sonlanmadan hiçbir yere gitmeyeceğim zaten Sıraç," diye mırıldandım. Vücudu tekrar taş kesilirken derin bir nefesi ciğerlerine doldurdu ve kalkan göğsü beni ileri doğru itse de, sonunda inen göğsü ile tekrar aynı yerime döndüm.

"Peki bu iş sonlandığında gitmeni istemezsem?" diye sordu, sesinde anlam veremediğim bir keder vardı ve bu her nedense içimde bir yerleri okşamıştı. Hoşuma gitmişti, gitmemi istemeseydi ne yapardım? Bilmiyordum.

"Anlaşmamız böyle değildi," diye mırıldandım. Nefesim onun boyun girintisini yalarken düşünmeye devam ettim. Sahi ne yapardım? Yatak odasına girdiğimizde beni yavaşça yatağa bıraktı ve ardından kendisi de yatağın içine girdi.

"Doğru," diye mırıldandı. "Anlaşmamız böyle değildi." Kudretli kollarını vücuduma dolayarak sol göğsünün üzerine yatmamı sağladı. Kafam sol göğsünün üzerinde, yerinden memnun bir şekilde yatarken tek bacağımı onun üzerine attım ve kolumu onun bedenine sardım.

"Hıhı," diye mırıldandım çıplak göğsü tüm sıcaklığını yanaklarıma pompalarken. "Anlaşmamız böyle değildi."

Anlaşmamızda sana âşık olma maddesi de yoktu Karayel. Ah, üzgünüm. Bunu da söyleyemedim. Ve dışarıda şiddetli bir yaz yağmuru başladı.

Anlaşmamız böyle değildi.

8. GURUR

Anlaşmamızda düşmanıma âşık olacağım maddesi elbette yoktu. Bu beklenmedik bir olaydı.

Tamam, hiçbir zaman mantıklı düşünen bir kız olmadım fakat Karayel benim zaten zor çeken frekans ayarlarımı tamamıyla birbirine karıştırmıştı. İçimde yaşayan, az biraz mantığı olan Mayıs'ı karanlık bir yerlerde kaybetmiştim, onu bulamıyordum. Bulmak istiyor muydum? Bu da cevapsız bir soruydu aslında, cevabı kendim bile bilmiyordum. Ona bakınca dünyanın pillerini çıkarıp bir kenara fırlatıyordum. Her şey duruyordu yangın mavisi bakışların odağına girdiğim saniyeden itibaren. İnsanların sesleri bıçak gibi kesilirken, nefes alan tek canlı o oluyordu. Benim nefesim, onun ciğerine doldurduğu havadan ibaretti. Onun göğsü oksijen ile şişmezse, ben boğulurdum.

Karayel, kısa zamanda nefesim olmuştu.

Dengesizdi, huysuz ve küçük bir veletten farksızdı. Henüz yirmi dört yaşındaydı ama birçok acıya göğüs germiş, olgunlaşmıştı. Olgunlaşmıştı olgunlaşmasına ama... İçinde sakladığı velet, kokumu alınca gün yüzüne çıkıyor ve Karayel'i geride bırakarak bana sarılıyordu. İçinde yaşattığı o küçük velede sarılırken dünya ile tek bağlantımın Sıraç'ın kahve kokusundan ibaret olduğunu anlıyordum. Sıraç'ın kokusu bir ipti, ben o ipin üzerinde yürüyen cambaz. Yere düşersem ölebilirdim. Düşmezsem...

Orası meçhuldü.

Elimdeki çakının üzerinde Sıraç'ın baş harfi kazılıydı, belki baş harfinden daha fazlası. O çakıyla gökyüzüne adını kazıdım. Öyle ki, onun adını kazıdığım gökyüzü utandı. Yangın mavisini kıskandı. Kıskandık. Gökyüzü ile birlik olduk ve onun yangın mavisi bakışlarını kıskandık. Bir göz nasıl bu denli güzel bakabilirdi? Bir göz nasıl olur da bir çeşit orman yangınını içinde taşıyabilirdi. Mavi lavlar önce gözlerimin içinden sızdı, sonra derinlerime indi. Yanıyordum, mavi alevler organlarımın içinde yer ediyordu. Eriyordum. Çok kısa zamanda yangını oldum bir çift mavinin.

Bir yer sessiz sedasız nasıl terk edilirdi? Sıraç Karayel ile bir gün yollarımız ayrılacaktı, bunu biliyordum. Ben annem için buradaydım, Sıraç ise kendisi için. Dinmek bilmeyen nefret ateşini az da olsa söndürebilmek için. Ben bir düşmandım, o ise âşık olduğum adam. Bunu ona haykırmak isterdim, ilk kez iliklerimde hissettiğim aşkı tüm dünyayla paylaşmak isterdim. Fakat Sıraç ve onun nefreti buna büyük bir engeldi.

Zerre kıymet bilmeyecek bir adama ne diye içimi açacaktım ki?

Gözlerimi derin bir ağrının kasıklarıma nüfus etmesiyle araladım. Acı, tarifsizdi. İkinci günlerimde biraz sıkıntı yaşadığım doğruydu fakat bu kadarını beklemiyordum. Kasığımdaki ağrı yavaş yavaş büyürken, Sıraç'ın kudretli kollarının bana sarılmasından mıdır bilinmez, sırılsıklam terliydim. Ayrıca terli olan tek kişi ben değildim, Sıraç da tıpkı benim gibi terliydi. Kollarındaki yer pırıltılarını görebiliyordum, böyle bile muazzam görünüyordu doğrusu.

"Ah!" diye sızlandım, doğrulmaya çalışırken Sıraç'ın güçlü kolları beni daha da sarmalamıştı ve bu yüzden kasığımdaki ağrının hemen yanı başına dikişimdeki sızı da eklenmiş oldu. Rahatsız bir şekilde acıyla buruşturduğum yüzümün yanı sıra, dişlerimi de alt dudağıma bastırmış ve kanatacak derecede ısırmıştım. Sıraç'ın güçlü kolları beni daha sıkı sardı ve kendisine bastırdı. Uyku dolu bir homurdanma sesi çıkardıktan hemen sonra kaşlarını çattı ve yangın mavisi gözleri hafifçe aralandı. Uyku mahmuru bu kadar mı güzel görünebilirdi bir adam? Yangın mavisi gözlerinin etrafı kanlanmış, tamamıyla güzelliğinin büyüsünü etrafa değişik bir aura ile yaymıştı.

"Ne oldu?" diye mırıldandı, sesi boğuk ve uykulu çıkmıştı. Hâlâ yarı kapalı olan gözleri beni odak noktasına aldığında elleri beni biraz daha sardı ve kendisine bastırdı. "Ağrın mı var, minik?"

Acıyla buruşturduğum yüzümün yerini tatlı bir tebessüm aldı ve onun karmakarışık olmuş saçlarına parmaklarımı daldırıp hafifçe okşadım. "Sanırım biraz," diye mırıldandım. Yumuşak saçları parmaklarımın etrafını çevrelerken yüzüm yumuşamıştı. Sanırım saçlarını okşamamdan hoşlanmıştı.

"Doktoru aramamı ister misin?" diye mırıldandı, gözleri hâlâ yarı kapalıydı ve sesi hiç olmadığı kadar pürüzlü çıkmıştı. Pembe çikolataları hafif aralıklı bir şekilde bana kısık gözlerle bakmaya devam ederken ciddi anlamda dudaklarına küçük bir buse bırakma isteği ile dolup taştım. Fakat bunu yapacak cesareti ne yazık ki kendimde bulamıyordum. Sınırlarımı aşmamam gerekiyordu.

"Hayır," diye mırıldanırken, saçlarının içinde dolanan parmaklarımı bir an olsun çekmeden, pembe çikolatalarına kısa bir bakış attım. "Doktora lüzum yok, bu doğal bir şey."

Öksürdü ve pürüzlü sesini temizledi, ardından gözlerini biraz daha aralamaya çalışarak kaşları çatık müthiş bir bakışı gözlerim ile buluşturdu. "Peki, öyle diyorsan..."

"Öyle." diye mırıldandım ve saçlarının parmaklarımı çevrelemesine izin verdim, yumuşacık saçları tıpkı bir kadifeye dokunuyormuşum gibi hissettiriyordu. Keza cildi de öyle. Sıraç Karayel mavi bir kadife gibiydi.

"Telefonumu verir misin?" diye sordu Sıraç, sesi hâlâ pürüzlüydü fakat az önceye nazaran daha sağlıklı çıkmıştı. Hemen yan tarafımda duran komodinin üzerindeki siyah telefonu gözüme çarptı, yavaşça ona abanıp telefona uzandım, telefonu avuçladıktan sonra ona doğru uzattım. Fakat almadı.

"Sen aç, bildirim falan var mı bak."

"Telefonun şifresi ne?" diye sordum salağa yatarak. Galeriden ziyade Sıraç ekranı da şifrelemişti ve telefonunu ondan başkası açamıyordu. Şifresinin aynı olduğuna emindim. Dirseklerimi onun göğüslerine yasladım ve usluca şifreyi söylemesini bekledim.

"Şifreyi bildiğini biliyorum Mayıs," dedi Sıraç alaycı bir ses tonuyla.

İrkildim, dirseklerimin üzerinde yükselerek Sıraç'ın kemikli yüzünü süzerken panik göğsümü tekmeliyordu. "Nereden bileyim ben?" Sıraç alayla kaldırdığı kaşlarının altında duran yangın mavisi gözlerini üzerime diktikten hemen sonra pembe çikolataları alayla yukarı doğru kıvrıldı. "Ah, minik şeytan... On sekizine girecek bir kız için fazla safsın sen."

Dirseğimle göğsüne vurduktan hemen sonra doğruldum ve telefonunun kilit ekranını açarak şifreyi girdim. "Ne diye doğum günümü şifren yaparsın sanki?" diye mırıldandım yanaklarımın içini dişleyerek. Yavaşça doğruldu ve ona döndüğüm sırtıma yasladı çıplak ve terli göğsünü. Başını da hemen omzuma koyduktan sonra o da benimle birlikte telefonun ekranına bakmaya başladı. Bildirim yoktu, bomboştu. Böyle bir adamın telefonu nasıl bu kadar sakin olabilirdi ki?

"Doğduğum günü şifrem yapmam gayet normal değil mi Mayıs?" diye sordu Sıraç. Nefesi boynumu yalarken, cümleleri kalbime ucunda mavi lavlar olan bir mızrak gibi saplanmıştı. Doğduğu gün 18 Kasım değil miydi?

Derince bir nefesi ciğerlerime doldurduktan hemen sonra yanaklarıma baskı uygulayan kana aldırış etmemeye çalışarak, "Doğduğun gün 18 Kasım değil miydi?" diye sordum, sesim titriyordu.

Nefesi bir kez daha boynumun tüm kıvrımlarını yalarken, muazzam kokusu burun deliklerimin içinden girip ciğerlerime doğru yol aldı. Bu adam buram buram huzur, buram buram taze çekilmiş kahve kokuyordu.

"Küçük puzzle parçaları bırakıyorum vişne kokulu avuçlarına, onları birleştir miniğim," diye fısıldadı Sıraç. Nefesi iç gıdıklanmasına sebep olurken sertçe yutkundum.

"Biraz daha açık konuşamaz mısın?" diye sordum, gözlerim hâlâ telefon ekranındaydı ve omzuma batan sakal izlerini net bir şekilde cildimin içinde hissediyordum. Derime sürtünen misk kokulu sakalları... Ah, şimdi ölmek hiç de fena olmazdı, ha?

"Yeterince açığım Mayıs. Daha fazla nasıl açık olabilirim ki? Bu benim için bile imkânsız." Sesinde kendini ifade edememenin verdiği sıkıntı vardı. Bu keskin bir bıçağı dudaklarıma sürtüp beni kesmemesini beklemek gibi bir şeydi.

"Anlamıyorum." Telefonu yavaşça dizlerimin üzerine bırakıp giysi dolabının çatlak aynasındaki yansımamıza baktım. Öyle güzel görünüyorduk ki, onun omzumun üzerinde duran çenesi, darmadağın saçlarımız, uyku mahmuru yüzümüz. Birbirlerini tamamlayan yapboz parçaları gibiydik, o olmadan benim, ben olmadan onun anlamı yoktu sanki.

"Anlarsın," diye fısıldadı Sıraç, yangın mavisi gözlerini yansımamıza çevirmişti. Yansımamızdan çok, gözlerime bakıyor gibiydi. "Bir gün mutlaka anlarsın."

Ne diyeceğimi bilmiyordum, ya da tam olarak ne yapmam gerektiğini. Sanırım şu an hiçbir şeyi bilmiyordum. Ne demek istediği bir sırdı, bunu kendisinin bile bildiğinden tam olarak emin değildim. Biz bir şey olmuştuk ama ne olmuştuk? En az benim kadar o da bilmiyordu. Ne olduğumuzu.

Sessizliğe gömüldüm ve yansımamızı izlemeye devam ettim. Aynı şekilde o da yansımamızı izliyordu fakat daha çok benimle göz göze gibiydi. Yangın mavisi bakışlar yansımamdan bile buluyor ve beni yağmalıyordu.

"Sıraç, bugün ne yapacaksın?"

İç çekti ve sakallarını omzuma sürttü, sakallarını sürttüğü yerlerin yarası ruhuma açılırken, hislerimden sarkan yabancı kanın irinini akıtmasını bekledim. "Bugün minik şeytanımla ilgileneceğim. O hasta ve Karayel'ine ihtiyacı var." Sesi tatlı bir sertlikle omzumu okşarken, yutkunma isteğimi geri çeviremedim ve sesli bir şekilde yutkundum.

"Biliyor musun?" diye sordum aynadaki yansımıza daha derin bir şekilde bakarken. "Senin kadar değişken bir insan daha görmedim ben. Çift kişilikli olduğunu düşünmeye başlayacağım Karayel."

Sıraç belli belirsiz gülümsedi fakat çenesini omuzlarımdan çekmedi, ayrıca cevap verme gereğinde de bulunmadı. Bir süre sessizce ve derin bakışlarla yansımalarımızla konuştuk. Odadan tık çıkmıyor olmasına rağmen Sıraç'ın gözleri o kadar sesli konuşuyordu ki, boğulmama sebep olacaktı. Kelimelerle doldurduğu havuzun içine bedenimi daldırıp çıkarıyor, kelimelerinin mürekkebine boyuyordu beni.

Sessizliğimiz kendi sesini yaratıp notaların etrafında dağılırken, Sıraç'ın telefon melodisi gürültülü bir şekilde yükseldi. Bir anda irkilmiş olsam da kendimi toparladım ve Sıraç'ın telefonunu avuçlarımın arasına aldıktan hemen sonra Sıraç'a doğru uzattım. Fakat Sıraç elimde duran telefonunu almak yerine omzuma bir buse kondurdu ve, "Aç," diye emretti.

"Olmaz, sen açmalısın." Telefonu bir kez daha ona doğru uzattım fakat almamakta ısrarcıydı. Arama ekranına baktığımda arayan kişinin Tirrek Halim olduğunu gördüm. Tirrek neyin nesiydi cidden merak etmeye başlamıştım.

"Aç şunu, hadi." Sıraç beni kendisine doğru bastırıp çenesini tekrar omuzuma dayadı. Ne dersem diyeyim onu kararından döndüremeyeceğimi bildiğimden midir bilinmez başımı olumlu yönde salladıktan sonra telefonu açtım ve kulağıma götürdüm. Sıraç bana o kadar yakındı ki, telefondaki konuşmayı net bir şekilde duyabileceğinden adım gibi emindim.

"Lan kaç saatte açıyorsun şu telefonu ibne?" diye soludu Halim, sesi sertti fakat tanıdık bir alayı da içinde barındırıyordu.

"Şey, ben Mayıs..."

Sıraç, sakallarını büyük bir istekle omuzlarıma sürttükten hemen sonra burnunu boynuma yakın bir yere getirdi ve derince bir nefesi ciğerlerine doldurdu. Kokumu içine çekiyordu.

"Ah, pardon yenge... Bir şeyi bölmemişimdir umarım?" diye sordu Halim, sesi mahcup fakat bir o kadar da iğneleyici çıkmıştı. Bu kesinlikle kulaklarıma kadar kızarmama ve hatta kızarmaktan ziyade yeşile çalmama sebep olurken kaşlarımı çattım.

"Ne saçmalıyorsun sen?" diye çıkıştım. Sesim az önceye nazaran sert ve sarsılmaz bir şekilde çıkmıştı. Bu Sıraç'ın hoşuna gitmiş olacak ki, nefesini boynuma vererek kıkırdadı.

"Ov, Karayel'in kadını sinirlendi," dedi Halim. Sesi neşeyle yükselirken her nedense bariyerlerime tekme inmiş gibi hissettim. İçim gülme isteğiyle yanıp tutuşurken, yanaklarımın iç tarafını dişledim ve bu isteğimi bastırmaya çalıştım.

"Sinirlenmedim, sadece saçmalıyorsun," dedikten hemen sonra göz ucuyla omzumda sakal sürtme işlemine devam eden Sıraç'a baktım.

"Tamam, yenge. Kusuruma bakma, dilimi eşek arıları soksun benim," dedi ve kıkırdadıktan sonra bir anda ciddileşti. "Yenge, o ibne yanında mı? Yanındaysa söyle, acilen parka gelsin."

Sıraç, Halim'in söylediklerini duymuş olacak ki, "Rahatsız etme, validesi peynirgillerden olan yavşak. İşimiz var," dedi huysuz bir sesle. Nefesi boynumda can bulurken, söyledikleri kalbimin hızlanmasına sebep oldu. Göğsüm hiç olmadığı kadar hızlı inip kalkmıştı.

"Aga kusura bakma ama şu an uçkurundan daha önemli bir olayla karşı karşıyayız. Giy o donunu götüne ve hemen parka gel."

Sıraç bir an duraksadı ve omzuma sürttüğü sakalını yavaşça geri çekip çenesini hafifçe dokundurdu. "Konu ne?" diye sordu, nefesinden aldığım hislerden yola çıkarak sinirlendiğini fark etmiştim.

"O," dedi Halim, sesi tehlikeli bir sakinlikte yükselmişti, "O orospu çocuğu ile ilgili. Sanırım bir şeyler bulmuş olabiliriz, Ankaralı sağ olsun."

"Ankaralı ile alakası nedir?" diye sordu Sıraç, sesiyle buz üflemişti. Söz konusu Savaş olduğunda gerçekten bambaşka bir insana bürünüyordu. Dediğim gibi, sanırım o çift kişilikliydi.

"Ankaralı, Şafak denen pezevenkle ilgili sıkı bilgiler toplamış. Bu Şafak hiç de tanıdığımız gibi bir insan değil. Derin mevzular Karayel. Çok derin," dedi Halim, ses tonunda sıkıntı hâkimiyet göstermişti. Her nedense Şafak'ın adını duyduğumdan mıdır bilinmez dikişlerim sızladı.

"Bir işe yaramış orospu çocuğu," dedi Sıraç buz gibi bir ses tonuyla. "Ama gelemem Halim. Kızımı yalnız bırakamam."

Bu cümlesi yüreğimdeki taşların yerini değiştirip, içimde büyük bir deprem etkisi yaratırken ellerimi nereye koyacağımı şaşırdım. Üstelik telefon hâlâ benim kulağımdaydı. "Sen git Sıraç," diye mırıldandım, her ne kadar gitmemesini diliyor olsam da. "Ben iyiyim."

"Hayır."

"Git Sıraç."

Sıraç önce bana, ardından parmaklarımın arasında tuttuğum ve kulağıma yasladığım telefona baktı. "Peki," diye mırıldandı ve yavaşça benden ayrıldı. "Ama telefonunu bir an olsun yanından ayırmayacaksın. Herhangi bir ağrın sızın olursa hemen beni arayacaksın. Hatta bir dakika, Ümran'a söyleyeceğim ve senin yanına gelecek, tamam mı?"

Her şeyi tek bir nefeste söylemiş olmasından mıdır bilinmez, çok telaşlı görünüyordu.

"Tamam."

Sıraç hızla yataktan kalktıktan sonra giysi dolabına yönlendi ve kapakları açtı.

"Şey... Sıraç?"

Giysi dolabındaki kıyafetlerini gelişigüzel çıkarırken omzunun üzerinden bana baktı. "Hı?"

"Telefonum sendeydi." diye mırıldandım, yani ona ulaşmamı istiyorsa en başta telefonumu tekrar bana vermeliydi.

"Ah," dedi ve ensesini kaşıdı. "Tamam, çıkarken vereceğim."

Sıraç üzerine dar, siyah bir gömleği geçirdikten hemen sonra altındakini indirdi ve onun kalçalarını sarmalayan dar boxer ile önümde öylece kalakaldı. Bacakları o kadar düzgündü ki, bir kızı kıskandırabilirdi. Sıkı kalçalarından ve bacak uzunluğundan bahsetmiyordum bile. O gerçekten özenle çizilmiş bir tablo gibiydi. Gözlerimi ondan kaçırmaya çalışsam da ilgimin radarına takılıyordu bu adam.

"Bacaklarım ve götüm ciddi anlamda dikkatini çekiyor, değil mi?" diye mırıldandı siyah kot pantolonu bacaklarından tek tek geçirirken.

"Götümmüş! Laflara bak ya!" diye tısladım ve gözlerimi ondan çekmeye çalıştım.

"Ne diyeyim? Kasem mi diyeyim?"

"Kasem dedi ya!" diye tısladım bu kez de. Tamam, bazen cidden anlaşılması güç bir adam oluyordu.

"Ne diyeyim, kadın? Ne diyeyim? Popom mu diyeyim? Totom mu diyeyim?" dedi, bu kez sesi ciddi anlamda yükselmişti. Söyledikleri yüzümde koca bir tebessümün açmasına sebep olurken, sesli ve onun duyabileceği bir şekilde kıkırdadım.

"Totom de bence," diye mırıldandım, sesimdeki alayın farkına varmış olacak ki, kaşlarını kaldırdı ve ardından "Bekle, geliyorum." diyerek yatak odasından ayrıldı. Yaklaşık beş dakika sonra tekrar yatak odasına döndüğünde elinde telefonum vardı. Acaba Sılay'dan gelen mesajı silmiş miydi?

"Al," dedi ve telefonu bana doğru attı. "Unutma, ufacık bir ağrın olursa hemen beni arıyorsun. Ümran'ı yollayacağım yanına. Şimdilik gidiyorum ama çok geç olmadan evde olurum."

Gözlerim yavaşça onu odak noktasına aldı ve anlamaz bir tavırla burnumu kırıştırdım. "Farkında mısın bilmiyorum ama şu an kocam gibi davranıyorsun," dedim kısık bir sesle. Gözlerini üzerimde gezdirdikten hemen sonra, "Öyle mi davranıyorum?" diye sordu, kendi kendini sorguluyor gibiydi. Bazen kendisi bile yaptıklarına bir anlam yükleyemiyordu.

"Evet, ayrıca bana çok fazla dokunuyorsun."

"Bu benim intikam alma şeklim, minik şeytan," dedi Sıraç ve ölümcül bir cazibeyle göz kırptı. "Sana istediğim her an, her saniye dokunacağım. Çok yakında siyam ikizi gibi dolaşmak zorunda kalacağız."

Sırtını dönüp yatak odasından çıktı. Yaklaşık bir saatlik yalnızlığımın sonunda Ümran gelmiş ve benim için çorba pişirmişti. Mayıs ayında olmamıza rağmen çorbaya hayır diyemeyen bir bünyeye sahiptim. Üçlü koltukta televizyon izlerken, Ümran'ın getirdiği tepsinin içindeki çorbaya baktım. Ah, tarhana kokusu. İşte bu bile Durkadın Sultan'ı özlemem için geçerli bir sebepti. Bu koku mutfağımıza dağılınca nasıl da huzur dolardım. Annem pek hazzetmezdi, orası ayrı bir konuydu. Ama Temmuz ve ben kesinlikle Durkadın sultanın kendisine has tariflerinden ziyade yaptığı tarhanaya âşıktık.

"Afiyetle iç," dedi Ümran, kahverengi gözlerini kısarak bana sevgi dolu bir şekilde gülümsedi. "Sıraç ağabey senin için Kayaköy'den getirtti bu tarhanayı. Bir saat içinde elimde olmazsa yakarım orayı demiş adamlara."

Çorbadan bir yudum alırken damağımda asılı duran tadın çorbadan dolayı olmadığını biliyordum. Sıraç'ın benim için bir şeyler yapması beni tuhaf bir şekilde mutlu ediyor, deyimi yerindeyse mümkün olmadığını bile bile umutlandırıyordu.

"Nasıl olmuş?" diye sordu Ümran gülümseyerek.

"Harika," diye mırıldandım ve bir kaşık daha aldım. "Ellerine sağlık."

Ümran kıkırdadıktan hemen sonra yanıma oturdu ve televizyona göz gezdirdi. "Mayıs, bir şey soracağım."

Bakışlarımı çorba kasemden ayırıp Ümran'ın güzel yüzüne çevirdim. Cidden çok güzel bir kadındı. "Evet?" dedim sorarcasına.

"Sıraç ağabeyi seviyorsun değil mi?"

Bu beklenmedik soru karşısında kısa bir tıkanma yaşasam da silkelendim ve kendime geldim. "Bu nereden çıktı şimdi?" diye sordum, üstelik o zaten birlikte olduğumuzu sanıyordu. Ne diye bunu soruyordu ki?

"Her şeyi öğrendim," dedi Ümran benim şaşkın bakışlarıma karşılık sakin bakışlarıyla beni incelerken. "Yani senin aslında kim olduğunu biliyorum."

İrileşen gözlerimi yavaşça yumduktan sonra elimdeki tepsiyi kenara bıraktım ve Ümran'a doğru döndüm. "Evet, öğrendiysen sorun yok o zaman. Yani ben Sıraç Karayel'in kadını falan değilim Ümran."

Ümran alaycı bir şekilde kaldırdı kaşlarını ve ardından sol dudağı alayla yukarı kıvrıldı. "Sen," dedi eliyle beni işaret ederek. "Geri zekâlı mısın?"

"Evet."

"Kör müsün Mayıs?" diye sordu Ümran ve elini omuzuma attı. "Cidden bu kadar kör olamazsın değil mi?"

"Anlamıyorum?" dedim sorarcasına ve kaşlarımı çattım. "Ne demek istiyorsun?"

Ümran alayla kıkırdadı ve başını iki yana sallayarak cıkladı. "Sen bu kadınım olayını oyun falan mı sanıyorsun gerçekten?"

"Elbette öyle," dedim kaşlarımı çatarken.

"Mayıs," dedi Ümran, büyük bir şokla açtığı iri kahverengi gözlerini üzerimde gezdirdi. "Sen cidden salaksın."

Salonun kapısı gürültülü bir şekilde açıldı ve küçük Melek kapıda belirdi.

"Anne!" diye bağırdıktan hemen sonra bize doğru koşturdu ve ortamıza oturdu. "Mayıs abla! Anne! Ne yapıyoysunuz siz bakayım?"

"Mayıs ablan ve salaklıklarından konuşuyorduk anneciğim."

Melek sırıttıktan sonra, "Hâlâ anlamamış mı geyçekten?" diye sordu ve hızla ağzını kapattı.

"Anlamamış anneciğim, anlamamış." dedi ve Melek'i kucağına çekerek dizine oturttu. Tepsiyi kucağıma geri aldıktan sonra çorbamı kaşıklamaya kaldığım yerden devam ettim. Tamam, bu kadar hakaret yeterdi. *Cidden.*

∞

Gözlerimi açtığımda üçlü koltukta uyuyakaldığımı anlamıştım, dahası yanımda hiç kimse yoktu. Büyük ihtimalle uyuyakaldığımdan

Ümran ve küçük meleği gitmişlerdi. Dahası Sıraç hâlâ ortalıklarda yoktu. Hemen sutyenimin içinde duran telefonu çıkardıktan sonra kontrol ettim. Üç tane mesajı görünce cidden şaşırmıştım. Bilerek göğsüme koyduğum ve titrerse uyanırım diye düşündüğüm telefonu hissetmeyecek kadar deliksiz bir uyku mu çekmiştim?

Kimden: Sıraç
Biraz geç kalacağım, bir şey olursa ara. (18.51)

Kimden: Sıraç
Gelirken almamı istediğin bir şey var mı? (18.55)

Kimden: Sıraç
Cevap alamadığım her saniye ölüme yaklaşıyorsun. (19.03)

Kime: Sıraç
Uyuyordum Karayel. Uyurken cevap verebilmem imkânsız, değil mi? Ayrıca istediğim bir şey yok. Ne zaman istersen o zaman gel. (19.35)

Kimden: Sıraç
Sana ben yokken uyumayı yasaklıyorum. (19.36)

Kime: Sıraç
Bana bir çocukmuşum gibi davranmaktan vazgeç. Ben çocuk değilim. (19.38)

Kimden: Sıraç
Emin ol sen bir çocuksun. (19.39)

Kime: Sıraç
Bir çocuğa göre kesinlikle dolgun göğüslerim, yuvarlak hatlarım ve Karayel'i inletmeyi başaran dudaklarım var. (19.41)

Kimden: Sıraç
Bir an önce eve gelmeliyim. Beni inletmeni istiyorum. Biraz gecikeceğim. (19.43)

Kasıklarımdan dökülen kaynar suları saymazsak şu anda kesinlikle iyiydim. Telefon elimde öylece mesajı okurken ekranda bir mesaj daha beliriverdi. Gözlerim hayretle irileşirken yanaklarımda artan ısının beni kavuracağını zannettim. Telefonu kilitledikten sonra oturduğum yerden kalktım ve ahşap merdivenlere doğru yürüdüm. Yatak odasına çıkmak ve tavan ile sohbetime devam etmek istiyordum. Ayrıca evde yalnız olmak pek hoşuma gitmemişti. Saat akşamın 8'i olmuştu fakat Sıraç Bey hâlâ gelmemiş, ayrıca geç kalacağını belirtmişti. Bir iki basamağı tırmandım ve vücudum bir buz kütlesine girmiş gibi ürperdim.

"Küçük."

Bu ses... Omzumun üzerinden arkama doğru baktığımda ise salon kapısını aralamış, siyah takım elbisesi ile bana bakan Şafak'ı gördüm. Bu... Bu bir çeşit halüsinasyondu, değil mi?

"S-sen," diye mırıldandıktan sonra sendeledim, gözlerim kararıyordu ve inanılmaz bir uğultu kulaklarımın etrafında karıncalanıyordu. Gözlerim karanlığa kucak açmadan hemen önce bir çift güçlü kolun varlığını hissettim.

"Küçük, uyan." Bu ses çok derinden geliyordu, derine inmekten korktuğumdan mıdır bilinmez sesin olduğu yönü tam olarak bulamıyor, sese gidemiyordum. "Küçük kız, lütfen. Az bir zamanım kaldı, uyanmalısın."

Gözlerim belli belirsiz aralandığında yatak odasındaydım. Sıraç'la uyuduğum odamda. Fakat bir farklılık vardı, bana sarılı olan kollar Sıraç'a ait değildi. Bu genzimi yakan tıraş kolonyası kokusunu hatırlıyordum.

"Küçük, uyandın mı?" Ve bu sesi de.

Kafamı yavaşça kaldırıp beni saran kolların sahibine baktığımda bir kez daha Şafak ile burun buruna geldim. Beni öldürmeye çalışan, yaralayan, kaçıran manyakla. Gözlerim dehşetle açılırken tüm gücümle çığlık atacaktım ki iri elleri ağzımın üzerine kapandı ve çığlığımı geri yutmamı sağladı. "Bağırma, sana zarar vermeyeceğim,"

Korkudan tir tir titreyen vücudumun yanı sıra kalbim kapakçıklarını kapatmış, ürkek gözlerle Şafak'ı izliyordu. Neden bu yataktaydık ve neden Şafak bana sarılıyordu?

"Bak, çok kısa bir zamanım var. O yüzden aceleci davranmam gerekiyor," dedi ve elini yavaşça ağzımın üzerinden çekip yataktan doğruldu. "Ben özür dilerim." Sağ elini kaldırıp avucunun içine baktı. "Sana zarar verdiğim için özür dilerim küçük,"

İçim hâlâ aynı korkuyla sarsılırken, gözlerimi onun üzerinde gezdirmeye devam ettim. Nefesimi tutmuş, öylece onu izliyordum. Korku beni ele geçirmişti. Şu an ihtiyacım olan tek kişi Sıraç'tı.

"Benden korkuyor musun?" diye sordu ve elini bana doğru uzattı. Elinin bana yaklaştığını görünce ürkeklik bir tavırla kendimi geri çektim ve korku dolu gözlerimi onun koyu yeşil gözlerine diktim.

"Korkuyorsun." Eli yavaşça aşağı inip benden uzaklaştı.

"Burada ne arıyorsun? Canına mı susadın?" diye sordum, sesim titriyordu fakat buna engel olmak adına bir şey yaptığımda söylenemezdi.

"Karayel ve yandaşları beni yanlış yerlerde araya dursunlar ben de küçüğümü göreyim, dedim," dedi, sesi sertti fakat yeşil bakışlar için aynısını söyleyemezdim.

"Anlamadım?" diye sordum, hâlâ temkinliydim. Bu adam tarafından vurulmuştum ve bu adam elini kolunu sallayarak bu eve girmişti. Hani bu mahallede bulunmamız imkânsızdı?

"Seni görebilmek adına Karayel ve tayfasını yanılttım. Bu biraz zordu fakat başardım." Koyu yeşil gözlerini üzerime dikmeye, bana keskin delici bakışlar atmaya devam etti.

"Neden?" diye sordum, bakışlarım hâlâ temkinliydi. "Neden beni görebilmek için böyle bir şey yaptın?"

Şafak, yeşil gözlerine yumuşak bir ifade ekledikten sonra, "Sana zarar verdim, küçük. Üstelik bunu yapmak istememiştim, benden bağımsız bir şekilde gelişti bu. Günlerdir seni görebilmek adına planlar kurdum. Birkaç planımda başarısız olsam da nihayet başardım. Benimle ilgili bilgi sahibi olabileceklerini ve benim olduğum yeri bulabileceklerini zannediyorlar. Bak, şu an buradayım, tam olarak senin yanında ve onlar bundan bihaber beni arıyorlar."

"Şafak, neden buradasın? Sıraç seni bulursa kesinlikle öldürecek, git," diye sızlandım. Gözlerim yavaş yavaş okyanuslarını topluyordu. Sanırım cidden ağlayacaktım. Beni vuran, Sıraç'tan nefret eden bir adamla aynı odadaydım, üstelik bu odada Sıraç'la uyuyordum.

"Beni öldürmesini istemiyor musun?" diye sordu, yeşil gözler yüzümü incelerken odanın içinde volta atmaya başladı. "Ben senin canını yakmışken sen benim ölmemi istemiyor musun?"

İstediğim tek şey Sıraç'ın elinin kana bulanmamasıydı.

"Kimsenin canı yansın istemiyorum, seninle alakası yok. Git lütfen," dedim, sesimi sakin tutmaya çalışsam da telaşım gün gibi ortadaydı.

Yeşil gözleri beni kısaca inceledikten hemen sonra başını iki yana salladı ve keskin bakışlarını üzerimde gezdirdi. "Sen gerçekten değişik bir kızsın, küçük,"

Telefonumun zil sesi yükseldi. Telefonum aşağıda olmasına rağmen yatak odasından duyuluyordu sesi. Bir anda duvarlarda yankı bulan melodi yüzünden gerilsek de kimin aradığını az çok ikimiz de fark etmiştik.

"Şafak, gitmelisin," dedim telaşla. Kesinlikle Şafak'tan ölesiye korkuyordum fakat Sıraç'ın ona zarar verip kan kokmasını istemiyordum.

"Gideceğim, küçük. Endişelenme," dedi Şafak son derece rahat bir ses tonuyla. Bu rahatlığı beni ölesiye rahatsız ederken, yapabildiğim tek şey korku dolu gözlerimle etrafı taramak oldu. Ve Şafak hiç ummadığım bir şey yaptı. Yatak odasının camını açtı, ardından aşağıya göz gezdirdi. Ne yaptığını anlamaya çalışırken, bir anda ayağını pencerenin dışına doğru atınca korkuyla irkildim. Ne yapıyordu bu herif? İkinci kattaydık, bunun bilincinde miydi?

"Ne yapıyorsun?" dedim yüksek sesle.

Omzunun üzerinden bana baktıktan hemen sonra aşağıyı işaret etti ve, "Kısa yoldan gidiyorum," dedi alçak sesle. Bir an cidden şaka yapıyor olup olmadığını sorguladım fakat o şaka yapacak bir tipe benzemiyordu.

"Oradan düşersen ölmesen bile en azından bir iki kemiğini kırarsın," dedim temkinli bir ses tonuyla. Üstelik telefonum ikinci kez yüksek bir melodiyle çalmaya başlamıştı.

"Emin ol daha yüksek yerlerden atladım," dedi Şafak ve diğer ayağını da dışarı çıkarttı. Ardından tam atlayacaktı ki bir kez daha bana doğru döndü. "Bana ne yaptın, küçük?" diye mırıldandıktan hemen sonra kendini boşluğa bıraktı. Kalbim korkuyla gümbürderken pencereye doğru koştum ve aşağıya baktım. Tıpkı bir kedi gibi başarıyla atlamış ve hızla koşarak gözden kaybolmuştu. Cidden buradan atlamıştı öyle mi? Korku bedenimde ardı arkası kesilmeyen bir şekilde ateşleniyor ve içimdeki havai fişeklerin hızlı bir şekilde patlamasına sebep oluyordu. Az önce beni vuran adam ile birlikteydim ve onunla konuşmuştum. Dahası kaçmasını sağlamıştım.

Duran, ardından ısrarla tekrar çalmaya başlayan telefonuma erişmeliydim fakat bacaklarımda derman yoktu. Şu an hissettiğim duygu yoğunluğunun hiçbir dilde açıklaması yoktu. Olayın hemen ardından kendimi toparlayabildikten kısa bir süre sonra ahşap merdivenleri inebilmiş ve Sıraç'ın attığı birkaç mesaj, dokuz cevapsız arama ile burun buruna gelmiştim. Normal şartlarda evi basması gerekiyorken, bunu yapmamıştı. Mesajları hızla okurken nefesimi tuttum, cidden olayın şokunu hâlâ en derinimde yaşıyordum. Ben bayılmış mıydım? Ne zaman bu kadar vakit geçmişti?

Kimden: Sıraç
Bana geç cevap vermeyi keser misin artık? (20.20)

Kimden: Sıraç
Mayıs, yine mi uyudun? (20.24)

Kimden: Sıraç
Her şey yolunda mı minik şeytan? (20.36)

Kimden: Sıraç
Mayıs, her şey yolunda mı miniğim? (20.40)

Kimden: Sıraç
Mayıs, kızmaya başladım. (20.44)

Kimden: Sıraç
Şu lanet telefonu sessize mi aldın? Neden açmıyorsun? (20.58)

Kimden: Sıraç
Dönüş yolundayım, umarım tüm bunların mantıklı bir açıklaman vardır. (21.08)

Kimden: Sıraç
Geldiğimde ölümlerden ölüm beğen, minik şeytan. (21.15)

Kimden: Sıraç
Lütfen uyuyakaldığını söyle Mayıs, korkuyorum. (21.25)

İrileşen gözleri ekrana ilgiyle bakmaya devam etti. Ve salonun kapısı çarpılarak açıldı, yine mi Şafak'tı? Korku dolu gözlerle bir anda kapıya doğru dönüp baktığımda, hemen karşımda duran nefes nefese kalmış Sıraç ile karşılaştım. Siyah gömleği ikinci bir deri gibi üzerine yapışmıştı, sanırım bunun sebebi teriydi. Düzensiz nefes alıp verişinden kaslı göğsü hızla inip kalkıyordu. Yangın mavisi gözler irislerini su yeşili ile harmanlarken irileşti.

"Mayıs!" diye haykırdı Sıraç ona çok ama çok yabancı gelen bir ses tonuyla. Bana doğru atılıp güçlü kollarını bedenime sardı. Kahve kokusu ile harmanlanmış terinin kokusu beni duygudan duyguya sürüklerken, onun kollarındayken can vermenin bile muhteşem olacağını düşündüm. Hızlı kalkıp inen göğsü benim göğsüme baskı yapıyordu. Korkudan mıdır bilinmez, kalbi öylesine hızlı atıyordu ki, bu kez benim kalbim göğsümün altından çıkmak ve onun göğsünün altına yerleşmek istedi. "Sıraç!" diye haykırdım ve burnumu onun kahve kokulu, terden nemlenmiş olan boynuna gömdüm. Kokusunu ciğerlerime doldurup içimin havasını şenlendiririrken, ondan ayrı olmanın ne kadar zor ve imkânsız olacağını düşündüm. Bu oyun bittiğinde onsuz ne yapacaktım?

"İyisin," diye mırıldandı, güçlü kollar beni daha sımsıkı sarıyorken bir an kaybolacağımı zannettim. Kaybolmamdan korkuyormuşçasına sıkıyordu narin bedenimi. Güçlü kolları arasında küçücük kalmış, onun boynundan gelen keskin kahve kokusu ile sarhoş oluyordum. "İyisin, şükürler olsun. İyisin!"

Sesi yüreğimin derinlerinde saklanan küçük kız çocuğunun dalgalı saçlarını okşarken, onun tam olarak benim için yaratılan diğer yapboz parçası olduğunu fark ettim. "İyiyim," dedim, hıçkırığım boğazımı düğümlerken burnumu tamamen boynuna batırdım. Ter tabakası burnumun ucunun ıslanmasına sebep olurken, Sıraç'a birazdan buharlaşıp yok olacak yağmur tanesiymiş gibi sarılıyordum.

"Salak, sana o telefonu neden verdim ben?" diye bağırdı Sıraç, sesi sertti fakat dudaklarını öyle güzel bastırmıştı ki saçlarıma, bunu göz ardı ettim. Sarılışı büyüdü, ruhumu ruhunun içine hapsetti. Kolları kendi egemenliğini eline almışçasına beni sarıyorken, onun sesi sertti. Hiç olmadığı kadar sert fakat hiç olmadığı kadar da telaşlı...

"Özür dilerim," diye inlerken hıçkırığım dudaklarımın arasından sıyrılıp onun boynuna bulaştı. "Özür dilerim."

Dudaklarını saçlarıma bastırdı, şefkat dolu öpücükleri saç tellerimde can bulup saç tellerimin dahi titremesine neden olurken "Şşş," dedi kısık bir sesle. "Geçti, iyisin. Buradasın."

Boğazımda büyüyen hıçkırığı geri yuttum. O buradaydı, ben buradaydım; iyiydim, iyiydik. Buradaydık. Birlikteydik. "Sıraç," dedim güçsüz çıkan ses tonumla. Kollarımı daha sıkı sardım ona, o da aynı şekilde karşılık verdi. "Mayıs," diye mırıldandı.

Sarılmamız büyürken gözlerim benden bağımsız kapandı. Kokusu ciğerlerime nakşedilirken, ben de huzurla onun kollarında çözülüyordum. Buzdan kütle bedenimi yavaşça terk ediyor ve beni ona veriyordu. Sıraç Karayel, beni bir kez daha çekip kurtarıyordu saklandığım buz dağlarının ardından. Bir anda, göz göze dahi gelmeden beni kucakladı. Kucaklaması beni şaşırtmış olsa da hiçbir tepki vermedim ve burnumu tekrar boyun girintisine yerleştirip gözlerimi yavaşça araladım. Çenesinin kaskatı olduğunu görebiliyordum, bu açıdan görebildiğim tek şey güzel burnu ve kaskatı kesilmiş çenesiydi. Bunun dışında uzun kirpiklerini de görebiliyordum. Siyah, uzun kirpikleri...

Boynuna daha sıkı sarıldım ve ahşap merdivenleri tırmandık. Daha doğrusu ben onun kucağında ona sığınırken, o merdivenleri tırmandı ve nihayetinde yukarıya ulaştık. Ona bu konuyu anlatırsam ortalık karışacaktı ve bir yanım Şafak'ın şimdilik bir tehlike teşkil etmediğini fısıldıyordu. Belki de tehlikeden korktuğumdan sesimi çıkaramıyordum.

"Üç saatlik yolu bir saatte geldim. Seni salak, sakın bir daha o telefonu yanından ayırma," diye mırıldandı ve beni kucağından indirmeden banyonun kapısının kulpunu çevirdi. Kapı tok bir sesle açılırken vücudum tamamen gevşemişti. Şafak'ın yeşil gözleri kâbus gibi üzerime çöküyorken, Sıraç gelmiş ve yangının mavisiyle kâbusumu sonlandırmıştı. Banyoya girdikten hemen sonra beni yavaşça yere indirdi ve yüzümü avuçlarının arasına aldı. Avuçlarının arasına aldığı yüzümü yavaşça kendine doğru çevirdikten sonra görüş alanıma kemikli yüzü girdi. Yangın mavisi gözler bana büyük bir ilgi ve açlıkla bakarken, kasıklarımın alev aldığını hissettim. Bu yoğun bakışlar da neyin nesiydi böyle?

"Neden banyoya geldik?" diye sordum, ağlak çıkan sesime karşılık masum bakışlarımı ona gönderiyordum.

Yangın mavisi gözlerindeki derin anlam büyüdü. Beni etkisi altına alan bakışlar, vücudumun tir tir titremesine ve küçük sarsıntılar yaşamasına neden oluyordu. "Çünkü," dedi ve yanaklarımı kafesleyen avuçlarını biraz daha sıkıp yanaklarımı tamamen etkisi altına aldı. "Yüzünü yıkayacağız." Sinsi bir şekilde gülümsedi. Tamam, gözlerinin içindeki yoğun bakış bu sinsi gülümseyişe rağmen silinmemişti.

Başımı olumlu yönde aşağı yukarı salladıktan sonra gözlerimi kaldırarak Sıraç'a bakmaya devam ettim.

"Fesat seni, hastasın," dedi ve bir avucunu yanağımdan çekip işaret parmağıyla burnuma vurdu. Diğer avucu hâlâ yanağımda asılı duruyor, ara sıra yanağımı okşuyordu.

"Ne fesatlığı?" diye sordum saf saf. Burnuma bir kez daha aynı şekilde vurduktan sonra, "Benim minik kızım, öyle sinsisin ki," dedi, sesi boğuk çıkmıştı ve her nedense bu içimdeki arsızın yangınını körüklemişti. Ani bir hareketle ayak parmaklarımın üzerinde yükseldim ve Sıraç'ın çenesine bir öpücük kondurdum. Dudaklarımı bastırdığım çenesindeki sakal kırıntıları dudaklarıma batarken, ciddi anlamda bu his delicesine hoşuma gitmişti. Parmak uçlarımın üzerinden indikten sonra gözlerimi Sıraç'ın gözlerine çevirdim. Yangın mavisi gözlerin içindeki alevler beni lavdan kamçılarla talan ederken, renk gittikçe koyulaşmaya başladı. Birden uzanıp beni duvara yasladı. Yüzümdeki dudaklarım hariç tüm noktalarımı burnumu, gözlerimi, kaşlarımı, kirpiklerimi, çenemi öpücük yağmurlarına boğarken, ellerini saçlarımın arasında dolaştırıyordu. Uzun parmaklar saç tellerimi fethederken, ciddi anlamda saç tellerimin bile heyecanla titrediğini hissettim. Üzerime abanınca pürüzsüz seramikle kaplı duvarı sırtımda hissettim. Cidden soğuktu fakat bana işlemiyor gibiydi.

Tüm bedenim Karayel'in yangınına yenik düşmüş, yanıyordu. Seramiğin serinliğine inat Sıraç'ın ısısı beni bozguna uğratırken, Sıraç'ın bir eli saçımda gezinmeye devam etti fakat diğer eli yavaşça kalçama indi. Tam olarak bel kavisimde dolanan eli ara sıra kalçamı avuçlasa da, bir an olsun dudaklarıma yaklaşmıyor ve benimle öpüşmüyordu. Yüzümün dudaklarım haricindeki her noktasını büyük bir açlıkla öptü. Dudaklarının yüzümde bıraktığı ısı hissinin tarifi imkânsızdı, muazzamdı. Muazzamında üzerindeydi, nirvanaya ulaşmıştım. Çekinerek kollarımı omuzlarının üst kısmına yerleştirdim ve gözlerimi kısıp, kirpiklerimin arasından Sıraç'ı izlemeye başladım. Tam anlamıyla koyulaşmış olan gözler yüzümü dikkatle incelerken açlık kokan öpücükleri yüzüme kondurmaktan bir an olsun çekinmiyordu.

Omuzlarına koyduğum ellerimi kullanmam gerektiğini fark ettim. Avuçlarımı açıp omuzlarını avuçlayıp sıkmaya başladığımda, inanılmaz derecede haz verici bir ses tonuyla inledi. İnlerken başını geriye doğru atışı ise âdem elmasını görmeme sebep oldu. Boğazının en nadide köşesinde beliren âdem elmasını başını geri atmasını fırsat bilerek dudaklarımın arasına aldım. Bu hareketim onu son derece şaşırtırken, başını oynatmadan geride tutmaya devam etti. Dudaklarımı dolduran kavisli âdem elmasına dil darbeleri vuruyorken, ne yaptığımın kendim de farkında değildim. Bilincim kapanmış, her bir hücrem onu istiyor gibiydi.

Boğuk boğuk inlemeye başladı, banyonun yankı uyandıran seramik duvarlarına çarpan inilti sesleri kulağıma doluyor ve beynimi uyarıyordu. Âdem elmasının kavisinde dil darbelerimi çoğalttım ve ardından kavisli âdem elmasını dişlerimin arasına alıp yavaşça ısırdım. İşte buydu. İstediğim, günlerdir beklediğim şey belki de tam anlamıyla buydu. Boğazındaki kavise sahip olmak.

"Ah!" diye haykırdı boğuk ve ona yabancı sesiyle. Âdem elmasını dişlerimin arasından çıkartıp tekrar iki dudağımın arasına aldığımda kendini bana bastırdı ve varlığını hissetmemi sağladı. "Kes şunu, beni çıldırtıyorsun," diye homurdandı, başı hâlâ geride durmuş bana âdem elmasını sergiliyorken.

Cevap verme gereği bile duymadan, korku duygumu maziye gömerek âdem elmasından ayrıldım ve boynunun en ücra köşelerine öpücüklerimi kondurmaya devam ettim. Boynunu biraz daha açmak adına kafasını tam anlamıyla geriye attı. Bembeyaz boynunu öperken, bir yandan da dişlerimi geçirmek ve onun al kanının, bembeyaz boynundan süzülüşünü izlemek istiyordum.

"Mayıs," dedi inlemeyi andıran boğuk sesiyle Sıraç. Bu fazlasıyla tahrik içeren bir ses tonuydu. "Hastasın miniğim, lütfen kes şunu."

Ve sihirli sözcükleri duymuşçasına durdum. Durmuştum fakat dudaklarım hâlâ boynuna basılı bir şekilde duruyordu.

Düzensizleşen nefes alıp verişlerimiz banyonun duvarlarında yankı uyandırarak kulaklarımıza dolarken, ortamın daha da ısındığını fark ettim. Dudaklarımı usulca çektiğim boynuna tekrar burnumu dayadım ve boyun girintisine saklandım. Sıraç hâlâ nefes nefeseydi. Ardından başını yavaşça ileriye doğru indirdi ve çenesini saçlarıma yasladı. Seramik soğuk duvar ve sert, sıcak Sıraç arasında öylece durmuş, sakinleşmeye çalışıyordum.

"Gerçekten benden nefret mi ediyorsun Sıraç?" diye sordum burnum hâlâ boyun girintisindeyken. Ah, saklanıyordum. Yuvamda.

"Senden nefret ediyorum Mayıs," diye mırıldandı Sıraç, birkaç saniye önceye nazaran sesi daha az boğuk çıkmıştı.

Hayallerim ve heyecanım yüksek bir sesle içimde patladı ve kırıklıklarını etrafa saçtı. Benden nefret eden bir adamın boynunu mu emmiştim? Onu arzulamış ve istemiş miydim? Sorunum neydi benim? Onu seviyorum diye gururumu iki paralık ediyordum, farkında mıydım?

"Ama aynı zamanda *seni seviyorum* da."

9. KARARLAR

Ama aynı zamanda *seni seviyorum* da.

Kulaklarımın içinde patlayan ses kapsülleri büyük bir hızla beynime dağılmıştı. Beynim duvarcıklarına ihanet edercesine genişlerken, ağzıma dolan tuzlu, demirimsi kan tadı mideme ardı arkası kesilmeyen sinyaller yolluyordu. Vücudumun her hücresine kadar hissediyordum, art arda patlayan adrenalini. Adını koyamadığım bir şeydi bu. Sanki içim burkulmuş, tüm yara kremleri piyasadan kaldırılmıştı. İçimde muhakkak bir yer darmadağın olmuştu ki, konuşamıyordum.

Yutkundum. Gözlerim irileşmiş irislerini Sıraç'ın boynuna bırakmayı sürdürürken, şu an merak ettiğim tek şey Sıraç'ın yüz ifadesiydi. Sıraç'ın nefesi ile doldurduğu kaslı göğsü hızla, tuhaf bir muazzamlığı gözler önüne sererek kalkıp iniyordu. Nefesi taze bir şekilde saçlarımın arasından sıyrılıp saç diplerimden sızarak beynime nakşediyordu.

"Beni seviyor musun?" diye sordum yaklaşık beş dakika süren bir sessizliğin sonunda. Hissettiklerimin bir açıklaması olmadığı gibi, söyleyecek hiçbir şey de bulamıyordum. Dilim damağım kurumuş, bir çölün ortasında uzuvlarımı kaybetmiş gibi hissediyordum.

"Hıhı," dedi Sıraç, ılık nefes alnıma vurdu ve gözlerimi yavaşça yangın mavisine çevirdim. Tam şu anda bunun ne tür bir sevgi olduğunu merak ediyordum. Seni seviyorumun binlerce anlamı olabilirdi. Her seni seviyorum beklediğimiz duyguları yansıtacak değildi tabii ki. Ama yine de dilimin üzerinde oluşan yoğun çikolata tadına bir dur diyemiyordum. Karamelli çikolata tam olarak dilimin üzerinde eriyor ve yavaş yavaş içime akıyordu. Gözlerimiz birbirlerini bulduğunda yangın mavisi irislerinin görünmez kelimeleri üzerine nakşettiğine şahit oldum. Göz bebeklerinin içinde görünmez kelimeler bir bir çiziliyor, anlamam için gözlerimin içine yansıyordu.

Yangın mavisi gözlerinin içinde bana ait bir şeyler vardı. Bu bir çeşit intikam stratejisi olabilir miydi? Hadi ama, hangi intikam bu denli güzel bakabilirdi ki? Sıraç Karayel, yangın mavisi bakışları ile beni odak noktasına almış, yüzümün her bir zerresini müthiş bir mücevheri izliyormuş gibi tararken, kalbim göğsüm hariç tüm uzuvlarımda can bulmuş, gürültülü bir şekilde çarpıyordu.

"Sen?" diye sordu, beklenti dolu mavi bir rüyayı andıran gözleri beni incelemeye devam etti. Gözlerimde bir cevap arıyordu, sahi bu bir halüsinasyon değildi, değil mi? Beynimin bana oynadığı bir oyun olmamalıydı, bu bir halüsinasyona göre fazlasıyla güzel ve gerçekçiydi. Tamam, gerçek olamayacak kadar güzeldi. Tıpkı Karayel gibi. Sıraç Karayel gibi.

Benim onu sevip sevmediğimi mi soruyordu yani? Ne diyebilirdim ki? Ben ona çoktan abayı yakmıştım. Tamam, ne anlamda sevdiğini bilmiyordum fakat beni sevdiğini söylemişti. Ne anlamda olursa olsun, onun beni sevmesi bile benim mucizemdi. Gözlerimi onun gözlerinden kaçırdıktan hemen sonra alt dudağımı ısırdım. Yanaklarım kesinlikle alev alev yanıyordu. Yanaklarımdaki ısı beni ele geçirirken, ne söyleyeceğimi kendim bile bilmiyordum. Onun bir fikri olmadığından ise adım gibi emindim.

İşin açıkçası kendimle savaştığım kadar kimseyle savaşmıyordum. *Her anlamda.*

Sessizliğimden rahatsız olmuş olacak ki, uzun parmakları yanaklarıma yerleşti ve ona bakmam için zorladı. Parmaklarının yarattığı baskıya karşı koyamayan yüzüm, onun yüzüne doğru çevrildiğinde kalbimden akan sıcak su tüm bedenimi istila etmişti. Yağmalanıyordum bir çift yangın mavisi bakış tarafından.

"Sen," diye tekrarladı ve bakışlarını derinleştirdi. Mavinin içinde parçalanan yeşil cam parçaları üzerime sıçrarken bir kez daha yutkundum. "Benden sadece nefret mi ediyorsun?"

"Kim bilir?" diye mırıldandım ve gözlerimdeki ifadeyi daha da yumuşattım. "Peki, sen beni ne anlamda seviyorsun?" diye soruverdim.

Yasaklı bir soru sormuşum gibi irkildi ve bakışları donuklaştı. "Birçok anlamda." dedi, sesi sert fakat yalın çıkmıştı.

"Sıraç." Mırıldanır gibi çıkarttığım ses tonum, banyoda olduğumuzdan mıdır bilinmez, seramik duvarlarda yankıyla çağladı. "Kimle gülüyorsan ona ait olduğunu söylerler, biliyorsun değil mi?"

Neden böyle bir şey söyleme gereği duymuştum bilmiyordum ama bunu söyledikten hemen sonra vişne yediğimiz gün Sıraç ile karşılıklı attığımız kahkahalar gelmişti aklıma. Gülümsedi, gülümsemekten ziyade güldü. Gülümsemek basit kalırdı, bembeyaz dişlerini bana sundu. Bu onun sana aitim deme şekli olabilir miydi? Ellerini dizlerime attı ve beni ustalıkla kucakladı, bir anda onun kucağında bulduğum bedenim hâlâ aynı heyecan duygusu ile çarpılmaya devam ediyordu.

Banyoyu terk ettiğimizde, yüzümü yıkamak dışında her şeyi yaptığımızı fark etmiştim. Ama umursamadım. Tekrar onun boyun girintisine yerleştikten sonra onun kucağında olmanın verdiği inanılmaz huzur ile birlikte kokusunu içime doldurdum. Kahve kokusu tüm damarlarıma yerleşiyor ve mayısın kırıntılarını vücudumdan siliyordu. Ben artık Sıraç olmuştum.

Yatak odasına girdikten hemen sonra beni nazik bir şekilde yatağın üzerine bıraktı. Benden nefret ediyordu ama aynı zamanda beni seviyordu da. Üstündeki terli gömleğin düğmelerini ağır ağır açmaya başladığında, ciddi anlamda göğüs kafesimde bir baskı hissettim. Gömleğin son düğmesini açana dek gözlerimin içine derin bakışlar göndermekten geri kalmadı. Bu bakışlar alenen yangınımı körüklemek içindi. Biliyordum.

"Biliyor musun? Bazen bana öyle güzel bakıyorsun ki, senin küçük bir kız olduğunu önemsemeden seninle ilgili edepsiz hayaller kuruyorum," diye mırıldandı.

"Çünkü sen bir edepsizsin."

Sıraç çıplak vücudunu bana sergilerken, altındaki kot pantolonu çıkarmadan yatağa abandı ve bana iyice yaklaştı. "Bu telefon olayını unuttuğumu sanma, sana sıkı bir ceza vereceğim," dedi tatlı nefesi yüzümü yalarken, içten gelen yutkunma isteğimi geri yollamaya çalıştım.

"Ceza mı?" diye sordum gözlerimi kısmış onun bana yakın olan yüzünü izlerken.

"Evet." Ilık nefesini bir kez daha tenim ile buluşturdu. "İyileştiğinde cezanı vereceğim, minik şeytan."

Tatlı nefesi, baş döndürücü erkeksi kokusu, terden parıldayan göğsü ve Sıraç Karayel. Başımı döndürüyordu. Şafak olayını tamamen zihnimin her köşesinden temizleyebilmişti Sıraç'ın varlığı. Üstelik yaklaşık bir saat önce Şafak buradaydı, bu odada. Sıraç'ın terli göğsüne bastırdım, ince parmaklarımı. Parmaklarım terli göğsünün üzerinde onun kan akışını hissederken, bakışlarım onu buldu. Gözlerinin irislerindeki muhteşem mavi hızla koyulaşırken dudakları büyük bir arzuyla aralanmıştı.

"Nasıl bir ceza bu?" diye sordum, kısık çıkan sesime rağmen bakışlarım ondan ayrılmamış, daha da yoğunlaşmıştı. Petrol mavisine dönen yangınlarını yüzümde ardından da vücudumda gezdirdi. Üzerimdeki kıyafetleri yok sayan bir bakıştı bu. Sanki içimi görüyordu. Ama içimi görüyor olsaydı, ona âşık olduğumun farkında olurdu.

"Muayyen günün bittiğinde uygulamalı olarak gösteririm," dedi, nefesi alayla karışık şehvet kokuyordu. Koyulaşan göz renginin aksine, dudakları hiç olmadığı kadar pembeydi. Aralıklı olan dudaklara kayan gözlerime sövdüm, neden bu kadar dirençsizleşmiştim ki? Sıraç Karayel benim zaafım olabilir miydi? Üstelik söyledikleri nabzımın hızlanmasına sebep olurken, gözlerim de nabzımla doğru orantılı olarak irileşti.

"Edepsiz," diye tısladım ve gözlerimi abartılı bir şekilde devirip ondan ayırdım. Ama parmaklarım hâlâ terli göğsünde dolanıyordu. Derisinin altında dolaşan kanın parmaklarıma uyguladığı baskıyı en derinimde hissediyordum. Bu bile huzur sebebiydi.

"Edepsiz olan tarafımı henüz ne yazık ki göremedin, minik şeytanım." Sıraç üzerime doğru abanarak sırtüstü yatağa düşmeme sebep oldu. Kafam yastığın hemen altındaki düzlüğe yerleşirken, Sıraç da üzerimdeki yerini almıştı. Terli göğsü ince tişörtümün üzerine baskı uygularken yutkunma isteği ile dolup taştım. Fakat bu kez bu hormon dolu isteği bastırdım ve yutkunma isteğimi geri gönderdim.

"Kalk üzerimden," dedim dişlerimin arasından. Ama herhangi

bir atak da bulunup onu üzerimden itmeye çalışmadım. Öylece yatıyordum altında.

"Kalkmak istemiyorum," dedi, sesinde şehvet kol geziyordu. Yüzü yüzüme çok yakın bir noktada öylece duruyor ve altında duran beni çıldırtacak kadar muazzam bakışlarını bana yolluyordu. Ellerimi göğsüne yasladım ve itmekle itmemek arasında narin bir hareketle ona bastırdım parmaklarımı. Teri yavaş yavaş soğuyor ve bu daha dehşet verici bir hale sürükleniyordu. "Kalk," diye emrettim fakat gözlerim hiç de öyle söylemiyordu.

Bana tamamen yaklaştığında, "Kalk-" diye fısıldadı. "Mı-" Biraz daha yaklaştı. "Yo-" Ilık nefesini dudaklarımda hissetmeye başladım. "Rum." Pembe dudaklarını çenemin biraz üstüne, alt dudağımın hemen altındaki çukura bastırdı. Pembe etli dudaklar çenemin biraz üstündeki çukurda varlığını hissettirirken huzur ve heyecandan kararan gözlerim benden bağımsız kapandı. Bu bir çeşit teslimiyetti.

Sıraç Karayel'e teslim olma şeklimdi.

Dudakları bir süre çenemin üzerindeki çukurda asılı kaldı. Bu süre, bana bir asır gibi gelmiş olsa da, kalbime yetmiyordu. Kalbim arsız küçük bir çocuktan farksızdı. Her an daha fazlasını istiyordu.

Dudakları çeneme basılı bir şekilde duruyorken, "Sıraç," diye mırıldandım. Sesim ona nasıl ihtiyacım olduğunu belli eden bir tonda çıkmıştı. Artık sesim bile Sıraç gibi kokuyordu. Dudaklarını çenemin üzerindeki çukurdan çekmedi. "Hı?"

"Benden nefret ediyor musun?" diye mırıldandım, burnu dudaklarıma yakın bir yerdeydi ve dudakları baskısına kaldığı yerden devam ediyordu. Kapalı olan gözlerinin uzun kirpikleri usul usul yüzümü seviyordu.

"Hıhı," dedi tekrardan, dudaklarını çekmedi.

"Peki," diye mırıldandım ve bir elimi göğsünden çekip saçlarının arasına daldırdım. "Beni seviyor musun?"

"Hıhı," dedi tekrar ve dudaklarını yavaşça yukarı kaydırıp, çenemi kapatmam için midir bilinmez, dudaklarıma bastırdı. Öpüşmüyordu, hareket dahi etmiyordu. Yalnızca pembe çikolatalarını bastırıyor ve dudaklarındaki kan akışını hissetmemi sağlıyordu. Dudaklarını geri çektiğinde gözlerimin içine kısa ve derin bir bakış attı, hemen ardından üzerimden kalktı ve, "Duş alacağım, bana kıyafet çıkarır mısın?" diye sordu.

"Tamam," diye mırıldandım ve avuçlarımı yatağa bastırarak doğruldum. "Çıkarırım."

Yüzünde memnun kalmış bir ifadeyle bana baktıktan hemen sonra başını olumlu anlamda salladı ve, "Peki," diye mırıldandı. Hemen sonrasında çıkış kapısına doğru yürüdü.

"Havlu al istersen," diye seslendim.

"Havlum banyoda." Ve odadan çıktı.

Sıraç'ın yatak odasını terk etmesini fırsat bilerek hızlı bir şekilde yataktan kalktım ve yatak odasının kapısını kilitleyip üzerimdekilerden ve lanet hastalığın bana bıraktığı izlerden kurtulmak adına elbise dolabının önüne geçtim. Dolaptan kısa kırmızı penye bir şort çıkardıktan hemen sonra üzerime siyah askılı bir tişört çıkardım ve dizimin üzerinde biten siyah çorapları da çıkarıp yatağın üzerine attım. Üzerimdekilerden kurtulduktan sonra gereken değişikliği de yaptım ve yatağın üzerine attığım kıyafetleri giydim.

Saçıma da koca bir topuz yaptıktan sonra batırdığım şeyi bir poşete tıktım ve ağzını güzelce bağladım. Ardından hızla yatak odasını terk ettim ve poşeti çöp kutusunun dibine boylattım. Tekrar yatak odasına döndüğümde Sıraç için kıyafet çıkarmam gerektiğini hatırladım.

Siyah sporcu tişörtü ve siyah eşofmanı Sıraç için yatağın üzerine bıraktıktan hemen sonra siyah çorap ve siyah boxerı da çıkardım ve yatağın üzerine fırlattım. Çorap giymesi şarttı, çünkü ne zaman ayakları ayaklarıma temas etse buz gibiydi. Yani üşütmesini istemiyordum, onun hassas noktası ayakları olmalıydı. Isınmayan, güzel ayakları... Yatağa istiflediğim çamaşırları yok sayarak yerdeki kirli çamaşırlarımı da aldım ve yatak odasının kapısını tekrar açıp kendimi dışarı bıraktım. Şimdi sırada üzerimden çıkardığım kıyafetleri kirliliğe atmaktaydı fakat Sıraç banyodaydı.

Şey, ondan rica etsem kapıdan kolunu uzatarak kıyafetleri alır mıydı ki? Tüm kuvvetimi topladım ve banyonun kapısına doğru yürüdüm. Su sesi geliyordu ve bu karnımın içinin gıdıklanmasına sebep oluyordu. O su, onun vücudundan akıp gidiyordu. Bunu düşünmek bile baş döndürücüydü.

Banyonun kapısını tıklattım. "Sıraç?"

Su sesinin yankı uyandırdığı banyoda Sıraç'ın hızlı soluyan sesi duyuldu. "Efendim?"

"Bir bakar mısın?" diye sordum, kalbim büyük bir gümbürtüyle göğüs kafesimi pataklıyordu. *Ah, hayır.*

Yaklaşık bir dakika süren bir beklemenin sonunda kapı tok bir sesle açıldı ve gözlerimi sıkıca yumdum. "Hey, hey, hey! Elini uzatman yeterli, seni çıplak görmek istemiyorum," diye bağırdım. "Şu kıyafetleri kirliliğe atar mısın?" Gözlerim kapalı şekilde, elimde duran kıyafetleri ona doğru sallayarak uzattım.

"Gözlerini aç, odak noktanda değilim."

Gözlerimi yavaşça araladığımda söylediği gibi olduğunu fark ettim. Görünen tek şey, yüzü ve kollarıydı. Onun dışında tüm vücudunu kapının arkasına gizlemişti. Islak saçları, sıcak sudan mıdır bilinmez kızaran teni ve aralıklı dudaklarıyla bana bakıyordu. Hayır, kalp sağlığımdan şüpheliydim.

Elimde tuttuğum kıyafetleri alırken gözleri kısaca beni süzdü. Yangın mavisi gözleri bedenimde gezindikten hemen sonra gözlerimde durdu. Bakışları başımı döndürüyor, kanımı donduruyordu.

"Peki, teşekkürler," diye mırıldandım ve sırtımı ona döndüm. Tam bir adım atacaktım ki, kuvvetli eli bileğimi kavradı ve beni kendisine doğru çekti. "Ne yapıyorsun?" diye bağırdım dehşet içinde, vücudunu göremiyordum fakat nefesini net bir şekilde hissedecek kadar yakınındaydım. Üstelik sırtım ona dönüktü.

"Çok utanıyorsun, minik. Bu hoşuma gitmiyor," diye mırıldandı. "Hele bir iyileş, yeneceğiz o utangaçlığını." Kolumu yavaşça itip ondan uzaklaşmamı sağladı.

Omzumun üzerinden göz ucuyla ona baktıktan hemen sonra, "Geri zekâlı!" diye bağırdım ve hızlı adımlarla banyonun kapısından uzaklaştım.

"Ben de seni," diye seslendi arkamdan.

Yatak odasına girdiğimde, hızla çarpan kalbime elimi koydum ve sakinleşmek adına kapattığım yatak odası kapısına sırtımı yasladım. Bir süre öylece durup kendimi kontrol altına almaya çalıştım. Nitekim başarmıştım da. Birkaç dakikanın sonunda kendimi yatağa attım ve gözlerimi tavana diktim. Uzandığım yer pamuktan bir bulut haline gelirken midem kasıldı. Cümleleri saç diplerimi öpüyor, kalbimi kucaklıyordu. Durmadan yankılandı, cümlesi. Yankılar beynimde can buldu, heyecandan mıdır bilinmez kusma isteği ile dolmuştum.

Gülüşünde can bulduğum, ben de seni seviyorum. Ama her seni seviyorum aynı kapıya çıkmıyor.

Yatak odasının kapısı duvarlarda tok bir sesin yankılanmasına sebep oldu, usulca açıldı. Gözlerim kapıya çevrildiğinde belinde eğreti bir şekilde duran beyaz havlu, göğsünden aşağı yol yapan su damlacıkları ve ıslak siyah saçları ile Sıraç tam karşımda duruyordu. Bu manzara kanımın alev almasına sebep olurken, gözlerimi ondan ayırmaya çalıştım. Elbette bu hiç kolay değildi. Cidden o benim kanımı bile tutuşturuyordu gözlerindeki yangınla.

Islak ayakları zeminde izler bırakırken bana doğru yürüdü. Tamam, bana doğru değildi. Kıyafetleri de üzerinde olduğum yataktaydı, bu yüzden bana doğru yaklaşıyordu. Belindeki havlu, ha düştü ha düşecek şekilde duruyorken yatağa doğru abandı ve ıslak eli önce benim göbeğimde gezdi ardından da hemen yan tarafımda duran kıyafetlerine ulaştı. Temas ettiği yer akarken taşlaşmış lav gibi kaskatı kesilmiş, yanıyordu.

"Sana dokunduğumda çıldırıyorsun," diye fısıldadı alayla. "Değil mi?"

Kaşlarımı çatıp öfkeli bakışlarımı ona çevirdim. "Şimdi de egonu tatmin edebilmek için hayaller kurmaya mı başladın Karayel?"

Güldü fakat bu alay dolu bir gülücüktü. Ardından eli belinde duran beyaz havluya gitti. "Sakın!" diye bağırdım ve bir anda yataktan fırlayıp çıkış kapısına koştum.

"Dur," dedi emreden bir tonla. Sihirli sözcüğü duymuşçasına olduğum yerde çakılı kaldım fakat dönüp onun yüzüne bakamadım. Derdi neydi? Önümde giyinecek değildi, değil mi? "Çıkmana gerek yok."

"Çıkmak istiyorum, sen giyin," dedim ürkek bir ses tonuyla.

"Mayıs," dedi diktatör bir sesle. "Çıkmanı istemiyorum, miniğim."

"Ama giyineceksin," dedim titrek bir sesle. Sesim aciz çıkıyordu.

"Senin önünde giyinebilirim, benden utanma." Bir el belime dolandı. Tam sırtımda onun bedeninin ısısını hissediyordum. Kalbimin hızlanmasına, nabzımın depar atmasına sebep olan bu yakınlık, mideme krampları ardı ardına sokup çıkartıyordu.

"Şimdi havluyu serbest bırakacağım," diye mırıldandı, sesi kulağımın yanında rüzgâr gibi eserken yutkundum.

"Hayır," diye direndim, gözlerimi sıkıca yumdum. Havlunun zemine düşüş sesi, ürpermeme neden oldu. "Evet," diye mırıldandı.

Çıplak vücudunu bana yasladı. Hayır, buna katlanamazdım. Vücudumun en derin, en dibinde kalan kaslar enfes bir şekilde kasıldı. Varlığı o kadar keskindi ki, gözlerimi hafifçe araladım ve kirpiklerimin arasından kapıya kısa bir bakış attım. Şu an bedeni bana yaslanmıştı. Benden uzun olduğu için olsa gerek, varlığını belimin kavisinde hissediyordum. Dahası, varlığının nabzını hissetmiştim.

"Sı-sıraç," diye mırıldandım titrek bir sesle. Bedenim bir bilinmezliğin içine yuvarlanmış, tutuşmuştum.

"Mayıs." Fısıltı şeklinde büyüyen sesine sardığı adım, kulaklarımda dua gibi çınlamıştı. Dudaklarını boynuma bastırıp çenesini omzuma yerleştirdi. "Benim minik kızım, o kadar güzelsin ki."

"Sıraç, kes şunu."

Belimdeki kavise biraz daha bastırdı kendini, içimdeki her şey sıkışırken ürkek gözlerimden dökülen ama dudaklarıma varamayan kelimeler göz çukurumdan aşağı düşüyordu. "Sıraç, yapma" dedim ürkek bir ses tonuyla. Hastaydım ve kasıklarımdaki baskı büyüyordu.

"Neden?"

"Sıraç, korkuyorum," dedim dehşet içinde. Bunlar bana çok uzak şeylerdi, değil bir erkeği çıplak görmek, onu tanımadan önce bir erkekle bu kadar sıkı fıkı olmamıştım bile. Ona dokunuyordum, beni öpmesine izin veriyordum ve o işin dozunu gittikçe arttırıyordu.

"Korkmuyorsun, kendine hâkim olamamaktan korkuyorsun." Keskin çıkan sesine dolanan şehvet pürüzlü bir dokuyla onu net bir şekilde hissetmemi sağlamıştı.

"Sıraç, hastayım," dedim baskısını yok saymak istercesine kendimi çekmeye çalışırken. Güçlü kollar göğüslerimin hemen altından beni sardı ve kendisine bastırdı.

"Bunu sorun etmem," diye mırıldandı. "Senden iğrenmem imkânsız."

Beynimden vurulmuşa dönmüştüm, ciddi anlamda büyük bir şok etkisiyle sarsılırken, "Ne saçmalıyorsun sen?" diye bağırdım ama vücudum hâlâ buzlarını çözememişti. Olduğum yere mühürlenmiş gibiydim.

"Mayıs," diye mırıldandı, ardından omzuma bir öpücük kondurdu. "Sen benimsin, bunu sana kanıtlamama izin ver."

"Sıraç, abarttın. Lütfen. Korkmaya başladım." Sesim titriyordu, öfkeden mi yoksa şaşkınlıktan mıydı bu?

"Peki," diye mırıldandı ve son kez kendini bana bastırdı. "Kaçabildiğin yere kadar kaç, zamanı geldiğinde bütün olacağız." Ve usulca geri çekildi.

"Rüyanda görürsün." diye mırıldandım. Sırtım hâlâ ona dönükken giyindiğini fark ettim fakat göz ucuyla bile bakmadım. Tamamen üzerini giyindikten sonra büyük bir gürültüyle kendini yatağa bıraktı.

"Hadi, gel yatağa." dedi.

Omzumun üzerinden ona baktığımda, rambo tişörtün bir adama nasıl bu kadar yakışabileceğini sorguladım. Neden böylesine güzeldi ki? Pıtı pıtı adımlarla uysal bir şekilde yatağa geldim ve yatağın üzerine oturdum. Gözlerimdeki şaşkın ifade hâlâ benimleydi ve onu tanıyordu.

"Korkma, sen istemediğin sürece sana dokunmayacağım," dedi düz bir sesle, sesinin aksine yangın mavisi bakışları sertti ve harelerinin içinde derimi sıyırıyordu.

Burnumu kırıştırdıktan sonra ona tehditkâr bir bakış attım. "İğrençsin." diye mırıldanıp kendimi yatağa bıraktım. Sırtımı ona döndükten sonra çarşafı üzerime çektim ve hemen dibimde duran komodini izlemeye başladım. Arkamda dümdüz yatıyordu. Bir süre sessizlik hâkim oldu odada. Ardından bana doğru döndü ve biraz yaklaşıp elini belime doladı. "Hiçbir şey ifade etmiyor mu?" diye sordu, ses tonunda merak vardı. Ne demek istediğini elbette anlayamamıştım. Kendimi biraz geri çektim fakat ona dönmedim.

"Ne?" diye sordum.

"Banyoda söylediklerim." Sesi ifadesizdi fakat merakı nefesinden okunuyordu. Elini belimde gezdirdikten hemen sonra omuzuma çıkardı ve parmaklarıyla omuzumu ürpertmeye başladı. "Hiçbir anlamı yok mu?"

Gözlerimi hızlı bir şekilde kırpıştırdıktan sonra mideme giren krampları önemsemeden, "Benden nefret ettiğini fakat aynı zamanda beni sevdiğini söyledin. Her insan, her insanı sevebilir. En azından kendimi sevdirebilmişim, ne mutlu bana," diye mırıldandım. Kalbim bambaşka bir dilde konuşuyordu. Kalbim mutluydu. Fakat bu sevgi benim istediğim sevgiden değildi, biliyordum.

"Senin kafan almıyor," dedi sert bir ses tonuyla ve hemen ardından müthiş bir hızla elini omuzumun üzerinden çekti, sırtını döndüğünü hissettim.

"Doğru," diye mırıldandım ve gözlerimi yumdum. "Bir süredir kafam bir adam dışında her şeyi reddediyor."

Küçük bir sessizlik oldu.

"Seni seviyorum," dedi. Sesi, içimi okşamıştı.

"Ama benden nefret de ediyorsun."

"Evet, nefret ede ede seviyorum."

Bu kez her nedense söylediği kalbimin kapakçıklarını öptü. Yavaşça ona doğru döndüm ve yatakta kayarak ona yaklaştım. Ardından kollarımı onun beline doladım ve başımı kudretli sırtına yasladım. "Kendimi sevdirebildiğim için, mutluyum," diye mırıldandım ve sırtındaki erkeksi kokuyu içime çektim.

"Mayıs?" dedi Sıraç sorarcasına.

"Hı?" diye mırıldandım gözlerim yavaş yavaş kapanırken.

"Onu hâlâ seviyor musun?"

"Neden sordun?" diye sordum, burnumu sırtına iyice yasladıktan hemen sonra.

"Hiç," diye mırıldandı. "Eğer seviyorsan öldüreceğim de onu."

Bir an kıkırdamak istedim fakat yapamadım. Kursağımda kalmıştı sanırım. Birisini öldürdüğünü düşünmek bile kanımı donduruyordu. O kan değil, kahve kokmalıydı.

"Bu konu hakkında konuşmak istemiyorum Sıraç." diye mırıldandım ve kolumu ona daha sıkı bir şekilde sardım. "Sadece uyusak?"

Cıkladı. Hemen sonrasında derince bir nefesi ciğerlerine doldurdu ve huzurumun kapılarını ardına kadar araladı. "Onu sevmeni istemiyorum." Küçük bir çocuk gibi çıkmıştı sesi.

"Niye ki?" diye sordum.

"İstemiyorum işte." Bir süre sessizce bekledi, bekleyişinin açtığı çukura doldurduklarımı izlerken, kalbim göğsüme arsız tekmeler savuruyordu. "Benden başka hiç kimseyi sevme, istemiyorum. Beni seviyor musun?"

Kalp çarpıntım çekilmez bir raddeye gelirken yutkundum. Gözlerim irileşmişti fakat elbette o bunu görememişti. "Şey," diye mırıldandım. Gözlerim odağını kaybetmiş gibi etrafa bakarken ciddi anlamda titriyordum. Titrediğimi fark etmezdi umarım.

"Seviyor musun?" diye sordu tekrar. "Beni?"

Tekrar yutkundum ve burnumu sırtına gömdüm. "Sevgili düşmanım, çok soru soruyorsun. Uykum var," diye mırıldandım.

"Sana zarar vermeyeceğim, söz veriyorum. Beni sever misin?"

Ah, hayır. Bu da nesi?

Sesi küçük bir çocuk edasıyla yükselmiş, kalbime buzdan hançerlerin saplanmasına neden olmuştu. Neden onu sevmemi istiyordu ki? Daha rahat intikam alabilmek için mi? Bazen Sıraç Karayel'i ciddi anlamda anlayamıyordum. Sessizliği üstümüze örttüm, soru işaretleri tavandan sarkmış, meraklı gözlerle beni izliyordu sanki. Ona bir şey diyemiyordum. Âşık olduğumu, onun için deliye döndüğümü söyleyecek olursam işler değişebilirdi.

"Peki," diye mırıldandı Sıraç. Sesi sakindi fakat her nedense huzursuz olmama neden olmuştu. "İyi uykular minik şeytan."

"İyi uykular Karayel."

∞

Sabah uyandığım da ne yazık ki Sıraç'ı yanımda bulamadım. Çoktan giyinmiş ve odadan ayrılmıştı. Onun yokluğu omuzlarıma ağır bir şekilde düşerken esnedim ve yataktan kalktım. Bugün kanamamın üçüncü günüydü ve geriye kalıyordu iki gün. Bunun dışında bugün ayın on beşiydi. Reşit olmama yalnızca üç gün kalmıştı. Komodinin üzerinde telefonumu görünce şaşırdım, gece salonda kaldığını zannediyordum. Sanırım bu Karayel'in işiydi. Avuçlarımın içini yatağa dayadım ve doğruldum. Etrafa şapşal bakışlarımı atarken telefonum titredi. Burnumu kırıştırıp kaşlarımı çattıktan sonra komodine doğru uzandım ve telefonu elime aldım.

Kimden: Sılay

Seni çok özledim, gerçekten. Yanına geleceğim günü iple çekiyorum. Bu arada, ağabeyim sana kötü davranmıyor değil mi? (10.12)

Kime: Sılay

Ben de seni çok özledim, gerçekten. Dört gözle seni bekliyorum, gel artık! Bu arada, geçen sefer bana ne söyleyecektin? Cidden çok merak ediyorum. (10.13)

Yataktan kalktıktan hemen sonra telefonu yatağın üzerine bıraktım ve malum gün paketini kaptığım gibi banyoya gittim. Banyoya girdiğimde banyonun hâlâ ıslak olmasından anladığım kadarıyla Sıraç Karayel evi henüz yeni terk etmişti. Sıraç'ın bıraktığı ıslaklığı koklarken, kullandığı duş jelinin kokusundan mıdır bilinmez mayışmıştım. Hızla yüzümü yıkadıktan sonra dişlerimi fırçaladım ve üstümü değiştirdim. Ardından ilaçlarımı içmek için mutfağa indim. İlaçları aç karnında içmem gerektiğinden hiçbir şey yiyemeden suyu bardağa doldurdum ve devasa büyüklükteki iki hapı tek seferde ağzıma atıp suyu fondipledim. Ah, ilaç içmekten cidden nefret ediyordum. Üstelik ağrım sızım yoktu, artık içmeme gerekte yoktu. Dikişlerim erimişti, alınmasına gerek kalmamıştı, sırtımda iz var mıydı bilmiyordum ama acıdan eser yoktu. Tekrar ağır adımlarla salona, oradan da ahşap merdivenleri tırmanarak yatak odasına döndüm. Yatağın üzerine oturduktan hemen sonra telefonu elime aldım ve Sılay'dan gelen mesajı açtım.

Kimden: Sılay
Ne söyleyeceğimi unuttum. (10.15)

Neden buna inanmak istemiyordum? Önemli olduğunu öne sürdüğü hiçbir şeyi unutacak bir kız değildi Sılay.

Kime: Sılay
İnanmış gibi yapacağım. (10.28)

Telefonu tekrar yatağın üzerine bırakıp kıyafet dolabının önüne geçtim. Dolabı açtıktan hemen sonra bol, önünde çizgi film karakteri baskısı olan beyaz bir tişörtü aldım ve altına da siyah bir tayt çıkarttım. Üzerimdeki kısa şort ve askılı tişörtten kurtulduktan hemen sonra beyaz iç çamaşırımı ve tişörtü üstüme, taytı da altıma geçirdim. Uzun çoraplarımı çıkarttıktan hemen sonra aseton ile pamuğu elime aldım ve soyulmuş ojelerimi temizlemeye başladım. Ojeleri tamamen temizledikten sonra tırnaklarımı rahat bıraktım ve telefonu kontrol ettim. Bildirim ya da mesaj yoktu. Sılay Hanım kaçıyor muydu, yoksa bana mı öyle geliyordu?

Saçlarımı taradıktan sonra bol bir şekilde ördüm ve yatağı toplayıp çarşafları değiştirdim. Beyaz pamuklu nevresim takımı yerini saten kırık beyaz bir nevresim takımına bırakırken, son kez eserime baktım. Cidden iş konusunda iyiydim. Tamam, bunlar hep Durkadın Sultan'ın meşakkatli ev hanımı olma derslerinde öğrendiğim şeylerdi. Ardından odanın penceresini açtım ve içeriye temiz hava girmesini sağladım. Oda havalanırken, bir şeyler yemem gerektiğini düşündüm ve hızla yatak odasından çıkıp atlaya zıplaya ahşap merdivenlerden indim. Salona küçük bir göz attıktan sonra mutfağa geçtim ve karamelli mısır gevreği ile sütü önüme alıp keyfime baktım. Yeme içme işimi bitirdikten sonra sırtımdaki dikiş yarasının sancısının geçmesini fırsat bilerek salonu ve mutfağı bir güzel temizlemiştim. Ardından büyük bir hızla yatak odasına gitmiş, telefonumu almış ve tekrar salona inmiştim.

Üçlü koltuğa oturduğumda telefonumda beni bekleyen mesajlar vardı.

Kimden: Sıraç
Uyandın mı, minik? (10.50)

Kimden: Sıraç
Hâlâ uyuyor musun, dana? (10.55)

Kimden: Sıraç
Uyandığında mesaj at. (10.57)

Kimden: Sıraç
Seni mesaj yoluyla taciz etmemi istemiyorsan bana cevap ver. (11.10)
Kimden: Sıraç
Pekâlâ, bunu sen istedin. (11.13)

Kimden: Sıraç
Sutyen giymediğin zamanlarda sütünü sağmak istiyorum. (11.15)

Kimden: Sıraç
Masum hayallerim var, üstünde git gel yaptığım. (11.23)

Kimden: Sıraç
Kandırdım, kızarma. Senin benim üzerimde git gel yapmanı tercih ederim. (11.25)

Dehşet içinde okuduğum mesajlar tüm cinlerimi tepeme toplarken, sakinliğimi korumak adına derin bir nefes alarak başımı iki yana salladım. Bu adama akıl sır ermiyordu, bir ânı bir ânına kesinlikle uymadığı gibi sapığın önde gideni olduğuna da kalıbımı basabilirdim.

Kime: Sıraç
Seni, yaşlı sapık! İş yapıyordum, telefon yatak odasındaydı. Tacizlerine bir son ver, yoksa bu gece salonda uyuyacaksın Karayel! (13.25)

Kimden: Sıraç
Hasta hasta sevişmiyorsun ama iş yapıyorsun, öyle mi? (13.27)

Kimden: Sıraç
Ayrıca, unut bunu. Senin olmadığın hiçbir yerde uyumayacağım. Ama eğer bana katılırsan, salonda uyuma fikrine sıcak bakabilirim. (13.29)

Yutkundum, neden bu kadar tatlı olmak zorundaydı ki? Daha bir iki ay öncesine kadar bana bir sürüngenmişim gibi davranıyordu.

Kime: Sıraç
Seninle sevişmek zorunda değilim Karayel. Kes şunu, çok arsızsın. (13.32)
Kimden: Sıraç
Benimle sevişeceksin Karamaça. Zorunda olduğun için değil, istediğin için. Ayrıca kesinlikle arsız değilim, sadece çok ateşliyim. (13.34)

Kime: Sıraç
Kendine çok fazla güveniyorsun Karayel. Ayrıca kesinlikle arsızsın. (13.36)

Kimden: Sıraç
Kendime güvendiğim için şanslıyım. Her insan kendine güvenemez neticede, değil mi? Ayrıca, ateşli olduğumu sana kanıtlayabilirim Karamaça. (13.38)

Kime: Sıraç
Neredesin? (13.40)

Kimden: Sıraç
Ah, çok sevgili karıcığım kocasını merak mı etti yoksa? Korkma, seni aldatmıyorum. (13.41)

Kime: Sıraç
Şu oyunu yalnızken oynamak zorunda değiliz, kes şunu. Midemi bulandırıyorsun. (13.44)

Kimden: Sıraç
Seni hain kadın! Bu gece ayaklarımı yıkayacaksın, kocacık çok kızdı! (13.46)

Kime: Sıraç
Rüyanda görürsün canım. Rüyanda. (13.52)

Kimden: Sıraç
Rüyamda neler görüyorum bir bilsen... (13.53)

Kime: Sıraç
İğrençsin. (13.55)

Kimden: Sıraç
Yala beni. (13.56)
Kime: Sıraç
Öğk! (13.58)

Kimden: Sıraç
Kırbaçla o zaman? (14.00)

Kime: Sıraç
Seve seve. (14.01)

Kimden: Sıraç
Bu beni heyecanlandırdı. (14.02)

Kime: Sıraç
Biliyor musun? Bazen çok tatlı olduğunu düşünüyorum. (14.05)
Kimden: Sıraç

Sonra? (14.06)

Kime: Sıraç
Geçiyor. (14.07)

Güldükten sonra başımı tekrar koltuğun yumuşak yastığına gömdüm ve düşünmeye başladım. Dün burada Şafak'ı görmeyi elbette beklemiyordum. Bu gerçekten beklenmedik bir olaydı. Ayrıca bunu Sıraç'a söylememiş olmam da ayrı bir olaydı tabii. Sıraç, son günlerde bana çok yumuşak davranıyordu. Sanırım bunun sebebi onun düşmanı tarafından vurulmuş olmamdı. Kim bilir, belki de sırf bu yüzden seni seviyorum gibi insani cümleler kullanıyordu.

Kimden: Sıraç
Sabırla, 'seni seviyorum' diyeceğin günü bekleyeceğim. (14.12)

Kalbime inen ikinci bir darbeyle göğüs kafesim kana bulanırken, ciğerlerime yetiremediğim nefesim karnımda asılı kaldı. Neden ona 'seni seviyorum' dememi istiyordu ki sanki?

Sıraç'ın o anlam veremediğim mesajına cevap vermemiştim, o da beni sıkmamak için olsa gerek ikinci bir mesaj atıp beni zorlamadı. Zil çaldığında temkinli adımlarla koridoru aştım ve çıkış kapısına yaklaştım. Kimdi bu? Şafak olamazdı, değil mi? Temkinli bakan gözlerimi bir an olsun yumuşatmadan kapıyı açtım ve kapının aralığından dışarıdaki insana baktım. Bu Savaş'tı. Savaş üzerinde siyah, dar bir gömlek ve altında koyu renkte bir kot pantolon ile karşımda öylece duruyordu. Elinde motorunun siyah kaskı vardı.

"Savaş?" dedim sorarcasına.

"Merhaba." dedi Savaş benim aksime dümdüz bir ses tonuyla.

"Merhaba." diye mırıldandım, onu içeriye davet etmem gerekiyordu fakat her nedense bundan korkuyordum. Şahsen Sıraç'ın katliamına kurban gitmek istemiyordum.

"Biraz konuşabilir miyiz?" diye sordu Savaş ve beklenti dolu siyah gözlerini gözlerime dikti.

"Tabii," diye mırıldandım istemeye istemeye. Ve kapıyı aralayıp, "Gel," dedim. İçeri girerken korku bedenimde elle tutulur bir hale dönüştü. Salona geçtiğimizde Savaş tekli koltuklardan bir tanesine oturdu ve etrafa kısaca bir göz attı. "Yaran nasıl oldu?" diye sordu, sesi dümdüz ve ifadesizdi.

"İyi," diye mırıldandım ve hemen karşısındaki üçlü koltuğa yerleştim. "Ne hakkında konuşacağız?"

Savaş elini ensesine götürüp ovaladıktan sonra sıkıntı dolu nefesini dışarı üfledi. "Şafak Uzar hakkında konuşacağız, dolunay surat."

Midem kasılırken, "Seni dinliyorum," dedim merakla. Savaş koltuğun üzerinde rahat bir şekilde oturduktan sonra siyah gözleri beni odağına aldı.

"Tehlike çanları çalıyor, dolunay surat. Hiçbir şey eskisi gibi olmayacak, artık buralar daha tehlikeli olmaya başladı. Tehlikenin ortasındasın ve seni bu tehlikeden Karayel bile koruyamaz. Şafak denen adam gerçekten çok güçlü, en az Mehmet Ali Karayel kadar güçlü. Eli kolu her yere ulaşabilen bir adam." Nefesini sıkıntıyla dışarı üfledi. "Bak, günlerdir o herif hakkında bir şeyler araştırıyorum ve hakkında bir dolu şey öğrendim. O gerçekten tekin değil ve Karayel ile bir alıp veremediği var. Haliyle hedefi de sen oldun, yani sana tekrardan zarar verebilir. Bunun dışında, dün Karayel ve Halim ile Fethiye dışına çıktık. Şafak'ın mekânlarından bir tanesini bastık ve adamlarını indirdik. Ama Şafak ile ilgili hiçbir bok öğrenemedik, adamın nerede olduğu bir sır resmen. Yani o şu an korkunç bir gölge, korkunç olduğu kadar da tehlikeli bir gölge. O yüzden senden tek bir şey isteyeceğim, dolunay surat."

İrileşen gözlerimi ondan saklama gereği dahi duymadan başımı aşağı yukarı olumlu şekilde salladım ve, "İste," diye soludum.

Savaş'ın siyah gözleri derinleşti. "Lütfen ölme." Sesi titremişti fakat bakışları zerre oynamadı, üstelik yüzü de hâlâ ifadesizdi.

"Bir gün hepimiz öleceğiz Savaş." dedim ve gözlerimi salonun ortasındaki siyah postta çevirdim. "Ne zaman öleceğini bilen var mı?"

Savaş sessizliğe gömüldü ve yutkundu. Yutkunuş sesi odada varlığını belli ederken "Bir adam yüzünden ölme demek istedim, dolunay surat."

"Savaş, bana dolunay surat demekten vazgeç. Lütfen," dedim tek nefeste. Cidden bu canımı yakmaya başlamıştı.

"Dolunay surat," dedi meydan okurcasına.

"Biliyorum," diye mırıldandım ve gözlerimi kaldırıp onun siyah gözlerine diktim. "Her şeyi."

Beklemediği bu şey karşısında gözleri iri iri açıldı, gözlerindeki geçmişin kuyusuna ışık tutulmuştu da o kuyuya sakladığı her şeyi önüme sermişti sanki. Kuyunun dibinde Savaş'ın kaybetmişliği vardı, karanlığına attığı tohumların boy verdiği simsiyah sarmaşıklar vardı. "Neyi biliyorsun dolunay surat?"

"Dolunay'ı."

Siyah gözler bir anda donakaldı. Şu an hiçbir yaşam fonksiyonu göstermiyordu. Karşımda heykelleşen beyaz tenli adama baktığımda gördüğüm tek şey acı oldu. Acı her yerdeydi. Acı, Savaş'ın her yerindeydi. Siyah gözlerinde, siyah kirpiklerinde, siyah kaşlarında, dümdüz bir çizgi halini alan dudaklarında, acıyla çarpılan bembeyaz yüzünde... Acı, Savaş'ı istila etmişti. Belki de Savaş'ın kendisi acıydı.

"Merve anlattı değil mi?" diye sordu siyah bakışlarını zemine düşürürken.

"Evet," diye mırıldandım. "Gerçekten üzüldüm."

"Üzülme." Gözlerini yavaşça kaldırıp beni odak noktasına aldı. "Seni ilk gördüğüm günü hatırlıyorum da..." dedi ve belli belirsiz tebessüm etti. "Kaskımın hemen altından bakmıştım ilk sana, yüzünü tam seçememiştim. Sonra kaskı çıkardım ve seni gördüm." Başını geriye doğru atıp tavana bakmaya başladı. "Yüzünü gördüğümden bu yana derin derin nefes alamıyorum gerçekten. Sırf içimde senden başka bir şey birikmesin diye."

Kalp atışlarım düzensiz bir şekilde hızlanırken, onun yüzüne yansıyan acı içimi parçaladı. "Gerçekten o kadar çok mu benziyorum ona?"

"Çok. Ama bunun sana olan ilgimle bir alakası yok, senin tuhaf bir kız olduğunu düşündüm. Gerçekten tuhaftın, tuhafsın. Belki de bu yüzden böyle içimdesin."

Sessizliğe gömüldüğümü fark ettiğinde derince bir nefesi ciğerlerine doldurdu. "Endişelenme, dolunay surat. Seni hiçbir şey için zorlamayacağım. Zaten bu herife âşık olduğunun da farkındayım. Yani sessizce sıramın gelmesini bekleyeceğim. Şimdilik hiçbir hamlede bulunmayacağım, adil oynayacağım."

Gözlerim irileşirken yutkundum. Açık açık bana olan ilgisini dile getiriyordu. "Yalnızca Dolunay'a benzediğim için böyle hissediyorsun. Bunun sen de farkındasın," diye mırıldandım. Kendimi buna inandırmak istiyordum. Körü körüne inanmam gereken şey buydu, bir başkasının bana olan ilgisi önüme çıksın istemiyordum. Gözümün görmemesi gerektiğini bildiğim halde gördüğü tek bir adam vardı şu an.

"Dolunay surat, ben yirmi üç yaşındayım. Aptal aşk oyunlarını oynayacak yaşı çoktan geçtiğimi düşünüyorum. Evet, onu sevdim. O da beni. Evet, ona benziyorsun ama bunun sana olan ilgimle bir alakası yok. Ben seni görmeden önce kalbi nasırlaşmış bir adamdım. Yalnızca ona benzediğin için sana ilgi duyduğumu düşünüyorsan yanılıyorsun demektir. Horozla kavga edişine şahit olduğum günden beri her gün biraz daha büyüdün. İçimde."

"Savaş, beni tanımıyorsun bile. Böyle şeyler söyleme, lütfen," dedim huzursuz bir ses tonuyla. Geriliyordum.

"Amacım seni etkilemek değil, dolunay surat. Biliyorum, istesem de bunu yapamam. Sen kolay bir kadın değilsin, ne istediğini biliyorsun ve o lanet olası herifi istiyorsun. Buna saygı duyacağım, çünkü ben de bana saygı duyulmasını isterdim. Kendime yapılmasını istemediğim hiçbir şeyi sana yapmayacağım,"

Sesi, ciddiyetini yansıtıyordu. "Peki," diye mırıldandım.

"Şimdi, dönelim esas konuya. Madem bu herifin yanında kalmaya bu kadar meraklısın, bundan sonra çok daha dikkatli olacaksın. Silah kullanmayı, araba sürmeyi, motor sürmeyi falan hepsini öğreneceksin. Dövüşmeyi de. Karayel'in kadını olmak kolay değil. Bazı bedelleri olacak. Halim ve ben elimizden geldiğince yanında olacağız ve öğrenmeni en kolaya indirmeye çalışacağız."

Resmiyet kokan sesinin yanı sıra söyledikleri beynimi bulandırmıştı. "Araba sürmek? Motor sürmek? Dövüşmek? Silah kullanmak?" diye sordum tek nefeste, bunlar bana uzak şeylerdi.

"Aynen," dedi Savaş onaylayan bir ses tonuyla. "Ve daha fazlası."

"Neden ki?" diye sordum ve burnumu kırıştırıp kaşlarımı çattım.

"Çünkü," dedi Savaş ve uzun parmaklarını siyah saçlarının arasından geçirdi. "Tehlike tam şu anda başlıyor. Tek düşman Şafak Uzar değil, düşman her yerde. Ve sen, malum kişinin kadınısın. En büyük avsın anlayacağın."

Sesi kısa bir an için ürkmeme sebep olsa da cidden boka battığımın farkındaydım. Resmen boka saplanmıştım. Cevap vermedim, bir süre sessizce bakıştık ve hızla ayağa kalkıp salonun çıkış kapısına yürüdü. "Şimdi gidiyorum, manyak erkeğinle uğraşmak istemiyorum. Ayrıca şu an için sahiplisin ve ben sahipli şeylere el uzatacak kadar şerefsiz değilim. Ankara bebesiyim, bana ait olmayan şeylere el uzatmam."

Şaşkınlığı harelerime mürekkep gibi yaymıştı, hayretler içerisinde ona bakmaya devam ederken salondan çıktı. Arkasından yürüdüm fakat yetişemedim, çoktan evden çıkmıştı bile. Her nedense Savaş Sonyürek tam da şu anda saygımı kazanmıştı.

∞

Tüm günümü Savaş'ın söylediklerini düşünerek geçirmiştim. Ayrıca silah kullanmak da neyin nesiydi? Diğerlerine bir ihtimal katlanabilirdim fakat silah... Bu karanlığa açılan anahtarı avuçlarımda tutmak gibiydi, tüm insanlığın korktuğu o karanlık kapıyı avucumdaki anahtarla ben açacaktım sanki. Böyle bir şeyi en başta ruhum kabullenmezken, avuçlarım nasıl kabullenecekti ki?

Kendime olan güvenimi topladıktan sonra mutfağa geçtim ve akşam için bir şeyler hazırladım. Saat 20.00 civarı sofra hazırdı ve Sıraç da gelmişti. İçeri girdiğinde suratı beş karıştı, bakışlarımı onun üzerinde gezdirirken, "Hoş geldin," diye mırıldandım beni yok sayarak salona geçen Sıraç'a. "Bir sorun mu var? Ne bu surat?"

Bakışları yavaşça beni bulduğunda gözlerinin içindeki dalgalanan alevden okyanusun nasıl kabardığını net bir şekilde görebilmiştim. "Sen beni öldüreceksin kızım. Yemin ediyorum ölümüm senin elinden olacak," dedi dişlerinin arasından.

Hayda, yine ne yapmıştım?

"Yine ne yapmışım Sıraç?" diye sordum, kaşlarım çatılmıştı.

"Daha ne yapacaksın lan?" diye bağırdı ve bir anda üzerime doğru yürüdü. Gözlerinden alevler saçıyordu. "Ben evde yokken eve erkek almak ne demek lan?" Daha da yaklaştı. Beni salonun kapısı ile kendi arasında sıkıştırdıktan sonra, "O Ankaralının burada ne işi vardı Mayıs?"

Yüzü yüzüme çok yakın bir yerde durmuş, gözlerimi tam olarak odağı altına alabilmek için bana doğru eğilmişti. Nereden biliyordu ki Savaş'ın buraya geldiğini? Ateş saçtığı gözleri bir cevap beklercesine gözlerimin içine bakmaya devam etti. Ona ruhsuz bir şekilde baktığımda ise delirdi ve omuzlarıma geçirdiği parmaklarını sertçe etime gömdü. "Sana diyorum lan, bana cevap ver!" Sesindeki öfkenin rüzgârı yüzüme vuruyorken, kalbim korkuyla kapakçıklarının arkasına saklandı.

"Senin yüzünden bana musallat olan herifler hakkında bilgi verdi bana. Dikkatli olmamı söyledi o kadar," dedim sert bir şekilde. Yüzümde zerre kas oynamamıştı. Kalbim kaynıyordu ama sesim sert bir rüzgârın indirdiği düz darbe gibi doğrudan onu hedef almış, Sıraç Karayel'i vururken zerre duraksamamıştı.

Sesimin rüzgârı duraksamadı ama Sıraç duraksadı ve gözlerindeki öfkenin yerini sakin bir ifade aldı. Parmakları gömülü olduğu etimden çıkarken, dudakları dümdüz bir çizgi şeklinde gerildi.

"Özür dilerim," dedi kuru bir ses tonuyla. "Seni tehlikeye attığım için, koruyamadığım için, böyle boktan bir şeyin içine çektiğim için." Sırtını dönüp ahşap merdivenlere doğru yürüdü.

"Orada kal!" diye emrettim. Adımlarını durdurup ahşap merdivenin başında durdu. Sırtı hâlâ bana dönüktü.

"Akşam yemeği hazırladım, sen olmadan yemeyeceğim." Sesim net çıkmıştı. Yutkundu, aynı anda ben de yutkundum. Sırtı hâlâ bana dönükken zerre hareket etmiyordu. "Ve Karayel," diye mırıldandım. "Adımın baş harfinin kazılı olduğu bebeği kullanmayı öğrenmek istiyorum,"

Yangın mavisi bakışlar beni bulduğunda, şaşkınlık yüzüne indirdiği fırça darbesiyle onu kendi rengine boyamıştı. "Ne?" Bakışlarına sinen şaşkınlık, masmavi harelerindeki yeşil damarları belirginleştirdi.

"Duydun," diye mırıldandım ve ona doğru keskin bir adım attım. "Karayel'in kadını olmaya karar verdim."

10. SİLAH

Tek bir oyuncağımı kaybetmek yeterdi, tüm insanlığa küsmeme Daha fazlasını kaybettim, şimdiden sonra ben de hazırdım. Ne pahasına olursa olsun, Sıraç Karayel'i kaybetmeyecektim.

Sıraç afallamış olan yangın mavisi gözlerini kırpıştırdıktan hemen sonra, "Anlamadım?" dedi, sesindeki tınıdan da anlaşıldığı kadarıyla cidden afallamıştı.

Bundan böyle çok konuşup hesap sormayacaktım. Koşulsuz şartsız bir şekilde şu an karşımda duran bu adamın yanında olacaktım. Nedeni? Nedeni yoktu. Nedeni olsaydı şu an burada olmazdım. Nedeni olmadığı için onunlaydım. Konu annemden sıyrılmış, benim meselem olmuştu. Çoktan.

"Dediğimi duydun," dedim buz gibi bir ses tonuyla. Kararlı gözlerimi kemikli yüzünde dolaştırırken, göz bebeklerimden sarkan acının neminin teninde iz bıraktığına emindim. "Berabersek her şeyi paylaşmak zorundayız. Acıyı bile."

Sıraç bir an için duraksadı ve yangın mavisi gözleri şaşkınlık ile karışık bir şekilde irileşti. Mavi irisleri yerini yavaş yavaş yeşile bırakırken, nefesi düzensizdi. Olduğu yerde heykelleşmiş bir şekilde, hareketsizce duruyordu.

"Mayıs," derken şaşkınlığını gizleyememişti. "Zorunda değilsin."

Zorundaydım. Sevdiğim adam için, kendim için, annem için. Büyümüştüm, büyüdüğümü kanıtlamak istiyordum. Derin bir nefesi ciğerlerimde buluşturduktan hemen sonra gözlerimi ruhsuz bir şekilde Sıraç'ın üzerinde gezdirdim. "Zorunda olup olmamam beni ilgilendirir Karayel. Şimdi elini yüzünü yıka ve sofraya gel." dedikten hemen sonra sırtımı ona döndüm ve salonu terk ettim. Arkamda öylece bana bakan şaşkın bakışlarının ağırlığını sırtımda hissetmiştim.

Yaklaşık on dakika mutfakta sofranın başında onu bekledim ve sonunda üzerine eşofmanlarını geçirmiş bir şekilde mutfak kapısında belirdi. Yüzünde damlacıklar halinde süzülen su, güzelliğini bir ayna gibi bana yansıtıyordu.

"Otur," dedim ve çenemle masanın diğer ucundaki boş sandalyeyi gösterdim. "Çok açım, beklemekten bir hâl oldum."

Şaşkın bir ifadeyle bana baktıktan hemen sonra kafasını olumlu yönde salladı ve karşımdaki boş sandalyeye oturdu. Yangın mavisi bakışlar hâlâ büyük bir şaşkınlıkla beni izliyordu.

Yemeğe başladığımda gözlerinin ağırlığını üzerimde hissedebiliyordum ama dikkate almamaya çalıştım.

"Ellerine sağlık," dedi Sıraç önündeki çorbadan bir kaşık aldıktan hemen sonra. "Mutfakta iyisin."

"Afiyet olsun," diye mırıldandım fakat gözlerim onu bulmadı. Benim aksime onun yangın mavisi gözleri hâlâ üzerimde dolanıyordu.

"Sıraç, kes şunu ve yemeğine odaklan," dedim gözlerimi kâsenin içindeki çorbadan ayırmadan.

"Seni izleyerek daha güzel doyuyorum," dedi ve elini kaşığı tutan elime uzatıp kaşığı çorbanın içine düşürmeme sebep oldu. "O orospu çocuğu sana ne söyledi bilmiyorum ama yemin ederim seni koruyacağım." Sesi beni inandırmak uğruna çabalıyormuş gibi çıktı. Gözlerim yavaşça kalktı ve onun yangın mavisi gözlerini buldu. Mavi lavlarını üzerime salan gözler, bu kez bana kucağını açmış ve inanç dileniyordu.

"Savaş'a orospu çocuğu demekten vazgeçtiğinde konuşalım Sıraç." Gözlerimi tekrar çorbama çevirip elimi onun avucunun içinden kurtardım.

"Tamam, demeyeceğim." dedi uysal bir ses tonuyla. "Ama sen de bana inanacaksın, ne pahasına olursa olsun seni koruyacağım."

Sessizliğe büründüm ve o da ısrarlarını bir kenara bırakıp sessizliğe gömüldü. Yemeğimizi bitirdikten hemen sonra onunla tek kelime etmeden bulaşıkları topladım ve yemek artıklarını sıyırıp, bulaşıkları yıkadım. Bulaşıkları yıkadığım süre zarfınca hemen arkamda oturmuş, sırtımı izlemişti.

∞

Sıkıntıdan mıdır bilinmez, yemekten sonra banyoya girdim ve kanamamın kesildiğini fark ettim. Bitmesine iki gün vardı fakat neden aniden kesilmişti ki? Bunu yok saymaya çalışarak ılık bir duş aldım ve temizlendim. Duşu aldıktan sonra banyoya kendim için astığım bornoza üzerime geçirdim ve banyodan çıktım. Yatak odasına girdiğimde Sıraç yatağın üzerinde öylece oturmuş beni bekliyordu. Kızardım fakat belli etmemeye çalıştım. Ona aldırmadan elbise dolabını açtığımda, sırtımdaki gözlerini hissedebiliyordum. Dolaptan askılı, siyah bir tişört, siyah fakat neredeyse dizime kadar uzanan penye bir şort, siyah iç çamaşırları çıkardıktan sonra Sıraç'ın önüne, yani yatağa fırlattım ve küçük el havlusunu alıp saçlarımı kurulamaya başladım.

Vücudumu örten tek şey bir bornozdu, normal şartlarda Sıraç'ı tekme tokat bu odadan çıkartmış olmam gerekirken bunu yapmamıştım. Kararlıydım, eski Mayıs geri dönmüştü, korkmayacaktım. Savaşacak ve gerekirse tam anlamıyla değişecektim. Korku artık düşüneceğim en son duyguydu.

"Ben çıkayım," dedi Sıraç boğuk bir ses tonuyla. Gözlerim onu bulmadan, sırtım hâlâ ona dönükken yanaklarımın iç tarafını dişledim.

"Gerek yok, burada kalabilirsin." Sesim kendinden emin çıkmıştı.

Kısa bir sessizliğin sonunda derinden gelen bir yutkunma sesi duydum. Tam vücudumdaki bornozu serbest bırakacaktım ki, Sıraç arkamdan sert bir şekilde bana sarıldı ve elini karnımın üzerine koyup, bornozu çıkarmamı engelledi.

"Yapma," diye fısıldadı kendisine bile yabancı olan bir ses tonuyla. "Lütfen, kendini zorlama."

Karnımda duran eli, cildime tam anlamıyla nüfuz etmese de karnım yanıyordu. "Neden?" diye sordum nefes nefese.

"Zorunda olduğun için yapmanı istemiyorum. Benim gibi istemeni istiyorum, üstelik hastasın ve önümde çıplak kalman evcil yanımı yok edecektir. Saldırganlaşabilirim Mayıs." Sesi kulağımın hemen yanında rüzgâr etkisi yaratırken yutkundum.

"Hım," diye mırıldanmakla yetindim. "Peki, çık o zaman. Ama şu an hasta değilim."

Bir an arkamdaki beden kaskatı kesildi, onun şaşkınlığının kokusunu dahi alabiliyordum. Tamam, bunu ben istemiştim.

"Bitmesine henüz iki gün yok muydu?" diye sordu, sesi hâlâ boğuk geliyordu.

Yanaklarımın alev aldığını hissetsem de soğukkanlılığımı kaybetmemek adına "Bu ay erken bitti," diye yanıtladım onu.

"Şey, o zaman kalabilirim?" diye sordu sesi ıslak saçlarımın arasından saç diplerime nüfuz ederken.

"Kaybol." Sesim net çıkmıştı. Her nedense ona böyle davranmak acayip hoşuma gitmişti. Hep o mu beni küçümseyecek ya da sinir edecekti sanki?

"İşin bittiğinde aşağı in, bu konu hakkında konuşacağız," dedi ve yavaşça çekilip beni serbest bıraktı, ardından da hızla odadan çıktı.

∞

"Konuşacağız minik şeytan." diye diretti Sıraç, yaklaşık iki buçuk saattir salondaki üçlü koltuğa hapsedilmiştim. Sıraç iki buçuk saattir aralıksız benimle konuşabilmek için üzerimde baskı kuruyordu.

"Hayır," diye mırıldandım ve kafamı iki yana salladım. "Konuşmayacağız, sevgili düşmanım."

"Konuşacağız, beni delirtme!" diye kükredi. "Neden erken bitti, bir sorun mu var?"

"Bir sorun falan yok Sıraç. Her kızda olabilecek bir şey bu," dedim bitkin sesle.

"Sen her kız değilsin, bir sorun yoktur değil mi?" diye sordu tekrardan. Gözlerinin içinde sinirle karışık telaş vardı. Bu hoşuma gitmişti.

"Seninle kanamam hakkında konuşmak istemiyorum Sıraç."

"Bir sorun yoktur değil mi?" diye tekrarladı sorusunu cevabımı yok sayarak.

"Allah'ım! Çattık ya."

Beni sertçe kendisine doğru çekti. "Bana terslenme, canını yakarım," dedi dişlerinin arasından.

"Daha fazla yakamazsın," diye fısıldadım.

Bir an afalladı ve beni serbest bıraktı. Gözlerimi aralayıp ona baktığımda şaşkınlık dolu bir ifadeyle bana bakıyor olduğunu gördüm. "Ben," dedi ve gözlerini kaçırdı, "Özür dilerim."

"Bana silah kullanmayı öğret," dedim dümdüz bir şekilde. "O zaman seni affederim."

Yangın mavisi gözler şaşkınlıkla parladı. Gözlerinin içindeki şaşkınlık denizi köpürüyor ve üzerime dalgalarını çarpıyordu. "Ne?"

"Duydun Karayel." Doğrudan yangın mavisi gözlerinin içine baktım. "Eğer öğretirsen özrünü kabul edeceğim. Ama öğretmezsen, seni affetmeyeceğim."

Bir an ayaklandı ve bir iki adım geriye gidip inanamaz gözlerle bana bakmaya başladı. "Ne dediğinin farkında mısın sen?" diye kükredi. Sesi korkutucuydu fakat yüzündeki şaşkınlık bunu bastırıyordu.

"Gayet tabii," dedim oldukça rahat bir şekilde fakat pek de rahat sayılmazdım.

Uzun ve güzel parmaklarını saçlarının arasına geçirdikten sonra kavisli kaşlarını çattı ve bana sert bir bakış attı. "Hayır, asla!" diye kükredi.

"Neden?" diye sordum gözlerinin içine derin fakat bir o kadar da bomboş bakarken. "Daha kolay ölmem için mi?"

Gözleri sinirle irileşti, öfkesi irislerinden taşıyor, beni boğuyordu. "Yine ne saçmalıyorsun?" diye bağırdı.

Ardından sırtını döndü ve ayaklarını yere vurarak televizyon masasının üzerinde duran küçük yunus balığı biblosunu aldı ve duvara savurup yüksek bir gürültüyle patlamasına sebep oldu.

Korkmuyordum, bu kez korkmayacaktım.

"Eğer cahil kalırsam öleceğim. Anlasana," dedim sesimin volümünü biraz arttırarak. "Annemin yanına sağ bir şekilde dönmek istiyorum Karayel."

Öfkeli bakışlar tekrar beni odağına aldı. Yangın mavisi gözlerinde gördüğüm duygu geçişlerinin sebebi ben miydim gerçekten? "Ölmeyeceksin Mayıs. Bu saçmalıkları senin aklına sokan o orospu çocuğu değil mi?"

"Orospu çocuğu demeyecektin hani?" diye sordum sakinliğimi koruyarak.

"Siktir oradan! Seni böyle dolduran o gavat, biliyorum. Sen ölmeyeceksin, buna asla izin vermeyeceğim!"

Kısa bir sessizlik yaşandı, bu sessizlik yüzümde bir ifadesizliği bıçakla oyup şekillendirirken bakışlarımı yere indirdim, onunla tartışmak istemiyordum.

"Babanı özlediğin zamanlar oluyor mu?" diye sordu bana bir anda. Bu soruyu beklemiyordum, şaşırmıştım. Babam...

"Özlemediğin zamanlar oluyor mu diye sorsaydın daha kolay cevap verirdim," diye mırıldanıp yanaklarımın iç tarafını dişledim. Bu zordu.

"Çok zor, değil mi?" diye sordu, sesindeki acı elle tutulur derecede yoğundu. Acı, hemen oradaydı. Sesinde.

"Evet," diye mırıldandım. "Öyle."

"Ani öfke çıkışları yaşadığımda çenem düşer hep, Halim hep şikâyet eder." dedi ve gözlerini devirdi. "Sen de sıkılacaksın, git uyu istersen."

"Sorun değil," diye fısıldadım. "Seni dinlerim, sıkıntı etme. Yeter ki gidip abuk subuk şeyler içme."

Bir süre sonra gözlerinin yavaş yavaş değişmeye başladığını fark ettim. Bakışları baygınlaşıyor, gözlerini sık sık kırpıştırıyordu. Gözlerini sık sık kırpıştırmasına rağmen bu hareketi öylesine ağırdı ki, izlerken uykum gelmişti.

"Mayıs," diye mırıldandı, ardından hemen gözlerini yumdu.

"Hı?"

"Çok güzelsin." Gözleri hâlâ kapalıydı.

Sessiz kaldım.

"Bazen sana öyle çok kızıyorum ki..." Sesi ürkütücü bir ciddiyet taşıyordu.

"Bana zarar vermelerini istemiyorsan silahı kullanmama izin ver. Birini vuracak değilim, yalnızca öğreneceğim."

Dişlerini sıkıp gözlerini yavaşça araladı. "Gerekirse gölge gibi arkanda dolaşırım, sana kimse zarar veremez," dedi sakin fakat kelimelerin üzerine basarak.

"Ama..." diye mırıldandım ve beklenti dolu gözlerle ona baktım. Gerçekten öğrenmek istiyordum.

"Ama senin elinde silah görmek istemiyorum Mayıs."

Gözlerimi yumdum ve olumlu anlamda kafamı salladım. "Şimdilik susuyorum Sıraç."

"Asma şu güzel yüzünü," dedi Sıraç kısık bir sesle. Yangın mavisi gözler üzerimde geziniyordu. "Gel bakayım," dedi ve elini dizinin üzerine vurdu.

Beni dizine mi çağırıyordu?

"Ha?" Kaşlarım hayretle havalandı. "Pardon?"

"Gel şöyle, biraz kokunu alayım," dedi tekrar dizine vurarak.

Ayağa kalktım ve ona doğru yürüdüm, tam önüne geldiğimde göz göze geldik, asırları önüme seren bakışmamız aslında birkaç saniyeyle sınırlıydı. Yangın mavisi gözler beni süzerken, bir yandan da içime işliyordu. Kendini.

Yüzüm ona dönük olacak şekilde dizine oturdum ve iki bacağımı koltuğun kollarına koydum. Küçük bir çocuk gibi oturuyordum. Bir süre gözlerimin içine baygın baygın baktı. Yüzlerimiz birbirine çok yakın değildi. Hatta yüzüm onun yüzünün üstündeydi ve ona yukarıdan bakıyordum. Yeşil ve mavinin kızgınca seviştiği gözlerinin içini öpmek istedim, ben hayatımda böyle göz görmedim.

"Ne güzel bakıyorsun sen öyle," dedi Sıraç, sesi kadife yumuşaklığında okşamıştı yüzümü.

"Bakarım ben," diye mırıldandım ve yanaklarını avuçlarımın arasına alıp sakal izlerini okşadım. Etime batan sakalları bile huzurdu yemin ederim.

Baygın bakışları yumuşadı, uzun kirpiklerinin arasından bana el sallayan yeşil ile mavi sanki onları öpmem için beni davet ediyorlardı.

Davetkâr gözlere sahipti, büyüleyiciydi.

"Bakma öyle..." Uzun parmaklarını saçlarıma daldırdı. Saçlarımı okşarken bir yandan da yanaklarıma düşen saç tellerini kulağımın arkasına itti. "...kâinata meydan okur gibi."

"Sen de bakma öyle o zaman," dedim ve kaşlarımı çatıp onun muazzam yüzünü inceledim. Avuçlarıma batan sakalları iyi hissettiriyordu. "Gökyüzüne meydan okur gibi."

Gözleri parıldadı, zaten parlak olan gözleri gecenin koynunu süsleyen yıldızları bile utandıracak kadar güzel parıldadı.

Dudakları tatlı bir gülümsemeyle yukarı doğru kıvrıldı, elini saçımdan indirip belime yerleştirdi. "Kalbini aç Mayıs. Kim olduğumu görmek istiyorum," dedi fısıltı dolu bir kadife güzelliğinde.

Kalbim kapakçıklarını üzerine çekerken korkuyla titredi. Açmamı istemiyordu, içini Sıraç'a göstermek istemiyordu. Kalbimin kapakçıkları kapanırken, Sıraç'ın içerideki yerinden midir bilinmez, kapaklar tam kapanmıyordu. Bir boşluk hep oradaydı.

"Peki ya kalbim zaten açıksa? Göremeyen sensen Sıraç?"

Gözleri irileşti, dizi her ne kadar kemikli olsa ve kalçamı acıtsa da onun kucağında oturuyor olmak beni mutlu ediyordu.

"Göster, ben körüm beni aydınlat," dedi aceleci bir ses tonuyla. Kıkırdadım, bazen gerçekten çocuklaşıyordu. "Gülüşün..." Elini yanağıma koyup parmağını gamzemin içine bastırdı. "...gözlerimin en sevdiği manzara."

"Bazen cidden, güzel şeyler söylüyorsun," diye mırıldandım, heyecanla. Kızaran yanaklarımı görmemesi için dua ediyordum, görürse farklı anlamlara yorabilirdi.

"Senin aynanım," dedi Sıraç ve dudaklarıma uzanmaya çalıştı. Ama onu durdurdum, yanaklarını sıkıca tutup yaklaşmasını engelledim.

"Senin aynanım," diye tekrarladı beklenti dolu gözlerle gözlerimin içine bakarken.

"Senin aynınım," dökülüverdi dudaklarımdan, avuçlarımda duran sakallı yüzünü kendime doğru çekip elmacık kemiğine bir buse kondurdum. Sıraç hiç beklemediği bu hareketim karşısında afallamış, kaskatı olmuş bir şekilde bana bakarken elmacık kemiğinin üzerine sinen kahve kokusunu içime doldurdum.

Öldürücü derecede muazzam kokuyordu. Sıraç Karayel, yaralamakla uğraşmıyordu. Direkt olarak öldürüyordu.

"Yangınım," diye mırıldandı Sıraç dudaklarım onun elmacık kemiğine buseler bırakıp burnum kokusunu içime doldururken.

"Mavim," diye fısıldadım ve elmacık kemiğine kirpiklerimi sürttüm. "Yangın mavim."

"Yangınımın mavisi," dedi ve kollarını belime sıkıca dolayıp beni kendisine çekti.

"Uyuşturucu yasak," diye fısıldadım, sesim elmacık kemiğine çarpmıştı. Ah, nasıl da güzeldi. "Konuşmak istediğinde ben varım, onlara gerek yok."

"Yasak," diye tekrarladı beni, burnunu boyun girintime sokup kokumu içine vakumladı. "İlahi bir kokun var, yangınım."

"Sıraç..." diye mırıldandım.

İşte şimdi tam zamanıydı, yapabilirdim. Onun şefkatini içimde hissederken, belki de bana olan duygularını aşka çevirebilirdim.

"Hı?" Dudaklarını boynuma bastırdı, sakalları boynuma batınca irkildim ama güzel bir histi.

Yüzüme bakmasını sağladım ve aynı anda ben de onun yangın mavisi gözlerinin içine baktım.

"Ben..." Yangın mavisi gözler irileşirken, odak noktasına önce dudaklarımı ardından gözlerimi aldı. Pembe çikolataları hafif aralıklı öylece bana bakıyorken, söylemem gerektiğini düşündüm.

"Sıraç," dedim tekrar ve derince bir nefesi içime doldurdum. "Ben seni..." Sıraç'ın yangın mavisi gözleri, yeşil ormanlara lavlarını püskürterek irileşti. Bekliyordu.

"Se-" Dudaklarım açık kaldı ve aynı anda salonun kapısı bodoslama açıldı.

"Sıyaç ağabey!" Bu ses Melek'e aitti. "Oha! Siz napıyoysunuz ulu oyta yeyde?"

Ani bir hareketle Sıraç'ın üzerinden kalkarken, gözüm minik Melek'e kaydı. Bu küçücük kızın bu saatte burada işi neydi? Kapıyı kim açmıştı?

"Sen nasıl içeri girdin? Hem bu saatte burada ne işin var?" diye sordu Sıraç, sesi sertti fakat küçük kızı çok sevdiğinden yüz ifadesini bozmamaya çalışıyordu.

"Dış kapı açıktı akıllım, hem ben çok sıkıldım Sıyaç ağabey. Uyuyamıyoyum, benimle otuymak istemez miydiniz?" dedi dudağını bükerek.

Sıraç sabır dileyen bakışlarını önce bana sonra da Melek'e çevirdi. "Bak, küçüğüm. Saat gecenin bir yarısı oldu, çocuklar bu saatte uyanık olmazlar," dedi Sıraç, sesi iğneleyiciydi.

Melek pıtı pıtı adımlarla üçlü koltuğa zıpladı ve gözlerini üzerimize dikti.

"Siz henüz evlenmediniz, faykında mısınız? Kendinize gelin," dedi bilmiş bilmiş. "Evlenmeden bu tüy şeyley hayam! Allah sizi sevmez sonya!"

"Ne biçim konuşuyorsun kız sen cimcime?" dedi Sıraç, sesi sert çıkmıştı fakat bu sertliğin sebebi Melek'in söylediği değildi. Benim söyleyemediğim şeyden ötürüydü, bundan adım gibi emindim.

"Ne yapabiliyim Sıyaççım? Ben yetişmesem ayz namus kalmayacaktı vallahi!" dedi bilmiş bilmiş ve kollarını çiçek yapıp gözlerini dikerek bize bakmaya başladı. Kızaran yanaklarımı saklamak için yüzümü Sıraç'a doğru çevirdim ve onun gözlerinin içine manidar bir bakış attım. Aynı bakışı Sıraç da şu an bana atıyordu.

"Seni kim getirdi buraya? Tek başıma geldim deme bacağını kırarım," dedi Sıraç Melek'e.

"Beni leylekleyin getiymediğini biliyoyum. Ama buyaya babam getiydi,"

Leylek masalını yemeyen bir nesil yetişiyordu, korkunçtu.

"İşinizi böldüğüm için ayyıca özüy dileyim, hadi şimdi beni eğlendiyin." dedi ve ellerini birbirine çarpıp alkış sesi çıkarttı.

"Tirrek Halim," diye mırıldandı Sıraç dişlerinin arasından. Gülümsedim, belki de henüz söylememem gerektiğinin bir işaretiydi bu.

Yaklaşık bir saat süren bir debelenmenin ardından nihayet Melek'i yormayı başarmıştık. Bu süre zarfında Sıraç Melek'in atı olmuştu ve evi Melek sırtında gezmişti. Şu an Melek yatakta, hemen ortamızda bir melek edasıyla uyuyordu. Bu his çok garipti. Bizimle vakit geçirirken uyuyakalan Melek'i odaya taşımış ve aramıza yatırmıştık. Sıraç her ne kadar Halim'e haber verip kızını almasını isteyeceğini söylese de buna mani olmuştum. Yatağın sol tarafında ben, sağ tarafında Sıraç, ortamızda da Melek yatıyordu. Melek'in açık kahverengi, uzun saçları boynumu gıdıklarken düzenli bir şekilde nefes alıp verişi kesinlikle huzur kokuyordu.

Şu an Melek'i ikimizin kızıymış gibi düşünüp heyecanlanıyordum.

Sıraç Melek'in alnına elini koydu ve, "Terlemiş," diye fısıldadı.

"Elimi tutuyor Sıraç. Kalkabileceğimi sanmıyorum. Çekmeceden bez gibi bir şey ver, terini kurulayalım," diye fısıldadım, o da yalnızca benim tarafımdaki komodinde yanan abajurun ışığı ile aydınlanıyordu. Sıraç, kendi tarafında bulunan abajuru açmamıştı. Turuncu ışık loş bir şekilde odayı doldururken, Sıraç ayaklandı ve çekmeceleri yavaşça açmaya başladı.

"Hangisinde?" diye fısıldadı tekrardan. Yere çömelmiş dolabın çekmecelerini karıştırıyordu.

"Orada olacak," dedim fısıltıyla. "Ya da benim tişörtlerimden bir tane çıkar, onunla kurulayayım. Bulamadın bir bezi, beceriksiz."

"Ebemin şeyi gibi düzen kurmuşsun, bulamam tabii," diye homurdandı ve çekmecelerle savaşına kaldığı yerden devam etti.

"Küfretmesen ölürsün, değil mi?"

"Ölürüm," diye mırıldandıktan sonra nihayet bir bez buldu ve ayağa kalktı. "Ebemin şeyi ile olan savaşımdan galip çıktım." Elindeki bezi salladı.

"Düzgün konuşur musun lütfen?" diye cırladıktan sonra elinde salladığı beze elimi uzattım. "Ver şunu."

Sıraç kaşlarını çattıktan hemen sonra bezi uzattı. "Çocuğumuza acıyorum cidden," diye homurdandı.

Gözlerimi hızlı hızlı kırpıştırdıktan hemen sonra şaşkın ifademi saklamaya çalıştım ve, "Ne demek şimdi bu?" diye sordum, sesimiz hâlâ fısıltı halindeydi. Melek'in uyanmasını istemiyorduk.

"Sen benden bile korkmadan çene yapıyorsun, ağzıma sıçıyorsun. Zavallı yavruma neler yapacaksın kim bilir?" dedi ve tekrar yatağa girdi.

"Nefret ettiğin kadınlardan çocuk yapıyorsun galiba?" diye sordum ve Melek'in terli alnını kuruladım.

Melek huzursuz bir şekilde kıpırdandıktan hemen sonra tatlı uykusuna kaldığı yerden devam etti.

"Nefret ettiğin adamların elmacık kemiklerini öpüyorsun galiba?" diye sorduktan hemen sonra Melek'e iyice sokuldu ve kolunu Melek'in üzerinden geçirip benim omuzuma attı. "Çok konuşma, uyuyacağız annecik."

∞

Bazı zamanlar Sıraç'ın ne hissettiğini ciddi anlamda idrak edemiyordum. O, kapalı bir kutuydu. Bazen dünyada ki tek insan benmişim gibi davranıyordu. Bazen ise bir böcekmişim gibi. Kurduğu cümleler, bakışları, dokunuşları... Bunların hepsi beni şefkatle kucaklıyordu. Kucaklıyordu kucaklamasına ama hâlâ emin değildim. Nefretini göstermekten çekinmiyordu, sevgisini de öyle.

Uyandığımda Melek yoktu, aynı zamanda Sıraç da yoktu.

Banyo yapıp üzerime eşofmanlarımı geçirdikten hemen sonra ahşap merdivenleri indim ve ıslak saçlarımı koca bir topuz yapıp mutfağa geçtim.

Sıraç Karayel krep yapıyor, Melek de sofraya bir şeyler taşıyordu.

"Günaydın Mayısçığım," dedi Melek ısırılası şirinlikte bir ses tonuyla.

"Günaydın şekerparem." dedim ve kahvaltı sofrasına doğru yürüdüm. Sıraç büyük bir ustalıkla krepleri yaparken göz ucuyla bana baktı ve göz kırptı.

"Bak, sevgilin senin için kahvaltı hazıyladı. Uyandığımda seni uyandıymamam için beni tembihledi ve sana kahvaltı hazıylamak istediğini söyledi," dedi şeker bir sesle ve ardından elindekileri yavaşça sofraya bıraktı.

Kulaklarımın yandığını hissettim, cidden yanıyordum. Sıraç hiçbir şey söylemedi, Melek de konuyu uzatmadı ve hep birlikte kahvaltı sofrasına oturup güzel bir kahvaltı yaptık. Tamam, kahvaltı süresince tek konuşan Melek'ti. Sıraç ise kaçamak bakışlarını yüzüme kondurup aynı hızla geri çekiyordu.

"Melek," dedi Sıraç krepinden son lokmasını alırken. "Seni eve bırakayım güzellik."

Melek olumlu yönde başını salladıktan sonra iri kahverengi gözleriyle bana göz kırptı. Ah, bu küçük kız çocuğu beni öldürecekti. Neden bu kadar hınzırdı ki sanki?

Sıraç ve Melek mutfağı terk ettiler ve bulaşıklar da haliyle bana kaldı. Hızlı bir şekilde bulaşıkları yıkadıktan sonra kalan yiyeceklerin bozulmayacağından emin olduklarımı buzdolabına geri tıktım. Ve evden çıktım. Bir süre etrafa bakındım ve bir motor yanımda durdu. Motorun üzerindeki kişi beyaz kaskını çıkartırken, gözlerim o kişinin üzerinde asılı kalmıştı.

"Günaydın yenge," dedi genç bir ses. Kaskı sol eline aldıktan sonra tatlı bir şekilde gülümsedi. Henüz on altı, on yedi yaşlarında görünen bu delikanlı sarışındı ve koyu kahverengi gözlere sahipti, düşmancıl bir tavrı yoktu.

"Günaydın?"

"Ağabeyim yok mu?" diye sordu sarışın çocuk tebessüm ederek.

"Sıraç'tan mı bahsediyorsun?" diye sordum kaşlarımı kaldırarak.

"Evet," dedi çocuk afallamış bir şekilde ve bir elini saçlarına götürüp sarı saçlarını geri yatırdı. "Evde mi?"

Çocuğu kısaca süzdükten hemen sonra, "Yok," diye mırıldandım. "Halim'in kızını bırakmaya gitti. Gelir birazdan."

Çocuk başını salladıktan sonra motorun üzerinden indi ve hemen yanımda duran tümseğe oturdu. "Ben bekleyeyim ağabeyimi," diye mırıldandı.

"Tabii," diye mırıldandım soğuk bir şekilde. "Bekle sen."

Kollarımı göğüslerimin üzerinde topladıktan sonra etrafa bakınmaya devam ettim. Hemen sonrasında Merve odak noktama girdi. Elinde pahalı bir markanın poşeti ile bana doğru yürüyor ve aynı zamanda el sallıyordu.

"Bebek!" diye bağırdı Merve.

"Kuzum!" diye karşılık verdim ve yanımdaki sarışını yok sayarak Merve'ye kucak açtım. "Nereden böyle?"

"Kordona inmiştim yürüyüş için," dedi soluk soluğa Merve ve elindeki poşeti sallayarak bana gösterdi. "Sonra bu bebeği gördüm camdan, dayanamadım. Al beni diye bağırıyordu, kıyamadım."

Merve'nin gözleri beni odak noktasından çıkarıp sarışını aldı. "Sen!" diye bağırdı Merve sinirle. Gözleri de iri iri olmuştu.

Sarışın çocuk ellerini havaya kaldırdı ve, "Ben?" dedi sorarcasına.

Ah, bu çocuğun kötü biri olmasının imkânı yoktu kesinlikle.

"Sen o çocuksun!" dedi Merve ve boş olan elinin işaret parmağını çocuğa uzattı. "O çocuksun."

Çocuk irkildi ve kafasını geri çekip 'anlamadım' bakışı attı. "Neden o harfinin üzerine basıyorsun? Kendimi seks işçisi gibi hissettim," dedi afallamış bir sesle. Gözlerim şokla irileşti.

Merve kaşlarını çattı. "Ne kadar da terbiyelisin sen öyle," diye cırladı. "Az önce beni ezecektin seni salak!"

Şaşkın bakışlarımı Merve ve sarışın çocuk arasında gezdirmeye başladım. "Problem ne?" diye sordum sakin bir şekilde.

"Bu salak az önce beni neredeyse ezecekti. Deli gibi kullanıyor motoru, moron," diye soludu Merve sinirle. Gözleri sarışın çocuğa kayınca kahverengi gözlerinin içindeki nefret ateşi harlanıyordu.

"O salak sen miydin?" diye sordu sarışın ve ayağa kalkıp pantolonun kalça kısmını silkti.

"Ne dedin sen?"

"Yolun ortasında yayık yayık yürüyen sendin kızım."

"Bir de konuşuyor ya!"

"Yine ne oluyor lan?" dedi tok bir ses. Sesin geldiği yöne üçümüz de aynı anda kafalarımızı çevirip baktığımızda sözleşmiş gibiydik. Öyle uyumlu. Sıraç elinde sigarası ile bize doğru yürüyüp tip tip bakıyordu.

"Ağabey!" diye bağırdı sarışın ve Sıraç'a doğru koşup, "Çok özledim."

Sıraç çocuğa kısaca sarılıp tokalaştıktan sonra "Nasılsın Doğukan?" diye sordu.

"İyiyim ağabey, yengemle Fethiye'de olduğunuzu duydum. Hemen geleyim, ağabeyimi göreyim dedim," dedi Doğukan, ışıl ışıl gülümsemesi ile Sıraç'a bakıyordu.

Merve kulağıma doğru fısıldadı. "Karayel'e ilgisi olması muhtemel, Karayel'in koluna yapışsan iyi edersin." Kıkırdadım fakat bu kıkırdamayı duymamaları için elimi ağzıma örttüm.

"Beni nasıl tanıdın ki?" diye sordum elimi ağzımdan çektikten hemen sonra. "Beni daha önce hiç görmedin? Üstelik burada olduğumuzun haberi nasıl ulaştı sana?"

Temkinli olmak zorundaydım, Mehmet Ali Karayel bizi bulabilirdi. Duyulmamız iyi sonuçlar doğurmazdı. Doğukan bana doğru döndükten sonra tekrar gülümsedi. "Halim ağabeyim sağ olsun, aradı söyledi. Bir süredir buralarda değildim, mahalleye gelemiyordum. Fethiye'ye döndüğüm gibi ağabeyimin haberini aldım. Ah, bir de ağabeyim ve sizin fotoğrafınızı multimedya mesajı olarak attı bana Halim ağabey."

Halim'de bizim fotoğrafımızın işi neydi?

"Ne diye fotoğrafımızı sana atıyor?" diye sordum kaşlarımı çatarak.

"Yolda izde rastlarsam, destur çekmeden yanından geçmeyecekmişim. Öyle söyledi."

Doğukan'ın gözleri benden ayrılıp Merve'yi odağına aldığında ise her nedense kahverengi gözlerinde Merve'ye ait bir şeyler gördüm. Bu tuhaftı ama gülümsememe neden olmuştu.

∞

Sıraç ve Doğukan bir yere kadar gitmişler, Sıraç giderken bana kırk bin tembih etmişti. Sıraç ve Doğukan gittikten hemen sonra ben de evden çıktım ve Sıraç'ın benim için yaptırdığı yedek anahtar ile kapıyı kilitledim. Küçük adımlarla Mervelerin evine giderken bir yandan da Savaş ile karşılaşmaktan çekiniyordum. Tamam, o çok iyi bir insandı ve kısa sürede bir şekilde saygımı kazanmayı başarmıştı ama... İşte.

Mervelerin kapısının önüne geldiğimde zili çaldım ve kapının açılmasını bekledim. Bir yandan da Sıraç'tan mesaj bekliyordum. Hâlâ atmamıştı pislik.

"Kuzum hoş geldin," dedi Merve kapıyı açtıktan hemen sonra.

Beni içeri buyur ettikten sonra onun odasına gittik. Bu kez salonda kalmadığımız için memnundum, çünkü Savaş ile karşılaşmak istemiyordum. Merve'nin odasında siyah ve beyaz hâkimdi. Duvarlarda Beşiktaş takım posterlerinin olmasını elbette beklemiyordum. Bembeyaz boyalı duvarlarının yanı sıra simsiyah büyük bir duvar saati vardı. Tek kişilik yatağının başlığı siyah deridendi ve nevresim takımı siyah beyaz şeritli çizgilerden oluşuyordu. Hayranlıkla siyah ile beyazın uyumunu izlerken, "Cidden güzel odan varmış," diye mırıldandım. Kendi odamı özlemiştim, canım odam. Ne durumdaydı acaba?

"Teşekkürler kuzucuk. Otur şöyle," dedi Merve ve yatağını gösterdi. Çekinerek yatağının ucuna oturduktan sonra etrafı incelemeye devam ettim.

"Çok düşünceli görünüyorsun." Merve'nin sesi endişeliydi. Hemen yanıma oturmuş büyük bir dikkatle yüzümü inceliyordu. "Her şey yolunda mı Mayıs?"

Kafamı iki yana salladım ve dümdüz bir ifadeyle Merve'ye baktım. "Hiçbir şey yolunda değil Merve. Hiçbir şey."

"Anlat bana Mayıs."

"Sana bir kez anlatacağım ve bir daha bu konuyla ilgili konuşmayacağız, tamam mı?"

Merve kafasını olumlu anlamda salladıktan sonra endişe dolu kahverengi gözlerini yüzüme dikti. Merakla beni bekliyordu. "Mayıs," dedim ve gözlerimi yumdum. "Mayıs Karamaça. Fetih Karamaça'nın kızı ve Sıraç Karayel'in baş düşmanı. Yani sandığın gibi değil işler."

"Karamaça?" dedi Merve gözleri irileşirken. "Sen Ceren Karamaça'nın kızı mısın?"

Bir an şaşırsam da başımı olumlu anlamda salladım ve Merve'nin gözlerinin içine baktım. "Evet?"

"Ah, tahmin etmeliydim." Buruk bir şekilde gülümsedi. "O hayvan sana âşık oldu, aksi takdirde şu an hayatta olmazdın."

Sana âşık oldu.

"Ne?" diye sordum gözlerim irileşirken. Cidde, Merve'nin gözünde öyle mi görünüyordu Sıraç?

"Biraz daha aç, kimsin? Necisin? Ne yaparsın? Arkadaşımı tanımak istiyorum," diye soludu Merve, buruk gülümsemesi yüzüne yapışmıştı.

Derince bir nefesi ciğerlerime doldurdum, içimi yakan oksijen değil Merve'nin buruk gülümsemesiydi.

"Adım Mayıs, yani adımı sahte kullanmıyorum en azından. Yarın gece yarısı on sekiz yaşıma basacağım. Babamı akciğer kanserinden kaybettim, beş yıl önce falan. Bir tane erkek kardeşim var, Temmuz. Ki onunla tanışmışsınız. Annem iş kadını ama aynı zamanda mükemmel bir annedir. Hım, başka ne diyebilirim ki? Ha, bir de Sıraç'ın babası tarafından kaçırıldım çünkü senin de bildiğin gibi Karayel'in babası bir sorunlu ve anneme âşık. Şimdi de vızır vızır Mehmet Ali denen denyodan kaçıyoruz." Soluklandım.

Merve gülümsedi ve öksürüp boğazını temizledi. "Adım Merve, en başından beri Merve Sonyürek. Ankaralıyım, on yedi yaşındayım. On sekize az kaldı, yani kısmen. Annemi ve babamı trafik kazasında kaybettim ve hayattaki tek varlığım ağabeyim. Ondan başka hiç kimse umurumda bile değil. Onu da kaybedersem ölürüm sanırım. Yaşamanın bir anlamı kalmaz yani." Kıkırdadı ve elini uzattı. Ben de ona elimi uzattım, elimi sıktığında tuhaf hissediyorum.

"Tanıştığımıza memnun oldum Mayıs Karamaça," dedi sevecen bir sesle.

"Tanıştığımıza memnun oldum Merve Sonyürek." Artık ona yalan söylemek zorunda değildim, bu iyi hissettirmişti. Merve ile ellerimiz hâlâ birbirlerini sarıyorken eşofmanımın ön cebindeki cep telefonum titredi.

"Ah, bir saniye." dedikten hemen sonra elimi Merve'nin avucundan kurtardım ve telefonumu elime aldım.

Kimden: Sıraç
Neredesin miniğim? (13.00)

Kime: Sıraç
Mervelerdeyim, endişelenme Savaş yok. (13.02)

Kimden: Sıraç
Açıklama yazan parmaklarını öperim. (13.04)

Yüzümdeki gülümseme büyürken, Merve'nin bana dik dik baktığını elbette fark etmiştim.

"Cidden âşık oldun değil mi?" diye sordu Merve, sesinde alay vardı. Gözlerimi kaldırıp Merve'ye kısa bir bakış attıktan sonra zonklayan yanaklarımı yok sayarak kaşlarımı çattım.

"Bu da nereden çıktı şimdi?" diye sordum.

"Pişmiş kelle gibi sırıtıyorsun kızım," dedi Merve ve koyuverdi kahkahayı. Merve'nin attığı kahkahadan mıdır, kurduğu cümleden midir bilinmez ben de gülmeye başladım. Sahi, artık gülümseyebiliyordum. Tüm yaşanılanlara rağmen.

"Ben Sıraç Karayel'in yanındaki kadın olmaya karar verdim." diye mırıldandım.

Merve'nin gözleri irileşirken omuzumu tutan eli sertleşti. "Ne?"

"Karayel'in yanındaki kadın olacağım Merve." Yutkundum ve bana inanamaz gibi bakan kahverengi gözlere baktım. "En başından beri onun kadını olmadığını biliyordum ama... Sen..." Duraksadı. "Bak bu delilik."

Başımı iki yana sallayıp dudaklarımı birbirine bastırdım ve gözlerimi yumdum. "Asıl delilik benden nefret eden bir adama âşık olmuş olmam Merve," diye mırıldandım.

"En azından kabul etmene sevindim," dedi Merve sakin bir ses tonuyla. "Ama bu âlemdeki adamların kadını olmak... Öyle sandığın kadar basit değil Mayıs. Hele söz konusu Karayel'se."

"Düşünmem gereken tek şey bu değil Merve," dedim ve gözlerimi açıp onun kahverengi gözlerinin içine sabitledim. "Korumam gereken tek kişi kendim değilim. Bana emanet iki kişi daha var."

Merve burnunu kırıştırıp kaşlarını çattı. "Kim onlar?"

"Annem ve o," dedim, yanaklarım kızarmıştı fakat gözlerim bir şahininki kadar keskin ve kararlı bakıyordu.

Merve buruk bir şekilde gülümsedi ve başını olumlu yönde sallayıp, "Sert Mayıs'a hemen alışabileceğimi zannetmiyorum. Tamam, soğuk Mayıs'a alışmıştım ama... Her neyse. Yanında olacağım," dedi.

Şu cümlenin güzelliğini anlatabilmemin elbette hiçbir yolu yoktu. Hissettirdikleri bambaşka duygulardı. İçeride saklı kalmış, el değmemiş duygular.

∞

Mervelerden geldikten sonra yaklaşık üç saat kadar koltukta uyumuştum, her yerim tutulmuştu. Uyandıktan sonra da bir şeylerle oyalandım ve akşamı ettim. Sıraç Karayel hâlâ ortalarda yoktu ve mesaj da atmamıştı.

Kime: Sıraç
Sıraç, neredesin? (20.47)

Onsuz yemek yemeye ciddi anlamda katlanamıyordum. Nitekim yemedim de, boğa burcu olmama ve mideme âşık olmama rağmen yine de yememiştim. Saniyeler dakikaları kovaladı fakat Sıraç cevap vermedi.

Kime: Sıraç
Her şey yolunda mı? (21.12)

Kime: Sıraç
Hey, neler oluyor? (21.35)

Kime: Sıraç
Neredesin, seni merak ediyorum. (21.47)

Kime: Sıraç
Hey, cidden endişelenmeye başladım Bay Sapık. (22.03)

Halim'in numarasını kaydetmemenin verdiği pişmanlığı yaşıyordum. Midemde büyüyen acı tüm bedenimi ele geçirirken, cidden endişelenmeye başlamıştım.

Saatler birbirini kovaladı fakat Sıraç'tan hâlâ haber yoktu.

Kime: Sıraç
Merak ediyorum, umarım geçerli bir sebebin vardır. (01.04)

Tedirginlik, korku, evham her biri bedenimde bir bir can buluyor ve şiddetli şekilde patlayarak vücudumdaki tüm hücrelere eşit miktarda dağılıyordu. Ne yapmalıydım? Belki de Mervelere gitmeli ve Savaş'tan yardım istemeliydim.

Hayır, bu Sıraç'ı çileden çıkartırdı.

Kimden: x
Karayel için ölüm vakti. (01.17)

Kimden: x
Karagözler'de terk edilmiş eski sahil güvenlikteyiz, küçük. Seni bekliyorum. (01.20)

Tüm bedenim titrerken, zil büyük bir gürültüyle çalmaya başladı, ardından kapı yumruklanmaya. Dilim damağıma yapışmış, kalbimin kapakçıkları sıkışmıştı. Kalbimi sıkıştıran kapakçıklar, acımı taze tutmayı başarıyordu.

"Yenge!" diye bağırdı biri kapıya ardı arkası kesilmeyen yumrukları indirirken. Bu Doğukan'ın sesiydi. Hızla dış kapıya koştum ve kireç gibi bir suratla kapıyı açtım. Doğukan hemen karşımda dudağı patlamış ve kolundan yaralanmış bir şekilde duruyordu. Kolundaki kurşun sıyrığına baktığımda sırtımdaki yara sızım sızım sızladı.

"Doğukan?"

"Yenge, Halim ağabeyi aradım. Toplanmalıyız. Tuzağa düştük!" Belinden bir şey çıkarttı. Baş harfimin parıldadığı altın ve altının parlaklığını dışarı vurduran simsiyah silah.

Bu silah onundu.

Onun silahıydı.

"Ağabeyim," dedi Doğukan titrek bir ses tonuyla. "Bunu sana vermemi istedi yenge." Kolundan inen kana baktım. Kanın sicim gibi inişi içimdeki nefret ateşini körükledi.

"Ve oradaki orospu çocuklarına aynen şöyle söyledi yenge..." dedi Doğukan titrek bir ses tonuyla. *"Kadınım birazdan alayınızın hayatını sikecek."*

11. KATİL

İçimde bir yerlerde cam çerçeve indi ama bunu kimse göremedi. Büyüdüğünü sanan küçük bir çocuktan farkım yoktu, haykırarak ağlamak ve kurtulmak istiyordum. Henüz kullanmayı bile bilmediğim bir şeyle onu nasıl kurtarabilecektim ki? Sesinin tonundaki sertliği bile tahmin edebiliyordum, o an kesinlikle yıkılmaz gözlerle bakıyordu karşısındaki insana. İyi miydi? Bana ihtiyacı vardı, değil mi? Bu kez benim ona değil, onun bana ihtiyacı vardı.

"Halim'le iletişime geçtin mi?" diye sordum sesimi soğuk tutmaya çalışarak. İçeride işler pek yolunda gitmese de sakin görünüyordum.

"Evet, yenge. Geliyor," dedi Doğukan, acıdan dudaklarını dişliyordu fakat hâlâ ayaktaydı. Kapıyı ardına kadar açtım. "İçeri gel, iyi misin?" diye sordum ve yarasına göz gezdirdim.

"Yenge, ben önemli değilim. Ağabeyimi kurtarmamız lazım, sen beni boş ver." Doğukan sırtını kapının hizasındaki duvara yasladı. Dudakları morarmıştı fakat bir sıyrık olduğu için hayati bir tehlikesi olmadığının farkındaydım.

"Ağabeyini kurtaracağız Doğukan," dedim sert bir sesle. Bundan kendim de emin değildim ama ne pahasına olursa olsun, ölmek zorunda kalsam bile onu oradan alacaktım. Soğuk silaha kısa bir bakış attıktan sonra parmaklarımla onu çevreledim ve sıkıca tuttum. Bu silahı kullanmayı bilmiyordum, ne yapacaktım? Bunu da bilmiyordum. Ama başaracaktım, başarmak için elimden geleni ardıma koymayacaktım.

"Şimdi giyineceğim. Sen beni salonda bekle ve yaranı zorlama." Sırtımı dönüp içeri doğru yürüdüm. Doğukan'ın halsiz bir şekilde arkamdan geldiğinin bilincindeydim.

Hızla üst kata çıktım ve yatak odasının kapısını büyük bir gürültüyle açtım. Derin derin nefesler alıp bilincimi toplamaya çalışırken bir yandan da yatak odasının içinde volta atıyordum. Ah, ellerim titriyordu. Elimdeki silahı yatağın üzerine bıraktıktan hemen sonra hızlı bir şekilde elbise dolabını açtım ve kırmızı bir skinny jean ile kot gömleği çıkartıp yatağın üzerine fırlattım. Saçlarımı hızla salıp kendi haline bıraktıktan sonra kıyafetleri üzerime geçirdim ve elimi yatağın üzerindeki silaha uzattım. Gözlerim hiç olmadığı kadar keskin olan bakışlarını silaha bırakıyordu. Kararlılık, öfke, istek ve daha bir sürü duyguyla baktığım silahı avuçlarımın arasına aldım ve hızlı bir şekilde belime yerleştirdim. Yatak odasından çıkarken son kez yatağımıza baktım, bunun son olmamasını diliyordum. İçten bir şekilde bunu diliyordum. Bu yatakta uyuyacağımız günler olacaktı. Eskisi gibi.

Hızla merdivenleri indikten hemen sonra zincirli deri botlarımı giydim ve Doğukan'a kısa bir bakış attım. "Neredeler?" diye sordum.

Doğukan acı ile buruşturduğu yüzünü bana çevirdi ve beni baştan aşağıya süzdükten sonra gözleri irileşti. "Karagözler'de, eski sahil güvenliğin oradalar."

"Pekâlâ, Halim nerede kaldı?" diye sordum ve çekmecelerden bir tanesini açıp Sıraç'a ait olduğundan emin olduğum çakıyı da arka cebime sıkıştırdım. Doğukan bunu fark etmemişti.

"Halim ağabey geliyor, ben de geleceğim yenge," dedi ve ayağa kalktı.

"Saçmalama," diye bağırdım. Yaralıydı, bu halde gelebilmesinin imkânı yoktu.

"Geliyorum yenge!" diye bastırdı Doğukan.

Dış kapı tekrar yumruklanmaya başladı. "Yenge!" Bu ses Halim'in sesiydi. Hızla dış kapıya yürüdükten sonra kapıyı açtım ve karşımda terler içinde kalmış Halim ile Savaş'ı buldum. "Biz gidiyoruz yenge. Lütfen evde kal," dedi Halim ve Doğukan'a baktı. "Sen iyi misin? Ne yaptı o şerefsizler sana kardeşim?"

"Ağabey ben iyiyim ama yengemi de istiyor ağabeyim." Doğukan zorlanarak da olsa kapıya doğru yürüdü. Halim önce Savaş'a ardından Doğukan'a baktı ve kaşlarını çattı. "Derdi ne lan onun? Kadınının hayatını tehlikeye attığının farkında değil mi?" diye bağırdı Halim.

Kaşlarımı çatarak Halim'e ters ters baktım. Şu an kimse umurumda değildi, Sıraç dışında. "Geliyorum Halim. Senin de dediğin gibi, onun kadını olduğum için geliyorum," dedim kelimelerin üzerine basa basa.

Halim'in koyu kahverengi gözleri irileşirken, elini ensesine götürdü ve Savaş'a kısa bir bakış attı. Savaş olumlu anlamda başını salladıktan sonra, Halim de başını salladı ve, "Tamam," dedi.

"Merve'ye emanet edelim bunu," dedi Savaş ve Doğukan'ı işaret etti. "Yaralısın, seni alamayız. Kardeşimin yanında bekle."

Doğukan itiraz edecekti fakat Savaş öyle bir baktı ki Doğukan yutkunmakla yetindi. Karnımı tırmalayan hisler tırmanarak göğsüme çıkarken, bir süre olduğum konumu sorguladım, şu an her şeye son derece yabancıydım.

∞

Rüzgârda uçuşan saçlarım, süratle ilerleyen bir motor ve içimi parçalayan duygu yoğunluğu. Şu an yapabildiğim tek şey gecenin ayazını içime yerken, Savaş'ın arkasında Sıraç'a gitmemdi. Motor hızlandıkça duygularım yoğunlaşıyor ve sıvı bir hâl alıp kulağımdan akacak duruma geliyordu. "Daha hızlı!" diye kükredim ve motorun yanlarına koydum elimi. Sıraç Karayel'den başka hiçbir erkeğe dokunmak istemiyordum.

"Bana tutun, dolunay surat," diye bağırdı Savaş, kaskını takmamıştı. Ne ben ne de o.

"Daha hızlı!" diye bağırdım tekrardan. Ne kadar bağırıyor olsam da rüzgâr sesimi yutuyor gibiydi. Hemen arkamızdaki motorda Halim vardı, Doğukan'ın motorunu kullanıyordu. Doğukan'ı Merve'nin yanına bırakmışlardı ve beni Merve'ye göstermemişlerdi. Telaşlanacağından adım gibi emindim. Karanlık bir sokağa girdiğimizde gözlerimi sıkıca yumdum ve rüzgârın saçlarımı savurmasına izin verdim. "Burası Karagözler," dedi Savaş motoru yavaşlatırken. Etrafı kolaçan ederken son derece temkinli görünüyordu.

Denizin tuzlu kokusu ciğerlerime dolmuştu, hemen karşımızda deniz tüm ihtişamıyla duruyordu ama burası kesinlikle terk edilmiş bir yerdi.

"Neredeler?" diye sordum, acelem sesime doğrudan yansımıştı.

Savaş etrafa bakınırken, Halim motordan indi ve yanımıza geldi. "Burada bir yerlerde olduklarından adım gibi eminim," dedi Savaş kısık bir sesle, keskin bakışları etrafı turluyordu. Savaş ve Halim birbirlerine kısa bir bakış attıktan hemen sonra Halim bana doğru döndü ve, "Yenge, lütfen geride dur ve hiçbir şeye karışma," dedi onay bekleyen gözlerle bana bakarak. Sesi endişeli çıkmıştı.

"Bana karışma!" diye bağırdım öfkeyle. Boynumdaki damarlar şişmişti ve gözlerimde keskin bir ifade belirmişti. Halim duraksadı ama bir şey söylemedi. Saçımı tepeden toplayıp sıkı bir topuz yaptıktan hemen sonra Savaş ve Halim'i geride bırakarak hızlı adımlarla karanlığa doğru yürümeye başladım. Her adımım kendimden emin ve keskindi. Savaş'ın arkamdan koştuğunu fark ettiğimde bir an duraksadım fakat ardından aynı hızla yürümeye kaldığım yerden devam ettim.

"Dolunay surat bekle!" Savaş'ın tok sesi sokakta yankılanırken büyük bir öfkeyle bir anda ona doğru döndüm, Halim de hızla bize doğru yürüyordu.

"Onu kokusundan bulabilirim," dedim. Evet, kahve kokusunu yakından tanıyordum. Halim bir an duraksadı ve inanamaz gözlerle bana baktı. Savaş ise sessizliğe gömülmüş, siyah gözlerini farklı bir yöne çevirmişti. "Onu kokusundan bulabilirim," diye mırıldandım tekrardan, ardından bir anda onlara sırtımı dönüp, hızla karanlığa doğru koşmaya başladım. Savaş ve Halim'in bağırışlarını duyabiliyordum ama bu umurumda bile değildi. Bacaklarıma yüklenebildiğim kadar yüklendim. Belki de daha fazlası. Botlarımın çıkarttığı tok sesler caddede yankı bulurken, çoktan nefes nefese kalmıştım bile. Kulağımda uğuldayan rüzgâr, yüzüme de esaslı tokatlarını çarpıyordu.

Savaş ve Halim'in odak noktasından çıktığımın bilincine vardığımda yavaşladım ve soluk soluğa etrafı kolaçan etmeye başladım. Adımlarım fersizleşti, çarpık çurpuk yürürken gözüm eski sahil güvenliğin hemen yanında duran tek katlı beyaz binaya takıldı. Bir evden çok, terk edilmiş özel bir mülke benziyordu. Sahil güvenliğin tepesindeki merdivenlerde durduğum için binayı net bir şekilde görebiliyordum. Belimin kavisine değen soğuk silah tenimin ürpermesine neden olurken duraksadım ve terk edilmiş binayı incelemeye başladım. Beyaz duvarlar, denize sıfır beyaz kısa parmaklıklara sahip geniş bir bahçe... Bahçenin demir parmaklıklarının hemen arkası denizdi. Küçük dalgalar bahçeye girebilmek için âdeta yarışıyorlardı. Binaya doğru inen beyaz merdivenleri gördüğümde, o binaya girme isteği ile yanıp tutuştum. Saat gece yarısını çoktan geçmiş, sokaklar bomboştu ve bulunduğum noktanın sokak ışığı yanmıyordu.

Merdivenlere ulaşabilmek adına beyaz demir kapıdan atlamalıydım, belimde duran silahı sabitledikten hemen sonra ayağımı demir kapının kilidinin üzerine koydum ve kapıya abandım. Boşta kalan bacağımı kapının arka tarafına geçirdikten hemen sonra kilitten güç aldığım ayağımı da çekip diğer tarafa geçirdim ve nihayet içerideydim. Şimdi merdivenleri inebilirdim. Mayıs ayazı saç diplerimden girip tüylerimi diken diken ederken, hızlı adımlarla beyaz merdivenlerden aşağıya doğru inmeye başladım. Botlarımın zincirleri deriye vurdukça tok sesler çıkartıyordu. Etrafa kısık bakışlar atarak merdivenleri indim ve nihayet beyaz binanın bahçesine ulaşabildim. Bu beyaz bina bir labirentten farksızdı. Şekli akıl karıştıracak cinstendi ve bu şüphelerimi arttırdı. Her nedense Sıraç'ın burada tutulduğundan emindim.

Bahçede son derece dikkatli bir şekilde yürürken, gözlerimle etrafı taramaktan da geri kalmıyordum.

Ve koku...

Onun kokusu.

Kesinlikle doğru yoldaydım, kesinlikle o buradaydı. Onun keskin kahve kokusunu fark etmemem imkânsızdı. Karayel tam olarak burada tutuluyordu.

Şiddetli bir panik dalgası vücuduma hızla çarparken, kendimi toparlamaya çalıştım. Binanın beyaz duvarına sırtımı yasladıktan hemen sonra duvara sürtünerek yavaş adımlarla yürümeye başladım. Tehlikenin varlığını damarlarımda hissedebiliyordum, tehlike buralarda bir yerdeydi. Tehlike Sıraç Karayel'in ensesine binmiş, beni bekliyordu.

Belimde duran silaha uzandım ve gecenin karanlığında bile parıl parıl parıldayan silahı elime alıp gün yüzüne çıkarttım. Silahın altın ile kaplı olan kısmı parlarken, silaha kısa bir bakış attım ve tamamen duvarla bir olup yürümeye devam ettim.

Tek bir sorun vardı, eğer ihtiyacım olursa ben bu silahı nasıl kullanacaktım?

Buğulu bir camın önüne geldiğimde duvara iyice yapıştım ve göz ucuyla camdan içeriye baktım. İçerisi karanlıktı fakat boğuk sesler duyuyordum. Kulağımı iyice verdim ve içerideki sesin kime ait olduğunu anlamaya çalıştım.

"Söyle Karayel. Sence gelecek mi?" Bu sert sesin sahibini tanıyordum. Sesinin tınısı bile tıraş kolonyasını hatırlatıyordu bana. Keskin kokulu tıraş kolonyasının kokusunu asla unutmayacaktım.

"Gelecek," dedi cılız ama alaycı bir şekilde yükselen ses. "Ve senin hayatını sikecek."

Silahı sıkıca tuttuktan hemen sonra koku üzerinden de olsa erkeğimi bulabildiğim için iyi hissetmiştim. Sesi neden cılız geliyordu? Eğildim ve emekleyerek pencerenin önünden geçtim. Görünmemem lazımdı, soğukkanlı olmam lazımdı. Karayel'imi kurtarmam lazımdı.

Nihayet giriş kapısını bulduğumda, içeri sızabilmenin yolunu düşündüm. Bu kapıyı açarsam sesimi duyabilirdi. Şafak'ın yalnız olmadığından adım gibi emindim, tek başına Sıraç'ı etkisiz hale getirebilecek bir adam değildi.

Gözlerimi sıkıca yumduktan sonra kapıyı yavaşça açtım. Soğuk yüzüme çarparken, rutubet kokusu ciğerlerimi araladı. Boş odalarda yavaşça ilerlerken duvara yazılı olan yazılar, yerlerdeki içki şişeleri, pet şişeler dikkatimi çekmişti. Küçük adımlarla yürüdüm ve bir koridora girdim. Koridor insan pisliği gibi kokuyordu, nefesimi tutmak zorunda kalmıştım. Attığım her adımda yerin kaydığını hissetsem de içimdeki duygulara bir dur demem gerekiyordu. Şu an yapmam gereken tek şey soğukkanlı olmaktı. Koku gittikçe yoğunlaşıyordu. Ah, bu katlanılmazdı.

Ay ışığının içeri sızdığı odada Şafak'ın sırtı dönük bir şekilde dikildiğini gördüm. Saçları ve fiziğinden onu tanıyabilmiştim ve tabii ki bu iğrenç kokuyu bile bastıran yoğun tıraş kolonyası kokusundan... Ama tıraş kolonyasını bile tahtından eden, ciğerlerime kucak açan bir koku daha vardı.

Kahve kokusu.

"Gelmeyecek, seni bıraktı," dedi Şafak alaycı bir ses tonuyla. Duvarın arkasına geçip onları izlemeye devam ettim. Karanlığın azizliğinden midir bilinmez ben Şafak'ı net bir şekilde görüyorken, o beni göremiyordu. Sıraç'ın orada olduğunun bilincindeydim.

"Gelecek," dedi Sıraç, sesi duvarlara çarparken gerçekten halsiz çıkmıştı. "Yanılıyorsun, o beni bırakmaz."

Şafak, "Hani," dedi alayla. Elindeki silahı havaya kaldırdı ve kollarını iki yana açtı. "Ben onu göremiyorum Karayel. Kabul et, senden vazgeçti. Zaten seni hiç istememişti." Sesi sert çıkmıştı, kendini inandırmak istiyormuş gibi.

Sıraç'ın kıkırdadığını duyduğumda sırtımı iyice duvara yaslayıp dudaklarımı ısırdım. Bir adım daha atarsam botlarımın gıcırtısından kendimi ele verebilirdim. Şimdi ne yapmam gerekiyordu?

"Gelecek," dedi Sıraç kendinden emin bir sesle.

Şafak'ın telefonu çalmaya başladı, melodi keskindi ve kesinlikle karanlık bir aura yağıyordu.

"Evet?" diyerek açtı Şafak telefonu. Bir süre karşı tarafı dinledi ve dinlerken elindeki silahın namlusunu tekrar Sıraç'ın olduğunu tahmin ettiğim tarafa doğru doğrultmuştu. "Emin misin?" diye sordu gergin bir ses tonuyla ve bir süre daha dinledi karşı tarafı. "Güzel," diye mırıldandı, ardından silahı tavana doğru çevirdi. "Gelmedi, öyle mi?" Kıkırdadı, şeytaniydi. "Güzel."

Telefonu kapattı. Derin bir şekilde nefes alırken alay dolu bir homurtu çıkarttı. "Sana demiştim Karayel, onun için zerre önemli değilsin. Halim ve o Ankara bebesi dışında gelen hiç kimse yok. Terk edildin." Sesi alaycı, zafer kazandığını düşündüren bir tonda yükselmişti Şafak'ın. Bu bile midemin bulanmasına yetmişti. Silahı içeri doğru uzattıktan hemen sonra ay ışığının üzerime yansımasını sağladım.

"Cık cık cık," diye dilimi şaklatırken bir yandan da silahın namlusunu Şafak'ın sırtına doğrultmuştum. Şafak tüm vücudu kaskatı kesilmiş bir şekilde öylece kalırken, Sıraç'ın yerde oturmuş eli kolu bağlı bir şekilde bana baktığını gördüm. Yangın mavisi gözler ay ışığının altında zaferle parıldıyordu. Muhteşem bir eseri inceliyormuş gibi bakmaya devam etti bana Sıraç. Şafak ensesinde silahımın namlusunu hissetti. "Karayel'in kadını geldi Şafak." Sert nefesimi ensesine üfledim kulağına doğru ve gözlerimi tekrar Sıraç'a çevirdim. "Minik şeytanın geldi, her şey yolunda."

Sıraç'ın dudağı memnun bir şekilde yukarı doğru kıvrılırken, Şafak silahının namlusunu Sıraç'a doğrultmak için hamlede bulundu. Tam o sırada boşta kalan elimle cebimdeki çakıya uzandım ve yankı uyandıran bir sesle çakıyı açıp Şafak'ın silahı tutan koluna geçirdim. Ah, bu ikinci adam yaralama deneyimimdi.

"Silah kullanmayı bilmiyor olabilirim ama bıçak konusunda ustalıklarım var Şafak." Sesim Şafak'ın ensesine düşmanlık üflerken, Şafak'ın yere düşen silahına tekme atarak, silahın Sıraç'ın önüne sürüklenmesini sağladım. Silahın Sıraç'tan tarafa sürüklenmesi ile

Sıraç'ın ellerindeki ipi kopartıp silaha sarılması neredeyse aynı saniyeler içerisinde gerçekleşmişti.

"İşte benim Karayel'im," dedim coşkulu bir ses tonuyla ve hemen ardından elimde duran silahı Şafak'ın beynine dayadım. "Uzun çocuk, biraz eğil. Parmak uçlarımda duruyorum şu an," diye homurdandım.

Şafak olayın şokundan mıdır bilinmez tek kelime dahi edemezken, Sıraç ayağındaki ipleri çözdü ve hemen ardından silahla birlikte oturduğu yerden doğruldu. Gözleri tekrar beni bulduğunda onu hiç bu kadar heyecanlı görmediğimi fark ettim.

"İşte benim kadınım," dedi ve silahın namlusunu Şafak'a uzattı. "Şimdi sen çekil. Gerisini ben hallederim, yangınım." Gözleri Şafak'ın üzerinden bir an olsun ayrılmazken, dudaklarından dökülenler bir dua gibi kapılarımı aralamış, yumru şeklinde göğüs kafesimin altına saklanmıştı.

"Sen..." Şafak duraksadı, ses tonunda anlam veremediğim bir duygu yoğunluğu vardı. "Bu herife âşıksın?"

Cevap vermek yerine gözlerimi Sıraç'a çevirdiğimde, alev almış yangın mavilerinin bana baktığını gördüm. Cevap bekler gibi bakıyordu. Sessizlik hâkimken bir anda silahlar ardı ardına patlamaya başladı. Kalbim yerinden çıkacak gibi atmaya başlamış, dışarıda neler olup bittiğine anlam vermeye çalışıyordum. Sıraç ile aynı anda kaşlarımızı çattık ve silah seslerini dinlemeye başladık, Şafak ise sessizce ikimizin arasında öylece duruyordu. Kolundan akan kan yere damlarken küçük sesler çıkartıyordu. Tıpkı bir saatin tik tokları gibi.

"Dışarıda neler oluyor?" diye sordum dehşetle.

"Adamlarım, Karayel'in adamlarının anasını bellemekle meşgul," dedi Şafak inanılmaz bir sakinlikle. Bu sakinlikte neyin nesiydi böyle?

Halim ve Savaş tehlikedeydi.

Sıraç elindeki silahı indirmeden bize doğru adımladı ve Şafak'ı yere doğru itti. Şafak silahımın baskısından kurtulup, çöp dolu yere düşerken yeşil bakışları kısa bir an için beni buldu. Gözlerimin içine öyle bir bakıyordu ki, o an ciddi anlamda bana düşmanlık beslemediğini düşünmeme sebep oldu. İçeriye dolan ay ışığı yüzlerimizi belli belirsiz aydınlatsa da hâlâ korkutucu bir karanlık ile burun burunaydık. Ve silah sesleri gittikçe yakınlaşmaya başladı.

"Karayel, bugün burada bir kişi ölmeden gece bitmeyecek," dedi Şafak yaralı koluna elini bastırırken. "Biliyorsun değil mi?"

Sıraç silahı tekrar Şafak'a doğrulttu ve aşağılık bir şekilde gülümsedi. "Ölen taraf sen olacaksın Uzar," dedi dişlerinin arasından.

"Ölmekten korktuğumu falan mı sanıyorsun?" diye sordu Şafak son derece sakin bir şekilde.

"Biliyor musun?" diye sordu Sıraç, önce Şafak'a ardından da bana baktı. "Ben de ölmekten korkmuyordum. Şu kızı tanıyana kadar..."

Beynim eriyip sıvı şeklini alırken yutkundum ve elimdeki silahı yavaşça indirip Sıraç'ın yangın mavisi bakışlarına odaklandım.

"O silah kullanamıyor, değil mi?" diye sordu Şafak Sıraç'ın söylediklerini umursamadan.

"Bıçağımın tadını beğendin mi, seni piç kurusu!" diye bağırdım ve kaşlarımı çattım. "Sıraç, şunu paketle. Halim ve Savaş'a yardım etmemiz lazım." Sıraç'ın az önce çıkarttığı ipleri işaret ettim.

Sıraç başını olumlu anlamda salladıktan sonra hayranlık dolu gözlerle beni süzdü ve, "Sana bayılıyorum, kadın." diye mırıldanarak iplere doğru eğildi. Şafak hiçbir şey yapmadan öylece bizi izlemekle yetiniyordu. Sıraç büyük bir zevkle onu bağladı. Sıraç, Şafak'ı bağlarken ben de dışardan gelen sesleri takip ediyordum. Silah sesleri susmuştu fakat bağırışlar hâlâ kaldığı yerden devam ediyordu. Çıkışa doğru yürüdüğüm sırada Şafak alaycı bir ses tonuyla, "Adamların ölecek," diye mırıldandı. "Belki de çoktan geberdiler."

Sıraç silahı ile Şafak'ın yüzüne esaslı bir tane indirirken bacaklarım titredi. Küçük Melek babası olmadan ne yapardı?

"Sıraç, acele et!" diye bağırdım ve çıkışa koşturdum. "Ben önden gidiyorum!"

Sıraç'ın arkamdan, "Beni bekle!" diye bağırmış olmasını umursamadan koşmaya devam ettim. Bahçeye çıktığımda etrafın hiç olmadığı kadar sessiz olduğunu fark ettim. Hafif dalgalı denizin taşlara çarparken çıkarttığı ses dışında hiçbir şey duyulmuyordu. Neler dönüyordu?

Havaya bir el ateş edildi.

"Siktir!" diye bağırdıktan hemen sonra sesin geldiği yöne doğru koşmaya başladım. Lütfen onlara bir şey olmasın, buna katlanamazdım. Hızla merdivenleri tırmanırken, hiç zorlanmadan demir kapıdan atladım ve etrafa kısa bakışlar attım. Ah, Sıraç'ı beklemeliydim. Karanlıkta tam olarak göremeyen gözlerim, yine de bir şey görebilmek adına etrafı taramaya devam etti. Sanki büyük bir kargaşanın içerisinde kaybolmuştum, tüm bunlar bir rüyadan ibaretmiş gibi geliyordu.

Her an uyanacakmışım gibi.

Beynimin bir kısmı Şafak'ın söylediklerini takip ediyor, diğer kısmı ise bir çıkış yolu arıyordu. Bilinçaltımın bana yönelik büyük bir kısmı çoktan yoldan çıkmıştı. Şu an yapamayacağım hiçbir şey yoktu.

"Ankaralı!" diye bağırdı birisi. Bu ses sokağın hemen sonundaki karanlıktan yankılanmıştı. Ayağımdaki botların ağırlığına aldırmadan hızlıca koşmaya başladım. Botlarımın gıcırtıları ve nefes sesim birbirine karışırken elimdeki silaha daha sıkı sarıldım, kanlı çakıyı tekrar cebime yerleştirdim. Ona ihtiyacım olabilirdi. Ah, neler yapıyordum ben böyle? Annem şu halimi görse kalbine inerdi ama yapacak hiçbir şeyim yoktu. Zihnime açtığım delikten dışarı boşalttığım düşünceler rüzgâra karışıp etrafa uçuşurken, ayaklarıma yüklendim.

Rüzgâr beni tokatlarken, aynı zamanda ben de bedenimle rüzgârı hırpalıyordum. Nihayet sokağın sonuna geldiğimde deli gibi etrafıma bakıp nefes nefese kalmış bir şekilde eğildim. "Savaş!" diye bağırdım soluk soluğa. Sesim sokakta büyük bir yankı uyandırmış, karanlığa çarpıp daha yüksek bir şekilde kulaklarıma doluşmuştu. Karanlık olan sokağın tek rengi sesim olmuştu. "Halim!" diye bağırdım tekrardan. Neredeydiler? Onlara bir şey olmamalıydı, Sıraç ve benim uğruma kurban gitmemeliydiler. Nefes nefese etrafa bakınmaya devam ettim ve doğruldum. Seslerinin buradan geldiğinden adım gibi emindim. Ama yoktular.

"Onu buldum!" diye bağırdı tok sesli bir adam. Sesin geldiği yöne başımı çevirip baktığımda ise bana doğru koşturan uzun boylu iri bir adamın varlığını gördüm. "Ahmet, yakala onu!" diye bağırdı iri adam.

Bağırdığı tarafa baktığımda aynı onun gibi iri fakat daha kısa bir adamın da zıt yönde bana doğru koşturduğunu gördüm. İki adamın ortasında kalmış salak salak bakınırken, ne yapmam gerektiğini sorguluyordum.

Ne yapmalıydım?

Silahı havaya kaldırdım ve gökyüzüne kısa bir bakış atıp ruhsuz bir şekilde gülümsedim. "Hoşça kal Mayıs Karamaça," diye mırıldandıktan hemen sonra parmağım tetiğe gitti ve önce sağıma hızla dönüp uzun boylu iri adama doğrulttum silahımı. Gözlerimi kıstıktan hemen sonra parmağımı çektim ve silah büyük bir gürültüyle patladı. Hemen ardından hiç beklemeden diğer adama doğru döndüm ve silah ikinci kez patladı.

Iskalamış mıydım? Vurmuş muydum? Bunu yapmış mıydım?

Elimdeki silah karanlıkta parıl parıl parıldarken gözlerim adamlara kaydı. Sağ tarafımdaki adamı kolundan yaralamıştım ve silahını düşürmesine sebep olmuştum. Barut kokusu ciğerlerimi yarıp içime işlerken, kalbime düşen ağırlık geçmişimin bana vedası gibiydi. Sıyırdığı her halinden belliydi, adam iyiydi. Diğer adam ise kurşundan kurtulmayı başarmış ve zıt yönümde koşarak benden uzaklaşmıştı. Cidden onu korkutabilmiş miydim?

"Sen ne bok yediğini sanıyorsun, dolunay surat?" diye bağırdı Savaş çalılıkların arasından çıkarken. Elinde silahı vardı, silah ay ışığının altında parlıyordu.

"Ben..." Sağ tarafımda uzanan kolu yaralı adama baktım. Adam iyi gibi görünüyordu ama acıyla kıvranıyordu. "Onu vurdum."

Savaş bana doğru koştuktan hemen sonra beni güçlü kollarının arasına aldı ve, "Korkma seni acemi, onu ben vurdum," diye mırıldandı. "Sen mi?" diye kekeledim ve gözlerimi onun siyah gözlerine çevirdim. "Ama ben..."

"Iskaladın." Genişçe gülümsedi.

"Halim nerede?" diye sordum, sesim güçsüz çıkmıştı ve Sıraç hâlâ ortalıklarda yoktu.

"Halim iyi, muhtemelen bir kuytu köşede pusuya yattı ve indirebilecek adam arıyor." Kıkırdadı. "Karayel nerede? Onu bulabildin mi?"

"Ben... Onu buldum ama geride bıraktım. Size bir şey oldu sandım." Telaşla Savaş'ın kollarından kurtularak etrafı kolaçan ettim.

Sıraç'ın bana doğru koştuğunu gördüğümde ciddi anlamda içim rahatlamıştı. Karayel tüm ihtişamıyla bana doğru koşuyordu, üstelik iyiydi. Tamam, ciddi sayılmayacak yaraları vardı ama sapa sağlam buradaydı. Yanımda.

Sıraç'a doğru dönüp ona adımladığımda çoktan beni kolları arasına almıştı bile. "Geleceğini biliyordum," dedi kısık bir ses tonuyla. "Beni bırakmayacağını biliyordum."

"Mümkünmüş gibi konuşma, seni salak," diye azarladım onu ve Savaş'ın varlığını zerre umursamadan burnumu Sıraç'ın boyun girintisine yerleştirdim.

"Yolun sonu!"

Üçümüz de aynı anda sesin geldiği yöne baktığımızda büyük bir şokla karşılaştık. Şafak iplerinden kurtulmuş, elinde gri bir silah ile bize doğru yaklaşıyordu. "Kızı bırak Karayel," dedi yüksek bir ses tonuyla. Sesi, gecenin karanlığın zifirden ipine katrana batırılmış boncuklar dizmişti.

"Bırakmazsam?" dedi Sıraç zerre korku duygusu barındırmayan bir ses tonuyla.

"Seni vuracağım Karayel."

Savaş silahına davrandı fakat Sıraç onu durdurdu. "Dur Ankaralı. Elinde silah var, beynini dağıtır senin," diye fısıldadı.

Sıraç, Savaş'ı mı koruyordu?

Sıraç beni arkasına sakladı ve önüme geçip meydan okurcasına Şafak'a baktı. "Onu benden ölüm bile alamaz, sen de bunun farkındasın,"

"Onu hak etmiyorsun!" diye bağırdı Şafak, sesi aklını kaybetmiş gibi çıkıyordu.

"Onu hak eden tek insan benim, bunun farkındasın," dedi Sıraç oldukça sakin bir sesle.

Savaş da hemen Sıraç'ın yanına geçti ve beni tamamen etten bir duvar olarak koruma altına aldılar.

"Sen çekil Ankara bebesi, yoksa seni de indiririm," dedi Şafak ve bir iki adım daha atıp dalgalanan denize kısaca baktı. Dalgalar çoğalmış, tuz kokusu baskın bir hal almıştı.

"İndir, durma," diye meydan okudu Savaş

"Elindeki silahı kullanamaman büyük kayıp Ankara bebesi." dedi Şafak ve sırıttı. "Ah, doğru ya. Bana ateş ettiğin an benim elimdeki silahta patlamak zorunda kalacak."

Tek başıma etrafta olup bitenleri izlerken sordum bunu kendime, ben bu kargaşanın tam olarak neresindeydim?

"Savaş, Mayıs'ı da al ve kaybol," diye fısıldadı Sıraç ve tam o sırada kulağı sağır edecek bir patlama sesi koptu. "Ah, ıska!" dedi ve kahkaha attı Şafak fakat ikinci kez tetiğe sarıldığında durumun ciddiyetini fark edip elimdeki silahı Savaş ile Sıraç'ın arasından uzatıp ikisini de ittim. Savaş'ın ve Sıraç'ın gözleri şokla açılırken, Şafak tam tetiği çekiyordu ki, "Bana ait olana zarar vermene izin vermeyeceğim!" diye bağırdıktan hemen sonra gözlerimi yumdum ve ikinci bir patlama sesi sokakta yüksek yankı uyandırdı.

Tam burada...

Fethiye, Karagözler...

Eski sahil güvenlik önünde...

Eli kanlı âşık bir katile dönüştüm.

12. MİNİK ŞEYTAN

Sevdama ateşten elbiseler giydirme vakti gelmişti. Bir adama duyduğum delice sevgi miydi elimdeki kan kokusunun sebebi? Avuçlarımın vişne koktuğunu söylemişti, sahi kan koktu diye vazgeçer miydi?

Ben, Ceren Karamaça'nın biriciği.

Ben, Fetih Karamaça'nın gözünün bebeği, kızı.

Ben, bir kitabın içindeki sayfaların sahibi...

Kan kokuyordum.

Sevdam için sonbahar vaktiydi, belki de kış. Ben sevdamın bir yaz mevsimi olduğunu düşünmüştüm, belki de baharda açan bir çiçek. Kan renginde, al al fakat mis kokulu bir çiçek.

Anne, sanırım seni kurtarmak için çıktığım bu yolda kendimi kaybettim. Üzgünüm anne, beni senin elinden alan adamın oğluna âşık oldum.

Şafak ağır çekimde yere düşerken yeşil bakışları beni bulmuştu. Elindeki silah yere fırlarken gürültülü bir şekilde patladı ve mermi boşluğa akıp gitti. Hâlâ ileriye doğru tutmuş olduğum silah ellerim ile birlikte tir tir titriyordu, gözlerim öylece boşlukta kalmıştı. Şafak'ın düşmeden önceki o bakışı beynime kazınmıştı ve sanırım ölene dek benimle yaşayacaktı. Bu terk edilmiş yerde patlayan silah sesleri insanları rahatsız etmiyor muydu? Ben ne yapmıştım? Acaba annem şu an ne yapıyordu? Kan kokusunu alabiliyor musunuz? Ben alabiliyordum. Kan kokusu beynime nakşedilirken, gözlerim bulutlarını topluyordu. Ama ağlamayacaktım.

"Mayıs." Bu ses kime aitti? Beni omuzlarımdan sarsan kimdi? "Miniğim!"

Gözlerim boşluktan sıyrılıp yerde boylu boyunca uzanan fakat bilinci açık bir şekilde bize doğru bakan Şafak'a kaydı. Siyah takımının beyaz gömleği uğursuz sıvıya bulanmıştı ve bakışları bomboştu. Bakışlarım birkaç dakika boyunca Şafak'ın üzerinde takılı kaldı. Hiçbir düşüncem yoktu. Bir tane bile. Sadece içimde arapsaçına dönmüş bir duygu karmaşası vardı. Panik ile hayret aynı anda birbirlerini besliyorlardı.

"Ödeştik, küçük," diye fısıldadı Şafak gözleri yavaşça kapanırken. Evet, bilinci kapanmıştı. Üstelik sesi can çekişiyor gibi çıkmıştı. İçimdeki insani taraf beni tokatlarken, acımasız taraf bana kucak açmış, saçlarımı okşuyordu.

Beynime sıçrayan acı büyük bir felaketi de beraberinde getirdi. Ben onu vurmuştum. Şafak Uzar'ı vurmuştum.

Belki de ölmüştü. Onu öldürmüştüm.

Bilinci kapanmıştı ve büsbütün öylece yatıyordu. Boylu boyunca yattığı kaldırımda hiçbir yaşam belirtisi göstermiyordu.

"Miniğim!" diye haykırdı Sıraç ve güçlü parmaklarını omuzlarıma geçirip şiddetli bir şekilde sarstı bedenimi. Bedenim bezden bir bebek gibi oradan oraya savrulurken ruhsuz gözlerle Sıraç'a baktım.

"Seni koruyabildim mi?" diye sordum, sesim aciz çıkmıştı fakat bakışlarım hâlâ donuktu.

"Beni korudun!" dedi Sıraç yüksek bir ses tonuyla. Hatta bağırmıştı. Ve hemen ardından güçlü kollarını bedenime örttü ve kokusu ile sakinleştiğimi bildiğinden burnumu boynuna dayadı. "Beni korudun, miniğim."

"Onu öldürdüm mü?" diye sordum kendime yabancı bir ses tonuyla.

"Hayır! Sen beni korudun!" Tekrar bağırdı Sıraç, ardından beni daha sıkı sarıp kahve kokusunu içime doldurmamı sağladı.

"Ben seni korudum mu?" diye sordum tekrardan, beynimdeki cümleleri bir rayına sokup dudaklarımdan dışarıya çıkaramıyordum. Aynı şeyleri tekrarlayıp durdum, bedenim buzdan bir kütlenin içine düşmüş ve her bir hücrem ayrı ayrı donuyordu sanki şu an. Beynimin içinde buzullaşan kelimeler donuk bakışlarını yüzüme dikmişti.

"Gidiyoruz!" diye bağırdı Sıraç, ardından dudaklarını saç diplerime bastırıp ısısını benimle paylaştı. Ilık pembe çikolatalar beynimin içine akarken, silah hâlâ avuçlarım arasındaydı. Yüzümü Savaş'a çevirdiğimde onun da şaşkın olduğunu gördüm.

"İşte bu kez ıskalamadın, dolunay surat." Buz kesmiş bir yüz ifadesiyle az önce yere serdiğim adama bakarken, sesinde de şaşkınlığın çığlığı vardı.

"Ankaralı, Halim'i bul ve motorla mahalleye dönün. Biz biraz hava alacağız," dedi Sıraç ve benden ayrılıp kolumdan çekiştirerek yürümeye başladı.

Arkamızda yaralı bir adam ve bir ceset bırakmıştık. Yani kısmen ceset olduğunu düşünüyordum.

"Sıraç, o öldü mü?" diye sordum kendime yabancı gelen ve tir tir titreyen sesimle.

"O ölmedi. Yalnızca bilinci kapandı. Emin ol birazdan adamları onu bulacaktır." Bileğimden çekiştirerek yürümeye devam ederken, onun da en az benim kadar endişeli olduğunu söyleyen tarafım kafamın içinde susmuyor, benimle ilgili çirkin gerçekleri suratıma çarpıyordu.

Elimde sallanan silah, güçsüz düşmüş bacaklarım ve ben... Acizdik. Büsbütün.

Karanlık sokağı dönüp başka bir karanlık sokağa giriş yaptığımızda buradaki nefes alan tek canlı ikimizdik. "O silahı beline yerleştir bir gören olacak," dedi Sıraç dümdüz bir ses tonuyla. Cevap vermediğimi fark edince omzumun üzerinden bana baktı ve durgun yangın mavisi gözlerini kısıp yutkundu. Durdu ve ardından tekrar bana sarıldı. Kolları sıcacıktı. "Pişman mısın? Sana zarardan başka hiçbir şey veremiyorum, değil mi?" Sesi hüzünlü çıkmıştı. Dudaklarını tekrar saçlarıma bastırdı ve beni sakinleştirmeye çalıştı. Onu elimdeki silahı göğsüne bastırarak ittim ve kaşlarımı çatıp gözlerinin içine baktım. Yangın mavisi gözler büyük bir şaşkınlıkla irileşirken, bakışıma bir anlam vermeye çalıştığını fark ettim.

"Pişman mıyım?" diye bağırdım dehşet içinde. Göğsüne namlunun ucuyla sıkı bir tane geçirdim. "Pişman olup olmadığımı mı soruyorsun bana?"

İrileşmiş yangın mavisi bakışlar bana büyük bir şaşkınlıkla bakıyordu. Yanaklarında küçük çizikler vardı ve çiziklerden sızan kan kurumuştu. Bunun dışında üzerine yapışan siyah gömleğinin bazı kısımlarında küçük yırtıklar vardı.

"Mayıs?" dedi sorarcasına ve dudakları şaşkınlıkla aralandı. Ne diyeceğini bilemez gibi bakıyordu, tepkim onu şaşırtmıştı.

Silahın namlusunu iyice göğsüne bastırdıktan sonra yüzümü acıyla buruşturdum ve bakışlarımı ondan saklamak adına başımı önüme eğdim. "Ya ölseydin?" diye sordum başım hâlâ yere eğikken. Onun olmadığı bir dünyayı düşünürken bile etim ucu alev almış cımbızlar tarafından çekiliyordu.

"Ama ölmedim, sen kurtardın beni," diye fısıldadı. Fısıltısı saç diplerimden girmiş, oradan da beynime ulaşmıştı. Sıcak nefesi saç derimi okşarken sertçe yutkundum.

"Pişman mısın?" diye sordu ve dudaklarını bir kez daha saçlarıma bastırdı. Namlu hâlâ onun göğsüne dayalı bir şekilde duruyorken kendini bana bastırıyordu. Şu an onun hayatı benim avuçlarımın arasındaki silahın patlaması ile doğru orantılı olarak son bulabilirdi. Onun ömrü avuçlarımın arasındaydı. Namlunun ucuyla göğsünü eşeledim ve kafamı kaldırıp yüzüne baktım. "Bir daha olsa bir daha yapardım," diye mırıldandım. "Sana zarar vermek isteyen herkesin Azrail'i olacağım Karayel."

Yangın mavisi gözler irileşti, irisler yeşil ile mavinin sevişmesine tanıklık ederken, güçlü kollar beni kendisine çekti ve birazdan yok olacakmışım gibi büyük bir korkuyla beni sarmaladı. "Annemden özür dilemem gerekecek," diye mırıldandı Sıraç, kafamı kaldırıp tekrar gözlerine baktığımda gözlerinde büyük bir şefkat gördüm.

"Neden?" diye sordum masumca, vücudum hâlâ buz gibiydi fakat kalbim çoktan ısınmaya başlamıştı bile.

"Minik katiline âşık oldum."

Göğsüm tıpkı bir kiraz çiçeğinin pembe yaprakları gibi aralanıp içindekileri dışarı dökerken, kanın kokusu zihnimde açtığı yarıklardan içeri sızarak yerini sert bir kahve kokusuna bıraktı. Sevdam bana sevdalandı.

"Annenden özür dilemem gerekecek," diye mırıldandım kalbim göğsümü tırmalarken. Parmak uçlarımda yükselip aramızda duran silahı umursamadan dudaklarımı onun dudaklarının birkaç santim yanında durdurdum.

"Neden?" diye sordu. Gözleri irileşmiş, büyük bir istekle bana bakıyordu.

"Annesini elinden aldığım oğluna âşık oldum."

Yangın mavisi gözler masmavi lavları gözlerimin içine püskürtürken, inleyerek dudaklarına kapandım. Belimi sarmalayan eller parmak uçlarıma verdiğim baskıdan kurtarırcasına beni kendisine çekerken, dilim çoktan dudaklarını aralamış ve onun ağzının içindeki yolculuğuna başlamıştı bile.

Dolunayın ışığı yüzümüzde patlarken, onun tadını aldım.

Kaderimin...

Dudaklarımız ayrıldığında ikimiz de nefes nefeseydik. Damağımdan kalbime yol yapan karamelli çikolata, akışkan bir şekilde tüm izlerini içime salarak ilerliyordu. Buradaki kaldırım taşlarının dizilişini bile asla unutmayacaktım. Burası, aşkımın karşılık bulduğu yerdi. Burada kalbimde bir kiraz ağacı çiçeğe durmuştu.

Ben burada birini vurmuştum.

Ben burada birine vurulmuştum.

"Gidelim yangınım," dedi Sıraç dudakları hâlâ dudaklarıma baskı uygulayacak bir yakınlıkta duruyorken.

"Gidelim mavim," diye mırıldandım. Kalbime dökülen gerçekler harflerini batırarak tüm bedenimi ele geçirirken. Uzun parmakları narin parmaklarımı kavradı ve elimi sıkıca tuttu. Diğer eli ile elimdeki tabancayı aldıktan sonra kendi beline yerleştirdi ve avucunun içindeki nabzı elimi gıdıklarken yürümeye başladık.

Bizi bekleyen kadere...

Kaderimize.

Kordon boyuna yakın bir yere çıktığımızda kordonun bomboş olduğunu gördüm. Hâlâ el eleydik. Yoldaki darı satıcısı ve taksi durağında uyuklayan adamlardan başka hiç kimse yoktu. Bacaklarımda derman olmamasına rağmen iyiydim. Sıraç Karayel bana âşık olmuştu, bana. Sevdalandığım, bana sevdalanmıştı. Bizimkisi basit bir aşk değildi, zorlu yollardan geçmişti. İkimiz için de imkânsız denecek yollardan. Belki de ikimiz de emin değildik hiçbir şeyden. Bir şey hariç. Kalplerimiz birbirleri için çarpıyordu. Elimi kavrayan elin sahibi, tatlı bir sakinlikle kordon boyunda yürürken ben de onu takip ediyordum. Adımları benden büyüktü, benim adımlarım ona erişmese de kalbim erişmeyi başarmıştı.

Dalgalar kayalıklara çarpıp köpüklerini sergilerken, Sıraç duraksadı. Onun durması ile ben de durmak zorunda kaldım ve sırtına tosladım.

"Canın acıdı mı, sakarım?" diye sordu Sıraç, ardından bana doğru dönüp yüzümü avuçları arasına aldı.

"Acımadı, serseri," diye mırıldandım utangaç bir tınıyla.

"Serseri. Hım," Dudaklarını dudaklarıma yaklaştırdı. "Bu serseriye âşık oldun, ha?"

"Sus, düşmanına âşık olan sensin bir kere," dedim bilmiş bilmiş, parmaklarım karanlık bir yolu takip ederek yüzündeki kuru kana dokundu.

Parmaklarımın yüzüne dokunmasıyla gözlerini kapatması aynı saniyeler içinde gerçekleşti. Parmaklarım yüzünü severken, memnun bir şekilde kapattığı gözleri ve hafif yukarı kıvrılmış dudağı ile muazzam görünüyordu.

"Ne yapacağız Mayıs?" diye sordu gözleri hâlâ kapalıyken.

İçim bir an burkulsa da çok mutluydum. Sevgisinin hangi seviyede olduğunu öğrenmiş ve onun kalbine dokunabilmiştim.

"Ne yapmalıyız Sıraç?" Sorusuna soru ile karşılık verdikten sonra yüzümü sarmalayan avuçlarının içine bir öpücük bıraktım. Avucunu öpmemle birlikte ciğerlerine derince bir nefesi doldurdu ve huzurla gülümsedi. Gözleri kapalıydı ama gözlerinin içinin güldüğünden de adım gibi emindim.

"Bence ne yapalım biliyor musun?" diye sordu ve kirpikleri usulca havalanıp yangın mavisi bakışları huzuruma çıkardı.

"Ne yapalım?" diye sordum işaret parmağımı elmacık kemiğinin üzerinde gezdirirken. Onun kalbinin sesi ile karışık denizin dalgalarının çıkarttığı sesleri dinlemek beni her şeyden soyutluyordu.

"Birbirimizi sevelim, kimseyi önemsemeden. Senden başka hiç kimse umurumda değil benim, yalnızca seni istiyorum." Yutkundu ve cevap beklercesine gözlerimin içine bakmaya başladı. Tutulmuştum. Bu gece yaşadığım kötü şeylerin aksine bu bir ödülden çok daha fazlasıydı.

Kokusunu soludum, taze çekilmiş kahve kokusunu. Dünya üzerinde cennet olarak ilan edilebilecek kadar güzel bir kokuya sahipti.

"Sıraç," diye mırıldanırken bir kez daha parmaklarımın üzerinde yükselip burnumu burnuna dayadım. "Seni seviyorum."

Sesim fısıltı şeklinde onun dudaklarını okşarken burun burunaydık ve uzun kirpikleri yangın mavisi bakışlarını bana sunup ziyafet çekmemi sağlıyordu.

"Mayıs." Sesi, tıpkı soyadı gibi simsiyah bir yel şeklinde okşadı yüzümü, burnunu burnuma yasladı. "Sana âşığım,"

Yüzünde kanının tuzlu kokusu vardı fakat bu bile kahve kokusunu bastırmaya yetmemişti. Şiddetli bir dalga büyük bir gürültüyle hemen önümüzdeki kayaya çarparken dudaklarımız bir kez daha birleşti.

Dudaklarımız ayrıldıktan sonra hiç konuşmamıştık. Ânı bozmadan el ele kordon boyu yürümüş, sonrasında eve gelmeyi başarmıştık. Karanlık ve ıssız yolları sessizce yürürken, ellerimiz ter içinde kalmıştı. Duyduğumuz tek şey nefes ve kalp seslerimizdi. Onun benim için çarpan kalbinin sesi, tüm melodileri gömüp kendi cumhuriyetini kurmuştu. Benim üzerimde kurduğu cumhuriyetine 'hayır' demek ne mümkündü? Kapının kilidini açıp eve girdiğimizde ışıkları dahi açmadan beni kucakladı ve ahşap merdivenleri yavaşça tırmanmaya başladı.

Bu gece bir cinayete karışmış olabilirdim, Şafak'ın yaşadığından pek de emin değildim.

Ama bu gece bir şeye daha karışmıştım.

Sıraç Karayel'e.

On yedi yaşımın son gününde, on sekizime merhaba demeden hemen bir gün önce, belki de birkaç saat... Bir adam hayatıma tam anlamıyla dahil olmuştu. Yatak odasının kapısını açtıktan sonra beni yatağa kadar taşıyıp yatağın üzerine bıraktı. Bakışları normal şartlardaki Sıraç Karayel'in bakışlarına oranla çok utangaç ve masumdu.

"Banyo yapacağım, sen üzerini değiş ve biraz dinlen," diye mırıldandıktan sonra elbise dolabının önüne gitti ve dolabı açıp birkaç parça kıyafet çıkarttı.

"Ben de seninle banyo yapmak istiyorum," dedim kısık bir ses tonuyla, yataktan kalkıp ona doğru yürüdüm yavaşça. Sırtı bana dönük olduğu için yüz ifadesini göremiyordum ama olduğu yerde donakalmıştı. Yüzümü sırtına yasladıktan sonra ellerimi beline doladım, onun kan ile karışmış kahve kokusunu içime çektim. "Seninle banyo yapabilir miyim?"

Omzunun üzerinden bana doğru baktığında, bakışlarının tuhaf fakat bir o kadar da şefkat dolu olduğunu gördüm. "Tabii," diye mırıldandı şefkatli bir tınıyla. Bana doğru dönüp beni kolları arasına aldı. "Sormana gerek varmış gibi..."

Belini sıkıca sardım ve o da omuzlarımdan tutup beni kendisine çekti. Ah, kokusu. Yeryüzüne düşmüş bir melek olma ihtimali yüzde kaçtı? Tamam, şeytan olduğu zamanlar da oluyordu ama şeytan da bir melek değil miydi zaten?

Beni tekrar kucakladıktan hemen sonra kıyafetleri almadan silahı yatağa attı ve yatak odasından çıktı. Kucağında hayranlıkla onu izlerken, o da aynı hayranlık dolu bakışlarla beni izliyordu.

"Önüne bak, düşeceğiz," diye mırıldandım ısınan yanaklarımı ondan saklamaya çalışarak.

"Düşersek altımda kalırsın. Bu işime gelir," dedi alay kokan bir ses tonuyla fakat bakışları hâlâ büyüleyici bir güzellikle yüzümün orta yerine konuyordu. Cevap vermedim, tartışmak ya da atışmaktan ziyade onunla banyo yapmak istiyordum. Banyoya girdiğimizde Sıraç beni kucağından indirdikten sonra, "Küvette mi yoksa duşakabinde mi?" diye sordu.

"Şey..." Sesim mahcup bir tonda yükseldi. "Fark etmez."

Sıraç belli belirsiz gülümsedikten sonra küveti doldurmaya başladı. Küvet dolarken üzerindeki siyah ve hasarlı gömleği yavaşça çıkarttı. Gömlek kayıp yere düşerken kaslı vücudunu gözler önüne sermiş, beni büyülemişti. Tam kot pantolonunu çıkartacaktı ki, gözleri bana kaydı. İlgiyle onu izlediğimi görünce kaşlarını çattı ve, "Şşş, kendine gel. Anladık seksiyim ama böyle de bakılmaz," dedi alay dolu bir ses tonuyla.

Kıkırdadım, gerçekten ukalanın tekiydi.

"Miniğim," diye mırıldandı kot pantolonunu sıyırırken. "Korkma, sana zarar vermeyeceğim. Tamam mı?" Boxerıyla kaldıktan sonra küvetin içine girip bana elini uzattı. "Gel, mavine."

Sihirli cümleyi duymuşçasına çözüldüm, elini tutup küvetin önüne kadar geldim. Küvete girmeden hemen önce gözlerimi kaldırdım ve beklenti dolu bir ifadeyle ona baktım. Anlamış olacak ki gülümsedi, üzerimdeki kot gömleğin düğmelerini açmaya başladı. Nefesim hızlanırken dünya ayaklarımın altından kayıp gidiyor gibiydi. Yer çekimi veya diğer tüm zımbırtılar, hepsi varlığını yitirmişti. Uçuyordum. Kot gömleği büyük bir dikkatle çıkardıktan sonra kırmızı pantolonumun düğmesini açtı ve bacaklarımdan aşağıya doğru indirdi. Ayaklarımı kaldırarak çıkarmasına yardım ederken, onun omuzlarından destek alıyordum. İç çamaşırlarımla onun önünde öylece kalınca yanaklarımın yandığını hissettim. Ama bu pek de önemli değildi, mutluydum ve ondan utanmak istemiyordum. Küvete doğru bir adım attıktan sonra ılık su bedenimi kavradı, anında çözülmemi sağladı. Sıraç omuzlarımdan tutup beni oturturken, küvetin bir ucuna ben diğer ucuna o yerleşmiştik bile.

Ilık su yükseldikçe bedenimizi örtüyordu. Sıraç bacaklarını yanlarımdan geçirdi, aynı şekilde ben de bacaklarımı onun yanından geçirdim ve gözlerinin içine büyük bir istekle bakmaya devam ettim. Bu gözlerin içinde bana ait birçok şey vardı. Bu gözler bana nefretle de bakmıştı, büyük bir aşkla da.

Şu an çok büyük bir aşkla bakıyordu. Elbette aşkının büyüklüğünden o kadar da emin değildim. Ama gözleri... Bilirsiniz gözler belki de yalan söyleyebilen en son organımızdı. Tabii bir karaciğerin yalan söylemesi mümkünse...

Birkaç dakika sessizce birbirimizi izledik. Sıraç'ın yangın mavisi gözlerine baktığımda içimde soğuk, panikle beslenmiş bir korku ve kötü bir şey olacağı önsezisi belirmişti. Bunu yoksaydım.

"Bana ne zaman âşık oldun?" diye sordu Sıraç sessizliği kesen kahve kokulu sesiyle.

Gözleri beklenti dolu bir ifadeyle beni izliyordu. Cevabım onun için bir nimet değerinde olmalıydı ki, ilgiyle cevabımı bekliyordu. "Sus," diye homurdanıp bakışlarımı ondan kaçırdım. Tamam, utanmak yoktu ama böyle olunca da tuhaf hissediyordum işte. Yaklaşık üç dört saat önce bunların olacağından bihaberdim.

"Merak ediyorum."

"Sen bana ne zaman âşık oldun?" diye sordum meydan okurcasına, su sıcaklığı vücudumu gevşetirken gözlerim onun yangın mavisi bakışlarını kafesi altına almıştı.

"İlk gülüşte."

Duraksadım ve bir süre anlamaz gözlerle ona baktım. Alaycı bir şekilde gülümsediğinde, yüzünde kuruyan kan izine odaklandım. Suyun içinde kayarak ona doğru yaklaşıp tam kucağına oturduğumda bir an için irkildi. İrileşmiş gözlerle bana bakarken ne kadar muazzam göründüğünün farkında mıydı acaba?

"Sorun ne?" diye sordu, sesi boğuk çıkmıştı. Duş lifine uzandıktan sonra lifi suya batırdım ve yüzündeki kuruyan kan lekesini ovalamaya başladım. Nazikçe ovalıyordum, tahriş olmasını istemiyordum. Kedi gibi mayışırken gözleri yavaşça kapandı. Teninin sıcaklığını suyun altından bile hissedebiliyordum. Yüzündeki kan izlerini tam anlamıyla temizledikten sonra duş jelini life döküp köpürttüm ve beyaz tenine baskı uygulamaya başladım. Omuzlarını büyük bir özenle ovalarken, yüzünü izliyordum. Gözlerini kapatmış, kendisini ellerime bırakmıştı.

"Benim güzeller güzeli yasak elmam," diye mırıldandı Sıraç, hemen ardından duş lifini tuttuğum elimi havada kapıp göğsünün üzerine çekti. "Üzerime gel." Bir an yutkundum. Hayır! Böyle bir şeye hazır değildim, banyo köşesinde... Hayır! "Şu fesat düşünceleri zihninden kovup üzerime gelir misin Mayıs?" dedi sert bir sesle.

Zihin okuyucu iblis!

Üzerine doğru abanıp başımı göğsüne yasladım. Suyun içinde büyüyen nefes alıp verişlerimiz öylesine huzurluydu ki. "İyi misin?" diye mırıldandı. Göğsünün üzerinde yatıyor ve aynı zamanda ılık su ile yoğuruluyordum, nasıl kötü olabilirdim ki? Ah, bir adamı vurmam dışında iyiydim.

"Hıhı," diye mırıldandım kısık sesimle. Kollarımı beline sardım.

"Her şey yolunda, emin ol o piç kurusuna hiçbir şey olmadı." Sesi dümdüz, ifadesizdi. Beni kollarıyla sımsıkı sarıp heybetli göğsüne bastırdı.

"Olmamıştır, değil mi?"

"Olmamıştır," diye fısıldadı ve saçlarıma küçük bir buse kondurdu. "Pişman mısın?"

"Daha kaç kez söylemem gerekiyor, seni salak?" diye hırlarken öfke dolu bakışlarım onu odağına almıştı bile. "Pişman falan değilim, sana zarar verecek her şeyi yok edebilecek kadar kararlıyım. Tamam mı?"

Bakışları gözlerime ardından da dudaklarıma indi. Bir süre dudaklarıma baktıktan sonra ani bir hareketle dudaklarıma yapıştı. Dudaklarını dudaklarıma kapatıp dudaklarının ardındaki nabzı hissetmemi sağlarken, dilini büyük bir ustalıkla pembe etimde gezdirdi ve hemen ardından dilini iki dudağımın arasından içeriye sızdırdı. Islak dili ağzımın içini istila ederken yoğun bir şekilde dudaklarımı vakumluyor, aynı zamanda da ağzının içindeki ıslaklığı benimle paylaşıyordu. Ilık ve hoş kokulu nefesi tıpkı bana aitmiş gibi ciğerlerime dolarken aynı zamanda dilinin verdiği ıslaklık da damağımdaki kuruluğu yok ediyordu. Asırlar sürecek bir öpüşmenin ardından dudaklarını yavaşça geriye çekti ve ıslak alnını alnıma dayayıp derince bir nefes aldı. Hemen ardından burnunu burnuma sürttü. Burnunu burnuma sürterken, gırtlağının derinliklerinden beğeni dolu bir mırıltı yükseldi. Eli belimden aşağıya kayarak külotumun lastiğine abandı ve lastiği aralayıp hafif bir şekilde içeri daldı.

"Ne baştan çıkartıcı bir şeysin sen, minik şeytan," diye inledi boğuk bir sesle.

"O elini oradan çek Karayel," diye fısıldadım burnumu burnuna sürterek kıkırdarken.

"Teslim olmaya niyetin yok, değil mi?" diye sordu huysuz fakat bir o kadar da masum çıkan bir ses tonuyla.

"Yok."

"Teslim olman için tüm sınırlarını zorlayacağım," diye fısıldadıktan hemen sonra beni suyun altına çekti ve dudaklarımız suyun altında birbirinin üzerine kapandı. Ciğerlerime doldurduğum hava değil, ölümdü. Karanlığı lokma lokma bana yediren bu adam, kursağımdan kendini geçirmişti.

Suyun içinden çıktığımızda Sıraç'ın yardımıyla tek bir havluya ortaklaşa sarılmıştık. Teni tenime temas ediyordu ama bizi çıplaklıktan koruyan parçalar hâlâ bizimleydi. Şu an hissettiğim mutluluğun izini süren huzursuzluk, gölgesini tenime değdirmek istese de ondan kaçıyordum.

Sıraç, sinsi bakışlarını bana çevirdi. "Arkanı dön minik, boxerımı çıkaracağım. Onunla şimdi tanışmanı istemem," dedi havlunun altından çıkarken.

Neyi kastettiğini bildiğimden kulaklarıma kadar kızardım fakat bunu önemsememeye çalışarak sırtımı döndüm. Kalbim yanaklarımda çarpıyordu sanki. "Giyin!"

Aynı şekilde o sırtını döndü ve ben de giyindim. Daha doğrusu yeni iç çamaşırları giymiştim ve o da başka bir boxer giymişti. Kıyafet giymek yerine yatağa bodoslama atladık, iç çamaşırlarımızı önemsemeden birbirimize dolandık. Sıraç kafasını göğsüme yasladı ve bir bacağını üzerime attı. Sol koluyla da beni sarmış ve tamamen kafeslemişti.

"Gün birazdan doğacak," diye mırıldandı Sıraç uykuya dalmak üzere olduğunu belli eden bir ses tonuyla. "Birazcık uyusak?"

"Hıhı." Parmaklarımı hafif ıslak olan siyah saçlarına daldırdım. "Uyuyalım."

"İyi uykular yangınım."

"İyi uykular mavim."

Uyku beni bu kez karanlığa değil zırhlı bir mavinin içine yuvarlarken, teninden tenime akan saf güveni hissettim. Doğru değildi, oturmayan şeyler vardı ama bu adamın kollarındayken yanlış bile çok doğruydu.

Sıraç'ın telefonunun melodisinin tok sesiyle uyandığımda Sıraç'ın başı göğsümde, sol kolu belimde, bacağı iki bacağımın arasında üzerimdeydi. Zehirli kırmızı gül sarmaşığı gibi birbirimize dolanmıştık. Yatağın ona ait olan tarafı bomboş, bana ait olan tarafı ise ikimize kucak açmıştı.

Bana sımsıkı yapışmış ve sıcaklamama sebep olmuştu. Alnı terliydi, aynı zamanda göğsü de. Komodinin üzerinde duran telefona uzandım ve Sıraç'ın uyanmaması için telefonun sesini kıstım. Telefonu açmaya niyetim yoktu. Kimin aklına gelirdi ki bana ölesiye nefret besleyen, şiddetin belirli bir dozunu üzerimde uygulayan Sıraç Karayel'in bir çocuk edasıyla göğsümde uyuyacağı?

Kıpırdandı fakat gözlerini açmadı. Bunun yerine beni biraz daha sıkarak, başını göğsüme bastırıp göğsümü eşeledi. Ve benim telefonum komodini bile titretecek bir şekilde sinyal verdi.

Kimden: Sılay
Oraya geliyoruz, Temmuz'la. (11.21)

Gözlerim dehşetle irileşirken, ikinci mesaj da telefon elimdeyken gelmişti.

Kimden: Sılay
Hazırlıklı olun diye söylüyorum, ne zaman gelsem sizi değişik pozisyonlarda yakalıyorum... (11.22)

Kime: Sılay
Tam olarak neredesiniz? (11.23)

Mesajı yazarken Sıraç bir an kıpırdandı fakat uyanmadı.

Kimden: Sılay
Fethiye'ye giriş yaptık, yarım saatten kısa bir süre sonra orada oluruz. (11.25)

Sıraç'ın kollarında üstümde yalnızca iç çamaşırlarıyla yatıyordum, üstelik yatmaktan ziyade birbirimize dolanmıştık. Temmuz'a ne diyecektim? Yaptığım hiçbir şeyin mantıklı bir açıklaması olmadığını biliyordum Sıraç'ı üzerimden ittiğimde yuvarlandı ve yeri boyladı.

"Ne oluyor lan?" diye çemkirdi gözleri hâlâ kapalıyken. Zemine yapışmış olduğu halde hâlâ uyumaya çalışıyordu.

"Kalk!" diye bağırırken telaşla yataktan çıkıp yatak odasının çıkış kapısına koşturdum. Ve ayak bileğimde bir el hissettim. Aynı saniyeler içerisinde yere çekilmiştim.

"Ne yapıyorsun?" diye bağırdım dehşet içinde Sıraç'ın üzerinde ve yerde uzanırken. Uyku mahmuru gözler hafif kızarık ve baygın bakışlarını yüzümde gezdirirken dudaklarını yaladı ve sesli bir şekilde yutkundu.

"Sakın bana dün gece bir rüya gördüğümü söyleme," diye fısıldadıktan sonra dudaklarını büyük bir arzuyla dudaklarıma yaklaştırıp gözlerini kapattı.

"Temmuz ve Sılay geliyor," dedim bana doğru yaklaşan dudağa boş boş bakarken.

Dudak yaklaşma işlemini bir kenara bıraktı. Gözler açıldı fakat dudaklar hâlâ ördek edasıyla bana uzanmış öylece duruyordu. "Ne kadar zamanımız var?" diye sordu gözleri komodinin üzerindeki dijital saate kayarken.

"Yaklaşık yirmi dakikamız kaldı," dedim oldukça sakin bir ses tonuyla ve üzerinde uzanmaya devam ettim.

Sıraç sakince başını salladı ve hemen ardından, "Fırla!" diye bağırdı aceleyle. Apar topar üstünden kalkmaya çalışırken bir an dengemi sağlayamadım ve tekrar üzerine yığıldım. Alt dudağım iki dudağının arasına baskı yaparken, üst dudağım da burnunun hemen altında duruyordu. Kalbim göğsüme indirdiği darbeyle beni onun göğsünden yukarı itti ve kendimi yavaşça geri çekip şaşkın şaşkın Sıraç'a baktım.

"Şöyle saf saf baktığında sana neler yapmak istiyorum bir bilsen," diye homurdanırken yangın mavisi gözler parlıyordu. Sertçe yutkundum, bakışlarım az önce baskı uyguladığım dudaklarına düşerken Sıraç beni yavaşça iterek altımdan kalktı. "Fırla minik şeytan!"

13. DOĞDUĞUN GÜN

Uzun bir yol vardı önümde, biliyordum.

Hayat belli bir düzen üzerine kuruluydu ve biz o düzenin yarattığı temeli sallanan tiyatro sahnesinin üzerinde ellerindeki uzun tiyatro metnini ezberlemeye çalışan aptal oyunculardık. Bana verilen senaryoda; annemi koruyacağım diyerek çıktığım yolda, âşık olmamam gereken bir adama âşık olmamın bana getireceği zorluklar yazıyordu. Okumadan sahneye çıkmıştım ve hâkim olmadığım bir oyunun başrolüydüm. Seyircilerin üzerimdeki gözlerini hissedebiliyor, bilmediğim repliklerin dudaklarıma düşmesini bekliyordum.

"Mayıs, donlarını ortada bırakmasana!" diye kükredi Sıraç, dün gece çıkardığı ıslak iç çamaşırını alıp banyoya koşarken. Boynumdan yukarı tırmanan kan kulaklarıma kadar beni kızıla bularken, kokumuzun sindiği çarşafı çekiştiriyordum. Ani bir patırtı koptuğunda, "Sokayım böyle işe!" diye bağırdı Sıraç öfkeyle. Hızla odadan çıkıp sesin geldiği yöne baktığımda banyo kapısının önünde, yerde oturan Sıraç odağıma girmeyi başardı. "Ne oldu?" diye sordum kocaman olmuş gözlerle.

Sıraç bana dik dik bakarken tek kaşını kaldırdı. "Hiç," dedi yapmacık bir tatlılıkla. "Oturuyorum öyle."

Dudaklarımı birbirine bastırıp yanaklarımın içini dişlerken, "Cidden sakarsın, değil mi?" diye sordum, alaycı bir tavırla.

"Gülersen ölürsün, minik şeytan," dedi tehlikeli bir sesle, oturduğu yerden yavaşça kalkarken gözleri hâlâ üzerimdeydi.

Hâlâ iç çamaşırıyla olduğunu fark ettiğimde, "Sıraç, üstüne bir şeyler giymezsen zaten öleceğim, Temmuz geliyor," dedim bakışlarımı iç çamaşırına indirerek.

Sıraç kaşlarını çatarak banyoya girerken, "Hay temmuzuna da ağustosuna da," diye homurdandı ters bir tavırla.

Aceleyle üstüme eşofman takımlarını geçirdikten sonra salona indim ve üçlü koltuğa oturup beklemeye başladım. Üstümdeki eşofmanlar hanım kız görüntüsü çizmiş olsa da, akşam ne haltlar yediğimi en iyi ben biliyordum. Yanaklarımın içini dişlerken Temmuz'un bir şeyleri anlamasından ölesiye korkuyordum şu an. Sıraç, altında siyah kotu ve lacivert kolları kesik tişörtüyle ahşap merdivenlerden inerken, kalbim sahibini yakalayan bir köpek yavrusunun kuyruğu gibi olduğu yerde hızlıca sallandı. Yangın mavisi gözler bana döndüğünde boğazımı yaran his göğsümden taştı. Yangın mavisi gözleri öyle derin bakıyordu ki, kalbim göğsümün etrafında sabun gibi kayıyordu.

"Gelecek zamanı buldu şerefsiz," diye söylendi bakışları pürdikkat beni tararken.

"Kardeşime şerefsiz deme."

Sıraç kaşlarını çattı, bakışlarında büyüyen alay beni içine çekerken, ona karşı çaresiz hissediyordum. "Benimle yalnız kalmak istemiyor musun yoksa?" Sorusundan fırlayan soru işareti ateşten bir ok olmuş, kalbime saplanmıştı. Zemini yaran adımları yavaş yavaş bana yönelirken sertçe yutkundum ve boğazımdan akan sıvının zehirden daha acı ama şifayla örtülmüş olduğunu düşündüm.

"Yaklaşma," diye fısıldadım kısık bir sesle. Bedenimi yavaşça koltuğun en ucuna kaydırırken, tıpkı avına yaklaşan bir avcı gibi bakıyordu ama o bakışlarda bana ait bir şey vardı. "Her an gelebilirler Sıraç. Yaklaşma!"

Dudağı şeytanın kızıl asaletini yırtarak tehlikeli bir tavırla yukarı kıvrıldı, bakışları üzerimde arsızca gezinirken midem yanıyordu. "Umurumda değil," diye mırıldandı koltuğun üzerine abanıp bana yaklaşırken. "Seni istiyorum."

Biraz daha gerileyip sırtımı duvara yapıştırdım. Artık kaçacak yerim yoktu. "Ya Sıraç, delirdin mi?" dedim korkuyla. "Uzak dursana benden!"

Yaklaştı, sözlerimin onda karşılığı neydi bilmiyordum ama sanırım her şeyi tersinden anlıyordu. Kahve kokusu burun deliklerimi aralayıp ciğerlerime doğru akarken, onu tutup kendime çekmek ve mesafeyi sıfıra indirmek istiyordum.

"Beni öpmek istemiyor musun Mayıs?" diye sordu yapmacık bir şekilde üzülürken.

Göğsümü aralayan hisse yenik düşerek, "Seni öpmek istiyorum," diye fısıldadım, hemen ardından sırtımı duvardan ayırıp ona doğru yaklaştım ve bakışlarım pembe çikolatalarına düştü. Bu adamın büyüleyici bir yanı vardı. Dudaklarına uzanırken gözlerim yavaşça kısıldı, kirpiklerim harelerimi örtmüş, kelimelerim inzivaya çekilmişti.

"I-ıh." Sıraç aniden geri çekildiğinde, boşluğunun rüzgârı yüzüme çarptı. "Çok yaramazsın, miniğim." Alayla sırıtıyordu. "Temmuz falan gelir şimdi, öpme boş ver."

Mideme yumruk yemiş gibi sarsılırken, bir süre inanamayan gözlerle ona baktım. "Öyle mi?" diye sordum kaşlarımı çatarak koltuktan kalkarken. "Sen nasıl istiyorsan, öyle olsun Karayel."

Ona sırtımı döndüm, salonun çıkış kapısına yöneldiğimde, "Dur," diye fısıldadı boğuk sesle ve hemen ardından hırçın bir pençeyi andıran parmakları bileğimi yakaladı.

"Ne?" diye homurdanırken bakışlarımı omzumun üzerinden ona çevirecektim ki, pembe çikolatalar alnımın ortasına kondu ve onun dolgun dudakları kader çizgilerimin kıvrımlarını doldurarak tam adının yazılı olduğu kısma sert bir buse kondurdu. Dudaklarının baskısı başımı döndürürken, ayaklarımın altındaki zemin kayıyordu sanki. Dudakları baskıyı şiddetlendirdi, dudaklarının altında atan nabzı dahi alnımda hissediyordum şu an. Sıraç Karayel, ciddi anlamda benim ağrı kesicimdi.

"Ağabey!" Bizi uyaran ses Sılay'a aitti. Salonun kapısı sesten hemen sonra açıldı, Sılay'ın bize uyarısına minnet ederek kendimi geri çektiğimde, kapı ardına kadar açılmıştı bile. Elimi ayağımı koyacak yer bulamıyor olsam da yüzüme sakinlik maskesini geçirmiştim. Sılay ile Temmuz salonun ortasında belirdiğinde, Sıraç ile aramıza mesafeyi çoktan sığdırmıştım. Temmuz'un üzerinde gri kolları kesik bir tişört, kafasında yeşil bir şapka vardı ve şapkanın gölgeliği arkaya bakıyordu. Altında kıçından düşecek gibi duran buz mavisi bir kot vardı, beni gördüğü an mavi gözleri irice açıldı. "Abla!" dedi, tok sesi duvarlara çarparken kolları anında açıldı ve ben de bana açılan kolların arasına girip onun sıcaklığını kucakladım.

Ferah kokusu ciğerlerime akın ederken, "Hoş geldin!" diye şakıdım sevinçle. Temmuz dudaklarını saçlarıma bastırdı, sıcak nefesi saç diplerimi zorlarken kollarımı onun incecik beline doladım. Sıraç sertçe öksürdüğünde Temmuz çenesini saçlarımdan yavaşça çekti ve, "Ne oldu, boğazın mı gıcıklandı?" diye sordu iğneleyici bir sesle.

"Evet," dedi Sıraç sert bakışlarını bana çevirirken. Çivit mavisine dönen gözlerinin önüne granit soğukluğunu örmüştü. "Çok gıcık oldu boğazım."

Yavaşça Temmuz'un kollarından sıyrıldığımda, Sıraç ve Temmuz tuhaf bir şekilde birbirlerine bakmaya devam ediyorlardı. Sılay, "Ben geldim, ben! Marula sarılıyorsun, bana sarılmıyorsun," diye çemkirerek beni kollarının arasına çekti ve hiç de görüntüsüne uymayan bir kuvvetle, kemiklerimi sızlatacak şekilde bana sıkıca sarıldı.

"Ben kardeşiyim onun," diye çıkıştı Temmuz. "Tabii ki de bana sarılacak, sana mı sarılacaktı?"

Sılay benden ayrılırken, "Sinek mi vızıldıyor bana mı öyle geliyor?" diye sordu etrafa tuhaf tuhaf bakarken. "Ah, sinek de yok ama?"

Temmuz Sılay'ı umursamadı ama birbirine gıcık oldukları her hallerinden belliydi. Sılay ağabeyine sarılma gereği dahi duymamıştı. Temmuz hemen üçlü koltuğa yayılırken, şapkasını çıkarttı ve kıvırcık saçlarını geriye atarak, "Konuşacaklarımız var, ondan geldik aslında," dedi tok bir sesle.

"Evet," diye onayladı Sılay onu. "Konuşmamız gereken bir konu var, sizin fikirlerinizi almadan hareket etmek istemedik."

Gören de evlenecekler falan sanırdı.

Sıraç bakışlarını benden sıyırıp kız kardeşine çevirdiğinde, gözlerinde büyüyen boşlukta yuvarlanan misketlerin çıkardığı tok sesleri duyar gibi oldum. İfadeden yoksundu bakışları. "Neymiş o konu?" Sesi dümdüzdü, bir an karnımın kasıldığını hissettim.

Sılay, tedirgin bakışlarını ağabeyine kondururken yüzü gerilmişti. "Babam, Mayıs ve Marul'un annesiyle evlenmekten vazgeçtiğini söyledi ama bunu yalnızca bana söyledi. Yani benim düşüncem o ki, sanırım babam sizinle iletişim halinde olduğumu fark etti." Sesi de bakışları gibi tedirgindi Sılay'ın.

Bakışlarım anında Sıraç'a dönerken, kalbim sert bir tekmeyi göğsüme indirmişti. "O, o kadar kolay vazgeçmez," dedi Sıraç mekanik bir sesle. Sesindeki cansızlığa rağmen, gözlerinde büyüyen telaşı görür gibi olmuştum ama belki de bu benim hayal gücümdü.

"Ben de Marul'a anlattım olanları, başta babama inanmayı seçti ama sonrasında bana hak verdi," dedi Sılay tek solukta.

"Yani şöyle söyleyeyim, bulunmanız an meselesi ve bu yüzden ablamı almaya geldim," dedi Temmuz kendinden emin bir sesle. Bakışları hızla bana döndü. "Gidelim abla, bu herifin vazgeçmeye niyeti yok. Annemi üzmekten başka hiçbir boka yaramıyor bu yaptığın."

Bakışlarımı Temmuz ve Sıraç arasında gezdirirken ne diyeceğimi bilemiyordum. Sıraç, irileşen göz bebeklerini bana çevirdi, sanki o geceki gibi yasaklı madde almış gibi bakıyordu. "Bu kadar kolay mı vazgeçiyorsunuz annenizden?" diye kükredi dehşet içinde. Kelimelerine sinen öfke, harflerinden damlamıştı.

"Annemizden vazgeçtiğimizi kim söyledi lan?" diye kükredi Temmuz, ikisinin de sesinin ekosu kulaklarımda dönmeye devam ederken öylece kalakalmıştım. "Biz ablamla birlikte annemizin yanında da savaşırız!"

Sıraç yüzünde kas dahi oynamazken, "Sen sandığımdan daha da aptalmışsın, bamya," dedi Sıraç düz bir sesle. Vücudumu garip bir elektriklenme sardı, buradan gitmek istiyor muydum sahiden?

"Aptalsam aptalım. Ablamın ne olduğu belirsiz bir herifin yanında bırakmak akıllılık olacaksa ben aptalım, tamam mı?" Temmuz'un açık mavi gözlerinde görebildiğim en net şey kararlılıktı.

Sıraç'ın bakışları bir an olsun bana uğramadı. "Ablan giderse baban vazgeçtiğinizi düşünecek, ayrıca onun gözünde kolay lokma da olacaksınız." Sıraç'ın sesinde zerre duygu kırıntısı yoktu, bir cesedin boşluğa akan kanının çıkardığı o düz sese sahipti.

"Gitmezsek de annem ablama olan özleminden hasta olacak!" Bir an kalbime tekme yemişim gibi hissettim, annemin ne halde olduğunu bilmiyordum ama bana olan düşkünlüğünün de farkındaydım. Ona duyduğum özlem, göğsümü eşeledi ve saklandığı toprağı yararak kafasını çıkarttı. "Annem, ablama bir şey olmasından korkuyor, bu endişe onu tüketiyor. Sen ne anlarsın ki?"

"Senin gidip gitmemen umurumda değil, bamya. Ama ablan giderse, babam zaten anneni hasta edecek. Sevmediği bir adamla bir ömür geçirecek olan annen, sen değilsin." Sıraç'ın sesi, bir iknadan ziyade gerçeklerin bir dokümanı gibi önümüze serilirken, sessizliğimi korudum. Temmuz duraksadı, açık mavi bakışlar Sıraç'ın üzerinde dolaşırken, Sıraç'ı haklı bulan tarafı onun vicdanını çekiştiriyor gibiydi.

"Ağabeyim haklı," dedi Sılay kollarını birbirine bağlayarak bakışlarını boşluğa çevirirken. "Söz konusu babam, ona güvenmek büyük aptallık olur."

Bu cümlenin defalarca altını çizen kalbim, öylece duraksadı. Mehmet Ali Karayel nasıl bir adamdı ki, kendi çocukları bile onun hakkında bu kadar kötü düşünüyordu? Bu adam bu kadar korkunç muydu? Eğer bu kadar güçlüyse, nasıl oluyordu da bizi hâlâ bulamamıştı?

"Bakın, haklı olabilirsiniz ama..." Temmuz duraksadı, avuçları arasında tuttuğu yeşil şapkaya düşürdü bakışlarını. Kıvırcık saçlarından birkaç tutam alnına düşmüştü, yüzü bir porselen bebeğin yüzünü andırıyordu.

"Haklıyız," diye tamamladı Sıraç kardeşimi. "Doğru olan bu, ablan burada benimleyken güvende, merak etme."

Temmuz sustu, bunun yerine açık mavi gözlerini yavaşça kaldırdı ve ayakta dikilen Sıraç'ı taradı. Ona güvenmek istiyor gibi görünüyordu ama kafasını kurcalayan, onu kendisiyle çeliştiren başka şeyler de vardı. Temmuz bir insanın suratına böyle bakıyorsa ya sorguluyordur ya da inanmak istiyordur, kardeşimi tanıyordum.

"Pekâlâ," dedi Temmuz gözlerini bana çevirirken. "Bir süre daha deneyeceğiz. Seni rahatsız edecek herhangi bir davranışı olmuyor değil mi?"

Sıraç'ın belli belirsiz sırıttığını gördüğümde boynumun yandığını hissettim. Başımı yavaşça iki yana salladım ve boynumdaki yanma hissini yok sayarak, "Hayır, olmuyor," dedim kısık bir sesle. Bu ne kadar doğruydu bilmiyordum.

"Oluyorsa ne yaparsın, bamya? Beni döver misin?" diye sordu Sıraç, sırıtmaya devam ediyordu.

Temmuz'un dudaklarını yukarı çekiştiren şeytandı sanki. "Sana bamya yediririm," dedi kendinden emin bir ses tonuyla. "Büyükçe, bayağı olgunlaşmış bir bamya."

Sıraç bir an duraksadı, dudakları düz bir çizgi şeklinde gerilirken gözleri önce bana, ardından tekrar Temmuz'a döndü. "Sen ne yemek istersin?" diye sordu, bakışları buz gibiydi. "İri ve dişlerini çıkarmış bir çupra?"

Sılay onlara aşağılayıcı bir bakış attı, ardından da benim koluma girip beni çekiştirdi. "Ergen erkekler gibi kavga edeceğinize şu konuya yoğunlaşmayı deneyin. Sizin çupranız ve bamyanız ile ilgili hikâyeleri duymak zorunda olduğumuzu düşünmüyorum. Nesiniz siz? Biriniz manav diğeriniz balıkçı mı? İğrençsiniz, ezikler."

Beni çekiştirerek ahşap merdivenlere yürüdü, Sıraç'ın ve Temmuz'un şaşkın bakışlarını sırtımda hissedebiliyordum. "Ha, unutmadan," dedi Sılay onlara yandan kısaca bakarak. "Yaklaşık bir hafta buradayız, sevgili ağabeyciğim. İkimiz de gerekli hazırlığı yaptık, burada olduğumuzu öğrenmeleri imkânsız."

Sıraç'a çevirdiğim bakışlarım irileşirken, yangın mavisi harelerini çerçeveleyen siyah izin genişlediğini görür gibi oldum. Memnun olmadığı her halinden belliydi. Bakışları yavaşça bana döndü, gözlerindeki tehdit bedenimi okşarken; bu tehdit, onları her an kapı dışarı edeceğini belirtir cinsten vurguluydu.

Üst kata çıktığımızda Sılay kendini yatağa bırakmıştı bile. "Ben yokken neler oldu, neler bitti? Hemen sıkı bir özet istiyorum senden," dedi başını yastığa koyup bedenini bana doğru çevirirken.

Tüm olanlar küçük bir film şeridine sığıp gözlerimin perdesinden hızla geçerken, "Hiç," diye mırıldandım sakince. Oysa yaşanan birçok şey vardı, en başta ağabeyiyle şu an normal iki insandan daha fazlası olduğumuzu ona nasıl söyleyebilirdim ki?

"Gazi falan olmadın, değil mi? Yine yaralandıysan vallahi inme inecek bana."

"Yaralanmadım," dedim bakışlarımı Sılay'dan kaçırıp komodine çevirirken. Şafak'ın o hali gözlerimin önüne asılınca sertçe yutkundum. "Yaraladım."

Sılay yattığı yerden hızla kalktığında, bakışlarımı yavaşça ona çevirdim. Çakır rengi gözlerini irice açmış, aralıklı dudaklarıyla dehşet içinde bana bakıyordu. Kısa bir sessizlik yaşandıktan sonra, "Ne?" diye bağırdı bir anda. İrkilerek yavaşça kendimi geriye ittim ve sırtımı aynası çatlak elbise dolabına yasladım. "Bağırmasana," diye fısıldadım yavaşça. "Temmuz duymasın."

Sılay'ın çakır rengi gözlerindeki merak koyu bir kıvam kazanırken, "Ne yaptın kızım?" diye sızlandı. "Anlatsana!"

"Önce birinin kolunu çakıyla yaraladım..." Bakışlarımız buluştu, Sılay'ın gözleri yuvalarından çıkacak gibiydi. "Sonra da aynı kişiyi vurdum."

Sılay bir an idrak edemez gibi oldu. Kaşları çatıldı, bakışları durgunlaştı ve hemen ardından kaşlarını çattı. "Sen..." dedi gözlerini hayretle kırpıştırırken. "...birini mi vurdum dedin?"

"Önce çakıyla yaraladım, sonra da vurdum," diye düzelttim tekrardan. Sılay'ın gözlerine beklentiyle bakarken, dudakları aralanmış hayretler içinde bana bakıyordu şu an.

"Nasıl oldu bu?" diye sordu, kekelemişti.

"Şafak Uzar'ı tanıyor musun Sılay?"

Sılay bir an buz kesildi, bakışları donuklaşırken gözlerini benden kaçırdı ama bedeni de dahil olmak üzere tüm uzuvlarının buzdan bir duvarla saniyeler içinde örüldü. Bu hali bana biraz yabancı gelmişti, onu hiç böyle görmediğime emindim. "Tanıyor musun?" diye sordum tekrardan.

Olumlu yönde başını sallarken çakır rengi gözler mekanik bir ağırlıkla bana çevrildi. "Onun konumuzla ne ilgisi var?" diye sordu donuk bir sesle.

"Çok ilgisi var," dedim bir anda. "Önce çakıyla yaraladığım, ardından da vurduğum kişi o."

Sılay'ın gözlerine yayılıveren kara duman irislerinin rengini koyulaştırırken, Sılay dehşet içinde gözlerimin içine baktı. Dudakları aralandı, çakır rengindeki gözlere sinen siyah bulutların aralarında damar damar çakan şimşekler, düşecek yıldırımın habercisi gibiydi. Ağlayacak mıydı?

"Sılay?" dedim sorar gibi. Parmaklarımı onun narin omuzlarına koyup yavaşça sarstım. "Her şey yolunda mı?"

Bakışları zerre değişmedi. "Ona bir şey oldu mu?" diye sorarken sesi titremişti.

"Ben..." Sılay'ın gözleri buğulanırken duraksadım, bu bakışlar Şafak'a yönelik bir şeyler beslediğini vurgulayan cinstendi. "...bilmiyorum ama Sıraç'ın söylediği kadarıyla ona hiçbir şey olmamış."

"Mayıs..." Sesi titriyordu, avuçlarını dudaklarının üstüne örttü.

"Sılay, neler oluyor?"

"Mayıs... Ben..." Burnunu çekti, gözleri bana çevrildi. "Ben..."

"Ona mı âşıksın?" diye soruverdim bir anda.

"Âşıktım," diye düzeltti beni, gözlerini anında kaçırdı.

"Peki sonra?"

"Ama o beni hiç sevmedi," dedi, bakışlarını bana çevirdi. "Zaten seni vurduğunu öğrendiğimde onu tamamen silmiştim. Yemin ederim!"

Karşımda oturan kız benim deli dolu arkadaşım Sılay değil, karşımda oturan kız bir adam tarafından yaralanmış bir âşıktı.

"Bak... Eğer ben onu vurmasaydım o ağabeyini vuracaktı," dedim, ona biraz daha yaklaşarak onu kendime çekmeden hemen önce. Kollarını bana doladığında, çoktan sımsıkı sarılmıştık bile. Hiçbir şey söylemedi, tepki vermedi, yalnızca sıkıca sarıldı. Parmaklarından tenime akan kırgınlığı hissettim ama bu kırgınlık bana değildi. Onun kırgınlığı Şafak'aydı.

Sılay'dan ayrıldığımda eşofmanımın cebindeki telefon titredi. Yatağın diğer ucuna otururken telefonu çıkardım.

Kimden: Sıraç
Özledim. Şimdiden, özledim. (14.01)

Kime: Sıraç
Özledim, şimdiden. (14.02)

Telefona sırıtarak bakarken, Sılay'ın bakışlarını yüzümde hissedebiliyordum. Gözlerimi yavaşça kaldırdığımda, "Kimle mesajlaşıyorsun sen?" diye sordu, sesinde sorgu vardı.

"Merve'yle," deyiverdim, bu kadar hızlı yalan atabilmeme kendim de şaşırmıştım.

"Aldatıyorsun beni," dedi dudaklarını bükerek. "O kızı yolarım."

"Değişken bir ruh halin var," dedim gülümseyerek. Gözlerindeki acı tazeliğini koruyor olsa da bana içten bir samimiyetle gülümsedi.

"Bunu bana hayat öğretti Mayıs."

"Bana her şeyi anlatmanı istiyorum," dedim düz bir sesle.

"Belki daha sonra," derken yine durgunlaşmıştı. "Şu an iyiyim, tekrar aynı şeyleri hatırlamak istemiyorum."

Yanaklarımın içini kanatırcasına dişledikten sonra derin bir nefes alıp Sılay'ın üzerine bodoslama atladım. "Oha!" diye haykırdı üstünde benimle birlikte yatağa sırtüstü düşerken. "Sakin ol, ben Sıraç Karayel değilim!"

"Sus be," diye homurdandım. "Öyle melül melül bakıyorsun, kurbanlık koyun gibi." Dişimi yanağına geçirdim ve onun zayıf yanağını ısırdım. "Keyiflen biraz, bak beraberiz. Şafak Uzar'ın topuğuna sıkarım, kimse senin canını sıkamaz. Elim alıştı bir kere, canını sıkan olursa söyle indiririm ben!"

Yüksek sesli bir kahkaha attıktan hemen sonra iki yana açtığı kollarını sırtıma kapattı ve beni sıkıca sardı. "Sen benim tek dostumsun," diye fısıldadı, içten bir sesle. Ben yalnızdım, onu tanımadan öncesine kadar.

"Sen de benim tek dostumsun," dedim yanağını bir kez daha dişlerken. Yüzündeki tebessüm büyüdü, tebessümü Sıraç'ınki kadar aydınlık ve huzur vericiydi. Hemen dışarıdan yükselen sesler ikimizin de duraksamasına neden olurken, bakışlarımı kapalı kapıya çevirdim. Sanırım Sıraç tuvaletteydi, Temmuz da tuvalet sırasında.

"Tuvalette misin lan?" diye sordu Temmuz, net olmasa da sesi odanın içinde çınlamıştı.

"Oha, nasıl anladın? NASA'dan mı bildirdiler?" Sıraç'ın sesi oldukça ciddiydi, banyoda olduğu için de yankılanmıştı. Sılay'la birbirimize bakarak sırıttık.

"Ne yapıyorsun orada?" diye sordu Temmuz. "Hadi artık çık, altıma işeyeceğim!" Tuvaletin kapısını yumrukladı, attığı her yumruk sanki bizim kapıya çarpıyormuşçasına içeride yankılandı.

"Üretime katkıda bulunuyorum şu an, siktir git," dedi Sıraç sesi yine yankı yapmıştı. Sılay'la aynı anda kahkaha atmaya başladığımızda ikisi de duymuş olacaklar ki, aynı anda, "Bunlar da her boka gülüyorlar," dediler, sesleri büyük bir uyum halinde yükselmişti.

∞

Kimden: Sıraç

Mutfağa gel, onlar salondayken azıcık göreyim seni. (19.02)

Üçlü koltukta yan yana oturan ve pürdikkat bana bakan Sılay ile Temmuz'a kısa bir göz attıktan sonra oturduğum tekli koltuktan yavaşça kalktım ve dikkat çekmemek adına onlara bakmadan salonun çıkış kapısına yöneldim.

"Abla nereye?" diye sordu Temmuz aniden.

"Şey..." Gözlerimi yavaşça Temmuz'a çevirirken derin bir nefes aldım. "Su içeceğim. Sana da getireyim mi?"

Temmuz tip tip baktı bana, ardından kaşlarını çattı. "Sen otur. Ben getiririm sana su,"

Sılay gözlerini televizyona dikerek kıkırdadı, Sılay'a ters ters baktıktan sonra başımı salladım ve koltuğa geri dönüp oturdum. Sılay hâlâ sırıtıyordu ama gözleri televizyondaydı.

Kime: Sıraç
Buna engel var Karayel. (19.08)

Kimden: Sıraç
Kardeşinin tahtasını sikeyim, geldi cibilliyetsiz puşt. (19.10)

Kime: Sıraç
Sövme kardeşime. (19.10)

Kimden: Sıraç
Onun ben ırzını, kıvırcık saçlarını sikeyim. (19.12)

Kime: Sıraç
Küstüm, yazma. (19.13)

Kimden: Sıraç
Kardeşini ne kadar çok sevdiğimi söylemiş miydim? (19.16)

Kime: Sıraç
Dansöz. (19.17)

Temmuz elinde bir bardak su ile salona girdi, suyu bana uzattıktan sonra dikkatli gözlerle beni inceledi ve elimde tuttuğu telefona kaydı bakışları. "Kimle mesajlaşıyorsun sen?"

"Merve'yle."

Sılay gözleri televizyondan bir an olsun ayrılmadan, "Puft!" diye bir ses çıkarıp güldü.

"Ne gülüyorsun sen?" diye sordu Temmuz bakışlarını Sılay'a çevirerek.

"Sana ne ezik?"

"Başlarım sana da eziğine de. Deliye bak, kendi kendine gülüyor ya."

"He canım he," dedi Sılay gözleri bir an olsun Temmuz'a dokunmadan pürdikkat televizyonu izlemeye devam ederken. Temmuz başını iki yana sallayarak koltuğa döndüğünde ben de bunu fırsat bilerek gelen mesajları okumak için kilit ekranını kaydırıp açtım.

Kimden: Sıraç
Hadi ya, gel bir mutfağa. (19.20)

Kimden: Sıraç
Gel şu mutfağa. (19.22)

Kimden: Sıraç
Sen gelmezsen ben geliyorum, kardeşinin yanında da yaparım ben yapacağımı! (19.24)

Kime: Sıraç
Dur! Geliyorum. (19.26)

Kimden: Sıraç
Akıllı kız. :) (19.27)

"Ah, çok sıkıldım," diye mırıldandım tekrar ayaklanırken. "Ben biraz bahçeye çıkacağım."

Temmuz gözlerini anında televizyon ayırıp üzerime dikti. "Tamam," dedi düz bir sesle. "Ben de geleyim."

"Ne oluyor Temmuz?" diye çıkıştım aniden. "Ne bu sıkılık? Hangimiz küçük olan? Abartma istersen."

Temmuz kaşlarını çattı. "Bensiz hiçbir yere gitmiyorsun, bir hafta boyunca içim rahat edene dek kuyruğun olacağım."

"Bak sen?" dedim sorar gibi. Kaşlarım çatılmıştı. "Bana bak, böcek, hemen şimdi beni rahat bırakmazsan senin o kıvırcıklarını tek tek cımbızla yolarım! Yalnız kalmak istiyorum, anlasana."

Sılay televizyona bakarken tekrar, "Puft!" diye bir ses çıkartarak kıkırdadı.

Temmuz ile aynı anda Sılay'a doğru döndüğümüzde, hep bir ağızdan, "Kes şunu!" diye hırladık ikimiz de. Sılay, yanaklarının içini şişirdi fakat bize bakmadı, kahkahasını içinden attığını fark edebilmek için dâhi olmamıza gerek yoktu.

"Şimdi..." İşaret parmağımla Temmuz'u işaret ettim. "Biraz yalnız kalacağım ve hiçbiriniz beni rahatsız etmeyeceksiniz, anlaşıldı mı?"

Temmuz'un iri mavi gözlerinden bana uzanan eller harelerime dokunurken, "Yalnız kalmanı istemiyorum, anlasana," dedi bir anda. "Yeterince yalnız kalmadın mı? Bizim için, ailemiz için? Daha fazla yalnız kalmanı istemiyorum."

İçimde kesik bir yer sızlarken, "Kes şunu," diye inledim başımı iki yana sallayarak. "Ben yalnız değilim, sen buradasın. Burada olmasan bile varlığın hep benimle. Böyle düşünme!" Kollarımı açıp onu kucakladığımda o koskoca bedeni kollarımda küçücük kalmıştı. Temmuz gerçekten uzun bir çocuktu fakat ben onu sardığım an kollarımda o küçük oğlan çocuğuna dönüvermişti. "Küçük salak," diye fısıldadım dudaklarımı onun kıvırcıklarına bastırırken. "Seni seviyorum."

Salonun kapısı büyük bir gürültüyle açıldığında, kimin geldiğini tahmin etmek hiç de zor olmamıştı. Gelmediğim için Sıraç gelmişti ve beni Temmuz ile sarmaş dolaş yakalamıştı. Üzerimde gezinen karanlık aurayı fark ettiğimde göz ucuyla Sıraç'a baktım. Kıstığı yangın mavisi gözlerinin gölgelendirdiği kirpiklerinin arasından bizi izliyordu.

"Bamya!" diye kükredi bir anda.

"Ne var be?" diye sordu Temmuz sinirle, kafasını boynumdan çıkarıp Sıraç'a dik dik baktı.

"Hadi gel." Sıraç, bakışlarını benden ayırmadan dişlerini sıkıp zorla da olsa yapmacık bir tavırla güldü. "Arabamla bir tur atalım."

Araba lafını duyan Temmuz durur muydu? Anında beni itti ve büyük bir heyecanla, "Olur," diyerek Sıraç'a yöneliverdi. Söz konusu arabalar olduğunda kardeşim için akan sular duruyordu. Birlikte salondan çıktıklarında Sılay hâlâ kendi kendine gülüyordu. On dakika geçmeden cep telefonuma bir mesaj geldi.

Kimden: Sıraç
Ben hariç tüm erkeklerle olan samimiyetini yasaklıyorum. (19.45)

Kimden: Sıraç
Hatta kadınlarla da. (19.46)

∞

Saat gece on iki olmadan herkes yataklarına çekilmişti, daha doğrusu Sıraç ve Temmuz birlikte salonda yatıyorlardı. Sıraç yer yatağında, Temmuz ise onun tepesindeki üçlü koltukta yatacaktı. Biz de Sılay ile birlikte yatak odasına çıkmış, çoktan ışıkları söndürüp yatağın üzerine oturmuştuk bile. Akşam yemeğinde Sıraç ve Temmuz bizimle değillerdi, geldiklerindeyse hiçbir şey yemeden bizi odamıza postaladılar.

"Saat kaç?" diye sordu Sılay, hemen ardından telefonunu elinde aldı ve hızlı bir şekilde mesaj yazmaya başladı.

"On iki olmasına beş dakika var," dedim saç tokamı ördüğüm saçımın ucuna geçirip bağlarken. Aşağıdan bir tıkırtılar geliyor, salonun kapısı açılıp kapanıyordu. "Hey," dedim elimi havaya kaldırıp sesleri dinleyerek. "Duyuyor musun?"

"Neyi?" diye sordu Sılay, gözlerini kapıya çevirmişti.

"Salonun kapısı açılıp kapanıyor."

"Bizimkilerdir," dedi umursamazca.

Birkaç dakika sessizce odanın içinde büyüyen karanlığı izledim. Telefonum aniden titrediğinde cebimde olduğu için irkilmiştim. Yarı uykulu gözlerle telefonun ekranını kaydırdım.

Kimden: Sıraç
Sana tapıyorum yangınımın mavisi. (00.00)

Mesajın harfleri kalbime saplanırken, yatak odasının kapısı aniden açıldı. Sıraç elinde tek bir mumu yanan pasta ile odaya girdi, hemen arkasında da Temmuz vardı ve elindeki konfetiyi patlattı. Üçünün de dudakları aynı anda aralanırken, sözleşmiş gibi aynı şeyi söylemişlerdi.

"İyi ki doğdun Mayıs!"

14. GÖZLERİNDE KÂİNAT

Bir mermerin en soğuk yüzeyinde yüzüstü yatmak gibiydi. Soğuk seni kendine getirip rahatlatırken, bir yandan da içine işleyip seni hasta ediyordu. Yattığım soğuk mermere alışıyordum alışmasına ama zarar gören içim oluyordu. Sıraç bana hiçbir şeyin iyi gelemeyeceği kadar iyi geliyordu ama aynı zamanda içime işleyen karanlığın da bekçisiydi. O, beni içten tüketiyor, dıştan gülümsetiyordu.

Tenlerin seçimi değildi bu, kaderlerin seçimiydi.

Başlangıcı ve bitişi çoktan belirlenmiş bir ayak uyduruştu sadece. İnanmak yolun sonuydu, inanmak bir şeylerin başlangıcı ve bitişiydi. Patlayan konfetiden dökülenler, mumun alevinin dans edercesine dalgalanmasına neden olmuştu ve Sıraç'ın yüzüme büyük bir mutlulukla bakan yangın mavisi gözleri eşliğinde, huzurun senfonisi kalbimi inletmeye başlamıştı.

"Ben..." diye mırıldanırken buğulanan bakışlarımı saklamaya çalışarak titreyen parmaklarımı dudaklarıma kapattım. "...çok teşekkür ederim." Sesimden akan harfler bile titriyordu şu an. Sıraç, elindeki vişneli pastayı tutarken yangın mavisi gözleri de pürdikkat beni süzüyordu.

"İyi ki doğdun cadaloz," dedi Temmuz beni kucaklayarak. Sıraç'ın bakışları bir süre düzleşip Temmuz'un sırtına takılsa da çok geçmeden tekrar bana döndü ve yangını anımsatan mavi ışıklarını tekrardan yaktı. "Teşekkürler," dedim titrek bir sesle. Boğazıma dolan tatlı hıçkırık sesimi buğulandırmıştı. Kollarımı Temmuz'un boynuna doladım, burnumu çektim ve dudaklarımı yukarı kıvırdım.

Sılay, "Marul, çekilsene! Ben de sarılacağım!" diye homurdandı sabırsız bir şekilde.

"İkiniz de çekilin, mum sönecek şimdi," dedi Sıraç asabi bir tonlamayla. Temmuz geri çekildikten hemen sonra Sıraç yatağın önüne geldi ve hemen önümde diz çökerek pastayı önüme uzattı. Yüzüne vuran turuncu mum ışığı uzun kirpiklerini parlatmış, kemikli yüzünü gölgelendirmişti.

"Bir dilek tut minik şeytan," dedi, sesindeki mesajı kalbim anında emmişti. Başımı olumlu şekilde sallayıp yavaşça gülümsedim ve avuçlarımı yatağa yaslayarak gözlerimi yumdum.

Sıraç Karayel...

Gözlerimi açtığımda yangın mavisi bakışlar önüme döküldü. Bakışları öyle derindi ki, sanki zihnimden akan dileği kavramış ve parmaklarının arasında sıkıca tutup avucuna saklamıştı.

"Diledim," dedim, derin bir nefesi ciğerlerime doldurup gözlerimi yangın mavisinden çekmeden muma nefesimi üfledim.

"Ne diledin?" diye sordu Sılay heyecanla ellerini birbirine çarparken.

"Bu bir sır." Bakışlarım Sıraç'ın yüzünde gezinirken yoğun bakışları o kadar netti ki, ikimizin de aynı şeyi düşündüğüne yemin edebilirdim. Temmuz bakışmamızdan rahatsız olmuş olacak ki, "Hadi, aşağı inelim de pastayı keselim," dedi ters ters Sıraç'a bakarak.

Sıraç, bakışlarını benden ayırdıktan sonra Temmuz'a ters ters baktı ve yapmacık bir şekilde gülümsedi. "Oy oy oy, aman da benim oğlum acıkmış," dedi gülüşündeki yapmacıklığı sesine de bulaştırarak.

Temmuz yüzünü buruşturdu. "Hadi!" diye bastırdı ve Sıraç'ın önümden kalması için çenesiyle işaret yaptı. "Kalk artık, canımı sıkıyorsun."

Bugün aynı zamanda Sıraç'ın annesi Eylül Karayel'in de doğum günüydü, Sıraç ve Sılay nasıl hissediyorlardı, hiçbir fikrim yoktu. Belki de sırf benim için gülümsüyorlardı şu an, kendimi suçlu hissediyordum. Aşağı indiğimizde, "Ben tabak getireyim, siz oturun," dedi Sılay, salondan çıktığında kısa bir sessizlik yaşandı. Düşünceler beynimi didikliyordu.

"Yaş oldu on sekiz, nasıl hissettiriyor?" diye sordu Temmuz yamuk bir şekilde gülümseyerek.

Omuz silktim ve bir an bunu sorguladım. "Aynı." Rakamlar dışında değişen hiçbir şey yoktu.

"Ezik misin sen Temmuz?" diye sordu Sıraç cebinden bir dal sigara çıkartıp dudaklarına götürürken. Siyah eşofmanı ve asker yeşili rambo tişörtüyle hemen karşımda yayılmış oturuyordu. Ona yaklaşamamak beni çıldırtan şeylerin başını çekiyordu şu an.

Temmuz kaşlarını çattı. "Neden ezikmişim?"

"Reşit olunca bir bok değişecek falan mı sanıyorsun? Hayatın yine aynı boktanlıkla kaldığı yerden devam edecek, boşuna heveslenme."

Temmuz, hemen yanımdaki boşluğa otururken Sıraç'a bakmıyordu bile. "Bunu senin gibi bir ihtiyardan duymak istemiyorum," dedi umursamaz bir sesle. Sıraç, sigarasını dudaklarına götürüp gri dumanı içine çekerken, boş fakat tehlikeli bakışlarını Temmuz'a ve bana değdiriyordu. Bu bakışları tanımaya başlamıştım, Temmuz'un bana yakın olmasından rahatsız olduğunu alenen dile getiren bakışlardı bunlar.

"İhtiyar, ha?" Dumanı dışarı üfledi, gri duman kavisler çizerek havaya karıştı. "Sahiden bir ihtiyar olduğumu mu düşünüyorsun, yerden bitme?"

"Aynen öyle düşünüyorum. Kesinlikle bir ihtiyarsın," dedi Temmuz.

Sılay elinde tepsiyle salona girdiğinde kısa bir sessizlik yaşandı. Sılay'ın elindeki gümüş rengi tepsinin içinde tabak, bıçak ve çatallar vardı. İlk kez doğum günümü kutlayacaktım, bu tuhaf hissettiriyordu. Genelde hep annem ve Temmuz ile yemeğe çıkardık, tabii Durkadın Sultan da bizimle olurdu. Hiç arkadaşlarımla kutlamamıştım, hatta doğum günümün ne zaman olduğunu bildiklerinden bile şüpheliydim. Dokunduğu yerde yanık izi bırakan hatıralar zihnimde bir bir belirmeye başlamıştı. Annemin silik gülümsemesi gözlerimin önünde asılı dururken, sertçe yutkunma isteğimi bastıramadım.

"Pastanı kendin kesmelisin Mayıs," dedi Sılay elindeki bıçağı bana uzatırken. Elimi bıçağa uzattığımda Sılay bir an duraksadı ve bana temkinli gözlerle baktı. "Bak, bu bıçağı pastanı kesmek için alıyorsun, herhangi birimize saplamak için değil, tamam mı?"

Sıraç hafifçe kıkırdayınca, Temmuz ona düz düz baktı ama sonra o da güldü. Utanıp yüzümü onlardan saklarken, Sılay da gülmeye başlamıştı. Pastayı kesip tabaklara paylaştırdıktan sonra tekrar oturdum ve onları incelemeye başladım. Küçük bir aileden fazlası gibi duruyorduk, öyle ki bu eksikliğini içimde, en derinlerimde hissettiğim bir şeydi ve şu an o eksiklik tamamıyla doldurulmuştu. Sıraç, delici bakışlarını üzerimde gezdirmeye devam etti, öyle bir bakışı vardı ki, kalbim göğsümü delip ona koşmak istiyordu. Sıraç, aklımdan geçenleri okumuşçasına, "Baksanıza," dedi gözlerini Sılay ve Temmuz'a çevirerek. "İçki içmek ister misiniz?"

Sılay ve Temmuz heyecanlı bir şekilde, aynı anda, "Cidden mi?" diye sorunca kaşlarım çatıldı. Onlar daha reşit bile değillerdi! Tamam, ben de az önce reşit olmuştum ama olsundu.

Sıraç'ın sol dudağı alayla yukarı kıvrılırken, sinsi bakışları kısaca bana çarptı ve kalbime döküldü. "Ciddiyim. Bu gece için izin veriyorum sana Sılay. Bu izni değerlendir bence."

Sılay ellerini birbirine çarparak, "Değerlendireceğim!" diye bağırdı heyecanla. "Lütfen, lütfen, lütfen!"

Sıraç sırıttı, bakışlarını Temmuz'a çevirdi. "Peki sen, bamya?"

"Çok iyi olur, üç haftadır hiçbir şey içmedim," dediğinde gözlerim kocaman açıldı. "Sen alkol mü alıyorsun Temmuz?" diye sordum, aldığını biliyordum ama önümde çat diye söylemesi sinirlerimi tepeme toplamıştı.

"Her zaman değil abla," dedi umursamaz bir tavırla.

"Ceren Karamaça bunu duysa sana ne yapar biliyor musun?" diye hırladım. "Annem seni öldürür, kıvırcık!"

"Bırak," dedi Sıraç bakışlarını bana çevirerek. "Bu gece içsin."

Henüz on yedi yaşlarını doldurmamış iki çocuğa içki içirmek istiyordu, farkında mıydı? "Ne saçmalıyorsun?" diye çıkıştım aniden. "O hiçbir şey içmeyecek!"

Sıraç kaşlarını çattı, uzunca bir süre gözlerimin içine baktı. Elindeki sigaranın izmaritini komodinin üzerindeki gümüş rengindeki kül tablasına bastırdı. "İçmek istiyor musun?" diye sordu. Şu an bana değil, Temmuz'a bakıyordu.

"Evet," dedi Temmuz kararlı bir şekilde. "İstiyorum."

Sıraç'ın pembe çikolataları memnuniyetle yukarı kıvrılırken, zaferin bayrağını sallandırdığı bakışlarını bana değdirdi. "Güzel, o zaman gidin ve Sılay'la birlikte bir şeyler alın," dedi Temmuz'a.

"Biz ikimiz gidelim?" dedi Temmuz, rahatsız olduğu sesinin tınısından dahi anlaşılıyordu.

"Mayıs ve Sılay'ı evde tek bırakmamı mı istiyorsun?" diye sordu Sıraç kaşlarını çatarak. "Sen çıldırdın mı?"

Temmuz duraksadı, Sıraç'a hak vermiş gibiydi. "O zaman sen kardeşinle git, ben ablamla kalayım?" dedi sorar gibi.

"Sen onu tek başına koruyabileceğini falan mı sanıyorsun?" Sıraç'ın sesi sertleşmişti. "Şu an babamın tek amacı var, o da Mayıs'ı bulabilmek."

"Pekâlâ," dedi Temmuz isteksizce ayağa kalkarken. "Geliyor musun, Kezorella?"

Sılay kaşlarını çattıktan hemen sonra elini beline koydu. "Ne?" diye sordu sert bir sesle. "Ne dedin sen?"

"Geliyor musun, dedim." Temmuz yayık yayık gülümsedi.

"Ondan sonra?"

"On bir?" dedi Temmuz ve umursamaz bir tavırla salonun kapısını açtı.

Sılay, "Git ve öl, espri yaptığını falan mı sanıyorsun?" diye homurdandıktan sonra ayaklarını sürüyerek salonun çıkış kapısına yöneldi. Sıraç onlara bir miktar para verdikten sonra salonun kapısını kapattı. Dış kapının da kapanma sesi duyulduğunda bir an gerildim. Sıraç hemen karşımdaki koltuktaki eski yerini alırken, sessizlik çizdiği küçük çemberin içine ikimizi yerleştirmişti. Sıraç, keskin bakışlarını üzerimde gezdirirken, ona bakmamak için büyük bir çaba sarf ediyordum. Aniden ayağa kalktığında kalbim göğsüme sert bir yumruk indirdi. Hemen önümde dikiliyordu şu an, gözlerimi kaldırıp ona baktığımda sessizlik bir kademe daha atlamıştı.

"Sıraç?" dedim sorarcasına.

"Mayıs..." Sesi kadife hassasiyetinde yükselmiş, kulaklarımın duvarlarına sürtünmüştü. Elini bana doğru uzattı, beklentiyle kavrulmuş yangın mavisi bakışlarını yüzümde gezdiriyordu. "Kalk, minik şeytan."

"Her an gelebilirler..." Elimi avucunun içine kaydırdım ve oturduğum yerden yavaşça kalktım. "Lütfen, fazla yaklaşma."

Bakışlarına yayılan huzur kalbimi kavrarken sırıttı. "Gelmeleri en az bir saatlerini alacak, güven bana."

"Nasıl yani?" diye sordum kaşlarımı kaldırarak.

"Market yaşları tutmadığı için onlara alkol satmaz, yaşı umursamadan alkol satışı yapan tek bir tekel bayi var, onu da bulabilmeleri için merkeze inmeleri ve orayı bulmaları gerek." Nefesi dudaklarıma dokunmuş, karnımı karıncalandırmıştı.

Boy farkımızdan mıdır bilinmez, ona kafamı kaldırarak bakmak zorunda hissediyordum. Bana yukarıdan baktı, gözlerimizin çarpışması sonucu oluşan elektrik tüm havayı kaplayıverdi. Elle tutulur, gözle görülür muazzam bir elektrik akımı gözlerimiz arasında gelgit yaparken birbirlerine çarparak güçleniyordu. Sıraç'ın yangın mavisi gözlerinin tadını alıyordum, aramızda âdeta bir nabız gibi atan elektrik akımı bizi birbirimize çekiyor, ona olan dokunma isteğimin ucunu ateşliyordu.

Tüm iç organlarıma yayılan bu çekim ve dokunma isteğinin getirdiği ilkel duygularla iç geçirdim. "Bilerek yaptın, değil mi?"

"Neyi?" diye sordu ılık nefesi yüzümü okşarken, başını eğmiş bana bakıyordu. Nefesinin kokusu bile baş döndürücüyken, bu adama ait olmak nasıl bir his yaratırdı?

"Bilerek onlara alkolü sundun, hayır diyemeyeceklerini biliyordum," diye fısıldadım gözlerim dudaklarına kayarken. "Yalnız kalabilmek için onları kandırdın." Arzu, bütün karanlığı ile vücuduma sızıp beni keşfederken yutkunma isteğimi durduramamıştım.

"Ah." Tatlı nefesi bir kez daha yüzümün derisini sıyırdı. "Akıllı kız."

"Çok sinsin," dedim titreyen ses tonuma aldırış etmeden.

"Sinsi olan sensin, biliyorsun." Biraz daha yaklaşıp kafasını tamamen eğdi, burnunu burnuma yasladıktan sonra sertçe yutkundu. "Değil mi?" Sıcak nefesi dudaklarıma akarken, ayak bileklerime kadar titrediğimi hissettim. Bu adam, karanlığa tutulan mavi ışıktı ama aynı zamanda o karanlığın yaratıcısıydı.

Bu adam, aklıma ziyan, fikrime hüsrandı.

"Ne oldu?" dedi sinsi bir şekilde gülerek. Burnunun ucunu burnuma sürttü, dudaklarından dökülen her harf dudaklarıma akıyordu. "Beni mi istiyorsun yoksa?"

Beklentiyle donuklaşan bakışlarımı kaldırıp, titreyen gözlerimin arkasından onu izledim. Ruhum bir köşeye çekilmiş, ipimi tutmuş beni kendine asılırken, ben doğrudan Sıraç'a çekiliyordum. Nefesimi yavaşça dışarı bıraktım, nefesim sıcak bir tınıyla onun dudaklarına çarptığında gözlerini kıstı. "Hım," diye fısıldadı uzun parmakları belime dökülürken. Bel kavisime yerleşen parmakları beni kendisine doğru bastırırken, yangın mavisi çoktan yerini petrol mavisi bir koyuluğa bırakmıştı bile. "Benim minik kızım, öyle yaramaz ve arsızsın ki..."

Alt dudağımı dişlerimin arasına alırken diğer dudağımla da üzerlerini örttüm. Burnunu yavaşça geri çekti, gözlerinin odağına aldığı beni eşsiz bir mücevhermişim gibi incelemeye başladı. Bakışı öylesine nadideydi ki, kendimi gerçekten o eşsiz mücevher gibi hissetmeme neden olmuştu. Karayel'in mavi mücevheri...

"Lütfen," dedi boğuk bir sesle. "Dudağını ısırma, ufaklık."

Kafamı biraz daha kaldırıp onun yüzümü izleyen petrol mavisi gözlerine baktım. Petrol mavisi büyük bir yoğunlukla kara bulutları etrafına toplarken, bakışı ile beni soyuyor ve her zerreme dokunuyordu sanki. Dudağımı dişlerimin arasından çektim ve gözlerimi kırpıştırarak, "Neden?" diye sordum, sesim kısık çıkmıştı.

"Hemen şuracıkta seninle bütün olmak istiyorum." Yüzüme düşen birkaç tel saçı boşta kalan elinin uzun parmaklarıyla kulağımın arkasına tıkıştırdı. Şehvet, bütün karanlığı ve tehlikeli albenisiyle kasıklarımda birikiyordu. Belimi sıkıca kavradı, işaret parmağı ile başparmağının boğumlarını sertçe bel kavisime sürttü. "Yakalanacağız," dedim ürkek bir tavırla.

"Güven bana," dedi boğuk sesini suratıma üflerken. Yüzünü biraz daha yaklaştırıp dudak hizama getirdi. Bu yaptığı resmen işkenceydi. "Yakalanmayacağız, miniğim."

"Sanırım seni özledim," diye fısıldadım, gözlerine bakabilecek cesareti kendimde bulamıyordum. Kaçamak bir bakış riskini aldıktan hemen sonra koyulaşmış maviliklerine çevirdim ve boğazıma takılan şehvetin kurbanı oldum.

Sıraç bir anda dudaklarını dudaklarıma bastırdı ve beni kendisine tamamen çekip uzun parmaklarını belimin ortasında gezdirmeye başladı. Dilini kullanmıyordu, dudaklarını dahi hareket ettirmiyordu. Yalnızca bastırıyordu. Dudaklarının altında atan nabzını hissetmemi sağlıyor, beni bulutların üstüne çıkartıyordu. Nabzı o kadar hızlı ve sıcaktı ki, bu baskı beni bulutların arasına çektikten hemen sonra büyük bir hızla aşağı itiyordu. Adrenalin onun dudaklarına yuva yapmış gibiydi.

Dudaklarını geri çektikten hemen sonra burnunu burnuma yasladı, diğer elini de belime yerleştirdikten sonra beni sıkıca sararak kollarının arasına kafesledi. "Benim minik kızım," diye mırıldandı kısık bir sesle. "İyi ki doğdun." Gözlerinin bebeğindeki yangın tekrar alevlenirken, yeşil ormanların misk kokulu ağaçlarının muazzam yaprakları o yangının rüzgârıyla dalgalanıyor, titriyordu.

Gözlerim irileşirken, mutluluktan mıdır bilinmez aynı zamanda bulutlarını da topluyordu. Şu an ağlayacak olursam bunun sebebi kesinlikle damağımda parçalara ayrılıp, hücrelerime eşit bir şekilde dağılan mutluluk olacaktı.

"İyi ki doğdum mu gerçekten?" diye sordum gözlerim onun gözlerinin bebeğine mühürlenmiş gibi dikkatle ona bakarken.

"İyi ki..." Biraz daha yaklaşıp ılık nefesini solumamı sağladı. "... doğdun." Yüzünü geri çektikten sonra şefkatin sardığı dudakları yukarı kıvrıldı. "Doğmasaydın bir anlamım olmazdı."

Kadifeden daha yumuşak, daha dokunulası çıkan sesi yüreğimin derinliklerine sızmış, kalp kapakçıklarımı aralayıp içerideki yerini almıştı bile. "Mayıs," diye mırıldandı elini eşofmanının cebine atarken.

Yangının mavisinin kor alevlerini izlerken, "Hı?" diye fısıldadım, gözlerimi gözlerinden çekemiyordum, yoktu böyle bir şey.

Cebinden çıkarttığı küçük kadife kutuyu avuçlarının arasına alıp bana uzattı. "Bu..." Gözlerini benden kaçırıp başka bir tarafa baktı. "...senin için."

Kalbim göğsümün altından çıkmak istiyormuş gibi göğsümün kalın derisini tekmelerken, boğazımda biriken mutluluğu yutkundum. Dudaklarım aralandı, bakışlarım bir kadife kutuya, bir de Sıraç'a kayıyordu. "Bu..." Avucunun içinde tuttuğu mavi, şık kadife kutuya dikkatle baktım. "...bu nedir?"

Avucunun içinde duran kutuyu biraz daha yaklaştırıp, "Aç işte," dedi gözlerini bana dokundurmadan. Oysa o yangında yanmaya hakkım vardı, biliyordu bunu. Avucunda duran mavi kadife kutuyu açtım. Sıraç'ın göz rengine yakın, yangın mavisi gözlerini anımsatan bir taş. Kadife kutunun içindeki mavi taşa gözlerimi irileştirerek baktım.

"İkimizin burçlarının ortak taşı, ayrıca çok eski zamanlarda Venüs Taşı olarak kabul edilmiş. Çakrası kalp. Akrep ve Boğa'yı temsil ediyor." Ensesini kaşıdı. "Rengi bana gözlerini hatırlattı."

Isınan yanaklarıma aldırmadan, "Bu çok güzel," diye mırıldandım.

Gözleri yavaşça beni buldu. "Beğendin mi?"

"Evet," dedim başımı sallayarak ona bakarken. "Bu çok güzel Sıraç. Yanımdan ayırmayacağım, hiçbir zaman."

Tekrar gülümsedi. "Kaybedersen ölürsün."

"Nedenmiş o?" dedim sırıtarak.

"Çünkü elindeki taşın başka bir örneği yok, elindeki tek orijinal parça. Diğerleri taklit."

Sertçe yutkundum ve bakışlarımı kadife kutunun içinde parlayan taşa çevirdim. Çakrası kalpti. Rengi, onun gözlerine inanılmaz büyük bir benzerlik gösteriyordu ve dünya üzerinde ona sahip olan tek kişi bendim.

"Mayıs," diye mırıldandı kısık bir sesle.

"Hı?"

"Sen bana anne de oldun." Gözlerim şokla açılırken dudaklarım dümdüz bir çizgi şeklini aldı. Kalbimin içinde yuvarlanan kimliği belirsiz cisim çarptığı yeri yarıp kana bularken, öylece ona bakakaldım. "Sen bana her şey oldun, minik şeytan."

"Sıraç..."

Beni kollarının arasına aldığında ona bir an olsun karşı koymadım. Gözlerimizi buluşturdu, kolları beni mengene altına aldı ve dudaklarını alnıma bastırdı. Onun dünya üzerindeki cennet şubesi olmaya aday kokusunu soludum, bu adamın gözlerinde henüz izi bulunmamış mavi bir gezegen vardı.

"Senin kollarında anne sıcaklığı var Mayıs," diye fısıldadı, sesinden dökülen harfler küçük bir çocuğun dizlerinden akan kana bulanmıştı. "Sana âşığım. Nefretimin üzerine vişne ağaçları diktin sen. Elim, yüzüm, kalbim sen koktu. Artık gidemezsin. Gitmek istesen de buna izin vermem Mayıs."

Ona daha sıkı sarıldım. Dökemediğim gözyaşlarım boğazımı ve gözlerimi elindeki keskin çakıyla tehdit ediyordu. Onu içime sokmak, o içimdeyken kendimi dikmek istedim. Sonsuza kadar içimde yaşasın, dikişlerim sızlasa da benimle kalsın istedim. Nefesi saçlarımı yarıp zihnime ulaşırken; göğsü, göğsümü parçalayacak ve kalbini göğsümden içeri itecek gibiydi. Öyle hızlı vuruyordu ki kadife dokulu kalbi, onu kendi göğsümün altında hissediyordum.

"Mayıs..." Sesi, saçlarımın arasından bir rüzgâr gibi esip geçti, zihnime akıp kelimelerime sarıldı. "Beni bırakma."

Ona daha sıkı sarılırken, varlığımı sorgulayan bakışlarımı bembeyaz duvara çevirdim. Bulunduğumuz ortamı aydınlatan televizyon ışığı yüzümüzde patlarken, kalbimizden yükselen sesler odanın içinde can buluyordu. Annesinin mezarının başında yapayalnız bir şekilde öylece dikilen, yangın mavisi gözleri gözyaşlarını tüketmiş, gözünün beyazı yerini acı verici bir kızıllığa terk etmiş o küçük erkek çocuğunu düşündüm. Gözümün önünde canlanan küçük çocuk, şu an kalbini kalbimin yanına sokmak ister gibi sarılıyor, kaburgalarımızı birbirine geçiriyordu.

O çocuk bana aitti.

∞

"Sarhoş olmadığınızdan emin misiniz?" diye sordum bezmiş gözlerle Sılay ve Temmuz'a bakarken. Sıraç'ın dediği gibi alkol arayışından çok geç gelmişlerdi ve yaklaşık yarım saattir birlikte halay çekiyorlardı.

"Emin değiliz," dedi Sılay sırıtarak. "Ben Sılay, bu da Temmuz."

"Emin kim?" diye sordu Temmuz sırıtırken. Sıraç alaycı gözlerle onları izlerken, bir yandan da önündeki viski bardağıyla oynuyordu. Kestiğim pastadan yemediğim için içimde ukde kalmıştı.

"Kanlı Emin," dedi Sılay Temmuz'a dik dik bakarak. "Sakın tanımıyorum deme!"

Sıraç bir anda tok bir kahkaha attı, bakışlarımı ona çevirirken bakışlarımı fark edince bana yavaşça göz kırptı. Yanaklarım anında kanlanırken, tenime baskı uygulayan o ürpertici his beni ekseni altına almıştı bile. "Yoo," dedi Temmuz gayet ciddi bir şey konuşuyorlarmış gibi Sılay'a bakarken. "O kim Kezorella?"

"Kanlı Emin..." Sılay ürkek bakışlarla etrafı kolaçan etti. "O, bir katildi ve öldü. Geceleri erken uyumayan çocuklara musallat oldu, hepsini bıçağını kullanma gereği duymadan boyunlarını kırarak öldürdü." Sesinde de ürkütücü bir tını kullanmıştı.

Sıraç viskisinden bir yudum daha alırken hâlâ sırıtıyordu. "Kanlı Emin'e sokarım, kim lan o?" diye bağırdı Temmuz kaşlarını çatarak. "Bırakın gelsin, tutmayın gelsin. Gel hele, Emin. Gel." Boş duvarın önünde sanki biri varmış gibi yumruklarını duvara sallayınca ben de kendimi tutamayıp güldüm.

"Uçtu bunlar," dedi Sıraç bakışlarını bana çevirerek. Bir anda derin bakışlarımla karşılaşınca duraksasa da yüzündeki tebessüm solmamıştı.

"Kanlı Emin kim?" diye sordum saf saf.

"Sılay küçükken uyumaz, sabahlara kadar çizgi film seyrederdi. Ben de onu korkutmak için Kanlı Emin diye bir katil yarattım ve ona musallat ettim," dedi Sıraç sırıtarak. "Yaşı oldu on yedi, hâlâ buna inanıyor."

Gözlerimi devirirken, "Ne ağabey ama..." diye homurdandım sırıtarak.

Sıraç telefonu aldı ve bana çenesiyle cebimde duran telefonu işaret ederek göz kırptı. Ardından mesaj yazmaya başladı.

Kimden: Sıraç
Bu salaklar uçmuşken biraz dışarıya çıkalım mı? (03.10)

Kime: Sıraç
Bunları bu halde evde yalnız bırakırsak geldiğimizde evi yerinde bulamayabiliriz. (03.12)

Kimden: Sıraç
Birkaç dakika bizsiz yapabilirler bence? Hadi ama. (03.13)

Kime: Sıraç
İyi değiller, baksana şu hallerine. Birlikte halay çektiler, inanabiliyor musun? (03.15)

Kimden: Sıraç
Bunların kardeşlerimiz olduğundan emin miyiz? (03.16)

Kime: Sıraç
Şüphelerim var. (03.17)

Kimden: Sıraç
Şu hareketlere bak, bence videoya alalım. Gitmeleri için şantaj yaparız? (03.19)

Sesli bir şekilde kıkırdadıktan sonra önümde duran boş pasta kutusuna baktım, cidden bir parça bile yiyememiştim. Kendim için kestiğim dilimi bile yemişlerdi, yoktu böyle bir şey. Burnumu kırıştırarak tekrar mesaj yazdım.

Kime: Sıraç
Pastadan da yiyemedim, üstelik vişneliydi. :(:((03.21)

Kimden: Sıraç
Yemek istiyor musun? (03.22)

Kime: Sıraç
Yemek istiyordum... (03.23)

Sıraç mesajı okurken kaşları çatıldı, masanın üzerinde duran pasta kabına baktıktan sonra derin bir nefes aldı ve tekrar mesaj yazmaya başladı.

Kimden: Sıraç
Bunlara göz kulak ol, hemen geliyorum. (03.25)

Hemen ayağa kalktı ve koltuğun üstünde duran paltosunu alıp, sporcu tişörtünün üzerine giydi. Sılay, Temmuz'la omuz omuza halay çekerken bir an duraksadı. "Ağabey, nereye?" diye sordu çakır rengi gözlerini ağabeyine çevirerek.

Sıraç yüzünü buruşturarak ikisine baktıktan sonra, "Geleceğim, ben gelene kadar hayatta kalmaya bakın," dedi alay dolu bir sesle. Sıraç evden çıktığında öylece kalmıştım, nereye gittiği konusunda hiçbir fikrim yoktu. Bu saatte pasta bulmaya gitmiş olamazdı herhalde. Yaklaşık yirmi dakika geçmişti, Sılay ile Temmuz yorulup kendilerini yere atmışlardı. Sılay, Temmuz'un dizine başını koymuştu, Temmuz ise sırtını koltuğun altına yaslamıştı ve Sılay'ın saçlarını okşuyordu.

Bir an afalladım, bakışlarım ikisinin üzerinde takılı kaldı. Mayışmış gibi bir halleri vardı, ikisi de yorulmuş öylece boşluğu izliyorlardı.

Kime: Sıraç
Nerede kaldın? İyisin, değil mi? (03.49)

Kimden: Sıraç
Sıraç elimizde. (03.50)

Kime: Sıraç
Yemezler canım, yemezler. (03.51)

Kimden: Sıraç
Ah bir versen, ben neler yiyeceğim de... (03.53)

Mesaja kaşlarımı çatarak bakarken, gözüm tekrar Temmuz ve Sılay'a ilişti. Sılay kurduğu sessiz çemberin içinde öylece tavana bakıyor, Temmuz'un onun saçlarıyla oynamasına kızmıyordu. Aksine bundan hoşlanmış gibi bir hali vardı.

"Sılay?" dedim sorar gibi fakat ses vermedi. Tavanı izlemeye devam etti. Temmuz'un odağını kaybetmiş kan çanağı bakışları beni bulduğunda, kemiklerime kadar sarsıldığımı hissettim. Temmuz, gözlerinin içinde anlam veremediğim duygularla doğrudan bana bakıyor, bir yandan da Sılay'ın saçlarıyla oynuyordu.

"Temmuz," diye mırıldandım bakışlarımı ondan kaçırarak. Onu böyle görmeye alışkın değildim. "Sıraç şimdi gelecek, sizi böyle görmesi pek hoş olmayabilir."

Temmuz zordan da olsa başını salladı, dudakları belli belirsiz yukarı kıvrıldı. Gülümsemesi sarhoşluk kokuyordu ve her nedense ilk kez bu yanını keşfettiğimi düşünüyordum. Düşüncelerinin açık mavi gözlerinden aşağı döküldüğünü görür gibi oldum. Sılay'ın saçını bıraktıktan sonra yavaşça doğruldu ve Sılay'ın dizinden kalkmasını sağladı. "Ne oldu?" diye sordu Sılay yüzünü Temmuz'un yüzünün yakınına getirip gözlerini onun gözlerine sabitlerken. Bir an yüzlerini yan yana gelince çok tehlikeli bir güzellikle örtüşmüş bir tabloya benzettim onları. "Başım çok mu ağır geldi Marul?"

Temmuz bir süre dikkatle Sılay'ın ona uyku mahmuru bakan gözlerine baktı, sonra da gözlerini kaçırdı. "Git ve yatağında uyu Kezorella. Ben senin o çok konforlu yatağın değilim."

"Yatağımdan daha konforlu bacaklara sahipsin," dedi Sılay kısık bir sesle. Avucuyla sol gözünü ovuşturup Temmuz'dan uzaklaştı. Temmuz'un kızaran ince boynunu net bir şekilde görebilmiştim. Onları izlerken Merve'den de doğum günü mesajı almıştım, uyuyakaldığı için daha yeni atabilmişti. Sılay ağır adımlarla ayağını sürüyerek ahşap merdivenleri tırmanırken salonun kapısı açıldı ve soğuğun kokusu Sıraç'ın kahve kokusuna dolanıp odayı doldurdu. Sıraç elinde duran pastane poşetini büyük bir hazine tutuyormuş gibi tutarken, soğuktan morarmaya yüz tutan pembe çikolatalarını diliyle ıslattı ve elindeki poşeti salonun ortasındaki sehpaya bıraktı.

Temmuz şakaklarını ovaladı, bilinçsiz bakışlarını Sıraç'a çevirdi. "Neredeydin ağabey?" diye sordu alkol kokulu sesiyle.

Sıraç da ben de bir an duraksadık. Ağabey mi demişti Sıraç'a? Sıraç bir süre çatık kaşlarının altında yanan mavi gözleriyle dikkatle Temmuz'u inceledi. Sıraç'ın kaşları düz bir çizgi halini aldı, yüzündeki ifade yumuşadı ve dudağı belli belirsiz yukarı kıvrıldı. "Geldim kardeşim," dedi pürüzsüz bir sesle. "Ablana pasta aldım ve geldim."

Kalbim göğsüme indirdiği her bir darbeye soğuğun kokusunu eklerken, kanım damarımın içinde zehir gibi kaynıyordu. Sıraç da ahşap merdivenlere yöneldi. "Ben bir duş alacağım," dedi kısık bir sesle. Çok üşümüş gibi bir hali vardı, gözden kaybolduktan hemen sonra telefonuma bir mesaj geldi.

Kimden: Sıraç
Boş vişneli pasta, miniğim için. Afiyetle ye güzellik. (04.21)

Kime: Sıraç
Onu bulabilmek kolay olmadı değil mi? Teşekkür ederim, hiç gereği yoktu gerçekten. (04.22)

Kimden: Sıraç
Açık pastane buldum fakat vişneli pastaları yoktu, pastaneyi ve sahibini dağıttıktan sonra başka bir pastane buldum. Şanslılardı ki vişneli pastaları vardı. (04.25)

Kime: Sıraç
Sen delisin. (04.26)

Kimden: Sıraç
Sana deliyim. (04.27)

Kime: Sıraç
Canıma okurken hiç de öyle demiyordun ama... (04.29)

Kimden: Sıraç
Mayıs... (04.30)

Kime: Sıraç
Sıraç... (04.32)

Kimden: Sıraç
Yangın mavisi gözlerinden kâinat geçer sevgilim. (04.34)

Gülümsedim. Bu hikâyenin yangın mavisi gözlerine sahip olan, kahve kokulusu oydu.

15. SARHOŞ VE ATEŞLİ

Sabah uyandığımda hissettiğim baş ağrısı o kadar yoğundu ki, bunu o kadar geç yatmış olmama rağmen erken kalkmış olmama vermiştim. Sılay'ın alkol kokulu nefesi de bana kafa yapmış olabilirdi, bilmiyordum. Şayet Sılay, yanına çakmakla yaklaşılamayacak kadar büyük tehlike arz ediyordu. Komodinin üzerindeki dijital saate baktığımda, hiç erken kalkmadığım gerçeği yüzüme indirdiği darbeyle beni afallattı. Saat biri on geçiyordu. Gözlerim hayretle irileşirken, şakaklarımı ovaladım ve komodinin diğer ucunda şarjda olan cep telefonuma uzandım.

Kimden: Merve
Günaydın doğum günü kızı, uyandın mı? (09.35)

Kimden: Sıraç
Uyandığında mesaj at. (10.14)

Kimden: Sıraç
Hadi ama şu böcekler uyuyorken biraz baş başa kalalım? (10.20)

Kimden: Sıraç
İçen onlar, uyuyan sensin. Bravo. (10.35)

Kimden: Sıraç
Şerefsiz kardeşin uyandı, ekstra bravo. (11.15)

Kime: Sıraç
Şimdi uyandım, sabaha kadar oturmuştuk farkındaysan. (13.13)

Kimden: Sıraç
İnek (13.14)

Cevap verme gereği dahi duymadan yataktan çıktım ve telefonu komodinin üzerine bıraktım. Hızlı bir şekilde elbise dolabının içinden krem rengi iç çamaşırlarımı ve siyah tişörtümle kısa şortumu çıkardım, yanıma bornozu da alarak yatak odasından çıktım. Banyoya geçip kapıyı kilitledikten sonra üstümdekilerden kurtuldum ve suyun altına girdim. Ilık su bedenimi tararken, zihnimde ağırlık yapan kesecikler suyun altında fokurduyordu. Ilık su bedenimden akıp giderken, aynı zamanda beynimdekileri de beraberinde götürmesini istiyordum. Çok değil, hemen birkaç gün önce bir adamı vurmuş, Karagözler'de terör estirmiştim. O an onun öldüğünü düşünmüş olsam bile, yakınlarda adamları olduğundan ve onu kurtardıklarından adım gibi emindim. Sıraç da bu düşünceyle ilerliyordu, eğer biri ölmüş olsaydı çoktan ortalık ayağa kalkardı. Ayrıca Doğukan'ın iyi olduğunu biliyordum, onun iyi olması beni sevindirmişti çünkü o iyi bir çocuğa benziyordu. Banyodan çıktığımda Sılay uyanmış, o da hemen benim arkamdan banyoya girmişti. Odadan telefonumu alıp şortumun cebine attım ve ahşap merdivenlerden inip salona geçtim. Temmuz üçlü koltukta uzanıyordu, koluyla yüzünü örtmüştü ama açık gözlerinin tavana baktığını görebilmiştim.

"Ne düşünüyorsun?" diye sordum meraklı gözlerimi Temmuz'un üzerinde gezdirirken. Nereden baksan 1.90 boylarındaydı, uzun bacakları üçlü koltuğun ucundan aşağı sarkmıştı.

"Hiç," dedi Temmuz bakışlarını tavandan çekip bana çevirerek. "Oha! Sen elin adamının yanında bu şortla mı dolaşıyorsun?"

"Ne giyeyim bu sıcakta? Basma don mu?"

Temmuz yattığı koltuğun üzerinde hafifçe doğrularak oturdu. "Gerekirse giyeceksin, hem ne varmış basma donda?"

Kıkırdadım, hemen karşısındaki tekli koltuğa yerleştikten sonra, "Temmuz?" dedim sorarcasına, bakışlarım Temmuz'un uzun bacaklarında dolanıyordu. Onun aksine ben minik bile sayılabilirdim, yaşıtlarıma göre çok da uzun bir kız değildim.

"Ne var?"

"Boyun kaç senin?" Annem ve babam boy konusunda benden çalıp bu herife vermişti bence.

"1.88," dedi Temmuz gayet normal bir şeyden bahsediyormuş gibi.

"Biraz daha uzun olursan, ozona kafa atacaksın," dedim ona tip tip bakarak. Umursamadı, tekrar uzanıp gözlerini tavana dikti.

"Temmuz?"

"Hı?" Gözlerini tavandan ayırmadı.

"Annem nasıl?" Yutkundum, cevap benim için çok önemliydi. Annemle ilgili detayları konuşmamıştık, hem şu an kafamın bir kısmı Şafak'ı da merak ediyordu ama umursadığımdan falan değildi. Bir insanın canına kastetmiştim, ne yapmış olursa olsun bunun vebali boğazıma ağırlık yapıyordu.

"Nasıl olabilir ki?" diye sordu iç geçirerek. "Senin güvende olduğunu biliyor, en azından bu onu rahatlatıyor. Ama... Seni çok özledi."

Sessiz kaldım, bakışlarımı Temmuz'dan kaçırdım. Cebimdeki telefon titrerken, annemi düşünmemeye çalışıyordum ama canlı mavi gözler hemen önümde durmuş, onun güzel yüzünün keskin hatları oluşmuştu.

Kimden: Sıraç

Dışarıdayım, gelirken almamı istediğin bir şey var mı? (14.36)

Kime: Sıraç

Hayır, teşekkürler. Geç kalma. (14.38)

Bakışlarımı tekrar Temmuz'a çevirdiğimde, "Temmuz," diye mırıldandım kısık bir sesle. "Bir sorun mu var?"

"Yok." Gözleri hâlâ tavanın belli bir noktasında turluyordu. "Ne oldu ki?"

"Hiç... Biraz durgunsun da."

"Gece çok alkol aldım, ondandır," diye geçiştirdi.

"Peki."

"Abla," dedi bezmiş bir sesle ve gözlerini bana çevirip dikkatle bana baktı. "İyiyim, gerçekten."

Sılay üzerinde bornozla ahşap merdivenleri indiğinde, bornozun kuşağını sıkıca bağlamıştı ama Temmuz'un varlığını unutmuştu sanırım. Temmuz'un gözleri Sılay'ı odağına aldığında mavi gözleri hafif bir şekilde irileşti, anında gözlerini Sılay'ın üzerinden çekip tekrar tavana çevirdi.

Sılay şakağını ovalarken çizgi şeklinde olan gözlerini zorlukla kırpıştırdı. "Mayıs, ağabeyim nerede?"

"Bilmem," diye yalan söyledim, Temmuz'un şüphe oklarının ucunda durmak istemiyordum.

"Dışarı kadar çıktı," dedi Temmuz ikimize de bakmadan.

Sılay bir süre olduğu yerde öylece Temmuz'a baktıysa da Temmuz ona bakmamıştı. Kısa sessizlik, Sılay'ın merdivenleri geri tırmanmasıyla sonlandı ve ben de sessizliğin fermuarını ağzıma çekip gözlerimi yerdeki siyah postta çevirdim.

∞

"Bugün Mayıs'ın doğum günü, hadi ama Hisar'a çıkalım!" diye üsteledi Sılay. Tam bir saattir Sıraç'ın başının etini yiyordu. Sıraç tekli koltuğa sırtını yasladı ve gözlerini kapatarak, "Kızım ne işimiz var tepede? Sevmiyorum ben öyle yerleri," diye homurdandı.

"Ama Hisar..."

"Sılay, kes şunu!" Sıraç gözlerini açtı.

"Fethiye'deyiz ve Hisarönü'ne gitmiyoruz, şu işe bakın!" diye çemkirdi Sılay ayaklarının üzerine vurarak ağabeyine ters ters bakarken.

Sıraç gözlerini devirdi. "Kulüplerden hoşlanmıyorum diyorum, neden anlamıyorsun?"

"Hadi ama! Henüz yirmi dört yaşındasın, neyin var senin? İçin mi öldü?" diye sordu Sılay kaşlarını çatarak. Bakışlarını bana çevirdiğinde, ikna etmem için bana yalvaran çakır rengi gözleri vicdanımı yoklamıştı.

"Gidelim bence," diye mırıldandım isteksiz bir şekilde ama yine de denemiştim.

Sıraç bana ters ters baksa da kazanan Sılay olmuştu. Dahası dört kişi gitmeyecektik. Bizle birlikte Halim, Ümran, Merve, Doğukan ve Savaş da geleceklerdi. Sıraç'ın bunu neden istediğini bilmiyordum ama sanırım herhangi bir tehlikeye karşı kalabalık olmak istiyordu.

"Bana bakın, yarım saatiniz var, yarım saat içinde salonda olacaksınız," diye seslendi Sıraç kapının arkasından. Sılay elindeki kırmızı elbiseyi sallarken, "Bu! Kesinlikle bunu giymelisin," dedi istekli bir tavırla. Elbise mega miniydi, derin bir göğüs dekoltesi vardı ve bana hiç uymuyordu. Hoş, giysem bile Temmuz ve Sıraç'ın vereceği tepkiyi biliyordum. "Bunu asla giymem," dedim yüzümü buruşturarak elbiseye bakarken. "Çok kısa, insanlar beni gözüyle yiyecek."

"Ne giyeceksin o zaman? Sakın bana kot pantolon deme, seni tokat manyağı yaparım Mayıs," dedi Sılay son derece ciddi bir tavırla. Hemen ardından elbise dolabını açtı ve kıyafetleri allak bullak etmeye devam etti.

"Pantolon giyeceğim Sılay. Diğer türlü rahat edemem ben."

"Tokat istiyorsun yani?"

"Bana karışmasana sen ya!" diye çıkıştım. Beyaz dar bir gömlek ve siyah deri taytı çekiştirerek çıkardıktan sonra, "Ben bunları giyeceğim," dedim kesin bir tavırla. "Sen ne giyersen giy, benimle uğraşma."

"Yemin ederim tam dayaklık bir kızsın sen," diye homurdandı Sılay kendi valizinden boyundan bağlamalı bir tişört çıkartırken. "Sence bunu giyersem hayatta kalabilir miyim?"

"Tişörtü bilmem de..." Çenemle az önce yatağa fırlattığı kot şortu gösterdim. "...onu giyecek olursan... Yani Sıraç bence buna izin vermeyebilir."

"Biliyorum," dedi omuz silkerek. "Ama ondan izin isteyen kim ki zaten?"

"Cidden korkusuzsun, değil mi?"

Sılay sırıtarak üstündekileri çıkartırken, "Kesinlikle öyleyim, unutma ben onun kız kardeşiyim," dedi neşeli bir sesle.

Sılay üzerini giyinirken ben de üzerimi giyinmiştim ve aynanın karşısına geçip düzgün bir şekilde eyeliner çekmeye çalışıyordum. Solgun yüzümü aydınlatması için bordo ruju dudaklarıma dokundurdum ama rengini vermesine dahi izin vermedim. Telefonumu zincirli süet çantamın içine tıkıştırdıktan sonra siyah topuklu botlarımı giydim ve yatak odasından çıktık. Ahşap merdivenleri inerken Sıraç'ın keskin bakışlarını üzerimde hissedebiliyordum ama gözlerimi kaldırıp ona bakamıyordum. Yanağımdaki şiddetli baskı büyüdü, tüm bedenimi ele geçirdi. Bakışlarımı yavaşça kaldırdığımda, Sıraç pürdikkat deri pantolonunun ikinci bir deri gibi sarıp sarmaladığı bacaklarıma bakıyordu, kaşları çatılmıştı.

Sıraç, telefonunu çıkardı ve bir numara çevirip telefonu kulağına götürdü. "Doğukan, hazırsanız çıkın kardeşim." Gözleri hâlâ taytın sardığı bacaklarımdaydı, Temmuz'un da pürdikkat Sılay'ın şortuna baktığını görünce kaşlarımı kaldırdım. Doğukan, geçici süreliğine Savaşların evinde kalıyordu, kolundan yaralandığı için evine dönemiyordu, çünkü annesinin en büyük korkusu onun bu tür işlere bulaşmasıydı. Evden çıktığımızda Halim ve Ümran siyah bir arabanın içindeydiler, çıktığımızı gören Ümran arabanın camını açtı ve bize doğru el salladı. Biraz sonra Savaş, Merve ve Doğukan da beyaz binadan çıkıp bize doğru yürüdüler. Toprak yolda topuklu ayakkabı ile yürümekte zorlanan Merve, ağabeyinin koluna girdi ve bana el salladı. "Doğum günü kızı!"

"Yılışmasa olmaz zaten," diye homurdandı Sılay sanki ona aitmişim gibi koluma girip, Merve'ye kötü kötü bakarken.

Sıraç, kot bir gömlek giymişti ve bu ona çok yakışmıştı, altında onun uzun bacaklarını saran beyaz bir kot pantolon vardı, beyaz ona yakışmıştı. Temmuz, Sıraç'a ait kıyafetlerden giymişti, aralarının iyi olmadığını biliyor olsam da dün gece olanları da bir türlü unutamıyordum.

Sıraç, dudağına bir dal sigarayı koyduktan sonra sigaranın ucunu ateşledi ve derince bir nefesi ciğerlerine doldurup, hemen ardından hızlıca gri dumanı dışarı üfledi.

"Hadi gidelim," dedi arabasına yönelirken. Arabanın kapısını açtıktan sonra sürücü koltuğuna yerleşti ve biz de bindik. Savaş, Doğukan ve Merve ise Halimlerin arabasına binmişlerdi. Temmuz ön koltuğa, Sılay'la ikimiz arka koltuğa oturmuştuk. Arka koltuğun kendine ait kapıları olmadığından bayağı uğraş vermiştik arka tarafa geçene kadar.

Sıraç motoru çalıştırdıktan hemen sonra gaza yüklendi, arka tekerleklerin çığlığını duydum ve araba avına saldıran kaplan gibi öne atıldı. "Hisarönü'ne mi Ölüdeniz'e mi gidiyoruz?" diye sordu Sıraç dikiz aynasından bize bakarken. Yangın mavisi bakışlar akşamın karanlığıyla örtülmüş, aynanın keskin yüzeyinden bana uzanmıştı.

"Hisarönü'ne gidelim," dedi Sılay gözlerini telefonunun ekranına indirirken.

Sıraç kaşlarını çattı. "Sakın o telefon ile sosyal medya hesaplarına gireyim deme Sılay," dedi düz bir sesle.

"Salak değilim," diye homurdandı Sılay yanaklarının içini şişirerek.

"Tam olarak öylesin." Temmuz ve Sıraç aynı anda söylemişti bunu, dudaklarımı birbirine bastırıp gülüşümü yutarken, "Siz ikinizin benimle problemi ne?" diye homurdandı Sılay.

"Hiç," dediler yine aynı anda. Bu kez kendimi tutamayıp kıkırdadım, Sılay dirseğiyle boşluğuma vururken, "Alacağın olsun senin de," diye homurdandı dik dik bakarak. Sessizliği üstümüze çektiğimizde, ara sıra Karayel güzelliğini taşıyan mavi bakışlar aynadan beni yakalasa da, sakinliğimi korumayı başarmıştım. Ah, Karayel. O benim karanlıktaki elimdi.

Hisarönü'ne geldiğimizde büyülenmiştim. Burası Paris'in minyatürleştirilmiş haliydi. Arabadan indiğimiz an iç gıdıklayıcı rüzgâr saç diplerimden girmiş, tenimi pençeleyerek okşamıştı. Rengârenk sokaklar, lüks ışıklı dükkânlar ve kulağı sağır eden müzik bu küçük şehri bambaşka bir ütopyaya çevirmişti. Sıraç, bakışlarımı fark etmiş olacak ki, kulağıma doğru, "Çeneni topla, yere değiyor," diye fısıldadı alaycı bir sesle. Kahve kokulu nefesi boyun girintimi gıdıklarken olduğum yerde çivilenip kaldım. Bu adamın üzerimdeki etkisi oldukça büyüktü. Sola doğru kıvrılan sokağa girdiğimizde, sokak ışıklarının kızıl olduğunu fark ettim. Kızıl sokak ışıkları oldukça egzotik bir atmosfer yaratıyordu. Merve koluma girdiğinde Sılay'ın tehlikeli bakışlarını somut bir şekilde sırtımda hissedebilmiştim. "Bugün fazla güzelsin," dedi Merve koluma dolanıp bana iyice sokulurken. "Birileri gözlerini senden alamıyor."

Merve'nin son cümlesi ile birlikte panik omzumdan itti ve ona bakmam için beni zorladı. Bakışlarım Sıraç'a dönerken, son derece dikkatli ve derin bakışlarının beni izliyor olduğunu fark ettim. Uzun bacakları her bir adımda ileri doğru atılırken, pantolonun bağları gerginleşiyordu. "Burası Barlar Sokağı," dedi Halim Ümran'ın elini sıkıca tutup ileriyi göstererek.

"Melek nerede?" diye soruverdim, hâlâ Merve'yle kol kolaydık.

Ümran omzunun üzerinden bana baktı, yüzündeki gülümseme büyümüştü. "Kayınvalidemin yanında."

Başımı sallayıp Ümran'a gülümsedikten hemen sonra diğer kolumda da bir baskı hissettim. Sılay da hemen diğer koluma girmiş, yanımdan yürüyordu. Çekişme seziyordum. Yeşil ışığın gözümü almasıyla bakışlarım tabelaya çevrildi. Time Out Bar yazılı mekânın önünde duruyorduk, ışıklar gözümü almıştı.

"Buraya girelim," dedi Sıraç yan gözle bana bakarak. Sanki onayımı istiyormuş gibi bakıyordu, her nedense bu karnımın kasılmasına neden olmuştu.

Izbandut görüntülü bodyguardların yanından kasılarak geçtim, Sıraç'ın kapıyı itmesiyle yüksek ses dalgası bedenime çarptı ve içimi yağmalamaya başladı. Işık oyunları gözümü alırken, müziğin sertliği kalbimi bile titretmişti. İç organlarım hoplarken içeri girdim ve Sıraç'ı takip ederek kalabalığı sıyırıp yürümeye başladım. Geniş deri koltuklardan oluşan bölüme girdikten sonra hepimiz masadaki yerlerimizi aldık. Uzun boylu bir çocuk yanımızda belirmiş, siparişlerimizi almıştı. Sıraç'ın bakışlarını üzerimde hissedebiliyordum. Hemen karşımda oturuyordu, Sılay ve Merve de iki yanıma oturmuşlardı.

"Özçekim!" diye bağırdı Sılay ve bir anda telefonun ön kamerasına düşen görüntümle yüzümü buruşturdum. Merve de kadraja girmişti, birkaç pozdan sonra Ümran'ı da kadraja aldık ve arka arkaya birkaç fotoğraf daha çekildik. Biz fotoğraf çekilirken sipariş edilen alkollü içecekler masanın üzerindeki yerlerini almıştı bile. Aniden telefonum titrediğinde kendimi geri çektim.

Kimden: Sıraç
İçmeyeceksin, değil mi? (21.39)

Kime: Sıraç
İçmeyeceğim sanırım. (21.41)

Kimden: Sıraç
İstiyorsan biraz içebilirsin, yanındayım. (21.43)

Mesajı okuduktan hemen sonra kafamı kaldırdım ve Sıraç'la göz göze geldim. Yangın mavisi bakışlar üzerimde dolanırken, vücudumdan öyle bir elektrik akımı geçiyordu ki, en derinime kadar çarpılıyordum. Bakışları yoğundu, onun delici bakışları altında delik deşik oluyordum.

Kime: Sıraç
Aslında denemek isterim. (21.46)

Kimden: Sıraç
İstiyorsan dene, önceden de içmiştin 26'da. Ama gözümün önünden bir an olsun ayrılmanı istemiyorum, minik şeytan. (21.48)

Kime: Sıraç
Merak etme, dağıtmayacağım. (21.50)

Kimden: Sıraç
Viski biraya benzemez, minik şeytan. Fazlası çarpar. (21.52)

Kime: Sıraç
Var mısın iddiaya? Sınırlarımı zorlayacak kadar içeceğim ve asla rezalet çıkarmayacağım. (21.53)

Mesajımı okurken dudağı alayla yukarı kıvrıldı, herkes kendi âleminde içkilerinden yudumlarken, zavallı Sılay hiçbir şey içememenin verdiği büyük acıyla melül melül etrafa bakıyor, meyve suyunun pipetiyle oynuyordu.

Kimden: Sıraç
Yanında olduğum sürece sorun yok, hodri meydan. ;) (21.56)

Kime: Sıraç
İyi izle koca oğlan! (21.58)

Kimden: Sıraç
Ooo, sert kız! ;) (22.00)
Kime: Sıraç
Yaklaşık bir saat sonra tüm bu söylediklerinden utanacaksın, ben güçlü bir bünyeye sahibim! (22.02)

Kimden: Sıraç
Kusmuğunu temizlemekten büyük bir zevk duyacağım sevgilim. (22.05)

Yanaklarıma dolan kan vücut ısımı arttırırken, yanaklarımın iç tarafını dişledim ve dilim yardımıyla dudaklarımı ıslattım. Telefonu kucağıma koyduktan sonra önümde duran viski kadehine uzandım ve ince parmaklarımı kadehin etrafına sarıp, soğuk camı avuçladım. Sıraç'ın delici bakışlarının yoğunluğunu üzerimde hissedebiliyordum. Bunu yapabilir miydim? Elbette yapabilirdim! Viski kadehiyle bir süre bakıştıktan sonra kadehi dudaklarıma yaklaştırdım ve keskin kokusunu solumamak adına nefesimi tutup bir yudumu dudaklarımdan arasından içeri gönderdim. Tadı tanıdıktı. Tanıdık ve...

Yakıcı.

Burnumu kırıştırırken, damağımda eriyen yakıcı tadı umursamamaya çalıştım. Gözlerim Sıraç'ı bulduğunda, alaycı bir ifadenin getirdiği keyifle beni izlediğini görmüştüm. Ona meydan okuyarak nefesimi tuttum ve sıvıyı bir anda fondipledim. Ciğerlerim kavrulurken, gözlerimin yaşarmaması için dua ediyordum. Sıraç'ın kocaman açtığı gözleriyle beni izlediğini gördüğümde, tek kaşımı kaldırarak ona düz düz baktım.

"Oha!" dedi Merve herkesin dikkatini üzerine çekerek. "Tek dikişte!"

Gururla sırıttım, önümde tüm ihtişamıyla duran viski şişesini avuçladım, kadehimi koyu sarı, kehribar rengine yakın sıvıyla doldururken, Sıraç'ın bakışlarını hissedebiliyordum.

"Helal sana kız," dedi Temmuz iri gözlerle bana bakarken. "Harbi sıkı içiyorsun."

Göğsüm gururla kabarırken, bilmiş bir tavırla gülümsedim ve doldurduğum kadehten bir yudum daha aldım. Kucağımdaki telefon titremişti, bir an telefona düşen bakışlarımın buğulandığını ve her şeyin sarsıldığını düşündüm.

Kimden: Sıraç
Fazla hızlı gidiyorsun, yavaşla. (22.36)

Kime: Sıraç
Hiç de bile, şu an çok iyiyim. Hiçbir şey olduğu yok. (22.38)

Kimden: Sıraç
Ne kadar hızlı içersen o kadar çabuk etki eder. Birazdan dünyan tersine döndüğünde görüşürüz, minik şeytan. (22.40)

Onu umursamadım, kanımda hızlanan bir şeyler vardı, kadehimdekini bitirdikten sonra şişeye uzandım ama görüşüm bulanıklaşmıştı. Kulağımdan içeri, beynime dolan yüksek sesli müzik hoşuma gitmeye, ayaklarım müziğe ritim tutmaya başlamıştı.

"Abla, daha önce viski kullandın mı sen?" diye sordu Temmuz, viski kullanmamıştım ama konyak tattırmıştı bana Sıraç.

"Hayır," dedim omuz silkerek. Aslında bir kez kullanmıştım, Sıraç'la ilk kez öpüştüğümüzde... Ama çok değildi. Savaş'ın siyah gözlerini üzerimde hissettiğimde, bakışlarımın odağına onu düşürdüm. Kaşlarını çatmış, beni izliyordu.

"Sorun ne?" diye sordum Savaş'a, bir an afalladı fakat yüz ifadesini bozmadan omuz silkti. "Biraz hızlı gitmiyor musun?" diye sordu, sesi endişeliydi.

Sılay düşman bakışlarını Savaş'a çevirip kollarını bana sardı. "Bir şey olmaz benim arkadaşıma, bünyesi sağlamdır onun. Seni bile cebinden çıkartır!" Sılay bu söylediklerine kendi bile inanmıyordu.

"Bana bak Kezorella, ablamı çok sahipleniyorsun," dedi Temmuz dik dik Sılay'a bakarak. "Bu canımı sıkıyor."

"Çünkü o, benim," dedi Sılay, bana daha sıkı sarılarak kendisine bastırdı. Kokusu, Sıraç'ın kokusuna benzemiyordu ama sıcaklıkları hemen hemen aynıydı. Sıraç, ölümcül bakışlarını Sılay'a çevirdiğinde Sılay bir anda bedenimi geri itip sırtını koltuğa yasladı. Sıraç beni kendi kardeşinden de mi kıskanmıştı? Bu hissettiğim duygu da neyin nesiydi? Şu an tek bir parmağımla tüm evreni kontrolüm altına alabilirmişim gibi hissediyordum. Kıskançlık duygusunun beden bulduğu bu mükemmel varlık hemen karşımdaydı, ölümü simgeleyen güzel bakışları yüzüme akarken sertçe yutkundum. Yangın mavisi gözler, ışık oyunlarının altında rengine bir an olsun ihanet etmiyordu. Kanıma karışan alkolden midir bilinmez, bilinçaltım bana türlü türlü oyunlar oynarken, dilim damağım kurumuştu. Büyük bir açlık hissi göğsümden kasıklarıma yürürken, Sıraç'a bakarken parmak uçlarıma kadar buz tutmuştu. Aç hissediyordum. Ona karşı bir açlıktı bu. Sıraç bakışlarımın yoğunluğundan mıdır bilinmez, gözleri irileşti ve bana anlam veremediğini belirten bakışlar göndermeye başladı.

Kimden: Sıraç
Sorun ne? Neden öyle bakıyorsun, bir şey mi yaptım? (23.01)

Kime: Sıraç
Hayır. (23.03)

Kimden: Sıraç
Peki niye öyle bakıyorsun? (23.05)

Cevap vermek yerine telefonu dizimin üzerine koydum ve viski bardağımın içindeki sıvıyı mideme indirmeye devam ettim, sanırım alışmıştım ya da hoşuma gitmişti, bilmiyordum. Şu an tek hissettiğim şey susuzluktu ve bunu da alkolle gideriyordum. Eğer Sıraç'a cevap verirsem, kesinlikle hiç hoş olmayan cevaplar olacaktı bunlar. O yüzden çenemi tutmalı, karnımın içinde büyüyen ahlaksız duyguları bastırmalıydım. Sılay ve Merve ayaklanıp dans pistine yürüdüler, Sıraç'ın gözlerini üzerimde hissedebiliyordum ama ona bakmıyordum. Sılay ile Merve dans etmeye başladıklarında, etraflarındaki erkek sürüsünün bir anda dağıldığını gördüm. Sanırım Sılay ve Merve'nin kimlerin kardeşleri oldukları herkes tarafından biliniyordu. Savaş ve Halim sohbet ediyorlardı ve müzik yüzünden birbirlerine sokulmuşlardı, Ümran içeceğinin pipetiyle oynuyordu ve Temmuz da Doğukan'ın yanına geçmiş, bir şeyler konuşuyorlardı. Masada bir şey yapmadan oturan tek kişi ikimizdik. Aslında alkol vücudumu çoktan etkisi altına almıştı. Tamam, alkolün vücuda etkisi pembe bulutların üzerinde dans ederek şarkı söylemek falan değildi elbette. Cennet ile cehennemin ortasında kalmış, arafta gibi hissettiriyordu. Etraftaki sesler belli bir seviyede soyutlaşıyor, beynini yönetemez hale geliyordun.

Kimden: Sıraç
Bana cevap ver, cevapsız kalmaktan hoşlanmadığımı kaç milyon kez daha söylemem gerekiyor sana? İyi misin? (23.45)

Kime: Sıraç
İyiyim. (23.50)

Kimden: Sıraç
Sadece iyiyim kelimesini beş dakikada yazdın Mayıs. (23.51)

Kime: Sıraç
İyiyim. (23.59)

Kimden: Sıraç
Ve minik şeytan sarhoş olur. (00.00)

Sıraç'a cevap yazmak yerine ona derin derin bakmaya başladım, müzik şiddetlenmiş, gençler eğlencenin kollarına düşmüştü. Gözlerim Sıraç'ın gömleğinin açık olan iki düğmesinden görünen tenine kaydığında, kasıldım. Ter tabakasından dolayı bir dolunay güzelliğiyle parlayan teni iştahımı kabartmıştı. Tam şu anda onun terli tenini dudaklarımla kurulamak istiyordum, çok delice bir histi bu.

Zorlanarak da olsa bakışlarımı Sıraç'ın yüzüne çevirdim, parmaklarımı saçlarımın arasında gezdirirken nefesim hızlanmıştı. Sıraç'a davetkâr bir bakış atarken, bunu kesinlikle isteyerek yapmıyordum. Sıraç bir anda olduğu yerde taş kesildi, önündeki viski kadehini tek seferde diktikten sonra kadehi sertçe masaya çarptı ve gözlerini üzerimde gezdirmeye devam etti. Kuruyan dudaklarımı ıslatmak adına dilimi alt dudağımın üzerinde gezdirirken, Sıraç'ın gözleri donuklaştı ve parmakları telefonun ekranına bir şeyler karalamaya başladı.

Kimden: Sıraç
Kes şunu. (00.22)

Kime: Sıraç
Çok güzelsin. (00.25)

Sıraç âdem elmasının müthiş kavisini görmemi sağlayacak şekilde yutkundu, âdem elmasının çıkıntısı terliydi ve sanki üstüne elmas parçacıkları dökülmüş gibi parlıyordu.

Kimden: Sıraç
Güzel olduğumu mu düşünüyorsun? (00.27)

Kime: Sıraç
Kesinlikle. Çok güzelsin. (00.29)

Sıraç alt dudağını dişleyerek telefon ekranına uzun uzun baktı, bu sırada Temmuz ve Doğukan masadan ayrılmış, granit bar tezgâhının önüne gidip yüksek taburelere oturmuşlardı bile.

Kimden: Sıraç
Erkekler güzel olmaz, yakışıklı olur. (00.32)

Kime: Sıraç
Kesinlikle her ikisi de sensin. Hem yakışıklı hem de güzel... Yüzün bir ressamın en nadide eseri gibi. Öyle güzelsin ki, bu beni deli ediyor. (00.35)

Kimden: Sıraç
Sanırım hep sarhoş olmanı isteyeceğim. (00.36)

Kime: Sıraç
Sana bakarken hep sarhoşum. (00.38)

Kimden: Sıraç
Kes şunu, sana saldırmak üzereyim. (00.40)

Kime: Sıraç
Seni öpmek istiyorum. (00.41)

Kimden: Sıraç
Bebeğim, kes şunu. (00.42)

Kime: Sıraç
Beni lavaboya götür, hemen. (00.45)

Kimden: Sıraç
Kusacak mısın? (00.46)

Kime: Sıraç
Ben önden gidiyorum, beni takip et. (00.48)

Sıraç'ın şoke olmuş bakışlarını umursamadan sarsak adımlarla masadan uzaklaştım, lavaboya gittiğini düşündüğüm dar araya girdim. Müzik burada, diğer tarafta olduğu kadar baskın değildi ama yine de net bir şekilde duyuluyordu. Lavaboyu bulup içeri girdiğimde, loş ışıkla aydınlatılan lavabo beni şaşırmıştı. Kızıl ışık duvarları gölgelendirmiş, esrarengiz bir hava katmıştı buraya. Duvardaki boydan ayna yerine lavabonun aynasına baktım, çok temiz değildi fakat kirli de görünmüyordu. Ellerimi lavabonun seramiğine yasladıktan sonra aynaya bakmaya devam ettim. Gözüm hemen arkamdaki tuvalet kabinlerine takıldığında, kötü hatıralar da beraberinde gelmişti. Yaklaşık üç buçuk ay önce, böyle bir bar tuvaletinde öyle rezil şeylere tanık olmuştum ki... Biraz sonra lavabonun kalın demir kapısı açıldı, Sıraç'ın görüntüsü lavabonun aynasına düştü. Temkinli adımlarla bana yaklaşırken, bakışlarım lavabonun aynasından onu takip ediyordu. "İyi misin?" diye sordu aynada bizi göz göze getirerek. "Kustun mu?"

Yavaşça ona doğru döndüğümde, bakışlarımız kızıl ışığın altında buluştu. "Mayıs?" dedi sorar gibi. Bir iki adım daha attı, adımları temkinliydi. "Her şey yolunda mı bebeğim?" diye sordu Sıraç beni lavabonun seramiğiyle arasına alarak. Kollarını bedenime sardı, hafif ter ve kahve kokusunu alabiliyordum. Çok iyi hissettiriyordu.

Sıraç, kollarını yavaşça bedenimden ayırdı, sol elinin uzun parmaklarıyla çenemi kavrayıp başımı yukarı kaldırdı. Göz göze geldiğimizde dudaklarım beklentiyle aralandı. Dudaklarım, onun nabzını istiyordu. Bakışlarımın farkına varan Sıraç bir an duraksadı, bakışları yoğun bir şekilde harelerime dökülürken nefesim kesilmişti. Gözleri tam olarak aralıklı duran dudaklarımın üzerinde durduğunda sertçe yutkundu. Âdem elması sert bir kavis çizerek boynu boyunca kaydı.

"Güzelim," diye fısıldadı meraklı bakışlarla. "Her şey yolunda mı?"

"Evet," dedim kısık bir sesle. Kelimeler dilimin altında yuvarlanıyordu, sözcükleri telaffuz etmek hiç bu kadar zor gelmemişti bana. "Her şey yolunda Sıraç."

Koyu renkli, biçimli kaşlarından bir tanesini havaya kaldırdı. "Mayıs, kusmak istiyor musun bebeğim? Kusabilirsin, seni tutarım. Rahatlayacaksındır."

Sol elimi yakasına koyup onu yavaşça çekiştirdim. "Kusmak istemiyorum."

"Ne istiyorsun güzelim?"

"Seni." Aynı saniyeler içerisinde kalçamı lavabonun seramik tezgâhına yerleştirdim ve bacaklarımı onun dar kalçalarına doladım. Gözleri şiddetli bir şok dalgasıyla çarpışıp, irice açılırken dudakları aralandı. Yangın mavisi bakışlar, saniyeler içinde yerini karanlığa devretmişti.

"Burada mı?" diye sordu yakıcı boğuk bir sesle. Kasıklarımda yürüyen tabanı elektrikli ayaklar, vücudumu sarsıyordu. Dudaklarımı boynuna yaklaştırdım.

"Burada," diye fısıldadım kendime yabancı gelen bir sesle. "Tam olarak burada."

Bacaklarımın arasında ahlaksız bir duygunun şimşek gibi çaktığını hissettim.

"Mayıs..." Büyük elleri belimin kavisinden aşağı indi, gömleğimin eteklerini aşıp tenime aktı. Çıplak tenime değen soğuk elleri ürpermeme neden olurken, parmak uçlarında atan nabzı dahi hissedebiliyordum şu an. Ellerinin ısısı büyük bir hızla arttı, bacak arama girip kendini bastırdı ve burnumu burnuna dayadı. Kot pantolonu, deri pantolonuma baskı uygularken, ikimiz de nefes nefese kalmıştık.

"Sıraç," diye inledim kısık bir sesle. Dudaklarımı onun boynuna bastırdım, beyaz ve terli boynu dudaklarımın yarattığı baskıyla derisini yırtacak güçteki nabzını dudaklarıma çarptırdı. Kasıklarımda büyüyen ısının kurbanı olacağımın farkına vardım; dilim, boynunda gezinmeye başladığında tenindeki tuzun tadı içime akıyordu.

"Ah!" diye inledi, bu inleme Yiğit'in o iğrenç inlemesinin aksine his doluydu. Sesinin tınısı alçalmış, o an damarlarımda akmakta olan cinsel dürtüyü daha da körüklemişti. Böyle bir şeyin mümkün olabileceğini hiç düşünmemiştim. Küçük dil darbelerini boynuna kondurmaya devam ettim, her darbem bacak aramdaki varlığının büyümesine neden oluyordu. Kendimi ona bastırıp varlığını daha net hissettiğimde, dudaklarımdan dökülen inilitiye engel olamadım. "Ah, Sıraç!"

Tuvaletin duvarlarına çarpıp daha sert bir şekilde kulaklarıma dönen iniltim, Sıraç'ın daha da sertleşmesine sebep olurken, kanımdaki adrenalin duygusu damarlarımı yırtıyordu sanki. Dilim boynuna, oradan da düğmelerinin açıkta bıraktığı göğsünün çıplak kısmına indi. Tuzlu vücudunda dolaştırdığım dilimin ucu yanıyor, beynime kan gitmiyordu. Tek bir hareketle beni kalçalarımdan kavradı, kucağına aldı. Varlığı, iki bacak aramda, hemen orada duruyordu. Bacaklarım ona sımsıkı sarılmış, onu bacaklarımla kafeslemiştim. Aramızdaki elektrik sanki çatırdıyordu. Büyük bir hızla beni duvara yasladı ve duvarla arasında kalmamı sağladı. Her an biri girebilir, birisi bizi yakalayabilirdi fakat bu zerre umurumda değildi. "Lanet!" diye haykırdı Sıraç kendisini tamamen bana bastırırken. "İçinde olmak istiyorum, minik şeytan."

Kasıklarımda patlayan havai fişekler, beynime artıklarını fırlatırken, nefes nefese bir şekilde dudaklarımı çenesine sürttüm, çenesinden yol yaparak dudaklarına tırmandım. Pembe çikolatalar büyük bir açlıkla ağzımı ağzının içine alırken, bir an beni büsbütün yutacağını sandım. Dilini öyle çok kullanıyordu ki, çeneme kadar ıslatmayı başarmıştı. Öyle istekli, öyle çılgın öpüyordu ki, iki bacak aramda yarattığı his beni çileden çıkartıyordu. Erkekliğinin tam o noktada zonkladığını hissedebiliyordum, bu çok ahlaksızcaydı. Kemikli parmakları kalçalarımı avuçladı, ağzımın içine kısık kısık hırladı.

"Ah," diye inledi tekrardan. "Bana seni ver, hemen şimdi!"

"Al!" diye haykırdım erkekliğine ritmik hareketlerle sürtünürken. Kot pantolonunu bize engel değildi, onu hissediyordum. Beynim erimeye başlamıştı, utanç duygusunun nereye saklandığını merak ediyordum. "Ah!" İniltim duvarlara çarpıp bize dönerken, Sıraç kabinlerden bir tanesinin kapısını açtı ve beni kucağından indirmeden içeri girip kapıyı ayağıyla kapattı, tek eliyle kilitledi.

"Sıraç?" diye inledim dehşet içinde. Klozet kapağını kapatması ve beni klozetin üzerine oturtması bir olmuştu. Aç bir ifadeyle gözlerime bakarken, önümde diz çöktü ve belimi klozetin sırtına yaslayarak bacaklarımı ikiye ayırdı. Sıraç, deri pantolonumun ortasına dikkatle bakarken, sıcak nefesi ince kumaştan tenime akıyordu.

"Hadi," diye sızlandım, gözlerim kapanıyordu. "Hadi Sıraç!"

"İlkimiz burada olmayacak," dedi boğuk bir sesle. İstediğinden emindim, o bunu inkâr etse de pantolonun önündeki kabarıklık bunu kanıtlıyordu. "Sıraç," diye inledim başımı geriye atarak soluklanırken.

"Seni rahatlatabilirim," dedi sertçe yutkunarak.

"Nasıl?" diye sordum ayırdığı iki bacağımı kapatmaya çalışırken ama buna izin vermedi.

"Pantolonunu indirmeme izin ver." Sesi keskin, isteği vurguluydu.

16. BOYUN GİRİNTİSİ

"Pantolonunu indirmeme izin ver."

Gözlerim odağını kaybetmiş bir şekilde Sıraç'a bakarken, elleriyle ikiye ayırdığı bacaklarımı omuzlarının üzerine atmıştı bile. Açlık kokan yangın mavisi gözleriyle önümde diz çökmüş, ılık nefesini bacak aramda hissetmeme neden oluyordu. Kanımda arka arkaya şehvet kapsülleri patlatan alkol, beynimin bir kısmını yönetimi altına almıştı. Şu an hiçbir şeye karışamıyor ve alkolün beni yönetmesine izin veriyordum.

Üstelik büyük bir açlıkla beni süzen gözler, kasıklarımdaki elektriklenmeyi körüklüyor ve elektriğin voltunu arttırıyordu.

"Lütfen..." diye mırıldanıp uzun parmaklarını bacaklarımı ikinci bir deri gibi kaplayan deri pantolonumun üzerinde gezdirdi. Parmakları bileğimden kalçalarıma doğru çıkarken, omuzlarına bıraktığım ağırlığım onu zerre rahatsız etmemişti.

"Sıraç..." diye mırıldandım ve kalçalarımı havalandırıp bacaklarımın ağırlığını onun omuzlarına verdim. Ah, sabrım kalmamıştı ve tam şu anda erkeğimin şefkatine, sıcaklığına, kokusuna ihtiyacım vardı.

"Bebeğim, istiyorsun değil mi?"

Tam şu anda her şeyi yapabilecek gözü karalığa sahiptim. "Yiğit'ten ne farkın kaldı?" diye sorabilirdiniz ve size kızamazdım. Ama fark şuydu ki, ben şu an sevdiğim ve ait olduğum adamın kollarındaydım. Sevdiğim ve sevildiğim.

"İstiyorum," dedim, sesim ıstırap çekiyormuşum gibi çıkmıştı. "İstiyorum..."

Dudakları şehvetle aralandı ve pembe çikolatalarını dili yardımıyla ıslattı. "Sırtını daya," diye mırıldandı ve eliyle karnıma bastırıp arkama dayanmamı sağladı. "Güzel."

Odağını kaybetmiş gözlerim ilgiyle onu izlerken, ne yapacağını merak ediyordum. Yokluğumuz fark edilmiş miydi? Umurumda dahi değildi.

"Benim minik kızım, şimdi seni rahatlatacağım..." diye mırıldandı Sıraç ve dizlerinin üzerindeki pozisyonunu zerre bozmadan, deri pantolonumun düğmesine uzandı. Düğmeyi büyük bir ustalıkla çözdükten hemen sonra fermuarımı tuttu ve usulca aşağı doğru çekmeye başladı. Kasık bölgeme değen uzun parmaklar, havai fişeğimin ucunu ateşleyip patlaması için körüklerken gözlerimi yumdum ve kendimi Sıraç'a bıraktım.

"Kalçanı kaldır, şunu çıkarayım," dedi Sıraç, sesi kulağıma yabancı bir tınıda yükselmişti. "Güzelim, hadi kaldır kalçanı."

Tam kalçamı kaldırıp pantolonumu sıyırmasını sağlayacaktım ki, tuvaletin kapısı açıldı. İçeri dolan topuklu ayakkabı sesi donup kalmamıza sebep olurken Sılay'ın sesi duyuldu.

"Mayıs?" Gözleriyle etrafı tarayıp beni aradığından adım gibi emindim. "Burada mısın?"

Sıraç beni yavaşça ayağa kaldırdı ve parmaklarını dudağına örtüp 'sus' işareti yaptı. Kaskatı kesilmiş, daracık bir kabinin içinde nefes nefese öylece dikiliyorduk. Ciddi anlamda büyük bir kahkaha atma isteğiyle dolup taştım fakat bunu yapamadım. Çünkü Sıraç yüzümü kabinin kapısına dayamış, arkama geçmiş ve elleriyle beni kafeslemişti. Kalçalarıma değen varlığının yanı sıra, ensemi okşayan nefesi beni çıldırtmıştı.

"Sıraç..." diye mırıldandım yalnızca Sıraç'ın duyabileceği bir ses tonuyla.

"Şşş," dedi ve kendini bana biraz daha bastırdı.

"Mayıs? Burada mısın kuzum?" dedi Sılay tekrar ve hemen ardından musluğu açtı. Sanırım yüzünü yıkıyordu. Sıraç'ın eli pantolonumun içine girdiğinde, kilitlenip öylece kaldım. Kapının hemen arkasında Sılay vardı ve ayaklarımızı görebilirdi ama Sıraç bunu umursamadan kendini bana yaslamış, nefesiyle ensemi okşuyordu ve... Elleri külotumun üzerinde dolanıyordu. Şu an kasılan tek yer bacaklarım değildi, kalbim bile kasılmıştı.

Su bir süre daha açık kaldı. Sıraç'ın uzun parmakları külotumun üzerinde öylece duruyordu, hareketsizdi fakat varlığı bile beni delirtmeye yetmişti. "Ah," diye mırıldandım ve bacaklarımı kapatmaya çalıştım.

"Seni okşamamı istiyor musun?" diye sordu, sesi mırıltı halinde yükselmiş, düşüncelerime sızmıştı. Cevap veremedim, dilim tutulmuştu, ne demek istediğini tam olarak idrak edemiyordum.

"İstiyor musun miniğim?" diye tekrarladı, sesini ben bile zor duyarken Sılay'ın duyması imkânsız gibi bir şeydi.

"Lütfen," diye mırıldandım ve bacaklarımı sıkıca kapatıp elini aramda sıkıştırdım. "Yapma, delireceğim."

"Şşşş," dedi mırıltı şeklinde. "Sessiz ol, bizi duyacak." Bacak aramda sıkıştırdığım elinin uzun parmaklarını kullanarak külotuma baskı uygulamaya başladı.

"Yapm-" Titremeye başladım, kasığıma abanan kramp beni çileden çıkartırken, dokunuşu derinleşti. "Ah!"

"Bez parçası beni rahatsız ediyor, ıslaklığını hissetmek istiyorum," diye mırıldandı, sesi büyük bir edepsizlikle kulağımın içine dolarken, hücrelerim arka arkaya intihar ediyor gibi hissediyordum. Uzun parmakları külotumun bir kısmını aştı ve içeri girdi, tam olarak girmesine izin vermeden aniden yükselen bir zevk dalgasıyla başımı geriye attım ve Sılay'ın kapının arkasında olmasını umursamadan "Ah!" diye haykırdım.

"Mayıs!" Bu ses Sılay'ındı ve son derece telaşlı bir şekilde yükselmişti. Kabinin kapısı zorlandı. "Neler oluyor Mayıs?" dedi Sılay kapıya abanırken.

Sıraç memnuniyetsiz bir homurtuyu dudaklarının arasından saldıktan hemen sonra elini çekti ve kapıyı açtı. Tek sorun, düğmem ve fermuarım sonuna kadar açıktı. Sılay'ın gözleri kocaman açılırken, baygın bakan bakışlarımı ona çevirdim.

"Siz..." dedi Sılay ve çakır rengindeki gözleri daha da irileşti. "Ne bok yiyorsunuz burada?"

Yutkunup başımı Sıraç'ın göğsüne dayadım. Bedenimi de Sıraç'a yaslandıktan sonra zoraki bir şekilde sırıttım. "Hiç."

"Hiç?" diye sordu Sılay ve şaşkınlık ile öfkenin harmanladığı çakır gözlerini alt bölgeme çevirdi. Açık fermuarıma ve külotumun dışarıda duran bir kısmına kaşlarını çatarak baktıktan hemen sonra "Hiç, öyle mi?"

Sıraç kıkırdadı ve ellerini göğüslerimden geçirip beni sımsıkı sardı. "Evet," dedi ve dudaklarını saçlarıma bastırdı. "Tam olarak hiç yapıyoruz."

"Ağabey!" Sılay'ın sesi tuvaletin duvarlarında yankılandı. Başım dönüyor ve her nedense çevremdeki hiçbir şeyi önemsemiyordum. Üstelik Sılay gelmeseydi Sıraç tenime tamamen dokunmuş olacaktı. Bunu düşünmek bile kasıklarıma sağlam bir tekme yememe sebep oluyordu. "Onun sarhoşluğundan mı yararlanıyorsun? Cidden sarhoş bir kızdan mı yararlanıyorsun?"

Sılay öfke dolu gözlerle ağabeyine bakarken, ben de bomboş gözlerle Sılay'a bakıyordum. İfadesiz ve olamayacağım kadar büyük bir rahatlığı yüzümün ortasına yapıştırarak.

"Onun sarhoşluğundan falan yararlanmıyorum ben," dedi Sıraç, sesi sakin fakat tehlikeliydi. "Bağırıp durma, insanları başımıza toplayacaksın."

Sılay'ın gözleri öfkeyle irileşti ve önce bana hemen ardından Sıraç'a kötücül bakışlarını fırlattı. "Kızın fermuarı inik ağabey, burada evcilik oynadığınıza inanacak değilim, değil mi?"

Kafamı bir kez daha Sıraç'ın göğsüne doğru ittim ve umursamaz bir tavırla esneyip, gözlerimi kırpıştırarak Sılay'a bakmaya devam ettim.

"O, benim." dedi Sıraç ve kollarını bedenime sarıp bana nefesimi kesecek bir sıkılıkta sarıldı.

"Evet," diye mırıldandım sarhoş sesime aldırmadan. "Ben, onunum. Hem hiçbir şey yapmadık, Sıraç beni işetecekti."

Sılay çatık kaşlarını şaşkınlıkla havaya kaldırdı ve ağzı küçük bir o harfi şeklini aldı. "İşetecek miydi?"

Arkamda kıkırdayan Sıraç'ın kalkıp inen göğsünü sırtımda hissediyordum. Ah, sırtıma batan göğsü kanıtıdır benim için aldığı nefeslerin.

"Evet," dedim sırıtarak. "Çişim vardı ve ben... Sanırım sarhoşum?"

Bir süre boş boş bakıştık, şansımızdan mıdır bilinmez tuvalete kimse girmiyordu.

"Siz," dedi Sılay ve kaşlarını çattıktan sonra elini bana uzatıp bileğimden kavrayarak kendisine çekti. "Berabersiniz, değil mi?"

"Evet," diye atlayıverdim. Bu cesaret nereden geliyordu? İnanın hiçbir fikrim yoktu. Yalnızca konuşmak istiyordum. Hiç susmadan her şeyi anlatmak... "Beraberiz. Onu seviyorum ve o da beni seviyor."

Sıraç'ın gözlerinin üzerimde gezindiğinin farkındaydım ve tabii ki bir tuvalette bağırarak konuştuğumun da.

"Birbirinizi sevdiğinizin zaten farkındayım salak." Sılay koluma esaslı bir tane geçirdi. Bu acıtmıştı. "Ama birbirinizi seviyor olmanız, tuvalet köşesinde yiyişmenizi gerektirmiyor değil mi?" Kızgın bakışları tekrar ağabeyini buldu. Sıraç az önce beni oturtup bacaklarımı... Tamam. İşte o klozete oturmuş bize boş boş bakıyordu. Aslında pek boş sayılmazdı. Bana bakışı büyülenmiş gibiydi. Sanırım bu egomu okşamıştı.

"Ve," dedi Sılay ve işaret parmağı ile ağabeyini gösterdi. "Burası kadınlar tuvaleti, farkında mısın?"

Sıraç geniş bir şekilde sırıttıktan hemen sonra oturduğu klozetin üzerinden kalktı ve kabinin içinden çıktı. "Böcek," diye mırıldandı ve Sılay'a ölümcül bir bakış fırlattı. "İşime engel oldun, hâlâ nefes alabiliyor olduğun için şanslısın."

"Ah! Şimdi de tehdit mi ediliyorum?" diye cırladı Sılay, beni çekiştirerek tuvaletin çıkışına doğru yürüttü. "Sen küçük hanım, seninle de konuşacağız. Hele bir ayıl." Sesi kısık fakat sinirli çıkmıştı. Aslında sahiplenilmek güzel bir duyguydu. Korunmak güzeldi. Sılay'ın beni korumak amaçlı böyle bir tavır sergilediğinin elbette farkındaydım.

Tuvaletin kapısının açılması ile doğru orantılı olarak yüksek sesli müzik beynime doluşuverdi. Sıkıntıyla kırıştırdığım burnum ve kısılan gözlerim, ne kadar rahatsız olduğumun görüntülü bir kanıtıydı.

"Sıraç içeride kaldı?" dedim sorarcasına, müziğin baskın olduğu yöne doğru sarsak adımlar atmaya başlamıştık.

"Umarım onu orada gören kadınların saldırısına uğrar ve linç edilir," dedi Sılay. Yüksek sesli müziğin birbirimizi duymamızı engelliyor oluşundan olsa gerek bağırıyordu. Kıkırdadıktan hemen sonra Sılay'ın koluna girdim ve destek alarak dans pistinin ortasından kalabalığı yararak geçtik.

Merve, Doğukan, Temmuz ve Savaş bar bölümünde oturmuş barmen ile konuşuyorlardı, Halim ile eşi Ümran ise deri koltukta oturmuş öylece içkilerini içmeye devam ediyorlardı. Temmuz beni gördüğünde barın yüksek sandalyesinden kalktı ve bana doğru yürümeye başladı. Ah, sarhoşluğumun tadını çıkartamadan açıklama yapmak zorunda kalacaktım.

"Abla," dedi Temmuz, duyabilmem için yüksek bir ses tonu kullanıp bana doğru eğildi. "Neredeydin?"

Sılay boş gözlerle Temmuz'a baktığımı görünce benim yerime cevap verme gereği duymuş olacak ki, sol elini Temmuz'un omzuna koydu ve kafasını kaldırıp benim uzun kardeşimin gözlerinin içine baktı. "Lavabodaydı, biraz fazla kaçırdığı için orada öylece kalmış. Birkaç kız ona yardımcı oluyordu, sonra da onu gördüm ve buraya getirdim."

Temmuz önce Sılay'ın omzunda duran eline, ardından da yüzüne baktı ve bir süre sessiz kaldıktan sonra kafasını salladı. İnanmışa benziyordu.

"Ağabeyin nerede?" diye sordu bu kez Temmuz, açık mavi gözleri etrafı kolaçan etti. "Onu buralarda göremiyorum?"

"Bilmiyorum, onu ben de göremedim. Hava almaya çıkmıştır, kulüpleri sevmez."

Temmuz Sılay'a ufak bir bakış attı ve tekrar başını aşağı yukarı sallayıp sırtını döndü ve az önce oturduğu yere doğru yürümeye başladı. Sılay koluma bir tane daha geçirdi. "Hele bir eve gidelim, görüşeceğiz seninle."

"Görüşelim canım." Kıkırdadım, cidden eğleniyordum. Yıllar sonra ilk kez eğlendiğimi hissediyordum.

"Şu sıfata bak ya," diye bağırdı ve yüzüme garip bir yaratık görmüş gibi baktı. "Allah'ım sen aklıma mukayyet ol."

Deri koltuktaki yerimizi aldıktan yaklaşık beş dakika sonra Sıraç ufukta göründü. Yavaş adımlarla masaya doğru yürürken, ışık oyunlarına rağmen bakışlarının üzerimde dolaştığını görebiliyordum. Sılay'ın omzuna başımı yasladıktan sonra çılgınlar gibi dans eden bir ton ergen sürüsüne kısık bir bakış fırlattım. Annelerini ve babalarını ne diyerek kandırmışlardı kim bilir? Ah, sanki farklıydım.

Sıraç hemen karşımdaki siyah deri koltuğa yerleşti ve Halim ile kısa süreli bir bakışma yaşadı. "Neredeydin lan?" diye sordu Halim ve önünde duran çerezlerden otlanmaya devam etti.

"Hiç, biraz temiz havaya ihtiyacım vardı. Son yarım saattir beynime kan gitmiyordu birader, kan başka yerlerde cirit atıyordu."

Halim kaşlarını çattı ve bir süre anlamaz bakışlarını Sıraç'a fırlattı. Daha sonrasında oturduğu yerde vahiy gelmiş gibi hopladı ve sırıttı. "Ulan, az piç kurusu değilsin."

Kıkırdadılar. Sılay ise düşmanca bakışlarını ağabeyi üzerinde gezdiriyor, bir yandan da saçlarımı okşayıp beni sakinleştirmeye çalışıyordu. Aslında şu an masada en sakin olan insan bendim ama bunu Sılay'a anlatmak imkânsız gibi bir şeydi.

Kimden: Sıraç
Yarım kalan işimizin devamını getireceğimizi umuyorum? (02.51)

Kime: Sıraç
Hangi işimizin? (02.53)

Kimden: Sıraç
Şu külotunun radarına yakalandığımız işin... (02.54)

Gözlerimi telefondan ayırıp Sıraç'a doğrulttuğumda adi bir gülümsemeyle beni izlediğini gördüm. Tam bir sapıktı fakat benim sapığımdı. Onu seviyordum, her anlamda.

Kime: Sıraç
Rüyanda? (02.57)

Kimden: Sıraç
Sılay'ı öldürmek istiyorum. Bir daha bu kıvama getirebilmem için seni alkol komasına sokmam gerekecek. (02.58)

Sarsak bir şekilde sırıttıktan sonra telefonu çantama sıkıştırdım ve Sılay'ın omzuna başımı yasladım. Müziğe alışan kulaklarım, ağır tepkiler vermeyi bırakmıştı. Aksine müziğin ritmi beni yavaşça dolduruyor ve dış dünyadan soyutluyordu.

Gözlerimi yavaşça kapattım ve yalnızca müziği dinledim.

Bağırışlar?

Kırılan cam sesleri?

Kadın çığlıkları?

Gözlerimi yavaşça araladığımda, hemen karşımdaki dans pistinin bir savaş alanına döndüğünü fark ettim.

Havada uçuşan yumruklar, sandalyeler, içki şişeleri ve deli gibi çığlık atıp etrafa kaçışan kızlar. Neler oluyordu? Sılay'ın omzunda değil de koltuğun üzerinde olduğumu görünce ikinci bir şok yaşadım. Sılay neredeydi?

"Orospu çocuğu!" Ah, bu ses. Bu sesin sahibi aynı zamanda benim de sahibimdi. Kalabalığı ve uçuşan yumrukları yararak kavganın ortasına doğru yürüdüm. Başımda şiddetli bir ağrı baş göstermişti. Ve evet, Sıraç Karayel altına yatırdığı genç adamın yüzünü kandan görünmez bir hale sokmuştu. Altında yatan yirmili yaşlarının sonunda olduğunu tahmin ettiğim adamın dudağı patlamış, dişlerinin arasından kan dökülüyordu. Gözlerinin altı kıpkırmızı ve şişti, üstelik Sıraç durmadan yumruk indirmeye devam ediyordu.

"Sen kimin hakkında konuşuyorsun lan pezevenk? Senin dilini kesip, götüne sokmamam için tek bir sebep söyle bana lan!" diye bağırdı Sıraç, müzik durmuştu ve yalnızca Sıraç'ın sesi hâkimdi.

Sert bir yumruğu daha adamın yüzüne geçirdikten hemen sonra gözleri beni buldu. Yangın mavisi gözlerinin içinde hiddet kol geziyordu.

"Düzdüğün kadınları bu kadar sahiplenmen... İnanılacak iş değil Karayel," diye mırıldandı altında yatan adam. Adam konuşurken ağzından bir dolu kan dışarı boşalmıştı. Yüzümü tiksintiyle buruşturdum.

"Seni sülaleni sikerim, orospu çocuğu," diye kükredi Sıraç ve bir yumruk daha indirdi.

"Ağabey, yapma!" Bu çığlıkların sahibi Sılay'dan başkası değildi. Sılay, Temmuz'un boyun girintisine saklanmış ağlıyor ve bağırıyordu. Temmuz elini Sılay'ın beline sardı, yavaş adımlarla mekânın kapısına doğru yürüdü. "Abla!" Temmuz'a doğru baktım, şaşkınlığım yüzümden okunuyordu. "Ben Sılay'ı dışarı çıkarıyorum, sen de yürü," dedi ve Sılay'ı iyice sarmalayıp dışarı çıktı.

Şu an kopan kıyametten ziyade, Temmuz'un Sılay'a sarılması ve adı ile hitap etmesi afallatmıştı beni.

"Karayel, yeter. Öldüreceksin." Bu ses Savaş'a aitti. Hemen ileride bir adamı sırtüstü yatırmış ve konforlu bir koltuğa oturur gibi üzerine oturmuştu. Ah, sanırım az önce bu adamı haşat etmişti.

"Alayını sikeceğim, hepsini!" diye bağırdı Sıraç, Halim onu seri bir şekilde üzerinde oturduğu adamın üzerinden kaldırdı. "Sakin ol şampiyon, tamam hepsini sikeceksin. Sakin ol."

Yerde kanlar içinde yatan adamın gözleri beni buldu. Adam acı bir şekilde gülümserken, dişlerinin beyazını kaplayan kanıda bana sunmuştu. İğrenç.

"Kadınıma sırıtıyor lan, bir de sırıtıyor," diye bağırdı Sıraç ve Halim'in kollarında olmasına rağmen esaslı bir tekmeyi adamın testislerine geçirdi. "Öldüreceğim, bırak!"

Alkolün üzerimde bıraktığı etkiden midir bilinmez soru soracak halim dahi yoktu. Yalnızca Sıraç'ın sakinleşmesini istiyordum. Hemen arkamda bir el hissettiğimde irkildim ve omzumun üzerinden arkama baktım. Doğukan ve Ümran bana bakıyorlardı.

"Sen uyuklarken hakkında konuşmuşlar, sanırım onun kadını olduğunu bilmiyorlardı," dedi Ümran, ardından hemen arkamdaki curcunaya kısa bir bakış attı. "Sana deli oluyor."

Afalladım, bakışlarımı Doğukan ile Ümran arasında gezdirdim. Sıraç'ı üç adamın kuvvetiyle zorla dışarı çıkarmayı başardıklarında ciddi anlamda şaşırmıştım. Izbandut gibi üç adam onu zor zapt etmişti.

"Problem ne?" diye sordum, sesim hâlâ bilinçsizdi.

"Seninle ilgili birkaç yorum yapmışlar yenge, ağabeyim de bunu duyunca sikti belalarını. Şu an belinde emaneti olsaydı emin ol indirmişti hepsini," dedi Doğukan ve kapıyı gösterdi. "Hadi, çıkalım."

Benimle ilgili konuşanların bile yaşama hakkını elinden alabilecek kadar deli bir adama sahiptim.

∞

Araba büyük bir sakinlikle Fethiye'ye ilerlerken, sessizliği bozan taraf ön koltukta oturan Temmuz oldu.

"Ablama âşıksın, değil mi?" Bu soru gözlerimin irice açılmasına sebep olurken, kalbim ralliye çıkmış araba gibi gaza köklendi ve göğsümü zorlamaya başladı. Sıraç direksiyonu kavradıktan sonra büyük bir sakinlikle yolu izlemeye devam etti. "Evet," dedi düz bir sesle. "Âşığım."

Temmuz başını salladıktan sonra göz ucuyla Sıraç'a baktı. "Zaten şüpheleniyordum, ama bu gece... Sen bu gece hiç ummadığım şeyler yaptın. Saygımı kazanmış olabilirsin," diye mırıldandı.

"Sevindim," dedi Sıraç ve gözlerini yoldan ayırmadı. "Beni kabul ettin mi yani?"

"Asla." Temmuz dikiz aynasından Sılay'a kısa bir bakış attıktan sonra gözlerini dikiz aynasından çekti ve yola odaklandı. Arka koltukta kıpkırmızı olmuş yanaklarımı saklamaya çalışırken, Sılay'ın gözlerinin Temmuz'un üzerinde olduğunu gördüm. Bu kızarmamı bir kenara bırakıp şaşırmama sebep olmuştu. Çünkü Sılay'ın bakışı hiç de normal değildi.

Mahalleye geldiğimizde arkadaşlarla vedalaştık ve eve girdik. Doğukan ise Savaş'ın zoruyla tekrar Mervelerin evine girmek zorunda kaldı. İlk işim duş almaktı ve Sılay da benimle birlikte duş aldı. Tamam, kesinlikle utanmıştım fakat her nedense Sılay ile büyük bir bağımız vardı. Birlikte güzel bir duş aldıktan sonra odamıza geçtik ve pijamalarımızı giydiğimiz gibi yatağa atlayıverdik. Saat sabahın altısı olmuştu bile.

"Bu gece... Her şeye rağmen güzeldi," dedi Sılay ve tavanı izlemeye başladı. Yavaş yavaş ağıran gün, ışığını pencereden içeriye yansıtırken derin bir nefesi ciğerlerime doldurdum.

"Evet," diye mırıldandım. "Öyleydi."

Ah, tabii benim bir anda kudurup Sıraç'ın üzerine atlamam dışında her şey dört dörtlüktü. Ben Sıraç'ın yüzüne nasıl bakacaktım şimdi?

"Bu arada tuvalette gördüklerimi unuttuğumu sanma, o konu hakkında konuşacağız."

Yanaklarıma doluşan kan tüm vücuduma derin bir ısı titreşimi yollarken yutkundum. Neden hatırlatıyordu ki sanki? "Kes şunu," diye mırıldandım gözlerimi kaçırarak.

"Cidden, ben gelmeseydim ne bok yemeyi düşünüyordunuz?" Sesi kızgın fakat bir o kadar da sahipleniciydi. Arkadaşım tarafından sahiplenilmek gerçekten hoşuma gitmişti. Fazlasıyla.

"Hiçbir bok yemeyecektik, tamam mı?" diye çemkirip sırtımı ona döndüm.

"Ondan mı fermuarın açıktı ve donun görünüyordu Mayıs Hanım?" Parmağıyla sırtımı dürttü.

"Kes şunu, uyumak istiyorum."

"Ağabeyimle berabersiniz, değil mi?" Sesi derin ve meraklı bir tonda yükselmişti.

Nabzım hızlanırken, ciddi anlamda Sıraç Karayel ile ne tür bir ilişki yaşadığımı sorguladım. Bir iki kez bana sevgilim demişti ve sahiplenici davranışlarda bulunmuştu. Ama...

"Hadi ama, uyumadığını biliyorum. Berabersiniz, değil mi?"

"Öyleyiz ya da değiliz, bu çok mu önemli sanki?" diye sordum uykulu bir ses tonuyla.

"Aynen," dedi Sılay ve kollarını bana sarıp, "Önemli. Sen benim için çok önemlisin. Bir arkadaştan fazlasısın, kız kardeşim gibisin. O yüzden seninle ilgili her şeyi bilmek istiyorum."

"Benimle ilgili her şeyi biliyorsun Sılay," dedim, sesim huzur kokuyordu.

"O zaman söyle, beraber misiniz?"

"Sanırım?" dedim kendim bile soru işareti kokan nefesimin varlığını derinlerimde hissetmiştim.

"Ah, tahmin etmiştim aslında." Kıkırdadı. "Ama cidden sizi uygunsuz pozisyonlarda yakalamaktan sıkıldım. Lütfen daha dikkatli olun."

"Sılay!" diye cırladım ve huzursuzca kıpırdandım.

"Tamam, yengiş. Kızma hemen," dedi ve sımsıkı sarılıp çenesini omzuma yasladı. Uykuya ne ara dalmıştık bilmiyordum ama uykunun kollarına çekilirken ilk kez bu denli huzurlu hissediyordum.

Gözlerimi araladığımda, dün gece tükettiğim alkole rağmen başımın ağrımaması beni mutlu etmişti. Çok sıcaklamıştım. Sılay'ın sıcaklığından dolayıydı. Başı omzumda, kolu belimde sarılıydı ve terlerimiz birbirine karışmıştı. Hareket edemiyordum, çünkü biliyordum ki kıpırdanırsam o da uyanacaktı. Açıkçası uyanmasını istemiyordum. Çok yavaş ve nazik bir hareketle bedenimi onun bedeninden ayırdım ve yavaşça doğrulup ayağa kalktım. Komodinin üzerine bıraktığım telefonumu elime aldıktan hemen sonra ekran kilidini kaldırdım ve gelen kutusuna baktım.

Kimden: Sıraç
Uyuyabildiniz mi? (07.10)

Kimden: Sıraç
Kardeşin horluyor Mayıs! (07.25)

Kimden: Sıraç
Sen bana ne yaptın? Ergen gibi telefon ekranına bakıyorum mesaj atarsın diye. (07.36)

Kimden: Sıraç
Ben seni düşünmekten uyuyamıyorum, sen götünü büyüterek uyuyorsun. Bravo. (07.39)

Kimden: Sıraç
İyi uykular yangınım. (07.42)

Yüzümde geniş bir gülümsemeyle mesajları okuduktan hemen sonra esnedim ve telefonumu komodinin üzerine bırakıp yatak odasından çıktım. Paytak adımlarla ahşap merdivenleri indikten hemen sonra gözlerim bitirim ikiliyi buldu. Sıraç yer yatağında kollarını iki yana açmış yüzüstü yatarken, Temmuz hemen onun tepesinde üçlü koltukta aynı pozisyonda yatıyordu. Ciddi anlamda birbirlerine benzediklerini düşünmeye başlamıştım. Yüzümde sıcacık bir gülümseme ile ikisini izledim ve yavaşça Sıraç'ın yer yatağına doğru yürüyüp, dizlerimin üzerine çöktüm. Terli ensesi parıldarken, siyah saçları şirin bir dağınıklığa ev sahipliği yapıyordu. Dudaklarımı saçlarına bastırdıktan hemen sonra tam geri çekilecektim ki, bir anda beni kendisine doğru çekti ve altına aldı. Temmuz! Hemen! Tepemizde! Uyuyorken!

Uyku mahmuru gözlerle bana bakarken, yangın mavisi bakışlarının derinliğinde boğulmaya başlamıştım bile. Altında derin derin nefesler alırken, göz ucuyla Temmuz'u kontrol ettim.

"Uyanacak, kalk üzerimden," diye fısıldadım, göz ucuyla Temmuz'a bakmaya devam ettim. Adrenalin bedenimi sarmış, müthiş bir yakalanma korkusu ile kıvranıyordum.

"Sanki umurumda," dedi fısıltılı bir ses tonuyla ve terli vücudunu vücuduma yasladı. Üzeri her zaman olduğu gibi çıplaktı. Altında ise boxerı vardı, bu beynimin farklı düşüncelere ilerlemesine sebep oluyordu.

Boynunun girintisine saklandım ve terle karışık kahve kokusunu içime çektim. "Biz neyiz?" diye sordum, sesim onun boynunun terli tabakasını yalarken irkildi.

"Ne demek neyiz?" diye fısıldadı ve kaçamak bir şekilde Temmuz'a baktı. Yangın mavisi bakışlar tekrar beni buldu ve soru işareti dolu gözlerle bana bakmaya başladı.

"Yani neyiz işte? Tam olarak neyiz?" diye sordum ve kafamı yastığa bastırıp sessizce içime derin bir nefes doldurdum.

"Sen ve ben... Bir cümleye en çok yakışan şeyiz." Tatlı nefesi boynumu okşadı.

"Ciddi anlamda sormuştum," dedim dudaklarımı bükerek.

Sıraç, yüzümün aldığı şekil yüzünden telaşlandı ve dudağını omzuma bastırıp nabzını hissetmemi sağladı. "Biz, biziz Mayıs. Sen benim her şeyimsin, ben senin neyinim bilemem ama..." Dudaklarını bir kez daha omzuma bastırdı.

Göğüs kafesimin bile onun sığabileceği büyüklükte olduğunu düşünüyordum. Sanki Allah beni tamamen ona göre yaratmıştı.

"Sıraç," diye mırıldandım ve parmaklarımı göğsüne koyup onu itmeye çalıştım. "Temmuz uyanacak, kalk."

"Ben senin için neyim?"

"Temmuz uyanacak," diye tekrarlayıp onu itmeye çalıştım.

"Sorumun cevabı bu değil," dedi Sıraç, ses tonu sertleşmiş ve bir fısıltıdan daha yüksek çıkmıştı.

"Seni seviyorum." Gözlerimi kaçırdım. "Yani benim için... Şeysin..."

"Neyim?" dedi, sesi neşeli çıkmıştı. Duyduklarından memnun olduğu her halinden belliydi. "Neyim Mayıs? Senin için... Neyim?"

"Sevdiğim..." Gözlerimi ona çevirdim. "...adamsın."

"İşte ben de tam olarak öyle düşünüyordum," dedi uyku mahmuru bir ses. Bu sesin sahibi ise Temmuz'un ta kendisiydi. İkinci kez yakalanmıştık.

∞

"Cidden bu herife âşıksın," dedi Temmuz. Yaklaşık iki saattir aynı şeyi tekrar ediyordu ve çok düşünceli görünüyordu. Sessiz kaldım, dibe kadar boka batmış gibi hissediyordum. Fakat Sıraç oldukça rahat görünüyordu. Sigarasından bir fırt çekip Temmuz'a baktı. "Evet," dedi dümdüz bir ses tonuyla. "Tam olarak bu herife âşık." Kendisini işaret etti.

"Ne bok yemeyi düşünüyorsunuz? Siktiğimin yerinde rahat rahat beraber olabileceğinizi falan mı sanıyorsunuz?" diye sordu Temmuz tuhaf bir sakinlikle. Uzun parmakları kıvırcıklarına daldı ve saçlarını karıştırdı. "Anlamıyorum, nasıl böyle bir sorumsuzluk yaparsınız?"

"Aşkı sen seçmezsin, kalbin seçer." dedi Sıraç sigarasının sarı izmaritini gümüş renkli kül tablasına bastırıp söndürürken. Yangın mavisi bakışlar tekrar Temmuz'u buldu, keskin bakışları onu doğruyordu.

"Sikeyim kalbini senin," dedi Temmuz ve kaşlarını çatıp Sıraç'a baktı. "Tamam, senin âşık olduğunu fark etmiştim etmesine... Ama bu salak..." Bakışlarını bana çevirdi.

"Ona salak deme," dedi Sıraç dişlerinin arasından. Yüzünde ölümcül bir sakinlik olsa da sesi için aynı şeyi söyleyebilmek pek de mümkün değildi.

"Ablamı sahiplenmeyi kes kan emici," dedi Temmuz ve bakışlarını tekrar bana çevirdi. "Sen... Bu ilişkinin yürüyebileceğine inanıyor musun?"

"Ben..." diye mırıldandım fakat söyleyebilecek hiçbir şey bulamıyordum. Sıraç'ın beklenti dolu gözlerle bana baktığını fark ettiğimde yutkundum ve boğazımı temizledim. Ne diyebilirdim ki? "Onu seviyorum," demekle yetindim ve başımı önüme eğdim.

Temmuz'un derin bir iç çektiğini duyduğumda göz ucuyla ona baktım.

"Erkek tercihin bir facia abla," diye homurdandı. "Yanınızda olacağım, tamam mı? Boktan aşkınıza destek olacağım sizi boklar."

Yarısından çoğu 'bok' sözcüğünü kapsayan bu cümlesi kalbimin derinliklerinde büyük bir hayranlık uyandırdı. Erkek kardeşim bana destek oluyordu.

Sıraç gülümsedi. "Bizim boktan aşkımız için elinden geleni yap."

Temmuz kafasını iki yana salladı. "Tam bir boksunuz."

"Evet," dedi Sıraç sırıtarak. "Tam bir bokuz."

"Seni ihtiyar herif, gencecik ablamdan ne istedin sanki?" diye mırıldandı Temmuz ve hemen ardından bana kısa bir bakış attı. "Seni aptal ergen, bir ihtiyara âşık olacak kadar ne yaşamış olabilirsin ki?"

Buruk bir şekilde gülümsedim. Temmuz'un ortalığı dağıtmasını beklerdim, dün gece arabada da aynı sakinlikle Sıraç'a bana âşık olup olmadığını sormuştu. Bugün ise birlikteliğimizi öğrenmişti.

"Bamya," dedi Sıraç ve kaşlarını çattı. "Cidden ihtiyar mıyım?"

Bakışlarını bana çevirdiğinde yutkundum. Gözlerinin içine baktım. Belli ki bu gözler beni daha çok felaketin içine sürükleyecekti...

"Cidden," dedi Temmuz ve Sıraç'a baktı. "Yirmi dört yaşında bir ihtiyarsın, dahası on sekiz yaşında bir ergene âşık olmuşsun. Durumun içler acısı."

Yemek masasına geçtiğimizde, bir süre sessizlik yaşanmıştı ama artık Temmuz'un her şeyi biliyor oluşu az da olsa yükümü hafifletmişti. "Sakın bana birlikte uyuduğunuzu söylemeyin," diye hırladı Temmuz yemek masasında huzurlu bir şekilde yemeğimizi yerken. Tabii ki bu konuyu ağzından kaçıran Sılay'ın ta kendisi olmuştu.

Sıraç önündeki yemeğe odaklanmış bir şekilde "İstemiyorsan söylemeyiz," dedi. Sesi dümdüzdü.

Bir an cidden kıkırdamak istedim fakat ortamın ciddiliğinden olsa gerek sessizliği tercih ettim ve önümdeki makarnaya işkence etmeye devam ettim. Temmuz elinde tuttuğu çatalı tabağına attıktan sonra bakışlarını üzerimizde gezdirmeye başladı. "Abla, bu kadar zaman bu herifle mi uyudun?"

Kafamı yavaşça aşağı yukarı sallayarak Temmuz'un sorusuna onay verdim.

"Sadece uyudunuz değil mi abla?" diye sordu Temmuz kontrol etmeye çalıştığı sesi çatlarken.

Sılay bir bardak suyu dikip tek yudumda içtikten sonra "Amma konuştun be marul," diye söylendi.

"Konumuz sen değilsin Kezorella. Çeneni kapat." Temmuz tekrar gözlerini üzerimize çevirdi. "Yalnızca uyudunuz, değil mi?" diye üsteleyip hemen önünde duran su bardağını dudaklarına götürdü. Bakışları hâlâ üzerimizdeydi.

"Çok yakında dayı olacağını söylemediniz mi siz bu salağa?" diye sordu Sılay son derece sakin bir ses tonuyla. Ve Temmuz suyu büyük bir gürültüyle yemeklerin üzerine püskürtürken mavi gözleri yuvalarından çıkacak gibi açılmıştı.

"Ne? Sen hamile misin?!"

Tam bu noktada bay ciddiyet Sıraç Karayel bile ağzındaki yemekleri püskürterek gülmeye başlamıştı.

17. YANGIN

"Sonra ne oldu? Temmuz senin hamile olduğunu mu sandı?" dedi Merve ve histerik bir kahkaha koparttı. Ben, Merve ve Sılay yatağın üzerine çullanmış sohbet ediyorduk. Daha doğrusu akşam yemekte olanları konuşuyorduk.

"Temmuz'un surat ifadesini görmeliydin, tam bir mala bağladı," dedi Sılay ve yastığı kucağına alıp dirseklerini yastığa bastırdı.

"Yazık çocuğa ya..." Merve gülmeye devam ediyordu. "Bana bak Mayıs, siz bir ara Karayel ile birlikte ortalıktan kayboldunuz. Neredeydiniz?" Gözlerini kıstı ve benden cevap beklemeye başladı.

"Hiç sorma..." dedi Sılay ve sinsi bakışlarını bana çevirdi. "Mikrop alışverişi yapıyorlardı."

Merve anlamaz gözlerle Sılay'a baktı ve bağdaş kurduğu yerde bir ileri bir geri sallanarak "Nasıl?" diye sordu.

"Kızım anlasana bunlar..." Ve Sılay'ın omzuna esaslı bir tane geçirdim. "Ah! Vurmasana be! Yalan atıyoruz sanki!"

"Sılay, keser misin şunu?" dedim ve dik dik Sılay'a baktım.

"Bunlar edepsizlik yapsın, ben suçlu olayım." dedi Sılay ve küs işareti yapıp kafasını ters yönde çevirdi ve bakışlarını benden uzaklaştırdı.

"Boş ver şimdi bunların edepsizliğini, Çelik'in konseri var bu gece," dedi Merve saçlarını omzunun üstüne atarak.

Sılay kaşlarını çattı. "Neden Demir'in değil de Çelik'in? Anlatsana biraz?" diye sordu.

"Çoktan başlamıştır." diye iç geçirdim ve dudaklarımı büktüm. "Çelik'i severim."

"Neden Demir'i değil de Çelik'i seversin?" dedi Sılay tekrar aynı ciddiyetle.

"Şu çeneni kapatacak mısın?" diye sordum sert bir sesle, ardından kafamın altındaki yastığı Sılay'ın yüzüne fırlattım.

"Geç değil, hem ağabeyim de Çelik'in şarkılarını sever. Doksanlar bebeleri olarak onun şarkılarıyla büyüdük," dedi Sılay ve ona attığım yastığı yok sayarak yataktan kalktı. "Hem zaten ilerleyen saatlerde çıkar Çelik, önce birkaç amatör sanatçı çıkartırlar sahneye."

Saat 22.00'ı gösteriyordu ve Sıraç, Çelik konserini duyunca gideceğimizi beyan etmişti. Çelik'i seviyor olmalıydı, keza ben de Çelik'i çok seviyordum.

Üzerime siyah yarım kollu dar bir tişört giydikten hemen sonra altıma da dar paçalı bir kot pantolon giydim ve saçlarımı sımsıkı atkuyruğu yaptım. Çelik sahneye çıkmadan bir an önce orada olmak istiyordum. Sılay'da aynı benim gibi tişört, kot pantolon kombini yaptıktan sonra saçlarını ördü ve yatak odasını terk ettik. Merve'ye gelmesini teklif ettiğimizde ise kibarca reddetmişti. Ahşap merdivenlerden heyecanlı bir şekilde indikten hemen sonra gözlerim Temmuz ve Sıraç'ı aradı. Temmuz yine Sıraç'ın tişörtlerinden bir tanesini giymişti fakat altındaki kot pantolon kendisine aitti. Gözlerim Sıraç'a kaydığında onun da tıpkı benim gibi siyah bir tişört ile koyu renkli kot bir pantolon giymiş olduğunu gördüm. Sıraç salondaki sehpanın üzerinde duran telefonunu ve sigara paketini pantolonunun arka cebine sıkıştırdıktan sonra bana kısa bir bakış attı ve göz kırptı.

"Önümde flörtleşmeyin, midemi bulandırıyorsunuz," diye mırıldandı Temmuz ve beklenti dolu gözlerle ahşap merdivenlere baktı. Sılay merdivenlerin başında belirdiğinde, kıvırcığımın gözlerinde bir şimşeğin hızla çaktığına şahit oldum.

"Flörtleşemiyoruz zaten," dedi Sıraç ve arabasının anahtarlarını koltuğun üzerine attı. "Salı pazarı meydanındaymış konser, yürüyerek gidelim. Çok uzak değil, on dakikalık yol."

"Bence de!" diye atlayıverdim. "Kesinlikle yürüyerek gitmek istiyorum."

Evden çıktığımızda, karanlık sokağı aydınlatan tek şey sıralanmış turuncu renk saçan sokak lambalarıydı. Sokak lambaları bir hizada ve eşit uzaklıkta duruyorlardı. Sıraç'ın yanıma hiç yaklaşmadan Temmuz'la yürüyor olması elbette canımı sıkmıştı fakat bozuntuya vermemeye çalıştım.

Sılay koluma girdi ve karanlık sokakta yürümeye devam ettik. Büyük bir camiinin önünden geçtiğimizde gözlerimi kırpıştırarak camiinin duvarlarındaki motifleri inceledim. "İmana mı geldin kız?" diye sordu Sılay ve omzuyla omzuma hafifçe geçirdi. "Dün geceden sonra imana gelmen... Değişik tabii." Gülümsemekle yetindim ama kaşlarımın çatılmasına da engel olamamıştım.

Dar bir sokağa girdiğimizde bu sokağın okullarla çevrili olduğunu gördüm. Maviye boyalı üç katlı bir lisenin önünden geçtik ve hemen ardından turuncu boyalı, daha geniş bir bahçeye sahip olan hoş görünüşlü bir lisenin önünden geçtik. Okulları incelerken her nedense aklıma düşen tek şey kendi gittiğim lise olmuştu. Müzik yavaş yavaş kulaklarımıza dolmaya başladığında ise hedefe yaklaştığımızı fark ettim.

"Geldik sayılır hanımlar, biraz hızlanın," diye mırıldandı Sıraç ve hemen yanımızdan yürümeye başladı.

"Hanımlar diyor ya!" diye çemkirdi Temmuz ama Sıraç onu kaile almadı.

Biraz sonrasında sunucunun sesi duyuldu. "Tur FM'in hazırlamış olduğu 19 Mayıs Gençlik Konserine hepiniz hoş geldiniz... Şimdi geldik gecenin en eğlenceli ve beklenen kısmına... Karşınızda..." Ah, hayır. Çelik çıkıyordu ve konserin olduğu yer henüz görüş alanımıza girememişti. Sıraç bir anda zayıf bileğimi yakaladı ve tökezlememi umursamadan koşturmaya başladı. Sıraç'ın hızına erişmem elbette mümkün değildi. Mayısın hain rüzgârı ciğerlerime dolup, içimi yakarken Sıraç ile el ele karanlık dar bir sokakta sunucunun sesinin geldiği yöne doğru koşturuyorduk.

"Bebeğim, hızlı!" diye bağırdı Sıraç, bacaklarını daha uzun adımlar şeklinde açmaya başladı. "Hadi Mayıs! Koş güzelim!"

Cümleleri kulağımı okşarken, yüzümü tokatlayan rüzgâr zerre umurumda değildi. Omzumun üzerinden arkama küçük bir bakış fırlattığımda ise Temmuz ve Sılay'ın da el ele bize doğru koştuklarını gördüm. Tamam, sanırım bir şeylerin farkına varmaya başlamıştım.

Bir anda Sıraç'ın sırtına çarpmamla olduğum yere çakıldım. Ve hemen ardından Sıraç'ın boştaki elini ağzına götürüp ıslık çaldığını duydum.

Sar beni, ben sana kendimi feda etmişim.
Sev beni, bu canı uğruna heba etmişim.
Sevgilim...
Her şeyim...
Gönlüme taht kuran dilberim...
Sevdalar, aşka doymak için.
Vuslatlar, sana kanmak için.
Sevdalar, aşka doymak için.
Vuslatlar, sana kanmak için.
Denedim, yetmiyor.
Dertlerim bitmiyor.
Bu sızı dinmiyor, ah.
Ne doyarım ne kanarım ben sana dilberim...

Sıraç beni tamamen göğsüne bastırdı ve Çelik'in şarkısına eşlik etmeye başladı. Göğsünün altında çırpınan kalbinin muazzamlığını yanaklarımın üzerinde hissediyordum. Ve bir anda kafasını eğip gözlerimin içine baktı. Gözlerinin içindeki yangının en muazzam tonu, mavisi beni kucaklıyordu.

Vur beni,
O gözler, o kaşlar ne işe yarar?
Yor beni.
Feryatlar, figanlar beni oyalar.
Sevgilim.
Her şeyim.
Gönlüme taht kuran dilberim.

Çelik şarkıyı tekrar ederken Sıraç onlarca kalabalığı hiçe saydı ve beni kollarına alıp minik adımlarla dans etmeye başladı. O kadar beceriksizdim ki, yalnızca gözlerinin içine bakıp sağa sola küçük adımlar atıyordum. Ah, kalbim beynime doğru çıkmış ve gözlerimden sarkacak kıvama gelmişti.

Belime bastırdığı nazik ve uzun parmakları beni yönlendirirken, gözlerini bir an olsun gözlerimden ayırmadı. Beni kucaklayan yangın mavisi gezegene, ilk ayak basan insan bendim.

Gözlerinde yaşam bulabilen tek canlı bendim.

"Ne doyarım ne kanarım ben sana yangınım..." diye mırıldandı kulağıma doğru ve pembe çikolataları şefkatle yukarı kıvrıldı.

Çevremizdeki insanların gözlerinin üzerimizde gezindiğinin farkındaydım ama umurumda değildi.

"Gönlümde bir tek senin saltanatın geçer, miniğim," diye fısıldadı tekrar ve sanki son ânımızmış gibi sımsıkı sarıldı ve dansı bıraktı. Lazer ışıkları üzerimize değip geri çekilirken, insanların varlığını umursamadan göğüs kafeslerimizi birbirine geçirecek kadar büyük bir baskıyla sarıldık. Sanki son ânımızmış gibi. Biraz sonra ölecekmişiz gibi.

Çelik diğer şarkısına geçerken mikrofona yorgun fakat etkileyici bir ses tonuyla, "Şimdiki şarkım, buradaki tüm âşıklara gelsin. Olur mu?" İnsanların 'evet' haykırışları yankı uyandırırken, Sıraç bir an olsun kendini geri çekmedi. Sımsıkı sarılmaya devam ettik. Yanımızdan geçerken bize çarpan insanları zerre umursamıyorduk.

Ah, hayır bu şarkı. Annem ve babamındı...

Nasıl sevdim seni, sevenler anlar.
Severken ayrılan, çekenler anlar.
Halimi bir türlü anlatamadım.
İçim ezildi içim, çare bulamadım.
Aradım olmadı, sordum olmadı.
Yok işte yok,
Her şey yalan.
Gözler yalan, sözler yalan.
Halimi bir türlü anlatamadım.
İçim ezildi içim, çare bulamadım.
Aradım olmadı, sordum olmadı.
Severken ayrılan, çekenler anlar.

Şarkı bitene dek bir an olsun ayrılmamıştık. Kahve kokusu içimi doldururken, babamın annem ile birlikte arabada çokça dinlediği bu şarkıyı kulaklarımın içine ardından da beynime kazımıştım.

Sevdiğim adamın kokusu ile birlikte. Ne zaman Çelik'in sesini duysam, babam yeşerirdi zihnimde. Artık yalnızca babam değil, Sıraç da yeşerecekti. Ah, yeşermek hiç de ona uygun değildi. O yalnızca mavileşebilirdi.

Yangın Mavisi.

"Nostalji, ha?" diye mırıldandım kokusunu ciğerlerime doldurarak. Bu adam denizin alev almış hali gibi kokuyordu. Denizin dibine kahve çekirdeği düşmüş gibi.

Sıraç Karayel, yangının orta yerinde kaynayan bir kahve gibi kokuyordu.

Fokurtusunu kalbimde hissediyordum kokusunun.

"Nostalji..." diye mırıldandı ve burnunu boyun girintime sokup soğuk burun ucunun derimi ürpertmesine sebep oldu. "Küçükken hep bu ânı hayal eder, sonra da kendi kendime küfürler ederdim. Hep sana dokunmak istedim."

Ani bir şok dalgası tüm vücudumu ele geçirirken, öylece kalakaldım. Kokusu burnumdan içeri sızıp beynimi uyarırken söyledikleri de eş zamanlı olarak kalbimden yukarı doğru çıkıp beynime ulaşmıştı. Beynim kokusu ve söylediklerini aynı anda kaldırabilecek kapasitede değildi.

"Sen canımın içerisisin," diye mırıldandı tekrardan. Ilık nefesi boyun girintimi yalarken, aynı zamanda bana can veriyordu. Sevdiğim adamın nefesi ile can buluyor, o nefes aldıkça yaşıyordum.

Sıraç'ın nefes almayı kestiği bir dünya, bana göre değildi.

Sıraç'ın nefes almayı kestiği bir dünyada barınmam imkânsızdı.

Nefes alıp verişleri bana bunu ispatlamıştı. Ciğerime çektiğim oksijen değil, Sıraç Karayel olmuştu. İçime dolan tek şey; Sıraç Karayel'di.

Sıraç'ın boyun girintisinden yan tarafıma göz attığımda Sılay'ın başını Temmuz'un omzuna yasladığını ve Çelik'i izlediğini gördüm. Bizi umursamıyor gibiydiler, Temmuz bembeyaz olmuş bir suratla yalnızca izliyordu. Ama ne düşündüğünü az çok hissedebiliyordum. Sanırım bir Karamaça daha, bir Karayel'in rüzgârına kapılıp gidiyordu.

Babaları onlar kadar şanslı değildi maalesef.

"Mayıs'ım," diye mırıldandı Sıraç beni belimden tutup kendine bastırıp, göğüs kafesinin sert kemiklerini hissetmemi sağladı. "Benimsin, benim."

Kıkırdadım. Kollarımı boynuna sıkıca doladım. "Seninim, senin." diye mırıldandım.

"Sana dokunduğumda," diye mırıldandı tekrardan Sıraç ve nefesini ense kökümde hissetmemi sağladı. "Sana dokunduğumda, korlaşmış kömürlerin üzerinde yürüyormuşum gibi hissediyorum."

"Sana dokunduğumdan bu yana..." Sesim fısıltı şeklinde yükselip onun kulağının içinde can bulmuştu. "Sana dokunduğumdan bu yana, denizlerin bile alev aldığını hissediyorum."

Beni biraz daha sıkı sardı. "Biraz yürüyelim mi?" diye sordu, sesi küçük bir çocuğun 'şeker alalım mı?' deyişindeki masumiyetle yükselmişti.

"Olur," dedim ve boynuna doladığım kollarımı serbest bırakıp geri çekildim.

Sıraç, Sılay ve Temmuz'a dikkat etmemiş olacak ki benim elimi sımsıkı kavradı ve kalabalığı yararak yürümeye başladık.

"Sılay ve Temmuz'u yalnız bıraktık, başlarına bir şey gelmez değil mi?" diye sordum yüksek sesle. Yavaş yavaş konser alanının dışına çıkmıştık ve sağlık ocağı olduğunu fark ettiğim yerin arka sokağında yürüyorduk.

"Temmuz, Sılay'a sahip çıkacaktır." dedi güvendiğini belli eden kadife bir ses tonuyla.

Sevgilimle el ele yürüyordum. Fethiye'nin hiç bilmediğim bir sokağında, beni kaçıran adamın oğluyla.

Boğazıma parmaklarını idam ipi gibi geçiren, bezden bir bebekmişim gibi oradan oraya itip kakan adama âşık olmuştum. Dahası o da bana âşık olmuştu.

"Şuraya oturalım mı?" diye sordu ve boşta olan eliyle ilerideki yüksek kaldırım taşını gösterdi.

"Olur," diye fısıldadım, terleyen ellerimize aldırmadan, yüzümde geniş bir gülümsemeyle Sıraç'ı takip ettim. Yüksek kaldırım taşına oturduk, üstelik elimi hâlâ bırakmamıştı. Hemen karşımızda duran simsiyah denizin güzelliğini izlerken, konserde çalan şarkıları da net bir şekilde duyabiliyorduk.

"Biliyor musun?" diye sordu ve ay ışığı ile turuncu sokak lambasının aydınlattığı yüzünü denize çevirdi. Denizin muazzam siyahlığını ve karanlığını izlerken belli belirsiz gülümsedi. "Sana hep âşıktım."

Kalbime arka arkaya ucu yanan bir bıçak sapladıklarını hissettim. Sanırım bıçak saplansa ancak bu kadar derin bir şey hissederdim. Bu acı değildi, derindi. Anlam veremediğim, isim koyamadığım, adlandıramadığım çok değişik bir derinliğe sahipti.

Derindi ama ne olduğunu bilmiyordum.

Kocaman açılan gözlerimi Sıraç'ın profilinde gezdirdim. Elimi tutan eli biraz daha sıkılaştı ve terli elimi avuçladı. "Şaşırdın, değil mi?" Sesi yabancı geliyordu fakat bu bile beni etkilemeyi başarmıştı.

"Çok denedim Mayıs," dedi ve gözlerini yumdu. Çok kısa bir süre zarfında öylece durdu ve derin bir nefesi ciğerlerine doldurdu. İnanır mısınız bilmem ama sanki o nefes onun değil, benim ciğerlerime dolmuş gibi ferahladım. "Seni sevmemek için çok çaba sarf ettim." Gözlerini açtı. "Ama başaramadım."

İri gözlerimle onun profilini izlemeye devam ettim. Burnu, dudakları ve kaşları yandan muazzam bir görüntü sergiliyordu. Kalbim kapakçıklarını zorlarken yutkundum ve dinlemeye devam ettim. Her şeyi duymak istiyorum. Tüm olup bitenleri...

Görmek istiyordum.

Sıraç'ın kalbinde olup biten her şeyi görmek istiyordum.

"Sana dokunduğumda, sana dokunan kişinin sadece ben olmam gerektiğini anladım. Benden başka hiç kimse sana dokunamazdı, bunu kendime sık sık hatırlatmaya başladım. İstemesem de kalbim durmadan hatırlatmaya devam etti." Dudakları her bir sözcüğü telaffuz ederken kıvrılıyordu ve dudak kıvrımlarında gizli bir hayat olduğunu fark etmiştim. Bu adamın dudaklarında bir hayat vardı. Benim hayatım.

Benim hayatım, bu adamın iki dudağı arasındaydı.

"Sana bağımlıyım," Tekrar yutkundu ve yangın mavisi gözlerini denizin siyahlığında gezdirmeye devam etti. "Sana dokunabilmek konusunda özgürleştiğimden beri uyuşturucuya gerek duymuyorum, biliyor musun? Vücudum o sikik şeyleri değil, seni istiyor." Siyah, uzun ve kıvrımlı kirpikleri usulca hareket ettiğinde tekrar gözlerini kapattı. "Bu gece," dedi ve yutkundu. "Ben konuşacağım, sen dinleyeceksin Karamaça. Sana anlatmam gereken şeyler var."

Kalbim büyük bir hevesle kabardı ve kapakçıklarını ardına kadar açtı. Sahibinin yollayacağı cümleleri sevimli bir telaşla bekliyordu. "Seni dinliyorum Sıraç," diye mırıldandım. Elinin içindeki elim yanıyor, şarıl şarıl terliyordu. Elinin altında atan nabzını hissediyordum, bu bile yaşamam için geçerli bir sebepti.

"Aslında senden nefret ediyordum. Gerçi hâlâ biraz ediyor olabilirim." Kıkırdadı. "Ama sonradan farkına varıyorsun, öyle kolay olmuyor o işler."

Kalbim titredi, kalbimin kapakçıkları büyük bir gürültüyle kapanırken canım acımıştı. Hâlâ benden nefret mi ediyordu? Yoksa ayrılmak mı isteyecekti?

"Nereden gelirse gelsin, üzerimizdeki her bir yara izinin mutlaka bir güzelliği var Mayıs," dedi ve yangın mavisi gözleri ağır bir hareketle yüzümü buldu. "Sen benim yara izimsin."

"Seni seviyorum, biliyorsun değil mi?" diye sordum gözlerim bulutlarını toplarken. Nedense ayrılık konuşması yapıyor gibi gelmişti ve bu kalp kapakçıklarımın kalbimi sıkıştırıp can çekişmesine sebep olmuştu. Burnumu çektim.

Sıraç'ın gözleri kısıldı ve yumuşacık bir tebessümü yüzünün orta yerine kondurdu. Pembe çikolataları yavaşça aralandı. "Ağlayacak mısın?"

"Hiç de bile," diye yalan söyleyip omuz silktim. Gözyaşlarım çoktan genzimi yakmaya başlamıştı bile. Yanaklarım her an büyük bir sağanağın altında kalabilirdi. Boşta olan elini sol yanağıma koydu ve uzun parmaklarıyla yanağımı okşadı. "Neden hep alakasız şeyler düşünüyorsun? Şu an bir ayrılık konuşması yapmıyorum. Çok şapşalsın." Sesi kadife yumuşaklığında ve ruh okşayıcı bir güzellikte yükselmişti.

Dudağımın arasından bir hıçkırık kaçtı ve başımı önüme eğdim. "Neden böyle konuşuyorsun o zaman?"

"Bu hikâyenin başından beri sana âşık olduğumu, sana deliler gibi taptığımı, sana bağımlı olduğumu anlatmaya çalışıyorum." Sesi sertti. Yanağımı kavrayan parmaklar çeneme indi ve hızlı bir şekilde kafamı yukarı kaldırıp ona bakmamı sağladı. "Sen Mayıs Karamaça," dedi ve yangın mavisi gözlerinden yükselen yüksek volt elektriği gözlerimin içine gönderdi. "En başından beri tek istediğim sendin. Ne intikam ne de başka bir şey. Kendimle kavgalarımın sebebi sensin, içimdeki savaşın mimarı sensin. Sana tapıyorum, tek varlığım sensin. Anlayabiliyor musun?" Gözlerindeki bakış yoğunlaştı. Çenemi tutan uzun parmaklar etime baskı uyguluyordu. "Sana tapıyorum, minik şeytan. Annemle yetinme, istersen hayatımdaki tüm insanların ölümüne sebep ol. Sana tapıyorum. Hiçbir şey bunu değiştiremez."

Yutkundum, gözyaşım gözümün içinde eğreti bir şekilde duruyordu ve ben onu tutmakta zorlanıyordum. Karşımda gözlerimin içine tüm aşkıyla bakan bu adam, kalbimi avuçlamış ve kapakçıkları uzun parmaklarıyla aralamış gibiydi. Sıraç Karayel kalbimin içindeki damarları parmaklarına doladı. Artık tüm ayarlarım onun parmaklarının ucundaydı. Beni istediği gibi yönetebilecekti ve buna zerre karşı koymayacaktım. Koyamayacaktım.

"Başlarda senden nefret ediyordum," diye itiraf ettim ve bir damla gözyaşının yanağımdan çeneme, çenemden ise onun parmaklarına akmasına izin verdim.

"Senin canın sağ olsun," dedi ve gülümsedi. Gülümsemesi gözlerinin içine ve kalbime ulaştı.

Gülümsedim. Genzim ve burnuma dolan tuzlu gözyaşımdan mıdır bilinmez hafif bir şekilde hapşırdım. Yaşlı gözlerimi kısarak, hapşırmam onun kıkırdamasına neden olmuştu.

"Çok yaşa." diye fısıldadı gözyaşımın indiği parmağı ile çenemi okşarken. "Çok yaşa ki canım sağ olsun."

Gözlerim iri iri açılırken, pembe çikolataları büyük bir hızla tuzlu gözyaşımın aktığı yanağımdan yol yaparak, dudaklarıma ulaştı. Sıraç Karayel, dudaklarıma dudaklarının altında atan nabzıyla baskı uygularken, gözyaşımın tadını onun dudaklarından içmeye başladım. Ve konserin olduğu yerden yükseldiğini tahmin ettiğim hava fişekler büyük bir gürültüyle tam tepemizde patlamaya başladı.

Bu adamın boynunun girintisine sığınıp bir ömür geçirebilirdim. Onu nasıl sevdiğimi hangi kelimelerle dillendirebileceğimi kendim bile bilmiyorken, o nereden bilebilirdi ki? Onun kokusunu yüreğimin belleğinde sonsuza dek tutacağımı biliyor muydu acaba? Dudaklarının tatlı ısısını, dudaklarımın üzerinden çektiğinde boşlukta hissettim. Ömrümün sonuna kadar dudak dudağa yaşayabileceğimi düşündüğüm bu adamla, öpüşmelerimiz o kadar kısa geliyordu ki bana.

Terli alnını alnıma dayadıktan hemen sonra kahve kokusunun hâkim olduğu ılık nefesini dudaklarıma üfledi. Onun kalbinin atışını kulaklarımın içinde ritmik bir şekilde duyabiliyordum. Benim yanımdayken böylesine heyecanlı olması, bana Allah'ın 'bu da senin hediyen işte' deme şekli gibiydi.

"Biliyor musun?" Tatlı nefesi bir kez daha dudaklarıma nüfuz etti ve dudaklarımın altında zonklayan nabzın sersemlemesine sebep oldu. "Çok güzelsin, minik şeytan."

Yangın mavisi gözlerinin ezici bakışlarını net bir şekilde görebiliyordum. Loş ışık bile engel olamıyordu gözlerinin içindeki yangını örtbas etmeye. Yanaklarıma doluşan kan, beynime uğramayı reddediyordu. "Bir şey söyle." Tatlı nefesi bir kez daha dudaklarımın altında atan nabzımı yokladı. "Sesini lütfet bana."

Yutkundum, genzime takılan yoğun kıvamlı duyguyu aşağıya itelemeye çalıştım. Fakat başaramadım. O duygu tam olarak gırtlağımda duruyor, beni boğuyordu. Gözlerine lazer ışığı tutulmuş kedi gibi hissediyordum kendimi. "Ne söyleyeyim?" diye saçma bir soruyu kısık bir sesle sorduktan hemen sonra burnuna burnumla küçük bir baskı uyguladım.

"Bir şey söyle işte." Sesi sabırlı ve bir o kadar da yumuşak çıkmıştı. Bu, Sıraç Karayel'e çok uzak bir kavramdı.

"Bir şey," dedim ve gözlerimi hızlı hızlı kırpıştırıp kendimi geri çekmeye çalıştım.

Dudakları alayla yukarı doğru kıvrılırken burnunu yavaşça geri çekti ve kaşlarını çatıp yüzüme baktı. "Sılay'la takılmanı yasaklıyorum."

Dudaklarımı büktükten hemen sonra "Nedenmiş o?" diye sordum.

"O dudaklarını öyle büzme, içimdeki vahşiyi dışarı çağırıyorsun." Dudaklarıma doğru uzanmaya çalıştı. Fakat başımı geriye atarak öpmesini engelledim.

"Nedenmiş onu söyle önce sen?" diye üsteledim ve dudaklarımı bükmekten ziyade aynen dediği gibi yapıp büzdüm ve ona kısık bir bakış gönderdim.

"Yapma şunu miniğim," dedi kıvranırcasına. Ses tonundaki acizlik beni ona çekiyor ve dizginleyemediğim duygularımı tetikliyordu.

"Söyleyecek misin?" diye sordum ve sevimli bir şekilde gülümseyip parmaklarımı göğsüne koydum. Tişörtünün altından fırlayacak gibi atan kalbinin ritmini avuçlarımın içinde hissetmiştim.

"Sılay gibi davranmaya başladın, bu beni korkutuyor."

"Sılay mükemmel bir kız," dedim fısıltılı bir sesle, oturduğumuz kaldırımda önüme dönüp denizi izlemeye başladım.

"Öyle." Sesindeki fısıltıyı andıran o erkeksi ton beni paramparça ederken, omzumun üzerinden ona baktım. "O pek bana benzemiyor. Benim gibi karanlık değil."

"Sen karanlık değilsin." Gözlerimi profilinde gezdirdim. Çıkık elmacıklarının yanı sıra, kemikli çenesi ve yanaklarının içine gömük görüntüsü onu esrarengiz bir güzelliğe sürüklüyordu.

"Ben karanlığım Mayıs, sen de karanlığımı aydınlatan o yangınsın." Gözleri denizi izlerken, ciddi duruşunun yanı sıra kurduğu cümleler içimi okşamıştı. Bir yanım onun bu karanlık yönünü severken, diğer yanım onun bu karanlık yönünden ölümüne korkuyordu.

"Mavinden ziyade karanlığını da seviyorum Sıraç." Sesim kendimden emin çıkmıştı. Korktuğum karanlığına bile âşıkken, ondan kopabilmem mümkün değildi. Kısa zamanda aşkın tanımını öğrenmiştim gözlerinden.

Yavaşça bana doğru döndü ve yangın mavisi bakışlarının içindeki güzelliği gözlerime sundu. Mavi lavların,ormanlarla seviştiği gözlerinin öyle bir bakışı vardı ki, dilimin üzerinde bastırılarak neşter gezdiriliyormuş gibi hissettim.

"Beni sevdiğine..." Gözlerini birkaç saniyeliğine başka bir yöne çevirdi. "...emin misin?"

Gözlerim irileşti, dudaklarım acıyla aralandı. Nabzım derimin her bir bölümünde beni yırtıp dışarı çıkacakmış gibi atarken dilim damağım kurumuştu. "Nasıl bir soru bu?" Sesimin titrediğinden adım gibi emindim fakat şu an hiçbir şey duyamıyordum.

"Ben..." Gözlerini kaçırdı. "...beni bırakıp gitmenden korkuyorum."

Sıraç Karayel mi korkuyordu? Cidden o korkabilir miydi?

"Unut bunu," dedim ve hızla başımı iki yana sallayıp irileşmiş gözlerimle odağını kaybetmiş bakışlarımı ona çevirdim. "Saçmalıyorsun, sadece unut bunu."

"Mayıs..." Sıraç, elini bileğime koyup ona göre hafif bana göre sert bir baskıyı bileğime uyguladı. "Seni çok bekledim."

"Sıraç, daha açık konuşur musun lütfen?" Avuçlarının arasında duran bileğimi ondan kurtarmaya çalıştım. "Bir şeyler söylüyorsun fakat hep üstü kapalı. Hiçbir bok anlamıyorum."

"Anlatacağım," diye mırıldandı, bileğimi kendisine doğru çekip tekrar göğsünün üstüne koydu. "Ama önce o anlatsın."

Elimin altında atan kalbinin ritmi, cennetten yükselen bir melodi gibiydi.

"Bu," diye mırıldandım ve bir süre daha kalbinin o muazzam ritmini parmak uçlarımda hissettim. "Harika hissettiriyor."

Gülümsedi. Dahası gülümsemesi gözlerinin bebeğine kadar ulaşmayı başardı. "Senin eserin bu."

"Pekâlâ," dedi sanki içimi okumuşçasına. "Yürüyelim ve yürürken sana duymak istediklerini anlatayım." Oturduğumuz kaldırımdan kalktığımızda bu kez el ele tutuşmak yerine yan yana yürümeye başladık. Turuncu sokak ışıkları yüzümüzde patlarken, denizin meltemi de vücutlarımızı ufak ufak ısırıyor, okşuyordu.

"Çok uzaklaşmayalım," diye mırıldandım omzumun üzerinden arkama bakarken. "Temmuz ve Sılay meraklanırlar."

"Meraklanmazlar, küçücük çocukmuşuz gibi konuşmayı keser misin?"

"Tamam," dedim ters bir şekilde ve önüme dönüp adımlarımı izlemeye başladım. Düzensiz kaldırım taşlarının üzerinden inmiş, yolun ortasından yürüyorduk. Turuncu sokak ışığı tarifsiz bir huzuru içime aşılarken, deniz meltemi de bu huzura kol kanat gerip, gitmesini engelliyordu. Kısa bir sessizliğin ardından, Sıraç'ın ciğerine doldurduğu nefesin sesiyle irkildim ve omzumun üzerinden hemen yanımda yürüyen güzelliğe baktım.

"Ben beş yaşlarındaydım sen doğduğunda." Gözleri beni bulmadan ileriyi izleyerek yürümeye devam etti. "Ama doğduğun günü hiçbir zaman unutmadım, unutabileceğimi de zannetmiyorum." Karnımda büyüyen ağrı, halsizleşen ve yere yığılmamam için biraz da olsa kendini zorlayan bacaklarım haricinde iyiydim. Dinliyordum. Merak ediyordum. Öğrenmek istiyordum. Sessizliğimi korudum ve Sıraç'ın konuşmasını bekledim. Küçük bir sessizlik hâkim oldu ve pantolonunun cebinden sigara paketini çıkartıp paketi açtı, dudaklarının arasına bir dal sigara yerleştirdi. Sigara paketini cebine koyduktan sonra aynı cebinden çıkardığı çakmağı ile ellerini siper ederek sigarasını ateşledi. Sigarasının zehrini içine çekerken, sigaradan çıkan çatırtılar içimi ürpertmişti. Gri dumanı aheste bir hareketle dışarı saldı.

Turuncu sokak ışığının altında yavaş yavaş göğe doğru yükselen gri sigara dumanı, ışık oyunundan mıdır bilinmez muazzam bir görsel şölen ziyafeti sunmuştu.

"O gün, babam eve zil zurna sarhoş bir şekilde gelmişti." Sesi kısık ve düşünceli bir tonda yükselirken, bakışlarının da sesinden bir farkı olmadığını gördüm. "Annemle birlikte boyama kitabımdaki çizgi film karakterini boyuyorduk. Sonra babam yalpalayarak salona girdi ve hemen karşımızdaki koltuğa oturdu. Annemin ona ürkek bakışlar attığını gördüğümde, ne yalan söyleyeyim ben de korkmuştum. Bir süre bizi izledi ve yüzüne anlam veremediğimiz bir ifadesizlik maskesi yerleştirmişti. Sonra hiç ummadığımız bir anda ayağa kalktı ve pantolonun kemerini çekip çıkardı. Kemerin belinden sıyrılırken çıkarttığı sesi hiç unutamam."

Kanım donmuştu. Adımlarım yavaşlarken, dizlerimdeki tüm bağın çözüldüğünü hissettim. Karnımda büyüyen ağrı yerini derin bir sızıya bırakmış, ardı arkası kesilmeyen bıçak darbeleri yiyormuşum gibi hissettiriyordu.

"Anneme dedi ki: Senden nefret etmem için artık bir sebebe daha sahibim, o lanetli bebek senin gibi bu lanetli günde doğdu. Sonra da acı acı gülümseyip kemerini boya kitabımın üzerine vurdu. Boya kalemlerim etrafa saçılırken, kayışın demiri suratıma çarpmıştı," Durdu ve çenesini hafifçe kaldırıp bana doğru döndü. "Bak."

İçim ezildi. Çenesinin hemen altında gizli kalmış bir noktada çöküntü vardı ve iz onunla bütünleşmişti. Gözlerim bulutları ile savaşırken, kalbimde kapakçıkları ile kavga halindeydi.

"Annem korkuyla çığlık atıp beni kendisine çekti ve eliyle yüzümü kapattı. Babamın yüzüme zarar vermesini istemiyordu. Umurumda değildi, biliyor musun? Anneme vurmak yerine benim yüzümü dağıtabilirdi. Çenemden süzülen kan, annemin beyaz gömleğine süzülürken babamın anneme kemerinin demirli bölgesiyle sert bir şekilde geçirdiğini duydum. Annemin bedenine inen o darbe, aynı zamanda benim de kalbime inmişti."

Hıçkırık boğazımda büyüdü ve başa çıkabilmesi zor bir hale büründü. Gözlerim dolarken kendimi o kadar aşağılık hissetmiştim ki.

"Sonra... Annemi bayıltana kadar dövdükten hemen sonra..." Sesi titrek çıkmıştı ve ona bakma isteği ile doldum. Omzumun üzerinden ona baktığımda, gözlerinin ve burnunun kıpkırmızı olduğunu gördüm. Bu içimi kamçılarken, Mehmet Ali Karayel'i ellerimle öldürmek istedim. Kanını akıtmak ve canını parçalayarak almak istedim. "Kaval kemiğimi kırdı ve futbol hayatımı bitirdi. Küçükler takımındaydım ve en büyük arzum futboldu."

Henüz beş, bilemedin altı yaşında bir çocuğun kaval kemiğini kırmak mı? Yanaklarımdan aşağıya dökülen ılık gözyaşı çeneme doğru yol bulurken birisinin canını almayı bu denli istememiştim. Mehmet Ali Karayel'in kanını akıtmak ve kendi kanıyla onu zehirlemek istiyordum. Zira o adamın kanında bir yılanınkinden daha kuvvetli bir zehir dolaşıyordu.

Akan gözyaşımı elimin tersiyle silerken, hafif hafif esen rüzgârın gözyaşımla ıslattığım yanağımı tokatlamasına izin verdim.

"Senin için, sizin lanetiniz, derdi ve her sinirlendiğinde bunu haykırarak bizi döverdi. Annem Sılay'a hamile kaldığında bile annemi dövdü, öldüresiye dövdü ve Sılay'ın erken doğmasına sebep oldu. Sılay yaklaşık üç ay kuvözde yaşadı."

Sicim gibi inen gözyaşlarım görüşümün bulanıklaşmasına sebep olurken, ciddi anlamda nefes alamadığımı fark ettim. Oksijen diyerek içime çektiğim şeyin bir tür zehirli gaz olduğunu düşünmeye başlamıştım. Boğazıma takılan şeylerin haddi hesabı yoktu, ellerim hiç olmadığı kadar soğuktu. Buz kesmiştim.

Sılay benim yüzümden kuvözde yaşam mücadelesi vermişti. Benim yüzümden.

"Sılay doğduğunda sen bir yaşını çoktan doldurmuştun. Seni ilk kez o zaman gördüm, birinci yaş gününde. Sılay henüz dünyada değildi."

"Beni ilk kez, vişne yerken gördüğünü düşünmüştüm," diye mırıldandım, sesimin çatlaması ağladığımı ele vermişti.

"Hayır, o başka bir hikâye. Seni ilk kez gördüğümde henüz bir yaşındaydın. Üzerinde beyaz, eteği kabarık bir elbise vardı. Saçların da balerin topuzuydu. Saçların o kadar seyrek ve azdı ki, topuzun tokandan ibaretti. Beyaz, peluş bir tokaydı." Acı acı gülümsedi. Bu buruk gülümseme içime dokunurken, adımlarım gittikçe güçsüzleşti. Yere kapaklanacakmışım gibi hissediyordum. "Çok tatlıydın Mayıs. Bir lanet olamayacak kadar güzeldin ve kıyılamayacak kadar tatlı." Tekrar buruk bir şekilde gülümsedi ve kolunu omzuma atıp bana sarılarak adımlamaya devam etti.

Sıcaktı.

Sessizliğimi korudum ve gözyaşlarımı silmeden yürümeye devam ettim. Onun kollarının altındayken güvende hissediyordum. Evimde gibi. Sıraç Karayel'in kolları ev gibiydi, benim evim.

"Henüz altı yaşında bir çocuk, bir yaşında bir kız yüzünden büyük bir kalp çarpıntısı geçirmişti," diye mırıldandı ve kafasını eğip kafamın üzerine koydu. Ah, artık yürümek ciddi anlamda imkânsızdı. "Mayıs," diye mırıldandı adımlarını yavaşlatarak. Sokağın sonuna gelmiştik ve küçük bir hareketle geri dönmemizi sağladı. "Sen benim lanetim değil, kaderimdin. Geç olsa da bunu anladım."

Gözyaşlarım sağanağını arttırırken, yanaklarım yağmalanıyordu. Gözyaşlarım acı bir su şeklinde tenimi delik deşik ederek aşağıya akıyordu. Umursamazca.

"Ağlama." Bana bakmadığı halde söylemişti bunu. "Ağlama, dayanamıyorum."

"Sıraç..." diye mırıldandım ve hıçkırdım. Bu hıçkırık dudaklarımın arasından kaçmıştı, mahcup bir şekilde gözyaşlarımı geriye itmeye çalıştım. Göğsümdeki ağırlık büyüyordu, dışarı çıkabilmek adına içimde şiddet uyguluyordu.

"Suçlu hissetme Mayıs, ucunda sen varsan aynı eziyetlere defalarca kez daha katlanabilirim."

"Ama annen..." Tekrar hıçkırdım ve adımlarımı bıçak gibi kesip yolun ortasında haykırarak ağlamaya başladım. Bir anda olduğu yerde donakaldı. İnanamaz gözlerle bana bakarken, bir yandan da telaşlı görünüyordu. Elleri telaşla havalandı ve bana uzandı. "Bebeğim, iyi misin?" Sesi de elleri gibi titriyordu.

"Hepsi benim yüzümden!" diye bağırdım, bağırırken çatlayan sesim bomboş sokakta yankılanarak bize geri döndü.

"Mayıs..." diye mırıldandı ve kollarıyla bedenimi çevreledi. "Bebeğim, umurumda değil tamam mı? Yine olsa yine aynı acıları yaşamayı kabul ederdim. Sonunda bana geleceksen, eriyip bitene dek cehennemin kör kuyularında yanmayı kabul edebilirim."

Avuç içlerini yanaklarıma koyduktan hemen sonra, nabzı nadide bir melodi olan dudaklarını da alnıma bastırdı. Dudakları alnımı eşelerken, "Ağlama, güzelim. Beni öldür ama ağlama, tamam mı?" diye fısıldadı, sesi içimin derisini sıyırmıştı.

Tatlı nefesi ile karışmış sıcak dudakları alnımı eşeleyip, masal tadında buseler kondururken göğsüm hızla inip kalkmaya başladı. Haykırarak ağlamak bana uzak bir şeydi, ağlayamayan ben bu adam için bilmem kaçıncı kez ağlıyordum.

"Özür dilerim... Sıraç." Bir kez daha hıçkırdıktan hemen sonra ellerimi onun kavisli beline doladım ve sıcaklığını almak için büyük bir uğraş gösterdim. Sıcacıktı. Beni affetmesini istiyordum.

"Özür dileme..." dedi dudakları alnımı okşarken. Sesi fısıltı halinde alnıma dökülürken, kulaklarım bayram etmişti. "Attığın her adım yakınıma düşsün istiyorum Mayıs." diye mırıldandı ve dudaklarını alnımdan ayırıp gözlerimin içine baktı. Yangın mavisi gözlerinin, yeşil ormanla olan muazzam dansını izlerken iç çekişlerim hafiflemiş, yavaşça durulmuştum. "Seni bana getirmeyen tüm yolları ateşe vermek istiyorum, anlıyor musun? Seni benden ayırmaya kalkışacak olan tüm yolları yakmak istiyorum. Seni benden almaya kalkacak tüm yolları beceririm."

Görüşü darlaşmış olan gözyaşımın buğusunu taşıyan mavilerim, Sıraç'ın yangın mavilerini bulduğunda dudaklarım belli belirsiz yukarı kıvrıldı. "Becermediğin bir yollar kalmıştı Karayel, onları da becer tabii." Sesim titrek fakat bir o kadar da keyifli bir tonda yükselmişti. Buğulu gözlerimin görüş alanındaki mucizeye baktım. Gülümsemem onu da gülümsetmişti.

"Becermediğim bir şey daha kaldı," derken sinsi bakışları vücuduma kaydı.

Kaşlarımı çattıktan hemen sonra Sıraç'ın kollarından ayrıldım ve omzuna okkalı bir tane geçirdim. "Edepsiz herif!" Sırtımı ona dönüp onun ters istikametinde yürümeye başladım.

"Üç yaşındayken yüksek ateşten beş gün boyunca hastanede yatmıştın." Sıraç'ın sesi sokakta yankılanırken adımlarım bıçak gibi kesildi, olduğum yerde sırtım ona dönük bir şekilde öylece kalakaldım. "Beş gün boyunca hiçbir şey yemedim ve senin için dua etmeyi öğrendim. Bana dua etmeyi annem öğretmişti, üstelik senin için ettiğimi biliyordu. Sekiz yaşındaydım."

Yutkundum, haklıydı. Annem üç yaşlarındayken hastanede yattığımı ve perişan olduklarını söylemişti. Basit bir ateşti fakat bünyem zayıf olduğu için çabuk etkilenmiştim. Sırtım ona dönük bir şekilde öylece dikilmeye devam ettim. Göğsümde çarpan arsız, bedenimi zonklatıyordu.

"Dört yaşındayken, yeşil bir elbise ile bir davete katılmıştın. Ben de o davetteydim. Havuz başında diğer ailelerin çocuklarıyla oynuyordum ve sen havuza düşmüştün. Arkandan havuza atladım ve boğuldum. İşin tuhaf yanı seni kurtarmak için atlamıştım fakat sen yüzerek havuzdan çıktın. Beni ise çıkarttılar." Sesinden anladığım kadarıyla şu an gülümsüyordu. Evet, o havuz olayını hatırlıyordum. Hatta o gece bir çocuğun boğulma tehlikesi atlattığını da. Yaşım küçük olmasına rağmen, hafızama kazınan bu olayı kesinlikle hatırlıyordum. Çok net olmasa da... "Sahi, normal bir çocuk dört yaşındayken yüzmeyi nereden bilebilirdi ki? Kesinlikle değişiğin tekiydin Karamaça."

Kıkırdadım fakat yüzümü ona dönmedim. Öylece dikiliyor, daha fazlasını duymak istiyordum. "Altı yaşındayken saçlarını küt kestirdikleri için tüm ailene küstün. Bahçede saçlarını yola yola ağlamıştın. Henüz on bir yaşındaydım ve o gün senin bir kaçık olduğunu düşünmüştüm. Her nedense saçlarını kestirmelerine senin kadar üzülmüştüm." Bana doğru adımlamaya başladı. Bana yaklaştığını hissedebiliyordum. "Yedi yaşındayken benimle aynı okula yazıldın. O zamanlar ilköğretim ve ortaöğretim aynı binadaydı. On iki yaşımdaydım ve altıncı sınıfa gidiyordum. Sınıflarımız tesadüften midir bilinmez karşılıklıydı. Beni hiç fark etmedin, bilerek sana çarpıp konuşmaya çalışana kadar... Sanırım biraz hızlı çarpmış olmalıyım ki yere kapaklandın ve çığırarak ağlamaya başladın. Oturup seninle ağlamıştım."

Evet, onu hatırlıyordum. O çocuğu hatırlıyordum. Revire götürülmüştük ve karşılıklı yataklara yatırılmıştık. Çocuk karnının ağrıdığını söylemişti ve ondan ağladığı konusunda ısrar etmişti. Ben revirden çıkana dek o da çıkmamıştı. Bu kadar değişmesi mümkün müydü? Gerçi, o çocuğunda kemikli bir yüzü vardı. Tek fark daha minyon bir yüze sahipti.

Ellerini belime doladı ve vücudunu sırtıma yasladı. Yüzünü boyun girintime yerleştirdikten hemen sonra, "O gün anladım ki, ağlamana katlanamıyorum," diye fısıldadı, sesinden akan harfler kalbimi ağzına kadar doldurmuştu.

Yutkundum, başımı geriye doğru atıp onun kudretli omuzuna dayadım. Gecenin karanlığı içimize işlerken, yüzümüzü aydınlatan turuncu sokak ışığı ani bir şekilde ışığını kesti. Elektrikler mi gitmişti? Tüm şehir karanlığı giyinirken, tek aydınlık denizin diğer ucundaki adadan yükselen parıltılı ışık süzmesiydi.

"Elektrikler mi gitti?" diye sordum sırtımı biraz daha geri atıp Sıraç'ın heybetli gövdesine yaslanırken.

"Evet, korkuyor musun?"

"Hayır, ama... Sılay ve Temmuz?"

"Onlar başlarının çaresine bakarlar," dedi ve dudaklarını tekrar boynuma bastırdı. "Anlatacaklarım henüz bitmedi."

Yutkundum, acı içime aktı. Denizin üzerinde dalgalanan ayın yansımasını izlemeye başladım. "Seni dinliyorum?"

"Sen öyle dehşet verici bir güzelliğe sahipsin ki Mayıs..." Duraksadı ve fısıltısı karanlığın içinde can bulup bir yıldız misali parıldadı geceme. "Ben, senin gibi birine sahip olmayı bırak, hayalini kurmayı bile cesaret edemezdim."

∞

Sılay Karayel'den...

İçimde muhakkak bir yer enkaz altında kalmıştı ve ağlayamıyordum.

Ağabeyimi böyle görebilmek mümkün olacak mıydı sahi? Benim ağabeyim, Sıraç Karayel. Adının geçtiği yerde insanların titremesine sebep olan adam... Yirmi dört yaşında fakat yaşının bilmem kaç katı tecrübe ve deneyime sahip. Şu an bir kıza sımsıkı sarılmış ve dünyadan soyutlanmış görünüyordu. Aslına bakılırsa Mayıs'ın insanlar üzerinde değişik bir etkisi olduğunun bilincindeydim.

Mayıs farklıydı, diğer tüm kızlardan ziyade fazla kendisi gibiydi. Zorlama yoktu, yapmacıklıktan eser yoktu, benim sevgili ve tek arkadaşım Mayıs Karamaça ailemizin laneti olmaktan tamamıyla uzak bir kişiliğe sahipti. Çelik'in şarkısı boyunca birbirlerine sarılmış olmalarından ziyade, onlara büyük bir merak ve özenme duygusu ile bakan insanların farkında bile değillerdi.

Hemen yanımda dikilen kardeşi, Temmuz Karamaça. On yedi yaşında ve tıpkı benim gibi bir lise öğrencisi. Biraz fazla havalı... Ama ciddi anlamda Mayıs'a benziyor. Ve... Pekâlâ, yakışıklı. Omzumun üzerinden Temmuz'a baktığımda, ablası ve ağabeyimden ziyade yalnızca Çelik'i izlediğini fark ettim. Çelik'in bu şarkısının etkisi neydi bilmiyordum ama Mayıs da Temmuz da bembeyaz kesilmişlerdi. Bir anısı olabilir miydi? Gözlerim Temmuz'un profilinde gezinirken ne kadar düzgün bir burun ve yüz yapısına sahip olduğunu fark ettim. Son birkaç gündür ciddi anlamda onu inceliyordum, bu biraz tuhaftı? Temmuz'un Şafak'tan daha yumuşak bir ifadesi vardı. Şafak'ın sert ve olgun bakışlarının aksine, Temmuz yalnızca sert bakıyordu. Dolgun elmacık kemikleri, gülümsediğinde gül kuyusunu andıran gamzeleri onun yüzüne özenle nakşedilmişti. Sahi, ben ne diye onu Şafak'la kıyaslıyordum ki? Silkelendim ve müziğin ritminin büyüsünden midir bilinmez kafam benden bağımsız bir şekilde Temmuz'un omzuna düşüverdi.

Benim çok saygı değer, sevimli ve bir o kadar da arsız kalbim sakin ol, ilk kez erkek görmüyorsun. Ve midemde yaşam süren Osman ağabey, sakin ol, elindeki halay mendilini usulca yere bırak!

∞

Elektrikler gitmiş, müzik bir anda durmuştu. Ağabeyim ve Mayıs hâlâ ortalıklarda yoktu. Hâlâ omzunda olan başımı kaldırıp, Temmuz'a kısa bir bakış attığımda gergin bir çeneyle karanlığı izlediğini gördüm. Etraftaki insanların uğultulu konuşmaları canımı sıkmıştı ve Temmuz, ablasını önemsiyor gibi görünmüyordu.

"Marul," diye mırıldanıp çenemi omzuna koydum. "Daldın gittin, boğulacaksın."

Gergin çenesini saklama gereği duymadan göz ucuyla bana baktı. Toz mavisi rengindeki gözleri, çakırlarımla buluştuğunda bir an elektriğe kapılmış güvercin gibi hissettim.

Sakin olun sevgili hormoncuklarım, o yalnızca bir marul. Kıvırcık bir salata malzemesi.

"Dalmadım," dedi dümdüz bir ses tonuyla ve tekrar önüne döndü. Çenemle omzunu eşeleyip tekrar bana bakmasını sağladım. "Ne var?"

"Hiç." Omuz silktim. Çenemi geri çekecektim ki, eliyle beni kendisine bastırdı ve kafamı omzuna yerleştirdi.

"Karanlıktan korkuyorsan söyleyebilirsin seni salak," diye homurdandı tok bir sesle.

İyi de ben karanlıktan korkmuyordum ki? Ama her nedense bu konforu kaybetmek de istemiyordum. O yumuşak, sert bakışlı peluş bir ayıya benziyordu. Ya da vazgeçtim, o peluş bir maruldu.

"Hâlâ gelmediler," diye fısıldarken ciğerime dolan yoğun erkeksi kokusunu yok saymaya çalıştım. Temmuz Karamaça yoğun bir şekilde meyve kokuyordu ve bu meyve değişik bir şekilde erkeksiydi.

"Gelirler şimdi," dedi Temmuz son derece rahat bir ses tonuyla.

"Marul, senin boyun kaç? Maşallah ağabeyim kadarsın," dedim alay dolu bir ses tonuyla. Amacım onu moda sokmak ve onunla didişmekti. Temmuz Karamaça ile didişmek, beş paket Ruffless yedikten sonra uyumak kadar haz vericiydi.

"1.88," dedi dümdüz bir şekilde. Neden bana sataşmıyordu? Ben onun bana sataşmasını istiyordum. Ayrıca cidden uzundu.

"Ağabeyimin boyu 1.93, çatla sen," dedim muzip bir şekilde ve çenemle omzunu eşeledim. "Ayrıca yaşlanınca çekeceksin ve ufacık kalacaksın. Tıpkı penye bir tişört gibi."

Omzunun üzerinden tekrar bana baktı. Ciddi seviyede büyük bir boy farkımız vardı ve bana her baktığında altında eziliyor gibi hissediyordum. Çok ayıp Sılay, bir adet marulun altında ezildiğini hayal ederken bacakların titriyor, farkında mısın? Silkelen ve kendine gel, Mayıs'a benziyorsun!

Silkelendim ve çenemi omzundan çekip ondan uzaklaştım. "Kezorella," diye mırıldandı. Çatlayan ve yeni yeni olgunlaşmaya başlamış olan ses tonu baş döndürücüydü.

"Hı?" dedim normalde köpürmem gerekirken. Kezorella da neydi?

"Yürüyelim mi biraz?" Bunu sorarken omzunun üzerinden bana bakıyordu, ona bakarken kafamı kaldırmak zorunda kalmıştım. Bir an, hiç beklemediğim bir an şu karanlık kalabalığın içinde kalbimin tekrar yaşamsal bir faaliyet gösterdiğini hissettim. Kısa bir an için. Çok kısa bir an.

İçim ölmüştü, henüz on yedi yaşında olmama rağmen. İçim ölmüştü fakat kırılmaktan zerre vazgeçmiyordum. Ben buydum, Sıraç Karayel'in küçük kız kardeşi Sılay Karayel. Bir margarin boyutunda doğup, kuvözde yaşam savaşı veren ve hâlâ o acı günlerin izlerini bedeninde taşıyan Sılay Karayel.

Şu organ yetmezliği olan, hasta ve sevdiği adam tarafından yaralanıp hiçe sayılmış Sılay Karayel.

"Yürüyelim Temmuz," dedim ve gözlerinin içine baktım. Dudaklarım ismini telaffuz etmekten hoşlanmış gibiydi.

∞

Mayıs Karamaça'dan...

"Üşüdüm," diye mırıldandım. Kolları beni tamamıyla ekseni altına aldıktan sonra sıcak nefesini boynuma üfledi. Sırtımı ona yaslamış, anlatmasını bekliyordum. Daha fazlasını.

"Üşüdüysen," dedi ve bir elini havaya kaldırıp gökyüzünü gösterdi. "Şu evreni yakarım. Üşüdün mü?"

Sırıttım. Evrenin yanmasını istemiyordum. Aslında evren zerre umurumda değildi, onunla nefes alabileceğim her yerde yaşardım ben. Özellikle de Venüs'te. Ah, Karayel ile birlikte Venüs'te yaşamak...

"Üşümedim, üşümedim," dedim inandırmaya çalışarak, hâlâ bana sarılı olan eline buz gibi olan elimi koydum. "Anlat."

"Omuzlarından öpüp..." Omzuma ılık, kâinat güzelliğinde bir öpücük bıraktı. "...bedenimi sana yasladığımda, tüm evrenin hâkimi olduğumu ve ölümün bile seni benden alamayacağını düşünüyorum."

Göğsüme dolan duygu seli, dudaklarımdan ona adanmış şiirler olarak dökülmek istedi.

"Benden nefret etmiyorsun yani, öyle mi?" Patavatsızca sorduğum soru utanmama sebep olurken, gözüm karanlığa alışmıştı. Zira ensemde nefesini bana lütfeden bir gün ışığı varken, karanlıktan korkmak büyük acizlik olurdu.

"Senden nefret ediyorum Mayıs," dedi Sıraç ve dudaklarını enseme bastırdı. Bu acıtmıştı. Yani benden hâlâ nefret ediyor olması. "Ama sana dönülmez bir şekilde âşığım da..."

"Ama nefret ediyorsun..." dedim, sesim kırgın çıkmıştı.

"Nefret, aşkın en etkili silahıdır." Burnunu enseme sürttü. "Nefret yangını körükler, yangın aşkı."

"Öyle mi?" diye sordum ve başımı biraz öne eğip ensemi tamamen ona sundum. Islak dili enseme dokunurken, ılık dudakları da enseme sürtünmeye kaldığı yerden devam etti.

"Aynen öyle, yangınımın mavisi."

Sılay ve Temmuz'un yanına döndüğümüzde, "Neredeydiniz?" diye cırladı Sılay, yüzü kıpkırmızıydı. Elektrikler geldiği için geri dönmüştük ve Sılay ile Temmuz'u bankta otururken bulmuştuk.

"Biraz yürüdük öyle." Gözlerimi ikisi arasında dolaştırdım. Kesinlikle burada ters giden bir şeyler vardı. Gergin bir hava ve iki adet utançla çarpılmış güzel surat. "Hem siz neden konser yerinde değilsiniz? Sizi aradık on beş dakika boyunca," dedi Sıraç kaşlarını çatarak.

"Sizi arıyorduk." dedi Temmuz fakat kardeşimin sesini analiz etme özelliğim profesyonel bir boyut kazandığı için kesinlikle yalan söylediğinden adım gibi emindim.

"Gidelim öyleyse," dedi Sıraç ve karanlık sokağa baktı. "Siz ne zaman döneceksiniz İzmir'e?"

"Birkaç gün sonra," dedi Sılay ve banktan kalkıp koluma girdi. Şu an vücudunun titrediğinin farkında mıydı? Üşümüş müydü?

Eve gidene kadar neredeyse hiç konuşmamıştık, eve geldiğimizde çok geç olduğu için Sılay'la odaya çıktık ve üstümüzü değiştirip yatağa girdik. Çok yorgun hissediyordum, bedenim bu gece konuşulanların etkisiyle hâlâ buz gibiydi. Örtüyü üstüme çekerken, kalbimden dökülen sesleri duymazdan gelmeye çalıştım. "İyi uykular," dedim kısık bir sesle.

"İyi uykular," diye karşılık verdi fakat sesi titriyordu. Telaşlı bir şekilde onun olduğu tarafa yuvarlanıp onu kendimden tarafa çevirdiğimde ise çakır rengindeki gözlerinin kıpkırmızı ve dolu dolu olduğunu gördüm. "Hey, sorun ne?"

Küçük bir kız çocuğu gibi yutkundu ve masum bir şekilde gözlerimin içine baktı. "Temmuz'la öpüştük."

Temmuz'la öpüştük.

Gözlerim benden bağımsız bir şekilde irileşirken, dudaklarım büyük bir o harfi şeklini almıştı bile. Beynim ve kulaklarım eş zamanlı olarak Sılay'ın söylediklerini idrak etmeye çalışıyordu. İri gözlerim odağına aldığı kızı incelerken, beynimde söylediklerine bir anlam katmak için büyük bir çaba harcıyordu.

"Ne?" kekeledim, kelimeler beynime akarken zihnimin duvarlarını parçalamıştı.

"Duydun," dedi Sılay ve uzun parmaklı ellerini yüzüne kapatıp yüzünü gizledi. "Tekrar söyletme şunu."

Sılay ve Temmuz'un birbirlerine tuhaf bakmaya başladıklarının elbette bilincindeydim ama bu kadarını elbette beklemiyordum. "Siz... Neden?" diye sordum, afallamış bakışlarımı yatağın sol yanında duran komodine çevirirken. İdrak gücümü kaybetmiştim, ya da ciddi anlamda idrak gücü diye bir şeye sahip değildim. Sılay parmaklarını yüzünden çekti ve derin bir nefes alıp hızla gözlerini kırpıştırdı. Hemen ardından çakır rengindeki gözlerinin odağına beni aldı ve alt dudağını ısırıp, "Anlatacağım..." diye mırıldandı.

∞

Sılay Karayel'den...

"Çok karanlık, daha ne kadar yürümeyi düşünüyoruz?" diye sordum. Gözlerim karanlığa alışmış olmasına rağmen, ortamdan mıdır bilinmez gergin hissediyordum. Hemen yanımda yürüyen Temmuz Karamaça'nın kolu benim koluma sürtüyor ve bu nedensizce içimde bir şeylerin koşuşturma halinde hareket etmesine sebep oluyordu. İçimde yaşattığım beyaz atletli halaymen kaşlarını çattı, bundan pek hoşlanmamıştı.

"Yürüyelim işte," dedi Temmuz, ses tonu karanlıktı. Hiçbir şeyi ele vermeyecek kadar karanlık. Onun henüz yeni olgunlaşmış olan erkeksi sesinde hiçbir duygu kırıntısı yakalayamıyordum. Temmuz Karamaça tıpkı ağabeyim gibi kapalı bir kutudan ibaretti. Enteresan. Evet, öyle.

"Mayıs'a mesaj atacağım, bizi bulamazlarsa merak edebilirler," dedim ve cebimdeki telefonu çıkartıp avuçlarımın arasına aldım. Ekran kilidini kaldıracaktım ki, güçlü parmaklar bileğimi çevreledi, gözlerim benden bağımsız bir şekilde irileşti. Dokunduğu yerlerde çatırdayan kıvılcımın ılık varlığını damarlarımda hissettim.

Kafamı kaldırıp, elin sahibine baktığımda Temmuz'un karanlıkta bile varlığını ilan eden toz mavisi gözleriyle bana baktığını gördüm. Teninin sıcaklığını tenimde hissetmek midemde bir karıncalanmaya yol açarken yutkundum. "Ne var Marul?"

Toz mavisi gözler anlamını bilmediğim bakışlarını üzerime değdirmeye devam etti ve bileğimi bırakmadı. "Bırak," dedi, sesi emir kokuluydu ve bu bir an gerilmeme sebep olsa da gözlerimi onun üzerinden çekemedim. "Biraz yalnız kalmak onların da hakkı..."

Bunu söyleyen marul muydu? Cidden mi? Amacının bu olmadığını biliyordum ama öteki yandan gerçek amacının ne olduğunu da bilmiyordum.

"Hım," diye mırıldandım ve bileğimi onun kemikli parmaklarından kurtarmaya çalıştım. "Tamam, bırakır mısın bileğimi?"

Gözlerini hızla kırpıştırdı, parmaklarını ani bir hareketle bileğimin üzerinden çekip beni serbest bıraktı. Az önce parmaklarının boğumlarıyla ödüllendirilen bileğim, şu an bomboş bir soğukluk ile tokatlanmıştı.

"Affedersin Kezorella." Toz mavisi gözleri bana alayla baktı. Kezorella demek zorunda mıydı sanki?

"Kezorella demeyi keser misin?" Sesim benden bağımsız bir şekilde boş karanlık sokakta büyük bir yankı uyandırdı.

"Neden?" Sesi dümdüzdü, benim aksime tehlikeli bir sakinlik taşıyordu.

"Çünkü bu hoşuma gitmiyor," diye itiraf ettim. Sanki onun umurundaydı da. Amacı da benim hoşlanmamam ve sinir olmamdı zaten.

"Marul demen de benim hoşuma gitmiyor Sılay," dedi yaşının aksine on misli olgun çıkan muazzam bir ses tonuyla. Olduğum yerde mühürlenmiş gibi kalakaldım. Adımın onun dudaklarından dökülmesi karnımda bir şeyleri zorlarken, çişimin geldiğini fark ettim.

"Ama sen bir marulsun," dedim gözlerimi kaçırarak. Göz kaçırmak da neyin nesiydi? Hiç bana göre bir hareket değildi, bunu biliyordum ama engel olamıyordum. Güçlü parmakları bir kez daha bileğimi yakaladı ve neredeyse acıdan inlememe sebep olacak bir güç kullanarak beni kendisine çekti. Vücudum şiddetli bir şekilde onun göğsüne çarparken, dudaklarımdan acı dolu bir inleme dışarı çıkıverdi.

Alnım hemen göğsüne çarpmış ve düşmeme engel olmuştu. Alnımı göğsünden çekmeden, "Ne yapıyorsun be?" diye cırladım. Kendimi geri çekmeye çalıştığımda ise başarısız oldum, çünkü Temmuz uzun parmaklarını belime bastırıp beni kendisine yasladı. Kalbim boğazımda atarken, tam şu anda esaslı bir tekmeyi onun bacak arasına yerleştirmek istiyordum. Ama bunu yapabilecek gücü kendimde bulamamıştım.

"Bana marul deme," diye fısıldadı. Sesinin rüzgârı saçlarımın arasından beynime akım ederken, bir kez daha sesli bir şekilde yutkundum. Derdi ne bu herifin? Kafamı yavaşça yukarı kaldırıp beni izleyen toz mavisi gözlere kısa bir bakış attım. Gözleri ile yeni bir alfabenin varlığını kanıtlamıştı.

"Bana marul demeni istemiyorum."

"Ama marulsun," diye tekrarladım ve gözlerinin içine bakmaya devam ettim. Ah, çok yakın.

Yüzü yavaşça yüzüme doğru inmeye başladığında kalbimin teklediğini hissettim. Hain kalbim bana ihanet ederken, gözlerim yavaşça kısılmıştı bile. Derdin ne senin? Birbirinize ölümüne uyuz olduğunuz şu çocukla ilk öpücüğünü paylaşmayacaksın değil mi? Hey, kendine gel. Anın büyüsüne kapılma, seni salak. Beynimde uğuldayan sesleri umursamadım, karnımı tekmeleyen his büyüyüp göğsüme tırmandı ve dudaklarımı Temmuz'un dudaklarının hapsine bıraktım. Karamaça'nın ılık dudakları dudaklarıma ilk baskıyı gönderdiğinde içimde bir yerlerde saklı kalmış olan gitar telinin üzerine basıldığını hissettim. Temmuz Karamaça tam şu anda, ılık dudaklarının muazzam baskısı ile içimdeki melodilere efendilik ediyordu. Dudaklarımız cahilce birbirlerine baskı uygularken, ellerim benden bağımsız bir şekilde Temmuz'un ensesinde dolandı ve onu çevreledi. Parmaklarımın ucunda yükseldiğimde, Temmuz da bana uyarak biraz aşağı doğru eğildi. Dudaklarımızı bir an olsun aralamadan birbirine bastırmaya devam ettik. Ateşli bir öpücükten ziyade, duygu akımını dudaklarımızdan kalplerimize ulaştırmak gibi bir şeydi bu. Çocukça fakat şefkatli, bunu sevmiştim.

Dudaklarımız ayrıldığında, belimde duran eller gevşedi ve beni serbest bıraktı. Tekrar ayaklarımın üzerine bastığımda, yüzüm utançla çarpıldı ve farklı bir yere bakmaya çalıştım. Kalbim öyle hızlı çarpıyordu ki, göğsümü parçalayacağını düşünmedim desem yalan olurdu.

"Bizi merak edecekler, gidelim," dedim telaş kokan sesime gem vuramadan ve Temmuz'u beklemeden hızlı adımlarla yürümeye başladım.

Oturabilecek bir bank bulduğumda, sakinleşmeye çalıştım ve kendimi bankın üzerine bıraktım. Birkaç saniye sonunda Temmuz da hemen yanımdaki banka oturmuştu ama hiçbir şey söyleme gereği duymadı. Öküz. Öptün beni. Bu benim ilk öpücüğümdü, hadi bir şey söyle. Konuş, Temmuz. İkimizin de buna ihtiyacı var. Benim de, şu an yanında oturan bedenimin de.

∞

Mayıs Karamaça'dan...

"Sadece dudaklarınızı bastırdınız, öyle mi?" diye sordum, sakinleşmeyi başarmıştım fakat kafamda can bulan yapbozun parçaları hâlâ eksikti.

"Evet, sanırım ânın büyüsüne kapıldık." Kafasının altındaki yastığı eliyle alıp bağdaş kurarak oturdu. Yastığı kucağına koyduktan hemen sonra dirseklerini yastığa bastırdı ve yüzünü avuçlarının arasına alıp beni izlemeye başladı.

"Ânın büyüsü mü?" diye cırladım. "Öpüştünüz ve bunun ânın büyüsü olduğunu mu söylüyorsun?"

Dudakları belli belirsiz büküldü ve gözlerini üzerimden çekip, karşımızda duran elbise dolabına çevirdi. "Bilmiyorum, sanırım öyleydi. O senin kardeşin, benim değil. Yani onu sen daha iyi tanırsın."

Sılay'ın bilmediği bir şey vardı. Biz bu olaylardan öncesinde birbirimizle pek bir şeyler paylaşan kardeşlerden değildik maalesef. "Öyle ama..." Ne demem gerekiyordu ki?

"Boş ver," dedi Sılay ve yastığı bir kenara atıp yatağa uzandı. "Önemli bir şey değildi zaten."

Gözlerindeki boş bakışları gördüğümde ona yardımcı olamadığım için suçlu hissettim. Temmuz'un amacı neydi ki? "Önemli olmadığından emin misin?" diye sordum. Hemen yanına uzanıp, beklenti dolu gözlerle ona bakmaya başladım.

"Eminim," dedi ve gözlerini yumdu. "Uyuyacağım."

"Yastık kullanmaya ne dersin?" Ve yastığını fırlattığı yerden alıp başının altına tıkıştırdım. "Uyu bakalım."

"İyi uykular Mayıs." diye mırıldandı Sılay.

"İyi uykular Sılay."

∞

Gözlerimi araladığımda Sılay'ı yanımda bulamamıştım. Ellerimle yataktan destek alıp yavaşça doğruldum ve yatak odasının çıkış kapısına doğru yürüdüm.

"Onun anasını sikeceğim, merak etmesin." Bu ses Sıraç Karayel'e aitti. Merdivenlerin başında dikilip neler döndüğünü anlamaya çalıştım. "İyi miymiş?" dedi Sıraç ve bir süre sessizce karşı tarafı dinledi. Sanırım telefonla görüşüyordu. "Tamam, izini buldunuz mu? Şu an burada mı yoksa şehir dışına mı çıktı? Nasıl bilmiyorsunuz bulan? Para veriyorum size orospu çocukları, her şeyi bileceksiniz. Bulacaksınız lan o götvereni, fare deliğine girse bulup çıkartacaksınız. Onun ölüsünü değil, dirisini istiyorum!" diye kükredi Sıraç ve ardından büyük bir gürültü koptu. Merdivenin başında bir an olsun irkildim fakat sakinliğimi korumaya çalıştım.

"Problem ne?" diye sordu Temmuz. Yüzünü göremiyor olsam da sesinden anladığım kadarıyla kaşlarını çatmış, Sıraç'a bakıyordu.

"Boş ver, şimdilik problem yok."

"Ablamı tehlikeye atmadığın sürece benim için de problem yok," dedi Temmuz. Sesindeki sahiplenmeyi somut bir şekilde hissetmiştim.

"Onu tehlikeye atmayacağım Temmuz," dedi Sıraç, sesi kendinden emin çıkmıştı.

"Umarım," dedi Temmuz ve, "Şu an bizi dinliyor." diye ekledi.

Tamam, şu an ciddi anlamda kulaklarımdan tutun da tüm vücuduma kadar kıpkırmızı kesilmiştim. "Biliyorum," dedi Sıraç. Sesi eğleniyor gibi çıkmıştı ve bu utancımı beşe katlamıştı. "Sen oradaki, buraya gel."

Sıraç'ın alay kokulu sesi hücrelerimi aydınlatıp, utanç hormonumu tavana doğru çekerken küçük adımlarla ahşap merdiveni inmeye başladım. "Sizi dinlemiyordum, tamam mı?" diye çemkirip sarsak adımlarla üçlü koltuğa atladım. Hemen yanımda Temmuz oturuyordu ve pişmiş kelle gibi sırıtıyordu. "Sırıtma, gerçekten sizi dinlemiyordum."

"Öyledir," dedi Sıraç ve sırıttı.

"Tabii," diye onayladı Temmuz. Nasıl da dalga geçiyorlardı benimle.

"Sılay nerede?" Sorum üzerine Temmuz'un genzine bir şey kaçmış gibi öksürdüğünü görünce, şeytani bir şekilde sırıttım. "Ne oldu canım ya?"

"Hiç," dedi Temmuz ve boğazındaki gıcığı umursamadan ayağa kalktı. "Olan bir şey yok."

"Ee nerede Sılay?" Sorumu tekrarladıktan hemen sonra gözlerimi Sıraç'a çevirdim.

"Köstebeğe gitti." Sıraç beni baştan aşağı alıcı gözle süzdü. Bakışları bedenimde dolanırken boynumun yandığını hissettim. Tamam, onu istiyordum.

"Ablamı gözlerinle yemeyi bıraktığın gün seni seveceğim." Temmuz'un sesi ikimizin de bakışlarının odak noktasına onu almamızı sağlarken, suskunluğumu korudum.

"Beni sevmeni isteyen kim?" diye sordu Sıraç ve sırıttı. "Beni o seviyor, sana gerek yok."

Ve yine tartışmaya başladılar.

∞

"Yaklaşık bir buçuk saattir aynı elbise hakkında konuşuyorsunuz ve bu midemi bulandırıyor." dedi Savaş ve elindeki gazeteyi sehpanın üzerine fırlatıp tekli koltuğa yayılarak oturdu.

"O zaman defolup gitmeye ne dersin sevgili ağabeyciğim?" diye sordu Merve, mükemmel bir seçenek sunmuştu.

Yaklaşık iki saattir Mervelerin evinde Sılay, Merve, ben ve istenmeyen Savaş hep birlikte oturuyorduk. Salonun üçlü koltuğuna sıkış tepiş oturmuş kızlar olarak dergideki bir elbiseyi eleştiri yağmuruna tutarken, Savaş'ın düşmanca bakışlarından da nasibimizi almıştık.

"Gitmiyorum hiçbir yere." Savaş'ın sesi net çıkmıştı. "Siz gidin."

Sılay, Savaş'a kısık ve öldürücü bakışlarını attıktan hemen sonra, "Bana bak eşkıya kılıklı, seni en başından beri sevmediğimi biliyorsun değil mi? Daha fazla gözüme batma bence," diye homurdandı.

Savaş elini karnına koydu ve zoraki bir kahkaha attı. "Ben de sana bayılıyordum zaten, bir erkek olarak eşkıya olmak kötü bir şey değil ama bir kız olarak eşkıya olmak zor olsa gerek?"

"Yo, hiç zor değil," dedi Sılay ve gözlerini kısıp Savaş'a bakmaya devam etti. "Parazit."

"Temmuz'a âşıksın, değil mi?" diye sordu Savaş pattadanak, tamam bunu ben bile beklemiyordum. Dudağı alayla yukarı kıvrıldı ve ezici bakışlarıyla Sılay'a bakmaya başladı. Sılay tıkanmış gibi öksürmeye başladığında ise yardıma koşan Doğukan oldu.

"İyi misin Sılay?" diye sordu Doğukan ve dikkati üzerine çekmeyi başardı.

"İyiyim," dedi Sılay hâlâ kısık kısık öksürmeye devam ederken.

"Cevabı vermiş oldun." Savaş'ın sesi eğlendiğini alenen beyan ediyordu. Bir an ben bile sırıtmak istedim ama en yakın arkadaşımla böyle uğraşılırken gülmem pek doğru olmayacaktı.

"Doğukan, sen ne zaman eve döneceksin?" diye sordu Sılay, konuyu kapatmak istediği kabak gibi ortadaydı.

Doğukan hemen arkasında duran vitrine dayandıktan sonra, "Buradan ev bakıyorum, annemle kalmayacağım," dedi.

"Neden?" diye soruverdim merakıma yenik düşerek.

"Annemle pek anlaşamıyoruz yenge," dedi ve zoraki bir şekilde gülümsedi.

"Neden anlaşamıyorsunuz?"

"Şey... Bilmiyorum?" Gözlerini devirdi.

"Pekâlâ, seni sıkmayacağım." Gülümsedim ve o da bana gülümsedi. Telefonum titreyince bakışlarımı ondan çektim.

Kimden: Sıraç
Savaş orada mı? (13.04)

Kime: Sıraç
Evet? (13.05)

Kimden: Sıraç
Senin orada ne işin var o zaman? (13.07)

Kime: Sıraç
Arkadaşlarımla vakit geçiriyorum? (13.08)

Kimden: Sıraç
Başlatma arkadaşlarına, o herifin seninle ilgili ne düşündüğünü biliyoruz. (13.09)

Kime: Sıraç
Madem böyle bir şeyden şüphe ediyorsun, o zaman neden bizimle kulübe gelmesine izin verdin? (13.11)

Kimden: Sıraç
Kıskanmasını istedim. (13.12)

Kimden: Sıraç
Mesajıma cevap vermediğin zamanlarda kafanı duvara sürterek ateş çıkartmak istiyorum. (13.19)

Kime: Sıraç
Yirmi dört yaşında bir adam çocuk gibi kıskandırmacılık mı oynadı yani? (13.21)

Kimden: Sıraç
Çocukluğumu yaşayamadım Mayıs. Seninleyken kendimi

güvende hissediyorum. Çocuk olabilirmişim gibi, senin çocuğun olabilirmişim gibi. Bana anne olacağını söylemiştin? (13.23)

Kime: Sıraç
Benim küçük oğlumsun sen, kes sesini. (13.24)

Kimden: Sıraç
Küçük oğlun için süt vakti. Hadi gel ve beni emzir. (13.25)

Kime: Sıraç
Defol, edepsiz! (13.26)

Kimden: Sıraç
Seni seviyorum. (13.27)

Kime: Sıraç
Ben de seni seviyorum. (13.28)

Kimden: Sıraç
Memelerini de seviyorum. (13.29)

Kime: Sıraç
Pislik! Defoooool! (13.30)

Kimden: Sıraç
Onlar dolgun ve dimdik. (13.31)

Kimden: Sıraç
Ah, ayrıca bundan önceki attığım mesajın dakikası subliminal mesaj içermektedir. (13.32)

Kısa bir süre daha Mervelerde oturduktan sonra Sılay ile birlikte eve döndük. Akşam yemeğine kadar Sılay ile birlikte yatak odasında takıldık. Sıraç ve Temmuz ise evden ayrıldılar. Nereye gittikleri büyük bir sırdı. Mesaj yoluyla Sıraç'ın üzerine gitsem de ağzından laf almayı başaramadım.

"Mayıs," dedi Sılay ve ıslak saçlarını taramaya devam etti. "Gece yarısı oldu, nerede kaldı bunlar?"

Ben de merak etmeye başlamıştım ama Sıraç'ın yanındayken Temmuz'a bir zarar gelmeyeceğinden adım gibi emindim.

"Gelirler birazdan."

Sılay huzursuz bir şekilde dudaklarını büktüğünde, çok geçmeden dış kapının açılma sesi duyuldu. Sılay ile birlikte koşar adımlarla ahşap merdivenleri inerken, onlar da eş zamanlı olarak salonun kapısını açmışlardı.

"Neredesiniz siz?" diye cırladım ve son iki merdiveni de atladıktan sonra Temmuz'u zerre umursamadan Sıraç'ın kollarına atılıverdim. Bir an için kaskatı kesilen Sıraç, hemen ardından heybetli kollarını boynuma doladı ve dudaklarını saçlarıma bastırdı. "Geldik, minik şeytan. Sorun ne?"

"Çok geç kaldınız," diye çemkirdim ve kafamla Sıraç'ın göğsünü eşeledim. "Endişelendik."

Derin bir iç çekti. "Biraz işimiz vardı," diye mırıldandı. Dudaklarıyla bir kez daha saçlarıma baskı yaptı. "Seni endişelendirdiğim için özür dilerim, miniğim."

"Mıç mıç mıç," dedi Temmuz yüzünü buruşturarak. "Midemi bulandırıyorsunuz, kesin şunu. Çok yakınsınız ve bu canımı sıkıyor."

Sıraç tek kaşını kaldırdı. "Biz yeni yetme değiliz, farkında mısın? İki ergen gibi uzaktan uzağa aşk yaşayacak değiliz. Ona dokunmak en doğal hakkım, bamya."

Her nedense iki ergenin Sılay ve Temmuz olduğunu düşünmüştüm ama elbette bunu Sıraç'a söyleyemezdim. Temmuz'da tek kaşını kaldırıp, "Birisini uzaktan sevmek çok mu kötü?" diye sordu. Kurduğu bu cümle Sılay'a bakmak istememe sebep olmuştu. Göz ucuyla Sılay'a baktığımda, ilgi dolu gözlerle Temmuz'u izliyor olduğunu gördüm. Bu iş gerçekten ilginçleşmeye başlamıştı.

"Elbette değil, ben birisini uzaktan uzağa tam on yedi yıl sevdim," dedi ve gözlerini bana çevirdi. "Ama..." diye devam etti. "... uzaktan sevmek öyle sandığın kadar kolay bir şey değil, bamya. Bir süre sonra kendine eziyet ettiğini fark ediyorsun."

Temmuz bir süre bomboş gözlerle Sıraç'a baktı. İdrak etmeye çalıştığının farkındaydım. Temmuz hiçbir zaman belli bir kıza takılıp kalan bir çocuk olmamıştı. Genelde İzmir'in sosyetesinde boy gösteren bir gecelik kızlarla vakit geçirir, ertesi gün kızları aramazdı bile. Henüz on yedi yaşına bile resmi olarak girmemiş bir erkek olarak fazla hızlıydı. Sıraç, Temmuz'un ifadeden yoksun yüzüne tuhaf

tuhaf baktıktan sonra, beni bir kez daha kendisine bastırdı ve saçlarıma küçük bir buse daha kondurdu. "Duygularından saklanma Temmuz," diye fısıldadı. Her nedense Sıraç'ın Temmuz'a arka çıkması içimi okşamıştı. Bu sebepsizce hoşuma gidiyordu. Tabii Temmuz'un kız kardeşi ile öpüştüğünden bihaber bir ağabey olarak ona acıyordum.

"Neyse ya, ablama yapışmayı keser misin?" dedi Temmuz ve kendini üçlü koltuğun üzerine bıraktı. "Yetişkin aşkı midemi bulandırıyor."

"Ergen aşkı ilgini çekiyor yani?" Bu sorunun sahibi Sılay'dı.

Temmuz bir anda tokat yemiş gibi Sılay'a bakınca, haliyle ben de afallamıştım. Sıraç'ın anlamaması için dikkatini çekmeye çalıştım ve ellerimi Sıraç'ın beline dolayıp kendimi ona bastırdım.

"Çekiyor olabilir," dedi Temmuz, sesi umursamaz bir tonda yükselmiş olsa da kendisi pek öyle görünmüyordu.

"İlginç." Sılay ahşap merdivenlerden yukarıya doğru çıkmaya başladı. "Ben yatıyorum, size iyi geceler."

"İyi geceler," diye mırıldandım Sıraç'ın kahve kokusunu ciğerlerime çekip oksijenimle buluştum.

"Ben de birazdan gelirim." Sılay gözden kaybolduktan hemen sonra Sıraç'ın kollarından ayrıldım ve Temmuz'un yanına oturdum. "Temmuz," diye mırıldandım ve ilgisini çekmeyi başardım.

"Efendim?"

"Her şey yolunda mı?" Sorum onu rahatsız etmiş olacak ki, huzursuz bir şekilde kıpırdandı ve bakışlarını benden kaçırdı.

"Evet, her şey yolunda. O kadar yolunda ki... Ablam kendisinden beş, altı yaş büyük bir adamla aşk yaşıyor. Üstelik bu adam onu kaçıran ve annemizden koparan herifin oğlu. Ha, tabii bir de ablamın nerede olduğunu bildiğim halde zavallı anneme hiçbir bok söyleyememem var." Kafasını öne eğip sertçe yutkundu. "Hiç bu kadar boktan hissetmemiştim."

Temmuz'un profilini izlerken, içimde sayması imkânsız sayıda duygu geçişi yaşadım. "Üzgünüm," diye fısıldayıp elimi Temmuz'un omzuna koydum. Bana bakmadı ama zoraki bir şekilde tebessüm ettiğini görebildim.

"Saçmalama abla, seni suçlamıyorum." Omuz silkti. "Sadece... Bilmiyorum. Bu herifi gerçekten sevmeye başladım ve onu sevmek beni çileden çıkartıyor. O gerçekten fazla güvenilir ve baba sıcaklığına sahip. Ona âşık olduğun için sana kızamıyorum."

Bedenimden kuvvetli bir elektrik akımı geçerken, gözlerim Sıraç'ı buldu. İrileşmiş gözleri ve yukarı kıvrılmış dudağı ile öylesine mutlu görünüyordu ki. Sanırım o da tıpkı benim gibi Temmuz'dan bunları duymayı beklemiyordu.

Başımı salladım ve Temmuz'un omzunda duran elimi çekmeden, "Baba sıcaklığına sahip..." diye tekrarladım Temmuz'u.

Evet, sanırım benim bir türlü bulamadığım o sıcaklığın adını Temmuz çoktan bulmuştu. Sıraç Karayel'de baba sıcaklığı vardı.

"Bamya," dedi Sıraç, sesi kadife inceliğindeydi. Temmuz omzunun üzerinden Sıraç'a doğru baktı. "Sakın bana âşık olayım deme, tamam mı?"

Salak salak ikisinin atışmalarını izledim ve buruk bir şekilde gülümsedim. Yıllardır aradığım aile sıcaklığını bulmuştum, tek eksik annemdi. Annem ve onun hanımeli kokan avuçları. Yaklaşık bir saat süren atışmanın ardından Temmuz üçlü koltuğa yastığı ve battaniyesini koyduktan sonra yattı. "Abla, hadi sen de yatağına artık."

"Ama hiç uykum yok," diye mırıldanıp dudaklarımı büktüm. Altımda siyah kısa penye bir şort, üzerimde de siyah askılı bir tişört vardı. Temmuz her ne kadar bundan rahatsız olsa da pek bir şey dememişti. Saçlarımı tepeme topuz yaptıktan sonra tekli koltuğun üzerinde cenin pozisyonu aldım. "Biraz daha kalsam olmaz mı?"

"Olur," dedi Sıraç hevesli bir ses tonuyla.

"Olmaz," dedi Temmuz kaknem bir ses tonuyla.

"Nedenmiş o ya?" diye çemkirdim ve tekrar dudaklarımı büktüm. "Biraz daha kalayım işte."

"Nedenmiş o ya?" Sıraç da aynı benim gibi çemkirmişti. "Biraz daha kalsın işte."

"Tam karı köylü oldun sen ha!" dedi Temmuz ve başının altındaki yastığı Sıraç'a hedefledi. Hemen ardından yastığı tek hamlede Sıraç'ın kafasına geçirdi.

"Teşekkürler canım," dedi Sıraç ve yastığı Temmuz'a geri fırlattı.

"Rica ederim canım," dedi Temmuz ve yastığı havada yakalayıp kafasının altına tıkıştırdı.

"Gidiyor muyum? Gitmiyor muyum?" diye sordum dudaklarımı bükerek.

"Ne bok yerseniz yiyin, tamam mı?" dedi Temmuz sırtını bize dönüp, "Işığı kapatın!" diye de bağırdı.

Sıraç sırıttıktan sonra salonun ışığını kapattı ve yer yatağını attı. Ardından üzerindeki gömleği çıkarıp yalnızca kot pantolonu ile kaldı. Çıplak göğsü benimdi. Ah, canımın en içi, nasıl da güzeldi. Yer yatağına oturduktan sonra bana eliyle gel işareti yaptı ve göz kırptı. Ona kaçamak bir bakış attıktan sonra tekli koltuğun üzerinden indim ve yavaşça yer yatağının üzerine diz çöktüm. "Geldim," diye fısıldadım, hafif sakallı yüzünü avuçlarımın arasına aldım.

"Geldin," diye mırıldandı ve sakallı yüzünü avuçlarıma sürttü. "Ne güzel geldin..."

Dizlerimin üzerinde durmaya devam ettim, bir yandan da onun yüzünü seviyordum. "Sakallarını kesmeyecek misin?" Fısıltı şeklinde konuşuyorduk ve odayı aydınlatan tek ışık televizyonun ışığıydı.

"Kesilecek kadar uzamadı ki... Sevmediysen kesebilirim? Keseyim mi?"

"Yok." Burnumu burnuna sürttüm. "Kesme şimdilik."

"Tamam o zaman." Eli belime kaydı ve beni yavaşça kavrayıp kendine çekti. Dizlerimin üzerinde durduğum için hemen devrildim ve onun kucağında yer yatağına o sırtüstü, ben yüzüstü bir şekilde düştük.

Hemen altımda sıcacık vücuduyla boylu boyunca yatıyordu. Dahası ona tepeden bakıyordum, şu an hâkimiyet benim ellerimdeydi.

Yangın mavisi gözleri hemen altımdan bana kor alevlerini yollarken, mavi elektrik aramızdaki havayı bir anda kaplayıvermişti. Elle tutulur, gözle görülür bir elektrik.

Eli belimde dolaşırken, zonklayan kalbini sutyenimin altından bile hissedebiliyordum. Tişörtümü ve sutyenimi delip geçecek kadar kuvvetli atan bir kalbe sahipti. Öyle ki, kalbi göğsünden çıkmak ve benim göğsüme yerleşmek istiyordu. Muazzam bir ritme sahipti. İç organlarımdan, gözlerime kadar yansıyan bu içsel ve ilkel çekimin kurbanı olmak üzereydim. Hemen altımda hızla nefes alıp veren, bana dünyada eşi benzeri olmayan bir mücevhermişim gibi bakan bu adam benim düşmanımdı. Eş zamanlı olarak da âşığım.

"Çok güzelsin," diye mırıldandı, sıcak kahve kokulu nefesi, varlığını yüzüme nakşederken iç geçirdim.

"Sen de çok güzelsin."

Eli tişörtümü araladı ve belimin çıplaklığı ile buluştu. Beynimde bir anda çakmaya başlayan şimşek nevrimin dönmesine sebep olurken, kasıklarımda yükselen adrenalin kapsülleri ardı arkası kesilmeyecek bir hızla içimde patlamaya başladılar.

Eli tişörtümü yavaşça yukarı sıyırmış, belimin çıplaklığında geziniyor ve gitgide yukarı çıkıyordu. Sutyenimin kopçasına geldiğinde, parmaklarının boğumlarında atan nabzından mıdır bilinmez titredim. Kot pantolonunun demirli fermuarı kasığıma batıyordu ama bu beni zerre rahatsız etmiyordu.

"Kokun," diye mırıldandı ve parmağı kopçamı ağır bir hareketle açıp, sutyenimi iki yandan serbest bıraktı. "Dehşet verici bir güzelliğe sahip. İlâhi bir kokun var ve ona tapıyorum."

Kıkırdadım. Parmaklarım siyah saçlarına gitti, saçlarının ince kadife dokusundaki tellerini okşamaya başladım. Saçlarının dibinden bile hafif kahve kokusu alıyordum. Bu adam tamamıyla huzurdan var edilmiş gibiydi.

"Çarpılacaksın," diye hayıflandım.

"Çarpıldım zaten," dedi ve tişörtümün içinden tenimi okşamaya devam etti. Dokunuşları mutluluk kapsüllerimi patlatırken, cümleleri de eş zamanlı olarak kalp kapakçıklarıma masaj yapıyordu. "Çarptın beni Mayıs. Sana çarpıldım."

"Yemin ederim iğrençsiniz." Temmuz sırtı bize dönük bir şekilde kurduğu bu cümleye özel bir vurgu yapmıştı.

"Yeni mi anladın?" diye sordu Sıraç gözlerimin içine bakmaya devam ederken.

"Abla, yatağına git artık. Ve sen, sapık, uyu!" Temmuz'un emir dolu ses tonu, beynime çelikten bir yumruk gibi inerken yavaşça Sıraç'ın üzerinden doğruldum ve Temmuz'un sırtının bize dönük olmasını fırsat bilerek sutyenimin kopçasını geri taktım.

"Gidiyor musun?" Sıraç benimle aynı anda doğrulmuş ve tamamen onun kucağına oturmamı sağlamıştı.

"Evet."

"İbne," diye homurdandı Sıraç Temmuz'a kötü kötü bakarak.

"Sağ ol canım."

Zoraki bir şekilde Sıraç'ın kollarından kurtulduktan hemen sonra pıtı pıtı adımlarla merdivene doğru koştum ve bir adımı tırmandıktan sonra Sıraç'a doğru dönüp öpücük attım. Sıraç sırıttı, başını sol omzuna koyup bana muazzam bir bakış attı.

"İğrençsiniz," dedi Temmuz tekrardan.

Bu çocuğun sırtında gözü mü vardı?

∞

Ertesi sabah Sılay ile uyandığımızda Temmuz ve Sıraç'ı evde bulamamış, birlikte kahvaltı yapmıştık. Kahvaltı masası hâlâ ortadayken dış kapı açıldı. Önümdeki ince belli çay bardağına boş boş bakıyordum, sabahları çay içmek gibi huylarım olmadığından çayım buz gibi olmuştu. Genel olarak çayı sevmiyordum.

"Geldiler," dedi Sılay gözlerini kapıya çevirerek. Mutfağın kapısı açıldığında önce Temmuz, ardından da Sıraç içeri girdiler. Sıraç benimle neredeyse hiç göz teması kurmamış, sırtını kapıya yaslamış bomboş gözlerle kardeşine bakıyordu. Temmuz hemen karşımdaki sandalyeye oturup, "Bana da çay var mı?" diye sordu yorgun bir sesle.

"Neredeydiniz?" diye sordu Sılay bakışlarını Temmuz'a çevirip ona dik dik bakarken. Temmuz bir an duraksadı, gözleri kısaca Sılay'ı odağına aldı ve ardından hızla onu odağından çıkarıp masaya çevrildi.

"Hiç," dedi boş bir sesle. "Ağabeyinin işleri varmış Kezorella. Ben de hava aldım biraz."

Sılay bakışlarını kaçırıp parmaklarıyla oynarken, ben de Temmuz'a bir fincan çay doldurup önüne koydum. Sıraç'ın gözleri usulca bana kaydığında ona gülümsedim ama karşılığını alamadım. Bakışlarım düzleşirken, bir süre ikimiz de buz gibi gözlerle birbirimize baktık.

Bakışlarında yürüyen buzdan ayaklar, her an bana sağlam bir tekme savurup ruhumu darmadağın edecekmiş gibi bakıyordu. Omuzlarımın düştüğünü hissettim, daha dün gece nasıl baktığını hâlâ hatırlıyordum. Şimdiyse yabancı gibi bakıyordu.

Temmuz çayından bir yudum aldıktan sonra, "Bu gece gidebilir miyiz?" diye sordu düz bir sesle. "Annemi çok fazla yalnız bıraktım."

Sılay'ın bakışları yavaşça Temmuz'a kaydı, onu inceliyordu ama Temmuz ona bakmıyordu şu an. "Gidebiliriz," dedi Sılay kısık bir tonda. Temmuz ona bakmadan başını salladı, neden ona bakmıyordu anlamıyordum. Belki de Sılay'ı öptüğü için pişmanlık duyuyordu, bunu Allah bilirdi.

Sıraç kaskatı bir çeneyle, "Gitmeniz sizin için daha iyi olacak, bu şekilde ortadan kaybolmanız şüpheleri üstünüze çekiyor," dedi, gözleri hâlâ üzerimdeydi ve beni buzdan hançeriyle dürtüyordu. Her an o hançeri saplayacak, akımı ala bulayacaktı sanki.

"Annemi yalnız bırakmamalısın," dedim kısık bir sesle. "Bu doğru bir karar."

"Yine geleceğim," dedi Temmuz bana bakmadan. Çayından bir yudum aldı. "Bu ne kadar sürecek, sonu ne olacak bilmiyorum ama seni yalnız bırakmaya da niyetim yok abla."

"Ağabeyim varken ablan yalnız değil," diye fısıldadı Sılay yatıştırıcı bir sesle. "Sonunu düşünenler hiçbir boku beceremeyen insanlardır Marul."

Temmuz sessiz kaldı, gözlerini kıstı ve avucunun arasında duran fincana boş boş baktı. Ardından açık mavi bakışları yavaşça Sılay'ı odağına aldı, kısa bir zaman diliminde birbirlerine bakarlarken, Sıraç da çenesiyle salonu işaret etmişti bana. Başımı yavaşça salladım ve sessizce mutfağın çıkışına yöneldim. Sıraç'ın yanından geçerken omzum omzuna sürtmüş, bedenimi ürpertmişti ama o bunu önemsemiyor gibi kapıyı açıp, geçmeme izin verdi. Salona girdiğimizde, bakışları üzerimdeydi ve tuhaf bir suçluluk duygusu karnımın kurak topraklarını eşeliyordu.

"Şimdi söyle bakalım," dedi Sıraç salonun kapısını kapattıktan hemen sonra. Yangın mavisi gözleri alev alev yanıyordu ve her nedense bu iyiye işaret değildi.

"Neyi?" Bir adım geri atarak ondan uzaklaştım.

"Şafak'ın bu eve geldiğini neden bana söylemedin Mayıs?" Sesi ölümcül bir tınıda yükselirken, bedenimin tir tir titrediğini hissettim. Ah, hayır. Amacım kesinlikle onu kandırmak değildi, kanım damarımın içinde uğuldamaya başlamıştı bile. Sertçe yutkundum. "Ben..." diye mırıldandım ve bir adım daha geriledim. Aynı şekilde Sıraç da bir adım bana doğru yaklaştı.

"Sen, ne?" diye sordu ve tek kaşını kaldırıp kafasını hafifçe sağ omzuna doğru eğdi. Kalın perde çekik olduğu için içeriye güneş ışığı girmiyordu, şu an grimsi bir ışık süzmesinin altında, onun parlayan gözlerine bakarken korku karnımı tırmalamaya başlamıştı bile. "Sadece... Bilmiyorum, tamam mı?" Kekelemiştim, üstelik günler sonra ilk kez başlarda var olan Sıraç Karayel'i görüyordum. Beni kırmaktan ve canımı yakmaktan zerre çekinmeyen Sıraç Karayel'i.

Sıraç'ın bakışları ifadesizleşti, kaşları düz bir çizgi halini aldı. Aynı şekilde dudakları da dümdüz bir çizgi şeklinde duruyordu ve bu tehlike çanlarının gürültülü bir şekilde çaldığını duymama neden olmuştu.

"Mayıs," dedi ifadesiz bir ses tonuyla. "O adam kim? O adamın kim olduğunu unuttun mu? O adam seni vuran adam!"

"Bak..." dedim açıklama yapacakmış gibi. Fakat yapabileceğim herhangi bir açıklamam maalesef ki yoktu. Sustum. Haklıydı. Onun haklılığı damağımı yarıyor, dilimin ucuna akan kelimeleri parçalıyordu.

"Beni delirtme, cevap ver bana!" Sesi yalnızca benim duyabileceğim bir gürlükteydi ve bu gürlük tüm organlarımın eş zamanlı bir şekilde hoplamasına sebep oldu.

"Ben üzgünüm," derken sesim titremişti. Utançla başımı önüme eğdim. Hemen ardından bir çift soğuk elin boynuma dolandığını hissettim. Boğazıma sarılan ellerin sahibi, dün gece bana taptığını dillendiren adamdan başkası değildi. Çok sıkı olmasa da sıkıyordu işte. Ona bakmamı sağladı ve kesik nefesimi dışarı vererek yangın mavisi gözlere baktım. Gözlerinin içinde anlamını bilmediğim bir ton duygu akımı geçiyordu, bu korkumu bastırmayı başarmıştı. Onu kırmış mıydım? Belki de onu parçalamıştım. Zaten parçalanmış bir adamı bir de siz parçalamaya kalktığınızda kendinizi yaralıyordunuz.

"Neden?" diye sordu ve başını sağ omzunun üzerine düşürdü. "Neden bana sadık kalmıyorsun Mayıs?"

"Ben..." diye mırıldandım. Tam konuşacaktım ki, boğazımdaki parmaklar tutuşunu sertleştirdi ve biraz daha sıktı. Bakışları odaksız ve buz gibiydi. Gözlerinin içindeki yangın bile soğuktu. Soğuk alevler, gözlerinin irislerini sarmış vaziyetteydi.

"O adam senimi benden alacaktı! Duydun mu? Senimi benden alacaktı! Ben senim olmadan yaşayabilir miyim sanıyorsun!"

"Üzgünüm," dedim zoraki çıkan bir ses tonuyla. Gözlerim bulutlarını toplamış, sağanak yağışı yanaklarıma bırakmaya hazırlardı. Ruhumu delip geçen sözleri, kalbime uğrarken tüm uzuvlarımı kana buluyordu.

"Bana sadık kal," dedikten sonra biraz daha sıktı. Yangın mavisi gözler, yüzümü incelerken şu an karşımda duran adamın bir yabancı olduğunu düşünmeden edemedim. Şu an karşımda duran adam benim sevdiğim adam gibi bakmıyordu. Parçalanmış bir oğlan çocuğunun ruhuna ektiği karanlıktı bu. Karşımda duran, o ruha ekilen karanlığın gölgesiydi.

"Sana sadığım," dedim, kesik kesik çıkan sesimle. Nefes alışverişim zorlaşmaya başlamıştı.

"O gün Şafak bu eve geldi ve bunu bana söylemedin," dedi, aniden gözleri sertleşmişti. "Ulan bunu o orospu çocuğundan öğrendim ben!" Şafak iyi miydi? Nasıl iletişime geçmişlerdi ki?

"Ben... Yalnızca..."

"Bunu bana nasıl söylemezsin! Nasıl bu kadar aptal olabilirsin!"

"Sen de göründüğün kadar güçlü değilmişsin," dedim bir anda kendimi tutamayarak.

"Ne demek bu?"

"Şafak seni kolayca alt etti, eğer yetişmeseydim seni gebertecekti. Nasıl bu kadar kolay ele geçebilirsin ki?"

Haddimi aşıyordum ama o benim boğazımı sıkmıştı. Kaşlarını çattı ve bana görebileceğim en öfkeli haliyle bakmaya başladı. Ellerini saçlarından geçirdikten hemen sonra gergin çenesini oynattı. "Şafak benden daha güçlü, öyle mi?" diye sordu. Ses tonu kanımın bile ürpermesine sebep olmuştu.

"Aynen," dedim ve başımı salladım. "Demek ki öyleymiş."

"Seni öldürürüm," dedi dişlerinin arasından. Resmen tıslamıştı.

"Öldür, yap şunu," diye kafa tuttum.

"Sabrımı zorlama Mayıs." Çenesi gergindi ve sık sık kasılıyordu. Yumruk yaptığı ellerini bana vurmamak için dizginlediği kabak gibi ortadaydı.

"Umurumda değil, boğazımı sıktın. Her sinirlendiğinde boğazıma mı yapışacaksın? İğrençsin!" diye cırladım ve salonun kapısına doğru fırladım. Güçlü parmakları bileğimi yakaladıktan hemen sonra kendi etrafımda dönmeme sebep oldu ve beni kendisine doğru çekti. Burun buruna geldiğimizde bana doğru eğilmiş olduğunu fark ettim. O gerçekten uzun boylu bir adamdı ve bu bile ona karşı yumuşamama büyük bir etkendi. Sinir kokan soluğu yüzümü okşarken kaşlarımı çattım. Birbirimize dik dik bakmaya başladık. Öyle ki şu an gözlerimiz kanlı bir boks maçının baş dövüşçüleriydiler.

Hissettim. Hissetmemek imkânsızdı. Aramızdaki çekimi. Bu çekim elle tutulabilecek, gözle görülebilecek cinstendi. Ve bizi birbirimize çekiyordu. Bir anda beni itti ve sırtımın salonun kapısına çarpmasına sebep oldu. Salonun kapısına hızla çarpan sırtımdaki kemikler acıyla sarsıldı. Yaslandığım kapıda acıyla yüzümü buruşturduktan hemen sonra gözlerimi hızla açtım ve ona dik dik bakmaya devam ettim. Dudakları büyük bir açlıkla aralanıp ağzımın üzerindeki yerini aldı. Sol bacağımı beline doladıktan hemen sonra dili dudaklarımın arasında yolunu açıp, ağzımın içindeki yerini aldı. Islak ve sıcak dili ağzımın içinde hâkimiyetini kurmuşken, kalçamdaki eli ile beni kasıklarına doğru bastırıyor ve diğer eliyle de saçlarımı çekiştiriyordu. Pekâlâ, bu can acıtıcı değildi, aksine iyi hissettiriyordu ve içimdeki öfkeyi dindirmenin bir numaralı yoluydu. Parmaklarım benden bağımsız bir şekilde onun koyu renkli saçlarının arasında dolandı ve saçlarını çekiştirerek okşamaya başladım. Vücudunu benim vücuduma sürterek beni deli edip esir alırken, nefesi boğuk ve kesik kesikti. Onu hissediyordum. Bana duyduğu nefreti ve aynı zamanda o büyük aşkı.

Beni istiyordu, her şeye rağmen. Onu sinirlendirmeme, çileden çıkarmama ve acı geçmişimize rağmen. Sersemlemiştim. Bana olan ihtiyacını kasıklarımda büyüyen varlığından hissedebiliyordum. Yalnızca cinsel bir açlık değildi bu. Kalben de bana ihtiyacı vardı. O yaralı küçük bir çocuktu.

Hararetli bir öpüşmenin arasında, "Aptal," diye mırıldandı.

Kanım kasıklarımda çağlıyor, damarlarıma ulaşamıyordu. "Pislik." Nefessizdim fakat ona hakaret etmekten geri kalmıyordum.

"Seni şuracıkta beceririm, kimse duymasın diye içinden çığlık atmak zorunda kalırsın. Nefesini keserim Mayıs." Fısıltısı dudaklarıma çarparken, dili bir kez daha ağzımın içine daldı ve dişlerimin üzerinden sürtünüp dilimi yakaladı. Dili ile dilim birbirlerine sarılırken, kendini bana bastırmaya devam ediyordu.

Alnımı kırıştırdım ve dudaklarımı onun dudaklarından ayırmaya çalıştım. "Kes..." Devamını getiremedim ve dili bir kez daha ağzımın içindeki varlığını hissettirdi. Dili ağzımın içine sıvısını bırakarak geri çekildiğinde, terli alnını alnıma dayadı ve kesik kesik nefesini yüzüme bırakmaya başladı. "Bacak arandaki yerimi almak için sabırsızlanıyorum, minik aptal."

"Rüyanda..." diye mırıldandım nefessiz bir şekilde. "Rüyanda."

Alnını alnımın üzerinden çekti ve sırıttı.

"Göreceğiz."

"Evet," dedim ve başımı salladım. "Rüyanda görebilirsin."

Gözleri alayla yüzüme bakarken, terinin ıslattığı saçları darmadağın olmuştu. Parıldayan teri, siyah saçlarının tellerinde ışıldıyordu. Allah'ım! Saç tellerinin her birini tek tek öpme duygusuyla savaşıyordum.

"Bir daha benden hiçbir boku saklamayacaksın, tamam mı?"

Başımı salladım ve gözlerinin içine baktım. "Tamam."

"Güzel," dedi ve sol dudağı yukarı doğru kıvrıldı. Hemen ardından bir kez daha dudaklarıma abandı ve başımı kapıya sertçe vurmama sebep oldu. Hırsını tetikleyen arzu onu yoğururken, bedeninden bedenime sıçrayan yangını hissettim.

Yandım.

Onun için.

Bir kez daha.

18. HEDİYE

Ruhumun solgun harabesine çarpan gün ışığı, odanın kasvetini perdelerin zar şeklindeki bağlarını yırtarak içeri doldurduğu ışıkla en aza indirirken, sertçe yutkundum. Sıraç'ın dudaklarının izi dudaklarımda kalmıştı sanki. Ona sadık olmadığımı düşünmüştü, belki bir bakıma haklıydı. Ondan saklamamam gerekirdi ama ne yapacağımı bilmiyordum. Parmaklarımı dizlerimin üstüne koyup şortumun açıkta bıraktığı çıplak dizlerime dokundum. Hemen önümde duran çatlak aynanın camına boş boş bakarken, aynadaki yansımam görüntümü ikiye bölmüştü. Sadece birkaç saat önce onun dudaklarının o net baskısını dudaklarımda hissetmiş, öfkesinin tadına bakmıştım. Temmuz ve Sılay bu akşam gidiyorlardı, yine baş başa kalacaktık ve artık ne olacağını tam olarak kestiremiyordum. Odanın kapısı yavaşça açıldı, Sılay kafasını içeriye uzattı. "Girebilir miyim?"

"Tabii ki," dedim gözlerimi ona çevirerek. "Gelsene."

Sılay içeri girip hemen ayakucuma oturduğunda, "Siz az önce tartışıyor muydunuz?" diye sordu meraklı bir sesle.

"Hayır," diye yalan söyledim. "Her zamanki Sıraç işte, bir şeylere kızmış, ona söyleniyordu."

"Boynun kızarık," dedi Sılay mekanik bir sesle. "Sana zarar mı verdi?"

Yutkunamadığımı hissettim, Sıraç bana kasıtlı olarak zarar vermiyordu ama öfke kontrolü olmadığı bazen böyle ani ataklara kalkışabiliyordu. Hoş, bir tarafım hâlâ onun haklı olduğunu söylüyordu bana inatla.

"Bana zarar falan vermiyor, sadece sanırım onu haddinden fazla kızdırdım Sılay."

"Ne oldu?" diye sordu Sılay kaşlarını kaldırarak. "Ne yaptın?"

Gözlerimi kaçırdım, Sılay'a o adamla ilgili bir şeyler söylemek ne kadar doğruydu bilmiyordum ama sertçe yutkunup, "Şafak beni yaraladıktan sonra bu eve geldi," dedim bir anda. "Ve ben onun buraya geldiğini Sıraç'a söylemedim Sılay."

Sılay bir an duraksadı, gözlerini benden kaçırıp kalın perdenin çekili olduğu pencereye çevirdi ve derin bir nefes aldı. "Neden geldi buraya?" diye sordu gayet sakin bir şekilde.

"Bilmiyorum ama bana zarar vermedi. Neden geldiğini anlayamadım," dedim şakaklarımı ovarak. "Gerçekten amacım Sıraç'tan bir şey saklamak falan değildi, korkmuştum ve olayların daha da sarpa sarmasını istemedim."

"Şafak güvenebileceğin türden bir adam değil Mayıs," dedi Sılay düz bir sesle. "Onun gibi bir adam güvenin baş harfini dahi hak etmiyor."

"Biliyorum," dedim kısık bir sesle. "Onun kötü birisi olduğunu biliyorum, gerçekten."

"Onunla ilgili bilmediğin tonlarca şey var," dedi Sılay burukça gülümserken.

Bir an duraksadım. "Sana ne yaptı Sılay?" diye sordum kendimi tutamadan. Sılay'ın gözlerindeki keskin kavisli izler, geçmişinin o harelere indirdiği pençe izleriydi sanki. Sılay derin bir nefes aldı. "Sevdiğini sandığın adam sana ne yaptıysa, o da bir zamanlar aynısını bana yaptı," dedi kısık bir sesle.

"Ne?"

Sılay bağdaş kurarak oturdu, gözlerini bana değdirmemeye özen gösteriyordu. "O zamanlar onun fotoğraflarına bakardım hep, sosyal medya hesaplarından. Onu hiç görmeden, yalnızca fotoğraflarına bakarak sevmiştim ama ağabeyim onu hiç sevmezdi. Ağabeyimle hep bir rekabet içinde oldular, sebebini ben de bilmiyorum. Sonra ben bir gün dayanamadım... Onun düzenlediği bir parti vardı ve herkesten habersiz oraya gittim." Bakışları düzleşti, gözlerinde belirenler sanki o gecenin perdeye yansıması gibiydi. "Biliyor musun, tuhaf bir şekilde benimle ilgilendi. Onunla aynı masada oturdum, benimle sohbet etti, tıpkı arkadaşmışız gibi. Gözlerini üzerimden ayırmıyor, benimle ilgileniyordu. Sonra... Birazdan geleceğini söyledi ve kalkıp gitti, ben de onu beklerken lavaboya gitmem gerektiğini düşündüm, sıkışmıştım." Sılay güldü, bu ruhsuz bir tebessümdü. "Tuvalete girdiğimde gördüğüm şey... Lanet olsun ki bir kabine bile sokmamıştı kızı. Duvara yaslamıştı ve oracıkta işini hallediyordu. Her şeyi gördüm, biliyor musun? Bir adamdan ne kadar iğrenebilirsen, o kadar iğrendim. Onu çıplak görmesem de onun çıplaklaştırdığı bir bedeni gördüm. O kızın tenini, onun kızın önündeki arsızlığını. İğrençti."

Damağıma doluşan metalik kan tadını hissettim. Yaşadıklarımız hemen hemen aynıydı, hatta onunki daha kırıcı gelmişti gözüme. Gözlerimi onun üstünden alamıyordum, çakır rengindeki gözler boşluğu uzunca taradıktan sonra, "Ama Osman ağabey demişti bana," dedi kıkırdayarak. "Onun iyi bir adam olmadığını söylemiş, uyarmıştı beni."

"Osman ağabey mi?"

"Sen tanımazsın," dedi Sılay kıkırdayarak. "Onu benden başka kimse tanımaz, boş ver."

Öylece ona bakarken, hâlâ kalın perdeye bakıyordu. Elim onun eline kaydı ve elini avuçladım. "İyi misin?" diye sordum kısık bir sesle.

"İyiyim," dedi bana bakmadan. "İşin acı yanı onu gebertememişsin Mayıs. Gebermesini istiyordum sanırım." Burnunu çekti, acı acı gülümsedi.

Gözlerimi yumdum. "Evet," dedim kısık bir sesle. "İyiymiş sanırım."

"Ölmez o domuz," diye homurdandı Sılay kıkırdarken. "Aman zaten umurumda bile değil. Ayrıca şu öküzün iki de bir sana zarar vermesine izin verme, ne kadar kızarsa kızsın boynunu bu hale sokmasına gerek yoktu. Kıpkırmızısın."

Başımı sallamakla yetindim, ne yapacağımı bilmiyordum. Bunun sonu nereye gidecekti, bunu da bilmiyordum. Annem için çıktığım yolu başka bir viraja sokmuştum, çok farklı bir istikamette ilerliyordum. Ama onu seviyordum, Sıraç Karayel'e âşıktım.

"Hadi şimdi kalk, akşam gidiyoruz, hazırlanmam gerek," dedi sırıtarak. "Valizimi yerleştireceğim, almam gerekenleri küçük bir çantaya koyacağım. Valiz yine burada kalsın, oradan istediğini kullanabilirsin, biliyorsun."

Gülümsedim. "Temmuz'un senin gibi bir kızla birlikte olmasını isterdim," dedim kısık bir sesle.

Bir an kulaklarına kadar kızardı, telaşla yataktan kalkarken, "Ne alaka be!" diye cırladı panikle. "Tipim değil bir kere!"

"Öpüştünüz ama?"

"Sen ağabeyimle neler yapıyorsun, ben bir şey diyor muyum?!" diye bağırınca, tek kaşımı kaldırıp, "Ama biz sevgiliyiz?" dedim sırıtarak.

"Önceden öyle miydiniz? Sizi yatakta nasıl bastığımı da unutmadım!" Kaşlarını çatarak valizine doğru yürüdü. "Hem o öküz var ya o öküz, hayatta sevgili yapamaz senin o öküz kardeşin. Hayatı arabalar olmuş onun! Adam araba fotoğraflarına bakarken gülümsüyor resmen, az önce gazetede gördüğü arabaya sırıtarak baktı bir süre resmen!"

"Sen de araba gibi hatunsun Sılay, bence şansın var," dedim otuz iki diş sırıtarak. Sılay, valizinin fermuarının açık kalan kısmından sarkan kırmızı badiyi bir top haline getirip bana fırlatıp, "Sus be!" diye homurdandı. "Sensin araba! Kamyonetsin sen hatta!"

Sılay valizinin içinden ona lazım olanları spor bir çantanın içine doldururken, onu sinir ederek izlemiş, durmadan Temmuz'la ilgili bir şeyler söyleyerek nasıl kızardığını izlemiştim. İşimiz bittiğinde aşağı indik, Sıraç ve Temmuz salonda oturuyorlardı. Sıraç sigarasının dumanını dudaklarından bırakırken, yarattığı dumanın buğusunu aralayan yangın mavisi gözler beni buldu. Boynumdaki kızarıklığı saklamak adına Sılay'ın valizindeki kapatıcıdan sürmüştüm ama yine de pembe bir iz göründüğüne adım gibi emindim. Temmuz'un bunu fark etmemesi için bildiğim tüm duaları ederken, "Saat kaçta gidiyorsunuz siz?" diye sordu Sıraç tok bir sesle. "Şoföre söyleyeceğim, Aydın'a kadar birlikte gideceksiniz, sonra arabalar değişecek."

"Planlı programlı adamın hali farklı oluyor tabii, ablamı kaçırırken de böyle planlar kurdun mu kafanda?" diye sordu Temmuz oturduğu yerden dik dik Sıraç'a bakarken. Sıraç onu duymamış gibi sigarasından bir duman daha alıp, sağ ayağının bileğini sol bacağının dizinin üstüne yerleştirdi.

"Birkaç saate çıkarız," dedi Sılay düz bir sesle. Ağabeyinin yanındaki boşluğa oturduğunda, Temmuz'un gözleri onun üzerindeydi ama Sılay ona bakmadan kapalı televizyon ekranına kilitlendi. "Ben birkaç parça kıyafetimi aldım çantaya, valiz burada kalıyor."

"O kıyafetleri eve nasıl sokacaksın?" diye sordu Sıraç, sigaranın dumanını üflerken. "Mehmet Ali Karayel aptal değil."

"Ona bakarak sokacak değilim ağabey," diye homurdandı Sılay tip tip bakarak. "Bulurum bir çaresini ben."

Sıraç sehpanın ortasındaki kül tablasına sigarasını bastırdıktan sonra oturduğu yerden kalktı, hemen kapının önünde dikiliyor, sırtımı duvara yaslamış onları izliyordum. Kapıya yöneldiğinde, yangın mavisi gözler üzerime döküldü ve beni baştan aşağı inceledikten sonra salonun kapısını açıp dışarı çıktı. Çıkarken suratıma çarptığı kokusu ciğerlerimi aralarken, boynum ve dudaklarım sızlamıştı.

"Artist artist hareketler, pozlara bak," diye homurdandı Sıraç'ın arkasından Temmuz. Sılay bakışlarını Temmuz'a çevirdiğinde, bir an ikisi göz göze geldi ve varlığımı yok sayarcasına büyük bir dikkatle birbirlerine bakmaya başladılar.

"Ne bakıyorsun?" diye sordu Temmuz gözlerini Sılay'ın üzerinden çekmeden. Sılay, sanki ben yokmuşum gibi daha büyük bir dikkatle Temmuz'a bakarken, Temmuz'un da ondan bir farkı yoktu şu an.

"Marul," diye homurdandı Sılay bakışlarını Temmuz'dan kaçırarak.

"Kezorella," dedi Temmuz Sılay'a bakmaya devam ederken. "Bir erkeğe o kadar dikkatli bakılmaz, bunu öğretmediler mi sana?"

"Ben bir erkeğe değil, bir marula bakıyordum," dedi Sılay ona bakmadan. Dizlerinin üstüne koyduğu parmaklarıyla oynarken, boynunun kızardığını net bir şekilde görebiliyordum. Bakışlarımı kısarak ikisinin üzerinde gezdirmeye devam ettim.

"Konser günü de bir erkeğe değil, bir marula bakıyordun, öyle mi?" diye sordu Temmuz imalı bir sesle. "Sanırım marulun tadını bayağı seviyorsun." Kulaklarıma dolan basınçla dudaklarım aralanırken, Sılay'ın kaskatı kesildiğini gördüm. Hiçbir şey demeden bir süre öylece oturdu, yanaklarının zonkladığını gördüğüme yemin edebilirdim. Sonunda konuştuğunda, hâlâ kapalı ekrana bakıyordu. "Evet," dedi düz bir sesle. "Marulun tadını seviyorum sanırım."

Kıkırdadığımda ikisinin de gözleri bana kaydı ama hiçbir şey demediler. Birbirlerine bakmamak için sarf ettikleri çaba o kadar netti ki. Sırıtarak salondan çıkarken, "Siz devam edin didişmeye," dedim imalı bir sesle. "Ben mutfağa kadar gidiyorum."

Pıtı pıtı adımlarla mutfağa yürüdüğümde, Sıraç altında yalnızca siyah bir kotla, üstü çıplak mutfak penceresinin önünde sigara içiyordu. Hafif meltem içeri sızarak mutfağın beyaz tül perdesini uçuşturuyordu. Sıraç varlığımı fark ettiğinde omzunun üzerinden bana baktı. Yangın mavisi gözlerine fırçayla değdirilmiş gibi duran yeşil rengi mavinin üstünü denizdeki yosun gibi süslemişti. Sıraç'ı yok sayarak buzdolabına yöneldim, hemen onun dikildiği pencerenin karşısında olan dolabı açıp içine doğru eğildim.

"Önümde o pozisyonda duracak kadar cesursun, öyle mi?" diye sordu boğuk bir sesle. Karnım kasılırken yavaşça doğrulup omzumun üstünden ona baktım. Dudaklarının arasına aldığı sigara dikkatimi dağıtırken, kısık gözleri üstümdeydi.

"Bir şey mi dedin?" diye sordum tek kaşımı kaldırarak.

"Dikkatimi dağıtıyorlar," dedi çenesiyle kalçalarımı işaret ederek. "Çok güzeller ve iştahımı kabartıyorlar, ufaklık."

Kaşlarımı çatıp buzdolabının kapısını kapattım ve masanın önündeki sandalyeyi kendime çektim, ters çevirip bacaklarımı ikiye ayırarak oturdum. Dirseklerimi sandalyenin sırt kısmına yerleştirip dikkatli gözlerle ona bakmaya başladım. Dudaklarının arasında ilahi bir şeymiş gibi görünen sigarayı dudaklarından ayırıp, gri dumanı gözlerimin içine bakarak usulca üfledi. Gözleri kısılmış, kaşları çatılmıştı.

"Bana dokunmak mı istiyorsun?" diye sordum cüretkâr bir sesle. Bir yanım ona kırgındı, bir yanımsa onun haklılığını savunuyordu. İçsel bir savaşa girmiştim, zihnimi ve kalbimi kan götürüyordu. Yüzü kaskatı kesildi, dudakları belli belirsiz aralanırken, gözlerinde hâlâ yırtıcı bir ifade vardı. Bana öfkeliydi, bunu hissedebiliyordum.

"İstiyorum," dedi boğuk bir sesle.

"O zaman dokun?" dedim bir anda. Amacım onu kıvrandırmaktı, tek istediğim bir kez daha öfke kontrolsüzlüğü yaşayıp beni incitmemesiydi. Sıraç'ın âdem elmasının o titrek hareketi gözümü alırken, sertçe yutkunduğunu anlamıştım. Yavaşça sandalyeden kalkıp hemen önüne dikildim ve parmaklarımı kotunun kemer deliklerine yerleştirip onu kendime doğru çektim. Çıplak teni, askılı tişörtümün zorla örttüğü tenime değerken, sıcaklığı beni afallatmıştı. "Bana dokunsana Karayel," dedim kısık bir sesle.

Nefesi beraberinde benim göğsümü de havalandırırken, parmakları usulca saçlarıma kaydı ve sertçe yutkunarak gözlerimin içine baktı. "Bu bir ceza mı?" diye sordu boğuk bir sesle. "Sana kızgın olan benim, beni cezalandıran sen misin?"

Parmaklarım usulca kasıklarına çıktı, kasık tüyleri kotunun bel hizasından görünüyordu ama o kadar yumuşaklardı ki, onlara dokunmak iyi hissettirmişti. Hemen kasık tüylerinin etrafından geçen kalın damarları çok sertti, damarına dokunduğumda çarpan nabzını hissetmiştim. Sıraç'ın karnı kasıldı, baklavaları kat kat olurken, karnını tamamen içeri çekmişti. Kemiklerinin belirginleştiğini gördüm.

"Bana zarar vermenden korkmuyorum," dedim tok bir sesle. "Korktuğum şey bu hissettiklerimize zarar vermen Karayel."

Kararan gözlerle bana baktı, arzu irislerini kavramıştı. "Amacım canını yakmak değildi," dedi tok bir sesle. "O an neler düşündüm tahmin edemezsin. O orospu çocuğu telefonda benimle bildiğin dalga geçti, bunu bana söylememen beni delirtmişti Mayıs."

"Üzgünüm," dedim ona biraz daha sokulurken. "Ama beni sana sadakatsizlikle suçlama bir daha. Bu çok ağır bir itham, ben kötü bir şey yapmadım. Evet, bir yanlış yaptım ama bunu yaparken amacım kötülük değildi." Yüzünde yeşeren kirli sakala dikkatle bakarken, güzelliği içimi acıtıyordu. "Bir daha tekrarlanmasını istemiyorum, bana bağır çağır ama başlarda yaptığını yapma Karayel."

"Özür dilerim," diye fısıldadı parmaklarının arasında tuttuğu sigaranın sıcak rüzgârı tenime çarparken, ucundaki kül uzamış ve zemine dökülmüştü. Sıraç kollarını bedenime sararak beni çıplak bedenine tamamen yasladı. "Hayvanın tekiyim, biliyorum."

Burnunu burnuma sürterken benim için kafasını eğmişti. Çok uzun boyluydu, ona yetişmek zordu ama bu boy farkı bizi biz gibi gösteren farklı bir etkendi bana göre, onun boyunu seviyordum. Elektriğin teninden tenime aktığını, ruhunun gölgesinin ruhuma döküldüğünü hissettim. Derin bir nefes aldı. "Sana dokunmak istiyorum, minik şeytan," diye fısıldadı, sesindeki şehvet başımı döndürürken sertçe yutkundum.

"Ben de sana dokunmak istiyorum," diye itiraf ettim aniden. Dudaklarımdan dökülen gerçek, bir ateş topu olup onun tenine yuvarlanırken, tenimin altındaki teninin ısındığını hissetmiştim. Sigarayı tutan eli belime kaydı, sigaranın sıcak buğusunu hissediyor, önemsemiyordum. Parmaklarım karın kaslarının üstünde gezinirken, dudaklarını çeneme sürterek, "Dokun?" dedi sorarcasına. Mutfağın kapısı aniden açıldığında, bir anda birbirimizden ayrıldık. İkimizin de göğsü panik ve ânın getirdiği arzuyla hızlıca kabarıp sönerken, Sılay kaşlarını çatmış, kıstığı gözleriyle bize bakıyordu.

"Sizi yakalayan o marul kafalı da olabilirdi," diye homurdandı gözlerini kısarak. "Ne bok yediğinizin farkında mısınız siz?"

Sıraç sırıtıp sigarasından bir duman daha çekerken gözlerini kaçırdı. Yukarı sıyrılan tişörtümü çekiştirirken, bu kez Sılay'a mahcup olan ben olmuştum.

∞

"Gitmek zorunda mısınız?" diye sordum dudaklarım benim elimde olmadan bükülürken. Midemden kalbime uzanan hüzün, yarattığı sert zincirle organlarımı kamçılıyordu. Sıraç, sırtını duvara yaslamış bomboş gözlerle onu incelerken, nihayet üzerine bir tişört giymeyi akıl edebilmişti.

"Zorundayız," dedi Temmuz isteksiz bir sesle. "Emin ol, ben de seni bu herifle tek bırakmaya meraklı değilim."

Sıraç alayla kaşlarını kaldırdı ama hiçbir şey söylemedi. Şafak konusunu bu kadar kolay sineye çekmiş olamazdı, yani en azından ben öyle düşünüyordum. Sıraç ve Sılay kucaklaşırken, ben de Temmuz'la kucaklaştım. Ardından Temmuz elini Sıraç'a uzatıp, "Ablama iyi bak, öküz herif," dedi tok bir sesle. Sıraç onunla tokalaştıktan sonra, "Gözün arkada kalmasın, olgun bamya," dedi alayla. Sırıtıp ayrıldılar, Sılay da yanağımı vakumlamış, bana sıkıca sarılmıştı. Onları yolcu ettikten sonra kapanan kapı, eve çöken sessizlik gerçeği gibi yüzümüze sertçe çarpmıştı. Yalnızdık. Salona yürürken içimdeki bomboşluğun verdiği buruklık hissi büyüyor, dallarını ruhuma uzatıyordu. Neredeyse salon büyüklüğündeki boşluk hissi, birazdan ağzımdan dışarı çıkacak ve duvarlara çarparak kendini kanatacaktı.

"Şimdi," dedi Sıraç salonun kapısını sertçe kapatarak. Bakışlarım Sıraç'a kaydığında, yangın mavisi gözlerindeki alevlerin dört bir yanı sardığına şahit oldum. "Yalnızız, miniğim."

Yutkundum, alnımı kırıştırarak, "Ne?" diye sordum, sesim titremişti.

"Durma..." Üzerindeki tişörtü bir çırpıda çıkarıp yere fırlattı. "Dokun bana."

Dehşet dolu gözlerle ona bakarken, Sıraç bir anda beni duvara yaslayıp duvarla arasına aldı. Sırtım soğuk duvara temas ederken gözlerim kocaman açılmıştı. "Kaçamazsın," dedi boğuk bir sesle. "Bu kez olmaz."

"Sıraç," dedim dehşet içinde. "Ne yapıyorsun?"

Eli şortumun lastiğine kaydığında, duvar ve onun arasında kaldığım için hareket edemiyordum. Dehşet dolu gözlerle ona bakarken, Sıraç elini o noktaya bastırdı ama kumaştan dolayı onu tam olarak hissedememiştim. Kalbim, göğsümü yırtmak istercesine teklerken, "Ne yapıyorsun?" diye sordum tekrar, sesim titriyordu.

Sıraç, dudaklarını büyük bir açlıkla dudaklarıma bastırdı. Ciğerlerim onun nefesinin akımına uğrarken, bacaklarım titriyordu. Dili dudaklarımı aralayıp ağzımın içine yerleştiğinde gözlerim hâlâ açıktı. Onun yangın mavisi gözlerinin üzerine çektiği perde, uzun kirpiklerinin yanaklarına gölgeler şeklinde düşmesini sağlamıştı. Nefesim boğazımı yardı, göğsüm körüklendi. Dehşet içinde ona bakarken, eli önce penye şortun içine girdi, sonrasında da uzun parmaklarının baskısını iç çamaşırımda hissettim. Gözlerim kocaman açılırken, köşeye sıkıştırılmış bir ceylan gibi hissediyordum kendimi. Kaplan tarafından köşeye sıkıştırılmıştım, beni parçalarıma ayıracaktı. Uzun parmaklarının iç çamaşırıma yaptığı baskı, damağımın kurak bir toprak gibi çatlamasına neden olurken, Sıraç'ın dili dişlerime sürtünüyordu. Yüzümü buruşturdum, bundan hoşlanmak istemesem de karnımda tuhaf bir his belirmişti. Uzun parmaklar iç çamaşırımı araladığında, dudaklarının içine inleyerek onu itmeye çalıştım ama benden uzaklaşmadı. Uzun parmaklarını oranın yüzeyinde gezdirdi, dokunduğu yerler kasılırken gözlerimin önünde şimşekler çakmıştı şu an. Eli soğuktu, sıcaklığımın aksine. Gözlerim yavaşça kapanırken, sırtımı tamamen duvara yasladım ve çırpınmayı kestim. Dilimi yakalayıp diliyle ezeli bir mücadeleye sokarken, kalbim göğüs kafesimi yumrukluyor, kemikten parmaklıkları sarsıyordu.

"Karşılık ver," diye inledi ağzımın içine. "Sen de istiyorsun, minik şeytan."

Bel kemiğimin titremesine neden olacak bir yere parmağını sürterek o noktaya bastırdığında, gözlerimin önünde çakan şimşeklerin gürültüsü zihnime dökülmüştü. Bacaklarım titredi, yere yığılacağımı düşündüm ama Sıraç beni sıkıca kavramış, düşmeme engel olmuştu. Teninden yayılan koku o kadar netti ki, içime doluşuyordu.

"Sıraç," diye inledim dehşet içinde. "Ah... Lütfen."

Uzun parmağı usulca o noktaya baskı uyguladı, odanın loş ışığı yüzümüze gölgeler indirirken gözlerimi yavaşça araladım. Dudakları çeneme kaydı ve dişlerini çeneme sürterek çenemi boydan boya yalayıp ıslattı, ardından dudakları boynuma kaydı ve parmakları oraya baskısını sürdürdü.

"İlk sefer için..." Sıraç soluk soluğaydı. "...fazla ıslaksın."

Dudaklarını dudaklarıma sürttü, halim kalmamıştı. Bacaklarım titriyor, organlarım birbirine çarpıyordu. Zihnimde kazdığım kuyuya ittiğim kelimeler çığlık atarak kuyunun dibini boylarken, yaptığım tek şey bana uyguladığı eziyete bir son vermesini beklemekti.

"Sıraç!" dedim dehşet içinde. Bacaklarım titriyor, ayak bileklerim kırılmış gibi yamuluyordu. "Sıraç, dur. Sıraç!"

"Ah, miniğim," diye inledi kulağıma doğru. Dudaklarını tekrar boynuma sürttü. "Benim için gel Mayıs."

"Sıraç!" Bacaklarım titriyordu, artık kendimi tutamıyordum. İçimde parçalanan cam kırıkları her yeri keserek yere dökülürken, beraberinde ruhumun kanını da akıtıyordu. Dudaklarımı parçalarcasına dişledim, dehşet içinde inlerken kemiklerim un ufak ediliyordu sanki. Sıraç kasıklarını kasıklarıma sürtüp, elini ikimizin arasında sıkıştırdı ve parmağıyla orada dairesel hareketler yapmaya, küçük daireler çizmeye başladı. Bastırıyor, parmağını sürtüyordu. "Hadi güzelim," dedi dişlerinin arasından. Gözlerim sanki beynimin arkasına dönmüş gibi kasılıp dağılırken, Sıraç'ın nefes nefese kaldığını duyabiliyordum ama soyutlanmıştım şu an. "Evet!" diye hırladı. "İşte böyle, miniğim."

Gözlerimin önünde sayısız renkte havai fişek patlarken, vücudum yay gibi gerildi ve kalçalarım öne itip kendimi Sıraç'a bastırdım. Vücudum tir tir titriyor, ayaklarımın altındaki zemin kayıyordu. "Güzel," diye fısıldadı Sıraç ürpertici bir tonlamayla. Damağımda eriyen yoğun tat içime akarken, gözlerimi aralamayı başardım. "İstediğimi aldım," dedi tok bir sesle. "Bu günlerdir aldığım en muazzam hediyeydi." Parmakları o noktaya bir kez daha dokundu. "Sen benimsin." Eli o noktayı komple kapladı. "Bu da benim," diye fısıldadı Sıraç ürpertici bir tonlamayla.

19. BENİMSİN

Ne zaman kendimle baş başa kalsam, annemin saf ve hüzünlü yüzü, tebessümden uzak, özlem dolu bir şekilde gözlerimin önünde canlanıyordu. Anneme sarılabilmek için yalnızca on adım atmam gerekti fakat atamamıştım. En az annem kadar bana ihtiyacı olan bir adam daha vardı ve beni bekliyordu. Ben annem, kardeşim ve sevdiğim adam üçlemesinin arasında kalmış, savruluyordum. Rüzgâra meydan okuyan zayıf bir yelkenden farkım yoktu. O günün üstünden üç gün geçmişti, her ne kadar onun yüzüne bakmak benim için çok zor olsa da bir süre sonra bu şeye alışmıştım. Yani... Bana dokunmasına.

"Tıraş olma zamanın geldi, hacılara benzeyeceksin," dedim ona düz düz bakarak. Banyonun kapısına yaslanmış onu izliyordum. Lavabonun aynasının önüne geçmiş, sakallarını kaşıyordu. Üç aydır, belki de daha uzun zamandır onu pek sakallı görmemiştim. Genelde hep tıraş olur ve parlak bir suratla karşıma çıkardı. Sıraç banyodan çıkıp odaya geçtiğinde ben de onun arkasından gitmiştim. "Tıraş olasım var ama üşeniyorum," dedi sakallarını kaşıyarak yatağın üzerine otururken.

"Seni onlardan kurtarabilirim," diye mırıldanıp önüne dikildim ve parmaklarımı sakallarına kaydırdım. Tenime batan sakallarının bile cennetle bir alakası olduğunu düşünüyordum. "İster misin?"

Kaşlarını çattı ve anlam veremeyen bakışlarla yüzüme baktı. "Nasıl?"

"Bekle biraz." Pıtı pıtı adımlarla yatak odasından çıktım. Tekrar banyoya girdiğimde Sıraç'ın tıraş malzemelerini bulamadım ama permatik ve sabunu bulabilmiştim. Küçük bir tasa ılık su doldurduktan sonra permatiği ve sabunu da alıp banyodan çıktım. Odaya döndüğümde heyecandan nefes nefese kalmıştım. Aklımdan geçen şeyi yapabilecek miyim? Bilmiyordum. Deneyecektim.

Sıraç beni gördüğünde afallamış bir ifadeyle suratıma ve ardından da elimde tuttuğum su dolu tas, permatik ve sabuna kısa bir bakış attı. Kaşları çatıldı. Su dolu kabı komodinin üzerine bırakıp ayağımdaki patiklerden kurtuldum. Altımda siyah tayt, üzerimde ise askılı beyaz bir tişört vardı. Onunsa altında siyah bir eşofman vardı. Üzerinde bir şey yoktu.

Su dolu kabı aldıktan sonra yatağa oturdum ve dökülmemesine dikkat ederek tası da yatağa koydum. Şaşkınlık dolu yangın mavisi bakışlar büyük bir dikkatle beni izliyordu. Dizlerimin üzerine oturdum ve bana doğru yaklaşması için işaret ettim. Tam olarak yatağın ortasında duruyorduk.

"Dikkat et, suyu dökeceksin," diye uyardı Sıraç.

"Dökülmeyecek," diye mırıldandım ve permatiği paketinden çıkartıp, jileti özgür bıraktım. Permatiği bir kenara bıraktıktan hemen sonra "Yaklaş," diye mırıldandım ve bana yaklaşmasını sağladım. Bacaklarımı yan tarafından geçirdim ve o da aynı şekilde bacaklarını yanlarımdan geçirdi. Şu an çapraz bir şekilde oturuyorduk. Yüzünü hafif bir şekilde nemlendirdiğimde, gözlerindeki şaşkın bakış yerini yumuşak bir ifadeye bırakmıştı. Sabunu yavaşça yüzüne bastırdım.

"Tıraş köpüğünü bulamadın mı?" diye sordu ben onun yanaklarını sabunlarken.

"Bulamadım," diye mırıldandım ve kendimi işime verdim. Öyle ki şu an kendimi kazı çalışması yapan bir arkeolog gibi hissediyordum. "Sessiz ol."

Ağzına görünmez bir fermuar çekti ve gözlerimin içine bakmaya başladı. Pek tabii Sıraç Karayel gibi bir adam tüm dikkatiyle yüzünüze ve gözlerinize bakıyorsa, bir işi becerebilmeniz imkânsızdı. "Sıraç, bakma şöyle," diye hayıflandım ve yatağın üzerine bıraktığım havluyu alıp yakınıma bir yerlere koydum. Sabunu tasın içine bıraktım ve parmaklarımla masaj yaparak sabunu Sıraç'ın yüzüne dağıtmaya başladım.

"Çok güzelsin," diye mırıldandı delici gözler bir mucizeymişim gibi beni incelerken. Yanaklarını güzelce köpürttükten sonra onu duymazlıktan gelip elimi havluyla kuruladım ve jileti avuçladım. Sıraç'ın gözleri endişeyle irileşti. "Şey, emin misin Mayıs? Yapabilecek misin bebeğim?"

"İşime karışma," diye çemkirdim.

Sıraç ürkek bir tavırla jilete bakarken, "Mayıs, beni tek yanaklı da sevebilecek misin?" diye sordu endişeli bir sesle. Yangın mavisi bakışlar, korkulu gözlerle ona doğru yaklaşan jilete bakıyordu.

"Bilerek alacağım şimdi yanağını ha! Bir sus ya!"

İki elini havaya kaldırdı ve teslim oluyormuş gibi yaptı. "Tamam. Sakin ol bebeğim."

"Ha şöyle." Kıkırdadım ve iyice ona yaklaşıp permatiği yanağından aşağıya doğru kaydırdım. Ve evet, jiletin kaydığı kısım kaymak gibi olmuştu bile. Nefesim onun yüzünü yalarken, aynı şekilde onun nefesi de benim yüzümü yalıyordu. Ilıktı. Her zaman olduğu gibi. Ve kahve kokusu can bulmuştu ciğerlerimde. İçime doluşan huzurlu kahve kokusu bile kanıtıydı şu evrende ona benzeyen başka bir canlı daha olmadığının.

Dudaklarımız birbirlerine çok yakın bir mesafede duruyordu. Parmak uçlarımda can veren sakalları için yas tutabilecek kadar çok seviyordum onu. Önümdeki havluya dökülen sakallarının o nadide tellerini tek tek öpmek istiyordum. Bu adama doymak mümkün değildi, beynim de kalbim de hep daha fazlasını istiyordu. Sıraç Karayel fazlalığından geberip gitsem sesimi çıkarmazdım. O derece.

Gözlerinin içindeki yangını, yüzümün orta yerinde hissediyordum. Kalbime ardı arkası kesilmeyen sinyaller yollayan kokusu, şahinden daha keskin ve evren güzelliğindeki gözleri midemde büyüyen kiraz çiçeklerinin besini gibiydi. Karnımda ona ait yangın pembesi kiraz çiçekleri yetiştiriyordum.

"Becerikli kızım benim," diye mırıldandı ve dudakları tekrar dümdüz bir çizgi halini aldı. Sırıttım, alt dudağımı dişleyip işaret parmağımı burnuna koydum. Burnunu yavaşça yukarı doğru kaldırırken, eş zamanlı olarak boğazındaki sakal kırıntılarını tıraş etmeye başladım. Kafasını geri attı ve âdem elmasını net bir şekilde görmemi sağladı. Tek bir yanlışla onun şah damarını kesebilirdim, korkuyla ona baktım. "Korkma," dedi ve yutkundu. Âdem elması bir aşağı bir yukarı hareket etti, bu hücrelerimin coşkuyla ayaklanmasına sebep olmuştu. "Öleceksem senin elinden ölmeyi tercih ederim. O yüzden korkma. Beni bırakıp gitmendense şuracıkta hayatıma son vermeni tercih ederim."

Jileti fırlattım ve duvara çarpmasına neden oldum. Aynı saniyeler içinde su tası devrilmiş fakat yatağın ucunda olduğu için yatağı değil, zemini ıslatmıştı. Büyük bir gürültüyle Sıraç'ın üzerine düştüm, Sıraç da hemen altımda kalarak yatağın üzerine devrildi.

İçimden gelen derin bir duyguyla âdem elmasına yapıştım ve kendimi geri çekip, gözlerinin içine alev alev yanan gözlerimle baktım. Afallamış bir şekilde bana bakıyordu. Üzerimdeki tişörtü sıyırdığım gibi ıslak zemine fırlattım ve tekrar büyük bir hızla üzerine kapanıp âdem elmasını dudaklarımın arasına aldım.

Mevsimler ona dönüyor, yapraklar onun için dökülüyor, çiçekler onun huzurunda kuruyordu. Güneş ona doğuyor, gün ona batıyordu. Saniyeler, dakikalar, saatler, günler ve aylar bir tek onda duruyordu. Yangın mavisi gözlerinde sevdanın bin bir türlü tonu vardı. Mavinin alevlerinde kendimi gördüm ben, ben mavide alevleri gördüm. Gözlerinde parçalanan dalgaları bir tek ben görebiliyordum.

"Mayıs." Gözlerine bulanan şaşkınlık aynı süre zarfında sesine de yansımıştı. Umursamadım. Boynunun en nadide köşesine dudaklarımı bastırmaya devam ettim. Boynunun altında atan nabzı, onun varlığını simgeliyordu. Dudaklarım onun varlığını hissederken, ruhunu kucaklamak istedim. Bu adamın varlığı, nefesi, kokusu, kanı her şeyi bana ait olmalıydı. Her şeyi.

"Mayıs..." Sesi titremişti. Onu umursamadan dudaklarımı boynuna bastırmaya devam ettim. Her yutkunuşunda âdem elması hareket ediyor ve dudaklarımın üzerine pürüzlü bir his bırakıyordu. Bu adama ait olarak ölmek istiyorum.

"Sıraç..." Nefesimin boynunu gıdıklamasına izin verdim. İrkildi. Sertleşen bedeni, altımda can çekişiyor gibiydi. Yutkundum ve boynunun derininden gelen kahve kokusunu içime doldurdum. "Çok güzel kokuyorsun sevgilim," İrkildi. Bunu beklemediği her halinden belliydi.

Gözlerim yavaşça gözlerini bulduğunda, parıldayan yangın mavisi gözlerinin içindeki alevleri yüzümün ortasına püskürttü. Bakışları yakıyordu. Eğer gözleriyle ateş edebilme ihtimali olsaydı, yüzümü çoktan dağıtmış olurdu.

"Ne dedin sen?" diye sordu, sesi boğuk fakat bir o kadar da masum bir tonda yükseldi. Hem seksi hem de masum olmayı aynı anda başarabilen bir adama sahiptim. Kalbim ne olduğu belirsiz bir adama ev sahipliği yapıyordu.

"Sevgilim, dedim." Fısıltım boynuna yakın bir yere girip doğrudan içine ulaştı. "Sevgilim değil misin?"

Yutkundu. Tenim doğrudan tenine değiyordu ve tam teması engelleyen tek şey sutyenimdi. "Sevgili bizim için çok az Mayıs. Sen benim sevdiğim kadınsın, ben senin sevdiğin adamım."

"Öyle miyim?" diye mırıldandım ve kendimi ona bastırıp vücudumu tamamen vücuduna yapıştırdım. Titrek bir inilti dudaklarından döküldü. "Öylesin, yangınım."

"Sıraç." Mırıltım, yangın mavisi gözlerinin odağına girmemi sağladı.

"Seni seviyorum." Kahve kokusu çalındı burnuma. Şefkatle gülümsedi, heybetli kolları belime sarıldı ve beni kendisine bastırdı. "Sana aşığım." Söyledikleri içimi titretirken, gözlerimi yumdum ve boyun girintisine saklandım.

"Sanırım seni istiyorum Sıraç."

Duraksadı. "Oynuyorsun benimle değil mi?"

"Seni gerçekten istiyorum Sıraç." Kaşlarımı çattım ve karnının üzerine oturdum. "İnanmıyor musun?"

"İnanmıyorum," dedi net bir şekilde ve bacaklarımı tutup beni karnına bastırdı. "İnandır."

Nasıl inandıracaktım ki? "İnandırabilirim Karayel." Yutkundu. Başını salladı ve beklemeye başladı. Dudaklarımı beyaz gerdanına indirdikten hemen sonra tırnaklarımı çıplak omuzlarına geçirip küçük buseleri gerdanına dokundurmaya başladım. Kasıldı ve terlemeye başladı. Vücudundaki nemli ve bir o kadar da tuzlu tadı dudaklarımın üzerinde hissediyordum. Sıraç Karayel'in teri bile içimde tuhaf bir şeylerin kopmasına sebep oluyordu. Derin bir nefes alıp gözlerimi yumdum. Köprücük kemiğine kadar uzanıp, çıkıntılı kemiğini dişlerimin arasına alıp dişledim. "Ah!" Boğuk iniltisi cinsel dürtülerimi kabartıp hiç tanımadığım yönlerimle tanışmama sebep olurken, duraksadım ve kafamı kaldırıp ona baktım.

Kısılmış gözlerle beni izliyordu, hoşuna gittiği her halinden belliydi. Zaten siyah olan saçları, ter tabakasından dolayı daha koyu bir renge bürünmüş, loş ışıkta parıldıyordu. "Gerçekten değişik bir kızsın sen, beni ürkütüyorsun." Boğuk sesi şaşkınlığını alenen ele vermişti.

"Seni ürkütüyorum, öyle mi?" Kaşlarımı çattım ve karnına ağırlığımı bırakıp üzerine oturdum. Cevap vermedi, alt dudağımı dişlerimin arasına alıp ısırdım. Ne yapacağımı bilmiyordum, hiçbir şeyden tam anlamıyla emin değildim. Aramızdaki çekim büyüktü, o da bunun farkındaydı.

"Dudağını ısırıyorsun Mayıs." Sesi boğuktu. Uzun siyah kirpiklerinin altında saklanan yangın mavisi bakışları tıpkı bir mücevhermişim gibi beni süzerken, uzun parmaklı elini belimde gezdirdi. Çıplak belimde yol yaparak yukarı doğru çıkan eli, beynimin idrak gücünü kaybetmesine sebep oldu. Beynimin zaten bir idrak gücü olmadığının farkındayım.

"Isırmam senin için bir sorun mu teşkil ediyor?" diye sordum, biraz geri kayarak karnının üstünden adonis kasına geçiş yaptım. Adonislerinin üzerinde oturuyordum ve bu kesinlikle baş döndürücüydü.

"Hayır." Sesi esrarengiz bir tonda yükseldi. "Yalnızca ben de dudaklarını ısırmak istiyorum. Sertçe." Belimde dolaşan uzun parmaklarını etimin içine gömercesine bastırdı. Nefesim kesildi, onu etkilemesi gereken kişi benken, beni etkileyen o oluyordu. Bunun farkında mıydı?

"Dudaklarını ısırmamı istiyor musun?" Boğuk sesine yansıyan soru işaretleri beynimde yankı uyandırdı. Kesinlikle istiyordum. Yanlıştı, bunun bilincindeydim. Belki de büyük bir pişmanlık sancısıyla kıvranacaktım fakat istiyordum. Karayel ile aramızdaki çekim elle tutulabilecek kadar somuttu.

"Bilmiyorum," diye mırıldanıp gözlerimi kaçırdım. Fakat bedenim benden taraf değildi. Gayet de her şeyin bilincindeydi. "Yanlış bir şey yapmaktan korkuyorum."

Duraksadı ve şefkatle gülümsedi. "Seni zorlamayacağım bebeğim. Senin istemediğin hiçbir şey olmayacak, güven bana." Uzun parmakları bana doğru uzandı ve yüzüme düşen saç tellerimi özenle saçımın arkasına sıkıştırdı. "Doğru zamana sen karar vereceksin, o güne kadar seni zorlamayacağım. Söz veriyorum."

"İstediğimi söyledim ama?"

"Ama korkuyorsun da..." Beni kendisine bastırarak yüzüstü üzerine düşmemi sağladı. "Seni korkutmak istemiyorum. O an geldiğinde, her şey mükemmel olmalı."

Böyle düşünmesi elbette çok hoşuma gitmişti. Ama bir yandan da reddedilmiş gibi hissetmiştim. Bu biraz onur kırıcıydı. Yine de değerli olduğumu hissettirmesi kesinlikle takdire şayandı.

"Ama..." İrkildim. "İstersen bir iki pratik yapabiliriz," dedi boğuk bir sesle.

"Pratik?" diye sordum ve boyun girintisine yerleşip derin derin soludum.

"Göstereyim," dedikten hemen sonra ani bir hareketle beni aşağıya çekerken, kendisi üste geçti. "Şöyle ki..." Parmaklarını taytımın lastiklerine geçirdi. Yaprak gibi titremeye başladığımda, taytımı yavaşça sıyırıp çıkarttı. Hemen karşısında siyah iç çamaşırımla kalakalmıştım. Gözleri aşağıyı bir an olsun bulmadan yüzümü izlemeye başladı. En azından bunu küçük bir avuntu olarak görebilirdim.

"Sana neler yapacağım konusunda bir fikrin var mı?" diye sordu ve az önce tıraş ettiğim hafif sabunlu çenesini karnıma bastırdı. Kasıklarımdaki yangın büyüyüp, vücudumu ele geçirirken istemsizce yatağın çarşafını avuçladım. Kafamı hafif bir şekilde kaldırıp ona baktığımda, petrol mavisine dönmüş gözlerle bana baktığını gördüm. Ürkütücü, karanlık ve bir o kadar da çekici.

"Yok." Sesim kısık çıkmıştı.

"Güzel." Çenesini karnımda gezdirdi ve dudağını karnıma bastırdı. Kalçam benden bağımsız bir şekilde havalanırken karnımı dudaklarına ittim. "Yaramaz kız." Sesi çok esrarengizdi. Sırıttı. Aklıma zarar, fikrime hüsran olan bu adamın gözlerinde gördüğüm tek şey, şehvet ve bana duyduğu hudutsuz aşktı.

"Seni ne kadar çok istediğim konusunda hiçbir fikrin yok." Hırıltılı sesinin rüzgârı karnımı okşadı. Çenesini karnıma dayamış, alttan yüzümü izliyordu. Nefeslerim sıklaşmıştı ve gözlerimi ondan ayıramıyordum. O, çok güzeldi.

"Sana ilk gördüğüm günden beri bağımlıyım, kanıma karıştın. Uyuşturucudan daha tehlikeli bir şeysin sen." Hırıltılı sesi kasıklarımın kasılmasına sebep oldu. Vücudumun en derin, en karanlık ve en gizli yerinde kalmış olan kaslarım enfes bir şekilde kasıldı. Gözlerimi bir kez daha onun petrol mavisine kaymış olan gözlerine çevirdiğimde soluğum kesildi. Bu adam kalp durduracak kadar güzeldi.

Karnımın üzerinden kayarak üzerime doğru uzandı ve kollarını başımın iki yanından açarak yatağın üzerine koydu. Tatlı nefesinin kahve kokusuyla harmanlanmış olan iç burkucu tadı, dudaklarıma çok yakın bir yere çarpıyor ve tokat yemişim gibi hissettiriyordu. Yüzü yüzüme inanılmaz derecede yakın bir açıda duruyordu ve tutkuyla bakan petrol mavisi gözler, bedenime dökülüyordu. Biraz daha eğildi ve pembe çikolatalarını, dudaklarımın üzerine kapattı. Telaşlı ve bir o kadar da talepkâr bir şekilde bastırdığı dudakları sert bir hareketle dudaklarımı araladı ve ıslak dili ağzımın içindeki yerini aldı. Diliyle ağzımın içinde hâkimiyet kurmayı seviyordu. Pekâlâ, ben de seviyordum. Beynim sıvılaşmış, bir yolunu bulup dışarı akmak için vakit kolluyor gibiydi. Dili ağzımın içinden çıktıktan hemen sonra, dudakları çeneme, burnumun hemen altına, dudak çukuruma ve yüzümün belli başlı tüm noktalarına kuş tüyü hafifliğinde ılık öpücükler bırakmaya başladı.

Dudakları tekrar çeneme geldi ve çenemin sivriliğine dilini bastırıp, tatlı bir öpücük kondurdu. "Ah, minik şeytan." Boğuk sesi organlarımın çarpışmasına neden olmuştu. "Her santimini öpmek..." Bir öpücük daha "Ve yalamak istiyorum." Dili usulca çenemde dolaştı. Titredim. Rüzgâra durmuş bir sonbahar yaprağı gibi titriyordum. Her an koparılacak ve yere düşecekmişim gibi. Birisi üzerime basacak ve çıtırtılarım feryat şeklinde yükselince dağılacakmışım gibi.

"Tenin, o kadar güzel ki..." Nefes nefese kalmıştı. Nefes nefese kalan tek kişi o değildi. Kalbimin vücuduma büyük bir zorluk çıkardığı dakikalardan birindeydik ve altında baygınlık geçirmekten çok korkuyordum. Yatağa bastırdığı ellerinden bir tanesini saçlarıma daldırdı ve hafif hafif çekiştirmeye başladı. Saçlarımı saç diplerimden sıkıca kavradıktan sonra kendini bana bastırdı ve külotumun üzerinde varlığını hissetmemi sağladı.

"Onu hissediyor musun Mayıs?" Sesi ürkütücü ve karanlıktı. Sesindeki karanlığı içmek istedim. Nefesi dışarıya solurken, ağzımı açıp nefesini içime doldurmak istedim.

Kızaran yanaklarımı fark etmesi imkânsızdı, zira yatak odası şu an hiç olmadığı kadar loş ve esrarengiz bir görüntüye sahipti. "Hissediyorum." Sesim ağlayacak gibi çıkmıştı.

"Bebeğim, bu seni rahatsız mı ediyor?" Boğuk sesinde endişeye rastlamıştım. Hayır, sadece utançtan ölmek üzereyim.

"Rahatsız etmiyor," dedim aynı tizlikle. "Bu iyi hissettiriyor."

"Mayıs," diye mırıldandı ve bir kez daha kendisini bana bastırıp sertliği hissetmemi sağladı. "Seni benden başka kimse sevmesin, annen bile." Göğsüm sızladı. Gözlerimi kırpıştırarak suratına baktığımda, kesik kesik nefeslerini yüzüme bırakıyordu ve kendini bana bastırıyordu. Cevap vermedim ve gözlerimi yumup ellerimi ensesinde birleştirdim. "Sıraç, biz ne yapıyoruz?"

"Yalnızca hissediyoruz," diye mırıldandı ve bacaklarını bacaklarıma dolayıp kendini bir kez daha üzerime itti. "Ne hissediyorsun?"

"Nasıl ne hissediyorum?" diye sordum ve saçlarını avuçladım.

"Bunu yaptığımda," dedi ve kendini bir kez daha bana bastırıp hızlıca soluklandı. "Ne hissediyorsun?"

"Farklı." Sesim titremişti. "Ama kötü değil."

"Seni seviyorum, seni yalnızca cinsel obje olarak görmüyorum. Sakın böyle düşünme, tamam mı?" Sesi keskindi ve böyle düşünmesi beni şaşırtmıştı. Öyle şeyler aklımın ucundan dahi geçmemişti fakat o bana böyle bir açıklama yapmıştı.

"Öyle bir şey düşünmedim," dedim keskin bir ses tonuyla, ardından ona sımsıkı sarıldım.

"Lütfen, düşünme. Sen benimsin, sana zarar verecek hiçbir şey yapmam. Sana yeterince zarar verdim zaten." Burnunu boynuma sürttü ve kokumu içine doldurdu. "Kokuna tapıyorum."

Ellerini saçlarımdan çekti ve omuzlarıma doladı. Beni kendisine çekiyor, aynı şekilde kendisini de bana itiyordu. Varlığını karnımda hissediyordum, eşofmanının sürttüğü karnım birazdan alev alabilirdi. Bu ürkütücüydü fakat aynı zamanda içimde bilmediğim yerlere dokunuyordu. Tuhaf, yabancı bir arzuyla felce uğramış, tam anlamıyla esiri olmuştum.

"Mayıs..." İnledi. "Yeryüzüne bırakılmış en minik cennetsin" Kesik nefesleri yüzümü okşadı. "Günahıyla, sevabıyla tek kişinin yaşayabileceği minik bir cennet..." Kollarını tekrar yatağa bastırdı ve beni kafesledi, alnı terliydi. "Göğsüne tek kişinin sığabileceği minik bir cennet..." Yutkundu. "Ben cehennemde cayır cayır yanmayı düşünürken, minik bir cennet için ağlar oldum."

Göğsüm hızla kabardı ve nefes nefese bir şekilde dudaklarına gömüldüm. Dudakları ılıktı, en az teni kadar. Dudakları bana yeni bir hayat bağışlarken, aynı zamanda ömrüme ömür katıyordu. Sıraç Karayel ömrümü uzatıyor ve bana cennetten daha güzel bir cehennem sunuyordu. Sıraç Karayel'in olduğu bir cehennem, güzellik pınarlarının aktığı bir cennetten daha göz alıcıydı.

Kendini bastırma işini bıraktı ve o sertliğine rağmen kendisini dizginledi. "Varlığın ilaç gibi Mayıs."

Yaklaşık on dakika öylece durduk. Ardından boynumun girintisinde düzenli nefesini hissettim ve uyuduğuna kanaat getirdim. Kollarımda küçük bir çocuğu uyuttum. Sevgimle beslenmek isteyen küçük bir yetişkindi o.

∞

Merve sıkıntılı nefesini dışarı üfledi ve kahve fincanını tekrar avuçları arasına alıp boş bakışlarını sehpanın üzerinde gezdirdi. Birkaç dakikadır bu şekilde oturuyorduk. "Ya aslında sana bir şey anlatmam gerek Mayıs."

"Anlat," diye mırıldandım ve koltuğun üzerinde bağdaş kurdum. Sıraç daha iyi olduğu için duş almaya girmişti ama Merve evde olduğu için alt kata inmeyeceğinden adım gibi emindim.

"Ya şu çocuk var ya..." Anlamaz gözlerle ona baktım ve kaşlarımı çattım.

"Kim?"

"Ya şu Karayel'in arkadaşı olan... Yaralanmıştı hani?"

"Doğukan?" diye sordum ve kaşlarımı çattım.

"Her neyse işte, o buradan ev tutmuş kendine." Kahvesinden bir yudum aldı ve sıkıntılı nefesini dışarı verdi.

"Ee? Bana ne bundan?"

"Ya aslında yakışıklı çocuk."

"Ama erkeklerden hoşlanıyordu sanırım, değil mi? Karayel'den mi hoşlanıyor demiştin?" diye dalga geçtim sırıtarak.

"Öyle midir ki acaba?" diye sordu ve dudak büktü. Dökül Merve.

"Sanmıyorum. Öyle görünmüyor."

"Umarım," diye mırıldandı ve kahvesinden bir yudum daha aldı. "Eğer öyleyse bile, düzeltmek için elimden geleni yapacağım."

Kaşlarımı çattım. "Ondan hoşlanıyorsun değil mi?" İrkildi. Cevap vermek yerine yüzüme bön bön bakınca kıkırdadım. "Ondan hoşlanıyorsun."

"Ağabeyim duyarsa Doğukan'ın yaşama şansı olmayacağı için ona açılamam ve bu konu böylece kapanır. Bence ağabeyim bir an önce öğrenmeli ve onu ortadan kaldırmalı." Bir an düşündüm, haklıydı. Savaş'ın tek varlığı Merve'ydi. Kıkırdadım ve başımı salladım.

"Kesinlikle. Söyle ve Doğukan'dan kurtul."

"Şey, Mayıs..." Elinde tuttuğu fincanın etrafını inceledi ve sıkıntılı nefesini dışarı vardı.

"Yine ne var?"

"Ağabeyim," Duraksadı ve yutkundu. "Sanırım ciddi anlamda sana karşı bir şeyler hissediyor ve bunun sebebi Dolunay'a benziyor olman değil."

Kalbime tekme yemiş gibi hissettim. Savaş'a karşı dostane duygular dışında hiçbir şey hissetmiyordum. Asıl hissetseydim o zaman büyük sorun olurdu. Sıraç'ı sevdiğimden emindim, tamam bu ilk aşk deneyimimdi ve Yiğit'e karşı hissettiklerim ile Sıraç'a karşı hissettiklerim tamamen farklıydılar. Savaş'a karşı hissettiklerim ise bambaşka bir dünya. Yalnızca bir dosttu benim için. Ötesi yoktu. Olamazdı da.

"Biliyorum," diye mırıldandı Merve ve elindeki fincanı sehpaya bırakıp aynı benim gibi bağdaş kurdu. "Karayel'i seviyorsun ve ağabeyime karşı hiçbir şey hissetmiyorsun. Zaten bunu sana söyleme sebebim ağabeyime karşı bir şeyler hissetmeni istemem değil. Yalnızca... Ağabeyimi incitmeni istemiyorum. O yeterince incindi Mayıs." Gözleri kederliydi, bu ona sarılma isteğimi tetikliyordu.

"Endişelenme," Dudaklarımı ıslatıp gözlerimi tavana diktim. "Onu incitmemek için elimden gelen her şeyi yapacağım, güven bana."

"Sana zaten güveniyorum," dedi ve elini elimin üzerine koyup okşadı. "Emin ol şu dünyada ağabeyimden sonra bir tek sana güveniyorum." İçimde dolup taşan, dizginleyemediğim hissiyata karşı koyamadım ve Merve'ye sımsıkı sarıldım.

"Ayrılın güzelim." Sesin geldiği noktaya aynı anda baktığımızda, merdivenin başında duran eşofmanlı Sıraç'ı gördük. Havluyla inseydi beynine sıkardım. "Bilmem farkında mısın ama şu an Karayel'in sevdiği kadına sarılıyorsun, köstebek."

"Bilmem farkında mısın ama şu an Merve Sonyürek'in arkadaşına yürüyorsun, sürüngen," dedi Merve ve gözlerini kısıp Sıraç'a düşmancıl bir bakış attı.

"Yürümüyorum, o bana ait." Bana dönüp göz kırptı. "Dün gece olanları anlatsana köstebeğe Mayıs."

Yanaklarım alev alırken, gözlerim benden bağımsız bir şekilde irileşti. "Dün gece ne oldu?" Merve'nin sorusu üzerine gözlerim Merve'ye çevrildi. Kaşlarını çatmış bana bakıyordu ve bakışı hiç iç açıcı değildi. "Dün gece ne oldu Mayıs?"

"Anlat bebeğim." Sıraç kollarını göğsünde birleştirdi ve sırtını merdivenin yanındaki duvara dayadı. "Söyle, ne yaptık biz dün gece?"

"Sıraç, saçmalamayı keser misin?"

"Ne yaptınız?" diye cırladı Merve.

"Amacın ne senin Sıraç?" diye sorsam da Sıraç'ın yüzündeki sinsi ifade silinmemişti. "Hiçbir şey yapmadık Merve. Seni kışkırtmaya çalışıyor. Bakma sen şuna."

"Seni kandırıyor, köstebek." dedi Sıraç ve sinsi bir şekilde sırıtıp merdivenleri hızlıca indi. "Aaa, sen gidiyordun değil mi? Tamam, yavşak ağabeyine selam söyle. Hadi hoşça kal." Sıraç, Merve'nin kolunu tuttu ve kalkmasını sağladı. "Güle güle."

Merve'nin gözleri şokla açıldı ve Sıraç'ın kollarından kurtulmaya çalıştı. "Bıraksana be, gitmiyorum hiçbir yere."

"Yürü git kızım, sinir etme beni," diye hırladı Sıraç ve Merve'yi salondan çıkartmaya çalıştı. Bomboş gözlerle ikisinin atışmalarını izliyordum. Merve'ye dokunduğunda sebepsizce canım yanmıştı ama bunu söyleyebilecek cesareti kendimde bulamıyordum.

"Gitmiyorum, bana ne!"

"Terk et evimi ya, istenmiyorsun. Ne yapışık çıktın sen be!" Birbirlerini itiyorlardı ve küçük çocuklardan farkları yoktu. Her nedense kıskanıyordum ve buna engel olamıyordum.

"Gitmiyorum, burası Mayıs'ın da evi!"

"Başlatma Mayıs'ına, burası benim evim, Mayıs da bana ait."

"Mayıs ne? Senin malın mı?" Biraz daha itiştiler. Tuhaf bir his kalbimi zorluyordu, Sıraç'ın ona dokunması beni çileden çıkartmıştı.

"Mayıs benim malım değil, karım. İkile." Merve'nin ve benim gözlerim eş zamanlı olarak irileştiler. İkimizin de beklemediği bir cevaptı bu. "Söyle o ağabeyine, benim olana el uzatırsa elini kopartırım onun. Siz iyi bilirsiniz, bir şeyleri kopartma konusunda üstüme yoktur." Göz kırptı. "Elini kopartmakla da kalmayabilirim."

"Neyse!" diye çemkirdi Merve ve kolunu Sıraç'ın elinden kurtardı. "Ben gideyim."

"İyi olur, köstebekciğim ya."

"Susar mısın?" Merve gözlerini kıstı ve bana döndü. "Seninle de sonra konuşacağız."

"Hadi güzelim, ikile artık."

Merve salonu terk ederken, Sıraç'a ölümcül bakışlar atmaya devam ettim. Nasıl olur da benden başka bir kıza güzelim diyebilirdi? Damarlarımdan yükselen bu hissin adını bilmiyordum. Kıskançlık mıydı? Kesinlikle çok keskin bir histi ve nefes almama engel oluyordu.

Tam şu anda tırnaklarımı Sıraç'ın boynuna geçirmek ve o güzel teninde kalıcı hasarlar bırakmak istiyordum.

"Neden ona güzelim dedin?" Bu soru benden bağımsız bir şekilde dökülüvermişti dudaklarımdan. Ne yapıyordum ben? Derdim neydi? Nasıl bu kadar bencil davranabilirdim ki? Buna engel olamıyordum. Bu his büyüyor ve beni etkisi altına alıyordu.

Sıraç şaşkınlıkla gözlerini kırpıştırdı ve yangın mavisi bakışlarını üzerime dikti. "Kime?"

"Kime olduğunu gayet iyi biliyorsun Sıraç." Bakışlarım tehlikeliydi.

"Saçmalama, bebeğim. O basit bir köstebek," İnanamaz gibi bakıyordu. Haklıydı. Zira şu an yaptığım şeye ben de inanamıyordum. Bakışlarım değişmiş, ses tonum çatlak ve sert çıkmıştı. İçimden gelen şeylere engel olamıyordum. Bu nasıl bir dürtüydü böyle?

"O basit bir köstebek ve sen ona güzelim diyorsun, öyle mi?" Bakışlarım kısıldı ve dişlerimi birbirine sürtmeye başladım. Lütfen, bu yaptığım hiç doğru değildi. Arkadaşıma köstebek dediğim için ölmeyi hak ediyorum.

"Lafın gelişi söylemiştim," dedi Sıraç. Afalladığı her halinden belliydi. Böyle bir tepki vermemi beklemiyordu. Tamam, ben de beklemiyordum. Ama içimden gelen bu hissi bastıramıyordum. Kıskançlık dedikleri şey tam olarak bu olmalıydı. Keskin ve buruk tadı damağımda büyüyor, yakın arkadaşım olan Merve'yi boğazlama dürtümü tetikliyordu.

"Lafın gelişi öyle mi... Ben Savaş'a lafın gelişi yakışıklım desem ne yaparsın?"

Yangın mavisi gözleri sinirle parladı. Mavi lavlar koyu bir kıvamda üzerime püskürürken çenesi kasıldı. "Mayıs, abartıyorsun." Dişlerinin arasından konuşmuştu.

"Abartıyorum öyle mi?" Ayaklanıp ona doğru adımladım. Salonun ortasında dikiliyordu ve çatılmış kaşlarla bana bakıyordu.

"Abartıyorsun, Merve senin arkadaşın." Yüzlerimiz aynı hizada durdu. Gözleri bir an dudaklarıma kaydı ama hemen toparladı. "Ama Savaş benim arkadaşım değil, onun sende gözü var. Böyle örnekler vererek benim katil yanlarımı kabartma istersen."

Aramızdaki boy farkından dolayı kafamı kaldırarak baktığım Sıraç, gördüğüm kadarıyla fazlasıyla gerilmişti. "Pekâlâ, o zaman Halim'e yakışıklım diyeyim? Nasıl hissederdin?"

Çenesi daha da kasıldı. "Mayıs!"

"Ne oldu?" diye sordum ve kafamı sağ omzuma yatırıp ona aşağılayıcı bir bakış fırlattım. "Halim senin arkadaşın değil mi?"

"Onun kemiğini siktirme bana, senin amacın ne?" diye kükredi. Bana doğru eğildi ve yüzlerimizin tamamen bitişik bir şekilde durmasına sebep oldu. Gözlerinden kin dolu mavi bir lav yüzüme doğru akıyordu.

"Ona güzelim demeni istemiyorum Sıraç." Gözlerimi yangın mavisi gözlerine diktim ve kendimden emin bir duruş sergiledim. "Benden başka hiçbir dişiyi güzel görmeni istemiyorum. Sen benimsin."

Bakışları yumuşadı fakat çenesi hâlâ gergindi. Bunu nasıl söylemiştim? İnanın hiçbir fikrim yoktu. Tek bildiğim, tüm söylediklerim kalbimin derinliklerinden kopup gelmiş ve dudaklarımı aralayıp dışarıya çıkmışlardı. Onun her şeyiyle bana ait olmasını istiyordum. Tamamen bana ait.

"Sen," diye mırıldandı ve soğuk eli yanağımı kavradı. Avucunun içi ılıktı fakat parmakları avucunun tam aksine buz gibiydi. Ilık yanıyla yanaklarımı sıvazladıktan hemen sonra, "Nasıl bir şeysin? Bana ne yapıyorsun Mayıs? Kendimle çelişmeme sebep oluyorsun, kafamı karıştırıyorsun. Kalbimde barındırdığım karanlığa fener tuttun, ışığın gözlerimi alıyor."

"Sen benimsin," diye üsteledim ve yanağımdaki avucuna dudaklarımı kaydırıp öptüm. "Duydun mu Karayel?"

"Seninim," diye fısıldadı, dudakları arsızca yüzüme doğru yaklaştı. Dudaklarımı aralayıp öpmesini beklerken, dudaklarım yerine alnımı hedef aldı ve dudakları kader çarkımın üzerine nabzını kondurdu. "Ve sen de benimsin."

İnsanları yarar gözetmeksizin ya da kendinle kıyaslamaksızın sevemeyeceksin gibi gelirdi bana, her zaman.

Yiğit'i sevdiğimi düşündüğüm zamanlarda bile yalnızca kendimi düşünürdüm.

Her şey benim istediğim gibi olsun, canım hiç yanmasın, mutlu olayım ve her şey dilediğimce gerçekleşsin.

Bana göre sevmek yalnızca benim mutluluğum için gerekli bir şeydi.

Sonra ne mi oldu?

Bu adamla tanıştım.

Canımı yaktı ve ilklerimi yavaş yavaş elimden almaya başladı. Ve sonunda anladım. Hiçbir yararın olmayacağı halde, mutluluğundan feragat ederek mutlu etmek isteyeceğin insanlar olurmuş hayatında. Sıraç'ın yüzündeki ufacık bir tebessüm için kırk yıl sürecek bir mutsuzluğa bile kucak açabilecek kadar gözü kara hissediyordum kendimi. Ve biliyordum. Aynı şeyleri, aynen o da benim için hissediyordu.

Belki de daha fazlasını...

20. KARAYEL'İN KADINI

Karanlığa bürünmüştü her zerrem. Ve tuhaftır ki hiç yadırgamadı ruhum, sanki alışkın gibi. Sevdiğim adamın karanlığı ile besleniyordum, beni karanlığı ile büyütüyordu. Ve bu karanlık, tüm o aydınlıklardan daha güzeldi. Daha besleyici, daha sıcak...

Bilmediğim yolları arşınlıyordum, farkındaydım. Ama zerre umurumda değildi. O yanımda olduğu sürece her şeyi yapabilecek gücü buluyordum kendimde.

"Sorma," dedi Ümran ve ocaktaki cezveyi tutmaya devam etti. "Çok ateşlendi, doktora falan götürdük ama Melek bebekliğinden bu yana hep zayıf bir bünyeye sahipti. Bu yüzden atlatması biraz zor oldu."

Yaklaşık iki saattir Melek ve onun rahatsızlığı üzerine derin bir sohbetin içerisindeydik. Sıraç, Halim ile birlikte mahalleye çıkmıştı.

"Şimdi nasıl oldu?" diye sordum ve kalçamı mutfak tezgâhına dayayıp kollarımı göğsümün üzerinde birleştirdim. "Ciddi bir şeyi yok değil mi?"

"Yok, Allah'a şükür. Sizi çok özlemiş ama evden dışarı çıkaramadım. Kayınvalidem başında duruyor."

"Çok özledim onu," Dudaklarımı büktüm ve Melek'in güzeller güzeli yüzü gözlerimin önüne geldi. "Cimcimem benim ya!"

Ümran sırıttı, ocağın üzerindeki cezveyi indirip pişirdiği kahveyi fincanlara boşalttı.

Evet, Ümran kahve yapma konusunda pek iyi değildi. Zira âşık olduğum adamın kokusuna bile büyük bir düşmanlık beslememe sebep olacak kadar kötü bir kahve ile karşı karşıya kalmıştım. Tabii ki belli etmemeye çalıştım ve zoraki yudumlarla kahveyi içmeye başladım.

"Ee, ilişki nasıl gidiyor?" Ümran'ın bu sıcak sorusu, yanaklarımın kızarmasına sebep oldu. Geçen gece yaptıklarımız aklıma gelince, kahvenin genzimde kaldığını hissettim. O işi yapamamış olsak da ipin ucundan dönmüştüm.

"Aynı." Kekelemiştim, kahveye odaklanmaya çalıştım. Ümran kahverengi gözlerini kıstı ve bana anlamını bilmediğim bir bakış attı.

"Aynı?" Kıkırdadı. "Bana pek öyle gelmedi ama neyse..."

"Ya Ümran!" diye çıkıştım ve belli belirsiz sırıttım.

"Sana çok yüklenmiyor değil mi? Sıraç ağabey gerçekten değişik bir tiptir. Ve ilişkiniz biraz... Fazla hararetli gibi?"

"Hararetli?" diye sordum.

"Ya salağa yatma Mayıs." Ümran kıkırdadı ve sırtını sandalyenin sırt kısmına dayadı. "Basbayağı hararetli bir ilişkiniz var sizin."

"Ya hararetliden kastın ne?"

Öksürüp boğazını temizledikten hemen sonra sırıtıp parmağıyla üst katı işaret etti. "Bilirsin, bizimkiler biraz fazla... Sert?"

"Ümran..." Burnumu kırıştırdım ve al al olan yanaklarımı avuçlarımın arasına alıp saklamaya çalıştım. "Saçmalama, biz öyle bir şey yapmadık."

"Ne?" Şaşkınlıktan irileşen kahverengi gözler, inanamaz bakışlarını üzerime yağmalıyordu. "Ciddi misin sen?"

"Gayet ciddiyim, neden ciddi olmayayım ki?" diye sordum.

"Sıraç ağabey... Sana hiç dokunmadı mı yani?"

"Dokundu dokunmasına da..." Kızardım. Tamamen yanıyordum. "Ama o kadar ileriye gitmedik."

"Bakire misin?" Pattadanak sorduğu soru içimdeki utanç duygusunu besleyip koca bir çınar ağacı olmasına neden olurken, yanaklarım kızarmaktan ziyade morardı.

"Hıhı."

"O mu istemedi yoksa sen mi?" Neden bu kadar çok soru soruyorsun ki sanki? Alt dudağımı dişledim ve gözlerimi yavaşça Ümran'a çevirdim. Meraklı kahverengi gözleriyle doğrudan gözlerimin içine bakmaya başladı. Gerilmiştim.

"O istedi ama ben hazır değildim ve o da üstelemedi." Çekingen tavrım Ümran'ın da gerilmesine sebep olmuştu. Bir süre birbirimizi izledik ve sessiz kaldık.

"Bak Mayıs..." Duraksadı ve yutkundu. "O bir erkek ve her erkek gibi ihtiyaçları var. Yani demem o ki, eğer başka bir kadına gitmesini sorun etmeyeceksen, sorun yok demektir. Ama bunu sorun edeceğinden yüzde yüz eminim. Çünkü ben olsam ben de ederdim. Ondan kaçmak yerine ona yaklaşmalısın ki gözü dışarıya kaymasın."

Tedirginlik yoğun bir şekilde bedenime enjekte edilmişti. Ümran'ın haklı olduğu birçok nokta vardı fakat her şey cinsellikten ibaret değildi. Beni yalnızca bedenim için sevecek bir adamı elbette istemezdim, isteyemezdim. Pek tabii Sıraç yetişkin bir adamdı ve belirli düzeyde bir ihtiyaç listesi vardı. Bu listenin başını cinsellik çekiyordu. Bunun farkındaydım. O bir akrep erkeğiydi ve akrep erkeğinin genetiği cinsellik üzerine kuruluydu. Onu başka bir kadının içinde, başka bir kadının teninde hayal edince mideme ardı arkası kesilmeyen kramplar girmişti. Bu çok... Değişik ve mide bulandırıcı bir duyguydu. Bedenime baskı uygulayan bu hissin, kıskançlıktan ziyade öfke olduğunu fark ettim. Ümran büyük bir şaşkınlıkla yüzümü izlerken ellerimi yumruk yapmış, sıkıyor olduğumu fark ettim. Gözlerim tekrar Ümran'ı bulduğunda, parmaklarımı gevşettim ve yumruğumu serbest bıraktım.

"Ne yapmam gerekiyor?" Kendimden emin bir şekilde sormuştum. Onu başka bir kadın ile bütün olmuş bir şekilde hayal etmektense onunla bütün olacaktım.

"Ne yapman gerektiğini bana mı soruyorsun?" Kaşlarını kaldırdı ve bir süre düşündü. "Sanırım sana yardım edebilirim Mayıs."

"Lütfen yardım et."

∞

Ümran'ın paketini hiç açmadığı geceliği hemen önümde duruyordu. Daha doğrusu paketin içinde ne olduğunu tam olarak bilmiyordum. Açıp kendimi aydınlatmak istedim ama mide öz suyum durmadan ağzıma geliyor ve bu tuhaf heyecan paketi açmamı engelliyordu. İlk olarak yatak odasının çarşaflarını değiştirdim. Bembeyaz saten çarşafı yatağa geçirdikten hemen sonra banyoya koştum ve ılık bir duş aldım. Saçlarımı bolca şampuanlayıp, vücudumu sabunladıktan sonra hafiflemiş bir şekilde banyodan çıktım. Sıraç henüz gelmemişti ama çok kısa bir süre sonra evde olacağını biliyordum. Bunun için hazırlıklara kaldığım yerden devam ettim. Başlangıç olarak güzel bir akşam yemeği düşünmüş olmama rağmen, bu isteğimi gerçekleştiremeyecektim çünkü vaktim kalmamıştı.

Yatak odasındaki elbise dolabına ait olan boy aynasının karşısına geçtim ve iflah olmaz saçlarımı fırçalamaya başladım. Üzerimdeki beyaz bornoz dışında çırılçıplaktım ve hâlâ ıslaktım. Koyu renkli saçlarımın ıslaklığına aldırmadan fırçalayıp bir şekle sokmayı başardım. Nihayet paketi açma vakti geldiğinde, boğazımda atan kalbimi yok sayarak paketi parçaladım ve içinden çıkanlar yüzünden ağzım beş karış açık kaldı. Beyaz kupür dantel bir jartiyer takımı. Dizlerin üzerinde biten dantel çorap ile külotu birbirine bağlayan ipler. Ah, hayır. Ben bunu giyene kadar beş saat geçerdi ve bu kesinlikle benim tarzım olmayan bir şeydi. Ümran ne biçim şeyler giyiyordu böyle? Yanaklarıma doluşan kan, tenimi çekiştirdi.

Tamamen bembeyaz olan bu takım haddinden fazla iddialıydı. Bunun içine girip Sıraç'ın önüne çıkarsam kesinlikle hakkımda hiç de iyi olmayan şeyler düşünecekti. Bundan emindim. Ya da değildim, bilmiyordum. Kararsız gözlerle takımı incelemeye başladım. Bulmacadan farksızdı. Bunu giymek gerçekten zahmetli görünüyordu ve ben beceriksiz bir insan olarak bunu nasıl becerecektim hiçbir fikrim yoktu. Derin bir nefesi ciğerlerime doldurdum ve Sıraç'ın ihtiyaçlarını karşılamak uğruna başka bir kadınla birleştiğini hayal ettim. İşte bu bile şu takımı tek seferde üzerime geçirmem için muazzam bir sebepti. Ve yaptım da...

Tek seferde beyaz jartiyer takımı üzerime geçirebilmiştim. Hafif bronzlaşmış tenimin üzerinde parıldayan, ilahlaşan bu beyaz takım kesinlikle benim bile başımı döndürmüştü. Göğüslerim jartiyerin büstiyerinden dolayı olduğundan daha dolgun görünüyordu ve neredeyse dışarıya taşmışlardı. Karnım az bir dekolteyle açık da kalıyordu ve külot tamamen emaneten üzerimde duruyordu. Varla yok arası gibiydi. Uzun beyaz çoraplar tenimi belli belirsiz ortaya sererken, bacaklarımın bu kadar uzun olduğundan habersizdim. Hafif nemli olan saçlarım kabardı ve hırçın bir görüntüyü gözler önüne serdi. Beyaz jartiyer çorabın üzerine sırıtacağını bile bile, Ümran'ın zoruyla, kırmızı rugan ve son derece yüksek platform ayakkabıları giydim. Dudaklarıma kırmızı ruju dokundurduktan hemen sonra kirpiklerime belli belirsiz maskara kondurdum. Ben ne halt yiyordum? Uzun tırnaklarım kırmızı oje ile süslüydü ve bu utancımın dozunu arttırmıştı. Şu an neye benzediğimin elbette farkındaydım fakat içimde büyüyen heyecan duygusunu da yok sayamıyordum. Az önce yenilediğim bembeyaz saten örtü ile süslü olan yatağa oturdum ve seksi bir duruş çalışmasına başladım. Bacak bacak üstüne atıp dik bir şekilde oturmaya çalıştığımda, yatağa devrilmiş ve kendi kendime rezil olmuştum. Duvarların dili olsaydı kesinlikle, "Ne yapıyorsun sen değişik?" diye azarlayacaklardı.

Salonun kapısı açıldı. Yatak odasındaki gergin bekleyişim damağımın üzerinde eriyen çikolata tadıyla birleşti ve bir an için ölüm ile yaşam arasında bir çizgide yürüyor olduğum düşüncesine kapıldım.

"Mayıs, yatak odasında mısın?"

"Evet," diye bağırdım, hızla çarpan kalbimin üzerini elimle kapatıp kendimi dizginlemeye çalıştım.

"Aşağıya gelsene?"

"Hayır, sen yukarı gel."

Ahşap merdivenler gıcırdamaya başladığında, panik duygusu tüm bedenimi ele geçirdi ve bacak bacak üstüne atıp, yatak odasının kapısının açılmasını beklemeye başladım. Midemde yuvarlanan hisler, çarptığı yeri allak bullak ediyordu. Midem bulanıyor, beynim zonkluyordu.

Oda karanlıktı ve odayı aydınlatan tek ışık, Sıraç'ın tarafında yanan abajurun turuncu ışığıydı.

Kapının kulpu çevrildi.

"Ben gel-" Eli kapının kulpunun üzerinde, bedeninin yarısı yatak odasında, yarısı kapının dışında duruyordu. Yangın mavisi gözler yuvalarından fırlayacakmışçasına irileşirken, dudakları eş zamanlı olarak aralanmıştı.

"Hoş geldin," diye mırıldandım ve pozisyonumu bozmadan oturmaya devam ettim. "Ben de seni bekliyordum."

Cevap vermedi. Aval aval yüzüme bakıyor ve kalp çarpıntımı tetikliyordu. Aralanan dudaklarını önemsemeden sesli bir şekilde yutkundu. Boğazından geçen tükürüğünün çıkardığı ses, ikimizin bedenleriyle doldurduğu şu küçücük odada yankı uyandırmıştı.

"Gelsene," dedim ve elimle yatağın üzerine vurarak ona baktım. "Gel." Titriyordum, utançtan ölmek üzereydim ama yapmacık cesaretimin arkasına saklanmıştım.

"Ma-mayıs." Kekelemişti. Etkileyebildiğimin belli başlı bir kanıtıydı bu. Gururum okşandı ve gaza gelip alt dudağımı dişledim.

"Sıraç." Alt dudağımı serbest bırakıp başımı sol omzuma yatırdım. "Gelsene?"

Üzerinde siyah dar bir gömlek vardı, altında ise koyu lacivert bir kot pantolon. Gömleğinin ilk iki düğmesi açıktı. Pantolonun kalça kısmı onu tamamen çevrelemiş ve muhteşem bacaklarının muazzam şeklini gözler önüne sermişti. İçeriye doğru bir adım attığında uzun parmaklarının belli belirsiz titrediğini gördüm. Onu heyecanlandırmış mıydım gerçekten?

Önüme dikildi ve bakışlarını aşağıya çevirip, bana tepeden bakmaya başladı. Yangın mavisi gözlerinin içinde bir benzin istasyonu patlamış gibi görünüyordu. Alevler derindi, keskindi ve her yeri etkisi altına alıyor gibiydi. Şaşkınlık dolu gözlerini yüzümden ayırmadan bir kez daha yutkundu ve âdem elması kavisli bir şekilde aşağı yukarı hareket etti. Baş döndürücü.

"Sen..." diye mırıldandı ve bir kez daha yutkundu. "Baş döndürücü görünüyorsun Mayıs."

"Öyle mi?" diye sordum, kırmızıya boyalı dudaklarımı bir kez daha ısırıp bana tepeden bakan bu muazzam güzellikteki adama talepkâr bakışlarımı yolladım.

"Kesinlikle." Sesi boğuktu. Göğsünün hızla inip kalktığını görebiliyordum. Beyaz tenini saklayan dar, ince fakat uzun kollu gömleğini çıkartması için ona yalvarabilirdim. Lütfen, benden başka hiç kimseye ait olma. Lütfen. "Muazzam görünüyorsun, bu cenneti görebildiğim için şükretmem gerekecek. Ve belki de birkaç adak kesmeliyim."

Tenim ürperdi. Gece ayazında kalmışım gibi titriyordum. Bir yapraktan farksızdım, kurumuş bir çiçekten veya ne bileyim... Sonbahara ait olan herhangi bir şeyden. Ellerim usulca karnına dokundu ve oradan yavaşça gömleğin ikinci bir deri gibi kapladığı göğsüne. Gözlerini bir an olsun üzerimden çekmiyordu ve bu beni kışkırtmıştı. Pekâlâ, avuçlarımın içerisindesin Sıraç.

Elini uzattı ve tutmam için talepkâr bir bakışı da beraberinde gözlerimle buluşturdu. Elini uzatırken, gözleri parlak ve hiç olmadığı kadar canlı görünmüştü, bu bile adrenalin kapsüllerimin patlamasına sebep olmuştu. Yangın mavisi gözlerin, petrol mavisi ile olan savaş şölenini büyük bir zevkle izlerken, elimi avucuna bıraktım. Beni yavaşça ayağa kaldırdı ve ayağa kalktığımda neredeyse aynı boyda olduğumuzu fark ettim. Topuklu ayakkabılar sayesinde onu daha yüksekten görebilme şerefine nail olmuştum. Bir an gözlerimin içine asırlar sürecek bir süre zarfında baktı ve beni kollarının arasına çekti. Bedenim şiddetli bir şekilde karşımdaki kas kütlesine çarparken, tenimin çıplak olan kısımlarından yüksek bir şaplak sesi yankılandı. Bedenini boydan boya bedenimde hissetmiştim. Tek engel üzerindeki gömlek ve altındaki pantolondu.

Parmaklarını ensemde dolaştırdı. Her ne kadar aynı boya gelmiş sayılsak bile, bana tepeden bakıyordu. O gerçekten uzun bir adamdı, uzun ve çekici. "Büyüleyici," diye fısıldadı. "Bu ânı çok uzun zamandır bekliyorum, bu kadar mükemmel görüneceğin aklımın ucundan dahi geçmezdi." Söyledikleri beni kışkırtmıştı. Kasıklarım alev aldı ve eş zamanlı olarak içimde büyüttüğüm kiraz çiçekleri yavruladı. Eğildi, dudakları dudaklarıma usulca değerken, titredim. Dilini kullanmıyordu, yalnızca nabzını hissetmemi sağlıyordu. Bir süre nabzını benimle paylaşmaya devam etti ve hemen ardından hızlı bir şekilde alt dudağımı ağzına alıp aç bir tavır sergileyerek emmeye başladı.

Ağzını ağzımdan ayırmadan, "Çok güzelsin," diye mırıldandı. Elinin uzun ve konforlu parmakları belimde can buldu. "Seninle sevişmeme izin ver," Dudaklarıma baskı uygularken konuşması, havai fişeğimin ucunun alev almasına neden olmuştu. "Sana sahip olmama izin ver Mayıs."

Dudağımı dikkatle dişlerinin arasına alıp çekti. Canım yanmıştı ama bu tatlı bir sızıdan başka hiçbir şey değildi. Tatlı sızının verdiği utangaç naz hissi ile hafifçe inledim. Gülümsedi, gülümsemesi kâinatı kıskandıracak cinstendi.

"İzin veriyor musun?" diye sordu ve burnunu burnuma sürtüp, alev almış gözleriyle gözlerimin içine baktı. Gözlerinin haresinde baş harfimi görüyordum.

"Evet," diye fısıldadım, çünkü amacım buydu. Onu sadece kendime ait hale getirmek istiyordum. Diğer tüm kadınların üzerine benzin döküp çakmağı çakabilirdim. Ona benden başka hiçbir dişi dokunamazdı. Dokunmamalıydı. Buna katlanamazdım. Zafer dolu bir şekilde gülümsedi ve uzun parmak boğumları yavaşça kalçama inip külotun örtemediği yerleri avuçladı. Kuvvetli bir elektrik akımı bedenimden boşalıp titrememe neden olurken belli belirsiz bir tonda inledim. "Ah, Sıraç!" Sonbahar ayazında kalmış bir yaprak gibi titriyordum. Sonunda, bunca zaman sonra sevişecektik. Birbirimize yaptığımız onca şeyden sonra, şu an bu odada bu niyetle bulunmamız bile kasıklarımın yanarken eş zamanlı olarak ağrımasına neden olmuştu. Ne zaman bu durumlara gelebilmiştik ki sahi?

Kolundaki siyah kayışlı saati çıkardıktan sonra komodinin üzerine bıraktı ve gözleriyle yarı çıplak bedenimi süzdü. Bakışları ile beni elliyor, hatta hissetmemi sağlıyordu. Bu tuhaftı ama gerçekten böyle hissettiriyordu. Üzerindeki siyah, ikinci derisi vazifesini gören gömleğin düğmelerine uzandığında panikle ona doğru adımladım. Topuklu ayakkabılarımın zeminde bıraktığı tok sesler odayı inletirken, bunun ciddi anlamda çok cüretkâr bir şey olduğunu fark ettim.

Şaşkınlığından bir şey kaybetmeyen o güzelim gözler kısıldı ve bir kez daha bedenimde turladı. Ojeli tırnaklarımın uzun parmaklarını Sıraç'ın düğmelerini açabilmek için Sıraç'a doğru uzattığımda, ojelerime kısaca bir göz attı. Alt dudağını dişledi. Düğmeleri ağır hareketlerle açmaya başladığımda damarlarımda kan değil, adrenalin pompalanıyordu.

"Sen..." Sesi boğuktu. "Çok cesursun." Alt dudağını yaladı ve beni izlemeye devam etti. Bembeyaz teni yavaş yavaş ortaya dökülmeye başladığında heyecanla soludum. Beyaz ve kahve kokulu teni beni benden alıyordu. Kesinlikle.

"Çünkü Karayel'in sevdiği kadınım." Elleri bir kez daha kalçalarımı sıktı ve hafifçe havalanmama sebep oldu. Ayaklarımı belli belirsiz bir şekilde yerden kestikten sonra beni serbest bıraktı.

Nihayet gömleğinin tüm düğmelerini çözmüş ve onu gömleğinin gereksiz ağırlığından kurtarmıştım. Gömleği zeminde tok bir ses çıkartarak yere düştü. Dudakları bir kez daha dudaklarımı bulduğunda, çıplak göğsü etime doğrudan nüfuz ediyordu. Öpüşü talepkârdı, dili ağzımın içini aralarken nefesim kesilmişti. Dili ve o muazzam dudakları, dudaklarımı kandırıyordu sanki. Çekingenliğim bedenimi terk etmiş ve dilim onun diline büyük bir aşk ile karşılık vermeye başlamıştı. Kollarını bana doladı. Heybetli kollarının içinde yuva sıcaklığı vardı. Beni bedenine bastırıp iyice sıktı. Bir eli ense kökümden saçlarıma doğru çıkıyor, diğer eli kalçalarımı avuçlayarak beni ona bastırıyordu. Hiç zorlanmadan bana bastırdığı varlığını hissedebiliyordum. Kot pantolonuna rağmen hissedebiliyordum, tüm ihtişamıyla orada duruyordu. Benim için hazırdı. Elimde olmadan ağzının içine doğru inlediğimde, dili ağzımın içinden çıktı ve çeneme doğru ilerledi. Dudakları çenemi öpücük yağmurlarına tutarken, bir yandan da tadımı almak istercesine emiyordu. Sevdiğiniz adamın çenenizi emdiğini düşünün, bu bir çeşit susturma yöntemi gibi bir şey olsa gerekti.

Bütün vücudumu yakıp yıkan asi ve dizginlenmek nedir bilmeyen duyguları gün yüzüne çıkartmış olan Karayel, büyük bir arsızlıkla beni geriye doğru itmeye başladı. Olay benim planım olmaktan çıkmıştı, olayın içine hormonlarım karışmış ve beni dönülmez bir yola doğru sürüklemeye başlamıştı. Beni geri geri ittiği için kollarından güç almak adına ellerimi kollarının üzerine koydum. Kaslarını hissettim. Gerilmiş ve inanılmaz derecede şişmiş olan kaslarını. Baş döndürücü şekilde güçlüydü ve bu dilimin damağımın kurumasına sebep olmuştu. Beni yatağa doğru ittiğinde, yatağı dizlerimin arkasında hissettim ve yatağa düşerken beraberimde onu da götürmüştüm. Saçlarına dolanan parmaklarım asice onun saç diplerini çekiştirirken acıyla inledi. "Ah!"

Yatakta usulca aşağıya kaydı ve büstiyerimin altından belli olan karnımın ipeksi dokusuna pürüzsüz çenesini dayadı. Çenesinin dokusunu karnımda hissetmek kasılmama sebep olmuştu. Baş döndürücü.

Kalçalarımı iki eliyle birden kavradı ve ölümcül güzellikteki gözlerini yüzüme sabitledi. Kafamı hafifçe kaldırmış, ilgiyle onu izliyordum. Islak dili karnımda dolaşmaya başladığında ani bir şekilde karıncalanma hissi yaşadım. Dilinin değdiği nokta kasılırken, eş zamanlı olarak kiraz çiçeği dallarını dışarıya uzatmaya çalışıyordu. Karnımda büyüyen inanılmaz baskının tek bir açıklaması vardı... O da birazdan kiraz çiçekleri dışarıya fırlayacaktı.

Dili göbeğimden kalça kemiğime kayarken, gözleri âdeta benden izin istercesine gözlerimin içine baktı. Kitlenmiştim. Hızlı ve düzensiz soluk alıp vermek dışında yapabildiğim hiçbir şey yoktu. "Devam etmeli miyim?" diye sordu esrarengiz bir ses tonuyla. Gözlerinde kaybolmuşluk vardı. Bu adam tam şu anda bedenimde kayboluyordu ve bunu bana sergilemekten zerre çekinmiyordu.

İnanılmaz uzunluktaki siyah kirpiklerinin arasından bana bakarken bir kez daha yutkundum ve başımı iki yana salladım. "Çok ileri gitme, lütfen." Sebebi utanıyor olmamdı ve zaten haramın eşiğini geçmiş ve içine dalmışken, tamamen harama bulanmak istemiyordum.

"Tadına bakmak istiyorum." Edepsiz ses tonu kulaklarıma baskı uygularken, kanın kulaklarımdan boşalacağını hissettim. Başımı iki yana salladım. Eğildi ve burnunu bacaklarımın arasındaki uç noktaya sürttü. Varlığımı örten dantelli külotun izin verdiği kadarıyla onu hissettim. "Kadınlığı papatya kokulum," diye mırıldandı ve yavaşça geri çekildi.

Pantolonunun kemerini çözerken, gözleri yatakta uzanan bedenimin üzerindeydi. Kemeri hızlı bir şekilde çekip çıkardıktan hemen sonra bir kenara fırlattı ve pantolonunun fermuarını indirip, düğmesini açtı. Ayağa kalktıktan sonra pantolonunun bacaklarından düşmesine izin verdi. Beynime kan gitmiyordu. Bacakları gün yüzüne çıktıktan hemen sonra tekrar yatağa çıktı ve bacaklarını iki yana açıp elini sol bacağıma götürdü. Dizlerinin üzerinden kalkmadan bacağımı tuttu ve sol bacağımda duran beyaz çorabın ipini külotumdan çözüp, çorabı ağır bir hareketle ayağımdan çıkarttı. Ne yaptığını net bir şekilde görebilmek adına dirseklerimin üzerinden doğruldum ve ürkek bakışlarımı onun şehvet kokan yüzünde gezdirdim. Ayaklarım çıplak kaldığında, büyük bir aşkla ayaklarımı incelemeye başladı. Kırmızı ojeli parmaklarıma şefkat dolu bir gülümseme ile bakıyordu. "Ayakların öylesine güzel ki..." Ayağımı topuğumdan kaldırdı ve omzunun üzerine koydu. Topuğum omzuna yaslanırken, eş zamanlı olarak başını omzuna yatırıp ayak bileğime bir öpücük kondurdu. Dudakları ayak bileğime değdiği anda vücudumu tanımlayamadığım bir duygu fırtınası ele geçirmişti. Varlığımın sızladığını hissettim.

Hemen ardından bacak aramdan kayarak üzerime abandı ve büstiyerden taşan göğüslerime küçük öpücükler kondurmaya başladı. İç titretici ve karanlığıma ışık tutan bu öpücükler, titremelerimin dozunu arttırmıştı. Büstiyerimi aşağıya doğru sıyırdığında göğüslerim onun görüş alanına girmişti bile. Utançla yüzümü buruşturdum ve gözlerimi yummaya çalıştım. Ama bakışlarının ne tür bir ifadeye bürüneceğini de deli gibi merak ediyordum. Alt dudağını dişledi ve göğüslerime tepeden inanılması güç bir bakış fırlattı. Göğüslerimi incelerken alt dudağını hâlâ ısırıyordu ve bakışları başımı döndürmeye yetmişti. "Çok hoş." Yutkundu. "Onlara temas ettiğim ilk günü hatırlıyorum. Nasıl olduklarını hayal edip durmuştum, vücuduma yapıştığında iri olduklarını anlamıştım ama... Bu kadar dolgun beklemiyordum. Muazzamlar Mayıs." Sesi nefes nefeseydi. Kızardım. Neden düşüncelerini bu kadar açık dillendiriyordu ki sanki?

Avuçları göğüslerimi kafesledi, kaşlarını çatıp boğuk bir iniltiyi dudaklarının arasından salıverdi. "Ah, tam avuçlarıma göre." Büstiyerin kup kısmı göğüslerimi yukarı itiyordu ve bu onun göğüslerimi daha net bir şekilde avuçlayabilmesini sağlıyordu. Göğüs uçlarıma yavaşça üfledi, nefesinin rüzgârıyla eş zamanlı olarak yay gibi gerildim. Belim benden bağımsız bir şekilde havalanmış, kalçam da ona eşlik etmişti. "Sakin ol, beni delirtiyorsun," diye fısıldadı.

Dişleri ani bir hareketle göğüs uçlarıma kapandığında, uzun parmakları diğer göğsümle ilgilenmeye başladı. Dudaklarının çevrelediği göğsüm, dişlerinin arasında sıkışan göğüs ucum ile birlikte bu tuhaf hisse dur demeye çalışıyordu. Parmaklarım saten çarşafı yakaladı, tüm gücümle çarşafı sıktım. Dudakları göğüslerimi büyük bir hasretle öpüp ağzının içinde yuvarlarken, un ufak olmuş bir şekilde dağılmaya başladım. Bedenimde büyüyen bu şeyin adı kesinlikle şehvetin ta kendisiydi. Dudakları hâlâ göğüslerime kapalıyken nefes nefese bir şekilde gözlerimin içine baktı. "İyi misin, cennetim?" Başımı salladım ve şehvetten dolan gözlerimi ondan saklamaya çalıştım. Göğüs ucuma küçük bir öpücük kondurduktan hemen sonra, "Çok duyarlısın, buna bayıldım," diye mırıldandı ve şeytani bir şekilde sırıttı. Eli belime, oradan kalçama indi ve varlığıma yakın bir yerlerde durdu. "Şimdi tüm bu çilene bir son vereceğim, tamam mı?"

Parmağı ince dantelin içine kaydı ve varlığımda yavaşça dolaştı. Gözlerini yumdu ve nefesi kesik kesik çıkmaya başladı. "Benim için ıslanmışsın Mayıs." Gözleri hâlâ kapalıydı. Boynum yanıyordu fakat kasıklarımda büyüyen şey yüzünden midir bilinmez, ona boyun eğiyordum. Karanlık bir köşeye saklanmış olan tüm kaslarım eş zamanlı olarak çalışmaya başlamışlardı. Varlığımın duyarlı noktasına avucunu yerleştirdikten sonra küçük baskılar halinde okşamaya başladı. "Ah, lütfen!" diye haykırdım, gözyaşım yanağımdan usulca aktı. Neden ağlıyordum ki? Parmağı varlığımı keşfe çıkmış, hırıltılar çıkartarak beni memnun etmeye çalışırken, sırtım bir yay edasıyla gerildi.

"Hayır, sakın gelme!" Sıraç bir anda parmaklarını geri çekti ve külotumdan çıkarttı. "Ah, hayır bebeğim..." Elini saçlarının arasından geçirdi ve yutkundu. Ani bir şekilde doğruldu ve bacak arama girip hızlı bir şekilde külotumu çekiştirerek sıyırdı. Külotu yere fırlatırken bacaklarımı iki yana ayırdı ve gözleri irileşti. "Üzgünüm minik şeytan." Sesi kesik kesikti. "Bunu gördükten sonra dayanamayacağım."

Boxerını ani bir şekilde sıyırdı ve yere düşmesini sağladı. Hayır! Onu görüyordum! Özgürlüğünü ilan eden varlığını gördüğümde, mideme yumruk yemiş gibi irkildim. Gözlerimi oradan çekmek istercesine, "Endişelenme," diye mırıldandı. "Dizlerini yukarı çek."

Dizlerimi yukarı doğru çektim ve gözlerimi yumup dudaklarımı dişledim. Korkuyordum. Fazlasıyla korkuyordum. "Şimdi birleşeceğiz, büsbütün olacağız." Sesi boğuktu. Ve varlığını varlığımın üzerinde hissettim. Sıcaklığı, sıcaklığımın üzerinde can bulurken, olduğum yerde can vermek istedim. Varlığım onu kabullenircesine, kendisine çekerken eş zamanlı olarak ellerini iki yanımdan koyup yatağa abandı ve içimi doldurdu. Sıraç'a olan aidiyet yeminimi etmiş, bacak aramda taşıdığım hazinemi ona sunmuştum. İçimde bir yerlerde tuhaf bir acı hissi duyuyordum. Rahatsız ediciydi fakat onu hissedebiliyordum. "Ahh!" diye haykırdım ve gözyaşlarımı serbest bıraktım. Gözlerim belli belirsiz aralandığında, nefes nefese gözlerimin içine baktığını gördüm. Hareket etmiyordu fakat tam olarak birleşmiştik.

Alt dudağını ısırırken hafifçe inledi. "Çok darsın." Sesi boğuktu. "İyi misin?"

Gözlerim yaşlarını yavaşça yanağıma bırakırken, irileşen harelerimi saklama gereği duymadan başımı salladım. İçimde doluluğunu hissediyordum. Gözlerini sıkıca yumdu. "Sonunda! Benimsin!" Kıpırdamadan ona bakmaya devam ettim, aynı şekilde o da hareket etmiyor yalnızca gözlerini kapatmış, ona ait oluşumu hissediyordu.

"Hareket edeceğim, hazır mısın?" diye sorduğunda sesi boğuktu, bacaklarının titrediğini hissedebiliyordum. Kendisini zor tutuyordu. Muazzam bir yavaşlıkla geri çekildi, gözlerini araladı ve dudaklarını ısırma işlemine kaldığı yerden devam etti. Kendini bir kez daha içime ittiğinde, yüksek sesli bir haykırış dudaklarımdan dökülüverdi, bu duraksamasına sebep oldu.

"Mayıs, iyi misin?"

Başımı sallamakla yetindim, gözlerimi sıkıca yumdum. Ruhum ruhuyla, tenim teniyle çarpışıyordu. Bir kez daha itti ve durdu. "Devam?" Bunu istiyordum. Acı yerini sahiplenilme duygusu ve aidiyet tutkusuna bırakmıştı. Onu çevrelemek ve tamamen bana ait olmasını sağlamak istiyordum. "Evet!" diye haykırdım ve kollarımı boynuna doladım.

Bir kez daha kendini itti ve içimde büyük bir doluluk hissi hissettim. "Devam ediyorum?" diye sordu, sesi boğuktu. Ah, bu delirtiyordu.

"Evet!" diye haykırdım ve başımı geriye atıp dudaklarımı ısırdım. Ve hareket etmeye başladı. Bu kez durmadı. Ben bu yabancı duyguya alışırken, kalçalarım onunkilerle buluşmak adına havalanıyordu. Hızını arttırdığında gözyaşlarım bir kez daha yanağımdan yol yapıp, saten kılıflı yastığa aktı. "Ahh! Sıraç!" Bir kez daha. Tüm doluluğumla. Ona aittim.

Başımı elleri arasına aldı ve içimi doldurmaya devam ederken dudaklarını dudaklarıma kapattı. Öpüşü sıcacık ve güç verici cinstendi. "Sen..." Titreyen sesi başımı döndürmüştü. "Benimsin." Hızlıca vurmaya devam etti, çıkarttığı sesler ve hırıltıları daha fazlasını istememe sebep oluyordu. Böyle hissettireceğini hiç bilmiyordum. Vücudum tir tir titrerken eş zamanlı olarak yay gibi geriliyordu. Müthiş bir ter tabakası ikimizin de vücudunu ele geçirmiş durumdaydı. Her seferinde daha hızlı çarpıyor ve bu dünyamın tepetaklak olmasına neden oluyordu. Terlerimiz birbirine karışmış durumdaydı.

Düşüncelerim darmadağınıktı, üzerimde gelgitlerini sürdüren adama âşıktım ve ona ait olmuştum. Pişmanlık duygusu şimdilik yoktu. Şimdi hissettiğim tek şey kasıklarımda ve varlığımda büyüyen doluluk hissiydi. Sıraç Karayel tarafından dolduruluyordum ve bu adama sırılsıklam âşıktım.

Nefes nefese kulağıma eğildi. "Islaklığın." Yutkundu. "Başımı döndürüyor." Saç diplerini avuçladım ve çekiştirerek kendimi ona itmeye başladım. Birbirimize uyum sağlıyorduk ve bu zevk hissi utanç duyguma prangalar vurmama sebep oluyordu. "Sıraç! Ah!" Sırıttı. Hoşuna gidiyordu ve hoşuna gitmesi benim de hoşuma gidiyordu.

"Sen bana aitsin." Bir kez daha. "Ölene dek ve öldükten sonra da..." Nefes alışverişleri hızlandı ve iniltileri odada yankı bulmaya başladı. "Ah, Mayıs! İşte benim kızım!" Başını geriye attı ve kendini bana saplamaya devam etti. "Gel, benim için hadi! Gel Mayıs!"

Sözcükleriyle çözüldüm ve tek seferde on bin parçaya bölündüm. Kasıldım. Sadece o... Sadece ben... Sadece biz... Bacaklarım kasılıyor ve dahası yoğunluğumu onun etrafına bırakıyordum. "Ah, Sıraç! Hayır!" Gözlerimin önünde şimşekler çaktı ve görüşüm bulanıklaştı. Kasıklarımdan inen yoğunluğu net bir şekilde hissediyordum ve bu ürkütücüydü.

"Mayıs!" Onun sıcaklığını hissettiğimde, göğsüm hızla inip kalkıyordu. Nefes nefese bir şekilde üzerime yığıldı. Durmadan yutkunuyor ve kuru boğazını nemlendirmeye çalışıyordu. Terisinin tuzlu tadı dudaklarıma kadar nüfuz etmişti. Uzuvlarım tutmuyordu, kemiklerim jöle kıvamındaydı. Gevşemiştim ve hiç bilmediğim duygular bedenimin içinde can bulmuştu. Sırıtmama mâni olamıyordum. Sıraç soluk soluğa kalmış nefeslerini yüzüme bırakıp, ardı arkası kesilmeyecek şekilde yutkunurken sırıtışımı izledi ve dayanamayıp tam sırıtırken dişlerimi öptü. Donup kaldım.

"Bundan böyle," dedi nefes nefese ve yutkundu. "Sen benim kadınımsın." Dudaklarını terli alnıma bastırdı. "Hiçbir kuvvet bizi ayıramaz. Karayel'in kadını."

Göğsüm gururla kabardı. Damağımda eriyen vişne aromalı şeker, kalbime ardı arkası kesilmeyen öpücükler kondurmuştu. İçimden durmadan tekrar etmeye başladım.

"Karayel'in kadını."

21. AŞK ve NEFRET

Nefes alırken boğulmak ve yerin üzerine üzerine gelmesi gibiydi. Aydınlıktan kaçıyordum. Karanlığın hakikatine ve sahiciliğine sığınmıştım. Güneşin doğduğu yer doğuysa, benim doğduğum yer bu adamın yangın mavisi gözleriydi. Boşlukta salınır gibiydi dokunuşu, sallandım dudaklarından. Dudaklarında idam edilmek istedim. Siyah saçları salıncağımdı, uzun kirpikleri oksijenim, yangın mavisi gözleri gökyüzümdü ve gülüşü... Gülüşü yatağımdı.

Ben bu adamın kollarında atmosfere hükmediyordum.

Gözlerimi araladığımda şafak henüz yeni atmıştı. Çıplak vücudumu örten tek şey terli vücuduna rağmen buram buram kahve kokan bu küçük adamdı. Dudakları aralıklı bir şekilde düzenli nefes alıp veriyor ve vücuduma âdeta bir sarmaşık edasıyla sarılmış, öylece uyuyordu. Oksijen kadar gerekliydi. Her şeyiyle. Bir süre onu izledim.

Esasen bu an hiç bitmesin istedim, zira öyle güzel uyuyordu ki. Allah, koskoca evreni onun kirpiklerinin altında sakladığı yangın mavisi gözlerine kurmuştu. Uzun, terli ve kaslı sol kolu belime dolanmış, kafası göğsümün biraz üzerinde ikamet ediyordu. Düzenli nefesleri içime huzur pompalarken, bir yandan da kasığımda sızlayan rahatsız edici duygudan kurtulmak istiyordum. Alnında damlalar halinde duran ter tabakasına dudaklarımı bastırdım ve soğumaya yüz tutmuş terini öptüm.

Müthiş bir mide kasılması ile birlikte beynime nüfuz eden gerçeklik, irkilmeme sebep oldu. Ona ait olmuştum. Boğazıma doluşan metalik kan tadını yok edebilmek uğruna sesli bir şekilde yutkunup gözlerimi yumdum. Tenimin terini paylaştığım bu doğaüstü varlığı kollarımın arasına alıp iyice sarmalarken, gözlerim benden bağımsız bir şekilde kapandı ve karanlığa gömüldüm. Sıraç Karayel'in karanlığına.

∞

Yüzüme nüfuz eden gün ışığının rahatsız edici varlığıyla gözlerimi araladığımda, irislerimin yandığını hissettim. Sıraç perdeleri sonuna kadar açmış ve gözlerimin ışık süzmesiyle dolup kör olma ihtimalimi körüklemişti. "Ya, kapa şunu," diye homurdanıp gözlerimi kısarak, gün ışığının zararlı ışınlarından korunmaya çalıştım. Zira o gözleri görebilmek için, gözlerime daha çok ihtiyacım olacaktı.

"Uyan." Sıraç'ın sesi kadife yumuşaklığındaydı ve bu gözlerimi aralayıp gün ışığını umursamadan ona bakmama sebep oldu. Yüzüme bakmıyordu fakat yüz ifadesinden anladığım kadarıyla herhangi bir şeye sinirli falan değildi.

"Günaydın." Saten çarşafın örttüğü bedenimin çıplak olduğunu fark edince, hızla saten çarşafın içine gömüldüm. Utanç duygusu boynumdan başlayarak tüm bedenimi yavaşça ele geçiriyordu.

"Gü-günaydın." Karayel kekelemişti. Sessizliği üstüme örtüp onu izlemeye başladım. Hızlı adımlarla giysi dolabından beyaz bir havlu çıkardı ve yatak odasını terk etti. Giderken hiçbir şey söylememişti. Yavaşça yataktan çıktıktan sonra elbise dolabından bir sabahlık aldım ve beklemeye başladım. O çıkmadan banyoya girmem imkânsızdı, üstelik adam yüzüme dahi bakmıyordu. Bu çok gurur kırıcı bir hareketti. Yoksa benden iğrenmiş miydi? Belki de ciddi anlamda soğumuştu? Aklımı kaçıracaktım. Yaklaşık on beş dakika sonunda Sıraç banyodan çıktı ve yatak odasına girdi. Sabahlığa sarılı bir vaziyette, yatağın üzerine oturmuş öylece ona bakıyordum.

Yine yüzüme bile bakmadan ama son derece sakin bir tavırla elbise dolabını açtı ve kendine ait olan taraftan temiz kıyafetler alıp koluna koydu. "Mayıs, banyo yap." Sesi cılızdı fakat net bir şekilde duyabilmiştim. Sırtı bana dönüktü ve su damlacıkları sırtından yol yapmış, bel kavisine doğru akıyordu.

"Peki," diye mırıldanıp pıtı pıtı adımlarla yatak odasından çıktım. Karnıma tekme yemiş gibi hissediyordum. O geceden sonra nasıl böyle davranabilirdi? Beni nasıl incittiğinin farkında mıydı? Zaten utanç içinde uyanmış olan ben, bir de onun bu saçma kaprislerini çekiyordum. Hızlı bir şekilde duş aldım ve gecenin izlerini vücudumdan sildim. Her ne kadar artık silemeyeceğim bir izle yaşayacak olsam bile. Su bedenimden akarken, tek düşündüğüm şey bu anlamsız soğukluğuydu. Ya da ben çok abartıyordum. Banyoda asılı duran bornoza sarıldıktan sonra ıslak ayaklarımın zeminde bıraktığı izlere aldırmadan yatak odasına doğru yürüdüm ve içeri girdim. İçeride yoktu. Hayal kırıklığı. Şu an hissettiğim tek duygu hayal kırıklığıydı. Onunla geçirdiğim o geceden sonra nasıl böyle umursamaz davranabiliyordu ki?

Sakince elbise dolabının içinden kıyafetlerimi çıkartırken, boğazıma doluşan tuzlu tadın gözyaşım olduğunun bilincindeydim. Siyah, üzerinde mavi baskıları olan bir tişört, onun altına ise krem renginde bir eşofman altı giydim. Islak saçlarımı fırçalama gereği dahi duymadan tepeden bir topuz yaptım ve arkamda duran yatağa omzumun üzerinden bir bakış attım. Yatak yaptığımız şeyin kalıntılarını taşıyordu ve bu yanaklarımın alev almasına sebep olmuştu. Sadece birlikteyken savaşla yüzleşebilen ikimiz, şu an iki yabancı gibiydik. Bunu abartıyor muydum? Peki neden böyle davranıyordu? Çarşaflara dokunma gücünü kendimde bulamadığım için hızla yatak odasından ayrıldım. O çarşafı yatağın üzerinden almalısın Mayıs. Bunu yapabilecek gücü ne yazık ki kendimde bulamıyordum.

Kimden: Sıraç
Hazırlan, eve geliyorum. Bir yere gideceğiz. (10.35)

Mesajını okurken ellerim heyecandan tir tir titremişti. Soğuk bir mesaj olmasına rağmen iyi hissettirmişti. Bununla avunacağıma kim inanırdı ki? Avunmuştum.

Kime: Sıraç
Tamam. (10.37)

Koşar adımlarla ahşap merdiveni tırmandım ve üzerimdekileri sıyırarak yere fırlattım. Arkamda duran yatağa dikkat etmemeye çalışarak hızlı bir şekilde mavi bebe yaka bir gömlek ile beyaz bir kot pantolon giydim. Topuz olan saçlarımı hızla saldım ve fırçaladım. Saçlarım hâlâ nemliydi. Son bir kez arkamdaki yatağa baktığımda, o çarşaftan kurtulmam gerektiğinin bilincine vardım ve hızlı bir şekilde çarşafı çekip, yatağın üzerinden aldım. Bohça gibi sardıktan hemen sonra seri bir şekilde kirli sepetinin dibini boylatıp, tekrar aşağıya indim. Kalbim ağzımda atıyordu.

∞

"Şey." Sıraç'ın sesini duymamla salonun ortasında donakalmam bir oldu. Sırtım kapıya dönük bir şekilde ayakta Sıraç'ı bekliyordum. "Ben geldim." Neden bu kadar tuhaf davranıyordu ki?

"Hoş geldin," diye kekeledim, ona doğru dönüp kısa bir bakış attım. Üzerinde kot bir gömlek, altında keten fakat onu sarıp sarmalayan siyah bir pantolon vardı. Yüzü her zaman olduğundan biraz daha farklı ve yakışıklı görünüyordu. Elmacık kemiklerinin çıkıntısı, parlak yüzü ve yangın mavisi gözleriyle karşımdaydı işte. Evrenimin en güzel adamı. Bu evrenin en güzel adamı. Benim evrenim.

"Çıkalım mı?" Gözlerini kaçırarak sorduğu bu soruya cevabım kafa sallamak olmuştu fakat bu onu göremedi. Mecburi bir şekilde cevap vermek zorunda kaldım. "Çıkalım."

Sıraç salonun kapısını açtı ve geçmem için yüzüme baktı. Sonunda yüzüme baktı. Zoraki bir şekilde gülümsedikten sonra soğuk maskemi takındım ve yanından sıyrılıp geçtim. Kahve kokusunu derinlerimde hissetmiş, yanından sıyrılıp geçerken ona sımsıkı sarılmak istemiştim. Ama yapamadım.

Arabaya kadar sessizce yürüdük, o önden adımlıyordu ve benimle konuşmamak için kasten yaptığını düşünmeme sebep oluyordu. Bu kırıcıydı. Kasıklarım hâlâ onun yüzünden sızlarken ve tamamen ona teslim olmuşken, bu yaptığı gerçekten kırılmama neden olmuştu. Beni kırmak zorunda mıydı?

Sürücü koltuğuna o, yanındaki yolcu koltuğuna da ben oturdum. Arabayı çalıştırdığında, eli yanlışlıkla elime değdi, bu güçlü bir elektriğin vücutlarımızdan geçip, titrememize neden oldu. Onun da irkildiğini net bir şekilde görebilmiştim.

"Nereye gidiyoruz?" diye sordum araba hareket etmeye başladığında. Gözlerini yoldan ayırmadan alt dudağını dişledi ve sert bir ifade çizmeye çalıştı. Biçimli, siyah ve kıskanılacak güzellikteki kaşlarından bir tanesi havaya kalktı. "Birlikte vakit geçirebileceğimiz bir yerlere?" Sorar gibi söylemişti.

Kalbim hızlandı. Daha az önce ciğerlerime ölü sinekler doluşurken, şu an sevinç çığlığı atıp tuhaf figürler sergileyerek dans etmek istiyordum.

"Peki." Alt dudağımı dişleyerek koltuğa sinip ileriyi izlemeye başladım.

"Alt dudağını dişleme." Bunu bana bakmadan söylemişti, şaşırmama neden olmuştu. Bana bakmadığı halde beni nasıl görebiliyordu?

"Neden?"

"Çünkü bu beni tahrik ediyor."

"Bunda bir sakınca görmüyorum."

Gözünü yoldan ayırmadı ama çenesi kasıldı. "Senin canını yaktım, değil mi?" Sesi derinlerinden bir yerden kopup gelmiş gibiydi.

"Canım yanmadı."

"Buna inanmıyorum Mayıs. Canını yaktım. Yeterince iyi değildim."

"Neden böyle düşünüyorsun ki?" Afallamıştım. Neden kendisini yetersiz buluyordu ki?

Çenesi kasıldı ve alt dudağını diliyle ıslatıp direksiyonu sıkıca kavradı. "Bunu sonra konuşalım, bugün seninle vakit geçirmek istiyorum."

Yumuşadım, bir pamuk şekerden farksızdım. Hafifçe sızlayan kasığım ve kırık kalbim onarılmış gibiydiler. Ne zamandan beri bu kadar kolay bir insan olmuştum? Aşk, insanı basitleştiriyor olabilir miydi? Dediğini yaptım ve sesimi kesip, gideceğimiz yeri merak etmeye devam ettim. Normal insanlar gibi vakit geçirecektik, bunu gerçekten yapabilecek miydik? İtişme, kakışma ve olaylar dışında pek bir şey yapabildiğimizi söyleyemezdim.

Bir alışveriş merkezinin önünde durduk. "Birlikte alışveriş yapmak ister misin?" Yan gözle bana baktı. Yangın mavisi gözleri bir şeyi saklıyor gibiydi.

"Fark etmez." Omuz silktim ve bakışlarımı ondan ayırıp çevredeki insanlara çevirdim. "Yapabiliriz."

"Bana istediğini söyle. Ne yapmak istiyorsun?" Arabayı park ettikten hemen sonra bana doğru döndü ve soru işareti dolu gözlerle yüzüme baktı. Yalnızca beni sevmeni istiyorum.

"Alışveriş."

"Dudaklarını büzüyorsun." Sesi dümdüzdü.

"Hayır, büzmüyorum."

"Bana ne yapmak istediğini söyle."

"Alışveriş."

"Buna inanmıyorum, yüzünden anlayabiliyorum, tamam mı?" Sesi yumuşaktı fakat meydan okuyordu.

"Yüzümden anlayabilseydin, ne istediğimi bilirdin."

"Mayıs, benden iğreniyor musun?" Kalbimden bıçaklanmışım gibi hissettim. Şu an aynı şeyleri mi düşünüyorduk gerçekten? Ondan iğrenmem mümkün bir şeymiş gibi nasıl dillendirebilirdi bunu?

İnanamaz gözlerle ona baktım ve alnımı kırıştırdım. "Ne dediğinin farkında mısın?"

"Gayet farkındayım." Ellerini saçlarının arasından geçirdi. Gömleğinin altına saklanan kaslarını kasıldı ve şişti. "Beklediğin gibi olmadı değil mi? Benden iğrendin."

"Saçmalama." Sesim yükselmişti ve ciddi anlamda şok yaşıyordum. Bana soğuk davranan oydu, bunları düşünmesi gereken bendim. "Tüm bunları nereden çıkarıyorsun Sıraç?"

"İşe yaramazın tekiyim." Elini direksiyona vurdu ve kaşlarını çattı. "Sevdiğim kadını mutlu edemiyorum."

Ah, hayır. Onu bu düşünceye iten şey neydi ki? Elimi direksiyonun üzerine vurduğu eline götürdüm ve avucum ile elinin üst tarafını okşadım. "Beni senden başka hiç kimse mutlu edemez Sıraç."

Bakışları yavaşça beni buldu, inanmak istercesine gözlerimin içine baktı. Yangın mavisi gözlerinin bana anlatmak istediği bir şey vardı fakat Sıraç'ın dudakları buna engel oluyordu. Bunu net bir şekilde görebiliyordum. O gözlerde farklı bir endişe vardı.

"Seni mutlu edebiliyor muyum?" Gözlerini bir kez kırptıktan sonra, kâinat güzellerini bir kez daha gözlerimle buluşturdu.

"Beni mutlu ediyorsun, beni çok mutlu ediyorsunş." Belli belirsiz gülümsedi. "Ama..." Gülümsemesi yüzünde soldu.

"Ama, ne?"

"Hiç."

"Mayıs, söyle." Kaşlarını çatmıştı. Güneşin dünyaya kafa tutması gibi bir şeydi. Dünyanın hiçbir şansı yoktu. Zira güneş çok parlak ve sıcaktı.

"Alışveriş yapmak istiyorum Sıraç."

Kafasını salladı ve düşünceli bir ifadeyle arabanın kapılarını açtı.

∞

Akşama kadar alışveriş merkezinde takılmıştık ve nihayet gecenin karanlığı etrafı siyah bir örtü gibi örttüğünde, alışveriş merkezinden çıkmayı başarabilmiştik. Onun tenini hissetmiş olmama rağmen ondan hâlâ utanıyordum. Tamam, kıyafet konusunda çekinmemiştim. Çünkü beni alıkoyan oydu ve onun yanında olduğum için beş parasızın tekiydim. Elbette kıyafetlerimi o almak zorundaydı.

"Eve gitmek istiyor musun?" diye sordu Sıraç ve gözlerini üzerimde gezdirdikten hemen sonra elindeki torbaları arabaya tıkıştırdı.

"Fark etmez."

"Bugün hiç kendin gibi değilsin Mayıs. Bir sorun var." Merakını sesinden okuyabiliyordum. Ama bugün farklı olan kişi ben değildim, oydu.

"Alışveriş yaptık, yemek yedik sonra tekrar alışveriş yaptık ve oyun bahçesindeki çocukları izledik. Çocukları izlerken tek kelime etmedin, alışveriş sırasında yaptığın tek şey kafanı kabinin kapısına vurmak oldu." Soluklandım ve kafamı iki yana salladım. "Yemek yerken ölü gibiydin, yaşamsal hiçbir fonksiyon göstermedin. Şimdi de bana bugün kendim gibi olmadığımı mı söylüyorsun Sıraç?"

Afalladı. "Sana kötü mü hissettiriyorum?"

"Bana kötü hissettirmiyordun," dedim ve kaşlarımı çattım. "Bugüne kadar."

"Arabaya bin," dedi ifadesiz bir şekilde.

"Bu kadar mı?" diye sordum ve ağzım aralandı.

"Arabaya bin, dedim."

"Binmiyorum."

"Bin Mayıs." Çenesi kasıldı ve bana doğru yürüyüp arabaya binmem için bileklerimden tutarak sürükledi. "Bin şu arabaya."

"Bugünü böyle hayal etmemiştim!" diye haykırdım ve arabaya bindim. Dudaklarım titriyordu. Neden bu hale gelmiştik ki sanki? Gaza bastı ve hızlı bir şekilde sürmeye başladı. Öyle hızlı kullanıyordu ki, iç organlarım eş zamanlı olarak titriyordu. "Yavaş kullan!"

"Sesini kes." Çenesi tamamen kasılmıştı ve gittikçe daha da hızlanıyordu.

"Dengesiz, piç kurusu!"

Karanlık bir deniz kenarına geldiğimizde arabayı ağır bir şekilde durdurdu ve kafasını sürücü koltuğuna yasladı. Yutkundu. Âdem elmasına bakmamak için ileriyi izlemekle yetindim. Deniz hemen karşımızda çarşaf gibi duruyor ve karanlığa ev sahipliği yapıyordu.

"Ben de," diye mırıldandı ve yutkundu. "Bugünü böyle hayal etmemiştim."

Göğsüme yumruk yemişim gibi hissettim. Alt dudağımı dişledim ve olayı idrak etmeye çalıştım. "Diğer kadınlar kadar profesyonel olmadığım için özür dilerim, sana istediğin hazzı yaşatamadığım için üzgünüm." Sesim titrek çıkmıştı. Hiç bu kadar aciz hissetmemiştim.

İki havai fişek rıhtımın üzerinden bir anda göğe fırladı. İleriyi izliyorduk. Ve körfezin üstünde kulakları sağır edecek bir gürültüyle patlayarak, denizin üzerinde renk şölenlerini yansıtarak aydınlattı. Daha sonra ardı arkası kesilmeyen havai fişekler gökyüzünde patlamaya devam etti.

"Mayıs." Ona bakmadan havai fişekleri izlemeye devam ettim. "Bu benim de ilkimdi."

Havai fişeği izleyen gözlerim dehşetle irileşti. Kalbimin üzerinde emekleyen kiraz çiçeği, büktüğü boynunu hızlı bir şekilde göğe kaldırdı ve şaşkınlıkla Sıraç'a baktı.

"Anlamadım?" Karanlık arabanın içini aydınlatan tek şey havai fişeklerin ışığıydı.

"Ben daha önce kimseyle birlikte olmamıştım." Sesi karanlıktı, gözleri yavaşça beni buldu. "Bir adam yalnızca bir kadın için yaşamalı. Allah yalnızca bir kalp yarattığı gibi, bir tane cinsel organ yaratıyor. Bu bile tek bir kişiye ait olmamız gerektiğinin kanıtı değil mi?"

Kalbimin üzerinde açan kiraz çiçeği eşsiz kokusunu içime bıraktı. İçim kirazdan ziyade, taze vişne kokusuna bulandı. Ben ilk seferim olan adamın, ilk seferi miydim?

"Sen ciddi misin?" Gözlerim kocaman olmuştu. Cidden, ciddi olması imkânsız gibi geliyordu.

"Bakirdim!" Bunu bağırarak söylemişti. "Mayıs."

"Ama sen... Öyle bir konuşuyordun ki... Sen cinsellik olmadan yapamazsın sandım."

"Birçok kez ayağıma kadar gelen fırsatları teptim. Birkaç kez kadını yataktan gönderdim. Ben cinsel dürtülerim uyandığından beri, senden başka hiçbir kadına dokunma hayali kuramadım." Yangın mavisi gözleri doğrudan gözlerimin içine bakıyordu. "Bu midemi bulandırdı." Yüzünü buruşturdu. "Başka bir kadına dokunmak... Bu iğrenç."

"Senden nefret ederken bile..." Uzun parmaklı eli yanağıma sarıldı ve avuç içiyle yanağımı okşadı. "Kendime senden başka hiç kimseye dokunmayacağım adına söz verdim."

Büyülenmiştim. Boynuna atıldım ve son kezmiş gibi sıkı sıkı sarıldım. "Ve..." diye mırıldanıp saçlarımı kokladı. "Sıraç Karayel asla sözünden dönmez."

Sabah yaraladığı yerler hiç var olmamış gibi mutlulukla çağlıyordu. Pişman değildim, bu adama aittim. Dünya üzerinde tek bir kişiye ait olabilirdin ve tek bir kişiye sahip... Ben o kişiyi bulmuştum. Ben aidiyet hissini de sahiplenme hissini de aynı adamda yaşıyordum.

"Bunu o bamya kardeşin duyarsa," diye fısıldadı ve burnunu boynuma sürttü. "Ölürsün."

Kıkırdadım. "Peki neden bu sabah öyle davrandın? Kalbim çok kırıldı." Hâlâ sarılıyorduk. Havai fişekler susmuş, etraf tekrar eski karanlığına bürünmüştü.

"Sana muhteşem bir gece yaşatmak istiyordum ve..." Duraksadı. "Bunu başaramamaktan korktum. Benden soğumandan korktum."

Yavaşça bedenimi ondan ayırıp içten bir tavırla gülümsedim. "Sen bana muhteşem bir gece yaşattın Karayel."

Gözleri sinsi bir şekilde parıldadı. "O zaman tekrar yapabiliriz demek mi oluyor bu?"

Dudaklarına doğru yaklaştım ve ılık nefesimi dudaklarına bıraktım. Kasıldı. "Rüyanda." Bozguna uğramıştı resmen.

"Rüyalarım da olmasa..." Sırıttı. Yüzü bir anda eski ciddiyetine döndü. "Senin canını çok yaktım, değil mi?"

"Hayır, salak. Şu konuyu kapat artık."

"Ondan bahsetmiyorum." Elini elimin üzerine koydu ve gözlerimin içine baktı. "Benimle geçirdiğin bunca zaman içinde olanlar..."

Sustum. Pek tabii fazlasıyla canımı yakmış ve bana bir böcekmişim gibi davranmıştı. Zaten karanlık olduğunu düşündüğüm kişiliğimi büyük bir çıkmaza sürüklemişti.

"Çok üzgünüm." Sesi kederliydi. "Sana zarar verdiğim için, sana köpek gibi âşık olmama rağmen bunu kabullenemediğim için. Çok özür dilerim ve çok üzgünüm. Zamanı geri alamam, biliyorum. Eğer alabilsem... Eğer alabilsem, seni ilk gördüğüm an aşkımı kabul eder ve seni elde edebilmek adına elimden gelen her boku yapardım."

"Benden nefret etmiyor musun artık?" Söyledikleri benliğimdeki tüm duygulara dokunmuş ve içimdeki bilinmeze ulaşmıştı.

"Mayıs." Sırıttı ve eli saçlarımın arasına kaydı. "Kaç kez söylemem gerekecek, miniğim? Nefret ede ede aşığım sana. Ve biliyorsun, aşkı büyüten nefrettir. Sana duyduğum aşkın ucu bucağı yok, minik kızım."

Yıldızların en güzeli gökyüzünde değil, tam karşımda duruyordu.

Sıraç Karayel.

22. PARÇA

"Ne olur sanki gitsek?" diye mızırdandım. Yaklaşık bir saattir Halim ve Ümran'ın zoruyla Sıraç'ı ikna etmeye çalışıyorduk. Amacımız belliydi, ortalık tamamıyla karışmadan hep birlikte denize gitmek.

"Unut bunu, bikini giyip oranı buranı sergilemene izin vereceğimi düşünüyorsan yanılıyorsun, minik şeytan." Sesi keskindi. Tekli koltuğun üzerine oturmuş bir bana bir Halim'e düşmancıl bakışlar atıyordu.

"Kimsenin olmadığı bir koy buluruz, piç. Neden zorluk çıkarıyorsun?" dedi Halim kolunu Ümran'ın boynuna dolayarak. "İstiyorlar işte."

"Bana ne! Sen erkek değil misin tirrek? Senin önünde bikiniyle işi ne?" diye kükredi. Sıraç'ın kıskanç bir yapısı olduğunun bilincindeydim ama bu kadar çok kıskanç olduğunu bilmiyordum. Gerçi beni Temmuz'dan bile kıskanmıştı orası ayrı mesele.

"Lan yavşak herif, amma uzattın. Gidelim işte," diye hayıflandı Halim.

"Mayıs denize girmeyip ve eşofmanlarıyla oturacaksa gidebiliriz." Kaşlarını çattı ve cevap bekleyen gözlerle bana baktı. "Denize girmeden oturacağına ve eşofman giyeceğine söz veriyor musun?"

"Denize kadar gideceğim ve denize girmeyeceğim, öyle mi?" Tek kaşımı kaldırıp sırtımı duvara dayadım. "Unut bunu Karayel. Gidersek denize gireceğim."

"O zaman gitmiyoruz," dedi Sıraç ve omuz silkti. "Konu kapanmıştır."

"Mağara adamı!" diye cırladım kaşlarımı çatarak. "Mağara adamı işte, ne olacak!"

"Senin de senin kadar güzel bir sevgilin olsa bırak mağara adamlığını taş devri zamanına ışınlanırdın." Sesi ciddi bir devlet meselesinden bahsediyormuş gibi çıkmıştı.

"Sen ne zamandan beri böyle karı ağızlı bir herif oldun lan?" diye sordu Halim. Sıraç bir an irkildi ve yalnız olmadığımızı fark etti.

"Gidelim, tamam." Kaşlarını çattı. "Ama benim seçtiğim şeyi giyeceksin Mayıs." Her nedense bu fikir hiç hoşuma gitmemişti.

∞

"Bu ne ya! Çocuk mayosu bu!" Yatağın üzerinde duran kırmızı, üzerinde sarı civciv olan mayoya göz attım. Her yeri kapalıydı ve gerçekten küçük bir çocuk mayosundan farksızdı.

"Ya onu giyersin ya da gitmeyiz Mayıs. Bu kadar basit." Beyaz tişörtünü üzerine geçirip göz ucuyla bana baktı. "Onu giymelisin bebeğim."

"Sıraç, bu çocuk mayosu!"

"Sen de benim minik kızımsın işte." Sırıtıp çenesiyle mayoyu işaret etti. "Hadi giy şunu, üzerinde göreyim öyle karar vereceğim."

"Yaa!"

"Yağ bakkalda, bebeğim. Sevgilin de tam olarak karşında duruyor." Tekrar sırıttı. "Hadi artık, giyin."

"Odadan çık, öyle giyineceğim." Gözlerimi üzerine diktim ve dışarı çıkmasını bekledim. Pek çıkacağa benzemiyordu.

"Mayıs, seni çıplak gördüm," dedi dümdüz bir şekilde. Bu o gecenin kırıntılarının beynimde canlanmasına sebep oldu. Boynum yanmaya başlamıştı bile.

"Sıraç, dışarı!"

Ellerini havaya kaldırdı ve kaşlarını çattı. "Tamam, sert kız."

Sıraç çıktıktan hemen sonra üzerimdekilerden kurtuldum ve çocuk mayosuna benzeyen mayoyu üzerime geçirdim. Elbise dolabının boy aynasından kendime baktığımda kesinlikle bir çocuğa benzediğimi gözümle tasdiklemiş olmuştum. Kırmızı mayo hatlarımı örterken, aynı anda küçük bir kız çocuğuna benzememe sebep olmuştu. Mayoyu giydikten hemen sonra üzerime beyaz bir tişört geçirdim ve altıma da dizimin biraz üzerinde biten siyah bir şort giydim. Saçlarımı ördükten sonra yatak odasını kısaca toparlayıp odadan çıktım.

"Mayonu görmeden evden çıkmıyoruz Mayıs." Sesi keskindi. Yangın mavisi gözlerini üzerime dikmiş beni süzüyor ve ürpermeme sebep oluyordu.

"Görmene gerek yok, emin ol tam istediğin gibi."

"İstediğim şeyin ne olduğunu nereden biliyorsun ki?" Kaşları biraz daha çatıldı.

"Amacın beni rezil etmek değil miydi? Emin ol rezil olacağım." Onu yok sayarak salonun kapısına yürüdüm, kapının kulpunu çevirip omzumun üzerinden yangın mavime baktım. "Gidiyor muyuz?"

"Mayıs, o mayoyu göreceğim bebeğim." Olduğu yerde dimdik durmuş bana bakıyordu. Görmeden çıkmayacağından yüzde yüz emindim fakat hiç uğraşasım da yoktu.

"Sıraç, o mayoyu görmeyeceksin."

"Mayıs, o mayoyu göreceğim. Yoksa siktiğimin hiçbir yerine gitmiyoruz."

"Gidiyoruz, sevgilim."

Yangın mavisi aşkla parladı. Bu gözlerde bu tür ifadeleri görebilecek miydim sahi? Kesinlikle inanması güçtü, inanması imkânsızdı. Fakat şimdi gerçek olmuştu. Benim gerçeğim.

"Nereden vuracağını biliyorsun, değil mi? Sen gerçekten tehlikeli bir kızsın." Eli avucuma kayıp sıkıca kavradı. "Gidelim bakalım, maymun ettin beni sen."

Kapıları kilitledikten hemen sonra Sıraç'ın arabasına doğru yürüdük. "Benim bildiğim pikniğe veya denize piknik sepetiyle gidilmez mi?" diye sordum. Çünkü ellerimiz bomboştu. Yanımıza aldığımız tek şey havlularımız ve yedek kıyafetlerimizdi. Sıraç arabanın uzaktan kumandasıyla kapıları açarken omzunun üzerinden bana baktı ve uzun kirpiklerinin muazzam dizilişini bir kez daha görmemi sağladı. "Orasını düşünme, keyfine bak minik şeytan."

Onu takip edip sürücü koltuğunun yanındaki yolcu koltuğundaki yerimi aldım. "Nereye gidiyoruz?" diye sorarken bir yandan da emniyet kemerimi bağlıyordum. Ilık ve taze kahve kokusu bir anda arabayı doldurdu, bu kesinlikle huzurun ta kendisiydi. "Küçük samanlık koyuna gidiyoruz miniğim."

"Halimler neredeler?"

"Onlar kendi arabalarıyla gelecekler, orada buluşacağız. Saat 10'da çıkacaklardı." Bileğindeki siyah kayışlı pahalı görüntülü saatine baktı. "Saat 09.30 ama biz alışveriş de yapacağız, o yüzden biraz erken çıksak iyi olur."

Uysal bir şekilde kafamı salladım ve sırtımı koltuğa yaslayıp, telefonumun ekran kilidini kaldırdım. Arabayı çalıştırmış ve yola koyulmuş olmasına rağmen bir gözü de benim üzerimdeydi.

"Bu kırmızı mayoyu çok mu aradın?" diye sordum yüzümü buruşturarak.

"Evet," dedi bilmiş bir tavırla.

"Öküz ya!"

Sırıttı. "Öküzüm ama bir sana möölerim."

"Öküzler mööler mi?"

"İnekler neylerle çiftleşiyor sanıyorsun kızım sen?" Kahkaha attı. "Girsene internete. Öküz sesi yaz, çıkar." Gözlerim şaşkınlıkla irileşti. Ne diyordu bu herif?

"Boş zamanlarında internetten öküz sesi mi dinliyorsun Sıraç?" Sesimdeki şaşkınlık eş zamanlı olarak yüzüme de yansımıştı.

"Evet." Omuz silkti. "Rahatlatıyor."

Shrek izliyor, kedileri seviyor, meyveli yoğurt yiyor ve rahatlamak istediğinde internetten öküz sesi dinliyor.

"Tabii ailenden birilerinin sesini duymak iyi geliyordur," dedim kafamı iki yana sallayarak. Sert olmasına rağmen çocuksuydu da aynı zamanda.

Sıraç büyük bir marketin önünde durdu ve arabadan indi. "Hadi, bir şeyler alacağız." Sözünü ikiletmeden arabadan indim, marketin içine bodoslama bir dalış yaptık. Sıraç market arabasını alıp ilerlemeye başladığında ben de pıtı pıtı adımlarla onu takip ediyordum. Öncelikli olarak et reyonunda durduk ve Sıraç gözünü etlerin üzerinde gezdirmeye başladı.

"Sıraç, et bakıyorsun iyi güzel de... Biz bu etleri neyle pişireceğiz?"

Bana Ümran'la sevişiyoruz demişim gibi baktı ve tek kaşını kaldırdı. "Mayıs, sen beni geri zekâlı mı sanıyorsun?"

"Yok da... Ne bileyim. Hiçbir şey almadık?"

"Halim gelirken mangalı getirecek." Kafamı salladım ve onu izlemeye devam ettim.

Şişe dizilmiş etlerden ve soslanmış tavuklardan aldı. İçecekleri, ekmekleri ve hatta birkaç kahvaltılık malzemeyi de aldıktan sonra kasaya geçtik. Kasiyer genç hızla aldıklarımızı okutmaya başladı. Aldıklarımızın tutarını söylerken, çapkın gözleriyle Sıraç'ı süzüyordu. Sıraç çocuğun bakışlarını önemsemeden arka cebinde olan cüzdanından belli bir miktar para çıkararak kasiyere ödedi. Hemen ardından hızlı bir şekilde aldıklarımızı poşetleyip, marketten çıktık. Pekâlâ, poşetleri bana vermemişti. Hepsini kendisi taşıyordu.

"Çocuk sana yiyecek gibi baktı," dedim dümdüz bir sesle. Arabaya doğru yürümeye devam ediyorduk. Kavurucu sıcak bedenimi okşarken çoktan terlemiştim bile.

"Adamı eşcinsel ederim valla," diye dalga geçti benimle.

Arabaya bindikten hemen sonra emniyet kemerlerimizi bağladık ve Sıraç müziği başlattıktan hemen sonra yola koyulduk. Radyoda hafif bir müzik çalıyordu. Nihayet Küçük samanlık koyuna gelmiştik. Eğimli bir yokuşu inerken, yokuşun başında duran, "Küçük Samanlık Koyu" yazılı tabelayı gördüğümde, heyecanla arabanın penceresinden dışarıya baktım. Koy fazla kalabalık değildi, hatta boştu. Deniz masmavi ve dingin görünüyordu. Sık ağaçlı bu koy gerçekten muazzam bir görüntüye ev sahipliği yapıyordu. "Geldik," diye mırıldandı Sıraç, koy gişesinde duran adama doğru sürdü arabayı. Adama yaklaştığımızda yavaşladı ve arabanın camını indirdi.

"Kaç kişisiniz beyim?" diye sordu yaşlı adam. "Ben ve eşim ama arkadan arkadaşlarımızda gelecek. Onlar üç kişi. Birisi çocuk."

"On beş lira yeter beyim."

Sıraç cebindeki cüzdandan ellilik çıkarıp adama uzattı. "Üstü kalsın dayı. Bozmakla uğraşma şimdi."

Adam mahcup bir şekilde gülümsedikten sonra başını salladı ve biletimizi verdi. "Geçin beyim, orada boş yerler var. İstediğiniz yere park edebilirsiniz."

Sıraç adamı başıyla selamladıktan hemen sonra boş bir yere arabayı park etti. "Köşk kiralayalım," dedi Sıraç ve eliyle ileride duran şeyleri gösterdi. Kare şeklindeki bu şeyler yerden biraz yüksekte duruyordu ve üzerinde yastıklar vardı. Konforlu bir görüntüye ev sahipliği yapıyordu. Köşkü kiralayıp parasını ödedikten hemen sonra poşetleri köşke taşıdı ve benim hiçbir şeye el sürmeme izin vermedi. Kırılgan porselen bir bebekmişim gibi davranması ciddi anlamda hoşuma gitmişti. Yaklaşık on dakikalık bir bekleyişin sonunda Halim, Ümran ve minik Melek siyah araba ile koya giriş yaptılar.

"Sıyaç ağabey! Mayıs abla!" Tatlı haykırışı boş koyda yankı yaparken, pıtı pıtı adımlarla bize doğru koşturuyordu. Üzerinde pembe bikini üstü, altında ise minik kot şortu vardı. Öyle tatlı görünüyordu ki. Saçlarını iki yandan örmüş ve koluna da pembe kolluklarını takmıştı. Sıraç onun sesini duyar duymaz ona doğru döndü ve kollarını açıp çömeldi. "Prensesim!"

Melek, Sıraç'ın kollarına girdi ve ona sıkıca sarıldı. Ümran da beni kollarının arasına alırken, çekinerek de olsa ben de ona sarılmıştım. "Halim söyle şu karına, kızıma yapışmasın birader." Sıraç ölümcül bakışlarını Ümran'ın üzerinde gezdirirken bir yandan da Melek'in saçlarına öpücükler konduruyordu.

"Aaa! O benim arkadaşım, yahu!" Ümran biraz daha sarıldı.

"İbnetor, karımdan da mı kıskanıyorsun?" Halim mangalı köşke taşırken bir yandan da Sıraç'ın bu hallerine kıs kıs gülüyordu.

"Başlatma arkadaşına Ümran. Çek patilerini kadınımdan." Sesi tehditkâr bir tonda yükselmişti. O benim kendimi bilediğim bıçağımdı, keskin yüzeyiyle beni bilerken, kendini köreltiyordu.

"Başladın yine köpek Değerli gibi gülmeye, iflah olmazsın," dedi Sıraç ve kucağındaki Melek'i köşkün üzerine bıraktı. "Fıstık hasta olmuşsun, dikkat etmiyor musun kendine?" Melek'in üşüttüğünü duymuştum ama şimdi iyi görünüyordu, gülümseyerek onları izlemeye devam ettim.

Melek, bilmiş bir tavırla bacak bacak üstüne atıp dudaklarını büzdü. "Hiç soyma Sıyaççığım, bu annem ve babamdan bıktım! Beni hasta ediyoylay yesmen!"

Sessizlik bizi etkisi altına aldıktan hemen sonra hızlı bir şekilde kahvaltı sofrası kuruldu ve sükûnet içerisinde kahvaltımızı yaptık. Koy yavaş yavaş dolmaya başlamıştı. Ama o kadar az sayıda insan vardı ki, koyun diğer ucundan konuşulan burada duyuluyordu.

Sıraç ve Halim hamağı iki ağaç arasında kurarken, Melek de ilgiyle onları izliyordu. Ümran ise termostaki çayı bardaklarımıza paylaştırdı. Ciğerlerime dolan temiz hava, önceki günlerin kir pasını temizlerken eş zamanlı olarak beynimin dinlenmesine yardımcı olmuştu. Zira beynim haddinden fazla doluydu ve bu doluluk başımın zonklayarak ağrımasına neden oluyordu.

∞

Sıraç ile birlikte kumsala yürürken, Melek de bizi takip etti. Kumlarda bıraktığı minik ayak izine bakarken gülümsemeden edemedim. O gerçekten çok sevimli bir kız çocuğuydu. Sıraç üzerindeki beyaz tişörtü sıyırıp şezlongun üzerine bıraktı. "Madem geldik yüzelim biraz?"

"Ben şimdi girmeyeceğim," diye mırıldandım ve Sıraç'ın yanındaki şezlongun üzerine oturdum. Tam üzerimdeki tişörtü sıyırıp ondan kurtulacaktım ki Sıraç elimi havada yakaladı.

"Düşünme bile." Sesi keskindi, ona anlamaz gözlerle baktığımda ise çoktan kaşlarını çatmıştı bile. "Kabine gidelim, orada soyun. Burada erotik erotik soyunmanı istemiyorum Mayıs."

"Tişört çıkarmakta ne gibi bir erotiklik var Sıraç?" diye sorarken kaşlarımı çatıp elimi Sıraç'ın güçlü parmaklarının arasından kurtarmaya çalıştım.

"Çok erotik, anında erekte olmama sebep olacak kadar erotik. Ve bunu ulu orta yerde yapmana asla izin vermeyeceğim!" diye kükredi. Dağ ayıları çekici değildir kızlar, dağ ayılarını sevmeyin. Melek anlamaz gözlerle ikimize bakarken bir an kafasını kaşıdı. "Sıyaççığım, neden eyekte oluyoysun? Kötü biy şey mi eyekte olmak?" diye sordu kaşlarını çatarak.

"Açıklamayı sana bırakıyorum Sıraç," diye mırıldandım ve şezlonga uzandım. Şezlongun şemsiyesi açık olduğu için güneş yüzümü rahatsız etmiyordu. Sıraç ve Melek'i yok saydım, göğün mavisi çok derin ve göz alıcıydı. Akdeniz mavisinin bu muazzam güzelliğine hoşnut bir şekilde iç geçirerek baktım. Uyku basmıştı ve Sıraç yakınlarımda olduğu için uyumanın bir tehlike arz etmeyeceğini düşündüm. Gözlerim huzur içinde kapanırken, ruhum uykuya çoktan teslim olmuştu bile.

"Şemsiyeyi çekiyorum, biraz güneşlen. Hastalanacaksın." Bu ses Ümran'a aitti fakat tatlı uykumdan uyanmaya niyetim yoktu. Yalnızca homurdandım ve uykuma kaldığım yerden devam ettim.

"Mayıs," Dürtüldüm. "Bebeğim, uyan. Yanacaksın." Sıraç'ın sesi olduğundan emin olduğum ses kulağıma fısıldamıştı. Tatlı şekerlememden uyanırken gözlerime doluşan güneş ışığı harelerimin yanmasına sebep oldu.

"Uyumak istiyorum," diye mızmızlandım. Sıraç, üzerinde uzandığım şezlonga oturmuş bana bakıyordu. Yangın mavisi bakışları ayılmamı sağlamıştı. Yeşil ve mavinin dansını izlemeyi seviyordum. Bu adamın gözlerini seviyordum. Yuvarlandığım kuyuya tutulan ışıktı o gözler.

"Beni buraya getirebilmek için akla karayı seçtin, şimdi de uyuyorsun öyle mi?" Bir anda kucaklandım. Ardından da Sıraç'ın omuzlarındaki yerimi aldım. Çığlık atacak vakti bile bulamamıştım. "Şimdi kabine gidiyoruz, üstünü çıkartıyorsun, sonra da yüzüyoruz."

Çevremizde fazla olmasa da insan vardı. İnsanların tuhaf bakışlarını üzerimde net bir şekilde hissedebiliyordum. Sıraç'ın sırtında kabine doğru taşınırken, aynı anda yüzümü ellerimin altına gizlemiş insanların tuhaf bakışlarından kurtulmaya çalışıyordum. "İndir beni, rezil olduk."

"Çok da umurumdaydı sanki," dedi umursamaz bir ses tonuyla.

"Mağara adamı."

"Mağara kadını."

Kabine fırlatıldıktan hemen sonra o da benimle birlikte kabine girmişti. Elbette bundan hiç hoşnut değildim. "Sıraç," diye cırladım ve üzerimdeki tişörtü sıyırmadan önce ona tehditkâr bir bakış attım. "Çıkar mısın?"

"Lan beni deli etmek mi senin amacın?" Beni kabinin tahta duvarı ile arasına aldı ve kollarını iki yanımdan geçirip kabinin duvarlarına tutundu. "Sorunlu musun kızım sen?" Taze kokulu nefesi yüzümü gıdıklarken, gözlerimi ondan kaçırmaya çalıştım. O geceden sonra bu kadar yakın olmamız kalbimin haykırmasına sebep oluyordu. Kalp sağlığım tehlikedeydi.

"Bana baksana sen," dedi şaşkınca. "Sen benden utanıyor musun?"

"Hiç de bile," diye çıkıştım fakat kafamı kaldırıp onun yangın mavisi gözlerine bakamadım. Yangın mavisi gözleri tutuşmama sebep oluyordu ve asi yönümü tamamen kül edene dek kavuruyordu. "Neden utanacakmışım?"

"Şu an kıpkırmızısın ve gözlerimin içine bakamıyorsun" Biraz daha yaklaşıp çıplak göğsünü vücuduma bastırdı. Duvar ile onun arasında sıkışıp kalmıştım. Karnımda dolanan his o kadar kuvvetliydi ki, geçerken dokunduğu yerleri ateşe veriyordu.

Yutkundum. "Sıraç, yüzmek istiyorum."

"Yüzeriz, acelesi yok." Kendini bana bastırdı ve ona bakmam için dudaklarıyla alnımı eşeledi. "Yüzüme bak, cennetimi görmeme izin ver."

Gözlerimi kaldırıp yüzüne baktığımda, yüzümün orta yerine ateş etmeye başladı. Bu bakışların başka bir anlamı olamazdı. Lavları yüzüme püskürürken, dudakları eş zamanlı olarak burnumun ucuna kapandı. Burnumun ucunu nazik bir şekilde öptükten hemen sonra geriye çekildi ve alt dudağını ısırdı. "Sen..." Yutkundu. "Nefesimi kesiyorsun Karamaça." Ani bir hareketle elini duvardan çekti ve kabinden çıktı. "Dışarıda bekliyorum." Bunu sırtı dönük bir şekilde söylemişti. "İşini hallet ve gel." Ona kısaca göz attığımda çoktan deniz şortunu giymiş olduğunu gördüm. Sanırım ben uyurken giymişti. Üzerinde tişörtü yoktu ve ayakları çıplaktı. Yutkundum ve gitmesini bekledim. Kabinin kapısı kapandıktan sonra hızlı bir şekilde üzerimdekilerden kurtulup dışarı adım attım. Sıraç sırtını duvara yaslamış, ağaçları izliyordu.

"Ben hazırım." Gözleri ağır bir hareketle beni bulduktan hemen sonra kaşları çatıldı.

"Bu ne?"

"Ne, ne?" diye sordum afallayarak.

"Bacakların ortada," deyip çenesiyle bacaklarımı işaret etti. "Şortunu niye çıkarttın?"

"Şey..."

"Git ve şortunu geri giy. Sadece tişörtünü çıkarmana izin verebilirim." Sesi keskindi. Afalladım.

"Sıraç, saçmalama."

"Saçmalanmaz," dedi karanlık bir ses tonuyla. "Taranır. Şimdi git ve şortunu geri giy."

"Ya niye?" diye cırladım ayaklarımı yere vurarak. "Neden bu kadar mağara adamısın? Anlatsana biraz?"

"Çünkü..." Bana doğru adım attı ve elleri yüzüm kavradı. "Dünyanın en güzel kadınına sahibim."

"Şortu giyiyorum."

Zaferle gülümsedikten sonra kafasını salladı. "İşte benim kızım."

Sıraç beni kahkahalar atarak denize taşıyıp yavaşça suya girerken, kumsaldaki küçük çocuklar büyük bir ilgiyle bizi izliyorlardı. Sanırım bu koy, küçük ailelerin geldiği bir koydu. Zira insandan çok, çocuk vardı. Ayaklarım ve belim yavaş yavaş soğuk su ile temas ederken titredim. "Sıraç."

"Bebeğim, sakin ol." Biraz daha ilerledi. Taşlar ayağına batıyor olmalıydı, acaba canı yanıyor muydu? Kollarımı boynuna doladım ve soğuktan dolayı nefes nefese kalmış bir şekilde titredim. "Dur, öleceğim."

"Durmayacağım," diye kıkırdadı ve biraz daha ilerledi. Bedenim tamamen suya girmişti. İrkildim. Tuzlu suyun okşadığı bedenim şakırdıyordu. Soğuk kuvvetliydi, kemiklerime dokunuşunu hissediyordum. "Bunu yapamazsın," diye dudak büktüm. "Bana kıyamazsın."

Geniş bir şekilde sırıttı. "Ah, miniğim..." Biraz daha suya daldı. "Bunca geçen zaman rağmen hiç mi beni tanıyamadın?" Büyük bir hızla dibi boyladık. Ciğerlerime doluşan tuzlu su ruhuma kadar sızmış, beni kavurmuştu. Suyun içinde zorlanarak gözlerimi açtığımda, Sıraç'ın da gözlerinin açık olduğunu gördüm. Suyun içinde gözlerimi açabilmeyi babamdan öğrenmiştim. Bunun büyük bir meziyet olduğunu düşünürdüm hep. Sıraç bir yunus balığı gibi beni sırtına aldı ve ileriye doğru kulaç atmaya başladı. Beni yormuyordu. Ben onun sırtında rahat bir şekilde yolculuk yaparken ara sıra kafamı suyun dışına çıkarıp nefes alıyordum. Sıraç da dayanamamış olacak ki başını sudan dışarıya çıkardı ve ben onun sırtına sıkıca yapışırken derin bir nefes aldı. "O boğulma tehlikesi geçiren çocuğa dön bir bak istedim Mayıs," dedi kıkırdayarak. Yıllar öncesi boğulan çocuğun o olduğunu hatırlayınca suyun içinde, kafam dışarıda yüksek sesli bir kahkaha attım. İskelede yürüyen küçük çocuklar bize anlamaz gözlerle baktılar.

"Hazır mısın miniğim?" diye sordu Sıraç, bu sorusuna anlam verememiştim.

"Neye?" Ama cevap dahi alamadan suyun dibini boyladım. Suyun altında hislerimiz birleşmişti. Bacaklarımı onun beline doladıktan sonra parmaklarımı da ensesine doladım ve saçlarını okşamaya başladım. Kulaklarım uğulduyordu. Sıraç'ın pembe çikolataları tuzlu suyu hiçe sayarak dudaklarıma kapandı. Öpüşü telaşlıydı. Akdeniz'in serin suyuna çoktan alışmış ve sevdiğim adamla dibinde öpüşecek kadar çıldırmıştım. Yüzümü kavrayan parmakları yanaklarımı severken, eş zamanlı olarak dudaklarımı istila ediyordu. Hızlı bir şekilde suyun üstüne çıktığımızda dudaklarımız hâlâ birleşikti. Kimseye aldırmadan suyun üzerinde öpüşmeye devam ettik. Dudaklarının telaşlı saldırısı, dudaklarımın arsız beklentisine tuzlu bir dalga gibi çarparken, kalbim göğüs kafesimin içinde zonkluyor, sabun gibi kayıyordu.

Kafamıza gelen top ile afallayarak ayrıldık. "Lan çoluk çocuk var, ne yapıyorsunuz siz?" dedi Halim hemen karşımızda, suyun üzerinde öylece duruyorken.

"Topu sen mi attın lan?" diye sordu Sıraç ve beni daha sıkı sarıp, ıslak yüzümü ıslak boynuna bastırdı.

"Ben attım piç, çoluk çocuk var görmüyor musun?"

"Topunun ıstırabını sikerim, siktir git başka yerde oyna." Sıraç hemen yanımızda yaylanarak yüzen topu alıp Halim'e fırlattı. "Hadi, naş."

"Seni saygıya davet ediyorum çok saygıdeğer göt arkadaşım," dedi Halim ve topu tekrar Sıraç'ın kafasına hedef alarak attı.

Sıraç beni narince bıraktıktan sonra alnıma taze bir öpücük kondurdu. "Bekle, ömrüm. Ben birisinin ebesine sokup geliyorum." Ömrüm dedi. Bana ömrüm dedi!

Sıraç suyun üzerinde kayarak Halim'e doğru kulaç atmaya başladığında, benim kalbim göğüs kafesimi parçalarcasına atmaya başlamıştı bile. Bir süre suyun içinde öylece dikildim, kalbimin göğsüme indirdiği darbelerin hislerimde yarattığı zelzelenin geçmesini bekledim.

Denizden çıktığımızda mangal çoktan yanmıştı, kenara oturmuş kuruladığım bedenimdeki tuzun kabarışını izlerken, gözlerimi Sıraç'tan alamıyordum. "Son partı da atıyorum şimdi mangala, siz başlayın," dedi Halim ve elindeki karton parçası ile mangalı yellemeye devam etti. Güneş henüz batmamıştı fakat akşam sakinliği tatlı bir huzuru giyinmişti.

"Olur mu öyle şey?" diye soludum. "Hep beraber yiyelim."

"Ne bekleyecekmişiz? Yiyoruz," dedi Sıraç ve önündeki tavuğa arsızca saldırdı. Eline vurduğumda gözleri irileşti. Tavuğuna dokunamamıştı bile.

"Aslan yengem benim, vur onun eline. Cıs Sıraç, kaka Sıraç." Halim kıs kıs güldü ve mangalı yellemeye devam etti.

"Köpek Değerli," diye homurdandı Sıraç. Bir kez daha eline vurduğumda kaşlarını çattı. "Vur kahpeye, sen de vur ömrüm. Sen de vur. Vurun kahpeye."

"Ay baba bak Sıyaççığım, Mayıs ablama ömyüm diyoy. Sen anneme anca Ümyan bu akşam yemekte ne vay de. Odunsun, baba." Halim eziş büzüş olurken Ümran kızının sırtını sıvazladı.

"Kimin kızı yahu! Konuş kız."

∞

Eve adımı attığımızda, yorgunluk elle tutulur bir şekilde bedenimde sızlıyordu. Orada banyomuzu yaptığımız için tuzdan arınmıştık fakat deniz yorgunluğundan mıdır bilinmez öküz gibi yemiş olmama rağmen tekrar acıkmıştım. Sıraç elindeki poşeti üçlü koltuğa savururken, eş zamanlı olarak kendisinde koltuğa attı. "Tüm kemiklerim ağrıyor!" İsyanı kulaklarımı doldururken, gözlerim onun yanmış bedeninde dolaştı. Bembeyaz bir tene sahip olduğu için bedeni kıpkırmızı olmuştu.

"Masaj yapabilirim?"

Omzunun üzerinden bana baktı ve yangın mavisi gözler şaşkınlıkla parladı. "Cidden mi?"

"Cidden." Sırıtıp saçlarımı tepeden topuz yaptım. "Yüzüstü yat."

Sıraç sözümü ikiletmeden yüzüstü yattı ve çıplak sırtını önüme sundu. Sırtındaki kemikli ve kaslı yapı başımı döndürüyordu. Bu adam evren kadar güzel olduğunun bilincinde miydi acaba?

Sıraç'ın beline oturup bacaklarımı iki yana açtıktan sonra elim çıplak sırtında gezinmeye başladı. Ağır hareketlerle ovalıyordum. Ya da ovalayamıyordum. Zira kastan ibaret olan sırtı ciddi anlamda çok sertti. Ayrıca sırtına her temas ettiğimde farklı bir elektrik akımının vücudumda çağladığını hissediyordum. Bu çok tuhaftı. İç gıdıklayıcı ve tuhaftı.

"Senin parmakların sihirli," dedi keyif dolu bir sesle. Gülümsedim fakat bunu göremedi. "Bir çeşit büyü gibisin..." Kafasını diğer tarafa çevirdi ve yanağını koltuğun yastığına dayadı. "Beni ele geçirdin ve senden arınamıyorum."

"Benden arınmak mı istiyorsun?" diye sordum ve sırtını, omuzlarını özenle ovalamaya devam ettim. Derisinin altında atan nabzını, kan akışını, sıcaklığını, her şeyini avucumun içinde hissediyordum. Sanki onun damarıydım ve kanı benim içimden akıyordu.

"Senden arınmak isteyen kim? Tamamen sana karışmak ve kendimden soyutlanıp sen olmak istiyorum."

Her cümlesinin farklı bir etkisi vardı bedenimde, kalbimde, derinlerimde. Radyoda o çok sevdiğim şarkıyı sonunda yakalamış gibiydim. Gözlerimi yumdum ve o şarkının ruhuma sızmasına, benden bir parça olmasına izin verdim.

23. ANNE

"Ne yapın ne edin onu ortadan kaldırın!"

Neyden bahsediyordu? Kalbimin üzerinde ikamet eden pembe kiraz çiçeği hızla boynunu kaldırıp yüzüme baktı. Merak ediyordu, en az benim kadar.

"O orospu çocuğunu ortadan kaldıracaksınız, sonra da ağabeyi denen yavşağı ayağıma kadar getireceksiniz. Şafak Uzar'ın ölümü benim elimden olacak, duydunuz mu beni? Şafak Uzar'a dokunmayacaksınız!" Tüylerim diken diken olmuştu.

Şu an telefonla konuştuğu kişiye birinin ölüm emrini vermişti. Mideme ardı arkası kesilmeyen kramplar saplanırken yutkundum ve kendimi toparlamaya çalıştım. "Şafak Uzar'ı canlı istiyorum, kardeşine ne yaparsanız yapın!" Yataktan yavaşça doğruldum ve pıtı pıtı adımlarla yatak odasının kapısına geldim. Kulağımı kapıya yapıştırdım ve Sıraç'ı dinlemeye devam ettim. "O orospu çocuğu yaptıklarının bedelini ödeyecek, onun her şeyini alacağım elinden. Ödeşeceğiz."

İrkildim. Sesindeki nefret elle tutulur cinstendi. Ürkütücü ve karanlık. Yutkunduğum da boğazıma batan yumruyu hissettim. Sıraç Karayel'in karanlığını henüz görememiş miydim? Yoksa bu karanlık gitgide yaklaşıyor ve beni içine emmek mi istiyordu? Tekrar yatağa döndüğümde, yürüyen karanlık odanın içinde etten kemikten bir bedene bürünmüştü sanki. Yattığım yerde cenin pozisyonu almış bomboş gözlerle televizyonu izliyordum. İçimde bomboşluğun bilmem kaç tonu kol gezerken, aynı şekilde düşünceler de beynimi esir almış durumdaydı. Onunla konuşmak ve bu durumla ilgili sorular sorup kendimi aydınlatmak istiyordum. Ama aynı zamanda duyacaklarımdan korkuyordum da.

Kimden: Sılay
Bu gece ağabeyimle fazla muhatap olmamaya çalış. Kalbini kırabilir, bunu istemem. (19.01)

Tarihe baktığımda, anlamam çok da uzun sürmemişti. Yarın, yani bu gece Sıraç'ın annesinin ölüm yıldönümüydü. Sertçe yutkunurken az önceki gerginliğin sebebini kavramıştım.

Kime: Sılay
Keşke yanımda olsan, şu an her anlamda sana ihtiyacım var. (19.03)

Kimden: Sılay
Emin ol, bu gece benim sana senden daha çok ihtiyacım var. (19.05)

Yutkundum ve telefonu kilitleyip koltuğun üzerine bıraktım.

"Banyo yapacaksan acele et. Bu gece Mervelerde kalacaksın." dedi Sıraç ahşap merdivenlerin başında belirdikten hemen sonra. Gözlerimi kırpıştırarak ona baktım. Altında eğreti duran beyaz bir havludan başka hiçbir şey yoktu. Su damlacıkları teninden hızla aşağıya hücum ederken güzelliğiyle eridim.

"Neden Merve'lerde kalacakmışım?"

"Çok soru soruyorsun miniğim. Var bir bildiğim ki, orada kalacaksın diyorum." Sırtını dönüp yatak odasına yürümeye başladı. "Merak etme Ankaralı orada olmayacak."

"Gitmeyeceğim Sıraç. Evimde kalmak istiyorum."

"Mayıs," dedi ve omzunun üzerinden baktı. "Gideceksin, bebeğim."

"Gitmeyeceğim."

"Mayıs, gidiyorsun."

"Gitmiyorum Sıraç. Evimde kalacağım," diye ısrar ettim. Arkasından alt kata inerken, Sıraç'ın gerginliğini bariz bir şekilde görebiliyordum. Midemi yumruklayan hissi yok saymaya çalıştım.

"Mayıs, gitmelisin."

"Neden?"

"Bu halimi görmeni istemiyorum."

"Hangi halini Sıraç?" diye cırladım.

"Mayıs, birkaç saat sonra benliğimden çıkacağım ve etrafımda olmamalısın." Gözleri beni buldu. Yangın mavisi gözlerinde acı kol geziyordu. İrislerini ateşe veren yeşiller, mavinin lavlarına meydan okurcasına varlığını ilan etmişti.

"Neden yanında olmama izin vermiyorsun Sıraç?" Alt dudağımı ısırdım ve gözlerindeki derin anlamdan kaçınmaya çalıştım. "Neden sana ulaşmama engel oluyorsun?"

Çenesi kasıldı fakat bakışları bir an olsun yumuşadı. "Bana ulaşabilen tek canlısın Mayıs. Bana senden başka hiç kimse ulaşamadı şu yaşıma kadar."

Hıçkırığım boğazımda toplandı ama dışarıya çıkmaması için büyük bir savaş verdim. Sırtımı duvara yasladıktan sonra, duvarın soğukluğuyla biraz olsun bilincimi toplayabilmiştim. "Sıraç, yanında olmak istiyorum."

"Sen zaten yanımsın Mayıs. Sadece... Bu gece olmaz, tamam mı?"

"Gitmeyeceğim." Sesim keskindi. "Burada kalacağım. Seninle."

"Evde olmayacağım." Sesi ruhsuz çıkmıştı. Soğuk, karanlık ve ıssız... "O yüzden burada kalmaman en iyisi olacak. Yalnız kalmanı istemiyorum."

Her şey ağır çekimde ilerliyormuş gibi hissediyordum. Beynimin gri bulutlar tarafından istila edildiği şu zaman diliminde, ne yapmam gerektiği konusunda hiçbir fikrim yoktu. "Nereye gideceksin?"

Gözlerini bana çevirdi, üstündeki gömleğin düğmelerini iliklivordu. Gözünün beyazı tamamen ala bulanırken, yangın mavisi yerini soluk bir okyanusun can çekişirken bulandığı renge bırakmıştı. "Sadece... Sadece gideceğim, tamam mı?"

"Sıraç, beni endişelendirdiğinin farkında mısın?" Sırtımı dayadığım duvardan doğruldum ve ona doğru yürüdüm. "Bu gecenin anlamını biliyorum. Benimle olmanı istiyorum. Bana bağırman, kırman, dökmen umurumda değil. Kendine zarar vermeni istemiyorum." İyice ona yaklaştıktan sonra ay parçası yüzünü avuçlarımın arasında aldım. Çıkık elmacık kemikleri avcumun içini okşuyordu. Elmacık kemikleri bile kasılmıştı.

"Amacım seni endişelendirmek değil minik şeytan." Sesi kederliydi. Doğrudan gözlerimin içine bakıyordu. "Sadece, son birkaç gündür her şey mükemmel ve ben bunu bozmak istemiyorum. Beni o halde görmeni istemiyorum, ayrıca sana nasıl davranacağımı bile kestiremiyorum. Korkuyorum Mayıs."

"Yanında kalacağım, her şeyi birlikte atlatacağız. Bana nasıl davranacağın zerre umurumda değil. Sabah yaptığın telefon konuşmana şahit oldum. Peki... Dinledim. Bir insana zarar vermeni istemiyorum, bana zarar ver. Bu önemli değil. Ama bir başkasının canını yakma."

Gözlerini kaçırdı ve yüzünü avuçlarıma bastırdı. "Can yakmak istiyorum Mayıs." Sesi titremişti. "Can yakmak, acı vermek istiyorum. Yaşadığım acıyı bir an olsun yaşasınlar istiyorum. Acıları olmak istiyorum Mayıs. Gözyaşları olmak istiyorum. Korkuları olmak istiyorum."

Elmacık kemiklerinin çıkıntısını okşarken, hissettiklerini hissedebilmek istiyordum. Kalbindeki karmakarışıklığa el atmak, onu o karmaşadan çıkarıp almak istiyordum.

"Her kimle konuştuysan tekrar ara. Kimseye zarar verdirtme."

Gözleri beni bulduğunda bakışları sertleşmişti. "Ölmesini istiyorum Mayıs."

"Ben istemiyorum Sıraç."

"Tanımadığın bir herifi mi koruyorsun? Onun ölmesini istemiyor musun?" Yine o ifadesini takınmıştı, kırıcı ve bozguna uğratan o ifadesini.

"O herif zerre umurumda değil Karayel. Benim dünyamda sen ve Temmuz'dan başka hiçbir erkeğin canı değerli değil. Seni karanlığa itmeyeceğim Karayel. Ben seninle karanlığa gömülmeye değil, seni karanlıktan çıkarmaya geldim."

Yangın mavisi gözleri acı ve aynı şekilde büyük bir aşkla parıldadı. Mavinin örttüğü irisler, yeşilin dokunuşlarıyla yüceleşirken, elini yüzüme koydu. Aynı şekilde o da benim yanağımı okşuyordu. Alt dudağını dişledikten hemen sonra gözlerini yumdu. Uzun, siyah kirpikleri gözlerini bir perde edasıyla örterken, içimdeki kiraz çiçeği kurumaya yüz tutan bedenini doğrultup, Sıraç'a baktı.

"Sen," dedi mırıldanarak. "Sen bana ne yapıyorsun?"

"Ne yapıyorum?" diye sordum kâinatı utandıran güzellikteki yüzünü izlemeye devam ederken. Gözlerini açmadı. Kirpiklerinin gölgesi göz altı çukurlarına yansıyordu.

"Beni baştan yaratıyorsun."

"Bu kötü bir şey mi?"

"Bilmiyorum," diye mırıldandı fakat gözlerini açmadı. Dudağını ıslattıktan sonra yutkundu. "Yirmi dört yıldır varlığına inandığım karakterimi yıkıp, baştan inşa ediyorsun. Üstelik bu kez daha sağlam ve yıkılmaz hissediyorum."

"Sen zaten yıkılmazsın Sıraç." Ona tamamen yaklaştıktan sonra ellerini yok sayarak başımı göğsüne bastırdım. "Sen yıkılmazsın, annen seninle gurur duyuyor."

Ne kadar çok şey vardı bu dünyada. Nefret edilecek ve sevilecek olan. Başlarda nefretimin en yoğununu beslediğim bu adama, şimdilerde sevgilerin en derinini veriyordum. Çenesini kafama yasladı ve göğsü hızla ileriye doğru kalktı. "Bana bunu yapma." Yutkundu. "Bu kadar mükemmel olma."

"Karayel," diye mırıldandım. "Bana bunu yapma, bu kadar güzel kokma." Kollarını bedenime sardı.

"Ara," dedim sıkıca sarılırken. "Ara ve bir cana kıyılmasına engel ol. Sana bu yakışır."

Uysalca başını sallayarak kollarımdan sıyrıldı.

∞

"Eminim," dedi son kez karşı tarafı dinledikten sonra. "Evet, iptal ediyoruz." Bir süre daha karşı tarafı dinledi. Aynı süre zarfında tekli koltuğa oturmuş tavana bakıyordu. "Evet, kardeşinin canını istemiyorum. Şafak'ı bulup bana getirin yeter."

Gözleri beni buldu. Yangın mavisi gözlerinin içinde parçalanmış cam kırıklarını görebiliyordum ama bana belli etmemek için büyük bir çaba sarf ediyordu. Bunu gördüğümün farkında bile değildi. "Evet, öyle yapın." Telefonu kapattıktan sonra bomboş bir ifadeyle derin bir iç çekti. "Saat kaç Mayıs?"

Duvardaki siyah parlak saate baktığımda çoktan 23.00 olduğunu gördüm. "On bir."

Buruk bir şekilde gülümsedi ve dizine eliyle vurup yüzüme baktı. "Gel, otur. Anlatacaklarım var."

Henüz yedi yaşlarındaydı küçük çocuk, ilkokula yeni başlamış ve başarısını daha ilk seneden kanıtlamıştı. Babasından gördüğü şiddete rağmen çalışkandı. Derslerini aksatmıyor, öğretmeni tarafından övgüler alıyordu. Okuldayken gayet mutlu görünen bu çocuğun, evde yaşadıklarını hiç kimse bilmiyordu tabii.

Küçük Sıraç'ın en büyük kâbusu eve gitmek ve o kötü ortamla burun buruna gelmekti. Babasının kemerinin bıraktığı izi çenesinde taşıyan Sıraç, soğuk kış gecelerinde daha bir derinden hissediyordu çenesindeki dikişin ağrısını. Varlığını belli edercesine sızlıyordu dikişi. Babasının kemerinden yüzüne inen demirin o acımasızca parçaladığı çenesindeki dikiş izi, ömür boyu onunla yaşayacaktı.

Aynı zamanda iyi bir futbolcuydu da Sıraç, henüz okula bile başlamadan minikler takımına girmeyi başarmıştı. Fakat babasının kaval kemiğini acımasızca kırmasından sonra futbol hayatı başlamadan bitmişti.

"Vurma baba," diye yalvardı Sıraç. Küçük elleriyle annesinin yüzünü ve bedenini örtmeye çalışıyor, gözü dönmüş babasının kemer darbelerinden annesini korumaya çalışıyordu. Başaramadı. Mehmet Ali Karayel acımasızca vurmaya devam etti kemerini. Her seferinde daha hızlı vuruyor ve odağını kaybetmiş gözleriyle karısına bakıyordu. "Baba, anneme vurma! Ne olursun! Ne istersen yapacağım, söz veriyorum. Anneme vurma baba." Sıraç'ın ağlamaklı çıkan ses tonuna zerre aldırmadı adam. Karısına vurmaya devam etti.

Eylül Karayel sesini dahi çıkarmadan yediği kemer darbelerinin acısını içine atıyordu. Zira biricik oğlu onun çektiği acının dozunu sesinden anlasın istemiyordu.

"Çekil şuradan piç kurusu, sana da sıra gelecek," dedi Mehmet Ali Karayel tükürürcesine. Bu kadar mı nefret ediyordu yüzüne bakmaya kıyılamayacak yakışıklılıktaki oğlundan?

Sıraç son bir güçle babasının koluna yapıştı ve cılız bedenini umursamayarak babasının güçlü kollarını çekiştirdi. "Baba, bana vur. Anneme vurma. Bana vur."

"Canım," dedi annesi, sesinden belliydi çektiği ıstırap, sesi acısını ele vermişti. "Canım acımıyor oğlum."

Sıraç bunu reddetti. Annesinin canının yandığını biliyordu. "Bak," dedi Mehmet Ali ve oğlunun saç diplerinden kavrayıp kafasını kaldırdı. "Annenin şu haline bak. Hepsi ne için biliyor musun? O kız için. O kız doğduğu için. Sizin lanetiniz o kız, bunu kafana sok. En az benim kadar sizin de lanetiniz. O küçük kız nefes aldıkça sizin nefesinizden çalacağım Allah'ın belaları!" Oğlunu annesinin kucağına itip, kemerinin demirli kısmını ayarlayarak savurdu. Kemerin Sıraç'ın yüzüne inerken çıkarttığı acı verici ses, tüm odada yankı uyandırmıştı.

Küçük çocuğun çenesinden başlayarak boğazına doğru inen o muazzam acı hissi, minik bedenine fazla gelmişti. İri, mavi gözleri dolu dolu olurken, tiz bir çığlık kopartı. Çenesi titriyordu ve uğursuz sıvının boynundan aşağıya inerek beyaz tişörtünü ıslattığını hissediyordu. "Vurma," diye çığlık attı annesi Eylül, acı çığlığı evin duvarlarına çarpıp onlara geri dönerken, çoktan hıçkırarak ağlamaya başlamıştı bile. "Beni öldür ama oğluma dokunma!"

Annesinin çığlıkları Sıraç'ın kulağına çok uzaklardan geliyormuş gibi giriyordu. Beyni duyduklarını idrak edemezken, çenesinde büyüyen sızı kalbine ulaşmıştı. O kız, onların lanetiydi.

Sıraç, o kızdan intikamını alacaktı.

Alabilecek miydi?

Sıraç'ın dizine oturduktan sonra kederli yangın mavisi gözlerinin içine doğrudan baktım. "Ne anlatacaksın?"

Kafasını salladı ve duvardaki siyah saate kısa bir bakış attı. "Bilmediğin birkaç şeyi, çok da önemli değiller ama sanırım bilmeye hakkın var," İçimdeki merak duygusu kabardı ve mideme esaslı bir yumruk geçirdi. "Seni dinliyorum," diyebildim.

Eli sırtımda dolaşırken, aynı anda tatlı nefesinin rüzgârı da saç diplerimi, boynumu okşuyordu. "Annem kanserden öldü, tıpkı baban gibi." Zihnim bu acı gerçeği algılamayı reddetti. "Biliyorum, bu çok boktan. Sikik bir hastalık geliyor ve onların bedenine yerleşiyor.

Onların bedeniyle beslenerek büyüyor ve onları öldürüyor. Bu çok saçma." Buruk bir şekilde gülümsedi.

"Ben..." Gözlerim buğulandı fakat kendimi tutabilmeyi başardım. "Üzgünüm."

"Annem kanser olduğu halde dayak yemeye devam etti Mayıs. Kanserken bile dövdü o herif onu. Bilseydim izin verir miydim?" Dişlerini sıktı. "O yavşağın ölümü olur, yine de anneme dokunmasına izin vermezdim."

"Hastalığını sizden sakladı mı?" Alt dudağımı ısırdım. Eylül Karayel'in hissettiklerini düşününce bile mideme kramplar giriyordu. Yaşadığı korkuyu düşünmek bile beynimin delinmesiyle eş değerdi.

"Evet," diye mırıldandı. "Son ana kadar hep sakladı, bir gün okuldan geldiğimde onu kanlar içinde salonda sürünürken buldum. Telefona ulaşmaya çalışıyordu." Sesi titredi. "Ben sandım ki, babam dövdü. Kollarımda son nefesini vereceğini nereden bilebilirdim ki?" Gözüme yangın mavisi gözlerinin etrafına doluşan kan kırmızısı takıldı. Yutkunmaya çalıştım ama boğazıma doluşan gözyaşı artıkları buna izin vermedi. Gözüme yavaşça dolan tuzlu yaşlar, gözlerimi puslandırırken içimdeki ağrıyı söküp alabilecek bir ilaç istedim. O ilaca ihtiyacım vardı.

Annesinin ölümüne şahit olmuştu.

"Bakma öyle taşmış okyanus gibi. Ben iyiyim," dedi ve kollarını bedenime sardı. "Yani şimdilik..."

"Anlat," dedim son gücümle. Son gücüm gibiydi sahiden. Elimde kalan son güç kırıntısı. "Kaç yaşındaydın?"

"Lisede ikinci yılımdı. On beş yaşındaydım."

"Sonra?"

"İçeri girdiğimde onu kollarımın arasına aldım. Ağzından kan geliyordu ve o... O çok kötü görünüyordu." Kaşlarını çattı. Bunu gözyaşını bastırmak için yaptığının farkındaydım. Gözlerini zemine dikti ve kaşlarını zerre yumuşatmadı. "Anneme ne olduğunu sorduğumda, acılarının dindiğini söyledi. Acılarının dindiğini ve artık iyi hissettiğini, bu yüzden mutlu olmam gerektiğini," Dişlerini sıktı. Çenesi kaskatı görünüyordu. İçim aktı, içim yerle bir olup aktı. "Sonra gözlerini kapattı. Bir daha da açmadı zaten."

∞

Sıraç son kez Mayıs'ın okulunun önündeydi. Birkaç dakika daha onu seyrettikten sonra kitaplarını eğreti bir şekilde tutup, yüzünde sersem bir gülümseyişle evin yolunu tuttu. Yol boyunca, Mayıs'ın ağacın altındaki bankta homurdanarak vişne suyu içtiği o mucize ânı düşünmüştü. Mayıs'ın gün geçtikçe güzelleştiğinin farkındaydı, bu canını sıkmaya başlamıştı. Mayıs'ın başka bir adam tarafından fark edilmesini istemiyordu. Sıraç henüz on beş yaşında bir çocuktu, Mayıs'ın küçük olması onu kıskanmasına engel değildi.

Eve yaklaştığında, içine hızla oturan huzursuzluğun sebebini sorgulasa da buna bir cevap ne yazık ki bulamamıştı. Adımlarını hızlandırdı ve evin bahçe kapısını hızla açarak içeriye koşturdu. Babası birkaç gündür eve gelmiyordu, bu yüzden az da olsa iyi hissediyordu. Zira babası ne zaman eve gelse, evde katliam çıkartıyordu. Sıraç bundan usanmıştı. Fakat şu an tam kalbinin üzerinde hissettiği ağrı, anlam veremese de gözlerinin dolmasına sebep olmuştu. Malum mu olmuştu temiz kalbine? Evin kapısını açtıktan sonra hızlı adımlarla salona adımladı. Salonun kapısını açtığında ise o dehşet verici görüntüyle karşılaşmıştı. İki çocuk doğurmasına rağmen güzelliğinden hiçbir şey kaybetmemiş olan Eylül Karayel, Sıraç'ın güzeller güzeli Mayıs'a benzerliğiyle başını döndüren annesi yerde kanlar içinde sürünüyordu. Tek bir amacı vardı. Komodinin üzerinde duran telefona ulaşabilmek. Yapamadı. Yüzüstü yere düştü.

Sıraç, bakışları derinleşmiş ve yaşının getirdiği olgunlukla şeklini tamamen almış, maviden çakıra kayan gözleri dehşetle büyüdü. Salonun ortasında can çekişen annesine baktı. Her ne kadar adım atacak gücü bacaklarında bulamasa da annesinin yüzüstü yere çakıldığını görünce büyük bir gürültüyle içeriye dalıvermişti. Karanlığın ruhunun ipini nasıl çekiştirdiğini hissetti.

Kollarının arasına aldığı annesi sıcacıktı, varlığını belli eden bir sıcaklıktı bu. Annesinin nefes aldığını, hayata tutunduğunu, Sıraç'ı ve minik kızı Sılay'ı bırakmadığını belli eden bir sıcaklık.

"Anne!" Sıraç'ın haykırışı büyürken, eş zamanlı olarak Eylül Karayel'in acı hıçkırığı evin duvarlarında can buldu. Ah, o duvarlar. Dilleri olsaydı ağlarlardı.

"Anne, ne oldu?" Sıraç soru sormuyordu, âdeta haykırıyordu. Korkusu yüreğinden çıkmış, can bulmuş ve evin ortasında boylu boyunca dikeliyordu.

Eylül Karayel kana bulanmış sol elini kaldırdı ve Sıraç'ın yüzüne koydu. Evet, Eylül Karayel de solaktı. Tıpkı oğlu gibi. Sıraç'ın annesine benzeyen tek yönü belki de kullandığı sol eliydi. Kim bilir?

"Acılarım dindi, oğlum," dedi Eylül. Sesi cılızlıktan ziyade çatlayarak çıkmıştı. Ruhu bedenini terk etmek istercesine boğazına yapışmış, onu zorluyordu. Bedeninde anlam veremediği bir sancının yanı sıra, büyük bir iç huzur baş göstermişti. Yolun sonuna gelmiş, acılarına gem vurmasına gerek kalmamıştı. "Acılarım dindi, artık daha iyi hissediyorum. Yangınım..." dedi Eylül. Ve ağzından bir dolu kan dışarı boşaldı. Yangınım... Annesinin yangını mıydı Sıraç? Peki o annesinin yangınıysa, Sıraç'ın yangını kimdi?

"Anne!" Haykırışı boğazından koparken, çakır gözleri çoktan yaşlarını kemikli yanaklarından aşağıya salmıştı bile. "Anne ambulansı arayacağım, bekle." Kalkmak için hamle yaptı ama kalkamadı. Annesi sıkıca kavradı, o can havliyle ne kadar sıkı kavrayabildiyse tabii... "Dur." Bir dolu kan daha akıp boynuna yol etti Eylül'ün. "Ağlama." Oğlunun yaşlı gözünü kanlı eliyle sildi. Duvarlar bile ağlıyordu artık, can bulmuştu bir annenin son sözlerinde. "Acılarım dindi, artık daha iyi hissediyorum. Hep iyi hissetmemi, canımın acımamasını istemez miydin?"

Sıraç hızla başını salladı. Annesinin kanlı ellerine içten bir öpücük bıraktıktan sonra gözyaşlarını saklama gereği duymadan izlemeye devam etti. "Acılarım dindi, artık daha iyi hissediyorum. Mutlu olmalısın, yangınım." Eylül Karayel son kez kanını dışarı bırakırken, mavinin en parlak tonuna sahip olan gözleri usulca ölüme kollarını açtı.

Gerisi karanlıktı.

Gerisi.

Yangın mavisiydi.

∞

Saat 00.00'dı.

Ve Sıraç Karayel tam şu anda gözlerimin içine bakıyordu. İsteğini kıramadım. Zira sesime ihtiyacı vardı. Yutkundum ve boğazımı temizledim.

"Hangi şarkı demiştin?"

Şarkının ismini kulağıma fısıldadığında, kalbim kasıldı.

"Hani eski zamanlar masalları anlatır,
Hüznümü huzura dolarsın,
Kaşım gözümden çok içim bir parçan,
Annem sen benim yanıma kalansın.
Hani bir biblon vardı kırdığım,
Üstüne ne kırgınlıklar yaşadın,
Ama bil ki ben de parçalandım,
Annem ben senin yanına kalanım.
Annem, Annem...
Sen üzülme,
Sözlerin hep yüreğimde,
Annem, Annem...
Sen üzülme,

"Ben hâlâ senin..." Hıçkırığım dudaklarımda büyüdü. Gözlerim de çoktan bulutlarını doldurmuş, sağanağını yanaklarımdan bırakmıştı. "Dizlerinde..." En son hatırladığım şey şarkının devamını getiremeden, yangın mavisi gözlerinden akan şelaleyi görmemem için beni boynuna bastıran ve hıçkırırken kabaran göğsünü hissetmemi sağlayan Sıraç'ın kahve kokusuydu.

Gerisi, karanlıktı.

Gerisi...

Yangın Mavisi.

24. EYLÜL

Bir adam vardı. Gözyaşında dünyaları yakabileceğim. Bir adam vardı. Dışarıda aslan... İçeride yavru bir kedi. Bir adam vardı. O gece yatağımıza gitmek yerine salonda sabahlamıştık. Tüm gece sessiz iç çekişlerini dinleyip kahrolmuştum. Hiç bilmediğim yönlerini keşfediyordum. Ya da onun da dediği gibi bu benim eserimdi.

İçimde var ettiği pembe kiraz çiçeği ile yaşamaya alışmıştım.

"Günaydın," diye mırıldandım. Hiç uyumamıştık, son on dakika haricinde. Sabah ezanı okunurken bile sarmaş dolaştık. Yüzünü pek görme şansım olmasa da ağladığından adım gibi emindim. Şişen göğsü göğsüme her çarptığında, sessiz hıçkırığı dökülüyordu dudaklarından. Bunu unutmak ne mümkün? Çözmesi imkânsız bir düğüm gibi boynuma dolanmıştı.

"Günaydın." Sesi çatlamıştı. Kan çanağına dönmüş gözlerini yavaşça araladı, uzandığımız koltuğun üzerinden doğrulup oturur pozisyona geçti. "Yatak odasına geçsek olur mu?"

"Bu saatten sonra uyuyacak değiliz," dedim ve burnunu parmaklarımın arasına alıp sıktım. "Sana mükemmel bir kahvaltı hazırlayacağım Karayel."

Sırıttı. Güne yeni başlamıştık fakat bugünün pek kolay geçmeyeceğinden de adım gibi emindim. "Dışarıda yapabiliriz istersen?" diye sordu. Çatlayan sesinden öptüğüm adam.

"Hayır," dedim kendimden emin bir ses tonuyla. "Kahvaltını ben hazırlayacağım Sıraç." Bir kez daha sırıttı ve cennetini gözlerimin önüne serdi. Bu adam gözümün gönlümün tek gördüğü, tek bildiğiydi.

"Menemen istiyorum," dedi ve esnedi. "Ve çay içeceğiz, sen de bana katılacaksın. Aksi taktirde kahvaltıyı unut Karamaça."

"Sıraç!" diye cırladım. "Benim çay sevmediğimi biliyorsun."

"Biliyorum, işte bu yüzden sana çayı sevdireceğim. Çünkü âşıklar çay içmek zorundadır." Ses tonu kalbimi okşarken gülümsedim.

"Pekâlâ, bugünlük seninle çay içeceğim." Yerimden kalkarken bileğimden tuttu ve beni kendisine doğru çekti.

"Bundan sonra hep çay içeceğiz." Göz kırptı. "İkimiz."

Çayı seviyordu, zira çay olmadan kahvaltı yaptığını hiç görmemiştim. Küçüklüğümden bu yana çayı sevmiyordum, bu bizim zıt noktalarımızdan biri olsa gerekti. Kahvaltımızı ettikten hemen sonra hızla duşa girmiş ve kendisini sıcak suya teslim etmişti. Şimdilik her şey yolunda görünüyordu. Öyle olmasını diliyordum, çünkü onun iyi olmasına her şeyden çok ihtiyacım vardı. Yangın mavisi gözlerde keder görmek istemiyordum.

Kimden: Sılay
Burada ters giden bir şeyler var. (10.15)

Kime: Sılay
Ne gibi? (10.16)

Kimden: Sılay
Babam Fethiye'ye gitmek istediğini söylüyor. Ağabeyimi uyar, pek iyi şeyler hissetmiyorum. (10.18)

Panik duygusu tüm bedenimi ele geçirirken, çıplak ayakla buza basmışım gibi hissetim. Ayak tabanımdan içeri sızıp kaval kemiğime kadar sızıya yol açan bu buz soğuğu, eş zamanlı olarak bedenime dağılıyor ve hücrelerime karışıyordu.

Kime: Sılay
Burada olduğumuzu anlamış olabilir mi? (10.19)

Kimden: Sılay
Hiçbir fikrim yok Mayıs. (10.20)

Kime: Sılay
Temmuz'un bundan haberi var mı? (10.21)

Kimden: Sılay
Evet, var. Birazdan onunla buluşacağım. Sakin olun ve adımlarınızı dikkatli atın. (10.23)

Kime: Sılay
Pekâlâ, dikkatli olacağız. Siz de dikkatli olun. (10.26)

Sıraç banyodan çıkana kadar salonda volta atmış ve düşünmüştüm. Kasıklarımda müthiş bir ağrı baş gösterirken, eş zamanlı olarak kapana kısılmış fareler gibi hissediyordum. Aybaşımın yaklaştığının farkındaydım, sanırım gün değiştiriyordu ve bu daha sancılı bir döneme giriş yapmama sebep olacaktı. Kasığımda büyüyen ağrıyı yok saymaya çalışarak ahşap merdivenleri tırmandım. Sıraç yatak odasındaydı ve çoktan giyinmişti bile. "Sıraç?"

Omzunun üzerinden bana baktığında, yüzünde su damlacıkları olduğunu gördüm. "Ne oldu?"

"Baban Fethiye'ye geliyormuş,"

Yangın mavisi gözleri irileşti. "Ne sik yemeye geliyormuş?" diye kükredi.

"Bunu nereden bilebilirim ki? Baban mıyım ben senin?"

Kaşlarını çattı. "Kesin kıllandı orospu çocuğu."

"Küfretmeyi bırak ve mantıklı bir şekilde düşün. Ne bok yiyeceğiz?"

Çenesini kaşıdıktan sonra düşünceli bir ifade takındı. "Bugün gitmemiz gereken bir yer var, oradan döndüğümüzde konuşuruz bunu."

"Nereye gideceğiz?" diye sordum ve yatağın üzerine oturdum. Islak saçlarını dağıtırken bir yandan da yangın mavisi gözleriyle beni süzüyordu. Bakışlarının güzelliğine hâlâ alışabilmiş sayılmazdım.

"Seni biriyle tanıştıracağım," dedi ve komodinin üzerinde duran siyah cep telefonuna uzandı. "Benim için çok değerli olan birisi. Seni tanımak istemişti." Kaşlarım benden bağımsız bir şekilde çatıldı. Onun için çok değerli olan o kişi kimdi? Cinsiyeti neydi?

"Kimmiş o?"

"Gittiğimizde görürsün, minik şeytan."

"Bu bir cevap değil," diye üsteledim.

"Gittiğimizde." Üzerine basarak söylemişti. Bugün alttan almam gerekiyordu. Bugünün onun için ne kadar hassas bir gün olduğunun bilincindeydim. O yüzden şimdilik aybaşı triplerimi rafa kaldırıp ona uyum sağlamalıydım. Kafamı salladım.

"Ne zaman gideceğiz?"

"Şimdi. Hazırlan."

∞

Sıraç odadan çıktıktan sonra üzerime siyah dar bir tişört, altıma siyah bir kot pantolon giymiştim. Neden bilmiyorum ama bugün siyahlara bürünmek istiyordum. Saçlarımı sıkı bir atkuyruğu yaptıktan sonra cep telefonumu pantolonumun ön cebine sıkıştırdım ve yatak odasından çıktım.

Bugün siyahlara bürünen tek insan elbette ben değildim. Sıraç da siyah, dar bir gömlek ve siyah keten bir pantolon giymişti. Genel olarak onu çok renkli görmek zaten imkânsızdı. Belirli renkler kullanıyordu.

"O tişört çok dar değil mi?" diye sordu memnuniyetsiz bir ses tonuyla. Çenesiyle üzerimdeki siyah tişörtü işaret ediyordu.

"Hayır." Ona doğru adımladım. "Değil. Çıkalım."

"Bana başkaldırdığın zamanları seviyorum." Sesi karanlıktı. "Ama bunu çok yapar oldun, gözümden kaçıyor sanma."

"Ben en başından beri buydum Sıraç." Sırıttım. "Her zaman böyleydim, pısırıklığı sevmedim. Sevmem. Susmam gerektiği zamanları bilirim ve o zamanlar susarım."

"Bu hallerin beni tahrik ediyor Karamaça." Şeytani bir şekilde sırıttı. "Eve döndüğümde bu hallerin hakkında derin bir konuşma yapacağız. Şimdi çıkmalıyız."

"Seve seve," diye mırıldandım ve kapıya doğru adımladım. "Çıkalım Karayel."

Bol toprak bir yolda ilerleyen araba sık sık sarsılıyordu. Durmadan sarsılan araba, zaten bomboş olan midemin bulanmasına neden olmuştu. "Neden böyle bir yoldan gidiyoruz ki sanki?" diye hayıflandım. Arabasına kusmamı falan mı istiyordu?

"Oraya yalnızca bu yoldan gidiliyor, çocuk gibi mızmızlanma." Gözlerini yoldan ayırmıyordu.

"Ben mi çocuk gibi mızmızlanıyorum?"

"Evet?" dedi ve direksiyonu kırarak bir araya girdi. Köye benzer bir yere girmiştik ve etraf bol yeşilliklerle bezeliydi. "Çocuk gibi mızmızlanıyorsun."

Camın ardından dışarıyı izlerken onun söylediklerini önemseme gereği bile duymadım. Çocuk gibi mızmızlanan biri varsa bu ben değil, oydu. "Burası neresi?"

"Seydikemer," dedi dümdüz bir ses tonuyla. "Birazdan orada oluruz." Seydikemer... Bu adam sayesinde Türkiye'de hiç görmediğim, adını dahi duymadığım yerleri görür olmuştum.

"Nereye gittiğimizi hâlâ söylemedin?"

"Gittiğimizde göreceksin." Soluğunu dışarı üfledi. "Amma çok konuştun bugün ya."

"Öküz," diye mırıldandım ve önüme dönüp gözlerimi ondan ayırdım.

"İnek," dedi sırıtarak. "Öküzler ve inekler ne yapar biliyor musun?"

"Ne yapar?" diye sordum. İleriyi izliyor ve ona bakmıyordum.

"Çiftleşirler." Gözlerim irileşti. "Bu gece çiftleşsek mi?"

"Hayvansın ya!"

"Hayvan olduğum için çiftleşmek istiyorum ya zaten."

"Direksiyon ile ilgilen, benimle konuşma."

Belli belirsiz sırıttığını göz ucuyla da olsa görebilmiştim. Tekrar bir araya girdiğinde araba yavaşladı. "Ve geldik."

"Burası neresi?" diye sordum. Etrafımız ağaçlarla çevriliydi, ürkütücü bir havası vardı.

"Seydikemer, Alaçat Mezarlığı."

"Burada ne işimiz var?" diye sorduğumda cevap vermek yerine arabayı ağaçların arasındaki dar patika yola soktu. Göğsüm hızlanmıştı. Küçüklüğümden bu yana mezarlıklardan hoşlanmazdım.

"Şimdi öğreneceksin." Araba mezarlığa giriş yaptı. Arabanın kapısını açarken göz ucuyla bana baktı. "Çık." Sesindeki emirden anladığım kadarıyla oldukça gergindi. "Hadi."

Dışarıya adım attığımda mayıs ayının sonunda olduğumuz halde buz gibi havayla kucaklaştım. Çıplak kollarım soğuk tarafından ısırılırken kollarımı birbirine bağladım ve ellerimi kollarıma sürterek ısıtmaya çalıştım. "Burası çok soğuk."

Kafasını salladı ve mezarlığa doğru adımlamaya başladı. "Onlar her Allah'ın günü bu soğuğu çekiyorlar. Zor olsa gerek."

"Öyle..." diye mırıldandım ama duymadığından adım gibi emindim. Mezarlığın içine girdiğimizde, Sıraç'ı adımları yavaşladı fakat gerginliği hâlâ yerinde duruyordu. "Sıraç?" Cevap vermeden yürümeye devam etti ve bir mezarın önünde durup omzunun üzerinden bana baktı. "Yaklaş," Dikkatle yüzümü inceliyordu. "Gel."

Her nedense sesi de görüntüsü de ürkütücü gelmişti. Ona doğru adımladığımda elini bana uzattı ve buz gibi parmaklarını üşümüş parmaklarıma geçirdi. Onun tarafından mezarın önüne çekildiğimde tüylerim diken diken oldu. Mezarın üzerinde 'Eylül Özden' yazıyordu. Karayel değil. Ama yine de bu mezarın sahibini biliyordum. Tanıma şansım olmasa da onun kim olduğunu anlamıştım. Omzumun üzerinden Sıraç'a baktığımda gözlerini kırpmadan bana bakıyor olduğunu gördüm. Ben de gözlerimi kırpmadan ona bakmaya başladığımda yutkundu ve boşta kalan elini saçlarının arasından geçirdi. "Tanışmanızı istiyorum."

İrkildim. Bir ölüyle tanışmamı mı istiyordu sahiden? Bu biraz delice fakat biraz da gurur okşayıcı geliyordu. Onun annesiyle tanışmak. Sıraç'ın annesiyle. Bir süre bomboş gözlerle ona baktıktan sonra mezara doğru döndüm ve mezarın beyaz mermerinin önünde diz çöktüm. "Pekâlâ," dedikten sonra derin bir nefes aldım ve zihnimi toparlamaya çalıştım. "Merhaba Eylül Özden! Sanırım kendi soyadınla gitmek istedin, ha?"

Sıraç elini omzuma koydu ve yavaşça ovalayıp beni dinlediğini belli etti. Karnım ağrıyordu, eş zamanlı olarak başım dönüyordu. Bu fazlasıyla tuhaf bir durumdu. "Ben Mayıs." Beyaz mermeri okşadıktan sonra boğazımdaki yumru büyüdü. "Hani şu oğluna âşık olan minik katilin."

Omzumun üzerinden kafamı kaldırarak Sıraç'a baktım. Buruk bir tebessümle yüzüme bakıyordu. Ne düşündüğünü idrak edemesem de şimdilik iyi olduğunun bilincindeydim. Gözlerimi tekrar mezara çevirdiğimde toprağın üzerindeki gül dalı dikkatimi çekti. "Çiçekleri seviyor musun?" diye sordum ve başımı sol omzuma yatırdım. "Çiçekleri seviyorsun, değil mi? Çiçek gibi çocuklar yetiştirdiğin için bunu anlamak güç olmamıştı."

"Çiçekleri seviyor," dedi Sıraç, gülümsediğini sesinin tınısından yakalayabilmiştim. Şu an oturmuş, sevdiğim adamın annesinin mezarıyla sohbet ediyordum. Bu yürek burkan bir şeydi fakat bundan büyük bir keyif aldığımı fark ettim.

Sıraç'ı yok sayarak beyaz mermeri bir kez daha okşadım. "Beni affedebilecek misin Eylül Özden?" Gözlerim buğulanmıştı bile. Ne zamandan beri bu kadar çabuk ağlar olmuştum sahi? Eskiden ağlayamamaktan yakınan ben, şimdilerde bir sulu göz olduğum için dert yanıyordum. "Beni affet." Sesim ilk kez bu kadar güçsüz çıkmıştı. "Sana kendi nefeslerimden armağan etmek ve biraz daha yaşamanı sağlamak isterdim. Yemin ederim."

"Mayıs." Sıraç sesimin titrediğini fark etmiş olacak ki omzumu biraz sıkıp yüzüme bakmaya çalıştı. "İyi misin bebeğim?"

"Benden nefret etmiyorsun değil mi?" Yutkundum. Mezarı bile onun güzelliğiyle örtüşmüş gibiydi. Bir mezar bu kadar güzel görünebilir miydi? "Benden nefret etme, lütfen. Yerini dolduramayacağımı biliyorum ama oğluna sahip çıkacağım." Gözlerim yaşarırken, bu kez ciddi anlamda güçsüz bir insan olduğumu fark etmiştim. Bir süredir kendim gibi değildim.

"Senden nefret etmiyor Mayıs." Yanıma diz çöktü ve omzumu öptü. "O senden hiçbir zaman nefret etmedi."

"Mezarının İzmir'de olduğunu sanıyordum," dedim hıçkırıklarımın arasından. Ağlamamak için verdiğim savaşta mağlup olmuştum çoktan. "Neden burada?"

"İzmir'de de bir mezarı var ama o mezar sahte. Babamın insanları kandırdığı bir mezardan ibaret, içi boş. Ve dışında Eylül Karayel yazıyor. Onu memleketine getirme gereği duydum fakat Fethiye merkeze gömecek olursak babam peşini bırakmayacaktı." Soluklandı. "O öyle bir adam ki, onu mezarındayken bile rahatsız ederdi Mayıs. Emin ol. Bu yüzden Fethiye'ye yakın bir yer ve asla onun aklına gelmeyecek olan Seydikemer'i seçtim."

Mehmet Ali Karayel'den bir kez daha nefret ettiğimi hissetim. Bu nasıl bir kindi? Bu ne biçim bir öfkeydi? Hangi adam yıllarca evli kaldığı kadına bu denli büyük bir nefret besleyebilirdi? Hangi manyak bir ölüyle bile uğraşabilecek kadar sıyırmış olurdu?

Sıraç'a döndüm ve yüzüne bomboş bir ifadeyle bakmaya başladım. Aynı şekilde o da diz çöktüğü yerde bomboş gözlerle bana bakıyordu. "Annenin sahte bir mezarı mı var?"

Sıraç ruhsuz bir şekilde sırıttı. "Evet, babam anneme olan kinini tazeledikçe gidip o mezardan alıyor öfkesini." Beynimden vurulmuşa dönmüştüm. Şimşekler beynimde ardı arkası kesilmeyecek şekilde çakarken, dudaklarım benden bağımsız bir şekilde aralanmıştı. Hayret dolu gözlerle Sıraç'a bakıyordum.

"Bakma öyle," dedi ve yanağımı usulca okşadı. "Onun bir orospu çocuğu olduğunu söylemiştim sana."

"Ondan nefret ediyorum," diyebildim. Diyebildiğim tek şey nu olmuştu. Üstelik sesim titremişti. Puslu gözlerimi Sıraç'tan kaçırıp yanağımdan akan bir damla yaşı elimin tersiyle sildim. "Merak etme Eylül Özden. Bundan sonra oğlun bana emanet." Bir kez daha okşadım beyaz mermerini. "O kaçık kocandan koruyacağım onu."

"Koruyacakmış anne, duydun," dedi Sıraç ve sırıtıp beni kollarının arasına çekti. "Onu sevdiğim kadar var, değil mi?"

"Benden intikam alacağını sanıyordum." Ona sarılırken sırıttım. "Tek beklentinin benden intikam almak olduğunu sanıyordum."

Kollarını sıkıca bedenime sarmaladı ve annesinin mezarının önünde, diz çökmüş bir şekilde kokumu içine doldurdu. "Hayat aynı kalmaz." Sesi saç diplerimi okşarken irkildim. "O zaman ondan beklentimiz neden aynı kalsın ki?"

Yaklaşık on dakika sarılıp kalplerimizin sıcaklığını ve ritmini hissettikten hemen sonrasında yavaşça geri çekildi ve annesine doğru döndü. "Mutluyum." Gözlerini mezar taşına dikmiş, buruk bir ifadeyle mezar taşına bakıyordu. "Gerçekten mutluyum anne. Uslu bir çocuk olmak için uğraşıyorum, gerçekten uğraşıyorum." Çenesi kasıldı ama konuşmaya devam etti. "İnsanların canını yakmamam gerek, biliyorum. Ama öfkemi kontrol altına alamıyorum." Parmağıyla beni işaret etti fakat bana bakmadı. İlgili gözlerle onu izliyordum ve söylediği her bir sözcük içimdeki camı çerçeveyi eş zamanlı olarak indiriyordu. "O, öfkemi kontrol altına alabiliyor. O, beni benden daha iyi tanıyor anne."

Boğuluyordum.

"Bu kız var ya, tıpkı senin gibi kokuyor, senin gibi bakıyor anne."

Mezarın etrafını temizlemiş, çiçeğini sulamış ve dua edip oradan ayrılmıştık. Başımda başörtüsü olmadığı için huzursuz olsam da dua etmiştim. Bunun dışında Seydikemer'den dönerken Sıraç'ın telefonu iç kez çalmıştı fakat cevaplamamıştı. Yol boyunca puslu gözlerimle camdan dışarısını izlemiş ve olası bir diyalogdan kaçmıştım. Aç ve hiç olmadığım kadar uykusuzdum.

Sıraç'ın annesinin iki tane mezarı olduğunu öğrenirken, annesine olan özlemini gözlerimle görmek de çok zor gelmişti. Bir tanesi gerçek mezarken, diğeri Mehmet Ali Karayel'in stres çıkarmak için kullandığı bir mezardı. Ne adam ama! Adam dediğim için adam kelimesinden özür dilemem gerekecekti. Araba mahalleye girdikten hemen sonra emniyet kemerini çözdüm ve kendimi dışarı attım. Zira kusmak üzereydim ve kendi mide öz suyumdan iğrenen bir insan olarak, kusmak en büyük korkulu rüyalarımdan bir tanesiydi.

"Her şey yolunda mı Mayıs?" diye sordu Sıraç uzaktan kumanda ile arabayı kitlerken. Endişeli yangın mavisi gözleri üzerimde dolanıyordu. "Kusacak mısın?"

Elimi ağzıma götürdüm ve boşta olan elimi havaya kaldırıp olumsuz anlamda salladım. "Hayır."

"Ooo, kimleri görüyorum?" İkimiz de kafamızı bu yabancı sesin geldiği yöne çevirdiğimizde, ortam bir anda buzdan bir kürenin içinde kapana kısılmışız gibi soğudu. Ortamdaki herkesin nabız sesini net bir şekilde duyabiliyordum.

"Hamza?" Sıraç'ın gergin çıkan sesi sokağı inletirken, soğuk bir rüzgârın bedenimden içeriye nüfuz edip algılarımı allak bullak ettiğini fark ettim. Hamza da kimdi? Hemen karşımızda duran iri yarı, kirli sakallı adama baktığımda tüylerim diken diken oldu. Kaşının üstünden başlayarak göz altı torbalarının olduğu yere kadar derin bir dikiş izine sahipti.

"Evet Sıraç?" Adamın sesi yabancılıktan ziyade sert ve kuvvetliydi. Bu bile damarlarımın üst üste binmesine neden olmuştu. Sıraç benim olduğum tarafa yürürken gözleri bir an olsun adamın üzerinden ayrılmadı. Beni kollarının arasına çekti; tıpkı ona ait olan, çok istediği ve sonunda kavuştuğu o oyuncakmışım gibi sarıldı. "Ne arıyorsun lan sen burada?"

Hamza dediği adam önce Sıraç'a, ardından da Sıraç'ın bana sardığı heybetli kollarına tuhaf bir bakış attı. Memnun olmadığı her halinden belliydi. "Ciddi misin?" diye sordu adının Hamza olduğunu öğrendiğim ama kim olduğu konusunda hiçbir fikrimin olmadığı adam. "O kıza mı sarılıyorsun gerçekten?"

Sıraç yılan sokmuş gibi irkildi fakat kollarını bir an olsun üzerimden çekmedi. Daha da sıkı sarıldı ve beni kendine bastırdı. "Ne istiyorsun? Açık konuş." Sesi gerginliğini elle tutulur bir hale getirmişti. Sıraç'ı bu kadar geren şeyin ne olduğunu ciddi anlamda merak etmeye başlamıştım.

Adam bizden yaklaşık dört, beş metre uzaktaydı fakat gözlerinin keskinliğini direkt olarak üzerimde hissedebiliyordum. Bana kötü bir şeymişim gibi bakıyordu. Sıraç adamın bakışlarından rahatsız olmuş olacak ki, yüzümü kendisine doğru çevirdi ve göğsüne bastırdı. "Ne istiyorsun dedim sana?"

Göz ucuyla adama bakmaya çalıştığımda, adamın teslim oluyormuş gibi ellerini havaya kaldırdığını gördüm. "Sıraç bunlar sana göre hareketler değil. Bırak şu kızı ve gidelim."

Adamın ürkütücü sesi kulaklarımda uğuldayan kanın fokurdamasına sebep olurken, ne söylemeye çalıştığını idrak edemiyordum.

"Neyin bana göre olup olmadığına sen mi karar vereceksin lan?" Sıraç'ın kasılan çenesini başımda hissettim. "Ne istiyorsun? Neden buraya geldin? Siktir ol git, uğraştırma beni."

"Sıraç," dedi adam son kez keskin bir ses tonuyla. "Baban burada olduğunu bilmiyor değil mi?" Resmen tehdit ediyordu.

"Beni babama gammazlamakla mı tehdit ediyorsun yavşak?" Sıraç beni yavaşça serbest bıraktı ve arkasına çekmemi sağladı. Bana doğru omzunun üzerinden bakıp, "Her şey yolunda," diye mırıldandı.

"Tehdit değil," dedi adının Hamza olduğunu öğrendiğim ürkütücü adam. "Bu yalnızca bir uyarı Sıraç."

"Elinden geleni ardına koyma Hamza. Ben bu işte yokum." Sıraç'ın sesi keskin bir tonda yükselirken eş zamanlı olarak ensemde bir soğukluk hissettim. Ürpermeme sebep olacak bir soğukluk.

Ve ardından Hamza'nın tüyler ürperten, mide burkucu o iğrenç kahkaha sesi.

"Sıraç, onu arkana saklamakla pek iyi bir şey yapmadın kardeşim. Zira arkanda gözlerin yok, biliyorsun."

Sıraç ani bir hareketle bana doğru dönerken, ensemde hissettiğim soğuğun bir metale ait olduğunu anlamam çok zor olmamıştı. Sıraç'ın yangın mavisi gözleri şaşkınlık ve panikle irileşirken, eş zamanlı olarak arkamdaki soğuk metalin sahibinin sesi duyuldu.

"Küçük kuzu benimdir Hamza ağabey."

Ayaklarım yere tutunmaya çalışıyordu fakat bunu becerebildiğinden şüphelerim vardı. Saçlarımı sıkıca kavrayan parmakların sahibini göremiyordum ama enseme bastırdığı metalin ne olduğunu anlamıştım. Silah.

Sıraç beni kollarına alacaktı ki, arkamdaki nefesin sahibi dilini şaklattıktan sonra, "Orada durmalısın Karayel. Küçük kuzu benimdir. Ellerini çekmezsen onun beynini dağıtacağım," dedi tok bir sesle.

Sıraç'ın yangın mavisi gözleri şaşkınlığını ele verirken, öfkesi yüzünden seğiren çenesini net bir biçimde görebilmiştim. Panik harelerine mürekkep gibi yayıldı, karanlığın açtığı büyük karadelik genişledi ve onun göz bebeklerini yutup kelimelerini içine sakladı.

"Sıraç," diye mırıldandım. Mırıltımdan okunan korku elle tutulurdu.

"Mayıs." Gözleri daha da irileşti. "Dur, bırak onu."

Saçlarımı sıkıca kavrayan el beni geri geri çekerken saç diplerimin sızladığını hissettim. Zaten bulanan midem, safrasını dışarı salmak için an kolluyordu.

"Hamza abi," dedi arkamdaki nefesin sahibi. "Ne diyor bu değişik?"

"Derdiniz benimle. Kızın bununla alakası yok," dedi Sıraç sert bir sesle. Gözlerinden okuduğum kadarıyla yoğun bir endişe denizinin ortasına düşmüştü.

Hamza ellerini birbirine çarptıktan sonra alay dolu bir kahkaha attı. "Cidden ona dayanamıyorsun, değil mi? Sana yakıştıramadım, annenin ölümüne sebep olan şeytana tapıyorsun. Uyan Sıraç. Sen bir şeytana tapıyorsun, seni uyandırmak için geldim."

Sıraç gözlerini üzerimizden çekmediği için arkasında duran Hamza'ya bakmıyor ve onu sabırla dinliyordu. Hamza'nın her bir cümlesi Sıraç'ın çenesinin kasılmasına sebep olurken korkuyla titredim. Sıraç'ın beynini yıkamaya çalıştığı aşikârdı.

Sıraç'ın yüzündeki ifadeden ne düşündüğünü çözemiyordum.

"Hiçbir bok bildiğin yok, konuşup durma," dedi Sıraç dişlerinin arasından. Enseme dayalı olan silah namlusunun metal soğuğu kemiğimi sızlatırken, uzun parmaklar tarafından kavranmış olan saçlarımın dipleri acıyordu.

"Bu kızın bir şeytan olduğunu ve ailenizi dağıttığını benden iyi hiç kimse bilemez Sıraç. Uyan kardeşim. Bu kız seni zehirliyor," dedi Hamza, her bir cümlesi kör kurşun değerindeydi. Yaralıyordu.

"Bana kardeşim deme," diye tısladı Sıraç, gözlerini arkamda duran nefesin sahibinden bir an olsun ayırmıyordu. "Onu bıraksın Hamza! Söyle ona, onu bıraksın. Yoksa olacaklara karışmam! Canınız çok yanar."

Yangın mavisi gözlerinden taşan öfke denizinde boğulmuştum. Ölümden korktuğum falan yoktu, arkamdaki manyağın gözünü kırpmadan tetiği çekeceğinden de adım gibi emindim. Zira beni tanımıyordu ve ruhsuz bir insan olduğunu sesindeki tınıdan bile anlayabilmiştim. Hemen şuracıkta beynimi darmadağın edebilirdi.

"Senin ne kadar tehlikeli bir adam olduğunu biliyorum Sıraç," dedi Hamza dümdüz bir ses tonuyla. "Ama sen de benim ne kadar tehlikeli bir adam olduğumu biliyorsun kardeşim."

Sesini çıkarmadan öylece yüzüme bakan Karayel'ime ve arkasında duran eşkıya kılıklı adama bakıyordum.

"Bana," dedi Sıraç hiç duymadığım kadar tehlikeli bir ses tonuyla. "Kardeşim deme dedim sana!" İki elini ağzına götürüp yüksek sesli bir ıslık çaldı. Arkamdaki adam bir anda yere yığılınca, eline doladığı saçlarım yüzünden ben de onunla yeri boylamıştım. Kafamı kaldırıp ortamı gözlemlemeye çalıştığımda, etrafta büyük bir arbede çıktığını gördüm. Hamza'nın arkasında duran Halim sol kolu ile onu kafeslemiş ve büyük bir güç sarf ederek Hamza'yı boğazlıyordu. Öyle ki, Hamza'nın yüzü mosmor kesilmiş, alnındaki damarlar dışarıya fırlamıştı. Hemen yanımda ise Savaş elinde beyzbol sopası ile dikiliyor ve sırıtıyordu.

Savaş, elindeki beyzbol sopasını sallarken hemen yan tarafımızda duran çalılıkları gösterdi. "Evin balkonundaydım ve Karayel ile göz göze geldik. Sen onun arkasında saklanırken arkadan gelen yavşağı fark ettim. Sonrası basitti, Karayel bakışlarını konuşturdu ben de beynimi." Gururla gülümsedi. "Şimdi paket zamanı." Yerde yatan, az önce silahıyla beni rehin alan genç adama esaslı bir tekme geçirdikten sonra adamı deyimiyle paketlemeye başladı. Gözlerim hemen beş, altı metre ileride duran Halim ve Sıraç'a takıldığında, Halim'in gırtlağını sıktığı adamın kaşlarını çatarak bana baktığını gördüm. Eş zamanlı olarak Sıraç adamın erkekliğine ardı arkası kesilmeyen tekmeler savuruyordu.

"İlla seni insanlıktan çıkaracağız Sıraç mı diyorsunuz lan siz bana!" diye kükredi Sıraç ve bir tekme daha salladı. Tekme Hamza'nın iki bacak arasından girip erkekliğinde biterken acıyla bağırdı. "Seni doğurtan ebenin ciğerini sikerim lan!" Ve bir tekme daha. "Sen kimin kadınının kafasına silah dayıyorsun tirrek! Senin beş para etmeyecek olan kemiklerini bir bir sikerim!" Bir tekme daha.

Hamza acıyla inlerken nefes nefese kalmış bir şekilde, "Bu yaptığının cezasını çekeceksin Sıraç," diye mırıldandı. Sesi çektiği acının kanıtı gibiydi.

"Asıl sen bu yaptığının cezasını çekeceksin, göt! Sana öyle şeyler yapacağım ki, aklın hayalin duracak. Senin o erkeğim diye önünde gezdirdiğin şeyi kopartır, sana yediririm!"

Dehşete düşmüş gözlerle Sıraç'a bakarken yutkundum. Pek fazla görmediğim anlardan bir tanesine şahit oluyordum. Karayel çileden çıkmışçasına karşısındaki adamın erkekliğini tekmeliyordu.

"Şeytan o!" dedi Hamza son gücüyle. "O kız senin şeytanın. Tüm karanlığına sebep olan kız o. Boktan aşk hikâyenizi bitirmek için buradayım. Bu orospunun gerçek yüzünü göstereceğim sana Sıraç!"

Bana... Bana mı demişti o kelimeyi? Sıraç'ın tek yaptı Halim'in belinde duran, gözle net bir şekilde görülen siyah parlak silahı almak ve silahın namlusunu Hamza'nın beynine dayamak.

Sonra mı?

Silah kulakları sağır edecek bir sesle patladığında, Hamza'nın odağını kaybetmiş gözleri açıktı ve bezden bir bebeği andıran vücudu hızla yere serildi.

Sıraç Karayel önümde bir adamın beynini dağıtmıştı.

25. BARUT

1... 2... 3...

Kan... Odağını kaybetmiş gözler. Gözlerim hemen karşımda boylu boyunca yatan, gözleri açık cesede doğrudan bakarken etraftaki başka hiçbir şey ilgimi çekmiyordu. Onu engellerim sanmıştım. Bir cana kaymasını engeller, bugün onu olası bütün kötülüklerden korurum sanmıştım. Koruyamadım. Saniyeler önce benim yüzümden bir adamın beynini dağıtmıştı. Birileri adımı sesleniyordu fakat beynim bunu inatla reddediyordu. Şu an algılayabildiği tek şey, karşısında gözleri açık yatan ve kafası paramparça olmuş cesetti.

İlk kez ceset gören gözlerim, diğer cesetlerin bu cesedin yanında kesinlikle çok masum kalacağından emindi. Gözlerimin odağından çıkarmadığım bu dağılmış beynin sahibi biraz önce hayattaydı ve karşımda duruyordu. Şimdi ise... O yoktu.

Geriye kalan tek şey, odağını kaybetmiş bomboş bakan gözleri ve yere akmış beyniydi.

Dilim yerinde değil gibiydi, keza bilincim de öyle. Beynimin bana oynadığı bir oyun muydu bu?

Neden hemen karşımdaki betonda yatan adamın dağılmış cesedinden başka hiçbir şey göremiyordum? Işıkları söndürülmüş bir odada tek ışık onun cansız bedenine vurulmuştu sanki. Karanlık bir köşeye geçmiş, onun cesedinin şovunu izliyordum. Havaya yükselen kanın ve barutun kokusunu alabiliyordum. Kahve kokusu... O neredeydi? İşte onu soluyamıyordum.

Sıraç'ın kokusunu soluyamıyordum, lanet olsun ki burnuma dolan tek koku kan kokusuydu. Metalimsi ve genzi yakan kan kokusu. Beynimin odacıklarını istila edip kalbime ardı arkası kesilmeyen yumruklar sallayan bir kokuydu bu. Ceset! Beynim dur durak bilmeden bu kelimenin altını çizip duruyor ve olayı yüzüne tokat gibi vuruyordu. Sevdiğim adam gözlerimin önünde bir insanın canına kıymıştı ve bunu yaparken gözünü dahi kırpmamıştı.

Bugün olası bütün belalardan onu koruyacağıma inanan ben, onun belası olmuştum. Hamza haklıydı, ben bu adamın karanlığıydım. Yangın mavisinin güzelliğine gölge düşüren bir karanlıktan başka bir şey değildim. O bana yangınım, derdi. Fakat bilmiyordu ki, ben onun gözlerinin içindeki yangına gölge düşüren o şeytandım. Onun şeytanı. Onun laneti.

"Mayıs." Karanlıktan yükselen sesini duyabiliyordum fakat görüş alanım onu içine almamakta ısrarcıydı. Yangın mavisi gözlerine bakabilecek gücü kendimde bulamıyordum. "Mayıs, bebeğim?"

O da tıpkı benim gibi barut kokusunu alabiliyor muydu? Ucunu ateşlediği silahtan yükselen barut kokusunu. Az önce bir adamın beynine giren kurşundan çıkan barut kokusunu. Odağını kaybetmiş gözlerim zoraki bir şekilde beni omuzlarımdan sarsan Sıraç'a döndüğünde, silahı kaldırıma fırlatmış, diz çöktüğüm yerde diz çökmüş bana bakıyordu. "Bebeğim!" Yüzüne bomboş bakmaya devam ettim. Beynim hiçbir şeyi algılamamakta hâlâ ısrarcıydı. Duyduğum sesler kulağımdan giriyor ama beynime ulaşmayıp diğer kulağımdan dışarıya süzülüyordu.

"Dolunay surat." Savaş'ın sesini duyabilmiştim fakat yüzünü görememiştim. Zira şu an yüzüme dehşet dolu gözlerle bakan yangın mavime bakıyordum. "O iyi mi?"

"O iyi olacak," dedi Sıraç gözlerini bir an olsun benden ayırmadan. "Siz şunu ortadan kaldırın. Mahalle boş, gürültüye çıkan olmadı. Yok edin şunu."

"Birader, yengem hiç iyi görünmüyor," dedi Halim, en azından seslerin sahiplerini ayırt edebiliyordum. Belki de yapabildiğim tek şey buydu şu an.

"Şu leşi ortadan kaldırın Halim!" diye kükredi Sıraç, gözleriyle gözlerimin içine doğrudan dokunuyordu. Bu dokunuşlara karşılık veremiyordum. İçim bulanıyor, midem kasılıyordu. Boğazıma biriken mide öz suyumu dışarı bırakmak istiyordum ama düşününce midemin daha çok kasılmasına sebep olmuştu.

Siyah gömleğine bulaşan kanı gördüğümde midemdeki kasılma daha da şiddetlendi. Kanın rengi net bir şekilde görülmese de siyah gömleği süsleyen şeyin kan olduğu kabak gibi ortadaydı. "Mayıs." Sesi yalvarıyor gibi çıkmıştı. "Bebeğim, konuş benimle."

Konuşabilecek gücümün olduğunu mu düşünüyordu sahiden? Az önce gözlerimin önünde bir beyin parçalanmıştı ve bunu normal bir şekilde karşılamamı mı bekliyordu benden?

"Birader, bu elemanı ne yapacağız? Ayılıyor bu yavaştan," dedi Halim, az önce Savaş'ın beyzbol sopası ile etkisiz hale getirdiği genç adamın basında dikilmiş, adama bakıyor olduğunu görmesem de hissedebilmiştim.

"Bir tane daha geçireyim," dedi Savaş gayet normal bir şekilde. Beyzbol sopasını salladığını hissedebiliyordum fakat dönüp bakacak gücü kendimde bulamıyordum. "Bayıltalım tekrar, atalım bir köşeye. Olanları görmedi nasılsa."

Olanları görmedi nasılsa. Kalbim büküldü. Bunu vicdanının hangi rayına kaldırarak söylemişti Savaş?

"Ne yapıyorsanız yapın, kaybedin şunları gözümüzün önünden." Sıraç'ın kükremedi sokakta yankı bulurken titredim. Titrediğimi görünce panikle bana sokuldu ve omuzlarıma bastırdığı parmaklarının boğumlarında atan nabzını hissetmemi sağladı. "Bebeğim, iyi misin? Hadi eve gidelim."

İnanamaz gözlerle ona baktığımda, olanlardan sonra ilk kez bir tepki verdiğimi fark etmiştim. Tepki verdiğimi gören Sıraç, alt dudağını ıslattı ve biraz olsun rahatlamış gözlerle yüzümü izlemeye devam etti. Dikkatle baktığımda Sıraç'ın çenesinde de hafif, görünmez derecede minik bir kan lekesi olduğunu gördüm. Midem kasıldı. İçinde ne varsa dışarı püskürtmek istiyordu.

Biz bu adamla birbirimize yara olmaktan başka hiçbir işe yaramıyorduk.

"Seni eve götüreceğim," dedi Sıraç ve bir anda ayaklanıp beni kucakladı. Tıpkı bir kuklaymışım gibi ifadesiz, hareketsiz ve yaşamsal hiçbir fonksiyon göstermeden kucağındaki yerimi aldığımda gözlerimi sıkıca yumdum. Yerdeki kan izlerini görmek istemiyordum. Burası nasıl bir mahalleydi böyle? Patlayan silahı kimsecikler ciddiye almamış mıydı gerçekten? Barut ve kan kokusunu alamıyorlar mıydı?

∞

"Mayıs?" Gözlerimi açamasam da sesin sahibini çok yakından tanıyordum. "Meleğim uyan."

Gözlerini araladığımda Merve ve Ümran'ın yatağın kenarına oturmuş, endişe dolu gözlerle beni izlediklerini gördüm. Ne zaman uyumuştum ki?

"Her şey yolunda mı?" diye sordu Merve ve elini alnıma koyup ateşimi ölçtü. Eli çok soğuktu. "Ateşin var biraz. Düşünmemeye çalış." Yanağımı okşadı. "Biliyorum, gördüğün şey gerçekten herkesin kaldıramayacağı büyüklükte bir olaydı. Ama buna alışmak zorundasın, onun kadını olmayı sen seçtin Mayıs."

"Haklı," dedi Ümran. "Onlar böyle bir hayatın içindeler ve biz onların kadınlarıyız. Sen de, ben de. Merve ise onlardan bir tanesinin kardeşi. Böyle şeylere şahit olup göz yummamız gerek. Kötüler cezasını bir şekilde çekmek zorunda, dünya çok da adaletli bir yer değil."

"Birilerini öldürmelerine mi alışmalıyım Ümran?" diye bağırdığımda, bunun kendimden bağımsız bir çıkışma olduğunu fark ettim. Her saniye aklımın odalarında yayımlanmaya devam eden o korkunç patlama ve dağılma sahnesi bir türlü beni terk etmiyordu.

"Onun kadını olmayı sen seçtin," dedi Ümran ve kahverengi gözleriyle doğrudan gözlerimin içine baktı. "Buna alışmak zorundasın."

"O tetiği benim yüzümden çekti." Yutkundum. Gözlerinin önünden bir an olsun ayrılmayan o dehşet sahnesini silmeye çalışırken hıçkırığım boğazımda büyümüştü. "Ben onu koruyabilirim, böyle şeylerden uzak tutabilirim sanmıştım."

"O adam, onun kadınına laf etti Mayıs," dedi Ümran. "Sıraç ağabeyim o lafın altında kalacak bir adam değil. Bunu en iyi sen bilmelisin."

"O adamın bana orospu demesiyle orospu olmuyorum ben!" diye bağırdıktan hemen sonra hıçkırarak ağlamaya başladım. Boğazımdan yükselen hıçkırıklar, hâlâ varlığını içimde taşıdığım barut kokusuyla karışıyordu.

"Elbette olmuyorsun ama Sıraç ağabeyim sana tapıyor." Elini elimin üzerine koydu ve sakinleştirmek adına okşadı. "Ağlama lütfen, aşağıda perişan oldu."

Merve'nin şefkatli kolları bedenimi çevrelediğinde, sessiz hıçkırıklarım iç çekişlere dönmüştü. Ümran'ın kahverengi gözlerindeki endişeyi görebiliyordum. Elle tutulur bir endişe vardı kahverengi gözlerinde.

"Her şey geçecek, söz veriyorum," dedi Merve, bu gözyaşlarımı şiddetlendirmekten başka bir işe yaramadı. O lanetli görüntü gözlerimin önünden kalkıp gitmiyordu. Bu hissi tarif edebilmek imkânsızdı, zira beynimde yankılanan silahın sesi beni esir almış durumdaydı. İnsanın durduğu yerde kendi içine batması gibi, bir kara deliği beyninde taşıması ve beslemesi gibi.

"Lanet olsun, ağlama!" Diye bağırdı Sıraç, sesinin salondan geldiğini oluşan yankıdan anlamıştım. Merve ve Ümran birbirlerine bakarken bir yandan da beni sakinleştirmek adına saçlarımı okşuyor, bana sarılıyorlardı. Ahşap merdivenleri kırarcasına tırmanmaya başladığında, yüreğimdeki karanlık daha da büyüdü. Buraya geliyordu. Karanlığı olduğum adama âşıktım ve o benim onun karanlığı olduğumu ne yazık ki göremiyordu.

Yatak odasının kapısı büyük bir gürültüyle açılırken, Ümran ve Merve korkuyla geri çekilip inanamaz gözlerle Sıraç'a baktılar. Kanlı gömleğini çıkarmış, onun yerine siyah rambo bir tişört gitmişti. Altındaki siyah pantolonda belli belirsiz kan lekeleri vardı. Nefes nefese bir şekilde yatağın üzerindeki perişan bedenime bakıyor, bir yandan da kapının kolunu sıkıca tutuyordu. "Dışarı!" diye kükredi. Ümran ve Merve birbirlerine kısaca baktılar. Ama bu bakışmanın ne anlama geldiğini çözemedim.

"Sıraç ağabey..." dedi Ümran fakat bu Sıraç'ın daha da delirmesine sebep oldu.

"Size dışarı dedim!"

Ümran ve Merve endişe dolu gözlerle dışarıya baktıklarında Sıraç bana doğru adımladı. Adımları temkinliydi. Dizlerimi karnıma çektim ve kan çanağından emin olduğum gözlerimi onun üzerinde gezdirdim. Son kezmiş gibi hasretle incelediğim yüzüne tapıyordum.

"Ağzımdan çıkacakları yutacakmış gibi dinle," dedi Sıraç üstüne basa basa. Midem kasıldı. "Böyle olmasını istemedim."

"Ama öyle oldu," dedim, sesimin soğukluğu buzdan bir duvarı aratmamıştı. "Tam olarak öyle oldu."

"Mayıs..." Gözlerini benden kaçırmış olsa da yüzünden anladığım kadarıyla kendisiyle bir iç savaşa girmişti. "Ağlamana dayanamıyorum. Gözyaşlarını sil, öyle konuşalım."

"Sıraç ben senin karanlığınım."

Gözleri ani bir şekilde gözlerimi bulduğunda, yangın mavisinin hiç bu kadar baskın olduğuna şahit olmamıştım. Yangın mavisi gözleri, alevleriyle savaşıyor ve âdeta lavlarını tazyikli bir şekilde etrafa püskürtüyordu.

"Ne dedin sen?"

"Ben senin karanlığınım."

"Yanlış." Yatağın üzerine çıktı ve yüzüme abandı. "Sen beni içine kabul eden tek aydınlıksın."

Nemli dudaklarını dudaklarıma bastırırken, söyledikleri kalbimde hüzünlü bir şarkı gibi çınlayıp durdu. Neden buna inanmak istemiyordum?

"Ağlama," diye fısıldadı dudaklarıma. Uzun işaret parmağıyla gözyaşımı silerken, ağladığımın farkında bile değildim. "Ben de böyle bir piç kurusuyum işte, ne yapayım? Beni öldür ama ağlama."

Gözümdeki tuzlu yaş irislerimi yakarak yanağıma doğru yol alırken, ona bakan gözlerim bomboştu. Onu seviyordum. Kimsenin kimseyi bu denli seveceğine inanamazken, tam da o şekilde onu seviyordum. Kalbimde açan kiraz çiçeklerinin sahibiydi o. Ama aynı zamanda içimdeki cenazelerin de...

İçimde koca bir mezarlık dolusu cenaze vardı. Adını bilmediğim, faili meçhul cinayetlerin çürümüş bedenleri... Kimisi henüz yeni konmuş, kimisinin mezar taşının üzerinde yazan ismi bile kaybolmuş...

Ben bugün Eylül Özden'e verdiğim sözü tutamamıştım.

"Özür dilemeyeceğim Mayıs." Kafasını boyun girintime soktu ve bu dünya telaşesinden saklanmak adına kokumu içine doldurdu. "O orospu çocuğu sana o kelimeyi kullanamaz, seni annesi sandı sanırım. Bunun başka bir açıklaması olamaz."

"Lütfen." Hıçkırığım göğsümde büyüdü. "Lütfen insanları öldürme Sıraç."

Kafasını kaldırıp kızarmış gözleriyle bana baktı. Bakışı masumdu. Az önceki eli kanlı katilden ziyade, öylesine masumdu ki... "Eğer öldürmekten zevk alıyorsan, sıradaki kurbanın ben olayım. Çünkü daha fazlasını görmeye ne halim var ne de takatim."

Yangın mavisi gözleri doldu ama yağmurlarını yanaklarına bırakmadan durdu. "Benden iğreniyor musun?"

"Seni seviyorum," diyebildim. İğrenmemi beklememeliydi. Çünkü bu dünya üzerinde hangi suçu işlerse işlesin, o benim sevdiğim adamdı.

O benim sevdiğim adamdı.

Sevdiğim adam olmasına ama... Sanırım ben onun yalnızca karanlığıydım. *Sıraç Karayel'in karanlığı.*

∞

İnsanlar yüzünüze baktıklarında görmeyi arzu ettikleri kişi olmanızı dilerler. Bunu bildiğim için on yedi yıllık hayatım boyunca kimsenin gözlerine uzunca bakıp ümitlendirmemiştim. On sekizime girdiğimdeyse işler değişti. Bu kez tıpkı o insanlar gibi düşünmeye başladım. Sevdiğim adamın yüzüne baktığımda görmeyi arzu ettiğim kişi olmasını diledim. Belki değildi ama çoktan geri dönülemez bir şekilde âşık olmuştum.

Varlığımın ona zarar olduğunu bile bile kemiklerim göğsüme bata bata onunlaydım işte.

Gözlerimi araladığımda gün ışığı yatak odasını tatlı bir turuncu rengiyle aydınlatmış, Sıraç'ın kolları boynuma tıpkı bir sarmaşık gibi sarılmıştı. Dün olanları unutabilmem mümkün değildi. Olmayacaktı da. Ama onunla uyumuştum. Her gece olduğu gibi o gece de hiçbir şey olmamış gibi uyumuştum onunla. Tek bir fark vardı... Kollarımda uyuduğum bu adamın bambaşka bir yüzüyle daha tanışmıştım. Üstelik o yüzüne bile âşıktım...

"Günaydın," dedi Sıraç uykudan dolayı çatlak çıkan sesiyle. Sesi gümüştü. Saf gümüş. Işık oluyordu içime. Cevap vermeden bir süre yüzüne baktığımda, etrafı ala bulanmış yangın mavilerini bir iki kez kırptı ve dudaklarıma yaklaştı. "Seni öpebilir miyim?"

Beni öpmek için izin istemesi afallamama sebep olurken, yaptığım tek şey bomboş gözlerle ona bakmaya devam etmek olmuştu. "Öpemez miyim?"

Bakışları yavru bir köpeğin bakışlarını andırıyordu. Üzerimdeki etkisi azalacağına çoğalıyordu. Beni korkutan da buydu zaten...

"Öpüyorum?" Başımı sallamakla yetindiğimde dudağımdan bekliyorken, alnımdan öpüldüm. Pembe çikolatalar kader çarkımın üzerine ıslak busesini bırakırken, eş zamanlı olarak burnu saç diplerimi okşamıştı. "İlahi kokulum, daha iyi misin?

"İyi değilim." İyi değildim. Hiçbir anlamda iyi değildim. Her anlamda çöküntüye uğramış hissediyordum. Görüntüler belleğimden silinmiyordu. Silinecek gibi de değildi.

"Neden hâlâ bunu düşünüyorsun Mayıs?" Sesi gergindi. Kollarını iki yanımdan açıp yatağa bastırdı ve beni kafesledi. "Unut bunu, bir daha tekrarlanmayacak."

Bahsettiğimiz şey bu kadar basit bir şey mi gerçekten? Bir insanın canını almak ne zamandan beri bu kadar basitleşmişti? Neden şiddet gören erkek çocukları hınçlarını dışarıdaki masum ya da değil, başka insanlardan almak zorundaydılar ki?

"Babanın yaptıklarının faturasını diğer insanlara kesiyorsun," dedim tükürürcesine, burunlarımız neredeyse birbirine değecekti. Ve yüzünden derin bir şok dalgası geçti.

"Ne demek istiyorsun Mayıs?" Sesi daha da gergin çıkmıştı. İlgilenmedim. Benim yüzümden de olsa böyle bir şeye şahit olmak zorunda değildim. Ömür boyu o lanetli görüntünün izlerini taşıyacaktım.

"Hepimiz aynı yerlerden kırıldık Sıraç, sadece bazılarımız daha yüksekten düştü, o kadar." Kaşlarımı çatmıştım. Ben kaşlarımı çatarken içim bambaşka bir çatışma halindeydi. Ona kızmıyordum ama aynı zamanda kızıyordum da. Aklım başımda değildi.

Kaşlarını çattı ve idrak etmeye çalıştığını belli eden bir ifade takındı. "Ben yandığımda kimse üflememişti Mayıs," dedi dümdüz bir ses tonuyla. Sesindeki düzlükte anlam veremediğim mesajlar gizliydi.

"Adı üstünde, sen yandığında." Gözlerimi gözlerine sabitledim ve yüzünü avuçlarımın arasına aldım. Yüzü ateş gibi yanıyordu, öfkesini dizginlemeye çalıştığı apaçık ortadaydı. "Senin yangının diğerlerini ilgilendirmez. Herkesin acısı kendisine kadar... Dışarıdan bir göz, senin nasıl bir acıyla savaştığını bilemez. Bu yüzden dışarıdaki gözlere kızamazsın, buna hakkın yok."

"Onlara kızmıyorum," dedi kendisinin bile inanmayacağı bir ses tonuyla. "Babama kızıyorum. Babalara kızıyorum."

"Neden?" Yutkundum. Nedenini biliyordum ama soruyordum işte... "Tüm babalar senin baban gibi değil."

"Tüm babalar senin baban gibi de değil Mayıs," dedi Sıraç ve yangın mavisi gözlerini doğrudan gözlerimin içine dikti. Söylediklerinin burukluğundan çok, gözlerinin güzelliğiyle ilgilendim. Bu adamın gözlerinin dokunduğu her yer benim memleketimdi. Bundan haberi var mıydı? İzmir gözlüm, kokusunda cenneti soluyordum.

Cevap vermediğimi görünce yüzü biraz olsun yumuşadı. Alnıma sıcak bir öpücük daha bıraktıktan hemen sonra burnunu burnuma yasladı ve taze nefesini dudaklarıma soludu. "Şu perdeleri görüyor musun?" İşaret parmağıyla hemen sol tarafımızda duran perdeleri gösterdi. Başımı salladım. "İşte onları gözleri yıpratır." Anlamaz gözlerle baktığımda gülümsedi. "Çocuklarını ise babaları..."

Gözlerimi kaçırmakla yetindim. "Cesedi ne yaptınız?"

"Ondan kurtulduk Mayıs."

"Ne yaptınız dedim?" diye tekrarladığımda sıkıntılı nefesini dışarı bıraktı.

"Savaş ve Halim onun icabına baktılar. Zaten kimliksiz bir kaçaktı. Kimse yokluğunu fark etmeyecek."

"Sıraç," diye mırıldandım ve beynimdekileri silebilmek adına onu kendime doğru çektim. "Çok üşüyorum."

"Mayıs ayının sonundayız, minik şeytan," dedi Sıraç algılayamayacağım kadar büyüleyici bir ses tonuyla. Şu görüntüleri zihnimden silebilmemin tek bir yolu vardı.

"Biliyorum ama sıcaklığını benimle paylaşamaz mısın?"

"Seve seve."

Dişlerini nazikçe etime geçirdi ve tensel ihtiyacını ifade eden hoyrat, arzulu, şehvetli bir ses çıkardı. "Biliyor musun?" diye mırıldandı. Beynimdeki düşünceleri atmak istercesine onun dokunuşlarına cevap veriyordum. "Beni istediğin zamanları seviyorum."

Altımdaki dünden kalma kot pantolonun düğmesini çözerken,

bir yandan da omuzlarıma küçük ısırıklar bırakıyordu. Acıtmıyordu fakat karnımın karıncalandığını söyleyebilirdim. Dokunuşu, tuhaf bir şekilde tam istediğim gibiydi. Sıraç, kot pantolonumu bacaklarımdan sıyırırken bir an irkildim. Gözlerimin önüne gelen o lanetli görüntüydü bu irkilmemin sebebi. Sıraç fark etmiş olacak ki, bacaklarımdan ayırıp çıkardığı pantolonu yavaşça yere attı, gözlerimin içine baktı. "İyi misin?"

"İyiyim," diye kekeledim. Kasıklarımda kaynayan suyun sahibi Sıraç'tı. Bana iyi gelen tek şeyin onun sıcaklığı olduğunu biliyordum. "Lütfen, devam et."

Heyecanlı bir beklenti içinde bedenimi ona sunduğumda, pantolonunun kemerini iç gıdıklayıcı bir ses çıkarmasına sebep olacak şekilde çıkardı. Bunu yaparken yangın mavisi gözlerini gözlerimden ayırmıyordu. "Korkma." Üzerime doğru eğildi ve yavaş hareketlerle pantolonunu sıyırdı. Büyük bir dikkatle ağırlığını üzerime yerleştirdiğinde nefesim kesildi.

Onu tutup bedenimi yukarı çektim. "Korkmuyorum."

Belli belirsiz bir şekilde gülümsedikten hemen sonra dizlerimi kırmamı ve bacaklarımı ikiye ayırmamı sağladı. Kalbim yerinden çıkacak gibi atıyordu. Ona kolaylık sağlayabilmek adına yavaşça doğruldum ve onun üzerime baskı yapan vücudunu yok sayarak üzerimdeki tişörtü yavaşça sıyırıp kenara fırlattım. Kalbim hiç olmadığı kadar hızlı atıyor, zihnimdeki kötü görüntüler yerini Sıraç'ın yangın mavisi gözlerine bırakıyordu.

"Külotunu ben çıkaracağım," dedi esrarengiz bir ses tonuyla. İrkildim. "Ya da vazgeçtim." Gözlerini kıstı. "Yalnızca kenara çekeceğim." Sıraç parmağını bir kıskaç edasıyla külotumun kenarından geçirdikten sonra varlığımın gün yüzüne çıkmasını sağladı. Yüzüm utançla çarpılırken ellerimi yüzüme kapattım ve sık nefesler almaya başladım.

"Lütfen, bakma."

"Bakıyorum."

"Bakma," diye cırladım ve parmaklarımı yüzüme bastırdım. "Kes şunu, vazgeçtim."

"Henüz sana dokunmadım bile ama benim için ıslanmışsın." Sesindeki şehvet seviyesi, ayak bileklerimin titremesine sebep olmuştu. "Seni hazırlamama gerek kalmamış Mayıs." Boynum yanıyordu.

Alt dudağımı dişlerken ağzıma gelen metalik kan tadı sayesinde dudağımı parçaladığımı fark edebilmiştim.

"Dudağını ısırma," diye mırıldandı. Boxerının lastiğinden çıkan sesten anladığım kadarıyla artık o da benim gibi hürdü ve sabahın ışığı tüm odayı doldururken, eş zamanlı olarak içimi doldurdu. "Seni istiyorum."

Yatağa külçe gibi yığıldım. Zorlukla Sıraç'ın çıplak beline tutunmaya çalıştığımda üzerime tamamen abandı ve derinliklerini keşfetti. Acı tarifsizdi, zihinsel ve fiziksel olarak acı çekiyordum. Onun tarafından doldurulmak bile zihnimdeki acıyı hafifletmiyordu. Aksine fiziksel olarak da canım yanıyordu artık. "Ah, Mayıs." Sesi içimdeki ilkel duyguları tetiklerken, beynimde dönen filmin etkisinden çıkamıyordum. Vücudum Sıraç'ı kabul ediyordu ve onu sarıp sarmalıyordum. Boğuk iniltilerimin tek sebebi acı değildi elbette, kasıklarıma verdiği tarifsiz yoğunluktaki şehvet duygusu da beni tetikliyor ve dudaklarımdan inilti olarak dökülüyordu. "Konuş benimle," dedi Sıraç nefes nefese gelgitlerini sürdürürken. Kaslarım arzuyla gerildi. "Ah, konuş!" Konuşmak değil, arzuyla bağırmak istiyordum. İsyan etmek, bir şeyleri kırıp dökmek ve parçalamak. Varlığı ile boşlukları doldururken, hırıltılı nefeslerini yüzümde hissediyordum.

"Gözlerini aç Mayıs." Nefes nefese ve boğuk çıkan sesi, hormonlarımla âdeta oyun oynuyordu. "Gözlerini aç, bana bakmanı istiyorum."

Ona bakabilecek gücü kendimde bulamıyordum, utanç duymama sebep olacak bu ilkel duygudan bir an önce kurtulmalıydım. "Ah, Sıraç!" Haykırışım benden bağımsız bir şekilde odada can bulurken, gün ışığının azizliğine uğramıştık. Tüm vücudumu net bir şekilde görebiliyordum. Eli sutyenime gitti, sutyenimi bedenimden parçalarcasına çıkardı. "Yüzüme bak, gözlerimin içine." Boğuk sesi emir doluydu. Gelgitleri hızlanırken, kasıklarımda büyüyen ilkel çekim tıpkı bir kek gibi kabarıyor ve kasıklarımı zorluyordu. "Gözlerime bak, miniğim. Gözlerime bak." İniltilerinin arasında zar zor idrak edebildiğim cümlelerinden işittiğim kadarıyla yalvarıyordu. Ellerimi yüzümden çekip gözlerimin içine baktığımda, ter içinde kalmış alnı ve göğsünden inen ter damlacıkları ile asi bir görüntü çizmişti. Dudakları belli belirsiz aralanmış, tüm hislerini doğrudan içime iletiyordu.

"Beni sımsıkı sarıyor, içine çekiyorsun." Hırıltısı başımı döndürdü. Edepsiz konuşmalardan sakınmak istiyordum fakat buna izin vermiyordu. Beynim dün olanları inatla reddederken, vücudum kendisini sahibine sunmuştu. Bir anda daha hızlı bir şekilde doluluğunu hissettiğimde boğazımda büyüyen haykırışı tutamadım.

"Sıraç!" Yutkunacak zamanı bile bulamıyordum. Bana yutkunmam için zaman bile tanımıyordu. Kıvranarak gerildim, onun amansız ritmik hareketlerini kasıklarımla karşılıyordum. Soluksuz bir çığlığı dudaklarımdan dışarı bıraktığımda, bir bacağımı omzunun üzerine koydum ve başını bacağıma yatırıp, ayak bileğimi öpmeye başladı. Şehvetin içine aşkı sığdırabilen bir adamdı o. Başımı döndürüyordu. Homurtular halinde ayak bileğimi sıralı öpücükler kondururken, bir yandan da beni doldurmaya devam ediyordu. Hemen ardından üzerime kapandı ve dümdüz bir çizgi halini aldık. Dudaklarını boynumda, gerdanımda, göğüslerimin biraz üzerinde gezdirirken yavaşladı.

"Sana ihtiyacım var." Terli alnı göğüslerimi okşadı. "Sana ihtiyacım var Mayıs. Al beni," diye haykırdıktan hemen sonra, yavaşlayan ritmine ihanet edercesine hızlandı. Teri yüzüme damlıyor ve gözlerimi ondan alamamama sebep oluyordu. "Mayıs!"

"Sıraç!" Bu yalnızca ikinci seferimizdi ve vücudum çoktan ona uyum sağlamayı başarmıştı bile. Onun ilki olduğuma inanmam imkânsızdı, çünkü o fazlasıyla profesyoneldi.

"Böyle işte!" Hırıltısı büyüdü ve köprücük kemiğimi dişledi. "Al beni, cennetine al beni!" Çatlak sesi başımı döndürmüştü, hayvani güdülerim beni ele geçirirken, bacaklarımı beline sararak ona yer açtım.

"Sıraç!" Sesim bana ihanet ediyordu. Sesim ilkel bir şekilde odanın duvarlarında yankılanıyordu. Bu oda ikinci kez birleşmemize şahit oluyordu. "Seni seviyorum Sıraç! Seni seviyorum..."

Ellerini altımdan geçirdi ve kalçalarımı kavradı, böyle bir şeyi beklemediğimden kısık bir çığlık koparırken hızlı hamlelerle varlığıma abandı. Onun bana ihtiyacı olmasına, beni ele geçirmesine, bana böyle insafsızca bir şey yaşatmasına hayran kalmıştı. Terli yüzü bedenimde dolaşırken aşkla soludum.

"Seni seviyorum az kalır, sana tapıyorum! Âşığım sana!.."

Neredeyse tüm mahallenin duyabileceği bir oktavda bağırmıştı. Birbirimiz için deliriyor, vahşi bir şekilde tek beden oluyorduk. Bu kulağa utanç verici, bedenime ise iyi geliyordu. Sıraç Karayel'in karanlığı olarak da kadını olarak da tamamen ona ait hissetmeme neden olmuştu.

"Çok darsın, daracıksın, bu beni çıldırtıyor!" Kısık nefesi karnımın içine yumruk gibi düşerken bilinçsizce titredim. Kalçamı kavradı ve bir sonraki vuruşunu karşılamam için beni yukarı çekti. Ona yetmiyor gibiydi, beni kendisine yapıştırıyor ve belimin yukarı havalanmasını sağlıyordu. Sıraç Karayel zehrini içime akıtmak istiyordu.

Onu en derinimde, kuytumda hissettiğimde, acıyla karışık bir çığlık dudaklarımdan firar etti. "Ahh! Kadınım!.. İçimin yansıması!" Haykırışı ve söyledikleri içimde büyürken titrediğini hissettim. Hemen ardından da içime doluşan sıcaklığını... Karayel'in sıcaklığı...

"Keşke," dedi nefes nefese bir şekilde ve tüm ağırlığını üzerime bıraktı, "bana neler yaptığını görebilsen. Keşke sana anlatabilsem. Konu sen olunca vahşileşiyorum." Yutkundu. "Affet beni. Sana yaşattığım her şey adına, affet..." Terli kollarını vücuduma sardı ve terini terimle harmanladı. "Benim sana ihtiyacım var. Sadece sana... Madem karanlığım olduğunu iddia ediyorsun, bırak karanlığınla yaşayamam. Eğer karanlığım sen olacaksan, güneşe düşman olacağım."

Göğsüm kabardı, belki de kabaran göğsüm değil, duyguların şişirdiği kalbimdi. Yorgun yangın mavisi bakışlarını yüzüme çevirdi ve düzensiz nefesleri yüzümü okşamaya başladı. "Bana karanlığını ver, madem sen karanlıksın, zifirine âşığım. Adı üstünde sen Karayel'in karanlığısın."

Bir günahkâra âşıktım ve o günahkârın en büyük günahıydım. Ona söyleyemediklerimle doluydu içim... B*azı adımlar incitmeden sevemezlerdi, kırar, döker, yangınlar bırakırlardı arkalarında...*

Ne güzel demişti Cemal Süreya. Yangını olduğunu sandığım adam, benim yangınımdı.

26. DÖNENCE

2 Haziran

Ve nihayet haziran ayındaydık. Lanetli mayısın kollarından kurtulabilmiştik. Beynim yorgun, zihnim kırgındı. İdrak gücüm sıfır tüketmişti. 27 Mayıs günü hafızama kazınmıştı, bunu silebileceğimi zannetmiyordum. Gözlerimin önünden kaybolmayan dehşet görüntüleri beni bir çıkmaza sürüklese de, Ümran'ın da dediği gibi, onun kadını olmayı ben seçmiştim. O beni değiştiriyordu evet ama ben de onu değiştirecektim.

Göz kapaklarım erimiş, gözlerimin içine akmış gibiydi. Oda hiç olmadığı kadar sıcaktı ve Karayel her sabah olduğu gibi teriyle nemlendirdiği vücuduma ikinci bir deri gibi yapışmıştı. Kapı zilinin çalmasıyla birlikte, Sıraç ağzının içinde bir şeyler homurdanarak gözlerini açtı.

"Kim bu saatte? Sikeceğim şimdi ya!"

Seviştiğimiz günden beri ben ona ne kadar mesafeli davransam da o, bu mesafeyi kırmak istercesine dibimde bitiyordu. Birkaç gündür neredeyse hiç konuşmuyor, yalnızca onu dinliyordum. Tabii bir şey de yemiyordum... Zira aklıma ne zaman o dehşet anları gelse, midem kasılıp içindeki tüm fazlalıkları dışarı püskürtmek istiyordu. İçinde hiçbir şey olmasa da...

Sıraç gergin bir şekilde üzerimden kalktıktan hemen sonra gömleklerinden birini üzerine geçirdi ve önünü ilikleme gereği bile duymadan yatak odasından çıktı. Yatakta gözlerimi yumup, kısa bir süreliğine de olsa yalnızlığın tadını çıkaracaktım ki Sılay'ın sesini duyunca gözlerim benden bağımsız bir şekilde irileşti.

"Mayıs nerede?"

"Odada." Sıraç'ın sesi şaşkınlığını ele veriyordu.

"Odada ve sen yarı çıplaksın, Bay Yaşlı?" dedi Temmuz.

Ah, Temmuz da mı buradaydı? Hızla yataktan kalktım ve toz pembe sabahlığı üzerime geçirip, saçlarımı tam tepeden topuz yaparak yatak odasının âdeta kırar gibi açıp dışarı çıktım. Ahşap merdivenleri zıplayarak inerken karşımda duran Sılay'ın solgun yüzüyle karşılaştım.

Adımlarım yavaşladı, sanki önümüze bir anda duvar örülmüş gibi öylece bakakaldım. "Sorun ne?" Onlara hoş geldin bile diyememiştim.

"Sorun şu ki," dedi Temmuz hemen Sılay'ın arkasında belirirken. "Mehmet Ali Karayel burada olduğunuzu biliyor ve büyük ihtimalle Yola çıktı bile."

Sıraç bir anda irileşmiş yangın mavisi gözlerini Temmuz'a çevirdi. "Ne?"

"Duydun." Temmuz bunu gözlerini devirerek söylemişti. "İnanmıyorsan kardeşine sorabilirsin."

Sıraç'ın gözlerinde büyüyen duyguya isim verememiştim. Olayların ne yönde ilerleyeceği konusunda tahmin yürütemiyordum.

"Babam!" dedi Sılay. Bu kelime ağzından kusacakmış gibi çıkmıştı. "Fethiye'ye gelmek istediğini dillendirdiğinden beri bir tuhaf davranıyordu, Temmuz'la buluşup buraya gelme kararı aldığımızda ise babamın yaptığı bir telefon görüşmesine şahit oldum. Her ne kadar benim duymadığımı zannetse de konu sizdiniz. Bu işin içinde Hamza Çayır'ın olduğunu düşünüyorum ağabey."

Sıraç düşünceli bir şekilde kollarını birbirine sardı ve yangın mavisi gözlerini kız kardeşine çevirdi. "Hamza'nın işi olamaz Sılay."

"Neden?" Sılay kaşlarını çattı. "Başka kimin işi olabilir ki? Senin attığın adımı o heriften başka kimse bilemez."

"Dediğim gibi, Hamza olamaz." Sesi keskindi ve konuşmanın devamını getirmek istemediği her halinden belliydi. Evet, Hamza olamazdı. Zira Sıraç Karayel gözlerimin önünde o adamı öldürmüştü. Hamza Çayır'ı.

"Evet," dedim alaycı bir ses tonuyla. "Hamza olamaz." Sesim hiç olmadığı kadar duygulardan uzak ve alay dolu çıkmıştı. Bunu neden yapıyordum hiçbir fikrim yoktu ama içimde büyüyen acı tüm davranışlarımı etkiliyordu.

Sıraç uyarı dolu gözlerle bana baktıktan hemen sonra gözlerini Sılay ile Temmuz'a çevirdi. "Siz gelmemeliydiniz. İşin içinde sizin de olduğunuzu öğrenirse, işler o zaman karışacak. Halim ve tayfası onu mahalleye sokmaz. Bizim için kaçacak vakit var. Unutma, o orospu çocuğunun da giremeyeceği yerler var."

"Ağabey, işler karışıyor. Babam Mayıs'ı alana kadar elinden geleni ardına koymayacak."

"Elinden geleni koymasın zaten Sılay. Ben de bunu istiyorum, emin ol." Sıraç hızlı adımlarla ahşap merdiveni tırmanmaya başladığında arkasından bakakaldık.

Sılay fırsat bu fırsat diyerek beni sımsıkı sararken, Temmuz şüpheli bakışlarını üzerimde gezdiriyordu. "Sabahlık mı bu üstündeki senin?" Sesi şüphesini ele veren başlıca etkinlerden yalnızca bir tanesiydi.

"Evet," dedim ve Sılay'a sarılmaya devam ettim. "Öğlenlik olacak değil ya."

"Bu kızla takılmanı yasaklıyorum," dedi Temmuz burnunu kırıştırarak. "Yemin ediyorum ablamdan bir canavar yaratmış."

Sılay özlem dolu kollarını üzerimden çekerken Temmuz'a omzunun üzerinden keskin bir bakış fırlattı. "Marul!" dedi üzerine basarak. Bu Temmuz'un suratının sirke satmasına neden olmuştu. "Çok konuşuyorsun."

"Aynen," dedi Temmuz. "Susturmak için bir şeyler yapsana." Benim bile kızarmama neden olan bu cümle, Sılay'ın morarmasına neden olmuştu.

"Hazırlan!" diye bağırdı Sıraç üst kattan. "Yukarı çık ve hazırlan Mayıs!"

Sanki sorunlar beni değil, ben sorunları buluyor gibiydim. Ne tür bir mıknatısa sahiptim bilmiyordum ama çektiği tek şeyin sorun olduğuna adımın Mayıs olduğu kadar emindim.

"Nereye gidiyorsunuz?" diye sordu Temmuz.

"Henüz hiçbir yere gitmiyoruz." Sıraç ahşap merdivenlerde belirdi ve aşağıya doğru inmeye başladı. "Ama gideceğiz."

"Abla!" Temmuz'un bağırışı ürpermeme sebep olurken gözlerimi kaçırdım. Neler yaşadığımın farkında mıydı? Elbette değildi!

Onun değil, benim gözlerimde bir beyin parçalanmıştı. "Abla, annemi perişan ettik! Yeter! Olmuyor işte."

"Onun beynini yıkamayı kes!" diye bağırdı Sıraç ve hızlı adımlarla merdivenleri inip beni kollarının arasına aldı. "Onun beynini doldurmayın."

Beynimin yeterince dolu olduğunun farkında değil miydi? Onun yüzünden yeterince dolu hissediyordum zaten. "Yeter!" dedi Temmuz âdeta isyan edercesine. Sesinde tükenmişlik vardı. "Annemin canını yakıyoruz, anlamıyor musunuz? O hasta olacak!"

"Temmuz, sakin olur musun?" diye mırıldandı Sılay ve narin elini Temmuz'un öfkeyle sarsılan omzuna koydu. Temmuz bir an irkilse de hiçbir şey söylemedi.

"Sakin olamam Sılay, görmüyor musun? Benim annem eriyor!"

Düşüncelerim geçmişin izlerinde can bulurken, boğazımdan yükselen yosun tadının sebebini merak etmiştim. Dizlerim kilitleniyor, annemin hastane köşesinde gördüğüm ruhsuz bedeni gözlerimin önüne düşüyordu. Sıraç'a da anneme de acı veriyordum. Acı dağıtıyor, ölüm saçıyordum.

"Anneniz için endişeleniyorsunuz, biliyorum," dedi Sıraç ve beni kendisine bastırdı. Kahve kokusu genzimi gıdıklarken düşüncelerimden soyutlanmaya çalışsam da bunu başaramadım. "Ama Mayıs'ın dönmesi hiçbir şeyi değiştirmeyecek. Anneniz daha çok acı çekecek."

Buna kendisinin bile inanmadığını biliyordum, eğer dönersem annem her şeye boyun eğecek ve göğüs gerecekti. Varlığım onu iyileştirecek ve daha güçlü yapacaktı. Bunu biliyordum. "Neden acı çekecek annemiz? Bunu açıkla bana!" diye kükredi Temmuz, huzursuz mavi gözleri üzerimizde dolanıyordu.

"Bana hesap sorma, hepsi orospu çocuğu Mehmet Ali Karayel'in yüzünden, tamam mı?"

Esasen sorulacak birçok soru ve hesap vardı. "Baban annemi rahat bırakacağını söyledi," dedi Temmuz ve kaşlarını çattı.

"Söylediklerinin hiçbirini yapmayacak," dedi Sıraç kendinden emin bir ses tonuyla. "Onu senden daha iyi tanıyorum, onu hiç kimsenin tanıyamayacağı kadar iyi tanıyorum."

Sözleri bir bıçak kadar keskindi. Karayel'in karanlık rüzgârlarının esmek üzere olduğunun bilincindeydim. Fırtına yakındı. Karanlığı çığlık gibi yarıp geçen hoyrat yel hayatımı altüst etmek için yola çıkmış geliyordu.

Belki de benim hayatım çoktan altüst olmuştu.

"Neden sana inanayım ki?" diye sordu Temmuz fakat gözlerinden okuduğum kadarıyla Sıraç'a inanmak istiyordu. "Ablama âşıksın, onu kaybetmemek için yapıyorsun tüm bunları."

"Evet." Cevabı net ve yalındı. "Aynen öyle ama babamı da çok iyi tanıyorum."

"Madem babanı tanıyorsun, kurtar bizi bu bok çukurundan!" Bu feryat benim dudaklarımdan dökülmüştü, Sılay da Sıraç da Temmuz da şok olmuş gözlerle bana bakıyorlardı. Dolmuştum, taşacak yer arıyordum. Okyanusumun tuzlu, yakıcı suyu içimde fokurduyordu. Buzdan dağlarım lavların altında kalmıştı, içim fokurduyordu. Zihnimde yankılanan katliam görüntüleri, dehşet, kan, acı, silah ve diğer tüm suç aletleri... Artık tüm bunlardan kurtulmak istiyordum!

"Sizi kurtaracağım," dedi Sıraç, beni sakinleştirmek istediği her halinden belliydi. Uzun parmakları enseme dolandı ve hafifçe okşadı. "Yemin ederim her şey yoluna girecek."

"Hiçbir şeyin yoluna girdiği yok." Temmuz'un sesi ümitsizliğini açıkça beyan etmişti. "Görmüyor musun ağabey? Batıyoruz. Boğuluyoruz!" Ona ağabey dedi yine ve yeniden... Bu kez ayık kafayla.

"Görüyorum kardeşim ama yemin ederim her şeyi kendi ellerimle düzelteceğim. Lütfen ablanı benden almalarına izin verme. Bu annenin de benim de sonumuz olacak." Kontrolsüz bir ifade Sıraç'ın yüzünde baş gösterirken onu hiç bu kadar çaresiz görmediğimi fark ettim.

Temmuz'un yüzü yumuşasa da kalbinin yumuşamadığından adım gibi emindim. Temmuz'du bu. Anneme herkesten daha çok bağlıydı. Annem onun hayatındaki tek kadındı. En başından beri... Annemiz söz konusu olunca, Temmuz'un da yapamayacağı hiçbir şey yoktu. Tıpkı benim gibi...

"Pekâlâ, şimdi ne bok yiyeceğiz?" Temmuz'un sesi kendisiyle iç savaş içerisinde olduğunun elle tutulur bir ispatı gibiydi. Gerginliği mavi gözlerinden ve soluk beyaz tonundan okunuyordu.

"Öncelikle hazırlanacağız. Birkaç parça eşya alacağız, sonrasında ise biraz ortalığı kolaçan edeceğim. Babamın yola çıkacağından emin olmamız gerekiyor."

"Mehmet Ali Karayel şu an buraya geliyor," dedi Temmuz ve kolundaki bordo kayışlı saate baktı. "Çok bir zamanınızın olduğunu zannetmiyorum. Bir şeyler yapmalısınız."

"O bu mahalleye elini kolunu sallayarak giremez. Sen rahat ol." Sesi tok ve güçlüydü, onun istedikleri olmadığı takdirde bir canavara dönüşeceğinden adım gibi emindim.

∞

"Mayıs, gerekenleri aldın mı?" Sıraç yatak odasının kapısını açıp içeri bodoslama daldığında üzerimi değiştirdiğimi elbette bilmiyordu. Altımda külot, üzerimde sutyenle donakalmış bir şekilde Sıraç'a bakarken Sıraç da aynı şaşkınlıkla bana bakıyordu. "Ov..."

"Sıraç, hayvan mısın?" Kaşlarım benden bağımsız bir şekilde çatılıverdi. Son birkaç gündür ona karşı soğuk olsam da Temmuz ve Sılay'ın gelişi ile şu son iki saat içinde tekrar eski samimiyetimizi yakalamıştık.

"Evet?"

"Çıkar mısın lütfen? Giyineceğim."

"Göreceğimi gördüm. Giyinirken de görsem ne olacak sanki?" dedi, yaşadığımız zorlukların bilincinde değil miydi sahiden. Onu ilk tanıdığım zamanlar buz kıracağı gibi bir adamken şimdi bambaşka yönlerini de keşfetmiştim.

"Sıraç," diye mırıldandım beyaz tişörtü kafamdan geçirirken. "Ne yapacağız?"

"Hiçbir şey."

Bu cevabı elbette beklemiyordum. Ya da bekliyordum. "Sıraç, nereye gideceğiz?"

"Eskişehir? Ankara? Yalova? Belki de Bursa. Ama gideceğiz Mayıs. Sen benimsin." Üzerine basa basa söylediği cümlesi kalbimi zehirli bir yılan edasıyla sokarken, tüm kaslarım birdenbire gerildi. Zihnimi tırmalayan sesler vardı ve bunların hiçbirinden Sıraç'a bahsedemiyordum. Sevdiğim adam içimde yaşadığım düşünce patlamalarını ne yazık ki göremiyordu.

"Sıraç, annemin bana ihtiyacı var. Başka hiçbir şeye değil... Bunu hissediyorum." Cılız sesim yaşadıklarım belli başlı bir kanıtı gibiydi.

"Benim de sana ihtiyacım var minik şeytan, bunu hissetmiyor

musun?" Yangın mavisi bakışların yeşil orman ile kucaklaşması kanımın kaynamasına sebep olurken, bana doğru adımladı ve cennetin bile imrenerek baktığı heybetli kolları beni sıkıca sarıp sarmaladı.

Kokusunda İzmir'i bulduğum adam, içimdeki yangınları göremiyordu.

"Şimdi ne olacak?" diye sordum kollarımı boynuna doladıktan hemen sonra. Sıkıntılı nefesini dışarı üfledi ve dudaklarını saçlarıma bastırdı.

"Her şey güzel olacak. Tek bildiğim bu," diye mırıldandı.

Her şey güzel olacak mıydı sahiden? Peki ben neden buna inanmak istemiyordum?

"Şimdi," dedi ve kollarını bedenimden ayırıp etli dudaklarını alnıma bastırdı. Dudaklarında atan nabzı, evrenin bile büyülenmesine sebep olacak güzellikteydi. "Mahalleye çıkacağım ve etrafı kolaçan edeceğim. Sonrasında ise küçük bir yolculuğa çıkacağız, tamam mı güzelim?"

"Tamam," diyebildim fakat içim farklı bir dilde konuşuyordu. O bunu göremiyordu.

Sıraç birkaç kez daha alnımdan ve yüzümün nadide yerlerinden öptükten sonra hızla yatak odasından çıkıp gitti. Yaklaşık on dakikanın sonunda Sılay yukarı gelmişti bile. Solgun gözlerle elbise dolabının boy aynasına baktığımı gören Sılay, endişeli bir ifadeyle kollarını boynuma doladı. "Sorun ne?"

"Hiç," dedim.

"Hadi ama," diye üsteledi ve çakır gözlerini gözlerime sabitledi. "Buna inanmamı bekleme. Biz kardeş değil miyiz? Benden mi saklayacaksın?"

Ağabeyin gözlerimin önünde bir adamın kafasını dağıttı ve bunu tek suçlusu benim mi diyecektim? Bunu biriyle paylaşmazsam ölecekmişim gibi hissediyordum. Ümran ve Merve tuhaf bir şekilde Sıraç'ın tarafını tutmuşlar ve beni bozguna uğratmışlardı.

Karşısındaki insan ne kadar kötü olursa olsun, ona o canı veren sen değildin. Sen alamazdın. Buna hakkın yoktu.

"Söyle bana Mayıs."

"Ağabeyin," diye mırıldandığımda, doğru olup olmadığını sorgulamadan yutkundum. "Önümde birini vurdu."

Sılay'ın Karayel kanı taşıdığını belli eden güzel yüzü artçı bir şok dalgasıyla sarsılırken yutkunduğunu gözlemledim. Sonrasında ise ifadesi büyük bir hızla düzeldi.

"Neden vurdu?"

"Adam bana hakaret etti, o yüzden." Bunu konuşmak bile zihnimdeki film bobininin o ânı başa sarmasına neden oluyordu.

"Anladım. Adam öldü mü?" Neden bu kadar soğukkanlı konuşuyordu?

"Beyni dağıtılan bir adam yaşayabilir mi sence Sılay?" diye kükrediğimde gözlerini devirdi. "Bunlara alışmak zorundasın Mayıs." Benim dediğim çok başka bir şeydi, karşımdakilerin anladığı çok başka... Ya ben kendimi cidden ifade edemiyordum ya da insanlar beni anlamamak konusunda ısrarcıydılar. Ya da her ikisi birden... Hiç bu kadar yalnız hissetmemiştim. Tam şu anda, yalnızlığın köküne inmiş, dibini eşeliyordum.

"Bazen gerçekten dilinizi bilmiyorum," dedim inanamaz gözlerle Sılay'a bakarak. Hemen ardından hızlı adımlarla yatak odasından çıktım ve Sılay'ı ardımda bırakarak mutfağa girdim. Mutfağa girdiğimde pencerenin açık olması beni şaşırtsa da Sılay'ın içeriyi havalandırmak için açık unutmuş olabileceği ihtimali zihnimde belirip şüpheyi yerle bir etmişti. Buzdolabını açıp içecek bir şeyler aramaya başladığımda tepemdeki topuz başımın ağrımasına neden olunca tek hamlede tokayı çıkarıp uzun, dalgalı saçlarımın dağılmasını sağladım.

Buzdolabı Sıraç'ın içki koleksiyonuyla doluydu, bu yüzden de aradığım şeyi bulmak ciddi anlamda zordu. Sıraç'ın viski şişelerinden bir tanesini elime aldığımda, kehribar rengindeki içki bakışlarımın esiri olmuştu. Artık soğukluğundan bile net bir şekilde tanıyabildiğim silahın namlusu dağınık saçlarıma bastırıldığında, elime aldığım viski şişesi zemine hızla çarptı ve hemen ayaklarımın ucunda büyük bir gürültüyle patladı.

"Mayıs?" Sılay'ın sesi üst kattan gelmişti ve ben olduğum yerde hareketsiz kalmıştım.

"Ona her şeyin yolunda olduğunu söyle," diye kulağıma fısıldadı tanımadığım tok ve güçlü ses. Ardından elindeki soğuk silahı kafama bastırdı. "Hadi, yoksa beynini dağıtırım."

Dönemeçli bir demir yolunda trenin gelmesine saniyeler kaldığını bile bile oraya uzandığımda ne hissedeceksem şimdi de onu hissediyordum.

27. ÇIKMAZ

Karayel, neredesin? Pes etmek zorundayım. Bir an önce gelmelisin.

Bazı insanların sadece geçmişi vardır. Başka hiçbir şeyle ayakta kalamaz, hiçbir şeyden güç bulamazlar. Düş çürükleriyle yaşattıkları nefretleri büyür, büyür ve büyür... Her katil, çocukken melektir. Kimse katil doğmaz bir anneden ve kimse ortada hiçbir sebep yokken saldırmaz tüm insanlığa...

Tetiklenirsin.

Güçsüzlüğünü ortaya koyarsın. Katiller genelde güçsüz insanlardır. Düş çürükleriyle başa çıkamaz, içinde yaşadıkları enkazın aynısını başkalarına da vermek isterler ki enkaz altında yaşayan yalnızca kendileri olmasın. Yarım yamalak, dağınık ve huzursuz bir ailede büyümüş olan her çocuk, potansiyel katildir.

Korku... Bilinçli olarak tanınan dış tehlike kaynaklarına karşı gösterilen tepki... Her canlının içinde taşıdığı, karanlığa doğrudan anahtar olan sihirli kelime. Korku... Bunu ense kökünden tutun da kılcal damarlarıma kadar her bir noktamda yüksek bir basınçla hissediyordum.

Panik... Aşırı ve normalin dışına taşmış korku hali. Aniden başlayan otonom... Sinir sistemi aktivitesiyle birlikte baş dönmesi, çarpıntı, titreme, sararma, kusma arzusu, terleme... Zihin faaliyetini imkânsız hale getiren bu duygu da tam olarak içimde yer etmişti.

Bilincimi kaybetmiş gibiydim. Tüm gerçeklerden soyutlanmış gibi hissediyordum. Bir tür hipnoz gibi, seni hiç ummadığın anda ele geçiren sihirli duygulardı bunlar.

Endişe... Kaygı, korku gerilim, sıkıntı hali. Bu dört kelimenin tek bir kelime içerisine toplanıp, öylece beni izlediğini hissediyordum. Karanlığın anahtarı olan korku, tüm kelimelerin içinde beni buluyor ve en derinimden yaralıyordu.

Silahın namlusu dağınık saçlarıma bastırılırken, hemen ayaklarımın dibinde patlamış olan viski şişesinden sızak soğuk içki çıplak ayaklarımın ürpermesine neden olmuştu. Yüzümde gram mimik oynamasa da içeride işler pek de yolunda gitmiyordu. Bu kez gerçekten korkuyordum.

"Mayıs, bir şey mi kırdın?" diye tekrarladı Sılay, sesi uzaktan geldiği için kurtulabilme ihtimalimin sıfır olduğunun bilincine varmıştım. Kalbim deli gibi gibi çarpıyordu. Gözlerim ise kalbime ihanet edercesine sakin ve durgundu. Tıpkı gemilerden sıkılmış bir okyanus gibi...

"Ona her şeyin yolunda olduğunu söyle dedim sana!" diye diretti fısıltısına rağmen kuvvetli olan erkek sesi. Namluyla kafamı eşelerken bir yandan da sabırsızca Sılay'ı başımdan savmamı bekliyordu.

"Her şey yolunda Sılay." Sesim hiç olmadığım kadar soğukkanlı çıkmıştı. Evet, normalde de soğuk bir kızdım fakat bu kez sesim öylesine soğuktu ki, açık olan buzdolabından tenime çarpan soğuğu bile yıkıp geçmişti.

"Aferin, yola gel minik lanet." Midem burkulurken oracıkta kusmak ve tüm kaderimden kurtulmak istedim. Öyle ki kusmanın bir kaçış yolu olabileceğini düşünmüştüm. Her şeyi çıkarırdım ve biterdi.

"Sen kimsin?" diye fısıldadım, arkamda duran adamın yüzünü göremesem de silahının varlığını net bir biçimde kafamda hissediyordum. Tek bir hareketiyle kolayca beynimi dağıtabilirdi. Tıpkı Sıraç Karayel'in tek bir hareketle Hamza Çayır'ın kafasını dağıttığı gibi. Bunun düşüncesi bile kalbimde yaşam süren kiraz çiçeğinin ürkerek kalp kapakçıklarımın arkasına saklanmasına sebep olmuştu.

"Ben senin annene giden o anahtarım," dedi esrarengiz ses. Sesinde herhangi bir duygu kırıntısı yoktu. Aksine, mantığımın içine almakta zorlandığı bir nefret vardı. Belki de büyük bir öfke... "Şimdi beni dinle ve dediklerimi harfiyen uygula."

"Ne istiyorsun?" diye sordum, bacaklarım halsizleşmiş ve takatim kalmamıştı. İçimden çığlık çığlığa haykırıyor ve tüm hayatıma sövüyordum.

"Sıraç Karayel'i kendi isteğinle bırakacaksın." Ses keskindi. Kararlı ve keskin... Tüm vücudumda derin, ölümcül yaralar açabilecek kadar keskin. Dikiş tutmayan, kör bıçak yaraları... Dili kör bir bıçaktı, yaralıyordu.

"Onu bırakmazsam ne olacak?" Kafama baskı uygulayan silaha rağmen oldukça cesur konuşuyordum. Belki de bu kadar ifadesiz olmayı Sıraç'tan öğrenmiştim. Ölümün ne demek olduğunu biliyordum, buna kendi gözlerimle şahit olmuştum. Ölümün soğuk tokadını yiyeli henüz birkaç gün olmuştu.

"Onu bırakmazsan..." Silah ile saçlarımın arasını eşeledi ve soğuk parmaklarını enseme koydu. Ensemi sıkarken bir yandan da silahın varlığını hissettirircesine kafamı eşeliyordu. "Seni öldüreceğim."

"Güzel bir teklif." Bomboş bir ifadeyle gülümsedim. Beni göremese de gülümsediğimi fark edebildiğinden adım gibi emindim. "Bunu kabul ediyorum, öldür beni. Başka türlü onu bırakabileceğimi sanmıyorum."

"Sen cesur bir kızsın." Sesinden anladığım kadarıyla bundan keyif alıyordu. "Ama ben de cesur bir adamım, annen için yapamayacağım hiçbir şey yok." Kilit kelime: Annem. Evet, arkamda kafama siyah dayayan adam tam olarak da oydu. Mehmet Ali Karayel.

Ondan gelen tütün kolonyası ile karışık öfke kokusunu net bir şekilde soluyabiliyordum.

"Biliyor musun Karayel?" Sesim kendimden emin çıkmıştı. "Senden korkmuyorum. Hemen şuracıkta canımı alırsan bana büyük bir iyilik yapmış olursun. Ben geberdiğimdeyse hiçbir şansın kalmayacak. Annem senden ölene dek nefret edecek. Oğlun da öyle... Keza seni sevdiği de söylenemez. İkisinin de."

Damarıma bastığımı belli edecek bir güç kullanarak ense kökümü kavrayıp nefesimi kesene kadar sıktıktan hemen sonra ruhsuz bir şekilde güldü. "Kızım hemen yukarıda..." Parmaklarının boğumlarından atan nabzını ensemde hissettiğimde iğrendim. Bu adamın kanı bile iğrençti. Yaşadığını belli eden her şey iğrençti. O iğrençti. Damarlarında kan değil, zehir dolaşıyordu. "Size yardım etti, değil mi? Ah, ne salaksınız... Beni gerçekten tanımıyorlar. O tanıdığını sanan aptal oğlum bile..."

"Sıraç birazdan burada olacak ve seni gördüğünde sana olan nefreti daha da katlanacak. Çünkü sevdiği kızın kafasına silah dayıyorsun. En son birisi kendisi dayamadığı halde, silah dayattırdığı için beynini dağıtmıştı. Babası olman pek de umurunda olacağa benzemiyor üstelik."

"Sevdiği kız mı?" Bir an irkilse de kendisini hemen toparladı. "Bunun hakkında konuşmak yersiz. Anneni istiyorum, sen umurumda değilsin. Cesedini kurtlara yem etmemi istemiyorsan, dediklerimi yapacaksın."

Bir endişe dalgasıyla karıncalanırken gözlerimi sıkıca yumdum ve ona kadar saydım. Sıraç'a kadar saydım. Gel yangımın mavisi, ihtiyacım var.

"Ölmekten korkmuyorum Karayel. Korktuğum tek şey oğlun olmadan yaşamak ve sen oğlun olmadan yaşamamı istiyorsun, bu da kulağa epey komik geliyor."

"O zaman oğlumu gebertmem gerekiyor ha?" Yüksek gerilim hattında kalmış yavru bir güvercin gibi sarsılırken kemiklerimin toz parçaya ayrıldığını hissettim. Beynim uyuşmuş, etraftaki tüm sesler boğuklaşıp kulak zarımı patlatacak kıvama gelmişti. Beni Sıraç'la mı tehdit ediyordu? Bu kadar gözü kara olamazdı, değil mi?

Olamazdı, değil mi? Olurdu. Biliyordum. Lanet olsun ki bundan kendimden emin olduğum kadar emindim. Bu herif ruh hastasının tekiydi! Annemin kalbini kemirmeye çalışan bir kemirgendi ve annem kalbini kemirebilmek uğruna tüm gemileri dişleriyle batırabilirdi.

"Cevabını bekliyorum hayatım. Hadi ama yakalanacağız!"

"İnsan kendisine yakışanı yapar. Sen bir zavallısın. Yüreğinde katran taşıyorsun ve sen bir akrepsin. Kendi kendini zehirliyorsun, farkında bile değilsin."

"Umurumda değil hayatım. Bu olayın en başından birbirinize âşık olacağınızın zaten farkındaydım. Ateş ve barut yan yana durmaz. Üstelik sen Eylül'e benziyorsun. Hem de her şeyinle!" dedi tükürürcesine. Cidden bu kadar mı öfkeliydi Eylül'e? Üstelik Eylül hayatta bile değildi...

"Sen gerçekten ruh hastasısın. Sıraç şimdi gelecek diyorum sana. Hiç mi endişe etmiyorsun?"

"Sıraç hemen gelmeyecek. Unutma, o beni tanıdığını sanıyor ama asıl tanınan o. Onu benden iyi kimse tanıyamaz."

Bir anda beni kendisine çevirdiğinde korkuyla sarsıldım. Çırpınmak adına girişimde bulunduğumda, güçlü parmakları beni zapt etmek uğruna bileğimi sıkıca kavradı. Parmakları etime gömüldüğünde gözlerim onun yüzünü buldu. Bakışları sert ve kurşungeçirmezdi. Kavisli kaşlarının altına saklanmış olan bela mavisi gözleri irkilmeme sebep oldu. Koyu kumral saçlarının arasına aklar düşmüştü, kirli sakalının da büyük bir kısmı beyazdı. Sıraç'a hiç benzemeyen yüz hatlarına rağmen, mavinin zehirli bir tonundaki gözlere sahipti. Bakışları tehlikeliydi. Sanırım Sıraç'ın tehlikeli bakışlarının kaynağı tam karşımda duruyordu. Mavi gözleri haricinde hiçbir noktası çocuklarına benzemiyordu. Kişiliği gibi...

"Şimdi beni iyi dinle. Sılay burada olduğumu anlamadan yok olmam lazım. Eğer sevdiğin adamın nefes almasını istiyorsan, annenin yanına döneceksin. Ceren iyi değil ve ben onu böyle görmeye katlanamıyorum. Eğer onun kılına zarar verirse, hepinizin cesedine yetecek kadar işkencem var."

Sesinden aldığım emir keskindi. En az Sıraç kadar iyi bir konuşmacıydı. Ondan korktuğumu anlamaması için gözlerinin içine tüm soğukkanlılığımla bakmaya başladım.

"Sılay her an gelebilir, yerinde olsam burada oyalanmazdım. Üstelik bu mahalleye elini kolunu sallayarak giremeyeceğini sanıyordum."

Bileğime uyguladığı baskıyı biraz daha arttırdı ve beni kendisine doğru çekti. Ona doğru adımlarken hazırlıksız yakalandığımdan sarsaklamış ve neredeyse yeri öpecek noktaya gelmiştim. Son anda kendimi toparlayıp düşme tehlikesinden kurtulduğumda, alaycı bakışlarla bana baktığını gördüm.

"Aslında sevimli ve cesursun. Bu özelliğini ve güzel bakışlarını annenden almışsın. Seni cici kızım yapabilirim ama öncesinde iyi anlaşmalıyız. Eğer anlaşırsak, Sıraç senin Ceren benim olur."

"Kendi oğlunu öldürebilecek kadar delirmiş bir adama annemi vermeyeceğim. Annem asla senin olmayacak Karayel!" dediğimde ona Karayel demenin ne kadar iğrenç olduğunu düşündüm. Bu soy isim yalnızca Sıraç'a yakışıyordu. Sılaç'ın vahşiliğinin ve gözü karalığının sebebi tam olarak karşımda duruyordu. Böyle bir babaya sahip olup, kendisini kurtarabilmesi büyük bir mucize olurdu doğrusu.

"Hayatım, sana şaka yapıyorum gibi mi geliyor? Sıraç'ı öldürmek tek bir işaretime bakar. Parmağımı şıklatırım ve o ölür." Cebinden telefonu çıkardı. Ne yaptığını idrak etmek ister gibi onu izliyordum. Üstelik Sılay neden hâlâ aşağı inmiyordu? Yatağın üzerindeki çantayı görmüş ve kıyafetlerimi toplamaya başlamış olabilir miydi? Hadi ama! Ona tam da şu anda ihtiyacım vardı. Ve kıyafetlerimi toplayacağı mı tutmuştu? Asıl tam da burada ihtiyacım vardı. Telefonda bir numara tuşladıktan hemen sonra telefonu kulağına götürdü ve gözleri yüzümü incelerken adi bir şekilde gülümsedi. "Alo İhsan, Sıraç'ı görebiliyor musun?"

Karşı tarafın cızırtılı sesini duydum. Bir an çığlık atmak ve Sılay'a sesimi duyurmak istedim fakat bileğimi bırakmış olsa da silahı tutan eli tam olarak bana doğru bakıyordu. Namlunun ucundaydım!

"Güzel, şimdi tam kafasına hedef al." Kalbimin üzerinden kaynar sular aktığını hissettim. "Dediğimi duydun İhsan, onun kafasına hedef al!" Uğursuz mavi gözleri üzerimden ayrılmıyordu. Zemin ayaklarımın altından su gibi akıp gidiyor ve az önce parçalanan viski şişesinin cam kırıkları ayak tabanıma batıyordu. "Güzel. Bitir işini dediğim anda tek hamlede indireceksin onu."

Elim benden bağımsız kalbime gitti ve acıyla kıvrandım. Kalbim acıyordu. Şu an o ortamı hayal ediyordum ve bunu başarıyordum da. Sıraç dikiliyor ve büyük ihtimalle olayın aslını öğrenmeye çalışıyordu. Her şeyden habersiz bana gelmek için bir şeyler öğrenmeye çalışan Sıraç'ı hedef alan ise şu an Mehmet Ali Karayel ile telefon görüşmesi yapıyordu. Üstelik her şey Mehmet Ali Karayel'in iki dudağı arasındaydı. İki kelimeyle yangınımı söndürebilirdi. Bitir işini...

"Ya da dur dur dur..." dedi Mehmet Ali Karayel, ilgisini çekmiş gibiydim. "Burada ilginç bir şeyler var. Vazgeçtim İhsan, Sıraç'ın kalbini hedef al. Oradan söküp çıkarman gereken küçük bir kız çocuğu var."

Beni oradan çıkarabileceğini mi sanıyordu? Kalbim tıpkı bir kum torbası gibi ardı ardına yumruklanırken elimi bastırıp yumrukların ağırlığını engellemeye çalışıyordum. Bu imkânsızdı. Damarlarımda dolaşan zehir, bedenimdeki tüm kanı siyaha boyamıştı. Dudaklarımdan iki kelime, yedi hece, on dört harf çıkarken, gözlerim sağanağını yanaklarımdan bırakmıştı bile. "Onu bırakacağım."

Nefes alabilmesi için, nefesimden vazgeçebilirdim.

28. AYRI YAZILANLAR

Kalbimin salgıladığı zehir, kalp kapakçıklarımın taş kesilmesine sebep olmuştu. Kalbim, kendi salgıladığı zehir ile zehirleniyor ve bedenimdeki her bir hücreyi dipsiz kuyulara iterek, beni hiçliğe boğuyordu.

Kalbimin salgıladığı zehir, bana zarar veriyordu.

Kendi kalbim bana ihanet ediyor ve yavaş yavaş acıyla kıvranarak can vermem için elinden gelen her şeyi yapıyordu. Ben bugün, nefesi için kendimden geçmiştim. O bunu bilmiyordu. Bir korkak olduğumu düşünecekti. Bu sorun değildi, buna katlanabilirdim. Onun nefesinin karışmadığı bir dünyada, oksijen israfı yapmaya niyetim yoktu. En azından yaşadığını, bir yerlerde nefes alıyor olduğunu bilmek bile, ıstırap içinde de olsa, yaşamam için bir sebepti. Ayakta kalmam için, annemi ve değer verdiğim her şeyi koruyabilmem için büyük bir sebep. Onun nefesinin karıştığı bu dünyada, soluk almak bile bana ödüldü. Artık kendimi toplamalı ve kalbimi bir kenara bırakıp, yoluma mantığımla devam etmeliydim. Mehmet Ali Karayel geldiği delikten geri giderken, olduğum yerde öylece donakalmıştım. Nasıl oluyordu da kimsenin ruhu duymadan evin içine kadar sızabiliyordu? Zamana bırakamazdım, zira zamana bırakınca düzelen hiçbir şey yoktu. İşler daha da boka sarmadan bir şeyler yapmam gerekiyordu.

∞

Gölgesini iki şehre bile sığdıramadığım adam gelmişti. Her şeyden habersiz, bana olan büyük aşkıyla gelmişti. "Hele şükür geldiniz," dedi Sılay birkaç saat önce kafama silah dayanan mutfaktaki cam kırıklarını temizlerken. Yüzümün bembeyaz kesildiğini fark etmiş ve bu işi kendisi üstlenmişti.

"Geldik gelmesine de burada ne oldu?" diye sordu Temmuz ve Sılay'ın elleriyle topladığı cam kırıklarına düşmanca bir bakış fırlattı. "Elini keseceksin." Hızla dizlerinin üzerine çöküp Sılay'a yardım etmeye başladığında, olduğum yerde taş kesilmiştim.

Sıraç durgunluğumu fark etmiş olacak ki kollarını bedenime sardı ve beni göğsüne bastırdı. Kahve kokusu ile karışık huzuru soluyordum. Sırtımın elli yerine, elli bıçak darbesiydi bu adam. Gerek ilgisiyle, gerek siniriyle, gerek öfkesiyle, gerekse kahve kokusuyla... Her şeyiyle yanımdaydı. Burnumun aşina olduğu bu koku olmadan ne yapardım ki ben? "Sorun ne miniğim?" diye fısıldadığında, kulağımdaki kanın fokurdadığını hissettim. Bir insan nasıl bu kadar güzel miniğim diyebilirdi?

Bu adam kimdi? Aynaydı. Aynamdı. Aynımdı. Neden yaşadıklarımı göremiyordu öyleyse? Kılıç gibi keskin bir kader, alnıma karalanmıştı.

Boğazımdaki yumruyu silmek istiyordum fakat bunun gerçekleşmesi mümkün değildi. Sıraç'la kaçıp kimsenin bizi bulamayacağı yerlere gitmek istiyordum fakat bu anneme zarardı. Üstelik o herifin bizi cehennemin dibinde bile bulabileceğinden de yüzde yüz emindim. "Hiç," diye mırıldandım. "Sorun falan yok."

Dudaklarını saçlarıma bastırdığında gözlerim benden bağımsız bir şekilde kapandılar. Bu dudakların altında atan nabız, onun yaşama tutunduğunun kanıtıydı. Bunun için bile vazgeçebilirdim ondan, bunun için bile onsuzluğu göze alabilirdim. O nabız, hep aynı ritimle atmalıydı. Durmadan, yorulmadan, durdurulmadan.

Kanı çağlamalıydı Karayel'in. Damarları kurumamalı, kanı maziye gömülmemeliydi. Kalbi çarpmalı, çarptıkça içindeki beni yaşatmalıydı. Bunun için bile vazgeçebilirdim ondan. Sevdiğim adamdan.

Karayel'in saçları geceye, elleri zamana rakipti. O bunun farkında değildi ama onun varlığı göğe derin bir nefesti. Sılay ve Temmuz birbirlerine kaçamak bakışlar atarak cam kırıklarını temizlerken,

Sıraç onların varlığından bile bihaber gibiydi. Hissetmişçesine saçlarıma bastırdığı dudakları, kalbimin üzerindeki taşlaşmış zehrin çözülmesine sebep olurken, az önce ağlamış olmanın verdiği tuzlu tatla yutkundum. "Sıraç," diye mırıldandığımda, memnuniyet dolu bir homurtu çıkardı ve kollarını bedenime aşkını kollarının boğumlarında taşıyan bir ahtapot gibi sardı. "Yangınım," diye fısıldayıp bu kez de alnımı öptüğünde, şu ana kadar hiçbir şeyi yapmanın bu kadar zor olmadığını fark etmiştim.

"Odamıza çıkalım mı biraz?"

"Tabii ama gece yarısından sonra yola çıkacağız," dedi ve kolundaki siyah kayışlı saate kısa bir göz attı. "Saat daha sekiz, vaktimiz var."

Sılay ve Temmuz'u arkada bırakıp, yatak odamıza giderken ahşap merdivenleri son kez tırmandığımın farkındaydım. Bu merdivenlerin gıcırtısını özleyecektim. Ve hatta bu evin boyanmasına rağmen ısrarla rutubet kokan duvarlarını bile özleyecektim. Yatak odasına geldiğimizde, Sılay'ın benim için hazırlamış olduğu çanta yatağın bir kenarında öylece duruyordu. Sıraç elbise dolabını açtıktan hemen sonra birkaç parça çamaşırını gelişigüzel bir şekilde yatağın üzerine fırlattı. "Bunları da alacağım, gideceğimiz yer soğuk olabilir. Sen de paltonu al, tamam mı?"

Yatağın ucuna oturmuş, bomboş gözlerle Sıraç'a bakıyordum. Tüm geçmiş zamanlı cümleler, bu hikâye başlamadan önce kurulmuş gibiydi. Onu arayıp kendimi bulamadığım zamanlar olmuştu. Şimdi ikimiz de buradaydık, fakat bu sefer kader çarkımın üzerine kurulmuş olan akrep, iğnesini batırıp beni kör etmek için an kolluyordu.

"Sıraç," diye mırıldandım o azimli bir şekilde kıyafetleri yatağa serpiştirirken. Omzunun üzerinden bana baktığında gözlerinin içinin gülümsediğini gördüm. Bu akrebi öldürüp onun kollarına koşmam için geçerli bir sebepti, fakat bunu yapamazdım. "Hiç."

"Sorun ne, minik şeytanım?"

"Hiç," dedim ve omuz silktim. Yangın mavisi gözlerin içindeki gülümseme solmasa da, endişe de bir çiçek gibi bakışlarının içinde açıvermişti. "Sıraç, yanıma gel." Anlamaz gözlerle bana baktığında, elinde siyah bir ceket tutuyordu. "Ceketi bırak ve yanıma gel Sıraç."

Ceketi yere bıraktıktan sonra tedirgin adımlarla yanıma geldi ve hemen karşıma dikildi. Aramızda beş santimlik bir mesafe bile yoktu ve ben ona kafamı kaldırarak bakıyordum. Hemen yanımdaki boşluğu gösterdim ve boşluğa elimle vurarak, "Otur," diye mırıldandım. Bir süre gözlerimin içine bakıp, zamanı durdurabilmek adına yalvarmama sebep olsa da, en nihayetinde yanıma oturmuştu.

"Ne oldu Mayıs?" Sesi tedirgindi fakat yüzü her zaman olduğu gibi kâinat kıskandıracak cinsten. "Benimle konuş, bir şey var sende."

Hafifçe ona doğru döndüğümde doğrudan yüzüme bakıyordu. Yüzümü inceleyen yangın mavisi gözlerinde bir bilinmezlik dalgası tüm bedenime hükmetmişti. "Bebeğim." Elini sol yanağıma kaydırdı ve bir kedi misali mayışmamı sağladı. "Her şey yolunda mı?" Hiçbir şey yolunda değil, yangınım.

Yüzümü, kahve kokulu avuçlarına bastırıp kirpiklerimin arasından ona baktığımda, doğrudan yüzüme baktığını gördüm. Uzun, siyah kirpikleri oklarını üzerime hedeflerken, yangın mavisi gözlerindeki aidiyeti gördüm. Gözlerim yavaş yavaş yağmurlarını toplarken, yakasını yakalayıp kendime çektim ve ağır çekimde üzerime kapanmasını sağladım.

Evrene kafa tutan gözleri yavaşça kısılırken, dudakları dudaklarımın üzerindeki yerini almıştı bile. Dudaklarımız bir sevdanın son satırlarını birbirlerine nakşederken, hiç olmadığı kadar nazikti. Ve hiç olmadığım kadar ürkektim. Sonlardan nefret eder, bir kitabın son sayfasını okumamak için hep başlara dönerdim. *Şimdi tek istediğim bir şey vardı.*

Kitabın en başına dönmek.

Neşterin iç yakan acısını bilmeyen ben, görünmez bir neşter tarafından deşiliyordum. Zamanı unutmak isteyen takvim yaprakları kusuyordum, gelin görün ki unutamıyordum. Zaman aleyhimize işliyordu. Hayallerimizden öte.

Sıraç'a varabilmek uğruna çıktığım tüm yollar, temelinden parçalanıyordu. Ilık dudakları doğrudan dudaklarıma nüfuz ederken, tuzlu gözyaşım yanağımdan yol edip dudaklarımızın arasında bir yere sızıverdi.

Öpüşünde baba sıcaklığı vardı. Ama o, baba sıcaklığının ne demek olduğunu bilmiyordu.

Dudaklarını dudaklarımdan bir an olsun çekmeden, "Neler oluyor?" diye fısıldadı. Dudaklarıma rüzgâr gibi esen sesi, akrebin iğnesini batırmasından daha etkiliydi. "Hiç." Ve bir kez daha tüm açlığımla dudaklarına kapandım. Karşılık veriyordu vermesine ama dudakları bile tedirgindi. Dudakları dudaklarımı sarıp sarmalarken, kalbim kollarını açmış onun kalbine koşabilmek adına çırpınıyordu. Biliyordum, aynısı onun kalbi için de geçerliydi. Kalbi göğsünün altından çıkmak ve benim göğsümün altına girmek istiyordu. Dudaklarımız ayrıldığında, sol gözümden inen gözyaşının bıraktığı parlaklığa şaşkınlıkla baktı. Sol elinin yüzük parmağıyla gözyaşımı silerken, gözüm yüzük parmağına takılmıştı.

İki insanın kaderi birbirine bağlıydı, kopmayacak bir iple... Yüzük parmaklarından.

Denizler, ülkeler, adını bilmediğim caddeler, hiç yürümediğim yollar; belki yemyeşil, belki tuz kokan, belki de adımlarımla sayıp ulaşabileceğim bir yer. Yüzük parmağıma bağlı olan kader ipliğimin bir başka parmakta son bulduğu bir yer. Göremediğim bu ip, senden uzaklaştıkça esneyecek, yaşadıklarıma ya da yaşadıklarına göre kördüğüm olacak ama yeri, zamanı, yaşanan başka aşkları anlamsız hale getirene dek, yani buluşmamıza kadar asla kopmayacak. Parmaklarımızdaki bu kırmızı ip, başka kader ipleri gibi gözükse de her zaman onlardan farklı olacak, onların arasına karışıp kaybolmayacak.

Kaderin kırmızı ipliği. Unutma Sıraç. O bağladı bizi.

Herkes serçe parmağından geçtiğine inanırdı bu ipin. Ben ise yüzük parmağından.

"Yüzük parmağıma mı bakıyorsun?" diye sordu, sesi şefkatliydi. Gözlerimi ona çevirdiğimde, tüm güzelliğiyle yüzümü izlediğini gördüm. Yutkunmama sebep olmuştu. Yüzük parmağında ikimize ait bir alyans olmayacaktı ama ömür boyu bizi birbirimize bağlayan kırmızı bir ipliğe sahip olacaktık.

"Evet," diye mırıldandım ve gözlerimi ondan kaçırmaya çalıştım.

"Sence de çok boş durmuyor mu?" dediğinde kalbime batan kiraz çiçeğinin dikeni gözlerimin irileşmesine neden olmuştu. "Bence çok boş duruyor, bir eksiklik var sanki."

Köprücüğümde tüten acıdan mıdır bilinmez, hiçbir yaşamsal fonksiyon göstermeden doğrudan onun yüzüne bakıyordum. "Değil mi?" diye sorup gülümsediğinde, tokat yemiş gibi irkildim ve gözlerimi yangın mavisi gözlerinin fokurdayan okyanusundan ayırdım.

"Sıraç."

"Miniğim."

"Gitmek istiyorum." Ruhsuzca söylediğim bu cümle akrebin sırtını okşarken, kiraz çiçeğim yapraklarını toz parça ederek dökmek istedi. Kilometreler yutuyor, içimde mesafe büyütüyordum.

"Gideceğiz zaten miniğim."

Neden bunu yapıyordu? Neden kalbimin üzerine taşla vurup, sonra da öpmek istiyordu? Biliyordu. Öperse geçecekti. O yüzden vuruyordu. "Sıraç." Sesim soğukluğunu korusa da, Sıraç'ın gülümseyerek bakan gözlerini zerre etkilememişti. İçimi tırnaklayan bu acı geçer miydi? "Ben annemin yanına gitmek istiyorum."

Yukarı kıvrılmış olan sol dudağı bir anda dümdüz olduğunda, bakışları yüzünde donakalmıştı. Gözlerinden evren geçerken, bakışlarında samanyolu intihar ediyordu.

Bir yangını söndürmüştüm, ufacık bir küllükte.

"Nasıl?" diye sorduğunda sesi titremişti. Alt dudağımı ıslatıp doğrudan gözlerinin içine baktığımda, bakışlarında yakaladığım duygu geçişleri sarsılmalarıma hız katarken duraksadım.

"Annemin yanına gitmek istiyorum. Bu iş benim boyumu aşmaya başladı."

Gözleri bir an zemine indi ardından saniyeler içinde tekrar gözlerime tırmandı. Yüzümde takım elbise ciddiyetiyle ona bakıyordum. Beni anlamasını bekleyemezdim, zira yeri geliyor ben bile kendimi anlamıyordum.

"Senin boyun kısa, ondan aşmıştır," dedi başını iki yana sallarken. "Benim boyum 1.93 Mayıs. Ben ikimizin yerine sırtlanırım her şeyi. Senin yorulmana gerek yok, ben taşırım." Sesinde bir adamın karnında büyüttüğü çığlık vardı. Sancıyla doğan sesi, beni de aynı sancının kucağına iteklemişti. Sesinde katlettiği bir çocukluk vardı.

"Öyle değil," dedim ciddiyetimi bozmamaya çalışarak. Başımı iki yana salladım ve gözlerimi elbise dolabının kapağındaki boy aynasına çevirdim. "Ben annemi özlüyorum ve onun yanında olmak istiyorum."

Omuzlarını düşürüp yüzüme bakarken, inanmak istemediği apaçık ortadaydı. Katliam dolu bakışları yüzümü sıyırıp, kanımın akışkanlığını dondururken elleri avuç içlerime kaydı. "Şaka yapıyorsun, değil mi?"

"Ne şakası, Sıraç? Ben annemin yanında olmak istiyorum. Onun bana ihtiyacı var."

Yangın mavisi gözleri irileşirken, duyduklarını kabul etmediğini beyan eden bakışları çileden çıkmak üzere bir akıl hastası gibi etrafta gezinmeye başladı. "Benim de sana ihtiyacım var, ben ne yapacağım?" Sesi titriyordu. Üşüdüm.

"Annem kadar değil Sıraç. Annem kadar olamaz." Dilimin ucunda yanıklar oluşmuş olsa bile, bunu yapmak zorundaydım. Nefesi için.

Avucumun içinde duran elleri kasıldı ve avuçlarımı daha sıkı bir şekilde tuttu. Tutuşu annesinin elini tutan, pazarda kaybolmaktan korkan o küçük çocuk gibiydi. Bana olan muhtaçlığını damarlarımda uyuşuk bir şekilde akmaya çalışan kan bile hissetmişti. Kanım bile onu isterken, gitmek zorundaydım.

"Nasıl annem kadar değil? Sen kör müsün?" Sesi titriyordu fakat bağırıp beni ürkütmemek için elinden geleni ardına koymuyordu. "Hiçbir Allah'ın kulunun sana benim kadar ihtiyacı olamaz. Ben sana kul köle oldum. Bunu göremeyecek kadar kör müsün Mayıs?"

"Sıraç, anneme gitmek istiyorum. Anlasana, anneme ihtiyacım var."

"Bana ihtiyacın yok mu?" Sesi bir çocuğun sesi kadar narin ve muhtaç çıkmıştı.

"En çok anneme ihtiyacım var Sıraç. Ve bunu daha fazla kaldıramıyorum, ben taşırım diye bir şey yok. Yanında olduğum sürece ben de taşımak zorunda kalıyorum."

Bir elini elimden çektikten sonra, diğer eliyle elimi sıkarak tutmaya devam etti. Elimden ayırdığı eli yüzümde can bulurken bakışları ürkek ve tedirgindi. İstemediği her halinden belliydi. Sıraç Karayel'i ikinci kez bu halde görüyordum. Mehmet Ali Karayel keşke kafama sıksaydı da şu manzarayla karşılaşmama sebep olmasaydı. Kafama sıkmasını, beynimi dağıtmasını tercih ederdim.

"Beni sensiz bırakma, gitme. Söz veriyorum her şeyi yoluna sokacağım. Zamanı geldiğinde el ele döneceğiz İzmir'e." İkna edebilmek uğruna neredeyse yalvaracaktı. Sol kürek kemiğimden giren ağrı, içimdeki tüm organları sızlatmıştı.

"Hiçbir şeyin yoluna girdiği yok. Aylar oldu Sıraç. Hâlâ yerimizde sayıyoruz. Ben bu yola annem için çıkmıştım ama hiçbir ilerleme kaydedemiyoruz."

"Gitmene izin veremem, sende bir şey var." Ani bir hareketle dudaklarıma kapandığında şaşkınlıkla gözlerim irileşti. Dili zorlu bir savaş vererek ağzımın içindeki yerini aldığında, büyük bir açlıkla öpüşmeye başladık. Elleri tişörtümün eteğine gittiğinde irkilsem de geri çekilemedim. Aramızdaki o muazzam çekimi yok sayamıyordum. Eli yukarı kaydı ve tenimde dolanmaya başladı. Tişörtümün içinden onun dokunuşlarına karşılık verirken, dudaklarım büyük bir susuzlukla onun dudaklarına cevap veriyordu. Nefes nefese dudaklarını, dudaklarımdan ayırdığında yutkundu ve yangın mavisi bakışlarını doğrudan gözlerimin içine dikti. "Gördün mü?" Eli karnımda gezinirken nefes nefeseydi. "Bana karşı koyamıyorsun. Biz bu saatten sonra birbirimizsiz yapamayız."

"Kes şunu," diye tısladım. Kalbim ve dilim içeride büyük bir arbede çıkarmış, çatışıyorlardı. "Artık bazı şeyleri kaldıramıyorum, anlasana."

"Kaldıramadıkların neler? Babam mı? Annen mi? Yaşadığımız bu sikik hayat mı? Nedir kaldıramadığın?" Sesi gürleşmişti ve Temmuz'la Sılay'ın duymasını istemediğim için elimle sus işareti yapmakla yetindim. "Beni istiyorsun Mayıs." Ani bir hareketle yatağa devrilmeme sebep oldu ve eş zamanlı olarak üzerimdeki yerini aldı. "Beni istiyorsun, duydun mu? Beni istiyorsun. Vücudun beni istiyor, kalbin de beni istiyor. Sen benimsin, gitmene izin vermeyeceğim. Sadece kafan karışık."

Eli göğüslerime kayıp, sutyenimin telini zorlarken kasıklarım titredi. Dokunuşlarına karşı çok duyarlıydım fakat bunu yapmayacaktım. "Kes şunu," diye yalvardım. "Aşağıda kardeşlerimiz var, lütfen yapma."

Vücudunu bana sürterken cevap bekleyen gözlerle gözlerimin içine bakıyordu. Gözümden akmıyordu fakat içimden vanası bozuk bir çeşme gibi sızıyordu, onun bana yaptıkları. Beni büyülüyor, yok ediyor ve yok ettiği yerden baştan yaratıyordu.

Bozuk para gibi yuvarlanıp ızgaraların içine düşmek istiyordum.

"Beni istiyorsun, vücudun beni kabul etti. Ruhun kabul etti. Beni içine aldın sen, duydun mu? Beni aldın, cennetine kabul ettin.

Şimdi beni cennetimden kovamazsın. Kovdurmam. Buna izin vermem Mayıs. O cennet sadece senin değil artık, o benim de cennetim. Cennetimi benden alma. Senimi benden alma." Kollarıyla beni kapana kıstırmış, hemen üzerime uzanmış gözlerimin içine bakıyordu. Normal şartlarda büyük bir aşkla onun boynuna sarılmam ve tüm olan bitene koca bir siktir çekmem gerekiyordu, biliyordum. Ama maalesef, her hikâyenin işleyişi farklıydı. Kaderin elindeki küçük piyonlardık. Bizi yemekten çekinmiyordu.

Evet, onu kabul etmiştim. Evet, onu içime almıştım. Her anlamda. Gerek bedensel, gerek içsel, gerek duygusal, gerek fiziksel. Her anlamda. Onunla büsbütün olmuş, hayat damarlarımdan onun akmasını sağlamıştım. Onun için akmış, onun için yanmıştım. Bunu inkâr eden kimdi? Sevmenin hangi kutsal kitapta yanlışı vardı?

"Sıraç, gideceğim. Ve bu kez bana engel olmayacaksın. Annemi özledim. Anneme ihtiyacım var." Dudaklarımdan dökülen cümlelere yabancıydım. Sanki ben değil de, gözlerimin içini sokmak için an kollayan akrep söylüyordu tüm bunları. Dilime hükmetmiş, daktilosuna işlediği cümleleri okumama sebep oluyor gibiydi. Bu iğrençti. Bu damağımda bir yangın, dilimde bir yanık iziydi.

İkimiz de aynı kalp ağrısını çekiyorduk. Onun bakışlarından yansıyordu, benim içinden. Belli edemediğim için benim acım biraz daha fazlaydı bana göre.

"Gidemezsin." Kollarını tamamen etrafıma kafesledi ve yatakla onun arasında kalmamı sağladı. Gitmek isteyen kim? "Gitmene izin veremem. Beni öksüz bırakacaksın, buna izin veremem. Cennetimi yeni buldum, bu kadar erken kaybedemem. Hayır, izin vermiyorum. Kalıyorsun."

O bilmiyordu. Etrafımız idam sehpalarıyla çevriliydi.

"Gidiyorum," diye haykırıp parmaklarımı göğsüne bastırdığımda, her ne kadar onu çekip içime yerleştirmek istesem de ittim. İttim. Bana çocukluğumun gözleriyle bakan, İzmir kokulu bir adamı ittim.

Yatağın üzerine tıpkı bir kukla gibi oturduğunda bakışları bomboştu. Bir süre derin bir sessizliğin hâkim olduğu odada, o yatağın bir ucunda, ben diğer ucunda öylece oturduk.

Sessizliği bozan şey ise, haziran ayında yağmaya başlayan yağmurdu. Gökyüzü bizim için mi ağlıyordu? Yağmurun şakırtısı odada can bulurken, odamızın camından süzülen yağmur taneleri gözümü almıştı.

"Gitmek zorunda mısın?" Sessizliği bozan taraf o olmuştu, sesinde kahve kaynayan adam.

"Evet."

"Gitmeni istemiyorum." İkimizde birer robot gibi konuşuyorduk. Birbirimize bakmadan, yağmur damlalarını izleyerek.

"Biliyorum."

"O zaman niye gidiyorsun?"

"Gitmeliyim."

"Gitmeni istemiyorum," diye tekrarladı aynı ses tonuyla. Bakışlarımız birbirlerini bulamasalar da kalplerimiz birbirlerine koşabilmek adına an kolluyorlardı.

Tekrar, "Biliyorum." diye mırıldandım.

"Gidersen güneş solacak."

"Sen güneşi sevmezsin." Onu kucaklamak istiyordum.

"Doğru ama diğer insanların güneşe ihtiyacı var. Benim sana ihtiyacım olduğu gibi."

"Sen diğer insanları düşünmezsin." Bu dümdüz konuşma, kalbimin ayazda kalmış bir yaprak gibi titremesine sebep olurken, yaz yağmurunu izlemeye devam ettim.

"Doğru."

"Gidersen insanları öldürmeye devam edeceğim."

"Ben varken de öldürdün."

"Doğru."

"Varlığım hiçbir şeyi değiştirmiyor," diye mırıldandım.

"Yanlış."

"Değiştiriyor mu?" Kalbim hızlanmıştı.

"Evet."

"Neyi?"

"Beni." Tek kelimelik cümlesini sonlandırmasıyla yüksek sesli bir gök gürültüsü odayı dolduruverdi. Gökyüzü, ikimizin de atamadığı çığlıkları bağrından yükseltiyordu.

"Sen önümde bir adamın beynini parçaladın, bunu unutabileceğimi sanmıyorum."

"Doğru."

"Gideceğim," dedim, içim kan ağlıyordu ama yapmam gereken tek şey direnmekti.

"Biliyorum." Bunu beklemiyordum ama en azından işlerimi kolaylaştıracaktı. Burnumu çektim ve yağmur damlalarını izlemeye devam ettim.

"Gittiğimde ne olacak?"

"Hiç."

"Ne?"

"Hiç."

"Ne demek, hiç?"

"Öleceğim."

Törpülenmek istiyordum. Sivrildiğim yerlerden yok olup parçalanmak. O benim aynamdı ve aynamın yanları elime batıyordu. "Ölmezsin."

"Doğru."

Yataktan yavaşça kalktığımda, bakışları beni bulmadı. Küçük adımlarla elbise dolabına doğru yürüdüğümde, buruşturulup bir kenara atılmış içinde muazzam bir besteye sahip olan kâğıt parçası gibi hissediyordum. Üzerimdeki tişörtü çıkarıp onun yerine siyah bir tişört giyerken, bakışlarını sırtımda hissettim. "Gidiyor musun?"

Omzumun üzerinden ona baktığımda, yatakta dağılmış bir adamla karşılaştım. Kemikli yüzünün güzelliğiyle yutkunurken, çenesinin kasıldığını hissettim. Dişlerini sıkıyor gibi görünüyordu. Yangın mavisi gözleri, siyah ve uzun kirpiklerinin altından doğrudan bana bakıyordu. Birazdan gidecektim ve bu adamın sakalları avucuma küsecekti.

"Evet," diye mırıldandım. Onu umursamadan altımdakini çıkarıp siyah bir kot pantolonu giydikten sonra çıkış kapısına doğru yürüdüm.

"Dur."

Omzumun üzerinden ona baktığımda yangın mavisi gözlerinin kan çanağı olduğunu ve yaşlarını yanaklarına salmak için an kolladığını fark ettim. Çenesini sıkıyordu ve bu dudaklarının titremesine sebebiyet veriyordu. Kaşlarını çatmıştı, ağlamamak için büyük bir çaba sarf ediyordu.

"Gitme." Sesi ıstırap çekiyor gibi çıkmıştı. Yangın mavisinin sol tarafından benim için olduğunu bildiğim o inci tanesi yanağından aşağıya döküldü. Ve gök gürültüsü odanın içini doldurdu. "Lütfen."

"Sıraç," diye mırıldandığımda midem kasılmıştı. Karnımın içinde anlam veremediğim bir kıpırtı, bedenimi ele geçirirken hiç olmadığım kadar canlı hissettim. Bu canlılık da neyin nesiydi? "Yapma böyle, gitmem gerek."

Elini kalbinin üzerine koydu. Bu şoka uğramama sebep olmuştu. "Acıyor," dedi. Sesi titremişti. Sol gözünden bir damla daha hızla çenesine indi. "Çok acıyor."

"Sıraç..."

"İçinde sen varsın, acıtma bu kadar."

"Sıraç..." Gözyaşım boğazımda büyüdü. Onu dışarı salarsam; biliyordum, kopamazdık. "Kendine zarar verme."

Dudaklarını birbirine bastırdı ve gözlerini kapattı. Islak kirpikleri ay ışığı gibi parıldarken kalbim büzüştü. "Acıyor, acıtıyor. Acıtıyorsun."

Dizlerimin bağı çözülürken, her şeyi yok sayıp yatağa doğru yürüdüm, yatağın üzerine çıktım. Islak kirpikleri parıldarken, yüzünü avuçlarımın arasına almıştım bile. Gözlerini açmadı.

"Tüm bunları bir rüya olarak düşün." Başını salladı. "Gözlerini açtığında canın yanmayacak." Tekrar başını salladı fakat gözlerini açmadı.

"Gitme." Sesi titrerken dudakları da titremişti.

Avuçlarımı yavaşça geri çekerken, gözlerini açmadan öylece durmaya devam etti. "Gözlerini açtığında... Hepsi geçecek." Ağır bir hareketle yataktan kalktım ve kapıya doğru yürüdüm. Omzumun üzerinden Sıraç'a baktığımda, gözleri kapalı bir şekilde bekliyordu. Kapının kulpunu çevirdiğimde ise, sırtımdaki gözleri hissettim.

"Hani gözlerimi açtığımda canım yanmayacaktı? Canım bu kadar yanarken, tüm bunlar nasıl bir rüya olsun?"

Gözlerim onu bulmadı, kapıya baktım. Zira yağmurlarım çoktan yanaklarıma hücum etmişlerdi. "Uçurumun kenarında olduğumu ve eğer gitmeme izin verecek olursan, öleceğimi sanmıştım. Ama fark ettim ki, senin bana verdiğin mükemmel kanatlara sahipmişim." Kapının kulpunu çevirdim. Kapı tok bir ses çıkararak açılırken, Sıraç'ın iç çekişi midemin ezilmesine neden olmuştu.

"Sana muhtaç olduğumu bile bile gideceksin, öyle mi? Bana acımasız diyorlar bir de. Henüz seni tanımamışlar, minik şeytan. Bu yaptığın acımasızlık değil de nedir?"

"Sıraç, hoşça kal."

"Ben senin için annemi unuttum. Sen de benim için anneni unutamaz mısın?"

Diyecek hiçbir şeyim yoktu. Kapıdan dışarı bir adım attığımda, "Hoşç-" diyecektim ki, içten gelmeyerek de olsa kıkırdadığını duydum. "Hayata bağlandığım bütün eklemlerimi kırdın, minik şeytan."

"Allah dünyanın alnına seni ve beni ayrı yazmış Karayel." Ona son kez bakmadan, kapıyı kapatıp, önümüze yıkılmaz duvarları ördüm. Hızlı adımlarla ahşap merdivenleri indiğimde, Sılay'ın Temmuz'un omzunda uyuduğunu, aynı şekilde Temmuz'un da kafasının Sılay'ın kafasına yaslı bir şekilde uyuduğunu gördüm. Gözyaşlarım gözlerimden dışarı hızla inip, dışarıdaki yaz yağmuruna katılırken, yağan yağmurun gözlerimden akan sağanağın yanında bir hiç olduğunu anlamıştım. Temmuz'un sehpanın üzerine bıraktığı cüzdandan bir miktar para aldıktan sonra salonu terk ettim. Temmuz bensiz de gelebilirdi.

Bu evi... Ona ait olduğum. Ona sahip olduğum. Büsbütün olduğumuz bu evi geride bırakırken, odamızın penceresine son kez baktığımda içim titredi. Zira şu an Sıraç Karayel'in hıçkırıklarını net bir şekilde duyabiliyordum. Üstelik çoktan sırılsıklam olmuş, gözyaşlarım yağmurun iri damlaları ile birbirine karışmıştı. Yağdık. Kalbim de, ben de...

Bu gece fena yağmalandık.

Allah dünyanın alnına seni ve beni ayrı yazmış. Üzgünüm Karayel. Ve hoşça kal kırmızı iplikle bağlılık yemini ettiğim, yangınımın mavisi. Acaba farkında mıydı, üzerimdeki siyah tişörtün onun en son giydiği tişört olduğunun?

29. AŞK ve GURUR

Yaşanılanlar onu önüme çıkarmış olmasaydı, her şeyden habersiz yaşamaya devam edecektim.

O bana, dünya üzerinde başka bir hayatın daha olduğunu, o hayatın karanlığını ve kendi ayaklarım üzerinde durmam gerektiğini öğretmişti.

Gürültümün içerisinde kaybolmuş olan beni bulamıyordum. Belki de bulmak istemiyordum. İçimde ikamet eden kiraz çiçeği boynunu bükmüş, bahar kokulu yapraklarını dökmek için an kolluyordu. Çoktan dökmüş de olabilirdi. Gecenin siyah bir perdeyle örtmüş olduğu karanlıkta yavaş adımlarla ilerliyordum. Her adım atışım çaresizliğimin, göğüs kafesimin içinde biriken hüznün saplanışı oluyordu. Fethiye'nin en tehlikeli fakat benim için en güvenli olduğundan adım gibi emin olduğum bu mahallede bir başıma yürüyordum. İri yağmur tanelerinin jilet kesiği bırakarak düştüğü yanaklarım sızlıyordu. Hâlâ kulağımda ikamet eden Sıraç'ın hıçkırık seslerinin tınısı içimi ezerken, sokağın sonunda duraksadım.

Birazdan bu karanlık dünyadan çıkacak ve kendi memleketime dönüp, sıradan hayatıma kaldığım yerden devam edecektim. Edebilecek miydim? El değmemiş olarak geldiğim bu yerden, ona ait olmuş olarak gidiyordum. Gözyaşlarım yanaklarımdan usul usul dökülürken, yağan yağmura teşekkür etmiştim.

Yağmurun kokusu bile silemiyordu, tişörtüne sinen kahve kokusunu. Şu an ne haldeydi? İçimdeki milyonlarca beste olan kâğıt yırtılıyordu. İçim yırtılıyordu. Çaresizce yüzümü avuç içlerime kapadığımda, avuç içlerimde kokusunun kalıntılarına rastlamıştım. Birkaç saniye sessizliği dinledim, içimde büyüyen ve beni yağmalayan haykırışları.

"En leylim gecede ölesim tutmuş,
Etme gel,
Ay karanlık."

Kaderimi alnıma çizen kalem intiharım olmuştu. Yağmur dinmeye başladığında, hâlâ olduğum yerde dikiliyor olduğumu fark ettim. Islanmıştım ve haziran ayında olmamıza rağmen üşümeye başlamıştım. Bedenim üşüyordu, yanarken içim.

"Dolunay surat." Karanlığın içinden bıçak gibi fırlayıp, sırtıma saplanan bu sesin sahibini tanıyordum. "Burada ne yapıyorsun?"

Omzumun üzerinden Savaş'a baktığımda motorunun üzerinde öylece durmuş bana bakıyor olduğunu gördüm. Yüzümü gördüğünde ise yüzündeki ifade donakaldı. "Dolunay surat..."

Sol gözümdeki tuzlu su birikintisi yanağımı döverek akarken, Savaş irileşmiş siyah gözleriyle doğrudan gözlerimin içine bakıyordu. Ani bir hareketle motorun üzerinden indi ve bana doğru yürüdü. "Her şey yolunda mı? Ne oluyor?"

"Her şey yolunda," diye mırıldandım ve kollarımı iki yana açıp kafamı havaya kaldırdım. Yağmurlu havaya rağmen tüm yıldızlar kabak gibi ortadaydı. Az önce yağan yağmur ise sır olmuş gibi şehri terk etmişti. "Her şey o kadar yolunda ki, şimdi ölsem umurumda olmaz. Her şey o kadar yolunda."

Hızlı bir şekilde yanıma ulaştıktan hemen sonra kollarımı tutup indirmeye çalıştı. "Sorun ne dolunay surat?" Siyah gözleri hiç olmadığı kadar endişeli görünüyordu.

"Hiç." Omuz silktim. "Buradan gidiyorum. Siz haklıydınız."

"Anlamadım?" Siyah biçimli kaşlarını çattı ve bir an afalladı.

"Bunda anlaşılmayacak bir şey yok Savaş. İzmir'e gidiyorum. Burada işim bitti." Sesim bomboştu fakat gözlerim sesimin aksine konuşuyor gibiydi. İçimde büyüyen ve beni ekseni altına alan duygu yoğunluğunu dizginleyemiyordum. Rahatsız olduğumu fark etmiş gibi ellerini kollarımdan çıkıp benden uzaklaşırken, "İzmir'e mi gidiyorsun?" diye sordu afallamış bir sesle.

"Evet."

"Ama neden?" diye sorduğunda, bu neden bir kez daha kalbimi avuçları arasına aldı ve kangren olana dek sıktı.

"Çünkü öyle istiyorum. Buradaki işim bitti. Sizin bu aksiyonlu hayatınıza göre değilim, kaldıramıyorum." diye mırıldandım. Yaşlı gözlerimi sol elimin tersiyle sildikten sonra yolun sonuna kısaca göz attım. Direkt caddeye çıkıyordu. Sokağı aydınlatan araba ışıkları dışında, zifiri bir karanlığın ortasındaydık.

"Buna inanmamı bekleme," dedi başını iki yana sallarken. "Senin nasıl dik kafalı bir kız olduğunu biliyorum. Ondan bu kadar çabuk vazgeçmeyeceğinden eminim."

Evet, ondan vazgeçmeyecektim. Vazgeçtiğim tek bir şey vardı. O da bendim. Kendimden vazgeçmiştim. Söyleyemedim. Söyleyemediğim her şey bir yılan olup, bir bir organlarımı sokarken susmak en güzeliydi. Acımı içimden yaşayabilecek kadar büyümüştüm.

"Önümde birisini öldürdü Savaş. Zaten babası olacak manyak da peşimizde."

Savaş bir süre sessiz kalsa da, gözleri inanmadığının büyük bir kanıtı gibiydi. Siyah gözlerinin içinde bana ait bir şeyler vardı ve bunu bilmek bile midemin burkulmasına sebep oluyordu. "Zamanla kana alışacaksın, dolunay surat." Gözlerinin benden ayırıp hemen yanımızdan geçen arabanın farlarına çevirdi. "Zamanla ölüme alışacaksın. Zamanla her şeye alışırsın."

Yaralıydı. En az benim kadar. Yaralı bir insanla konuşmak daha kolaydı. Hakkında hiçbir şey bilmeyen insanlar, bilmedikleri halde yorum yaparlardı. Ama eğer karşındaki senin gibi yaralıysa, seni anlardı. Bu yüzden yaralılar olarak birbirimizden başka hiç kimsemiz yoktu.

"Alışabileceğimi zannetmiyorum. Buraya ait değilim Savaş. Gitmek en doğrusu."

"Peki neden ağlıyordun?" Sorusu keskindi.

Bir süre yüzüne baktıktan sonra etrafı inceledim. "Yalnızca ağlamak istedim Savaş. Üst üste birçok şey yaşadım ve bunlar gerçekten ağır şeylerdi. Merve'yle vedalaşamadığım için çok üzgün olduğumu söyle. Hoşça kal." Sırtımı dönüp, caddeye doğru yürümeye başladığımda Savaş'ın arkamdan koştuğunu fark ettim. Omzumun üzerinden ona baktığımda eliyle durmamı işaret ediyordu.

Motorunu alıp yanıma geldiğinde, kaskını bana uzattı. "Bin," dedi keskin bir şekilde. Bir süre elime tutuşturduğu kaska ve Savaş'ın yüzüne baktım. "Ne bakıyorsun kızım? Binsene. Otogara kadar yürüyecek değilsin herhalde?"

Bir süre bomboş gözlerle yüzüne baktıktan hemen sonra kafamı salladım ve kaskı takma gereği duymadan motora bindim. Savaş'ın tişörtünün eteklerinden tutarken, başım dönüyor ve midem bulanıyordu. Açlıktan olması muhtemeldi, zira günlerdir doğru düzgün hiçbir şey yemiyordum. Bugünden sonra da yiyebileceğimi zannetmiyordum. "Yavaş sür," diye mırıldandım. Savaş hızla caddenin içerisinden geçip düz bir yola girdi. "Midem bulanıyor, üzerine kusarım."

Gözlerimin içine doluşan rüzgâr, harelerimi yakarken beynim allak bullaktı. Sıraç'ın yüzü, sesi, nefesi, kokusu ve Sıraç'a ait olan her şey zihnimin içerisindeki sinema perdesine yansırken kalbim burkuldu. Ne yazık ki hâlâ kalp için bir buruk kremi yapmamışlardı.

"Belime sarılsana, tişörtümü genişlettin," diye hayıflandı, tişörtünün eteklerini çekiştirerek tutuyor, ondan uzak duruyordum. Ona sarılmak, tam anlamıyla temas etmek ve beni hissetmesini sağlamak istemiyordum. Beni Sıraç'tan başka hiç kimse hissetmemeliydi. Aidiyet yemini etmiştim ve sanırım ettiğim yemine fazla sadıktım.

"Böyle iyi, tişörtün adına özür dilerim ama böyle rahat ediyorum. Üzgünüm."

"Sesin çatlıyor," dedi keyifsiz bir ses tonuyla. "Kendini tutma. Ağlayabilirsin. Seni duymuyor gibi yapacağım."

Aklımın algıya kapalı olan kısmında sürekli Sıraç'ın yüzü dönüyordu. Kafamın içinde kafeste ondan başka hiç kimseye yer yoktu. Savaş konuya tam olarak hâkim olmasa da, ruh halimi anlayabiliyor ve bana yardımcı olmaya çalışıyordu. "Ağlamayacağım," diye direttim. Her ne kadar akmak için can atan gözyaşım gözümde eğreti bir şekilde bekliyor olsa da.

"Ağla." Biraz hızlandıktan sonra bir dörtyol ağzına girdik ve ışıklarda durduk. "Bu sana iyi gelecek."

Motordan çıkan sesleri fırsat bilerek boğazımdan kopup, dudaklarımda can bulan hıçkırığı dışarıya saldığımda gözlerim bana ihanet edercesine yaşlarını dışarıya bıraktı. Gözümün vanası bozulmuş ve durmadan su akıtıyor gibi hissediyordum. On sekiz yıllık hayatım boyunca hiç bu kadar ağlamamıştım.

"Demiştim," dedi Savaş ve motoru tekrar ilerletti. "Sakın sümüklerini tişörtüme sileyim deme. Sana mendil olmaya niyetim yok, dolunay surat."

Gülümsemek istesem de bunu başaramadım. Yine de bana destek olmak için yanımdaydı. Bu bile beni biraz olsun sakinleştirmeyi başarmıştı. Yalnızlık çok zordu. "Teşekkürler Savaş."

"Önemli değil, dolunay surat. Sümüğünü tişörtüme silebilirsin. Bunu görmezden geleceğim."

Kısa süren bir yolculuğun sonunda otogar olduğunu tahmin ettiğim yere gelebilmiştik. Büyük otobüsler otogarın dışında park halindeydi ve şoförleri otobüsleri havalandırmak adına bütün kapıları açmışlardı. Karanlık sokağı aydınlatan tek şey sokağın başında duran turuncu sokak ışığıydı. Savaş motoru karanlık bir yere bıraktıktan sonra otogarın giriş kapısına doğru yürüdük. Ayaklarım her ne kadar gitmemek için büyük bir direnişin içerisine girmiş olsa da, beynim gitmek zorunda olduğumuzun bilincindeydi. Ve ben bu kez beynimi dinledim. Fethiye'nin otogarı, İzmir'in otogarına oranla fazla küçüktü. Hatta çok küçüktü. Fakat tuhaf bir şekilde sıcak bir havaya sahipti. Savaş benim varlığımı yok sayarak görevlilerden bir tanesine yaklaştı ve ateş istedi. Görevli Savaş'a çakmağını verdiğinde, Savaş dudağına götürdüğü sigarasını yaktı ve zehirli dumanı içine soludu. "İzmir'e giden otobüs ne zaman kalkıyor, dayı?" Savaş'ın görevliye sorusu ürpermeme sebep olurken, kollarımı birbirine bastırdım ve hâlâ ıslak olan tişörtünün bedenime yapışmasını sağladım. Islaklığına rağmen tıpkı onun gibi kokuyordu. Onun yanımda olduğunu hissettiren bu tişört, yolculuk boyunca tek dayanağım olacaktı.

"Saat 00.00'da kalkacak," dedi görevli ve çakmağını geri aldı. "Henüz bir saat var."

Savaş sigarasını içmeye devam ederken hızlı adımlarla yanıma ulaştı ve beni baştan aşağıya süzdü. "Islaksın. Sıcak bir şeyler içelim."

Hiçbir şey söylemeden başımı salladım. Savaş sigarasını yere atıp, siyah ayakkabısının tabanı ile sigarayı çiğneyerek söndürdükten sonra boş masalardan birine yönelmişti, bir yandan da etraftaki insanlara göz atıyordu. Tıpkı bir rüyada gibi hissediyor ve uyanmak için can atıyordum fakat uyanmayacağımdan da emindim. Bu bir rüya olsa bile, uyanamayacak kadar şanssızdım.

Masaya oturduğumuzda orta yaşlarda bir adam yanımıza geldi ve güleryüzlü bir tavırla "Bir şey alır mıydınız?" diye sordu. Yaşlı adama kızardığından emin olduğum gözlerimle kısaca baktıktan sonra, Savaş adamın sorusunu tekrarladı. "Sıcak bir şeyler içer misin, dolunay surat?"

İçimin hiçbir şey kaldırmayacağından adım gibi emindim. Ama tam şu anda, onun çayı sevdiğini bildiğim için... Çay içmek istiyordum. Karşımda Savaş değil de Sıraç oturuyormuş gibi çay içmek istiyordum.

"Çay içebilirim," diye mırıldandım. "Çay içeceğim."

"Dayı bize iki tane çay getir sana zahmet olmazsa," dedi Savaş ve ön cebindeki telefonunu çıkarıp masanın üzerine koydu. Adam başını sallayıp yanımızdan ayrıldıktan sonra, Savaş'ın soru işareti dolu siyah gözlerini üzerimde hissetmiştim. "Dökül Mayıs."

"Anlatacak hiçbir şey yok Savaş." Ruhsuz bakışlarımı Savaş'tan ayırdım ve yakınlarını yolcu etmeye gelen insanları izlemeye başladım. Bir kadın, oğlu olduğunu düşündüğüm genç bir adama sarılmış hıçkıra hıçkıra ağlıyordu. Kadının ağlayışından mıdır, içimin yangınından mıdır bilinmez içli bir şekilde nefes alınca Savaş kıkırdadı. "Göründüğün gibi bir kız değilsin sen."

Bakışlarım hayretle onu bulduğunda sırıtmaya devam etti. "Değişik bir kızsın, dolunay surat. Seni anlayamıyorum. Görüntün insanları aldatıyor. Aslında hiç soğuk bir kalbe sahip değilsin, değil mi?"

"Kim bilir?" diye sorup başımı sol omzuma düşürdüğümde gülümsemesi genişledi.

"Karayel'in ne halde olduğunu merak ediyorum," dediğinde irkildim. Neden bunu hatırlatıyordu ki sanki? Zaten paramparça olmuştum ve parçalarımı parçalanan ellerimle toplamak zorundaydım, bir de bana onu hatırlatıyordu.

"Ben etmiyorum," diye mırıldandım ve ellerimi masanın üzerine koyup tırnaklarımı incelemeye başladım. "Hiç merak etmiyorum."

"Hiç inandırıcı değil," diye yanıtladı beni. "Onu seviyorsun."

"Onu seviyorum."

"Peki neden gidiyorsun?"

"Çünkü onu seviyorum." Gözlerimi kaldırıp Savaş'ın gözlerinin içine baktığımda, siyah gözlerini kısmış bana bakıyor olduğunu gördüm. Zihnimin içindeki akrep, gözlerimi sokmak istercesine iğnesini bana doğrulturken yutkundum. Söyleyebilecek başka hiçbir şeyim yoktu. Daha fazla konuşabileceğimi sanmıyordum.

Önüme konulan ince belli çay bardağı bir anda dikkatimi dağıtmış olsa da, Savaş'ın bakışlarının hâlâ üzerimde olduğunu hissedebiliyordum. İnce belli çay bardağını avuçladım ve çayın sıcaklığı kalbime dokundu. Tıpkı Sıraç'ın elleri gibi. Sıcacıktı. Artık çayı seviyordum.

"Bilet almalıyım," diye mırıldandım çayımdan bir yudumu dudaklarımın arasından içime gönderirken.

"Bindiğinde kestirebilirsin. Burada sorun etmezler. Paran var mı?" diye sordu ve telefonunu eline aldı. "Merve çok üzülecek."

"Elimde olsaydı herkesle vedalaşmak isterdim. Gerçi vedalardan pek hazzetmem. Evet, param var."

"Dolunay surat, gitmek istediğinden emin misin?"

"Eminim," diye mırıldandım. "Gitmek istiyorum Savaş."

Bir süre telefonuyla uğraştıktan sonra siyah bakışlar tekrar beni buldu. "Gitmek istemediğin o kadar belli ki."

"Biletimi alacağım Savaş." Çayımı hızlı bir şekilde diktikten sonra cebimden parayı çıkaracaktım ki, ters bir bakış attı ve buna engel oldu.

"Yürü git kızım, deli etme beni. Benim yanımda bir kız hiçbir şeyin parasını ödeyemez. Biletini ben alacağım, yürü." Siyah deri cüzdanından parayı çıkarıp masaya bıraktıktan sonra önümden geçti ve hızlı adımlarla bilet satış ofisine yürüdü.

Ofise girdiğimizde, genç bir adam ve orta yaşlı bir adamın sohbet edip çaylarını yudumladıklarını gördüm. Bizim içeri girdiğimizi fark edince irkildiler ve sohbetlerine kısa bir ara verdiler. "Buyurun, nasıl yardımcı olabilirim?" diye sordu genç olan adam.

"İzmir 00.00 için bilet alacaktık," dedi Savaş benim varlığımı yok sayarak. Kan çanağı olmuş ve içi acıyan gözlerimle ona bakıyordum.

"İki kişilik mi?" diye sordu genç adam ve bilgisayarının başına geçti.

"Hayır." Başımı iki yana salladım. "Tek kişilik, cam kenarı olursa sevinirim."

Adam bir süre bilgisayarı ile ilgilendikten sonra kafasını kaldırıp yüzüme baktı. "Bileti kimin üzerine keseyim?"

"Mayıs," dedim ve burnumu çektim. Genzim tuzlu su ile kaplıydı. "Mayıs Karamaça." Adam bir süre boş gözlerle yüzüme baksa da sonunda klavyesiyle bir şeyler yazdı ve bileti çıkarıp uzun masanın üzerine bıraktı. "Elli beş lira."

Savaş bana fırsat vermeden cüzdanından yüz lira çıkardı ve masanın üzerine bıraktı. Genç adam para üzerini verdikten sonra ofisten çıktık ve yavaş adımlarla otobüslerin olduğu tarafa doğru yürümeye başladık. Bineceğim otobüs hemen karşımda duruyordu, biletim ise avuçlarımın içerisinde.

Bir bilet, bir ayrılık, bir otogar, iki enkaz.

"Otobüsün bu sanırım," dedi Savaş ve ilerideki otobüsü gösterip beni düşüncelerimden sıyırdı. "Yarım saatten az bir zaman kalmış, gel şu banka oturalım."

"Oturalım."

Bekleyiş başladığında bir şeylerin sona yaklaştığını fark etmiştim. Bankta oturmuş bomboş gözlerle beni ondan koparacak olan otobüse bakarken, kalbim kurumuş ve kanım bedenimi terk etmiş gibi hissediyordum.

Gülümsemeyi bilmeyen ve genelde buz gibi bir yüzle insanlara bakan ben şu an bir kedinin mırıltısına bile ağlayacak kapasitede hissediyordum. Yüzümdeki ifadenin kendim de farkındaydım. Kalbime tıpkı bir oya gibi işlenen acı, tüm varlığıyla oradaydı işte. Sıraç Karayel'in ikamet ettiği kalbimin içinde, Sıraç'ı öldürmeye çalışıyordu. Kalbimin içinde kapana sıkışmış olan Sıraç, dehşet dolu gözlerle bana bakarken, onu kurtarmam için yalvarıyor gibiydi.

"Dolunay surat," diye mırıldandı Savaş ve gözleri beni bulmadan ileriyi izlemeye devam etti. Sesinde elle tutulur bir keder vardı. Bu ilgimi çekmişti. Belki de onunkine benzer bir şeyi kalbimde taşıdığım içindi bu ilgi. "Sahiden gitmek istiyor musun?"

"Gitmek istiyorum Savaş. Çok yoruldum. Artık yapabileceğimi zannetmiyorum. Dedim ya, sizin hayatınız bana göre değil. Siz okyanusun içinde yaşamaya alışmış balıklarsınız, ben akvaryumda." Okyanusta boğulmaya razıyım ama gitmek zorundayım.

"Bu cümleler sana ait değil. Sen, sen gibi konuşmuyorsun, dolunay surat."

"Beni bu hale siz getirdiniz. Çok tuhaf bir hayatın içerisindesiniz."

Bıkkın bir şekilde iç geçirdi ve elini ensesine götürüp, ensesini ovaladı. "Bu hayatın içerisine girmeyi kabul eden sendin. Karayel seni zorlamadı. Bak, o adam seni gerçekten seviyor."

Derimde çürükler oluşmuş gibi sızladığımda, kollarımı bedenime sardım. Tişörtüm kurumuştu fakat içimdeki yangın sönmemişti. Ona bakıp, kâinatı gören bendim. Beni sevdiğini biliyordum ve aynı şekilde büyük bir aşkla ben de onu seviyordum. Kısa zamanda her şeyim olmuştu.

"Ben de onu seviyorum," diye mırıldandım ve karnıma batan sancıyı yok sayarak yutkundum. "Ama ilişkimiz için yapabileceğim hiçbir şey yok."

"Denemeden anlayamazsın," dedi Savaş ve bakışları omzunun üzerinden beni buldu. "Denedin mi?"

"Neyi?" Afallamıştım.

"Bir yol bulmayı."

Gözlerim bir süre doğrudan gözlerimin içine bakan siyah bakışların sahibini inceledi. Bir yol bulmayı denemiş miydim? Ama onun canı söz konusuydu ve ben... Hayır, bir yol bulmayı denemeden onu yüzüstü bırakmayı seçmiştim.

"Denemedin değil mi?" Sırıttı. "O zaman çok doğru bir şey yaptım," diye mırıldandı. Ne yaptığını merak etmiştim, daha doğrusu bir şey yapmıştı da ben mi görmemiştim?

"Ne yaptın?" diye sordum ve kaşlarımı çattım. Karnımda gittikçe büyüyen yumru, mideme tekmelerken otobüs muavininin otobüsün kapısında dikilip, yolculara bir şeyler söylediğini fark ettim. Hızla banktan kalkarken "Saat kaç?" diye cırladım.

"Beş dakika kalmış, bin bence."

Ardımda bıraktığım Savaş'ı umursamadan otobüse doğru yürürken, arkamdan geldiğini hissetmemle omzumun üzerinden ona baktım. "Gelme, vedalardan hoşlanmam."

"Geleceğim," dedi ve ellerini ceplerine koyup kaşlarını çattı. "Ve vedalaşmayacağız. Vedaya gerek yok, seni tekrardan göreceğim."

Otobüs anonsunu verdi. Işıklar yanmış, şoför motoru çalıştırmıştı. Tadı özgürlükten güzel olan, sevdiğim adamın nefes aldığı şehre veda etme vakti gelmişti.

"Pekâlâ," diye mırıldandım ve otobüsün önünde dikilip hemen karşımda duran Savaş'a elimi uzattım. "Seni tanımak güzeldi Sonyürek."

Ona uzattığım elime kısa bir bakış attıktan sonra siyah bakışlar ellerimden sıyrılıp, gözlerime taşındı. "Eline dokunmamı istemiyorsun, kendini zorlama," dediğinde olduğum yerde donakaldım. "Ondan başkasının sana dokunmasına katlanamıyorsun. Kendine bunu yapma, dolunay surat. Onu bırakma."

Kalbime esaslı bir yumruk inmiş gibi sarsıldım. Kemiklerim sızlıyordu. Böyle zamanlarda bir bozuk para olmak istiyordum. Çünkü bozuk paranın kemikleri sızlamazdı. Ne kadar düşerse düşsün, ne kadar hırpalanırsa hırpalansın, o her zaman ağrısız bir şekilde ayağa kalkmayı başarabiliyordu.

Sıraç'a teslim olduğumu öne süren sıcak sarılmalarımızı özleyecektim. Kızdığında gözlerinin mavisini delip geçen yeşil rengini özleyecektim. Kaşlarını çattığında alnında çıkan biri ince diğeri sola doğru hafif yamuk çizgiyi özleyecektim. Taze çekilmiş kahve kokulu tenini özleyecektim. Gülüşünde yuva yapmış gezegenleri özleyecektim. Hayat bulduğum kalbinde, canlandığım bedeninde, tek vücut olduğumuz küçük yatak odamızda onunla geçirdiğim tüm zaman dilimlerini içimde taşıyacak ve tüm hayatım boyunca ondan başka hiçbir erkeğe el sürmeyecektim.

Çünkü biliyordum. O da benden başka hiçbir kadına el sürmeyecekti.

Elim yavaşça indiğinde, Savaş'ın belli belirsiz gülümsediğini gördüm. "Onu seviyorsun ve tam şu anda onun yanına gitmek istiyorsun." Sessiz kaldım. "Ama gitmene gerek kalmadı," dediğinde gözlerim onu buldu. Hemen arkamda bir şeye bakıyordu ve gülümsüyordu. Omzumun üzerinden arkama baktığımda esaslı bir şimşek beynime, oradan da içime girip büyük bir gürültüyle patladı. Oradaydı. Sıraç Karayel. Hemen arkamda dikilmiş, nefes nefese kalmış bir şekilde hemen oradaydı. Sabahı doğurmamış bir gece gibi bakıyordu. Şimdiyse ilk kez hissediyordum doğuşumu, ilk kez birinin canını yakışımı, belki de sonrasını sayamadığım kadar çok olan kanamaların başlangıcını.

Bir süre zaman durmuş gibi bakıştık. Gözleri benim gözlerimden farksız, belki de daha cansızdı. Şişmiş göz altları, kan oturmuş beyazları ve karanlığa bir ışık tutmuş gibi parıldayan yangın mavisi gözleriyle oradaydı. Elini cebine attı ve nefeslerini kontrol etmeye çalışırken, sesini buradan duyabileceğim bir şekilde yutkundu. Ardından elini kaldırıp cebinden çıkardığı şeyi gösterdi.

Bu bir biletti.

"Yirmi beş," dedi soluk soluğa. "Yirmi altının yanı." Yutkundu. "Ben de geliyorum." Nefes nefese bir şekilde bana doğru yürümeye başladı. Yanıma geldiğinde elini omzuma koydu ve kafasını yere eğdi. Hâlâ hızlı hızlı soluk alıp veriyordu. "Sağ ol Ankaralı. Sen git, sahibi geldi." Savaş sırıttıktan sonra hiçbir şey demeden arkasını dönüp bizden uzaklaştığında, eli hâlâ omzumun üzerindeydi ve soluklanmaya devam ediyordu.

Muavin kafasını kapıdan çıkarıp ikimize baktıktan sonra gülümsedi. "Şey, efendim... Hareket edeceğiz?"

Sıraç eliyle bir dakika istedikten sonra kafasını kaldırdı ve nefesinin dudaklarıma çarpmasına sebebiyet verdi. "Benim kitabımda sana karşı gurur yok. Bu hayatı istemiyor musun? Ben bu hayatın anasını sikeyim, bırakıyorum. Silah mı bütün sorun? Bir daha elime silah alırsam, yalnızca kendi kafama sıkmak için alırım. Gidiyor musun? Beraber gidiyoruz. Beni istemiyor musun? O zaman benden kurtulabilmek için canımı alman gerekiyor. Zira minik şeytan, yakandan düşmeye niyetim yok."

"Gururun nerde senin?" diye sorup hıçkırırken, mutluluktan mıdır bilinmez karnımın içindeki sıcaklık büyüdü. Canlılık hissi tüm bedenimi kapladı.

"Sana böyle âşıkken..." Burnunu burnuma yasladı. "Gurur benim neyime?"

30. EVE DÖNÜŞ

Onun yangın mavisi bakışları, her gün aynı saatte çalacaktı kapımı.

Ona teslim olmuştum.

Bana teslim olmuştu.

Kopamıyorduk, buna izin vermiyordu.

Yüzük parmaklarımızdan bağlı olduğumuz kırmızı iplik, her defasında daha hızlı bir şekilde çarpışarak sarılmamıza neden oluyordu. Güneşime karanlık olan bu adama âşıktım, aslına bakılacak olursa bu adamın güneşine karanlık olan bendim. Bitmek, bitirmek. Hiçbiri iyi değil. Bir terminal kalabalığında, sevdiğin adamın hıçkırığını dinlersen... İşte o zaman ağlarsın. Cevap verememiştim. Kelimeler anlamsız olacaktı. Bu yaptığı şey hakkında diyebileceğim hiçbir şey yoktu.

Emin olduğum tek bir şey vardı. Seviliyordum. Ve bu sevgi normal bir insanın, bir insana duyduğu sevgi ile karşılaştırılamazdı. Onun sevgisi farklıydı. Eklemlerim bile sevildiklerini hissediyorlardı. Otobüse bindiğimizde, sırtı bana dönük olduğu için onun yüzünü göremiyordum. Ama omuzları hiç olmadığı kadar düşük görünüyordu. Koltuklarımızın olduğu yere geldiğimizde, omzunun üzerinden bana baktı. Yangın mavisi gözlerinin içinde benden bir şeyler duymak istediğini belli eden bir ifade vardı. Fakat ne diyeceğimi bilemiyordum. Cam kenarına geçtikten hemen sonra gözlerim tekrar onu buldu. Kısa bir süre beni inceledikten sonra hemen yanımdaki boş koltuğa oturdu ve bacaklarını yayvan bir şekilde uzatıp, kafasını koltuğa bastırdı. Kollarını göğsünde topladıktan hemen sonra göz ucuyla bana baktı.

"Gidiyoruz," diye mırıldandı. Sesi sakindi fakat gözleri bu sakinliği yalanlıyor gibiydi.

Başımı salladım ve gözlerimi ondan kaçırdım. "Gidiyoruz."

Üzerine sinmiş olan ağır sigara kokusu ile karışık taze çekilmiş kahve kokusunu net bir şekilde soluyabiliyordum. Bu kokuyu bir daha soluyamamaktan çok korkmuştum. Ama şu an soluyordum. Cenneti soluyordum. Karayel'in cennetini. Otobüs ağır bir şekilde hareket edip, otogarı terk ederken kafamı cama yasladım ve yağan yağmurdan dolayı buğulanan camdaki görüntümü izlemeye başladım. Gözlerim en az Sıraç'ın gözleri kadar kızarık ve cansız görünüyordu. Bu bile ciğerim çıkana dek ağladığımın bir kanıtı gibiydi. Yüzüme baktığında, onun için döktüğüm gözyaşlarının farkına varmış olduğundan adım gibi emindim. Dilimde eriyen acı kapsül, damağımda patlamıştı. Sıraç yanımdaydı. Bu ılık bir mutluluktu, evet. Üstelik Mehmet Ali Karayel'in dediğini yapıyordum, yani evime dönüyordum. Ne Sıraç ne de kalbim tehlike altında değildi artık.

"Tişörtüm yakışmış," diye mırıldandı. Camdaki yansımamdan gördüğüm kadarıyla gözleri üzerimdeydi. Doğrudan yan profilime bakıyordu. Yutkundum. Bakışları bile cennet değerindeydi. "Beni seviyorsun." Bakışları camdaki yansımama kaydığında, buğulu camın üzerinde göz göze geldik. Uzun ve hiç olmadığı kadar parlak görünen siyah kirpikleri benim için döktüğü gözyaşının gözle görülür bir kanıtıydı. Midem büzüştü, kalbim burkuldu. Şu kısacık süre zarfında birçok şey yaşamıştık. Bu kadar şeyi, bu zaman dilimine nasıl sığdırabilmiştik?

"Kokum olmadan yapamazsın, biliyorsun değil mi?" diye sordu. Bu bir sorudan ziyade bir çeşit meydan okuma gibi görünmüştü gözüme. Camdaki yansımalarımız ile bakışmaya devam ettik. Doğrudan gözlerinin içine bakarken, hiç olmadığı kadar çökmüş görünmüştü gözüme. "Biliyorum," diye mırıldandım.

"Neden tişörtümü giydin?" Cevabını bildiği soruyu bana yönlendirirken, elini dizimin üzerine koydu. Cevap vermek yerine yansımasını izlemeye devam ettim. Sormam gereken sorular, almam gereken cevaplar vardı. Fakat şu an yaptığım tek şey onu izlemekti, sırf bu yüzden sorularımı tozlu bir rafa kaldırdım ve ona odaklandım. Zira şu an ondan daha değerli, daha kayda değer bir şey yoktu benim için. Hayat gibi, umut gibi, ölüm gibi acıtıyordu bakışları. "Beni gerçekten bırakabilecek miydin?" Yutkunmak hiç bu kadar zor olmamıştı.

Düğümlü bir ipi, kısa tırnakla çözmeye çalışıyormuşum gibi acımıştı canım. "Kendime yalan söyledim." Sesim kuru çıkmıştı.

"Ne hakkında?" Bakışları derinleşti. Öyle ki tam şu anda otobüsün camını parçalayabilecek kadar keskin ve deliciydi gözleri.

"Sensiz yapabileceğim hakkında." Nefesim camı buğulandırmıştı. Kuruyan dudaklarımı nemlendirdikten sonra gözlerimi yumdum ve yansımalarımız üzerinden bakışmamıza bir son verdim. Eli karnımın üzerinde duran elime kaydı ve tüm hâkimiyeti ile elimi avuçları arasına aldı. Gözlerim kapalıydı kapalı olmasına ama kalbim dikiş tutmaz kör bir yara gibi açılmıştı.

"Sana hastalıklı duygular besliyorum." Sesi kuruydu. "Bu bir çeşit intihar."

Noktalarımdan birleştiriyordu ve beni bir bütün haline getiriyordu. Gerek kelimeleriyle, gerek avucumun içine bıraktığı sıcaklığıyla, gerek genzimi gıdıklayan kahve kokusuyla... Bu adam her şeyiyle benimdi.

"Benim de çok sağlıklı duygular beslediğimi söyleyemeyeceğim Karayel," dedim gözlerim hâlâ kapalıyken. Her ne kadar gözlerim kapalı da olsa, yangın mavisi gözlerinin doğrudan yüzümü incelediğinin bilincindeydim.

Elinin içindeki elim terlemişti, zira kalbim de terlemişti. Yalnızca birkaç saat öncesine kadar çıkışı olmayan bir arafın içine düşmüş gibi hissediyordum, şimdi ise o yanımdaydı. Birlikte memleketimize dönüyorduk. Ait olduğumuz, nefes almaya başladığımız toprağa. Hem annemi görecektim hem de Sıraç'ı koruyabilmiş olacaktım. Mehmet Ali Karayel'in tehdit dolu nefesini hâlâ ensemde hissedebiliyordum. Beni kendi oğlunu öldürmekle tehdit etmişti. O gerçekten sapkın ruhlu bir adamdı ve bu beni korkutuyordu. Yapabileceklerinin bir sınırı olmadığından adım gibi emindim. Kendi çocuğunu öldürmeyi göze almış bir adamdan her şey beklenirdi.

"Gözlerini aç, minik şeytan," dedi Sıraç ve terleyen parmaklarımızı birbirlerine kenetledi. "Gözlerini görmeye ihtiyacım var."

Gözlerimi belli belirsiz araladığımda, göz ucuyla ona baktım. Kafasını koltuğa yaslamış, omzunun üzerinden bana bakıyordu. Gözlerine kan oturmuştu. Asırlar sürecek bir süre zarfında bakıştık. Yangın mavisi gözlerinin içinde kırgınlıkla karışık, tamir edilme isteği vardı. Karayel, onu tamir etmemi istiyordu. Peki beni kim tamir edecekti?

"Mayıs." Sesi bir iç çekişi andırmıştı. Boşta duran elini yüzüme uzattı ve yüzümü kavradı. Uzun parmakları yanağımı okşarken, gözlerim benden bağımsız bir şekilde kısıldılar ve kirpiklerimin altından Sıraç'a bakmaya devam ettim. "Gözüme rengini verenim." Kalbim tekmelenmişti. Biri ardı arkası kesilmeyen tekmelerini kalbime savuruyor, beynime oksijen gitmesini engelliyordu. Ben onu bu kadar kırmışken, o nasıl hiçbir şey olmamış gibi böyle muazzam bir şeyi gözlerimin içine bakarak telaffuz edebiliyordu? Kalbimde solup yok olduğunu sandığım kiraz çiçeği, büyük bir aşkla başını kaldırdı ve doğrudan Sıraç'ın gözlerinin içine baktı. Dirilmek için yangın mavisini bekliyordu. Yanağımda dolaşan parmaklarının, derime bıraktığı nabız seslerini net bir şekilde duyabiliyordum. Kulaklarım onun nabzına aşinaydı. Bu adam benim içimdeki çiçeklere dokunuyordu. "Öyle güzelsin ki," diye mırıldandı. Bu bir tekme daha yememle eş değer bir histi. "Çok güzelsin, kahrolasıca."

Belli belirsiz gülümsedim. Eski günlerimizi hatırlatan bu cümlesi, zihnimin en nadide köşesine kurduğum sinema salonunda o anların canlanmasına sebep olmuştu. Yutkundu ve âdem elması aşağı yukarı hareket etti. Kafası koltuğa dayalıydı, tıpkı bir mücevhermişim gibi beni izliyordu. Bu gece ona yaşattığım şeyden sonra bana böyle bir yaklaşımda bulunmasını ciddi anlamda beklemiyordum. "Dudaklarını biraz şurama getir," dedi ve elini yüzümden çekip sol göğsüne bastırdı. "Ben çok yorgunum."

Tavan lambasından yüzüne dökülen loş ışık birkaç saniyeliğine de olsa afallamama neden oldu. Ardından beklenti dolu bakışlarının azizliğine uğradım ve hızla ona doğru kayıp başımı göğsüyle, boyun girintisi arasında bir yere yerleştirdim. Sakalı yeni yeşermiş olan çenesini başıma koydu ve koluyla beni kendisine çekti. Kalbinin ezan güzelliğindeki sesi kulağımı gıdıklarken, göğsünden burnuma boca ettiği cennetten çıkma kokusunu soludum. "Sıraç," diye mırıldandım. Uyku gözlerimi yavaş yavaş ele geçirirken, sesim olduğundan daha güçsüz çıkmıştı.

"Miniğim." Onu kırmış olmama rağmen, bana miniğim demekten vazgeçmiyordu.

"Temmuz ve Sılay'a ne oldu?" Yüzünü göremiyor olsam da göğsünde yatıyor olmanın verdiği huzurla gevşemiştim. Bugün olanlar sanki hiç yaşanmamış gibiydi. Taze bir huzur bedenime misafir olmuştu ve ben bu huzurun kalıcı olmasını istiyordum.

"Onlar da İzmir'e dönecekler, endişelenme." Sesi pürüzlü çıkmıştı. Öksürüp boğazını temizledikten sonra saçlarımı kokladığını fark ettim.

"Peki benim yanımdaki koltuğun biletini nasıl aldın? Bildiğim kadarıyla birbirlerine yabancı olan kadın ve erkek yolcuya yan yana bilet vermiyorlardı."

"O bileti Savaş aldı. Üzerinde senin adının yazması hiçbir şeyi değiştirmez, minik şeytan. Beni hafife alıyorsun." Ne demek istediğini anlayamamıştım. Fazla gözyaşı dökmenin verdiği etkiyle ağrıyan gözlerimi kırpıştırdıktan sonra burnumu göğsüne gömdüm. "Anlamadım?"

"Savaş onun yanında olduğunu belirten bir mesaj attı. Gerisini boş ver. Ankaralı ikinci kez hayatımı kurtardı."

"Hayatını mı?"

"Hayatımı," diye tekrarladı ve beni sıkıca kendisine bastırdı.

"Peki şimdi ne olacak?" diye sorduğumda, gözlerim çoktan uyku moduna geçmişti bile. Ama beynimin alması gereken cevaplar ve kendisini hazırlaması gereken bir sınav vardı.

"Gidip göreceğiz miniğim. Gidip göreceğiz."

∞

Bir hareketlilik sezince gözlerim açıldı. Gözyaşının tuzunu harelerinde taşıyan gözlerim yanıyordu. Sıraç'ın düzenli nefesleriyle kabaran göğsü beraberinde kafamın da inip kalkmasına sebep olmuştu. Otobüsün İzmir otogarına giriş yaptığını fark edince telaşla kafamı kaldırıp, camdan dışarıya baktım. Şafak henüz yeni atmıştı ve etraf huzurlu fakat bir o kadar da ürkütücü bir maviliğe ev sahipliği yapıyordu. "Sıraç," dedim yangınımı dürterken. Uzun kirpikleri, kâinatlarını örtmüştü. "Sıraç, geldik."

Kısaca iç çekip, sessiz bir şekilde homurdandıktan sonra yangın mavisi gözleri yavaşça aralandı. Yangın mavisi mucizeler beni odak noktasına alırken, yüzünde mahmur bir ifade baş göstermişti. "Geldik," diye tekrarladım. Kaşlarını çatıp burnunu kırıştırdıktan hemen sonra otobüsün camından dışarıya kısaca göz attı. Pek memnun görünmüyordu.

Otobüs durup, yolcular yavaşça yerlerinden kalkmaya başladıklarında biz de Sıraç'la birlikte kalktık ve bir an olsun ellerimizi birbirlerinden ayırmadan çıkış kapısına doğru yürüdük. Nihayet otobüsün kapısından dışarıya adım attığımızda, İzmir'in taze havasıyla kucaklaşmıştım. Aylardır ayrı kaldığım memleketimin havası bile bir başkaydı. Sıraç ile el ele yürümeye başladığımızda, omzumun üzerinden ona baktım. Kaşları çatıktı, ne düşündüğünü idrak edemiyordum ama bir şeylerin yolunda gitmediğinin bilincindeydim. Tek bir avuntum vardı... Birazdan annemi görecektim. Ve şehrime geri dönmüştüm. Şimdilik mutluydum. Şimdilik.

Annem ile geçirdiğim gecelerin üzerinden asırlar geçmiş gibiydi. Yutkunamadığım için öldüğümü sandığım, sancılı gecelerimde malesef yanımda değildi. Aynı şekilde ben de onun yanında olamamıştım. Yaptığım hatalar, yerin altından kafasını çıkarmış yüzüme bakarken birazdan onu görecek olmanın verdiği heyecan duygusuyla iç bulantılarıma engel olmaya çalışıyordum. "Mayıs," diye mırıldandı Sıraç. "Geldik işte, neden gülümsemiyorsun?"

"Annemin yüzüne nasıl bakacağımı bilmiyorum Sıraç."

Sokağın ortasında öylece durduk ve henüz yeni ağırmış olan göğün üzerinde kanat çırpıp cıvıldayan kuşların seslerini ciğerlerimize doldurduk. Şefkatli eli yüzümü çevrelerken gözlerim açıldı ve yangın mavisini buldu. "Ne yaptın ki?" diye sordu.

Boynum yanmaya başlamıştı ve eş zamanlı olarak zihnimde yaşamını sürdüren sinema perdesi, onunla yaşadığım müstehcen içerikli şeyleri kasete taktı. "Bilmiyorum, yani... Biliyorsun biz..."

Kıkırdadı. Uyku mahmuru gözleri kısıktı ve gülümsediği için tamamen yok olmuştu. "Seviştik," dedi. Bunu gururlanarak söylemişti. Yüzüm utançla çarpılırken, gözlerimi ondan kaçırmaya çalıştım. Nasıl bu kadar açık sözlü olabiliyordu ki sanki? Bana dokunmasına, beni keşfetmesine ve benimle sevişmesine ben izin vermiştim. Bunu isteyerek ve büyük bir aşkla yapmıştım. Şimdi ise annemin yüzüne nasıl bakacağımı düşünüyordum. Acaba yüzümden anlar mıydı? Artık onun minik kızı değildim ve bu gerçek yüzüme bir tokat gibi inip, düşüncelerimin içine sızmıştı. "Utanma." Sesi kuruydu. Sokağın ortasında yüzümü avuçlarının içine almış beni izlerken "Biz utanmamızı gerektirecek bir şey yapmadık. Bütün olduk. Büsbütün."

Konuyu dağıtmak adına, "Peki sen ne yapacaksın? Eve gidebilecek misin?" diye sordum. Zira Mehmet Ali Karayel'in bizden önce İzmir'e döndüğünden adım gibi emindim. Ama bir sorun vardı... Sıraç'a nasıl davranacaktı? Kızacak mıydı? Ya da daha kötüsü?

"Gideceğim." Başını salladı ve ellerini yüzümden yavaşça çekti. "Pek bir şey diyeceğini sanmıyorum. Hatta hiçbir şey demeyeceğinden eminim. Beni görmezden gelecektir, tıpkı benim onu görmezden geleceğim gibi."

Gözlerim tüm ıslaklığını dün gece kullanıp, tamamen kuraklaştığı için acıyordu. Sıraç'ın söyledikleri ise acımın artmasına sebep olmuştu. Babası ile hiçbir ilişkisi olmadığını dün anlamış olmama rağmen, bunu ondan duymak beni yaralamıştı. Baba sıcaklığını bilmeyen Sıraç, biliyordum ki ileride muhteşem bir baba olacaktı.

"Pekâlâ." Caddeye kısaca bir göz attım ve tekrar Sıraç'a baktım. Gözleri doğrudan üzerimde dolaşıyordu. "Taksiye binmem gerek."

Başını salladı. "Binelim."

"Yalnız gidebilirim."

Kaşları çatıldı ve sert bir şekilde bileğimi kavradı. "Yalnız gidemezsin. Ben olmadan hiçbir yere gidemezsin. Seni evinin önüne kadar bırakacağım." Sesinin sertliği ürpermeme sebep olmuştu. Yapabildiğim tek şey başımı sallamak oldu. Sabahın erken saatlerinde olmamıza rağmen etraf kalabalıktı. Sıraç bir taksi çevirdikten hemen sonra evimin adresini söyledi ve taksi hareket etti. Bu adamın benimle ilgili bilmediği tek bir şey yok mu? Taksi evime yakın bir sokağa girdiğinde gerildim. Ama elimi kavrayan güven verici ellerini hissedince gevşeyebilmiştim. Yan profilimi izliyor ve ellerimi sıkıca tutuyordu. "Her şey iyi olacak, miniğim."

"Olacak mı gerçekten?" diye sordum. Sesim hiç olmadığı kadar yorgun ve tükenmiş çıkmıştı.

Elini elimden kaydırdı, taksiciyi önemsemeden beni kollarının arasına çekip göğsüne yatmamı sağladı. "Olacak, söz veriyorum."

"Korkuyorum."

"Zamanla korkmanın yersiz bir duygu olduğunu anlayacaksın," diye fısıldadığında kasıldım. "Beni sensizlikten başka hiçbir şey korkutamaz. Seni de bensizlikten başka hiçbir şey korkutmasın."

Sıraç'ın göğsünde eve doğru giderken kirpiklerim bile ağrıyordu. Ağrıyordum. Lanet olsun ki çok ağrıyordum. "Sonunda memleketimizdeyiz," diye mırıldandım sevdiğim adamın göğsünde yatmış, camdan dışarıyı izlerken.

"Varlığının dokunduğu her mekân memleketim." Sesi hiç olmadığı kadar şefkatli ve esrarengiz çıkmıştı. Taksicinin duymadığından emindim fakat benim içim onun sesiyle yankılanıyordu.

"Sıraç, aslen İzmirlisin değil mi?"

"Evet," dedi ve dudaklarını saçlarımın arasına bastırdı. "İzmirliyim, miniğim."

"Ben de."

"Biliyorum."

"Benim hakkımda bilmediğin hiçbir şey yok mu senin?" diye sorduğumda belli belirsiz bir şekilde kıkırdadığını duydum.

"Bilmediğim şeyler olduğundan eminim, bana söylemediğin o kadar çok şey var ki..." İrkildim. "Ama seni zorlamayacağım. Anlatman için sabırla bekleyeceğim, minik şeytanım."

Taksi tam olarak evimizin bahçesinin önünde durdu. Sabaha açılan bu zaman diliminde, kalbim göğsümden yükselip boğazımı zorlamaya başlamıştı. Güneşin sahte ışıkları esaslı karanlığı örterken, taksinin camından evimin bahçesine baktım. Her şey bıraktığım gibiydi. O gece çıkarken nasıl bıraktıysam aynen öyleydi.

"Gidiyorum," diye fısıldadım. "Ama bu kez geçici olarak, tekrar görüşeceğiz."

"Biliyorum." Taksinin kapısına uzandı ve kapıyı yavaşça açtı. "Tekrar görüşeceğiz."

"Tekrar?"

Gülümsedi. "Tekrar."

"Seni seviyorum Karayel." Ağlak sesime aldırış etmeden boynuna sarıldım ve tıpkı son kezmiş gibi kokusunu ciğerlerimden içeriye doldurdum.

"Sana tapıyorum Karamaça." Fısıltısının rüzgârı saç diplerimi okşarken vücutlarımız yavaşça birbirlerinden ayrıldı. "Hadi git ve anneni kucakla."

Arabadan çıkarken son kez taksinin içinde bana bakan Sıraç'a bakıp onu hafızama kazıdım. "Kucaklayacağım."

Sıraç bir anda elini cebine attı ve Fethiye'deyken kullandığım cep telefonunu elime tutuşturdu. "Bunu yanından ayırma, buradan haberleşiriz. Seni görmeye geleceğim."

"Peki... Taksimetre çalışıyor, gitsen iyi olacak," diye mırıldandım.

Sıraç taksiciye kısa bir bakış attıktan sonra "Devam edeceğiz dayı," dedi ve gözlerimin içine baktı. "Devam edeceğiz."

Sırtımı dönüp evin bahçesine doğru titreyen adımlarla yürürken, zemin ayaklarımın altından kayıyor gibiydi. Son kez omzumun üzerinden taksinin içine bakarken, Sıraç'ın da tedirgin gözlerle beni izlediğini gördüm.

Sanırım her şey daha yeni başlıyordu.

Ve bahçe kapısını açtıktan sonra, titrek adımım bahçe ile buluştu. Geri dönmüştüm. Ayak bileklerimden prangalanmışım gibi zorlu adımlarla eve doğru yürürken, ayak tabanlarıma sayısız ucu yanık iğneler batıyor gibi hissetmiştim. Birazdan annemi, Durkadın Sultan'ı ve geride bıraktığım hayatımı tekrardan kucaklayacaktım. Kapının önüne gelip, elim gümüş renkli kapı ziline uzandığında soluduğum havaya zehir karışmış gibi ciğerlerim kasılmaya başlamıştı. Zile bastım. Bana asırlar, Durkadın Sultan'a ise saniyeler süren bir süre zarfından sonra kapı açılırken, Durkadın Sultan'ın yaşlı yüzünün büyük bir şok dalgasıyla sarsıldığına şahit oldum. Soluk renkteki gözleri etrafındaki kırışıklıkları yok edercesine irileşirken, eş zamanlı olarak ağzı da aralanmıştı. "Durkadın Sultan!"

"Mayıs!" Gözleri yağmurlarını aniden dışarı boca ederken içim titredi. Hızla bana doğru atılıp beni şefkatli ve yemek kokulu kolları arasına alırken, burnumun direği sızlamıştı. Durkadın Sultan'ın yemek kokusunu, şefkatli sıcağını özlemiştim.

"Durkadın Sultan, döndüm!"

"Döndün," dedi yaşlı sesi çatlarken, "Şükürler olsun, geri döndün."

Kapının eşiğinde birbirimize sarılmış, onca ayın hasretini dindirmeye çalışıyorduk. Özlem tarifsizdi. "Annem nerede, Durkadın Sultan?"

"O... Odasında." Elleriyle yüzümü severken bir anda yüzü düşmüştü. "Ve hiç iyi değil Mayıs. Senin yokluğunda perişan oldu. Çok şey oldu, bir tanem. Çok şey oldu." Anlamaz gözlerle Durkadın Sultan'a baktım fakat yüzünden hiçbir şey anlayamamıştım. Hızla içeriye girerken, ardımda bıraktığım Durkadın Sultan'ı umursamadan merdivenleri tırmanmaya başlamıştım bile. Saniyeler yerinde sayıyormuş gibi karınca adımıyla ilerlerken, sonunda annemin odasının kapısına gelmeyi başarmıştım. Ellerim titriyor, midem içindeki bomboşluğu dışarıya safra olarak çıkarmak istiyordu. Kapısını tıklattım. "İştahım yok, Durkadın anne. Yemeyeceğim," dedi annem, sesi pürüzlü çıkmıştı. Çevremdeki her şey ağır çekimde gerçekleşiyormuş gibi hissediyordum. Annemin sesi ağır hareketlerle kulaklarımı doldururken kapıyı bir kez daha tıklattım.

"Lütfen," dedi annem yorgun bir ses tonuyla. Yorgunluğunu yüreğimde hissetmiştim. "Yemeyeceğim, yalnız bırak beni."

Ve bir kez daha tıklattım. Homurdanarak kapıyı açtığında ise aramızda tek bir adım vardı. Tek bir adım. İrileşmiş gözleri, aralanmış dudakları ve titreyen çenesiyle hemen karşımdaydı. Sevdiğim adamın, takıntılı babasının âşık olduğu kadın.

Annem, Ceren Karamaça.

31. BİRLİKTE BÜYÜMEK

Kısa cümlelere sığdıramadığım uzun soluklu korkularım vardı benim.

Sessizliği deliyor ve gün ışığına meydan okuyordum. Yüzsüz, kalıcı ve hasarı bol bir sancıyla savaşıyor, bundan kurtulamıyordum. Bütün masalların dünya üzerinde bir kurmaca olduğunu öğrendiğimden beri, mutlu sonlardan korkar olmuştum. Mutluluk, yalnızca kandırmaca. Mutluluk, yalnızca bir kurmaca. Nilüfer sessizliği, hanımeli kokusu, orkide masumiyeti. Hepsi annemde mevcuttu. Benim annem, dünyanın en nadide çiçeğiydi. Gerek duruşuyla, gerek bakış açısıyla, gerekse sıcaklığıyla diğer annelerden farklıydı.

Her anne evladı için farklı değil miydi zaten?

Titreyen çenesini görmek, çırılçıplak yağmurda dolaşıyormuşum gibi hissettirmişti. Üşüyordum, aynı zamanda varlığını hissediyordum. Annemin varlığı. Var oluşu. İhtiyacım olan, sığındığım ve ömür boyu sığınmaya devam edeceğim o muazzam liman. Annemdi. Limanım.

"Anne..." Sesim titremiş, aynı zamanda çatlamıştı. Dünya üzerindeki tek limanım olan annemin gözleri belirgin bir şekilde dolup, yaşlarını yanaklarından aşağıya bırakırken kalbim titredi. Hasretin içime diktiği o fidan, çoktan büyümüş koskoca bir ağaç olmuştu içimde. Dallarını dört bir yanımda hissediyordum. "Annem!" Kollarımı açıp annemi kollarımın arasına alırken, limanımın hıçkırıkları vurdu karaya. Ağlıyordu. Benim için, belki de kendisi için. Ama ağlıyordu.

"Yavrum," diye haykırdı. Sesi çatlamıştı. Boğazıma doluşan kan tadı içimi yakarken daha sıkı sarıldım limanıma. Sanki son ânımızmış gibi sarılıyorduk ve annemin düzensiz atan kalbinin o muazzam ritmini göğsümün üzerinde hissediyordum. Kokusu hanımeli çiçeği güzelliğindeydi. "Canım kızım, şükürler olsun. Allah'ım sana şükürler olsun! Mayıs'ım!" Daha sıkı, sımsıkı sarıldık. Bu bir baş gösteriş, hasrete meydan okuyuştu. Onca zamanımı ayrı geçirdiğim limanıma geri dönmüştüm, hoyrat dalgalar bizi ayıramamıştı. "Canımın iç köşesi, yavrum benim. Cennet kokulu kızım, özüm benim." Söylediği her bir kelime beynime oya gibi işlenirken, kokusunu içime doldurdum. Kahve kokusuna aşina olan burnum, şimdi hanımeli çiçeğine ev sahipliği yapıyordu.

"Seni çok özledim." Sesim ağlamaklı çıkmıştı, "Seni çok ama çok özledim anne."

"İlk göz ağrım, canımın parçası sen özlemi yüreğime sor. Öleceğim sandım Mayıs. Öleceğim sandım annem." Sesi kuruydu. Kolları beni yavaşça serbest bıraktığında, yüzümün her bir noktasını öpüp sevdi.

"Buradayım anne, her şey geride kaldı. İyiyim ve yanındayım."

"Yanımdasın." Başını salladı. Gözleri akıttığı yaşları yalanlarcasına gülümsüyordu. "Buradasın parçam."

"Ağlama," İşaret parmağımla gözünden akan gözyaşını sildim. İçim dalgalanıyor, gemilerim bir bir karaya oturuyordu. "Ağlama annem. Buradayım."

"Buradasın."

∞

Artçı bir bulantıyla tepetaklak olan midemin içindekileri dışarı bıraktıktan hemen sonra aynadaki bitkin görüntümle karşılaştım. Temmuz eve gelmiş, annem ile birlikte tüm günü koklaşarak geçirmiştik. Bunun dışında yaklaşık yirmi dört saattir Sıraç'ı görmüyordum. Uzun zaman sonra evimde uyandığım ilk sabahımdı ve bu eve yabancı hissediyordum. Buraya ait değil gibiydim. Bedenim, beynim, kalbim ve tüm uzuvlarımla Sıraç'ı arıyordum. Üstelik beni aramamış ve son durum ile ilgili bilgi vermemişti.

"Mayıs, her şey yolunda mı meleğim?" dedi Durkadın Sultan hemen kapının arkasından.

"Her şey yolunda, Durkadın Sultan. Şimdi çıkıyorum."

"Üşüttün herhalde sen, ben bir nane limon kaynatayım sana. Aşağıya gel, tamam mı?"

"Tamam." Sesim kuru çıkmıştı. Son kez aynadaki bitkin ve dağılmış görüntüme baktıktan sonra elimi yüzümü yıkayıp lavaboyu terk ettim. Salona girdiğimde, annemin L şeklindeki kanepenin üzerinde oturduğunu ve dergi okuduğunu gördüm. Çökmüş görüntüsü bir gün içinde yok olmuş, gözlerinin içi gülüyordu. "Bebeğim," dedi gözünü dergiden ayırdıktan hemen sonra. "Sorun ne? Hasta falan mısın? Betin benzin atmış." Oturduğu yerden kalkıp bana doğru yürürken hiç olmadığı kadar endişeli görünmüştü gözüme.

"Her şey yolunda. Hasta değilim, sadece yolculuk yapmak bana yaramıyor sanırım."

Annem elimi tutup beni L şeklindeki kanepeye çekiştirdi ve oturmamı sağladı. Hemen yanıma oturduktan sonra elini elimden çekmeden dizine koydu ve beklenti dolu gözlerini üzerime dikti. "Mayıs, dün hiçbir şey soramadım. Ama delireceğim. Neler oldu? Bilmek istiyorum."

Ona ne diyecektim? Kaçırıldığım adama âşık oldum ve zaten kaçırılmışken bir kez daha kaçırıldım. Beni kaçıran manyak tarafından sırtımdan vuruldum, yoğun bakımda kaldım. Ah, müstakbel damadın önümde birisinin kafasını parçaladı ama mühim değil benim de bir insan vurmuşluğum var.

"Hiçbir şey olmadı anne," dedim arkama yaslanırken.

"Aylardır ortalarda yoktun, nasıl hiçbir şey olmadı?"

"Anne, ben... Biliyorsun. Bak," Duraksadım. "Sana anlatmam gereken şeyler var, anne."

Beklediği cevap tam olarak buydu. Gözleri beklenti dolu bir şekilde açılırken, Durkadın Sultan elinde nane limon olduğunu kokusundan anladığım fincanla içeri girmişti. "Mayıs, bu içilecek," dedi Durkadın Sultan ve elindeki nane limon fincanını sehpanın üzerine bıraktı. Durkadın Sultan bir şey konuşacağımızı anlamış gibi salonu terk ederken, annem elimi sıkıca kavradı ve tüm yaşamsal enerjisini içime doldurmamı sağladı.

"Anlat bana bebeğim," Dudaklarını ıslatıp gülümsemeye çalıştı. "Her şeyi. Annen seni dinliyor."

"Affedilemeyecek şeyler yaptım, anne." Gözlerim ifadesizdi, en az sesim kadar.

Duraksadı. Bir süre anlam veremeyen gözleriyle gözlerimin içine baktıktan sonra, "Anlat, annelerin affedemeyeceği hiçbir şey yoktur," dedi. Bu cümlesi tıpkı bir mızrak gibi içime saplanırken, kafamı sallamakla yetindim. Anlatacaktım. İçinde bulunduğum yasakları, çıkmazları ve annemin bilmesi gereken o acı gerçekleri.

"Anne." Nefesim daralıyordu. Kim derdi ki bir şeyi anlatmanın bu kadar zor olacağını? "Ben çok yanlış bir insana âşık oldum."

"Sıraç Karayel'e, değil mi?"

Tokat yemiş gibi irkilirken, donakalmıştım. Yüzünde ifadesizliği maske edinmiş bir tavırla bana bakıyordu, bunu normal bir şeymiş gibi söylemişti. Saçmaladığımı, yanlış yolda olduğumu, yasak bir şey yaptığımı düşünmüyor muydu?

"Sana kızmamı bekleme," dedi yorgun bir ses tonuyla. "Kalbinin kararlarına saygı duymak zorundayım. Bunun olacağı belliydi. Sana kızmayacağım. Ben babana âşık olduğum da on yedi yaşındaydım ve baban da en az Sıraç Karayel kadar aykırı bir adamdı. Aşkın için sana kızmayacağım kızım." Sol elini kaldırıp sol göğsümün üzerine bastırdı. "O, istediğini sevmekte özgür."

"Anne..." Ne yapacağımı bilemez haldeydim. Tam şu anda anneme sarılmak ve dünyadan soyutlanmak istiyordum.

"O çocuk babası gibi değil. Buna inanıyorum." Sesi keskindi. "Onunla tanışmak istiyorum."

Annem Sıraç'la tanışmak mı istiyordu gerçekten? Buna sevinmem gerekiyorken neden büyük bir endişe denizinin ortasında sandalla mahsur kalmışım gibi hissediyordum?

"Anne, emin misin?" Sesim şüpheli çıkmıştı. Annemden şüphe etmiyordum elbette, şüphe ettiğim tek şey Sıraç'tı. Annemi görmeye hazır olduğunu düşünmüyordum. Hatta annemi görmek istemeyeceğinden de adım gibi emindim.

"Kesinlikle," dedi annem ve melekleri utandıracak bir şekilde gülümsedi. "Seni sevip sevmediğini gözlerinden anlarım ben, onu görmem lazım."

"Bu pek doğru bir fikir değil bence." Yutkundum. Aklımda yoluna koyamadığım birçok şey vardı. Bu şeylerin başını Sıraç çekiyordu. "Hem bunca şeyden sonra onu görmek isteyeceğinden emin misin?"

"Kızımı benden koparmasından sonra mı demek istiyorsun?" diye sordu ve buruk bir şekilde gülümsedi. "Bu ona güvenmem için bir fırsat Mayıs. Aksi takdirde onu kabullenemem."

"Anne, ona hiç mi kızgın değilsin?"

"Ben ona değil, babasına kızgınım. Babasına olan kinimi, onun yavrusundan çıkaracak değilim." dedi annem ve oturduğu yerden kalkıp mutfağa doğru yürümeye başladı. "Yarın burada olsun. Yemek yiyeceğiz."

"Ama..."

"Yarın burada olsun dedim Mayıs," dedi keskin bir tonda ve gözden kayboldu. Öylece kalakalmıştım. Annem ve Temmuz'da dahil olmak üzere, hiç kimseyle bu konu hakkında konuşmamıştım. Neden bir anda dönmüştüm? Neler olmuştu? Sıraç neden benimle birlikte İzmir'e gelmişti? Hepsi birer sırdı ve ağzımdan tek bir kelime çıkmadı. Şu sıralar ne havadan sudan sohbet edebilecek halim ne de başıma gelenleri anlatacak halim vardı. Temmuz hiçbir şey sormadığı gibi evden ayrılmış ve giderken de hiçbir şey söylememişti. Fethiye'den geldiğinden bu yana tuhaf davranıyordu. Fethiye'de kullandığım cep telefonu cebimde titreyince heyecanla kıpırdandım ve telefonu cebimden çıkarıp ekran kilidini kaldırdım. Düşündüğüm gibi mesaj ondandı.

Kimden: Sıraç
Seni özledim, annenle hasret gidermen sona erdiyse buluşalım. (10.18)

Kime: Sıraç
Ben de seni özledim, buluşabiliriz. (10.19)

Kimden: Sıraç
Seni evin önünden alacağım, düzgün giyin. (10.21)

Kime: Sıraç
Ne demek bu ya? Düzgün giyinmiyor muyum ben? (10.22)

Kimden: Sıraç
Sorun güzel olman... (10.23)

Kime: Sıraç
Babanla görüştünüz mü? (10.28)

Kimden: Sıraç
Evet, sen kafanı bunlara yorma. (10.29)

Kime: Sıraç
Saat kaçta buluşacağız? Ona göre hazırlanacağım. (10.32)

Kimden: Sıraç
Her halini gördüm, benim için hazırlanmana gerek yok, her halinle en güzel sensin.

∞

Uzun zamandır giymediğim kıyafetlerimin içinde bulunduğu elbise dolabının önünde yaklaşık bir saat dikildikten sonra nihayet giyeceğim şeyleri kararlaştırabilmiştim. Siyah yarım kollu tunik gömleğin altına da siyah deri taytımı giydikten sonra, siyah scooter spor ayakkabılarımı da giyip saçlarımı atkuyruğu yaptım. Gömleğim kalçamı örtebilecek bir uzunlukta olduğu için Sıraç'ın canını sıkmayacağından emindim. Ya da değildim. Bilmiyordum. Merdivenlerden inerken, Durkadın Sultan ile karşılaşmıştım. Giyindiğimi görünce bir an evhamla bana baktı. "Nereye gidiyorsun kuzum?"

"Dışarı çıkacağım," dedim ve yanaklarını avuçladım. "Endişelenme, bu kez gittiğimde üç sonra geleceğim. Asla aylar sonra değil..."

Kıkırdadı. "Sen şunu iki ay yap." Elini belime doladı. "Dikkatli ol, tamam mı?"

"Tamam."

"Bu arada arkadaşlarına haber verdim, Deniz perişan olmuştu. Şimdi gelecekti fakat gelmemesini gerektiğini ve dinlendiğini söyledim. Müsait olunca onları aramayı unutma." Sesi kuru çıkmıştı. Deniz'den pek hazzetmezdi fakat tek yakın arkadaşımın Deniz olduğunu bildiği için ses etmezdi. Fakat bilmediği bir şey vardı ki, Deniz benim en yakın arkadaşım değildi. Benim en yakın arkadaşım, Sılay'dı.

"Ararım."

"Annene görünmeden çıkma, mutfakta bir şeyler atıştırıyor. Git ona da haber ver, tamam mı?" dedi ve yanaklarıma sulu bir öpücük bırakıp merdivenleri tırmanmaya başladı. Mutfağa girdiğimde annemin mutfak tezgâhına dayanmış reçelli ekmek yediğini gördüm. Beni görünce şefkatle gülümsedi. "Nereye gidiyorsun?"

"Şey..."

"Onun yanına, değil mi?"

"Evet. Onun yanına."

"Onu yemeğe davet ettiğimi söyle, sakın unutma."

"Anne, bunun doğru bir fikir olduğundan emin değilim," diye mırıldandım, annemin böyle bir şey istemesi beni şaşırtıyordu ve buna bir anlam yükleyemiyordum. Tamam, kalbime saygı duyuyordu fakat her ne olursa olsun o adamın oğluydu ve bunca zaman onunlaydım.

"Bu evde hangi fikrin doğru, hangi fikrin yanlış olduğuna ben karar veririm. Bunca zaman kiminle vakit geçirdin bilmek istiyorum. Sıraç'ı tanımama izin ver. Aksi takdirde bu ilişkiye izin verebileceğimi zannetmiyorum Mayıs."

Ne diyecektim anneme? Sen onun annesini öldürmüşsün, seni görmek istemiyor mu? Yoksa beni doğurduğun gün bir güzel dayak yemiş, bakma şimdi bana aşık ama sana hâlâ ayar oluyor mu?

"Peki anne," diye mırıldandım. Söylemem gereken birçok şey varken yalnızda mırıldanmakla yetinmiştim. "Geç kalmam, hoşça kal."

∞

Dışarı çıktığımda Sıraç beni kaldırımda bekliyordu. Siyah dar gömleği, koyu lacivert kot pantolonuyla yine göz alıcı görünüyordu. Beni baştan aşağıya süzdükten sonra cebinden araba kumandası olduğundan emin olduğum siyah kumandayı çıkardı ve hemen karşısında duran siyah Toyota Corolla'nın kilidini açtı. "Üzerindekini beğenmedim, minik şeytan. Bacaklarını saran şeyler giymekten vazgeçmen gerekecek."

Beni özlememiş miydi? Tamam, yalnızca bir gün ayrı kalmıştık ama beni özlemesi gerekiyordu. Ben onu ölesiye özlemiştim. O ise kıyafetim ile ilgili yorum yapmakla meşguldü. Arabanın ön kapısını açtım ve yolcu koltuğuna oturdum. Eş zamanlı olarak o da sürücü koltuğuna oturmuş ve arabanın motorunu çalıştırmıştı. Ağzım kurudu.

"Neden bu deri taytı giydin ki sanki?" diye çıkıştı. Elleri direksiyonu parçalayacak gibi sıkarken, gözleri beni bulmamıştı.

"Ben de seni özledim Sıraç."

Omzunun üzerinden bana baktı ve kaşları tamamen çatıldı. Yangın mavisi gözleri doğrudan yüzüme ateş ediyordu. "Ukalalık yapmayı bırak ve bana cevap ver. Neden bu taytı giydin?" Sesindeki sert tını yüzüme çarpmıştı. Onun yanındayken sık sık tayt giyiyordum, şimdi neden sorun ediyordu ki sanki?

"Her zaman tayt giyiyorum, şimdi mi sorun oldu Sıraç?" diye sordum ve ben de kaşlarımı çattım. Ne diye böyle davranıyordu ki?

"O zaman Fethiye'deydik," dedi, gözleri çakmak çakmaktı. "Şimdi ise İzmir'deyiz. O orospu çocuğunun yaşadığı şehirde."

"Kimden bahsediyorsun?" diye sordum ve burnumu kırıştırdım. Neden bu kadar sinirliydi? Belki de Fethiye'de ona yaşattıklarımdan dolayı sinirliydi ve sinirini çıkarmak için sudan bahaneler üretiyordu.

"Kimseden!" Araba ağır ağır hareket ederken, inanamaz gözlerle Sıraç'ı izliyordum. O ise bir an olsun bana bakmadan yola odaklanmış, ilerliyordu. Alt dudağımı dişledim ve ona sırnaşmak adına biraz yaklaşıp elimi dizine koydum. "Neden bu kadar gerginsin? Baban bir şey mi söyledi?" Önce dizine koyduğum eline, ardından da omzunun üzerinden yüzüme baktı. Yangın mavisi gözlerinin içindeki gerginliği elle tutulur bir şekilde görebiliyordum.

"Hiçbir sikim söylemedi, söyleseydi de bir bok değişmezdi zaten." Sesi gergindi.

"Sorun ne? Bana neden böyle davranıyorsun?" diye sorduğumda ani bir frenle arabayı durdurdu. Etrafa baktığımda, tenha bir yerde olduğumuzu anlamıştım. Ağaçların sık olduğu bu yer, evimizin hemen on, on beş dakika uzağında bir piknik alanıydı. Derin derin nefesleri ciğerine doldururken, bir yandan da ileriyi izleyip direksiyonu yerinden sökecekmiş gibi sıkıyordu.

"Babamı gördüğüm zamanlar hep böyle gergin oluyorum." Gözlerini yumdu. "Seninle bir alakası yok, miniğim. Sadece... Onu görmek istemiyorum."

Kucağımda birbirine kenetli halde duran parmaklarıma bakarken, üstüme is gibi sinen sessizliğin mührünü dudaklarıma basmıştım. Haklıydı. O adamla aynı evde yaşıyor olmak iğrenç bir duygu olsa gerekti.

"Anlıyorum," diye mırıldandım. Onu göremesem de şu an pişmanlık dolu gözlerle bana baktığından adım gibi emindim. "Üzgünüm, seni İzmir'e gelmek için zorlayan bendim. Belki de benimle gelmemeliydin Sıraç."

Eli ile çenemi kavradıktan sonra ona bakmam için zorlayarak yüzümü ona çevirdi. Yüzünden öfke ve elle tutulur bir pişmanlık geçerken gözlerini kapattı. "Anlamıyorsun." Sesi ifadesizdi. "Senin olmadığın hiçbir yerde nefes alamam ben. Anlamıyorsun."

Neden kendimi küçük bir kız çocuğu gibi hissetmeme neden oluyordu? Kıpırdandı ve gözlerini açtı. Yangın mavisi gözlerini görmek, yasak elmadan bir ısırık almak kadar ilgi çekiciydi.

"Seni özledim Mayıs. Senin olmadığın bir yerde uyumak çok zor... Sabaha kadar çizgi film izledim."

"Çizgi film mi?"

Gözlerini kaçırdı. "Çocukluğumu yaşayamadım Mayıs. Babam çizgi film izlememe izin vermiyordu. On dokuz yaşımdan sonra çizgi film izlemeye başladım. Özgürce." Ağlayacağım, hayır.

"Ben... Bilmiyordum. Üzgünüm." Gözlerimi kaçırdım ve koltuğa yaslandım. "Neden durduk?"

"İzmir'deyken rahat hareket edebileceğimi zannetmiyorum," dedi, sesi keskindi.

"Anlamadım?" diye sordum ve kaşlarımı çattım. "Neden rahat hareket edemeyesin ki?"

"Boş ver."

"Söyle bana," diye ısrar ettiğimde göz ucuyla bana baktı.

"Sevişmek istiyorum, tam şu anda." Sesi net bir şekilde yükselirken ani bir hareketle üzerime abandı ve dudaklarını dudaklarıma bastırdı. Dudaklarım dudaklarına anında karşılık verirken dili dudaklarımın arasından girip, ağzımın içindeki yerini almıştı bile. Ilık ve ıslak olan dili dişlerime sürtünüp, ağzımın içini keşfederken mırıltıyı andıran bir sesle inledim. Öpüşürken gülümsediğini hissedebilmiştim. İnlemem hoşuna gidiyordu ve bunu bildiği için dilini daha sık kullanıyordu. Ağzımın içine inlediğinde kasıklarımın titrediğini hissettim. Bu çok ilkel bir duyguydu ve ne zaman Sıraç ile yakınlaşsak, tüm bedenimi ele geçiriyordu. "Sevişmek istiyorum," diye fısıldadı ağzımın içine. Sesinin rüzgârı doğrudan soluk boruma akarken, dili bir kez daha dişlerimin üzerinde gezinmişti. "Seni istiyorum, minik şeytan."

Burada yapabileceğimiz bir iş değildi elbette. Teninin, tenime nüfuz etmesini ve onu hissetmeyi ben de çok istiyordum fakat konuşmamız gereken birçok şey vardı. Üstelik onu akşam yemeğine davet etmeliydim ve bunu nasıl yapacağım konusunda hiçbir fikrim yoktu. Küçük aralıktan arka koltuğa itilirken, o da benimle arka koltuğa geçmişti bile. Dar ve hareket etmesi zor olan arka koltuğa yatırıldığımda, çoktan üzerimdeki yerini almıştı.

Dudakları dudaklarımdan ayrılıp, boynuma indiğinde irkildim. Ilık öpücükleri boynumda can buluyordu. Öptüğü yerleri eş zamanlı olarak küçük küçük ısırıyordu. Kahve kokusunu solurken, bana bastırdığı varlığını hissettim. Pantolonunun sert kumaşına rağmen onu hissedebilmiştim. Benim için hazırdı.

"İçine girmek istiyorum, minik şeytan." Sesi boğuktu ve neredeyse inleyerek söylemişti bunları. Karnımdaki kelebekler oradan oraya uçarken, kiraz çiçeğim başını kaldırmış ne yaptığımızı anlamaya çalışır gözlerle ikimize bakıyordu. Onu itmeye çalışsam da, başarısız olmuştum. O çok güçlüydü. "Burada olmaz Sıraç. Bir gören olacak, kalk üzerimden."

"İn cin top oynuyor, seni istiyorum."

"Sıraç, burada olmaz diyorum," diye hayıflandım. Dokunuşlarına doğrudan cevap veriyor olmama rağmen burada yapamayacağımızın bilincindeydim.

"Hadi, sen de istiyorsun. Birbirimizi istiyoruz." Dudaklarını boynuma sürterken hırıltılı nefesi kasıklarımın yanmasına sebep olmuştu. Üzerimdeki etkisi çok büyüktü ve o bunun bilincindeydi.

"Sıraç, lütfen." Sesim boğuk çıkmıştı. Kendime yabancılaşıyordum. Duygularımı kontrol altında tutmaya çalışıyordum fakat bu ilkel çekim her şeyin mahvolmasına sebep olmuştu. Onu istiyordum. Eli taytımın lastiğine gidip, taytımı sıyırmak için davrandığında ellerimi ellerinin üzerine koydum ve buna engel oldum. "Burada olmaz, lütfen."

Soluk soluğaydı ve yangın mavisi gözleri büyük bir patlamaya maruz kalmış gibi alev alev yanıyordu. Bu beynime kan gitmesine engel olurken, düzensiz nefes alıp verişlerimle onu izlemeye devam ettim.

"Seni doldurmama izin ver. Delireceğim," diye hırladı. Durmadan yutkunuyor ve dudaklarını yalıyordu. En az onun kadar istiyor olmama rağmen buna izin veremezdim.

"Burada olmaz Sıraç."

"Islandın değil mi? Sen de istiyorsun." Eli taytımın üzerinden varlığımı buldu ve avuçladı. Kasıldım. İçime ektiği kiraz çiçeği irkilirken nefes nefese bir şekilde, "Dur," diye inledim. "Dur, burada olmaz."

"Dokunuşlarıma duyarlısın, sen de beni istiyorsun. Hiç kimse görmeyecek, camlar filmli." Eli beni avuçlarken, parmakları taytımı yırtıp içeri girecek gibiydi. Parmaklarının boğumlarında atan nabzı, varlığımın üzerinde hissetmiştim.

"Kes şunu," diye inledim. Sesim acı çekiyor gibi çıkmıştı ve arzudan patlayacak gibi hissediyordum. "Ben de seni istiyorum ama şimdi bunun zamanı değil, konuşmamız gerek."

Elini yavaşça geriye çekerken, aynı benim gibi soluk soluğaydı. "Peki." Sesi ince çıkmıştı. "Konuştuktan sonra sevişebilir miyiz?"

Yattığım yerde büyük bir kahkaha koparırken, anlamaz gözlerle bana bakıyordu. Ne kadar tatlı olduğunun farkında mıydı? O gerçekten değişik bir adamdı. Her anlamda.

"Neden gülüyorsun?"

"Her halükârda benimle sevişmeden günü bitirmeyeceksin, değil mi?" diye sorduğumda o da geniş bir gülümsemeyle gözlerimin içine bakıp başını aşağı yukarı salladı. "Ama bugün sevişmeyeceğiz Sıraç."

Bunu söylerken yanaklarım kızarmıştı. Ne zamandan beri onunla seviştiğimi dillendirebiliyordum? "Senden bir şey isteyeceğim."

Gülümsemesi solmadı. "Ne isteyeceksin bakalım?"

Bir şey istemek hiç bu kadar zor olmamıştı. Karşımdaki Sıraç Karayel'di ve potansiyel bir manyaktı. Tamam, ona âşıktım. Tamam, o da bana âşıktı. Ama hoşlanmadığından emin olduğum birisi vardı. Annem. İşin ilginç yanı ise tam olarak şurada başlıyordu; annem onu yarın için akşam yemeğine davet etmişti. Ben bunu ona nasıl söyleyecektim?

"Mayıs?" Beklenti dolu bakışlarını üzerime dikti. Koltukta yatmış ona bakıyordum ve kelimeleri toparlamaya çalışıyordum. "Söyle hadi?"

"Şey, Sıraç."

"Şey? Onu mu istiyorsun?" diye sordu ciddi bir şekilde. Bakışlarım dondu. Neyden bahsettiğini gayet iyi biliyor ve pantolonundaki kabarıklıktan o şeyin beni istediğini net bir şekilde görebiliyordum.

"Pislikleşme," diye hayıflandım. "Nasıl söylesem bilemiyorum."

"Mayıs, söyler misin artık?" Sesi sabırsız çıkmıştı ve kaşları çoktan çatılmıştı bile. "Ne isteyeceksin diye sordum ve sorularımın cevapsız kalmasından hiç hoşlanmam, bilirsin."

"Sıraç, annem seninle tanışmak istiyor." Pattadanak söylediğim bu şey beni bile şoka sokarken, Sıraç irileşmiş gözlerle öylece kalakalmıştı. İfadesi donuktu. Ne düşündüğünü ne hissettiğini tam olarak algılayamıyordum ve bu içimdeki adrenalin duygusunun tavan yapmasına sebep olmuştu. "Sıraç?"

Sessizce yüzüme bakmaya devam etti. İfadesiz ve hiç olmadığı kadar sessizdi. "Sıraç?" diye tekrarladım ve yattığım yerden doğrulup başımı göğsüne yasladım. "Zorunda değilsin, bunu halledebilirim."

Bir süre sessizliğini korudu. Ardından elleri saçlarıma dolandı ve usulca okşadı. "Tanışmamızı istiyor musun?" diye sordu. Bu soruyu beklemiyordum.

"Tabii ki ama buna mecbur değilsin."

"O zaman tanışacağım," dedi dümdüz bir ses tonuyla. Karşı çıkmasını ve hatta bağırıp çağırmasını beklemiştim. Aksine büyük bir olgunlukla karşılamış, kabul etmişti.

"Mecbur değilsin," diye ısrar ettim. İstemediği bir şeyi yapmasını istemiyordum. "Halledeceğim. Annemi görmek zorunda değilsin."

"Tanışacağım," dedi Sıraç gergin bir ses tonuyla. "Uzatma, ömür boyu ondan kaçamam."

Ömür boyu. Hep yanımda mı olacaktı yani? Beni bırakmayacak mıydı? Bunu mu demek istemişti? Belli belirsiz sırıttığımda, görmemiş olmasına rağmen hissetmiş gibi beni sarıp göğsüne bastırdı. "Yanında olacağım," dedi içimi okumuşçasına. İrkildim. "Ömür boyu yanında olacağım."

"Yarın için seni akşam yemeğine davet etti," diye mırıldandım. Bir an kaskatı kesilse de hiçbir şey söylemeden bana sarılmaya devam etti.

∞

Ertesi sabah hiçbir şey olmamış gibi uyanmış, kısa bir öğürme seansından sonra banyo yapıp günün belli bir kısmını odamda geçirmiştim. Deniz ev telefonundan aramıştı fakat konuşmak istemediğim için Durkadın Sultan uyuduğumu söylemişti. Bunun dışında Temmuz'u birkaç kez görmüş, fakat Fethiye'de hiç yakınlaşmamışız gibi muhatap olmamıştık. Akşama yakın hazırlıklar başlamıştı. Mehmet Ali Karayel cephesi sessizlikteydi, bir süre sesinin çıkmayacağından emindim.

Kaç kişinin düşmanı annesiyle tanışma yemeğine gelirdi ki? Bu düşünce beni demirden bir ağırlıkla uçurumdan aşağıya itmişti. Dizlerimin biraz altında biten, beni sımsıkı sarıp sarmalayan beyaz kalem elbiseyi üzerime geçirdikten sonra saçlarımı dümdüz bir şekilde omuzlarımdan aşağıya bıraktım. Eyelinerı gözlerime dokundururken, olabildiğince uzun ve ince bir çizgi elde etmeye çalışmıştım, nitekim başarmıştım da. Dudaklarıma bordo ruju sürerken, bordoyu bir daha kullanmamı istemediğini söylediği gün gelmişti aklıma. Bu yanaklarımın kızarmasına sebep olurken şefkatle gülümsedim. Beni beğenmesini istiyordum. Bir tek beni.

Siyah topuklu ayakkabıları giydikten sonra odamdan çıktım ve merdivenleri yavaşça inmeye başladım. Omzumun üzerinden arkama baktığımda Temmuz'un da siyah bir gömlek, koyu renk keten bir pantolon giymiş hemen arkamda yürüyor olduğunu görmüştüm. “Çok şıksın,” diye mırıldandım ve gülümsedim. Kıvırcık saçlarını karıştırdıktan sonra belli belirsiz bir şekilde gülümsedi. “Sen de abla. Göz alıcısın.” Pekâlâ, bu beni şaşırtmıştı.

Birlikte merdivenleri inerken koluna girdim ve yan profiline kısa bir bakış attım. “Büyüyorsun, yüzün değişiyor.”

Kaşlarını çattı ve bana tuhaf bir bakış atıp burnunu kırıştırdı. “Tıpkı bir moruk gibi konuştun.”

“Sanırım moruklaşıyorum,” diye mırıldandım. “Ama sen de çok çabuk büyüyorsun.”

“Bu iyi,” dedi Temmuz ve bakışlarını salona çevirip merdivenin son basamağını indi. “Karayel evimize geliyor, ha? Herif evimize kadar sızdı arkadaş.”

Sessiz kaldım. Sıraç’a saat kaçta gelmesi gerektiğini bildiren bir mesaj atmıştım fakat cevap alamamıştım. Gelecek miydi? Geleceğinden emindim. Beni yarı yolda bırakmazdı. Yoksa bırakır mıydı?

Salonun kenarında duran yemek masasına baktığımda, ciddi anlamda gözlerim kamaşmıştı. Durkadın Sultan tüm maharetini kullanmış ve krallara layık, muazzam bir sofra hazırlamıştı. Salonumuz genişti, salonun bir kısmını yemek odası olarak kullanıyorduk. Koyu ahşap masanın üstünde kristal bir avize sarkıyordu. Bembeyaz keten bir örtünün süslediği masanın ortasında kırmızı güller vardı. Annem gülleri seviyordu.

Kapının zili çaldı. Annem henüz aşağıya inmemişti ve sanırım hazırlanıyordu. Kapıdaki kişinin Sıraç olabileceği ihtimali karnıma esaslı bir tekme savururken Temmuz’un gömleğinin eteğini tuttum ve çekiştirdim. “O mu geldi acaba?”

“Bıraksana kızım gömleğimi, deli mi ne.”

Durkadın Sultan kapıyı bakmak için koridora yürüdüğünde, telaşla arkasından koştum ve onu durdurdum. Kapıyı ben açmak istiyordum. Kapıyı yavaşça açarken, derin derin solukları da beraberinde doğrudan içime gönderiyordum. Oydu. Sıraç Karayel. Üzerinde kravatsız siyah takım elbisesi, kaslı vücudunu sarıp sarmalamıştı. Yüzü ifadesizdi fakat elinde bir demet kırmızı gül vardı ve hiç olmadığı kadar resmi görünüyordu. “Hoş geldin,” diye mırıldandım ve kapıyı sonuna kadar açıp girmesi için içeriyi gösterdim. “Girsene.”

Birkaç saniye kapıda dikilip önce bana ardından da içeriye kısa bir bakış attı. Bakışları tedirginliğini ele verir gibiydi. İçeri girdiğinde, elindeki gülleri bana uzattı ve sol eliyle belimi sarıp beni kendisine çekti. Yanağıma sıcak bir öpücük bırakırken, "Çok güzel görünüyorsun," diye fısıldadı. İçimdeki okyanuslar lavlarını kıyılarıma çarparken, sertçe yutkundum. İnanılmaz bir adamdı.

"Sen de," diye fısıldayıp gözlerimi arsızca üzerinde gezdirdim. "İnanılmaz görünüyorsun Karayel."

Elini belimden çekmeden bir kez daha içeri baktığında bakışları donuklaşmıştı. Baktığı tarafa baktığımda Durkadın Sultan'ın onaylamaz gözlerle ikimize baktığına şahit oldum. "Hoş geldin," dedi Durkadın Sultan ikimizi süzmeye devam ederken. "Geç içeri oğlum. Biz de seni bekliyorduk."

Sıraç elini yavaşça belimden çekerken, sert bakışlarıyla Durkadın Sultan'ı izlemeye devam etmişti. Neden gülümsemiyordu? O hep böyleydi. Benim dışımda hiç kimseye içten bir şekilde gülümsediğine şahit olmamıştım. "İçeri geçelim," dedim ve elini kavrayıp çekiştirerek salona doğru yürümeye başladım. "Geldiğin için teşekkür ederim."

Salona geçtiğimizde Temmuz, Sıraç'ı görünce belli belirsiz sırıtıp oturduğu yerden kalktı. "Evimize sızmayı da başardın, helal olsun yaşlı."

"Ben en önemli yere sızmayı başardım, bamya," dedi Sıraç ve Durkadın Sultan'ın varlığını yok sayarak kollarını belime doladı. "Ablanın kalbine sızdım, ötesi yok bunun."

"Hoş geldin." Annemin sesi merdivenlerin başında can bulurken, topuklu ayakkabılarının çıkardığı tok sesler kulağımı tırmalamıştı. Sıraç belime sarılmış bana bakıyorken, omzumun üzerinden anneme baktım. Üzerinde yeşil bir elbise, ayağında siyah topuklular vardı. Sıraç'ın da gözleri annemi bulduğunda, beni saran kolları bir an kaskatı kesildi. Göz ucuyla yüzüne baktığımda, suratında zerre kas oynamıyor ve doğrudan anneme bakıyordu.

"Hoş buldum," dedi Sıraç buz kırağı bir ses tonuyla. İrkildim. Annemin gülümsemesi yüzünde büyüdü ve son basamağı da inip yanımıza ulaştı. Sıraç'a elini uzattığında, Sıraç ikilemde kalmış gibi bir bana bir de annemin ona uzattığı eline baktı. Ve elini kaldırıp annem ile tokalaştı. "Pek yakışıklıymışsın, yalnızca fotoğraflarını görmüştüm," dedi annem, içten bir şekilde gülümseyerek elini geri çekti.

"Siz de." Sıraç bir kez daha elini belime atıp beni kendisine çekti. "Çok güzelsiniz, Ceren Hanım." Sesi buz gibiydi fakat bunu içinden gelerek söylediğini hissetmiştim. Tek sorun annemin önünde belime sarılıyor olmasıydı. Bu utanç vericiydi.

"Eh." Annem yemek masasını gösterdi ve masaya doğru ilerledi. "Oturalım o zaman?"

Masadaki yerlerimizi aldık. Annem masanın başına yerleşmişti. Ben annemin sol tarafında, Sıraç ise benim yanımda oturuyordu. Durkadın Sultan ve Temmuz da hemen karşımıza oturdular. Annem servis tabağına ortada duran yaprak sarmalarından alırken, gözleri Sıraç'ı buldu. "Kaç yaşındasın?"

Sıraç masanın altından elimi tutuyordu ve annemin sorusuyla birlikte tedirgince elimi sıktı. "Yirmi dört."

"Güzel." Annem Temmuz'a kısa bir bakış attıktan sonra, "Temmuz, tuzu uzatır mısın?" diye sordu. Temmuz anneme tuzu uzattıktan sonra annem bakışlarının odağına tekrar Sıraç'ı aldı. "Okuyor musun?"

"Okulu bitirdim," dedi Sıraç ve elimi sıkıca tutmaya devam etti. Servis tabağı bomboştu, hiçbir şey koymamıştı. Ona kaçamak bir bakış attıktan sonra servis tabağına yiyebileceği bir şeyler koydum ve gözlerimi anneme çevirdim.

"Nerede okudun?" diye sordu annem ve tekrar gülümsedi.

"Dokuz Eylül Üniversitesi."

"Hangi bölüm?" Annemin ilgisini çekmiş olacak ki kaşları havalandı. "Ayrıca Mayıs da Dokuz Eylül'ü istiyordu, tabii sınava girebilseydi."

Sıraç göz ucuyla bana baktı. "Uluslararası İşletmecilik ve Ticaret."

"Ooo, ne kadar güzel. Bu sene giremedi ama umarım seneye Mayıs da sınava girer ve Dokuz Eylül Üniversitesi'nde okur. En büyük hayali buydu," dedi annem. Evet, sınava girememiştim. Bunu problem etmiyordum. Okulda son senem olduğu için, devamsızlıklar görmezden geliniyordu ve sınav telaşesinden dolayı hepimize izin verilmişti. Yani yalnızca diplomamı almaya gidecektim.

"Hangi bölümü istiyorsun?" diye sordu Sıraç. Annem ikimizi izliyor, bir yandan da yemeğini yiyordu. Suya uzanıp, bardağımı suyla doldururken diğer elim hâlâ Sıraç'ın avuçları arasındaydı. "Fark etmez," diye mırıldandım. "Dokuz Eylül olsun da..."

"Ee Sıraç, birlikteyken neler yaşadığınızı merak ediyorum. Mayıs ser veriyor sır vermiyor. Aylardır kızımdan ayrıyım ve haliyle ne yedi, ne içti, ne yaptı merak ediyorum. Anlat bana."

"O benim yanımdayken güvendeydi Ceren Hanım, bunu bilmeniz yeterli olacaktır," dedi Sıraç ve servis tabağına doldurduğum şeyleri yemeye başladı. Sakin görünüyordu fakat elimi tutan elinden aldığım enerji kadarıyla hiç de sakin olmadığını anlamıştım.

"Peki kızımı seviyor musun?" Annemin bu beklenmedik sorusu masanın ortasına bir bıçak gibi düşerken, Sıraç hariç hepimizin gözleri anneme dönmüştü. Sıraç ise hiçbir şey olmamış gibi tabağıyla ilgileniyordu.

Kafasını kaldırıp anneme bakma gereği bile duymadan çatalını kenara koydu. "Sevmek bana göre değil." Sesi kuruydu. "Ben ona tapıyorum."

Masayı bozguna uğratan bu cümleler onun dudaklarından dökülmüştü. Ruhumun kıvrımlarına akan harfleri kalbimin duvarlarını yararak içeri sızmış, utancı yanaklarıma pompalamıştı. Yemeğin geri kalanı büyük bir sakinlikle devam etmişti. Annem, Sıraç'ı sıkacak hiçbir soru sormamıştı. Yemek bitiminde Sıraç'ı geçirirken onunla birlikte bahçeye çıktım.

Topuklu ayakkabılarımla bahçede zorlanarak yürürken ona tutundum. "Bu gece," diye mırıldandı kollarını belime dolarken, ani bir hareketle durdu ve beni kendisine bastırdı. "Düşündüğüm kadar kötü değildi. Aksine annenin iyi bir kadın olduğunu düşündüm."

"Gerçekten böyle mi düşünüyorsun?"

"Evet. O, iyi bir kadın. Buna inanıyorum. Büyüyorum Mayıs. Beni sen büyütüyorsun, miniğim."

"Büyüyoruz." Ona sımsıkı sarıldım ve kahve kokusunu ciğerlerime doldurdum. "Birlikte büyüyoruz Sıraç."

32. SİREN

Üçüncü haftam. Evimdeki üçüncü haftamdı.

Ve bu üç hafta içinde bir kez olsun ne Deniz'le ne de diğerleriyle görüşmemiştim. Sıraç ile çok sık olmasa da buluşuyor, mesajlaşıyorduk. Bunun dışında annem eski hattımı tekrardan çıkarmış ve yeni bir telefon hediye etmişti. Sıraç'ın verdiği telefonu kullandığım için, eski hattımı kullanma fikrine sıcak bakmamıştım. Tabii ki annemin Sıraç'ın verdiği telefondan haberi olmadığı için göstermelik olarak annemin aldığı telefonu kullanıyordum.

"Deniz'den daha ne kadar kaçabileceğini düşünüyorsun? Senin için çok endişeleniyor," dedi annem, sırtını elbise dolabıma dayamış beni izliyordu. Çok halsiz hissettiğim için yataktan çıkamamıştım.

"Onunla görüşmek için yeterince iyi hissetmiyorum. Zamanı geldiğinde onunla görüşeceğim, anne." diye mırıldanıp kafamı yastığa gömdüm. Pahalı deterjan kokan bu yastık, Sıraç'ın yokluğunu yüzüme vuruyor gibiydi.

"Saklanıyorsun, seni anlamıyorum."

Kafamı kaldırıp anneme baktığımda, tedirgin gözlerle beni izliyor olduğunu gördüm. "Saklandığım falan yok anne."

"Saklanıyorsun." Bana doğru adımladı ve yatağımın ucuna oturdu. "Deniz senin en yakın arkadaşın, neden böyle yapıyorsun?" Değil.

"Anne, gerçekten ondan ya da bir başkasından saklanmıyorum. Sadece kendimi iyi hissetmiyorum," diye mırıldandım. Evet, kimseden saklanmıyordum. Ciddi anlamda kendimi iyi hissetmiyordum. Yaşadığım olaylardan mıdır bilinmez çok hasta hissediyordum. Annem bana doğru uzanıp elinin tersiyle alnımı kontrol ettikten sonra gözlerini üzerimde gezdirdi. "Ne zamandan beri böylesin? Soğuk mu aldın acaba?"

Yaz yağmurunu üzerime yemiş ve üzerimde kurumasına sebep olmuştum. Sanırım üşütmüştüm ve bu yüzden böyle hissediyordum. Ama yaz yağmurunda ıslandığım günden bu yana üç hafta geçmişti. "Sanırım." Sesim kuru çıkmıştı. "Üşütmüş olabilirim."

"İyi bakmadı mı sana o çocuk?"

"Anne, beni şaşırtıyorsun."

Bir an irkildi ve gözlerimin içine anlam veremez gözlerle baktı. "Neden?" Sesi şaşkınlığını ele vermişti.

"Sıraç'a karşı hiç mi sinirli değilsin?"

"Ona sinirliyim elbette." Kaşları çatılmıştı. "Ama beni inandırdı."

"Neye?" Yavaşça doğruldum ve sırtımı yatağımın deri başlığına dayayıp, doğrudan annemin gözlerinin içine baktım. Yorgun görünen gözleri, sevgiyle ışıldıyordu.

"Seni sevdiğine," Duraksayıp sırıttı. "Onun deyimiyle, sana taptığına."

Yanaklarım benden bağımsız bir şekilde mor rengine çalarken, utançla gözlerimi kaçırdım. Gönül meseleleri söz konusu olunca kapalı bir kutuydum. Zaten Yiğit ve Sıraç'tan başka da gönül meselem olmamıştı. Yiğit'i saymazsak, Sıraç benim ilkimdi. Kimseye hissetmediğim şeyleri ona hissetmiş, her şeyimle ona ait olmuştum. "Mehmet Ali Karayel'in oğlu olduğuna inanması güç doğrusu," diye mırıldandım. Gözlerim tekrar annemi bulduğunda onaylayan gözlerle bana baktığını görmüştüm.

"Evet. Kesinlikle inanması güç."

"Anne." Sesim cılız çıkmıştı. Bu annemin dikkatini çekmiş olacak ki gözleri doğrudan gözlerimin içine odaklandı. "O adamın varlığı beni huzursuz ediyor, kendi oğluna bile zarar verebilecek kadar hastalıklı bir kişiliğe sahip."

Annem gözlerimin içindeki endişeyi fark etmiş olacak ki, sıkıntıyla iç geçirdi. "Size zarar vermeyecek." Sesi keskindi. Şaşırtıcı bir şekilde kendinden emindi. Bilmediği bir şey vardı. O adam benim kafama siyah dayamış, eş zamanlı olarak beni oğlunu öldürmekle tehdit etmişti. Sevdiğim adamı değil, öz oğlunu.

"Nasıl?" diye sordum. Bize zarar verebileceğinden o kadar emindim ki. Üç haftadır büyük bir sessizliğe gömülmüştü ve sessizliği beni korkutuyordu.

"Çünkü buna izin vermeyeceğim." Bunu gayet büyük bir sakinlikle söylemişti. Her nedense bulantım çoğaldı. "Kızımın mutluluğunu kimse bozamayacak, hiç kimse."

∞

Sılay'dan gelen bir telefonla apar topar hazırlanmış ve kendimi Alsancak'ta bulmuştum. Üç haftadır görüşmüyor olmanın verdiği etkiyle kemiklerimi kırarcasına sarıldıktan hemen sonra nefes nefese bir şekilde kollarımdan ayrıldı. "Bir kafeye gidelim, konuşmamız gereken şeyler var." Sesi heyecanlıydı.

"Ne konuşacağız?" diye sorduğumda ise cevap vermeden kolumdan çekiştirerek yürümeye başlamıştı bile. Kısa bir Alsancak turunun ardından nihayet küçük sevimli bir kafe bulabilmiş ve bahçesine oturmuştuk.

"Ne alırsınız?" diye sordu, Temmuz'dan daha küçük olduğundan emin olduğum garson çocuk.

"Ben sade bir kahve alayım." Sılay'ın gözleri beni buldu. "Sen ne içeceksin Mayıs? Dur tahmin edeyim, sen de sade bir kahve?"

Gülümsedim. Sade kahve sevdiğimi biliyordu, fakat artık sade kahve değil çay seviyordum. Kafamı iki yana salladıktan sonra garson çocuğa döndüm. "Demli bir çay alabilir miyim?" Garson çocuk başını salladıktan sonra hızdan gözden kayboldu. Sılay'ın tuhaf bakışlarını doğrudan yüzümde hissediyordum.

"Ne zamandan beri demli çay seviyorsun?"

"Ağabeyini sevmeye başladığımdan beri." Sırıttım. Afalladı ve kaşlarını çattı. "Peki, ağabeyini sevdikten biraz sonra."

"Değişiyorsun Mayıs." Sıcak bir şekilde gülümsedikten sonra gözlerini kaldırımın üzerinde yürüyen insanlara çevirdi. "Başlarda tanıdığım o soğuk kız değilsin."

"Bu iyi bir şey mi?" diye sorduğumda gülümsemesi büyüdü ve bakışları tekrar beni buldu.

"Kesinlikle iyi bir şey, üstelik yalnızca sen değişmiyorsun. Ağabeyimi de değiştiriyorsun," dedi, sesi ılık çıkmıştı. Ilık ve güven verici. Benim ince belli bardaktaki çayım, Sılay'ın sade kahvesi masadaki yerini alırken, gözlerim Sılay'ın üzerinden ayrılmıyordu. Üzerindeki yeşil elbise onun gözleriyle doğrudan büyük bir uyum sağlamıştı. Kahvesinden bir yudum aldıktan sonra belli belirsiz bir şekilde gülümsedi. "Mutluyum Mayıs. Her anlamda."

"Mutlu olmana sevindim, mutlu olmayı hak ediyorsun," diye mırıldandım. Neden mutlu olduğu hakkında hiçbir fikrim yoktu fakat mutluluğu beni de mutlu etmişti.

"Senin sayende mutluyum," İtirafı beni şaşırtmıştı. Kaşlarım çatıldı fakat onu dinlemeye devam ettim. "Sen hayatımıza girdiğinden beri bir şeyler daha yolunda ilerliyor. Ağabeyimi gülümserken gördüm, tamam bana gülümsememişti ama gülümsüyordu işte. Onu gülümserken görmeyeli yıllar olmuştu Mayıs."

Söyledikleri kalbimi okşarken, eş zamanlı olarak şaşkınlığımı da körüklemişti. "Sıraç, iyi bir insan."

"Öyle," dedi Sılay ve kahvesinden bir yudum daha aldı. "Ağabeyim birçok insandan çok daha iyi bir insan. Yalnızca bana oranla daha kötü şartlar altında büyüdü."

"Bir sihirli değneğim olsun isterdim ama maalesef yok."

Kıkırdadı. "Olsaydı güzel olurdu."

"Asıl konumuz ne?" diye sorduğumda başını önüne eğdi ve kahve fincanını avuçlarının arasına aldı. Bu ona çok yabancı bir hareketti.

"Şafak."

Şafak'ın adını duymak bile tüm kaslarımın seğirmesine neden olurken, gözlerim dehşetle açıldı. Bakışlarımı fark ettiğinde ise ellerini havaya kaldırdı ve olumsuz anlamda salladı. "Saçma düşünceleri beyninden kov, o umurumda bile değil!"

"O zaman neden konu Şafak?"

"Yurt dışına kaçmış, nerede olduğunu hiç kimse bilmiyor. Yani ağabeyim başını belaya sokmak zorunda kalmayacak. Ayrıca Şafak'a karşı hiçbir şey hissetmiyorum. Gerçekten," dedi umursamaz bir tavırla.

"Yurt dışına mı kaçmış?" Kaşlarım benden bağımsız bir şekilde çatılmıştı. Şafak'ı çok fazla tanımıyor dahi olsam, onun bu kadar kolay vazgeçmeyeceğinden adım gibi emindim. Onu analiz ettiğim kadarıyla zorlu ve mücadeleci bir adam olduğunu anlamıştım. Üstelik ilk adam yaralama olayımın mağduru oydu.

"Evet," diye soludu Sılay ve sandalyeye yaslanıp yayık bir şekilde oturdu. "Köşe bucak saklansın bakalım, ağabeyimin başına bela olmasın da ne bok yerse yesin. Umurumda değil."

"Yok olmasına sevindim, Sıraç'ın onun peşini bırakmayacağından emindim. Bu iyi oldu." Aniden gelen bir mide bulantısıyla oturduğum yerden kalkarken, Sılay şok olmuş gözlerle bana bakıyordu.

"Mayıs!" Oturduğu yerden sıçradı ve ellerini belime sardı. "İyi misin?"

"İyiyim, sadece midemi üşüttüm sanırım." Zemin ayaklarımın altından kayıp giderken, önümdeki masaya tutundum ve ayakta kalmaya çalıştım. "Lavaboya gitmeliyim Sılay."

Sılay'a tutunarak kafenin lavabosuna giderken, midemde kopan kıyametlerin haddi hesabı yoktu. Sılay beni lavabonun kapısında beklerken, içimde yiyecek bir şey olmadığından yalnızca mide öz suyumu çıkarmıştım. Bu bile az da olsa rahatlamama sebep olmuştu. Yüzüme su çarpıp, aynadaki darmadağın görüntüme bakarken ayağımın altındaki zekim tüm hızıyla kaymaya devam ediyordu. "Mayıs, her şey yolunda mı?" diye sordu Sılay lavabonun kapısını açıp kafasını içeri uzatırken. Endişeli görünüyordu.

"Her şey yolunda," diye mırıldandım ağzımdaki acı tadın kaynağını bulmaya çalışırken. "Geliyorum, sen git."

Sılay tedirgin gözlerini üzerimden çekip gittiğinde ben de son bir kez yüzümü durulayıp çıkışa doğru yürüdüm. Hâlâ ıslak olan yüzümden inen damlacıkları elimin tersiyle silerken kapıyı açtım ve adımımı dışarı attım.

"Mayıs!" Bu sesi nerede olsam tanırdım. Bu ses Yiğit'ten başkasına ait değildi. Bir an olduğum yerde çivilenmişçesine kalakalırken, kendimi toparladım ve omzumun üzerinden sesin geldiği yöne baktım. Yiğit oradaydı. Fakat ona bakarken hiçbir duygu kırıntısı geçmemişti yüreğimden. Sıradandı.

"Yiğit?" Kaşlarımı havaya kaldırdım ve soru işareti dolu gözlerle ona baktım. Saçları diğer günlere oranla daha uzun ve dağınıktı. Açık kahverengi gözleri irileşmiş, idrak gücünü kaybetmiş şekilde bana bakarken, şaşkınlığı elle tutulurdu.

"Bu sensin." Bana doğru adımlarken, gerildim. Bana yaklaşması isteyeceğim en son şeydi. Bir zamanlar kalbimin hızlanmasına sebep olan bu insan, şimdi ne içimde ne de vücudumda hiçbir değişikliğe yol açmıyordu. Elimi havaya kaldırıp aramıza koydum. Kendimi Sıraç'a ayırmıştım. Biri bana dokunsa, Sıraç'a bir şey olacakmış gibi korkuyordum.

"Dur, yaklaşma. Bu kadar yakınlık kâfi." Sesim hiç olmadığı kadar mesafeli ve soğuktu. Bu onun bile alışmış olduğu soğuk duvarlarımdan daha soğuk bir şeydi. Buzdan bir dağ gibi.

"Her şey yolunda mı? Neler oluyor?" diye sordu ve aramıza koyduğum elime kısa bir bakış attı. Kahverengi gözleri aramızda duran elim ve yüzüm arasında mekik dokurken yutkunup kaşlarını çattı. "Neden böyle davranıyorsun? Neredeydin aylardır?"

"Nerede olduğum seni ilgilendiriyor mu?" Sanki birbirimizi tanımıyorduk ya da yıllardır görüşmemiş gibiydik. Aramıza ördüğüm duvarlar, onun yıkması imkânsız duvarlardı. Benim ait olduğum bir adam vardı. Gözümün gördüğü, gönlümün bildiği bir adam.

"Bir anda ortadan kayboldun." Kaşları biraz daha çatıldı ve bir iki adım geri atarak aramızdaki mesafeyi açıp elimi indirmemi sağladı. "Çok endişelendim. Bütün gece seni aradım. Sonra bir anda tatile gittiğini söylediler. Bu pek inandırıcı değildi Mayıs. Seni aradım, telefonuna ulaşılamıyordu."

"Her neyse," diye geçiştirdim ve sırtımı dönüp yürümeye başladım. "Sonra görüşürüz."

"Deniz seni çok merak etti Mayıs. Geldiğini biliyor mu?"

"Biliyormuş," dedim Yiğit'e bakmadan. Yürümeye devam ettim. Adımlarım sarsaktı.

"Sen benim bildiğim Mayıs değilsin." Sesi şüpheliydi. "O da soğuk bir kızdı fakat bu kadar ifadesiz değildi."

"Her şey bildiğiniz gibi olmaktan çoktan çıktı." Cevabını beklemeden hızla yürümeye başladığımda, sırtımda dolaşan şaşkın bakışlarını fark etmiştim. Önemsemedim.

"Daha iyi misin?" diye sordu Sılay hemen karşısındaki yerime geri otururken.

"İyiyim." Sesim kuru çıkmıştı. Az önce eskiden sevdiğimi düşündüğüm insanı görmüştüm ve bu beni zerre etkilememişti. O olaydan sonra Yiğit'i gördüğüm de ne hissederim diye çok düşündüğüm olmuştu ama maalesef hiçbir şey hissetmemiştim. Ne iğrenti ne de başka bir duygu. "Midemi üşüttüm sanırım."

"Ağabeyime haber verdim," dedi ve kolundaki bordo kayışlı saate baktı. "Birazdan burada olur."

Bu kafede Yiğit vardı ve Sıraç buraya geliyordu.

"Neden haber verdin?" diye cırladığımda afalladı.

"Çünkü iyi görünüyordun. Hâlâ görünmüyorsun."

"Ben iyiyim!" Sesim keskindi. "Ara onu, gelmesin."

Sılay bir süre arkamdaki manzarayı izledikten sonra alt dudağını ısırdı. "Sanırım çok geç."

Omzumun üzerinden arkama baktığımda Sıraç'ın telaşlı adımlarla bize doğru yaklaştığını gördüm. Yangın mavisi gözleri etrafa ateş ederken, bakışları beni bulduğunda yüzündeki panik dalgasını fark edebilmiştim. Ani bir hareketle beni kaldırıp sıkıca sarıldığında afalladım. "Bebeğim, her şey yolunda mı?" Sesi telaşlıydı.

"Evet," diye kekeledikten sonra kollarımı boynuna doladım ve şaşkın bakışlarımı gözlerine diktim. "Her şey yolunda. Sakin ol."

"Sılay iyi görünmediğini söyledi." Yüzümü avuçları arasına aldı ve en ince ayrıntıma kadar inceledi. Yüzümü ezberliyor gibiydi. "Söyle bana, neyin var? Hastaneye gitmeli miyiz?"

"İyiyim, yalnızca midemi üşütmüşüm." Yangın mavisi gözlerine bakarken sesim titremişti. Onu bu kadar telaşlı görmeye alışkın değildim. Genelde soğukkanlı görünür ve işlerini de büyük bir soğukkanlılıkla hallederdi.

"Her şeyin yolunda olduğundan emin misin?" Yanağımı başparmağı ile okşarken, avuçlarının içindeki nabzını hissetmemi sağlıyordu. Etrafımızdaki masalarda oturan insanlar sinema izliyor gibi bizi izlerlerken, bana böyle bebekmişim gibi davranması beni utandırmıştı. "Yüzünde solgun görünüyor miniğim, yemek yedin mi sen?"

"İştahım yok," diye kekeledim ve yüzümü avuçlarından kurtarmaya çalıştım. Ne mümkündü? Avuçları mis gibi kahve kokuyor ve beni doğrudan kendisine çekip müptela ediyordu. "Sıraç, iyiyim diyorum."

"Solgun görünüyorsun Mayıs. İyi falan değilsin. Hastaneye gidiyoruz," diye diretti.

"Ağabeyim resmen bir light erkek olmuş çıkmış." Üçüncü göz olarak bizi izleyen Sılay'ın dalga geçtiğini alenen belli eden ses tonu irkilmemize sebep olurken, ikimiz de sözleşmiş gibi aynı anda omzumuzun üzerinden Sılay'a baktık. Yüzünde geniş bir gülümsemeyle ikimizi izliyordu ve hiç olmadığı kadar keyifli görünüyordu. Sıraç hiçbir şey demeden ellerini yüzümden çekerken, kardeşinden çekindiğini anlamıştım. Haklıydı. Ben bile utanmıştım. Ben yerime, Sıraç da hemen yanımdaki boş sandalyeye otururken masanın altında birleşen ellerimiz şimdiden terlemişlerdi.

"En son ne yedin?" diye sordu Sıraç fısıltıyla. Sılay telefonu ile oynadığı için ağabeyinin fısıltılı konuşmasını duymamıştı.

"Hatırlamıyorum, sanırım yoğurt," dediğimde ise siyah kavisli kaşları sinirle çatıldı. Elimi tutan eli sıkılaştı ve parmaklarımın acımasına sebep olacak bir baskıyı tenime bıraktı.

"Sana inanmıyorum. Yanında olmadığım için oluyor tüm bunlar değil mi? Canın okşanmak mı istiyor, minik şeytan?"

"Tartışmak istemiyorum," diye mırıldandım. Zira başım çok ağrıyordu. "Neden geriliyorsun? Midemi üşütmüşüm, o yüzden hiçbir şey yemek istemiyorum."

"Doktora gitmeliyiz, bu iyi değil." Bir baba kadar şefkatli ve korumacıydı. Bunun farkında mıydı? Kesinlikle ondan mükemmel bir baba olurdu. Sılay mesajlaşmaya devam ederken cevap verme gereği bile duymadan kafamı masaya yasladım ve gözlerimi yumdum. Elim hâlâ masanın altında sahibi ile kucaklaşmaya devam ediyordu. Fakat ben halsizdim. Hiç olmadığım kadar halsiz.

Ve sonra elimden kayan elini hissettim. Ellerimiz kopmuştu. Hemen ardından kafede kopan çığlık, kıyameti.

Kafamı kaldırıp, uyku mahmuru gözlerle etrafa bakınırken Sıraç'ın, Yiğit'i altına almış ardı arkası kesilmeyen yumrukları yüzüne sallıyor olduğunu gördüm. Yiğit'in esmer teni yumrukların sağlamlığını gösterircesine morarıp, yüzü kan ile kaplanırken olduğum yerde kalakaldım. Hareket edemiyordum.

"Seni bir daha Mayıs'ın etrafında görecek olursam..." Bir yumruk daha. "Senin hayatını sikeceğim." Yumruklarını arka arkaya Yiğit'in yüzüne oturturken, sesi öfkeliydi ve yanına yaklaşılması imkânsız bir şekilde korkunç görünüyordu. "Duydun mu beni kansız pezevenk. O benim. Bana ait, onun etrafında görmeyeceğim seni. Ruhunu sikerim, kemiklerini sikerim senin."

Günyüzü görmemiş küfürler dudaklarından dökülürken, titreyen bacaklarıma aldırış etmeden ayağa kalktım ve kalabalığı yararak diz çöküp Sıraç'ın koluna yapıştım. Bu hareketim, yumruğunun hızını keserken gözleri omzunun üzerinden beni buldu. Yangın mavisi hiç bu kadar karanlık görünmemişti gözüme. "Dokunma," diye tısladı. "Onu öldürmediğime dua etsin, dokunma."

"Bırak," diye sızlandım. Zaten oldukça halsizdim, bir de buna maruz kalıyordum. "Lütfen, seni bu halde görmek istemiyorum. Bırak artık."

Sihirli kelimeleri duymuş gibi Yiğit'i rahat bırakırken, nefes nefese bir şekilde yüzüme baktı. "Sen benimsin, minik şeytan. Benimsin, değil mi?" Çoğalan kalabalık dehşetle bize bakarken, birkaç kişinin polisi aradığına şahit oldum.

"Seninim tabii." Yüzünü avuçlarımın arasına aldım ve göz ucuyla yerde pestili çıkmış bir şekilde yatan Yiğit'e baktım. İçim zerre acımamıştı. "Ama biliyor musun Karayel?"

Bir siren sesi duyuldu. Polis sireni... Kafasını salladı ve sirenin geldiği yöne kısa bir bakış attı. Sözleşmiş gibi aynı anda, "Toz olmamız gerek," dediğimizde çoktan elimi yakalamış, kafenin çıkışına doğru koşmaya başlamıştık bile.

33. YIKIM

Bir kez daha... Ve bir kez daha... Son günlerde yaptığım tek şey buydu. Mide öz suyumu dışarı bırakmak. Yatakta oldukça fazla vakit geçiriyor ve neredeyse hiç yemek yemiyordum. Sıraç'ın, Yiğit'in yüzünü dağıtmasının üzerinden iki gün geçmişti. O günden sonra Yiğit ile ilgili bir duyum almasam da, emin olduğum tek şey Sıraç'ın kim olduğunu bilmediğiydi.

"Mayıs, neler oluyor?" Annemin öğürme seslerimi duyup geldiği kabak gibi ortadaydı. İyi olmadığımın bilincindeydi. Zaten aklım fikrim Mehmet Ali Karayel'deyken ne kadar iyi olabilirdim ki? Annem de bunun farkındaydı, en büyük sıkıntımın o herif olduğunu kendisi de gayet iyi biliyordu.

"Anne iyiyim, lütfen git. Her şey yolunda," diye sızlandıktan sonra bir kez daha tüm gücümle öğürdüm ve boğazımın tahriş olmasına sebep oldum. Yutkunduğumda hissettiğim tek şey, boğazımı delip geçen muazzam bir acı hissiydi.

"Bebeğim, bir doktora gidelim. Fena üşütmüşsün." Annemin sesi endişeliydi. Onu göremesem de, şu an irileşmiş gözlerle kulağını kapıma dayadığından adım gibi emindim.

"Anne, iyiyim. Lütfen git." Yüzüme arka arkaya soğuk su vururken, bir yandan da karnımın içinde oluşan zelzelenin sebebini anlamaya çalışıyordum. Bitkindim, hiç olmadığım kadar yorgundum. Tüm gün uyusam hayır demezdim, öyle ihtiyacım vardı uykuya.

"Bebeğim, aşağıdayım. Bir sorun olursa hemen seslen. Beni endişelendiriyorsun," dedi annem ve eş zamanlı olarak topuklu terliklerinin sesi duyuldu. Nihayet odamın kapısının önünden ayrılmıştı. Lavabonun yanında duran minik askıdaki yumuşak havluyu alıp yüzümü kurularken, göz altlarımın mor halkalar tarafından işgal edilmiş olduğunu gördüm. Berbat görünüyordum. Odamdaki küçük banyonun kapısını kapatıp, kendimi yatağa bıraktıktan sonra gözlerimi tavana diktim. Mehmet Ali Karayel hayatımın orta yerine bir felaket gibi düşmüş, ömrümü yavaşça sömürüyordu.

Ilık bir duş almak için tekrar banyoya döndüğümde, henüz regl olmadığım için kasıklarımda hafif bir şişlik vardı ve bu bulantılarımın geciktiğim için olmuş olabileceğini düşündüm. Regl dönemlerim sık sık değişiyor ve birkaç ay gelmediği zamanlar oluyordu. Bu yüzden bunu sıkıntı etmemiştim fakat bu hastalıklı his beni yiyip bitiriyordu.

Kimden: Sıraç
Eğer seni göremezsem bu şirketi birbirine katacağım. (11.28)

Kime: Sıraç
İyi hissetmiyorum, dışarıda vakit geçirmek istemiyorum. (11.29)

Kimden: Sıraç
Bizim evde vakit geçirebiliriz, şerefsiz babam şehir dışına çıkacakmış. Birazdan gidecek. (11.32)

Kime: Sıraç
Bu doğru olur mu? O eve gelmek istediğimden emin değilim. (11.35)

Kimden: Sıraç
Bu doğru olur. Seni özledim ve size gelemeyeceğime göre, seni alıp bize gideceğiz. Annenin gözüne batmak istemiyorum. (11.38)

Kime: Sıraç
Pekâlâ, ne zaman almaya geleceksin? (11.39)

Kimden: Sıraç
Saat 13.00'da orada olacağım.

Yüzümde geniş bir tebessümle telefona bakarken hâlâ iki büklüm bir şekilde uzanmaya devam ediyordum. Yaklaşık bir saatlik bir zamanım vardı ve hazırlanmam gerekiyordu. O eve gitmek pek doğru gelmese de bunu yapacaktım. Haklıydı, onun buraya gelmesi biraz tuhaf kaçabilirdi. Ilık bir duş aldıktan sonra Sıraç'ın tepesini attırmamak için düz beyaz penye bir tişört ve siyah bir kot pantolon giydim. Saçlarımı yan tarafımdan örüp, siyah lastik tokayla bağladıktan sonra makyaj masasının önüne gittim ve tıpkı bir cesedi andıran suratıma bomboş bir bakış fırlattım. Cildim sorunlu değildi fakat göz altlarım gözle görülür bir şekilde morarmış, beni bir keş sanmalarına yetecek kadar çökmüştü. "Neden bu kadar morardın ki sanki?" diye söylendikten sonra hoş kokulu kapatıcı ile göz altlarımdaki damgaları yok edip, yüzümü açık renkli bir allık yardımıyla insan rengine soktum. Zira gereğinden fazla beyaz görünüyordum.

Ellerimi ve boynumu nemlendirici krem yardımıyla nemlendirdikten sonra çantama telefonum ile cüzdanımı tıkıştırıp odamı terk ettim. Merdivenleri inerken bir yandan da düşmemek için korkuluklara tutunuyordum. Hiç bu kadar halsiz, ölü gibi hissetmemiştim.

"Nereye böyle?" diye sordu Durkadın Sultan. Üzerinde her zaman olduğu gibi mutfak önlüğü vardı. "İyi görünmüyorsun, bir doktora gidelim Mayıs. Endişeleniyorum kuzum."

"İyiyim," diye mırıldandıktan sonra zoraki bir şekilde gülümsedim ve Durkadın Sultan'ın yüzünü avuçlarımın arasına alıp küçük şebeklikler yaparak kafasını dağıtmaya çalıştım. "Sıraç ile buluşacağız. Annem nerede?"

"Yine kaçırmasın da, ne yaparsanız yapın," dedikten sonra çenesiyle mutfağı gösterdi. "İçeride bir şeyler yiyor. Şehir dışına çıkacakmış, bir işi varmış."

Durkadın Sultan'ı öptükten sonra mutfağa geçtim ve annemi her zamanki gibi reçelli ekmek yerken buldum. Reçelli ekmek yemeyi seviyordu, zira reçelleri Durkadın Sultan yaptığında hepimiz seviyorduk. "Anne, şehir dışına çıkacakmışsın?"

Sesimi duyunca irkildi ve sandalyenin üzerinde dönerek bana baktı. Düşünceli görünüyordu ve hiç olmadığı kadar kasvetli. "Nereye gideceksin?" diye sordum.

"Aydın'a kadar gideceğim bebeğim, sen nereye böyle?"

"Şey... Onunla buluşacaktım." Elimi enseme attıktan sonra hafifçe ovaladım ve gözlerimi annemden kaçırmaya çalıştım.

Annem ağır adımlarla bana yaklaştıktan sonra yüzümü avuçlarının arasına aldı ve gözlerimin içine baktı. "Mutlu olacaksın, söz veriyorum." Anlam veremediğim bir şekilde ciddi görünüyordu.

"Anne, mutluyum," diye mırıldandıktan sonra kollarımı boynuna doladım ve ona sımsıkı sarıldım. Hanımeli çiçeği kokusunu içime doldururken, onun da saçlarımı kokladığını fark etmiştim.

"Daha mutlu olacaksın Mayıs. En mutlu sen olacaksın. Seni huzursuz eden her şey ortadan kalkacak, görürsün... Sen çok mutlu olacaksın," dedi yorgun bir ses tonuyla.

Hiçbir şey söylemeden sanki son ânımızmış gibi sarılmıştık. Göğsünün altında atan kalbinin o muazzam ritmi içime doluşurken, onun gibi bir anneye sahip olduğum için kendimi şanslı hissediyordum. "Aydın'dan geldiğinde sinemaya gidelim mi?" diye sordum burnumu boyun girintisine soktuktan hemen sonra.

Cevap vermedi ve biraz daha sıkı sarılıp kokumu içine doldurdu. "Temmuz evlatlık zaten." Temmuz'un sesini duyduğumuzda aynı anda kapıya baktık. Kıskandığını belli eden bakışlarını üzerimizde gezdiriyor ve kendi kendine homurdanıyordu.

"Sen de gel buraya kıvırcığım," dedi annem, kollarını iki yana açıp beni sol tarafına bastırdı. Temmuz hızla annemin sağ tarafındaki yerini alırken üçümüz tek bir vücut oluşturana dek sarılmıştık. "Size kurban olurum ben, sizin için ölürüm."

Annemin kokusunu soluduk. O bizim annemizdi, tek limanımız ve belki de tek anlayanımız. Nilüfer sakinliğinde, menekşe asiliğinde, hanımeli çiçeği kokulu annemiz.

∞

Siyah Toyota Corolla'nın kapısını açıp içine girerken, Sıraç'ın telefonla konuştuğunu gördüm. Belli belirsiz gülümsedikten sonra telefonu kapadı ve uzanıp yanağıma küçük bir buse kondurdu. "Ne bu surat, muşmula suratlı minik şeytan?"

"Annem Aydın'a gidiyormuş," diye mırıldandım. Sıraç bir anda kaşlarını çatsa da sonrasında ifadesi yumuşamıştı. "Ne zaman döneceğini de söylemedi."

"Ne işi varmış Aydın'da?" diye sorduğunda tam arabanın motorunu çalıştıracaktı ki, annemin arabasının camına vurmasıyla irkildi ve bakışları cama çevrildi.

"Anne?" Şaşkınlığım sesime yansımıştı.

Annem beni yok sayarak gözlerini Sıraç'a dikti ve kaşlarını çattı. "Şu dünya üzerindeki en hassas kız çocuğuna sahibim. Onun soğukluğu seni yanıltmasın, incinirse kimseler toplayamaz onu benden başka. Şimdi, tek bir sorum var. Ne olursa olsun, nasıl bir hata yaparsa yapsın hep Mayıs'ın yanında olup, onu koruyacağına, dağıldığında toplayacağına dair söz verir misin?" Annemin bu keskin sorusu içimi delip, tedirginliğimi arttırırken Sıraç da en az benim kadar şaşkın görünüyordu.

"Nasıl bir hata yaparsa yapsın, yanında olacağım," dedi Sıraç ve eli elimin içine kaydı. "Dağıldığında ben toplayacağım. Onu koruyup, her zaman kollayacağım. Söz vermeme gerek yok, bu zaten hep olacak bir şey. Ama madem bir söz istiyorsunuz, söz veriyorum Ceren Hanım. Namusum ve şerefim üzerine yemin ederim ki, kızınızı koruyacağım. Her şeyden."

"Sana güveniyorum, oğlum," dedi annem ve son kez gözleri beni buldu. "Mutlu olun."

"Mutlu olacağız." Sıraç gülümsedi. Anneme. Gülümsedi. "Onu mutlu edeceğim, efendim."

Annem gülümsedikten sonra başını salladı ve sırtını dönüp eve doğru yürümeye başladı. Oturduğum koltuğa mıhlanmış gibi hissediyordum. Sanırım biraz duygusal bir günündeydi. İçimdeki huzursuzluğu rafa kaldırdım ve Sıraç'ın arabanın motorunu çalıştırmasıyla birlikte yolculuğumuz başladı. İlk kez onun evini görecektim ve bu heyecanlanmama sebep olmuştu. Evindeki kötü hatıraları dışında, çocukluğunun geçtiği o evi çok merak ediyordum.

"O orospu çocuğu yediği dayaktan sonra ayağa kalkabilmiş midir sence?" diye sordu keyifli bir ses tonuyla.

"Yiğit'ten mi bahsediyorsun?"

Kaşları çatıldı ve omzunun üzerinden bana baktı. "O ibnenin adını ağzına almayacaksın. Ölmek mi istiyorsun?" Sesi keskindi.

"Bazen gerçekten öküzleşiyorsun Karayel," diye mırıldandım ve kollarımı göğsümde toplayıp gözlerimi kapadım. "Fethiye'yi özledim."

"Öküzüm ve bir sana möölerim," dedikten hemen sonra bir eliyle direksiyon hâkimiyetini korurken, diğer elini dizime koydu. "Gideriz bir ara istersen?"

Fethiye'yi özlemiştim ama gitmek istediğimi söyleyemezdim. Zira pek de hoş anılarım yoktu orada. Cevap alamayınca o da sessizliğe bürünmüştü. Uzun süren bir yolculuğun ardından nihayet gelmiştik. Evleri, pardon sarayları oldukça geniş ve ferah bir bahçeye ev sahipliği yapıyordu. Bahçenin önünde beş yıldızlı otel havuzlarını kıskandıracak güzellikte bir havuz ve beyaz mobilyalar vardı. Elimi tutup beni havuzun önünden cam kapının olduğu yere yürütürken, bir yandan da gözleriyle etrafı süzüyordu. "Oh, görünürlerde yok," diye mırıldandı. Babasından mı bahsediyordu?

"Kim?" diye sorduğumda ise bir uluma sesi, ardından da yüksek sesli bir havlama duyuldu. İrkilip Sıraç'ın koluna yapışırken sırıtıyordu. "O," İşaret parmağıyla bahçenin demir parmaklıklarına dayanmış salyalarını akıtarak bana bakan hayvanı işaret etti. Bu bir köpekten daha fazlasıydı. Çok iri ve korkutucu bir görüntüye sahipti. "Demir parmakların arkasında olduğu için şanslısın."

"Ne demek istiyorsun?" diye cırladıktan sonra kolundan çıktım ve bana dik dik bakan köpeğe dik dik baktım.

"O." Elini belime doladı. "Fazla hırçın bir kız. En başlarda sen de onun gibiydin. Bu yüzden ona Mayıs diyorum."

"Bir köpeğe adımı mı verdin?" diye tıslayıp kaşlarımı çattığımda, yangın mavisi gözlerinin içindeki ışıltı duraksamama sebep olmuştu. Bana bakışları farklıydı. Diğer insanlara baktığı gibi bakmıyordu. O bana bakarken bambaşka bir kişiliğe bürünüyordu.

"Sen bir adamı kendine köpek yaparken iyi ama değil mi?"

Kızardım. Söyledikleri doğrudan yüreğime dokunuyordu. İnce bir dikkat gerektiren cümleleri benim cennetimdi.

İçeri girdiğimizde tamamen pahalı markalı bir oda kokusunun serinlettiği heybetli bir salonla karşı karşıya kalmıştım. Hemen karşımdaki duvar camdan ibaretti ve deniz manzarası gözler önündeydi. Sol tarafımda U şeklinde on kişinin rahatlıkla sığabileceği siyah deri bir kanepe vardı. Modern bir şöminenin de içinde bulunduğu bu koca salon Karayellerin ne kadar varlıklı insanlar olduklarını gözler önüne seriyordu.

Sıraç çift kulplu bir kapıyı açtıktan sonra elimi tuttu ve beni içeri çekti. Burası üst kata çıkan merdivenlerin olduğu yerdi. Hemen solumda geniş bir koridor vardı ve içeri doğru gidiyordu. Kocaman kelimesi bile ufacık kalıyordu, oldukça gösterişli bir evdi burası. Merdivenleri tırmanmaya başladığımızda oldukça sessizdi. "Eviniz çok büyük," diye mırıldandım ve merdivenin köşelerine sıralanmış olan heykellere göz atarak basamakları tırmanmaya devam ettim. "Burayı temizleyenlere acıyorum."

Düz bir koridora çıktığımızda, siyah parlak bir kapının önünde durduk ve Sıraç arka cebinden çıkardığı anahtar ile kapıyı açtı.

Odası... Gerçekten Temmuz ve benim odamın birleşimi büyüklüğünde diyebilirdim. Simsiyah deri başlıklı ve konforlu bir yatak, siyah uzun bir elbise dolabı, siyah tekli deri koltuk, siyah küçük bir halı ve koyu renkli bilgisayar masasının üzerinde duran siyah dizüstü bilgisayar. Dudaklarım belli belirsiz aralanmış odasını incelerken büyülenmiştim. Yatağının hemen karşısında duran büyük bir portre vardı ve portreye dikkatle baktığımda o kişinin Eylül Karayel... Pardon. Özden olduğunu fark ettim. Ciddi anlamda bana benziyordu hatta benden kat kat daha güzeldi.

"Annen çok güzel," diye mırıldandım. Hemen arkamdan belime sarıldı ve vücudunu bana bastırıp çenesini omzuma yerleştirdi. "Çok güzel bir kadın. Büyüleyici."

"Senin gibi." Çenesini omzuma sürttü. "Büyüleyici."

"Yılışma," diye mırıldandım. Ve kafamı geri çekip omzumun üzerinden ona baktım. Yangın mavisi gözleri koyu bir renge bürünmüş, büyük bir istekle gözlerimin içine bakıyordu.

Âşık olmak kelimelerini nasıl da basite indirgemişlerdi. Bu adamı görmemişler miydi sahi? Aşkın, Sıraç Karayel'in bedeninde can bulduğundan emindim. Belki de aşk, Sıraç Karayel'in ta kendisiydi.

"Bakir değildin, değil mi?" diye sorduğumda kaşları çatıldı.

"Bunu konuşmak zorunda mıyız?" Sesi gergin çıkmıştı.

"Bakir değildin, bana on beş yaşında seviştiğini söylemiştin."

Güldü. "Kıskanıyorsun," Dudakları omzumdan boynuma çıktı ve ılık nefesiyle titrememe sebep oldu. "Deli oluyorsun, başka bir kadına dokunduğumu düşünmek bile katil yanlarını fişekliyor."

"Öyle," diye itiraf ettim ve ona dönüp kollarımı boynuna doladım. "Sana dokunan tüm kadınların eceli olmak istiyorum. Söyle, sana dokundular mı?"

Kanım fokurduyordu. Ona dokunan başka bir bedeni düşünmek bile ölmekle eş değerdi ve o bunu bilmiyordu. "Söyle," diye direttim burnumu yüzünün kemikli yapısına sürterken. "Dokundular mı sana Karayel?"

Memnuniyetle sırıtıyor ve hızlanan nefesinin yüzüme vurmasına sebep oluyordu. Alt dudağını dişledikten sonra duyabileceğim şekilde yutkundu. "Dokunmuşlarsa ne olacak?"

Tırnaklarımı ensesine geçirip, yüzünü buruşturmasına sebep olurken içimde büyüyen kıskançlık duygusunu yatıştırmaya çalıştım. "Seni öldürürüm Karayel. Önce seni öldürürüm, sonra da onları."

Kahkaha atarken kafasını geri atmıştı ve bu âdem elmasının gün yüzüne çıkmasına sebep olmuştu. İri ve kavisli âdem elması dişlerime layık görünüyordu. "Onların kim olduğunu öğrenmeden beni öldürürsen, onları bulamazsın." Sesi eğlendiğini belli ediyordu.

"Neden bana yalan söyledin? Bakir değilmişsin işte." Kollarımı ondan geri çekecektim ki büyük bir hızla beni kendisine çekip bedenimizin çarpışmasına sebep oldu. Birbirimize çarparken çıkardığımız ses, kasıklarımın kasılmasına sebep olmuştu.

"Sana yalan söylemedim." Burun burunaydık ve aramızdaki boy farkını kapatmak adına yüzünü yüzüme doğru eğmişti. "Senden başka hiçbir kadına dokunmadım. Yalnızca sana. Ben sana özelim, tıpkı senin bana özel olduğun gibi. İlkim de sonum da sensin benim."

"Sana özelim," diye mırıldandım. "Yalnızca sana özelim. Sana aitim. Sen de bana aitsin, yalnızca bana."

"Yalnızca sana," Dudakları dudaklarımı bulduktan hemen sonra beni yürüyerek yatağın ucuna kadar getirdi ve sırtüstü yatabileceğim şekilde itip, üzerimdeki yerini aldı. Dokunuşları nazikti. Dudakları dudaklarımı sertçe kapanıp sızlamasına sebep olurken parmaklarım benden bağımsız bir şekilde siyah saçlarının arasına kaymıştı bile. Kadife kadar yumuşak olan asi tutamları avuçlayıp çekiştirirken ağzımın içine belli belirsiz bir şekilde inledi. Odanın içerisini dolduran tek şey nefes seslerimizdi, dudakları dudaklarımdan ayrılırken alnını alnıma yasladı ve ağırlığını üzerime vermeden nefeslerimi düzenlemeye çalıştı. "Sen..." Sesi kesik kesik çıkmıştı. "Bana ne yapıyorsun?"

"Ne yapıyorum?" diye sorduktan sonra cevabını beklemeden saçlarından çekiştirerek yüzüme kapanmasını sağladım. Öpüşü daha sertti ve daha talepkâr. Uzun parmaklı elleri vücudumda dolaşırken bir yandan da oksijenini benimle paylaşıyordu. Öpüşürken alamadığım solukları onun ağzının içinden, tatlı nefesinden alıyordum.

Elleri bedenimden ayrıldı ve saten kumaşı iki yanından tutarak sertçe sıktı. Bu adam içimde yangınlar başlatıyordu. Nefes nefese bir şekilde dudaklarıma soludu. "Mayıs beni öldürüyorsun," İrkildim. "Ama aynı anda yeniden doğuruyorsun da. Sanki senin bir parçanım, senin parmaklarından döküldüm dünyaya. Sen yazdın beni, senin tarafından var edildim."

Kelebeklerim Sıraç'ı kucaklamak için kanat çırparken, eş zamanlı olarak kiraz çiçeğim ilk meyvesini vermişti.

"Sıraç." Sesim kısık çıkmıştı. Dudaklarını boynuma bastırdı. "Seni seviyorum Karayel."

"Senin kokun..." Boynumda derin bir nefes aldı. "Silmeye kalksalar, sayfalarım parçalanır. İlahi bir koku bu, beni korkutuyor yüceliğin."

Kıyafetlerimi yavaşça çıkarırken kilitlenip kalmıştım. Evet, onu istiyordum fakat bu evde birlikte olmak... Doğru olacak mıydı?

Üzerimdeki tişörtü çıkarıp, sutyenimin kopçası ile uğraşırken ellerimi aramıza koydum. "Neden bana on beş yaşında ilk seksini yaptığını söyledin?"

"Yalnızca kıskan istedim," diye mırıldandıktan sonra sutyenimi çıkarıp yatağın bir köşesine fırlattı. "Beni kıskan, sinirlen istedim."

"Kıskandım." Vücudumu tamamen ona sergilerken, pantolonumu çıkarmasına izin vermiştim. "Deli oldum, bu çok sinir bozucuydu."

Gözleri korlanmış bir alev gibi vücudumda dolaşırken ağır hareketlerle dar gömleğinin düğmelerini açmaya başlamıştı bile. "Deli oldun, öyle mi?" Sesi boğuktu ve doğrudan yüzüme bakıyordu. Kasıklarımın kasıldığını, kalbimin hızlandığını hissettim. Büyüleyici bir adama sahiptim. "Biliyor musun?" Elleri bedenime dolandı ve üzerimdeki yerini aldı. "Ben de deli oldum."

Vücudu vücudumun üzerinde can bulup, sıcaklıklarımız birbirine akarken memnuniyet dolu bir ses tonuyla homurdandı. "Yatağımın senin gibi kokmasını istiyorum Karamaça."

Hemen ardından sevdiğim adamla tek vücut olmuştum. Bu evde, Karayellerin evinde. Üçüncü kez ona ait olmuş, üçüncü kez bana ait olmuştu.

∞

Sıraç'ın odasındaki duşa girip, üzerime bıraktığı izleri silmeye çalışırken onun şampuanı ile yıkadığım saçlarım tıpkı onun saçları gibi kokmuştu. "Bebeğim duşta mısın?"

"Evet," diye mırıldandım suyu kapatırken. "Çıkıyorum."

Banyodan çıkıp Sıraç'ın önüne çıktığımda yalnızca beyaz küçük bir havluya sarılmıştım. Yatakta, altında yalnızca siyah bir eşofmanla uzanmış beni izliyor ve gülümsüyordu. "Odamı şenlendirdi ayak seslerin." diye mırıldandı.

Kurulandıktan sonra eski kıyafetlerimi giymiş ve yatağın üzerindeki yerimi almıştım bile. "Sıraç," diye mırıldandım ve bakışlarının beni bulmasını sağladım.

"Hı?"

"Keyif verici ilaçlardan kullanmıyorsun değil mi?" Yatak ikimiz gibi kokuyordu. Kokularımız birbirine karışmış, bir bütün olmuşlardı. Tıpkı ikimiz gibi.

Kaşları çatıldı. "Benim uyuşturucum sensin, senden başka hiçbir ilaca ihtiyacım yok."

"Buna inanmalı mıyım?" diye sorduğumda sıkıntıyla soluyarak beni üzerine çekti, dudaklarını dudaklarıma yakın bir yere getirdi.

"İnanmalısın, minik şeytan."

"Pislik." Kıkırdadım. "Tam bir pisliksin. Banyo yapmalısın."

"Kokunu üzerimde taşımak istiyorum, biraz daha böyle kalamaz mıyım?"

Kızardım. "Tam bir pisliksin."

"Sana tapıyorum," Dudaklarını boynuma bastırdı. "Şu kokuna akıl sır erdiremiyorum Mayıs. Anne gibi, yuva gibi, güvenilir ve ilahi bir koku."

Kelimeler dudaklarımda eridi. Söyleyebilecek hiçbir şey bulamıyordum. Öylesine güzel ve benimdi ki, yapabileceğim tek şey onu daha sıkı sarmak ve göğsümün içine sokmaya çalışmak olacaktı. Beni kucağına çekip bacaklarımı iki yandan açarak dizine oturmamı sağladı. Komodinin üzerindeki telefonu çalmaya başladığında göz ucuyla telefona baktı fakat önemsemedi.

"Mayıs." Sesi çatlamıştı. Beklenti dolu gözlerle ona bakıyor, söyleyeceği şeyi bekliyordum. Telefon ise ısrarla çalmaya devam ediyordu. "Sana söylemek istediğim bir şey var."

"Öncesinde telefonunu açmalısın, önemli bir şey olabilir."

Telefon sustuğunda gülümsedi, yangın mavisi gözlerini kaldırıp gözlerimin içine baktı. "Asıl önemli olan şey şu an odamda." Kalbim hızlandı. Öyle hızlı atıyordu ki, kapakçıklarımın açılıp onu kucaklayacağını sandım. Bu adam bir kalbin intiharıydı. "Mayıs." Yutkundu ve eliyle yüzüme düşen ıslak saçımı kulağımın arkasına itti. "Yaşamak bu kadar zorken, sen nasıl bu kadar güzel olabiliyorsun?"

Bu adamın gözleri olmasaydı, ne kalırdı kâinattan geriye?

Alnını alnıma yasladı ve eli yastığının altına gitti. Bir süre bir şey aradı fakat ne aradığını bilmiyordum. Siyah kadife kutu ikimizin arasına girdiğinde gözlerim irileşti. Kadife kutunun kapağı tok bir ses bırakarak açılırken, Sıraç'ın yangın mavisi gözleri doğrudan yüzümü izliyordu.

"Mayıs Karamaça," dedi sarsılmaz bir ses tonuyla. "Sonsuza dek yüreğimde, kefen giysek bile ahirimde nikâhımda ol." Afallamıştım. İçimde şiddetle yere çakılıp bin parçaya ayrılan kavanozun keskin kırıkları ruhumun şeffaf derisine büyük yarıklar açarken, öylece bakakaldım ona. "Benim oldun, benimle oldun. Şimdi de karım olur musun minik şeytan?" Yüzüğü parmağıma kaydırıp takarken beynim idrak yetisini kaybetmişti.

Cep telefonumun uğursuz melodisi odada yankılanmaya başladı. Cevap veremeyecek halde olsam da dudaklarım aralıklı bir şekilde Sıraç'a bakarken telefonumu aldım ve ekrana kısaca göz attım.

Kimsenin bilmediği bu numaramı arayan tanımadığım bir numaraydı. Sıraç beklenti dolu gözlerle bana bakarken zaman kazanmak adına telefonu açtım ve kulağıma götürdüm. Duygularım üst üste binmişti, gözlerimi bir an olsun onun harelerinden yükselen alevlerden çekmeden, karşı tarafı dinledim.

"Sen Sıraç'ın altında zevkten inlerken, annen onun babasının sürdüğü arabada can verdi Karamaça."

Azalan nabzımı yok sayamazdım. Kalbimin atışları, ritmini koruyup hayatta kalabilmek için mücadele ediyordu. Karanlık her yerimi sarmıştı. Karanlık beni kucaklamış, ışığın girebileceği tüm delikleri acının kabuklarıyla tıkamıştı. İçime doldurduğum nefes değildi, yabancı sesten akan kelimeleri doldurup saplamıştım ciğerime. Parçalamıştı.

Parçalanmıştım.

Boynumdaki ateş kolyesi birden koparak gerdanımdan düşüp intihar etti.

"Anne."

"Mayıs?"

"Anne..."

∞

Bu hissettiğim tam olarak neydi? Ben bu karmaşanın neresindeydim? Hastaneye girdiğimde, parmağımda Sıraç'ın taktığı yüzük vardı. Ayaklarım kaderin kamçıladığı gerçeğe adımlarken, bakışlarım odağını kaybetmişti. Hayallerimi acılarımdan yarattığım balyozla parçalarken, geleceğimin kanı kaderimin yazılı olduğu duvardaki kelimelerin üstünü örtmüştü. İkinci defa.

İçim parçalanıyor, kıyıya vuran balıklar kalbimi yem etmiş kemiriyorlardı. Gördüğüm tek şey Temmuz'un acil servisin önünde diz çökmüş, saçlarını yolarak ağladığıydı. Beyaz teni kıpkırmızı kesilmişti, üstelik alnındaki tüm damarlar dışarı çıkmıştı. Boynundaki damarların acıyla kabardığını, damarlardan akan nabzın tutarsız feryatlarını görmüştüm. Bu yalnızca bir rüyaydı.

Bu bir rüya.

Uyanacağım, birazdan her şey son bulacak.

Hanımeli çiçeği kokusunu alıyor musunuz?

Anne, orası karanlık. Buraya gel.

"Abla." Temmuz dizlerinin üzerine çökmüş bir şekilde haykırdı. "Abla, o da gitti. Abla, gitti. Abla! Annem gitti!"

"Tem-"

"Abla, annem öldü."

Karanlık. Çok karanlık. Üstelik üşüyorum da... Anne?

∞

"Mayıs Hanım, onu göremezsiniz," diye haykırdı doktor. Üstelik biliyordu, Mayıs annesini görmeden inanmayacaktı gittiğine. Hastaneyi inleten haykırışlar Temmuz'un boğazından kopuyordu. Mayıs gözlerini açtığında bir sedyede boylu boyunca yatıyordu, üstelik kolunda bir serumla. "Annemi göreceğim, ona bir şey olmadı. Hepsi Mehmet Ali Karayel'in bir oyunu, biliyorum. Annemi alıkoydu ve bizi kandırıyor!" Bağırışı bir delinin bağırışlarından farksızdı. Bilincini kaybetmiş mavi gözleri, darmadağın olmuş bedeniyle kendini kaybetmiş haldeydi. Üstelik Sıraç da ortalarda yoktu. Bu yalnızca bir rüyaydı, değil mi?

"Mayıs Hanım," dedi doktor son kez Mayıs'ı yatağa yatırmaya çalışırken. "Lütfen sakin olun, Mehmet Ali Bey de hastanemizde. Neyiniz oluyor, şu an kendisi ağır yaralı, kendinize gelin. Biliyorum, bu çok zor." Doktorun söylediklerini idrak edemiyordu Mayıs. Ne zırvalıyordu adam?

"Mayıs Hanım, lütfen bebeğiniz için daha güçlü olmayı deneyin!"

Okkalı bir tokat, tüm acımasızlığı ve avucuna yüklediği gamsızlıkla, Mayıs'ın kaderinin yanağına tüm gürültüsüyle inmişti. "Ne?"

"Hamilesiniz. Üç veya dört haftalık olması muhtemel."

Mayıs, Sıraç'ın yüzüğünün takılı olduğu elini karnına koydu. Acı içinde kaynıyordu. Acı içinde cenindi.

Sevdiği adamın bebeğini taşıyordu.

Annesinin katilinin torununu.

Gerisi karanlıktı.

Gerisi,

YANGIN MAVİSİ...

Devam Edecek...